爱伦·坡
暗黑故事集

（美）爱伦·坡 著

鹤泉 译

Edgar
Allan
Poe

Complete Tales

中国华侨出版社
北京

图书在版编目（CIP）数据

爱伦·坡暗黑故事集／（美）爱伦·坡著；鹤泉译.—北京：中国华侨出版社，2014.7
（2019.6重印）

ISBN 978-7-5113-4755-8

Ⅰ.①爱… Ⅱ.①爱…②鹤… Ⅲ.①短篇小说—小说集—美国—近代 Ⅳ.①I712.44

中国版本图书馆CIP数据核字（2014）第142769号

爱伦·坡暗黑故事集

著　　者：（美）爱伦·坡
译　　者：鹤　泉
责任编辑：芷　晴
封面设计：施凌云
文字编辑：朱立春
美术编辑：潘　松
经　　销：新华书店
开　　本：720mm×1020mm　1/16　　印张：28　　字数：570千字
印　　刷：北京德富泰印务有限公司
版　　次：2014年8月第1版　　2019年6月第4次印刷
书　　号：ISBN 978-7-5113-4755-8
定　　价：68.00元

中国华侨出版社　北京市朝阳区静安里26号通成达大厦3层　邮编：100028
法律顾问：陈鹰律师事务所
发 行 部：（010）58815874　　　　传　　真：（010）58815857
网　　址：www.oveaschin.com　　　E－m a i l：oveaschin@sina.com

如果发现印装质量问题，影响阅读，请与印刷厂联系调换。

前言

　　埃德加·爱伦·坡（1809～1849），是美国文学史上一个无法忽略的名字。他是天才诗人、小说家和文学评论家，而以侦探、惊悚、悬疑小说最负盛名，是公认的侦探推理小说鼻祖、科幻小说先驱、恐怖小说大师。他是一个永远沉迷于思维和幻想的作家，喜欢描写荒凉的虚幻的世界，是第一个开掘人类意识深处最幽暗隐秘领域的人。他凭借广博的知识、卓越的想象力、冷静的逻辑思维和高超的文字驾驭功底，在梦幻与现实、理性与迷狂的两极间游刃有余，其作品在任何时代都是独一无二的。

　　1809年1月19日，爱伦·坡出生在波士顿一个巡回演员的家庭里，三岁时就成了孤儿，后由约翰与弗朗西丝·爱伦夫妇抚养长大，更名埃德加·爱伦·坡。早年，爱伦·坡一度就读于弗吉尼亚大学，后于1830年5月进入西点军校，因不满军校的压抑生活，经常刻意违反校规，在1831年1月受军事法庭审判后被开除，此后开始真正从事文学工作，并以独特的风格跻身小有名气的文学评论家行列。

　　或许是继承自家庭的戏剧天分，加之幼年培养起来的不安全感与叛逆性格，使得爱伦·坡在文学上拥有独特的气质。作为美国历史上第一位职业作家，他终生只以写作为生，但却长期处于困顿之中。1847年，爱妻弗吉尼亚死于肺结核，爱伦·坡备受打击，自此堕入酗酒与精神错乱中。两年后的10月7日，爱伦·坡逝世于巴尔的摩，时年40岁。

　　爱伦·坡一生创作颇丰，代表作品有悬疑小说《黑猫》《丽姬娅》《莫格街凶杀案》《泄密的心脏》《金甲虫》《威廉之死》《玛丽·罗杰疑案》《厄榭府的倒塌》，长篇小说《阿·戈·皮姆历险记》，诗歌《乌鸦》《致安娜贝尔李》，文学理论著作《写作的哲学》《诗歌原理》等。

　　爱伦·坡死后，他的名誉长期受到诽谤攻击，但他的作品却泽被后世，流传各国，对世界文坛产生了深远的影响。后世不少作家和诗人都对爱伦·坡十分推崇，其中最为著名的有科幻小说家儒勒·凡尔纳，侦探小说家柯南·道尔，法国象征主义顶峰时代诗人波德莱尔、马拉美，《金银岛》的作者斯蒂文森，以及素有日本"侦探推理小说之父"之称的江户川乱步等。20世纪极负盛名的电影导演希区柯克与蒂姆·伯顿也都是爱伦·坡的忠实拥趸。

爱伦·坡对儒勒·凡尔纳的影响是具有持久力的，从1864年的《地心游记》、1881年的《大木筏》到1897年的《冰岛怪兽》，凡尔纳的不少作品都有着浓重的爱伦·坡的影响印记，甚至在"登月三部曲"中把大炮俱乐部的总部设在了美国的巴尔的摩，算是以此向爱伦·坡致敬吧。法国大诗人波德莱尔则曾花费十年时间翻译出版爱伦·坡的短篇小说，并称其是自己"文学创作的老师""困苦一生的知交"。

特别值得一提的是，爱伦·坡的悬疑小说以其离奇神秘、惊悚阴郁和推理严谨的风格吸引了大批读者，在世界文坛经久不衰。他在《莫格街凶杀案》等三篇小说中创造了一个业余侦探迪潘的形象，他是作者自我理想的化身，所以被塑造成具有超人智力、观察入微、料事如神的神探。为了衬托他的了不起，又借一个对他无限钦佩、相形见绌的朋友来叙述他的事迹，此外还加上一个头脑愚钝、动机虽好而屡犯错误的警探作为对比。主人公在破案过程中采用逻辑严谨的心理分析法等，有条不紊地迫使罪犯一步步就范归案，最终再由主人公洋洋自得、滔滔不绝地解释其全过程。

爱伦·坡这种独创的写作手法，使得后世的侦探小说家绝少能脱其窠臼。柯南·道尔笔下的福尔摩斯和华生医生，阿加莎·克里斯蒂笔下的大侦探波洛和黑斯廷斯上尉，都因袭了爱伦·坡的这种写法。正是基于此，以作家名字命名的埃德加·爱伦·坡奖于1946年诞生了，它是为全世界优秀侦探小说家创设的最具权威的奖项，每年4月由美国侦探作家协会（MWA）颁发，全世界的侦探小说作家们莫不以获得此奖为荣。

为了让爱伦·坡的文学爱好者和喜好惊悚推理小说的读者能够读到更多的作品，我们特别编译了这本《爱伦·坡暗黑故事集》，在这里，暗黑几乎是所有作品的基调，但又风格各异，相信读者一定会对其爱不释手。

"我曾经有过一个梦，在梦中我看见了一艘船在海上，在午夜，在一场雨雪交加的风暴中……它现在船帆撕裂，桅杆折断，不受控制地在凶猛的巨浪中颠簸着。甲板上是一个纤细、模糊、美丽的身影，一个朦胧的男人，显然他在享受着这所有的恐惧、昏暗和动乱，他同时是这一切的核心和牺牲者。这可怕的梦中人可能就代表着爱伦·坡——他的精神、他的命运、他的诗歌和他的故事，其本身就是可怕的梦……"

惠特曼的这段评论，也许能引领读者更好地体味本书，体味谜一般的爱伦·坡。

目　录

黑 猫

明天我就死到临头了，所以，我要趁今天把这件事说出来，以卸下我灵魂的重负。下面我要为你讲的这个故事极其平凡，又极其荒唐。我并不奢望你能相信，因为我虽亲身经历此事，却也都不相信它，又怎么能指望别人相信呢？一定会有人以为我是疯了，可事实上我没有发疯，而且确信自己不是在做梦。

这些事听起来就像一些家常琐事。但由于这些事的缘故，我一直饱尝惊慌，受尽折磨，终至毁了自己。但是我并不试图多做解释。这些事对我而言，只有恐怖，但对大多数人来说，这无非是奇谈，并不那么恐怖。或许，将来一些有识之士会把这种无稽之谈看作寻常小事，他们的头脑比我更加冷静，更加明察秋毫，不像我这样遇事慌张。在这些人心里，也许我这样诚惶诚恐、满怀敬畏的叙述，只不过是一连串有其因必有其果的普通事罢了。

我从小就以心地善良、性情温顺而闻名。我心肠软得出奇，一度成为伙伴的笑柄。我特别喜欢动物，父母对此也百般纵容，给我买了各种各样的小动物。我大部分时间都和这些小动物们在一起，没有什么能比我喂食和抚摸它们更使人感到高兴的了。这种癖好与日俱增，并随着我的成长逐渐形成，直到我成人，它成了我获取快乐的一个主要来源。

我很早就结了婚。幸运的是妻子跟我性情相似，她看到我偏爱饲养宠物，便从不会放过任何能物色到中意的宠物的机会。我们养了小鸟、金鱼、良种狗、小兔子，一只小猴和一只猫。

那只猫个头大得惊人，浑身乌黑，模样可爱，而且特别有灵性。在谈到它的灵性时，我那生来就迷信的妻子，往往就要扯上古老传说，认为凡是黑猫都是女巫的化身。我倒不是说我妻子对这点极为认真——我之所以提到此事，只是刚好想到而已。

这只猫的名字叫普路托，原是我最心爱的宠物和玩伴。我亲自喂养它，而它不论在屋内还是屋外，都和我如影随形，即便我上街都很难甩开它。

我们的友谊就这样维持了好几年。在此期间，让我羞于承认的是，由于嗜酒成癖，我的脾气秉性都发生了剧烈的变化。我一天比一天喜怒无常、烦躁不安，全然不顾别人的感受。我居然容许自己辱骂妻子。后来，甚至还对她拳打脚踢。当然，那些我饲养的小动物们也感到了我性情的变化。我不仅不照顾它们，反而虐待它们。那些兔子、那只小猴，甚至那只狗，不管它们是碰巧经过我跟前，还是有意来和我亲热，我总是肆无忌惮地虐待它们。只有对待普路托，我还有所怜惜，仍然对它保持足够的关心，我尽量克制着自己不像对其他动物那样去对待它。不料我的病情日益严重——世上哪种病能比得上酗酒！到后来，甚至由于衰老而变得有几分暴躁的普路托也开始尝到我坏脾气的滋味。

一天晚上，我在城里一个常去的酒吧喝得酩酊大醉而归，我觉得普路托在故意躲我。我一把抓住它，它被我的暴虐所惊吓，不由得在我手上轻轻咬了一口，留下牙印。我顿时像恶魔附身，怒不可遏，忘乎所以。原来那个善良的灵魂似乎一下子飞出了我的躯壳，我酒性大发，变得凶神恶煞，浑身不知哪来的一股狠劲。我从背心口袋里掏出一把小刀，一手将其打开，攥住那可怜畜生的喉咙，居心不良地剜掉了它的一只眼睛！在我写下这幕该死的暴行之时，我不禁面红耳赤，周身发热，浑身发抖。

睡了一夜，宿醉方醒。到第二天早上起来，神智恢复过来了，我心中为自己犯下的罪行产生了一种又恐惧又悔恨的情感。但这至多不过是一种淡薄而模糊的感觉而已。我的灵魂依然无动于衷。我又开始纵饮无度，一旦沉湎醉乡，便用酒精淹没了我对自己所作所为的记忆。

与此同时，普路托的伤势也渐渐好转。它被剜掉了眼珠的那只眼窝十分可怕，但它看上去已不再感到疼痛。它照常在屋里走动，只是一见我走近，就如所能预料的一样，吓得拼命逃窜。我当时良心尚未完全泯灭，因此，看见曾经那么热爱我的生灵竟这样嫌恶我，不免感到伤心，但是这种伤感很快就被恼怒所取代。到后来，那股邪念又上升了，仿佛正是这股邪念，最终导致我不可改变的灭亡。关于这种邪念，哲学尚未论及。然而，就像我相信自己的灵魂存在，我也相信这种邪念是人类心灵原始冲动的一种，是一种微乎其微的原始功能，或者说是情绪，人类性格就由它来决定。谁不曾在无意中多次干下坏事或蠢事呢？而且这样干时无缘无故，心里明知干不得而偏要干。哪怕我们明知这样干违背法律，我们不是还会无视自己看到的后果，有股拼命想去以身试法的邪念吗？唉，就像我刚才所说，就是这股邪念导致了我最后的毁灭。正是出于内心这股深奥难测的想自寻烦恼的欲望——想违背其本性的欲望，想只为作恶而作恶的欲望——驱使我对那只无辜的生灵继续下起毒手来，最后害它送了命。一天早晨，我并非冲动地把一根套索套上了它的脖子，并把它吊在树枝上。我眼里噙着泪水，吊死了它，我的心里充满了痛苦的内疚。我明知道这猫曾经爱过我，而且它并没有冒犯过我。我知道这样干是在犯罪，犯下甚至会使我不死的灵魂来生转世于猫的滔天大罪（如若有此可能），一种甚至连慈悲为怀、可敬可畏的上帝都无法赦免我的罪过。

就在我实施暴行的当天晚上，我在睡梦中被一阵救火的喊叫声惊醒。床上的帐幔已经着了火。整栋屋子正在燃烧。我们夫妇和一个用人好不容易才在这场火灾中死里逃生。那场火灾烧得非常彻底，我的一切财物都化为灰烬，从此以后，我就陷入了绝望的境地。

我并没脆弱到要在自己所犯的罪孽和这场火灾之间找出一种因果关系。不过我要把事实的来龙去脉详细说一说，并希望不要漏掉任何一个可能漏掉的环节。火灾的次日，我去凭吊那堆废墟。四壁崩塌，唯有一道墙还立在残砖断瓦中。那是一堵不太厚的隔墙，它正巧处在屋子中间，我的床头就靠在这堵墙上。墙上的灰泥大大阻隔了烈火对墙的摧毁——我把这件事看成是新近粉刷的缘故。那堵墙跟前聚集了一大堆人，其中许多人正在非常仔细和专心地查看墙上的某个部分，似乎急欲要发现点什么秘密。只听得大家连声喊着"奇怪"，以及诸如此类的话，我不由感到好奇。我走近一看，只见白壁上好像有一副浅浅的浮雕——形状是只硕大的猫。这猫被刻得惟妙惟肖，一丝不差，猫脖子上还有一根索套。

当我第一眼看到那个浮雕之时——因为我还不至于把它视为乌有——我不由惊恐万分。但是回忆又终于让我舒了一口气。我记得，那猫是吊在离房屋很近的花园里的。发现起火以后，花园里立刻就挤满了人，肯定是有人把猫从树上放下来，再从一扇开着的窗户把猫扔进我的卧室。他这样做可能是为了唤醒我。其他几堵墙倒下来，正巧把受我残害而送命的猫压在新刷的泥灰壁上，石灰加上烈火和尸骸发出的氨气相互作用，墙上的浮雕也就赫然在目了。

对于刚刚细细道来的这一令人惊心动魄的事实，就算良心上不能自圆其说，倒也合情合理，但是在我心灵中，它给我留下了一个深刻的印象。一连好几个月，我都摆脱不了那猫幻象的纠缠。在此期间，我心里又滋生了一种像是悔恨又不是悔恨的混杂的感情。我甚至开始后悔害死这只猫，于是我在经常混迹的下等场所中，到处物色一只外貌多少与它相似的黑猫，以填补它原来的位置。

一天晚上，我醉醺醺地坐在一个声名狼藉的下等酒馆里，忽然间我的视线被一只盛放杜松子酒或朗姆酒的大酒桶所吸引。除了那只桶，屋里的家具寥寥无几，桶上有团黑糊糊的东西。我刚才一直目不转睛地盯着大酒桶已经有好几分钟，奇怪的是，刚才竟然没有发现上面有个东西。我走到酒桶跟前，伸手摸了摸那东西。原来是只黑猫——一只个头很大的猫——足有普路托那么大，除了一处之外，它简直和普落托毫无二致。普路托全身没有一根白毛，而这只猫几乎整个胸部都被一块白斑覆盖了，只是模糊不清而已。

有意思的是，我一摸它，它马上就直起身来，咕噜咕噜直叫，身子还在我手上一遍遍磨蹭，表示我的关注使它很高兴。这猫正是我苦苦寻找的。我当即向店主要求买下，谁知店主却说那猫不是他的，而且也从没见到过，所以也没有开价。

我继续抚摸了它一阵，当我准备动身回家时，这猫却流露出要随我而去的意思。我就让它跟着，一面走还一面不时弯下身子去摸摸它。这猫一到我家，很快就适应了环境，一下子就博得了我妻子的宠爱。

至于我自己，没过多久，我就开始对这猫厌恶起来。这非常出乎我的意料，我也不知道这是怎么回事，也不知道为何如此。它对我明显的眷恋反而使我又讨厌又生气。渐渐地，这些情绪竟变成了深恶痛绝。我尽量避开这猫，一种羞愧和有关早先犯下的残暴行为的记忆阻止了我对它的伤害。几个星期以来，我没有动过它一根毫毛，也没有粗暴地虐待它。但是久而久之，我渐渐地对这只猫丑陋的模样有一种说不出的厌恶，我就像躲避瘟疫一样，悄悄地对它避而远之。

毫无疑问，使我更加痛恨这畜生的原因在于，我把它领回家的第二天早晨，看到它竟同普路托一样也被剜掉了一个眼珠。可是，我妻子见此情形，反而格外喜欢它了。我说过，我妻子极其慈悲。我原先身上也具有这种出色的美德，它曾使我感到无比纯正的快乐。

尽管我对这只猫日益厌恶，可它对我似乎越来越亲热。它以一种读者也许难以理解的执着跟我寸步不离，只要我一坐下，它就会蹲在我椅子脚边，或是跳到我膝上，百般示好，实在讨厌。我一站起来走路，它就缠在我脚边，几乎将我绊到；再不，就用又长又尖的爪子钩住我衣服，顺势爬到我胸前。每当这时，我都恨不得一拳将它打死。但每次我都忍住没有动手，部分原因是，我总是想起自己早先犯下的罪过，但主要是因为——索性让我承认吧——我是怕极了那家伙。

这种怕倒不是一种对肉体痛苦的惧怕，可要想说清楚也确实为难。我也简直羞于承认——是的，即使如今身在死牢，我也羞于承认，当时那猫在我心中引起的恐惧，竟然因脑中纯粹幻象的存在而变本加厉。

我妻子不止一次要我留神看它胸前的那片白斑。想必各位还记得，我前面提过，这只猫跟我之前杀掉的那只猫的唯一明显不同的地方就是这片斑记。我已经说过，这片白斑虽大，可是模模糊糊的，但是后来，这白斑的轮廓在不知不觉中竟变得明显了，看起来就像一个恐怖东西的幻象——一个绞刑台！啊，这是多么可悲、多么可怕的刑具啊！这是恐怖的刑具，正法的刑具！这是叫人受罪的刑具，送人死命的刑具呀！我一提起这东西的名称就不由得浑身发毛。

正因如此，我对这怪物特别厌恶和惧怕，要是我敢，早把它干掉了。

这时，我落到一个要多倒霉有多倒霉的地步，我若无其事地杀死了一只没有理性的畜生，而它的同类，一只没有理性的畜生竟给我——一个按照上帝形象创造出来的人，带来那么多不堪忍受的恐惧！无论白天还是黑夜，我再也不得安宁。在白天，这畜生片刻都不让我安生；到了黑夜，我时时刻刻都会从无法形容的噩梦中惊醒。醒来，这东西就往我脸上喷热气。我无力摆脱这一梦魇的具象。这畜生沉甸甸的肉身，一直压在心头。

在这种痛苦的压迫下，我心里仅剩的一点善性终于丧失了，邪念占据了我的内心。我脑子里一天到晚都充满着极为卑鄙龌龊的邪恶念头，我的脾气自酗酒后便喜怒无常，如今发展到痛恨一切事、痛恨一切人的地步。我盲目放任自己，往往动不动就突然发火，管也管不住，我完全没有了判断力。唉，最倒霉的，就属我那默默忍受我的暴虐而毫无怨言的妻子了。

穷困所迫，我们不得不住在一栋老房子里。有一天，为了点家务事，她陪着我到这栋老房子的地窖里去。这猫也尾随我走下那陡峭的阶梯，害得我差点儿摔个倒栽葱。我气得发疯，向它抢起了斧头——盛怒中我忘了自己曾如孩子一般惧怕它——对准这猫一斧砍下去。要是当时真按我的心意砍下去，不用说，这猫当场就完蛋了。谁知，我妻子伸出手来一把拉住了我，我正在气头儿上，被她一拦更加暴跳如雷，于是挣脱她的胳膊，一斧子劈在她的脑壳上，可怜她都没来得及呻吟一声，就当场送了命。

既然干了这天理难容的杀人的勾当，我索性盘算起藏匿尸首的事。我知道无论白天还是黑夜，要把尸首搬出去，都难免会被左邻右舍撞见。我心里有过许多设想，一会儿想把尸体剁成小块烧掉，来个毁尸灭迹；一会儿，我到院子中的井边去，想把尸体丢进去；我还打算把尸体当作货物装箱，雇个脚夫把它搬出去。最后，我突然想出了一条万全之策，我打定主意把尸首砌进地窖的墙里，听说中世纪的僧侣就是这样把殉道者砌进墙里的。

在这个地窖里干这件事真是再合适不过了，墙壁结构很松，新近才用粗灰泥全部刷过，因为地窖里潮湿，灰泥至今还没有变硬，而且有堵墙因为有个假壁炉而凸出一块，已经封死了，做得跟地窖别的部分一模一样。我不费什么劲就能把这个地方的墙砖挖开，将尸首塞进去，再照旧把墙完全砌上，保证什么人都看不出破绽来。

这个主意果然不错，我轻而易举地就用一根撬棍拆开了那些砖头，接着我又仔仔细细地把尸首贴着里边的夹墙放好，让它撑着不掉下来，然后没费半点事就把墙照原样砌上了。我弄来了石灰、黄沙和其他材料，调配了一种跟旧灰泥分别不出的新灰泥，小心翼翼地把它涂抹在新砌的砖墙上。

这堵墙居然一点都看不出动过土的痕迹，地上的垃圾也仔仔细细地收拾干净了。我得意扬扬地朝四下看看，心中暗暗对自己说："这下子到底没有白忙啊！"

接下来我就开始寻找给我招来那些灾祸的罪魁祸首，不过我怎么找也没找到，估计是我刚才大发雷霆的时候，那个狡猾的家伙见势不妙就溜了，眼下当着我这股火性，它自然不敢露脸。这只讨厌的畜生终于消失了，我心头压着的大石头也终于放下了。这种愉快的心情实在无法形容，也无法想象。

猫一整夜都没有露面，就这样，自从那猫来到我家以来，我终于踏踏实实地睡了一个安稳觉。是的，尽管我的灵魂深处背负着杀人的重担，但我还是睡着了。

第二天和第三天相继过去，这只折磨人的猫还是没有回来，我重新像个自由人那样呼吸。那只鬼猫吓得从屋里逃走了，一去不回了！眼不见为净，我心中的快乐无以复加！

虽然我犯下滔天大罪，但心里竟没有不安，警察来调查过几次，我三言两语就把他们搪塞过去了，他们甚至还来抄过一次家，可查不出半点线索来，我就此认为可以安枕无忧了。

到了我杀妻的第四天，屋里突然又闯进了一帮警察，他们严密地搜查了一番。不过，我认为藏尸的地方那么隐蔽，他们一定找不到，所以一点儿也不慌张。那些警察命令我陪同他们搜查，他们搜查得很仔细，连一个角落也不放过，搜到第三遍、第四遍时，他们终于走下地窖。可我泰然自若，神色从容。

我的心如此平静，抱着胳膊若无其事地在地窖从这头走到那头。警察完全放了心，准备要走。我心花怒放，乐不可支，为了表达这种得意，也为了让他们加倍相信我是无罪的，我恨不得马上说些什么，哪怕说一句也好。

那些人刚走上梯阶，我终于开了口："先生们，谢谢你们帮我摆脱了嫌疑，我感激不尽。谨向你们表示感谢，还望多多关照。各位先生，顺便说一句，这屋子结构很牢固。"我一时头脑发昏，随心所欲地信口胡说，连自己都不知道自己在说些什么。"这栋屋子可以说结构好得不得了，这几堵墙——几位先生，要走了吗——这几堵墙砌得很牢固。"说到这里，我一时昏了头，故作姿态，竟然随手拿起一根棍子，使劲敲着藏着我妻子遗骸的那堵砖墙。

但愿上帝保佑，救我免遭恶魔的毒手。我敲墙的回响余音未了，就听得墙里发出了声音！断断续续，像个小孩在抽泣，随即一下子变成连续不断的高声长啸，这是一声哀号一声悲鸣，半似恐怖，半似得意，只有堕入地狱的受罪冤魂的痛苦惨叫和魔鬼见了冤魂遭受天罚的欢呼混杂起来，才能与这声音媲美。

我当时的想法说来荒唐，我昏头昏脑、踉踉跄跄地走到那堵墙边上。梯阶上的那些警察惊惧万状，一时呆若木鸡。过了一会儿，他们才反应过来，全都冲向了那堵墙。十几条粗壮的胳膊忙着扒开砖块拆墙，不多时，那堵墙被扒开了，那具凝满血块、已经腐烂不堪的尸体，赫然呈现在大家面前。而那只可怕的畜生就坐在尸体的头部，张着血盆大口，仅有的一只眼睛里冒着仇恨的火。原来是它捣的鬼，先诱使我杀害了妻子，后用它的叫声报警，把我送上绞刑架。

原来我把那可怕的家伙和尸体一起砌进了壁墓！

陷坑与钟摆

　　长期的折磨让我感觉自己离死亡不远了。当他们最后给我松绑赐座时，我只觉得自己快要昏厥了。我清楚听到的最后的声音，是一声可怕的死刑判决，之后的那些声音像蚊子飞行般在耳边嗡嗡作响。恍惚间我联想到水车，然后想起了"旋转"这个词。

　　在那之后，我就什么都听不见了，不过眼前的场景倒是很清晰。那里有一位身着黑袍的法官，但我只能看见他白花花的薄嘴唇，那颜色比签字画押的纸还要白，薄得异于常人，那么薄的嘴唇，说出的字句却有千斤之重，那字句透露着对人类所受折磨的不屑。我看见了自己的判决，死刑的判决，正一字一句地从那张嘴吐出来。

　　一开一合间，我的名字出现在空气里。我看得见嘴唇在动，却听不见任何声音，就像是看电影时设置了静音一样。我吓得浑身颤抖，神志不清，目光不知道扫到哪里，黑色帷幔在无声地起伏着，幅度很小，却被我的眼睛捕捉到了。桌面上立着7根点燃的白色蜡烛，好像是头顶圣光的天使，充满着仁慈，似乎能拯救我。可一转眼，它们就变成了冒着鬼火的厉鬼。

　　一个念头钻进了我的脑海，它告诉我长眠于地下是美好的，我想了很久，终于欣然接纳。可正当我准备敞开心门之时，法官不见了，烛火也熄灭了，甚至看不见蜡烛的影子，我的眼前只是漆黑一片，什么都没有。所有感官消失了，我只剩下自己的意念，我觉得我正在急速地坠落，仿佛掉进了地府。

　　时间停滞了，周围没有任何声音，黑夜掌控了一切。我昏了过去，却仍保留些许意识，我不想描述，更不愿意详细说明究竟是怎么一回事，不过我真的没有丧失所有意识。我既不像是睡着了，也不像是吓呆了；既不是彻底地昏过去了，也不是死了。就像当我们从熟睡中醒来，总记不住自己的梦境一样，人从昏迷中醒来，也有两个阶段：第一个阶段，是思想或者精神上恢复了意识，能感知周围的一切，却无法控制自己的身体；第二阶段，是肉体上的苏醒，人终于能够控制自己的躯体了。

如果身心都恢复过来，还能想起第一阶段中的影像，我们或许能发现，那些影像活灵活现地展示了昏迷中的状况，如同人家说临死之前能够回顾自己一生一样。如何才能把死亡的预兆同昏迷的预兆分开，昏迷又是怎么回事？

就算我们假设第一阶段的那些影像不会被随便想起，可不能保证时过境迁后，它不会悄然而至。当它到来时，我们只是对它的来源做诸多的猜测，甚至惊讶它的出现本身。没有昏迷过的人，一定没见过悬浮在空中的奇怪的宫殿和一张张熟悉的脸，在跳跃的火光中出现；也一定不会看见幻影，浮在半空中，时升时落又透着忧伤。没有那样经验的人，是绝对不会对着没闻过的花香思索很久，更不会被前所未闻的音乐搞得心神恍惚的。

我常常在脑海中搜寻昏迷时眼前浮现的种种，试图将那些内容擒获。有时我常沉浸于对当时那种状态的追忆，想要深陷下去，却仍只能停留在表面。每当我以为自己抓住了线索时，理性的分析却告知，那记忆只跟无意识有所牵连。这份时隐时现的记忆，朦胧地向我再现了当时的场景。我被一群高大的人影抬得高高的，然后被无声无息地推落深渊。我的记忆里只有自己不断地下坠、下坠，意识全被这两个字占据，我感到一阵眩晕。

这份记忆还表明，当时我心如止水，只因为模糊的恐惧泛起些许波澜。对于我，时间是静止不动的，推我下去的人成群结队，十分可怕。我的下落也没有边界，无休无止，直到身心疲惫、毫无力气，才停止。再之后，我回忆起我躺在一个平面上，周围十分潮湿。接下来，便只剩下疯狂，我承受不了的记忆要破壳而出了。

那一刻，我恢复了听觉和对身体的掌控，我听见自己胸腔中那颗心脏在疯狂地跳动，之后脑海中便一片空白。我能感觉到声音、动作和触摸，全身遍布一种刺痛感。我没有了思想，只能意识到自己的存在，却无法进行思考，无法分析现在的一切。

这样的情形持续了很长时间，突然，思想复活了。我恢复了恐惧，努力想要了解自己所处的真实环境的想法也变得强烈。在我无知觉的脑海中，激起了强烈的渴望。我恢复了全部意识，手脚也可以活动了，所有的记忆朝自己袭来，法庭、黑衣的法官、帷幔、判决，等等。再之后，我遗忘的一切经由长久的努力，被模糊地记了起来。我一直没有睁开过眼睛，直到今天也是如此，我能感觉到，我正躺着，但并没有人用绳索捆绑我。我的手向四周摸索，碰到湿漉而坚硬的东西，于是我把手放在上面感知。

过了好几分钟，我一边思考自己是到了哪里，一边忍受着手上传来的潮湿和坚硬的感觉。我胆怯得不敢睁开双眼，既畏惧张开眼后看到周围的一切糟糕至极，又担忧睁开眼后什么也看不见。我的心情越来越糟，最后陷入绝望，我忽然生出勇气，猛地睁开双眼。

和我想的一样，周围的环境糟糕极了。整整一夜，我被黑暗包围，它们越逼越近，压得我窒息。我大口大口地吸气，却仍然无法呼吸。稀薄的空气让我很难受。我只能静静地躺着，调动思绪，寻找自己的理性。我能想起审讯的情景，试着推测现在的情况。我被判处了死刑，这对我来说是很久之前的事情了，那现在的我其实已经死了？不过为什么我还有意识，还能感觉到自己在动？

尽管小说中有各式各样离奇的事情，但小说还是与现实存在着差距。这里是哪里？我是什么状态？灵魂？活着？通常，被宗教法庭判处死刑的人会被绑在火刑柱上烧死，就像处决巫女一样。可是我受审的晚上，这样的刑罚已经执行过一次。难道，我正等着数月后的另一次死刑，因此我被押解回死牢，争取到了更多活着的时间？不过我觉得不可能，被判死刑的人总是立刻被处死。我待过的地牢和现在待的地方不一样，那里的石头地板油光锃亮的，跟托莱多城的所有死牢一样，而这里却密不透风，黑得要命。

忽然之间，脑海中闪过一个可怕的念头。

我的心跳加剧，血液快速向全身散去。有一段时间，我又失去了知觉，一缓过来，我立刻跳起来，全身痉挛。我伸出双手，向上下左右各个方向都摸了一遍，什么都没碰到。即便是这样，我也寸步难行，生怕遇到什么挡住去路，更怕阻我去路的是那冷冰冰的墓墙。我身上每个毛孔都张开了，都在冒汗，脸颊、额头都滴落着大滴大滴的汗珠，冰冷冰冷的。

我焦躁不安，痛苦得不知道该做什么。最后，实在控制不住自己，打算小心地向前移步。我的双手笔直地向前伸着，试图捕捉哪怕一丝的微光。我的双目瞪得如铜铃一般，几步之后，我发现周围依然什么都没有，黑漆漆的一片。看来我还没有那么倒霉，于是我稍稍平复了下心情，让自己能够顺畅呼吸，至少，我不是待在墓地里。在我搜寻的时候，关于托莱多城的那些稀奇古怪的传闻都涌了上来，其中有不少是关于这个地牢的，因为太过可怕，只是在人群中私下流传。

难道法官们打算让我待在这只有黑暗的地方，慢慢饿死？还是有更凄惨的刑罚等待着我？无论怎样，我都会死得比别人痛苦，我十分确定这一点。我太了解法官们的德行了，不过我真正纠结的并不是死去的问题，而是怎样死去，什么时候去死。

我满脑子都是关于如何死、什么时候死的猜想，不知何时，我的前方终于有了东西。我的手指触到了光溜、黏腻、阴冷的墙面，那是一堵用石头砌成的墙。我蹑手蹑脚地充满警惕地顺着墙走。这是在听到一些古老的故事后，我觉得有用的方式。不过顺着墙走却不能帮我确定这个房间的大小，因为我可能在绕圈子，回到了原地也不自知，毕竟这面墙摸上去到处都一模一样。我本想找出被我藏在口袋里的那把小刀，上庭的时候它还待在那里，可现在它不见了，连我的衣服也被换成了粗布的长袍。我想将刀插进墙里确定个起点，现在也不可能了。

我心慌意乱，看起来我找不到解决这个问题的方法了。不过，很快我就想到了该怎么做。我从衣服的下摆处撕下一小缕布，将它铺到地面上，这样，在我顺着地牢边缘走的时候，要是刚好绕上一圈，我一定会踩到那块布。不过我没有仔细考虑地牢的大小，也没有估算自己的体力，更没想到地面的湿滑，我走了一会儿就累倒在地上了。

由于过分疲惫，没有力气也不想起来，接着我很快便陷入沉睡。我醒过来时，伸出胳膊摸索，发现身边放着一罐水，还有一块面包，我没有工夫去想事情的缘由，筋疲力尽的我狼吞虎咽地吃了起来。一会儿，我又重新开始了绕地牢前行的举动。奋力撑了好久，我终于回到放布条的地方。算来算去，跌倒前我走了52步，醒来后又走了48步才回到原点，一共100步。

按照常人来算，两步大约是一码，那这个地牢的周长约50码，但是它的形状我无法推断，因为走的过程中，我遇到了许多转角。我确认，我正待在一个地牢里，我的探究行动没有目的，也不是因为心中抱着逃生的希望，只是因为无法抑制的好奇心。出于好奇，我又开始了另一种探索，我不再沿着墙壁走，而是打算从地牢中间横穿一次。最初，我的每一步都小心谨慎，因地面湿滑容易让人跌倒。

后来，我渐渐产生了勇气，没有迟疑地踏出每一步。我尽己所能地走直线，这样走了十一二步，就被撕去布条后的衣服下摆绊倒了，跌了一跤。我被摔得糊里糊涂，没有马上意识到这其实是一个应该值得吃惊的情况。仅仅几秒钟，在我还没完全爬起来的时候，我注意到了让我吃惊的那一点。我的下巴紧紧贴着地板，可是嘴唇和脸的上部，却什么都没接触到。同时，我嗅到一种混合着霉味的异味，我整个人愣在又黏又潮湿的雾里。

我的胳膊又向前伸了伸，摸索到一道圆滑的曲线。我不由得浑身发抖，我跌到了一个不知道多大的圆坑边缘。我在坑边的坑壁摸索，抠下一小块岩石，扔进了前面的深坑里。

好长时间之后，我才听到它撞击坑壁的声响，之后是落入水中的发闷的回音。就在这个时刻，我的头顶传来了人快速开关门的声音，一缕微光，划破了眼前的黑暗，又迅速被黑暗吞噬。

我已经清楚地明白了他们为我安排的死法，甚至已经开始庆幸刚才跌的一跤。如果我多往前走一步，哪怕一小步，我就将跌入深坑失去性命，这种死法和传说中宗教法庭处死人的方法一模一样。通常那些被宗教法庭折磨的人，不是死于肉体折磨，就是死于精神谋杀，他们为我安排的恰是第二种。他们要我在这黑暗的环境中，饱受折磨，变成惊弓之鸟。

无论怎么衡量，他们为我安排的死法，都是最残忍的折磨。我浑身战栗地摸回墙边，坐在那里，心里暗暗地下了决心，绝对不再开始那可笑的冒险。估计这整个地窖，都布满了陷阱，等待我去触碰。也许，要是别的时候，我会鼓起勇气，自己跳入深渊结束生命，可此刻，我却十足地贪生怕死。那些关于陷阱的描述不时地在我眼前出现，那些陷阱的可怕之处在于，它不会那么简单地让你一下子解脱。

我心烦意乱地担心了几个小时，最后还是睡了过去。再次醒来时，身边一样放着水和面包。对于渴得要死的我来说，那简直是福音。不过这次没有上次那么幸运，水里似乎下了东西，喝完之后，我敌不过庞大的睡意，又睡了过去。

不知过了多久，当我再次睁开眼时，眼前有了昏黄的光亮，我能够看清四周，也终于弄明白这个牢室的形状和大小了。在黑暗之中，我完全弄错了，之前的努力完全白费。这间牢房，周长最多有 25 码，其实，在这样令人担忧的环境里，还有什么比地牢的大小更无关紧要的呢？可是我被这芝麻绿豆大的事情绑住了，想要找出出错的原因。仔细观察之后，我才豁然开朗。丈量的时候，我数到 52 步就跌倒了，随即睡着了，当时布条距离我不过一两步远而已，醒来时我却搞错了方向，又绕了一圈。浑浑噩噩中我没注意到，出发时墙在左手边，到达布条的时候，墙却在右手边。

不仅周长出了错，地牢的形状，我也弄错了。因为一路摸索过去时，我遇到许多拐角，所以我认定地牢形状不规则。可是现在看来，地牢大致是个正方形，所谓的拐角，不过是墙上忽大忽小的凹槽。这些足以说明，对于一个刚从昏迷或者睡梦中醒来的人，黑暗能造成很大的误差。就连地牢的墙壁，也并非石制，而是用巨大的金属板，比如铁板焊接而成。在这座巨大的金属牢笼里，墙的表面被粗鲁地画满了各种让人害怕又厌恶的图案。它们都是宗教迷信中一些阴森恐怖的景象，面目狰狞的恶魔，重重叠叠的鬼影，可怕的图腾，满满地充斥着整个墙壁，整个屋子失了美感。那些精怪的轮廓还算清晰，但颜色早就变得模糊不清。我还注意到了屋子的地板，地板倒是石头铺的。

屋子正中间，有个巨大的圆坑，就是那个我因为跌了一跤而躲过的陷阱。不过并非像我猜的那样屋子里布满机关，屋子里只有这一个陷阱而已。这一切，我看得并不是很真切，朦朦胧胧的。趁着我昏迷的时候，我不知道被谁绑在了一个低矮的木头架子上，牢牢地用皮绳捆着，只有头部能自由活动。我的左手边，勉强能够到的地方，有一盘散发着刺鼻气味的肉，水和面包都不见了，这显然是那些焦急期待我死去的人刻意做的。

我抬起头，看到了地牢的天花板。它离我大概只有三四十英尺的距离，材质也和四壁相同。其中一块金属板上画着一幅彩色的时间老人画像，同我所见过的时间老人不同，他的手里并没有握着镰刀，其他倒没什么不同。我漫不经心地扫过，才认出他手里的似乎是常见的老式钟的钟摆。不过这个钟摆的外形很独特，当我对着它仰望时，似乎能够看见它在摆动。很快，这种感觉被证实了：它缓慢地小幅度地摆动着。我盯着它，既害怕，又吃惊，直到看腻了，我的目光才移开。

一阵窸窸窣窣的细微响动吸引了我，我顺着声音的方向看去。只见地上有几只肥硕的老鼠，从那个圆坑中爬了出来。它们完全无视我的存在，贪婪地盯着盘子里的肉，我费尽力气才吓跑它们。半个小时或者一个小时，我已经搞不清时间了，我的目光又转向之前吸引我的巨大钟摆。

不看则已，一看吓得脸色全变。那个钟摆摆幅变大接近一码，摆速也加快了近一倍。最让人害怕的是，那个钟摆正在下降，而它的下端是一把弯月形的钢刀，正对着我闪闪发光。我能看到锋利的刀刃，整个钢刀的形状像是执行死刑的剃刀，又沉重又笨拙，从上往下越来越宽，上面系在铜棒上，摆动的下方划破空气，发出嘶嘶的响声。

我不必再迟疑了，这就是那些爱折磨人的僧侣为我安排的死法，见我躲过一劫，就打算用这样独一无二的方法结束我的性命。宗教法庭的那些家伙已经知道我发现了陷坑，就决定换一种比较温柔的死法来对付我。那圆坑是传说之中宗教法庭对付犯人超群绝伦的方法。趁人不备的设计、酷刑折磨不正是地牢里杀人的主要手段吗，无论哪一种都令人称奇。不过现在这个方法，真是相对温柔啊。"温柔"，我居然用了这样的字眼，看来我只能苦涩地一笑了。我发出声音数着钢刀摆动的次数，一下、两下……就像是在倒计时，看看自己什么时候会死。

在漫长的时间里，我经受着比直接死去还可怕的折磨。不过说这个又有什么用？那钟摆正一厘米一厘米地向我靠近，一点点地下降。它的速度太过缓慢，致使我要很长时间才能发现它确实在下落。就这样过了很多天，也许只是几天，虽然对于我而言，时间并没有什么分别，但那个钟摆终于来到了我的头顶。我能感到刀刃划破空气产生的微风，能嗅到锋利刀刃上的金属味道。

我在心中不停地祈求老天爷，让它快点结束这酷刑的折磨。我甚至发疯似的，想要撞上去，直接了结自己的性命。

可是，后来我突然平静了，对着那个即将杀死自己的凶器笑了，就像是孩子见到糖一样开心。我又昏了过去，不过这次时间比较短，因为我醒来后发现钟摆的位置没有变。不过也可能是那些正在监视我期盼我去死的恶魔们，看我昏过去便停止了钟摆。

当我醒来时，我感到说不出的虚弱和不舒服，就像是长久未进食一般。无论经历怎样的打击，犯了如何滔天的罪过，人还是会饿的。饥饿驱使我伸出左手，颤抖地伸向老鼠吃剩的那一丁点肉。

我终于触碰到了，挣扎着揪下一点放入自己的嘴巴。这时候一个想法闪现在我的脑海，它不成熟，却饱含着希望和喜悦。不过人并不总喜欢遐想，那些遐想虽然美好但最终也只是幻想而已。我感觉到那个带给我希望的想法消失了，我拼命地想抓住它，想看一看，可一切都是白费力气。

长久的精神折磨，已经把我变成了一个不会思考的废物，一个白痴。我平躺着，那弯月的刀锋，正对着我的心脏。看来这是设计好的，他们准备让那钟摆慢慢地划过我的衣服，一道一道地划破皮肤，最后到达心脏。

钟摆摆动的幅度越来越大，下降的速度也开始加快，摆动的力道之大像是能划破铁板。不过对于我的衣服，它还得花费不少时间慢慢地磨破，一点儿一点儿的。我不敢去想，我不敢再想，思绪就停在那里，就像是我不想下去，那钢刀就会停在那里静止不动似的。我想象着刀割破长袍的声响，想象那慢慢的摩擦对神经造成的紧张效果。我不停地想象和研究着这样那样无关紧要的细节，一直到全身发冷。

那个钟摆只是缓慢又平稳地下降着，我比较着它摆动的幅度和下降的速度，心中产生了一种快感，想尖叫，又很恐惧。左右，左右，随着这一下下，我不能自制地狂叫和大笑。

那钟摆还在下降，没有停止，只是不停地下降，距离我的胸口还有 3 英寸。我想挣扎着逃亡，然而全身上下，只有肘部以下的部分能够动弹。我又将手伸到盘子里，想抓点儿肉放进自己的嘴里。可是，用尽力气也碰不到更远的地方。如果，如果我能够挣脱皮绳，那我一定能够再逃过一劫。钟摆的下降仍在继续，那频率似乎和我的心跳呼吸绑到了一起。

我没有办法，只能任凭它离我越来越近，只能看着那锋利的刀刃闪着寒光一点点蹭向我的胸膛。我的每一根神经，每一个毛孔都散发着恐惧。

此刻，死亡对我而言已经不再是什么可怕的魔鬼，而是我期盼的上帝。我渴望解脱，渴望能够闭着眼直奔死亡。一定要战胜它，战胜恐惧，战胜痛苦——这样的希望，不会因为我待在宗教法庭的地牢里而消失不见，反而更加清晰地出现在我的耳边。

钟摆只要再摆动十一二次就能够划破我的衣服了，我似乎看到了自己的未来。这样紧急的情形，迫使我重新镇定下来，开始思考如何逃生。天，这其实是我这么久以来第一次思考。绳子，对，现在唯一的阻碍是绳子。绑着我的绳子只有一根，倘若，它断掉，无论是哪里断掉，我都将有生的可能。利用正在下降的锋利剃刀？不，那太危险了。

刀刃紧贴着身子，一挣扎，我不但不会逃生反而会轻易丧命。再说，那些监视我的家伙，也一定不会允许我这样做。更何况，我如何能保证，钟摆恰好割断皮绳而不伤到自己？我抬起头来，仔细观察捆绑我的绳子。该死，唯有那弯刀将划到的地方没被绳子缠上，我似乎看到绝望在对我招手。

我的脑袋，依然没有摆正，之前吃食物时那个模糊的逃生念头，居然在此刻电闪雷鸣般拼凑完整。虽然这想法还不成熟，逃生的几率也很微弱，但绝处逢生的喜悦，带给了我莫大的工作热情。几个小时以来，大批老鼠在我旁边，贪婪疯狂地盯着我，似乎准备来吞噬我。盘子里的肉已被它们吃得只剩一点儿碎末，我甚至不敢想象平时在那陷坑里，它们都吃些什么。

我驱逐老鼠的习惯性动作，不但没为我保留一点儿食物，反而使我的手指时常被那些饥饿难耐的老鼠啃咬。想到这里，我用左手将仅有的碎末都抹到了皮绳上，一点儿也没有浪费，小心地涂抹，做完这一切，我开始装死。

那些疯狂的老鼠起初在看见我一动不动后，纷纷害怕地后退，甚至逃回洞穴，不过这现象只持续了很短的时间，我没有估算错它们的贪婪和饥饿。一只老鼠跳了过来，两只，接着是成群的老鼠，生怕被落下一样涌了过来。它们在我的身体上走来走去，就像泛滥的洪水一般。那不断下降的钟摆没给他们造成任何困扰，它们就这样踩着我，不断躲着钟摆的袭击，不断拼命啃食着涂满肉末的皮绳子。那种感觉无法形容，甚至有那么几只老鼠将冷冰冰的嘴唇凑向我的嘴，我不禁毛骨悚然，充满了恐惧和厌恶。

过了一会儿，我能感觉到这法子正在慢慢生效。我身上的绳子不止一处被老鼠弄断，我能够动了，不过我依然没得到完全的自由，于是我凭着自己的意志保持着一动不动的姿势。终于，我将要自由了，那皮绳断成一截一截，挂在我身上。不过弯月的剃刀已经压向了我的胸膛，连我那厚厚的长袍都被割破了，里面的亚麻布长衫也岌岌可危。又是两个来回，我感觉到了疼痛。终于到了，终于到了脱身的时刻。随着我的挪动，那群称得上救命恩人的老鼠四下流窜。我能够行动了，我谨慎地向边上一缩，既躲过了利刃，也摆脱了绳子的捆绑。这一刻，至少在这一刻，我自由了。

虽然我依然在宗教法庭的控制下，可是我逃过了这折磨人的刑罚。我刚刚逃离困境，坐在地板上，那可怕的钟摆就停止不动了。我看到它被无形的力量拉到上面，消失在天花板上。看来我一直被监视着，这一点，我已经铭记于心。什么自由，我不过是逃离了一种痛苦的死法，不知道下一种是不是更折磨人。

想到这里，我开始打量四周，看看环境是否发生了变化，从天花板到地板再到墙壁。起初我没有看清楚，后来，我发现囚禁着我的铁壁发生了惊人的变化。新的刑罚开始了，意识到这一点，我再次浑身颤抖，就像做了噩梦一样，连灵魂也不知去了哪里。我的意识随波逐流，不知道会停在哪里。

然而这期间，我发现了一个事实，墙壁和地面是彻底分开的，让地牢变得明亮的光线就从它们之间的缝隙照进来的。我趴在地上，死命地向缝隙外望去，希望能看到什么，不过这都是白费。

我刚刚放弃这样的举动，就发现牢房已经变了模样。墙上那些牛鬼蛇神的怪图，轮廓依然清晰，不过它们那模糊的色彩，却变得光彩夺目。那些鬼神像被赋予了生命，从四面八方围着我，瞪着我。他们的目光肆虐又可怕，闪着火光。我没办法说服自己那火焰是假的。呼吸之间，已经有铁板烧红的味道传了过来。整个牢房里弥漫着这样的味道，让人无法呼吸。那些鬼神的眼睛一闪一闪的，越来越亮，深红色就像炼狱的火光一样在那些恐怖的图画上蔓延。

我觉得呼吸越来越困难，这就是那些吃人不吐骨头的家伙设计的方法，他们要活活烤死我，让我在烤死和自愿跳入陷阱两者中选择。为了躲避炙热和可怕的魔神，我向屋子正中移动。陷坑里面浮上来的骇人寒气似乎让我镇静下来，我迫不及待地冲到坑边，瞪圆眼睛，看向被屋顶发出的光亮照清的陷阱。

我似乎疯了，我一直拒绝接受的事实，突破了几道防线，占领了我的内心，在我所谓的理智上，烙上了不可磨灭的印记。那是怎样一种可怕，不能用言语形容，不能用事物比喻，恐怕就连地狱，也比这仁慈。我尖叫着逃离了坑边，悲痛地哭泣。

温度还在不断上升，我抬头观察，身体却被从心里发出的寒气弄得战栗不已。地牢又生了变化，它的形状变了，和以前的每一次酷刑一样，我最初无法弄清发生了什么，不过这一次，我很快就搞懂了，由于我连续两次逃脱刑罚，宗教法庭决定报复。他们要用最可怕的刑罚，送我入地狱，这次，我在劫难逃。

转瞬之间，牢房变成了菱形，这变化还在不断继续，好像最后将如同一张嘴一样慢慢地闭合，把我夹在中间。我会死的，我一定会死，这次我一点都不指望它停止，甚至期待被这火热的墙壁烤成碳，变成死尸。只要不是让我死在那陷阱中，我可以接受那死亡。

白痴，我在心底咒骂自己。傻子都知道这不断变化的火热铁壁就是为了逼我走进那陷阱，难道我一个肉身之躯能够经受得住高温，能够抵挡得住压力？菱形越来越扁，越来越扁，变化的速度快到不容许我思考。菱形的正中，那陷阱正张着血盆大口等待着我自投罗网。铁壁一厘米一厘米地逼近我，我退缩着，越来越靠近陷阱的边缘。

最后，我的身体烤焦了，不由自主地扭动，然而地板上没有我的立身之处。我绝望地尖叫，声音不断在空气中回荡，那嘶吼是为了给我的灵魂找到一个宣泄的路径。我感觉到自己在深渊的边缘岌岌可危，似乎就要跌进去。我闭上眼，再也不忍心去看，也不想去认清这事实。

突然，人声鼎沸，不知何处传来了一阵嘹亮的声音，像是冲锋号，更像是获取胜利的号角。我听到了震如雷鸣的刺耳声音，那墙壁也忽然恢复了原状。就在我要跌进那深渊时，一双手牢牢地拉住了我。那是拉萨尔将军，宗教法庭终于沦陷了，法国大军开进了托莱多城。

红死病的假面具

　　红死病在国内肆虐已久。这种可怕的瘟疫以前从未有过，它的具体表现和特征就是出血——一片殷红，令人恐惧。患者起初会感到剧痛，接着一阵头昏眼花，最后全身毛孔大量出血而死。只要患者身上，特别是脸部出现猩红色斑点就是染上瘟疫的征兆，这时诸亲朋好友谁也不敢近身去救护和慰问患者。患者从得病到发病，一直到送命，只要不到半小时时间。

　　可是普罗斯佩罗王子照样欢欢喜喜，他天不怕地不怕。当他领地里的老百姓死了一半的时候，他从宫里的武士和贵妇中挑了1000名健壮的随从，带着他们隐居到他统治下的一座雉堞高筑的大寺院里去。这座寺院占地宽广、建筑宏伟，四周围着坚固的高墙，墙上安着铁门，完全按照普罗斯佩罗王子那古怪而骄奢的品位兴建而成。

　　王子带着这些随从进了寺院。他们带着熔炉和大铁锤，在进入寺院后，就把门闩全都焊上，横下心来，绝不留方便之门，哪怕今后在里头憋不住，绝望发狂，也不从里面出去。所有人都没有把瘟疫放在心上，外界闹得如何，全都与他们无关。再说伤心也罢，焦虑也罢，都是庸人自扰；王子早已做好一切寻欢作乐的准备，有说笑逗乐的，有即兴表演的，有跳芭蕾舞的，有演奏乐曲的，有美女，还有醇酒；寺院里储粮充足，应有尽有，尽可以安享太平。

　　普罗斯佩罗王子在寺院里隐居了五六个月，外边早已闹得天翻地覆。此时，王子举办了一个盛况空前的化装舞会，邀请这1000名玩伴一同享乐。

　　这场化装舞会真是穷奢极欲。

　　举行舞会的场地原是一套行宫，一共有7间屋子。若在一般宫中，只要把套间中的折门向两边推开，推到墙根，整个套间就一览无遗了。而这里的情况却大不相同，因为这位王子就爱别出心裁。这些屋子造得极不整齐，每隔二三十步的地方就有一个急转角，每个转角处都可以看到新奇的景物；左右两面墙中间都开着又高又窄的哥特式窗子，窗外是一条围绕着这座行宫的回廊。

窗子都是彩色玻璃的，色彩各不相同，和各间房子的室内装饰的主要色调一致。譬如说，东边那间屋子悬挂的装饰是蓝色的，窗子就蓝得晶莹；第二间屋子的装饰和帷幔都是紫红的，窗玻璃也是紫红的；第三间屋里一律是绿色的，窗扉也是绿的；第四间的家具和映入的光线都是橙黄的；第五间全是白的；第六间全是紫罗兰色的；第七间从天花板到四壁都密密层层地罩着黑丝绒帷幔，重重叠叠地拖到同色同料的地毯上，不过只有这一间的窗子色彩同室内装饰不一致：这里的窗玻璃是猩红色的，红得像浓浓的血。

这7间屋子悬空挂着大批金碧辉煌的装饰品，但其中竟没有一盏灯，也没有一架烛台。不过在围绕这套屋子的回廊上，每扇窗子对面都搁着一个沉甸甸的大香炉，香炉里有个火钵，发出的光透过彩色玻璃，照得屋里通亮，呈现出五光十色、千奇百怪的景象。可是在那间黑屋里，火光透过血红的窗玻璃照射到漆黑的帷幔上却是无比阴森，凡是进屋的人，无不映得脸无人色，所以男男女女没有一个敢走进这间屋来。

这间屋里的西墙前摆着一座巨大的乌木时钟，钟摆左右摇动，发出的声音沉闷、呆滞、单调。每当分针在钟面走满一圈，大钟的黄铜腔内就发出一种既清澈又洪亮的声音，然而调子又显得很古怪。因此每过一小时，乐队的乐师都不由得暂停演奏来倾听钟声，跳着华尔兹舞的双双对对也不得不停止旋转，正在寻欢作乐的红男绿女不免一阵骚乱。

钟声在一下下敲响的时候，连放荡透顶的人都变得脸如死灰，上了年纪的和老成持重的人都不由双手抚额，仿佛胡思乱想得出了神。等钟声余音停止，舞会上顿时又恢复了一片轻松的欢笑声，乐师个个面面相觑，哑然失笑，似乎借此为刚才那番神经过敏的愚蠢举止解嘲。大家还私下悄悄发誓，保证下回钟响绝不这样感情用事。不想时间过得飞快，转眼间又过了60分钟，即过了3600秒，时钟又敲响了，这时舞会上依然一片混乱和震惊。

这场欢宴终究还是规模盛大，大家玩得很痛快。王子的口味毕竟古怪，他对色彩别具慧眼；他对时兴的装饰一概不放在眼里；他的设想大胆热烈，他的概念闪耀着粗野的光彩。有人以为他疯了，他的门客却不以为然，不过要确定他没有疯，要听到他说话，见到他的面，跟他接触过才行。

在举行这个盛大的宴会之前，7间屋子里那些活动装饰大多是王子亲手设计并指示布置的，化装舞会的声光设计也迎合他的口味。那真是五光十色，变幻无穷，令人眼花缭乱，心荡神驰——差不多都是在《欧那尼》里看见过的场面——到处都是光怪陆离的形象和打扮得不伦不类的人，一切梦幻般的奇景，只有疯子的头脑才想得出。

固然有不少东西美不胜收，但也有不少东西伤风败俗，有不少东西稀奇古怪，有的叫人看了害怕，还有许多叫人看了恶心。事实上，在这7间屋子里走来走去的人，无异于一群梦中人，这些梦中人映照着各间屋子的色彩，不断扭曲着身子，竟惹得乐队如痴如狂，奏出配合他们步子的乐曲。

那间黑屋里的乌木时钟又敲响了，一时间除了钟声外，声息全无。这些梦景顿时凝住了，但等钟声余音消失——其实只有一眨眼的工夫而已——人群中便发出一阵抑制不住的轻微笑声，随着远去的钟声荡漾着。

音乐又一下子响了起来，梦景重现，香炉散射出来的光线透过五颜六色的窗子照着扭曲得更加疯狂的幢幢人影。但是，黑色的那一间，还是没人敢去。夜色渐浓，血红的窗玻璃中泻进一片红光，那片乌黑的帷幔令人魂飞魄散。

其他屋里都挤得满满的，充满活力的心脏扑腾扑腾跳得起劲。狂欢方酣，不觉钟声当当，已入午夜。于是，又如上文所述，音乐顿时寂然，跳着华尔兹舞的双双对对不再旋转，照旧出现一种令人不安的休止。这次时钟要敲12下，因此玩乐的人们陷入深思默想的时间更长了，脑子里转的念头也更多了。也许，正因为此，最后一下钟声的余音还未消失的时候，大家才有闲工夫察觉到，他们中来了一个从未被人注意过的蒙面人。大家顿时窃窃私语，来客的消息就此一传十、十传百，宾客纷纷表示不满和惊讶，末了又表示恐惧、惊慌和厌恶。

可以这么说，在我笔下描绘的这样一个无奇不有的宴会里，寻常人的出现绝不会引起人们的注意。说实在的，这个通宵化装舞会未免放纵得过了头。

尽管王子花样层出不穷，但是大家议论着的这个人竟比王子有过之而无不及。就说那些极端放荡不羁的人吧，他们的心里未尝没有过动情的心弦；即使那些平素视生死大事为等闲的人，也难免有些事情不能等闲视之。看来全体宾客对这个陌生人的装束和举止都深表反感，因为它既没有丝毫妙趣，也没有半点礼仪可言。

这个人身材瘦长，从头到脚裹着寿衣，一张面具做得和僵尸的脸容相差无几，就算凑近细细打量恐怕也很难看出这是假的。疯狂作乐的人们，对这里种种的情形尽管心有不满，却还是容忍得了，但是这个人太过分了，竟然扮成"红死魔"——他的罩袍上溅满了鲜血，宽阔的前额和五官都布满了恐怖的猩红点。

这个鬼怪的动作缓慢而庄重，在跳华尔兹舞的宾客中走来走去，仿佛想继续把这个角色扮演得更加淋漓尽致似的。普罗斯佩罗王子一看这个鬼怪如此放肆，便不由得浑身颤抖，直打哆嗦，看来不是吓着了就是心里厌恶，他被气得前额涨红。

他声嘶力竭地喝问身边的门客道："哪个胆敢用这种该死的玩笑来侮辱我们啊？把他抓起来，掀开他的面具。我倒要瞧瞧，明儿一早绑到城头上绞死的究竟是个什么人！"

普罗斯佩罗王子说这番话时正站在东边一间蓝色的屋里，他的声音洪亮清澈，传遍了7间屋子。王子生性鲁莽粗野，所以他一挥手，音乐戛然而止。

王子身边跟着一帮脸色苍白的门客，在他说话时，这帮门客就已向不速之客逐渐逼近。谁知这个不速之客反而不慌不忙、步子庄重地逼近王子。大伙儿看到来者如此狂妄，早已吓坏了，哪儿还有什么人敢伸出手去把他抓住啊。因此，这个不速之客竟然畅通无阻地走到王子面前，相距咫尺。

这时，那一帮跳舞的人都纷纷从屋子中间退避到墙跟前，那人便又趁此脚不停步地朝前走，步子还是像先前那样不同寻常。他一步一步地走出蓝色的屋子，走进紫红色的屋子，出了紫红色的屋子又走进橙黄色的屋子，如此又走进白色的屋子，再走进紫罗兰色的屋子。

王子刚才一时胆怯，这时已恼羞成怒，气得发疯，他匆匆忙忙一口气冲过了6间屋子，大家都吓得要死，没一个敢跟着他。他高举一把出鞘的短剑，慌忙地逼近那怪异之人，相距不过三四尺。这时那人已退到最后一间屋子的尽头，猛一转身，面对追上来的王子。只听得一声惨叫，那把亮晃晃的短剑掉落在乌黑的地毯上，霎时间普罗斯佩罗王子扑倒在地毯上。

那些玩乐的人见状便一哄而上，涌进那间黑色的屋子里。那个瘦长的身躯正一动不动，直挺挺地站在乌木时钟的暗处。他们一下子抓住了他，不想一把抓住的竟只是一件寿衣和一个僵尸面具，其中人影全无。这下个个都吓得张口结舌，无法言语。

到此大家都认为"红死魔"已经上门来了。寻欢作乐的人一个接着一个地倒在血染满地的舞厅里，尸横狼藉，个个都是一副绝望的姿态。乌木时钟的生命也终于随着放荡生活的告终而结束，香炉的火光也熄灭了，只有黑暗、衰败和"红死"一统天下。

椭圆形画像

为了不让身受重伤的我在露天过夜，我的贴身男仆佩德鲁冒险闯进了那座城堡，那是亚平宁半岛众多城堡中的一座。那些城堡都已年代久远，夹杂着阴郁和庄严的气息，丝毫不逊色于拉德克利弗夫人想象中的那座城堡。一切迹象表明，城堡的主人是不久前临时离开的。我们在位于城堡偏僻塔楼的一套房间里安顿下来，这套房间最小而且装饰也最不豪华。屋内装饰繁多，但破烂而陈旧。墙上挂着壁毯，装饰着许多式样各异的徽章战利品，还有装在图案精美的金色画框里的现代画，画作多得数不胜数，而且都充满灵性。这些画不仅挂在主要的几面墙上，而且也挂在了城堡这一奇异建筑所特有的凹陷的隐蔽墙面上。也许因为本来就有精神狂乱症，我对这些画产生了浓厚的兴趣。于是，我让佩德鲁拉上了那个房间阴沉的百叶窗——因为天色已晚，我点亮了床头高架烛台上的所有蜡烛，并彻底拉开了床边带流苏的黑丝绒帷幔。我想即便我不能入睡，但做好这一切后，至少可以不时抬眼看看墙上的画作，读一读在枕边找到的一本评述这些作品的小册子。

我虔诚地捧读着那本小册子，专心地看那些绘画，久久不忍释手。时间在我的沉醉中飞驰而去，不知不觉已是午夜。烛台摆放的位置使我很不舒服，我不愿打扰酣睡的仆人，为了让光线更好地照在书上，我自己费力地伸手挪动了一下烛台。

但这一挪动却产生了意想不到的效果。好多支蜡烛的光线（因为蜡烛很多）照到了一个壁龛上——刚才，它一直被一根床柱沉沉的阴影遮挡住了。我在明亮的烛光下，看到了一幅先前根本没注意到的画，那是一位年轻姑娘的肖像。我只对那幅肖像匆匆一瞥，就紧紧闭上了眼睛。一开始，连我自己也不明白我为何如此。但在我的眼睑还没打开之时，我就找到了答案。那不过是一种下意识的冲动行为，为的是能有思索的时间，去弄清我的眼中所见并非幻觉，从而可以更冷静、更确切地观看。只过了一会儿，我就睁开了眼睛，目光又重新凝视在那幅画上。

我不能也不会否认这一点，这下我完全看清楚了。因为最初照在画布上的烛光似乎驱散了那悄然弥漫在意识中的梦一般的恍惚，并一下子惊醒了我。

我说过，那幅肖像画的是一位年轻的姑娘。画面上只有头部和肩膀，用的是所谓的"虚光画"的技法，颇具萨利擅长的头像画之风。画中人的双臂、胸部乃至闪闪发光的头发末梢，都不易察觉地虚化成朦胧幽深的阴影，作为整幅画的背景。画框是椭圆形的，华丽地镀了一层金，以摩尔式风格装饰得非常精致。不过作为一件艺术品，其最令人叹为观止的，还是肖像本身。但刚才那么骤然又那么强烈打动我的，既不可能是画作的技法，也不可能是画中人不朽的美貌。而最不可能的，当数我那已从半浑噩状态中清醒的想象力会把画上的头像当作了活生生的姑娘。可我马上就明白了，画作的构图、虚光以及画框方面的特点，也一下子就否定了我的这种看法，并且不容许我再生出半点的怀疑。或许有整整一个小时，我都半坐半倚在床头，两眼目不转睛地凝视着那幅肖像并陷入了沉思。最后，在弄清了那种神奇效果的真正秘密之后，我才心满意足地钻进了被窝。我在一种绝对栩栩如生的表情中发现了画面的一开始让我震惊，接着是困惑、被征服，最后令我丧胆的魔力所在。怀着深深的敬畏之情，我把烛台挪到了原来的位置。当那使我极度激荡的画作又被隔在我的视野之外时，我开始急切地查阅那本评述绘画及其渊源的小册子，翻到介绍这幅椭圆形画像的那一页。我读到了下面这段含糊而离奇的文字：

她是一位拥有世上极为罕见的美貌的姑娘，而她的欢快活泼和可爱比她的美貌还要罕见。当她与画家一见钟情并成为他的新娘，不幸的时刻降临了。那位画家充满激情，工作勤勉，不苟言笑，并且他早已把他的艺术当作新娘。她，一位拥有世上极为罕见的美貌的姑娘，而她的欢快活泼和可爱比她的美貌还要罕见；她光彩夺目，笑意盈盈，嬉戏时就像只小鹿；她满怀爱心，珍惜世上的一切；只憎恨那成为她情敌的艺术，只害怕那些夺去了她爱人的笑脸的调色板、画笔和其他画具。甚至，当听到画家说想给年轻的新娘画像时，姑娘也觉得那是一件非常可怕的事。但是一位柔婉乖顺的姑娘，最终还是温驯地在塔楼里坐了几个星期。塔楼的房间又暗又高，只有从头顶洒到灰色画布上的一点儿光亮。但是那位画家，却认为自己的工作无比荣光，每天每夜每时都沉湎于绘画之中。他是一个充满激情、狂放不羁、喜怒无常的人，加上又陷入自己的幻想之中，所以他未能察觉，孤零零的塔楼上那缕惨淡的光线把新娘照得枯萎了。她的身心都遭到了毁损。除了他，谁都看得出她的憔悴。然而她还微微笑着，依然静静坐着，没有一句怨言。因为她看到画家（他名气很大）从工作中获得了莫大的乐趣，他热情似火地画着深爱他的女子，不舍昼夜。可这女子的精神却日益萎靡，身体日益虚弱了。看到肖像的人无不低声说这幅画画得很传神、好得出奇，说这真是个非凡的奇迹，不仅证明了画家功力深厚，也见证了画家对画中人的深切爱恋。最后当这幅画即将完成时，画家便不许任何人再上塔楼，因为那画家的绘画热情已经近乎疯狂，他的目光很少离开画布，对妻子的面容更是漠不关心。他竟没有察觉到，那涂抹在画布上的色彩，就来自坐在身边的妻子的脸庞。几个星期已过去了，整幅画已接近尾声，唯有唇上差一笔没画，眼睛的色彩尚未点缀。这时姑娘又变得神采奕奕，如同火苗在烛尖里的最后一闪。于是，唇上的最后一笔画上了，眼睛上的色彩也抹上了。画家痴迷地在自己的作品前站了一会儿，接着，就在他继续凝视画面时，他开始浑身发抖，继而脸色苍白，目瞪口呆。最后，大声惊呼道："这就是生命！"就当他蓦然转眼看他心爱的妻子时，她已死去！

> ……其中就存在着意志，而意志是永恒的。谁又懂得意志和它的生命力的奥秘？因为上帝不过就是一种伟大的意志，以其专一的特性渗透了万物。人是不会屈服于魔鬼的，也完全不会屈服于死亡，除非他的意志薄弱。
>
> ——约瑟夫·格兰威尔

　　我以灵魂发誓，我怎么也想不起来我是怎样和丽姬娅小姐认识的。从那以后，漫长的岁月已经消逝，由于经历了太多的磨难，我的记忆力已经衰退了。或许，我现在之所以想不起上述几点，实际上是因为我所爱之人的性格、罕见的学识、非凡但娴静的美色，以及她的流水欢歌般的令人入迷的话语，潜移默化地印入我心头，我才没有注意也不曾知晓。但我相信，我大概是在莱茵河附近，一座古老破落的大城市里，第一次见到她的，之后我们就经常来往。我肯定我听她谈起过她的家庭，毫无疑问，那家庭属于遥远的古代。丽姬娅！丽姬娅！虽说我正埋头于那些比其他任何事都更能使人遗世忘俗的研究，但仅凭这三个甜蜜的字眼——丽姬娅，就能使我眼前浮现出早已不在人世的她的身影。如今，当我写着这篇文章，我才突然意识到，这位曾经是我的好友、我的未婚妻，后来成了学伴，最后又成为了我的爱妻的女子，我居然不知道甚至连问都没有问过她的姓氏。是因为丽姬娅开玩笑似的禁止我过问吗？是作为对我的爱情忠诚度的考验吗？或者仅仅是我自己的一种任性——往至爱至忠的神龛上奉献的一份浪漫？多么奇怪，我能模糊记起的只有这事情本身了。我怎么就想不起其他发生的事情了呢？事实上，如果真有那个名叫伊什塔耳式的浪漫神灵——崇拜偶像的埃及那个苍白的长有缥缈翅翼的神灵，如果真像人们所说是由她在主宰不吉利的婚姻，那我的婚姻肯定是由她主宰的。

　　不过，有件事倒从没有忘记过，那就是丽姬娅的身姿容貌。她身段颀长，略显纤弱，在她弥留之时，竟至形销骨立。要描绘出她那雍容华贵的风度，无限轻盈的、飘飘欲仙的脚步，那我的任何努力都将是徒劳。她来去无踪，就像一个影子。要不是她的纤纤玉手按上我的肩头，吐出欢歌般的低柔细语，我根本就听不见她进了我的这间房门紧闭的书房。普天下没有一个姑娘能比得上她容颜的美丽，她的美闪着虚幻的光彩，有如空灵的幻影，能使人的精神振奋，比翱翔在德罗斯岛的女儿们梦境中的幻象更圣洁神妙。然而，她那张脸并不属于异教徒的经典著作错误地教导我们去崇拜的那种端正的类型。培根在论及一切形式和类型的美时，说："绝色者之五官比例定有异处。"我虽看到丽姬娅的容貌不符合古典美的规范——我看出她的美当真称得上"绝色"，也感到她脸上多的是"异点"——但要想看出什么不端正来，找到心目中的"奇异"来，却是枉费心机。我曾端详过那高洁而苍白的额顶，那真是白璧无瑕，实际上，用这个字眼来形容如此圣洁的端庄是多么平淡！她的皮肤可以跟最纯洁的象牙相媲美，天庭宽阔而恬静，左右鬓角之上是柔和的轮廓，然后就是那头乌黑、油亮、浓密而自然卷曲的秀发，真是充分解释了荷马式形容词"风信子般的"之真正含义！我端详她那鼻子的精美轮廓，除了在希伯来人高雅的奖章上，我从没有见过类似的完美——两者都有同样光滑细腻的表面，有同样几乎看不出曲线的鼻梁，有同样和谐地微鼓并表现出灵魂之自由的鼻孔。我又端详她那甜蜜的嘴，这真是登峰造极之作——模样庄严的短短上唇，柔软的、妩媚的、催人欲眠的下唇。惹人喜爱的酒窝、能说话的红晕，还有那微笑时以惊人的莹白反射出一道圣光的亮晶晶的皓齿。我细看她的下颌的构成，在那儿我看到了希腊人的下颌的轮廓，宽阔而又显得圆润，柔软而又显得威严，饱满而又显得脱俗，这种轮廓，阿波罗神只让雅典人的儿子克莱奥梅尼斯在梦中见过。而当时，我又观察了她那双又大又圆的眼睛。

在远古时代可从没有过这样一双眼睛。在我心上人的眼睛里，很可能就藏着培根所暗示的那个秘密。我必须相信，那双眼睛比我们这个种族一般人的眼睛大得多。它们甚至比诺尔亚德山谷东方部族那种最圆的羚羊般的眼睛还圆。但是，丽姬娅的这一特点却只在她极为激动时才偶然显露。而在这样的时刻，她的美——也许在我狂热的幻想里显得是这样，就是超越天堂或人间的无双之美，就是土耳其神话中天国玉女的绝世之美。那双眼睛的颜色是纯然的乌黑，上面悬着墨玉色的长睫毛。两道略显参差的眉毛也墨黑如黛。然而，我在那双眼睛里所发现的"异点"和脸庞的形状、韵味、神采完全不同，所以归根结底得从神情上找原因。啊，多苍白的字眼！丽姬娅的眼神哟，我是怎样长时间地对它沉思冥想！我又是如何用整整一个夏夜努力去把它窥测！那眼神是什么，比德谟克利特那口井还深，那深深藏在我心爱之人瞳孔里的东西，它到底是什么？一种渴望发现的激情控制了我。那双眼睛！那双闪亮的、圣洁的大眼睛！对我来说它们成了丽达的双子星座，在它们面前我则成了虔敬的星象学家。

心理学上有许多令人费解的变态心理，其中最惊心动魄的，恐怕在学校讲堂里是不被提及的，那就是我们竭力想要追忆一件早已忘怀的往事，常常觉得自己马上要想起来了，可结果还是想不起。我仔细端详丽姬娅的眼睛，也是往往觉得快要彻底领悟了——彻底领悟出那眼神的全部深意，可终于未能贯通，以至于最后又不甚了了！说来也真是奇怪，啊，真是一个怪到极点的谜，在天底下最平凡的事物中，我竟发现了许多与那种眼神的相似之处。我是说，丽姬娅的美潜入我的脑海，像供奉在神龛里那样萦绕心头，此后，我就从这个物质世界的无数存在中获得了一种情感，那种像我在窥视丽姬娅那双又大又亮的眼睛时所感觉到的那样的情感。但是，对那种情感我却再也无法做进一步的描绘或者分析，甚至不能坚持观察。让我再重复一遍，我有时候观看一株迅速生长的葡萄，凝视一只飞蛾、一只蝴蝶、一只虫蛹、一条流淌的小溪之时，体验到过那种情感；眺望大海、看见流星陨落之时，我曾感受到那种情感；从年近古稀的老人的目光中，我体会过那种情感；当用望远镜窥视夜空的一两颗星星之时（尤其是窥视天琴座大星旁那颗可变六等星时），我意识到过那种情感；弦乐器的某些音符、书本上的某些段落都常使我充满了那种情感。在其他数不清的这类事例中，我清楚地记得约瑟夫·格兰威尔一部书中的一段话（说不定只是那书的提要——谁说得准）也总以这种情绪激励着我："……其中就存在着意志，而意志是永恒的。谁又懂得意志和它的生命力的奥秘？因为上帝不过就是一种伟大的意志，以其专一的特性渗透了万物。人是不会屈服于魔鬼的，也完全不会屈服于死亡，除非他的意志薄弱。"

实际上漫长的岁月以及后来对岁月的回顾，已使我真能看出在这位英国伦理学家的这段话与丽姬娅的某种性格之间有某种细微的联系。她思想、行动、谈话的专一，或许就是那种了不起的意志的产物，或至少也是它的反映，不过在我们长期交往的过程中，那种意志没有其他更直接的迹象而已。在我所认识的所有女人中，外表始终安然恬静的丽姬娅其实是冷酷而骚动的激情之鹰最惨烈的牺牲品。除了从她那眼睛的奇迹般的瞪大，从她那低沉语声中所包含的那种近乎魔幻般的甜蜜、抑扬、清晰与温和；从她习惯性的不经之谈中那种咄咄逼人之势（与她说话的文雅相比，更显逼人的威势）之外，我无法对她的这种情感进行评判。

上文中我谈到过丽姬娅的学识，真是渊博之极，我从没听说过女人能有这般博学。她精通各种古典语言，就我对欧洲现代方言的知识来说，我从没发现她犯过任何错误。事实上，在最受推崇的话题（在知识渊博的学院里，宣扬得最深奥的话题里最玄妙的）里，又何尝发现丽姬娅出过错误？只有最近这几年，妻子的这一特点才多么异乎寻常、惊心动魄地使人关注！我说过，她的学问在所有女人中无人能比，可是又有哪个男人能成功地研究包括伦理学、物理学和数学在内的所有学问，并取得她那样的成就呢？可那时我却没有像现在这样看到丽姬娅的学识是如此博大，如此令人震惊；不过，我也充分意识到她的无穷优势，因而甘拜下风，怀着一种孩子气的信任在形而上学的混沌世界里接受她的指导——在我们婚后的早些年里，我一直在那个领域刻苦钻研。当她俯身于我身边，指导我研究那些很少有人研究、世人知之甚少的学问时，我是多么地踌躇满志、欣喜若狂，心里怀着多少憧憬和希望。我在那无人开拓过的漫长而辉煌的道路上前进着，而且有可能最终将获得一种因为太珍奇神圣而不能不禁绝于世人的智慧！

可是，几年之后，我眼看着那已打好基础的前程不翼而飞，乘风而去，我心中那种悲哀当然会无以复加。没有了丽姬娅，我不过是一个在黑暗中摸索的孩子。有她陪伴在身边，听她讲解，我们潜心研究的先验论中不少疑难就此迎刃而解。没有了她眼睛灿烂的光芒，轻灵绝妙的文字便变得比铅还呆板凝重。可如今那双眼睛越来越难得射在我熟读的书上了。丽姬娅病了，惶惑的眼睛闪出熠熠光芒；苍白的手指呈现出死尸般的蜡黄颜色；高阔额角上的青筋随着极其微妙的情感起伏。我看出她已经命在旦夕，我内心已在悄悄地与狰狞的死神抗争。而令我惊讶的是，我多情的妻子对死亡的抗争比我还激烈。她那严肃的天性里有许多东西使我深信，在死神来临的时候她是不会害怕的，可事实上并非如此。她跟死亡斗争时那抵抗之顽强是言语所无法确切形容的。眼睁睁看着那副可怜的惨状，我心里一阵阵痛苦地呻吟。我很想安慰她，劝说她，但是面对她那种强烈得近乎疯狂的求生欲望——生，只求生——我知道安慰和劝说无异于痴人说梦。然而，虽说她的灵魂一直在进行着最激烈顽强的挣扎，但直到她生命的最后一瞬，她举止上始终如一的平静才被动摇。她的声音反倒更柔和了，更微弱了，但是我不愿阐述她在恬静里说出的话的疯狂含义。我神志恍惚地倾听她的声音，眩晕的头脑听到的声音仿佛天籁之音，那是一种世人从不曾知晓的臆想和渴望。

我从没有怀疑过她爱我这一点，说不定我也早已明白地意识到，她那种胸怀里的爱情非同寻常。但是，我充分意识到她的深情力量却是在她临死之前。她常常抓住我的手一连几个钟头向我倾诉内心的情愫。我怎么配消受这一番赐恩降福的表白？我该怎么承受我心爱之人在倾诉衷情之后就要死去这一灾祸？可我实在不忍细述这个话题。让我只说一点，正是面对丽姬娅以难以想象的柔情，痴恋一个不值得她爱的人，我才终于明白了她对即将离去的生命那么热切而疯狂地留恋的真正原因。这种热烈的期望，正是一种对生命，仅仅对生命的最强烈的渴望。

她去世那天晚上半夜时分，她明白地示意我到她身边，请我把她几天前写成的一首诗再念一遍。我遵从了，内容如下——

瞧！这个狂欢的夜晚，
在凄凄凉凉的暮年！
有群蝉翼仙子
轻纱遮面，热泪涟涟，
端坐戏院，看一出

恐惧和希望交织的表演，
乐队时作时辍地奏出
飘飘渺渺的天外仙曲。

装扮成上帝的一群小丑，
叽叽咕咕，自言自语，
从舞台这头飞到那头——
只是傀儡，横冲直撞，
听凭无形巨掌来来去去。
无形巨掌瞬息换景，
从它们秃鹰的翅膀内
拍出看不见的灾难！

这出戏真是五光十色！
啊，请相信，将不会被人遗忘！
人群不停追逐"幻影"，
伸手捕捉，永远失望，
绕圈回旋地兜来兜去，
最终总是转回原处，
剧中情节之灵魂多是罪愆，
充满疯狂，充满恐怖。

看啊，小丑群中，
闯进一条蠕行怪物！
那可怕的怪物浑身血红
从舞台角落里扭动而出！
他扭动——扭动！它有毒牙，
让丑角成了它的晚餐美味，
天使们呜咽，见蠕虫毒牙
正把淋淋人血浸染。

灯火转暗，一一熄灭！
罩住每一个哆嗦的影子，

大幕像一块裹尸布一样，

倏然落下像暴风骤雨，

仙子摘下轻纱，纷纷起身，

脸色惨白，双目迷茫，

这是一幕叫《人生》的悲剧，

而主角便是蠕虫，那位征服者。

"哦，上帝！"我朗读到最后几行时，丽姬娅尖叫着跳了起来，她高举双臂，一阵痉挛，用微弱的声音呼喊着，"哦，上帝！哦，圣父！难道这些事情符合天道？难道这个征服者就不能被征服一次？难道我们在你心中毫不重要？有谁——谁知晓意志之玄妙、意志之元气？人是不会屈服于魔鬼的，也完全不会屈服于死亡，除非他的意志薄弱。"

这时她仿佛激动得筋疲力尽了，让雪白的胳膊垂了下去，庄重地睡回了她的死亡之榻。在她最后的一阵叹息中，交织着几声低低的话语，我俯下身把耳朵凑到她嘴边，又清楚地听到了格兰威尔那段话中的最后一句："人是不会屈服于魔鬼的，也完全不会屈服于死亡，除非他的意志薄弱。"

她死了，痛不欲生的我再也不能忍受独自一人住在莱茵河畔那座阴沉破败的城市。我并不缺少世人称作财富的东西，而丽姬娅又给我带来了许多许多——比命运带给一般人的还多。因此，在几个月漫无目的的令人厌倦的可憎的游荡之后，我便在美丽的英格兰一处人迹罕至的偏僻处买了一座我不愿说出名字的修道院进行了修葺。这座宏大建筑的幽暗阴郁，周围近乎原始的满目凄凉，由那寺院和荒郊所联想到的说不尽的忧愁、道不完的记忆，非常符合我当时万念俱灰的心情，正是这种心情把我驱赶到了异国他乡的荒郊旷野。寺院外部那绿茵凋零的残颓外表并没改变，但我好似孩子一样任性，或许是暗怀一线减轻悲伤的希望，竟大事铺张，把屋内布置得一派王宫般的豪华靡丽。对这种铺张而荒唐的居室布置，我从小就有一种嗜好，而现在似乎是趁我悲伤得神志恍惚，那种嗜好又死灰复燃。唉，即使在那些想入非非的华丽帷幕里，在怪诞的檐板和家具里，在金子装饰的地毯上的混乱图案里，我觉得一定能看出我当初的早期癫狂症！我早已成为被鸦片束缚的奴隶，我的日常生活都弥漫着我梦幻中的色彩。但是对这类荒唐我不能详细描述，我只想谈谈那个应该永远遭到诅咒的房间。我是在一个精神错乱的时刻把来自特里缅因的金发碧眼的罗维娜·特里梵依小姐作为我的新娘——作为我难以忘怀的丽姬娅的替身带回那个房间去的。

时至今日，那间新房里的摆设和装饰之每一细节我都还历历在目。新娘那高贵的双亲难道没有灵魂，因为贪恋金钱竟允许他们如此可爱的女儿——一位如此可爱的少女，跨入如此装饰的一个房间？我说过，那房间的细微之处对我来说历历在目；可也非常遗憾，对于重大的问题我又很难记住。这儿的离奇陈设杂乱无章，没有体系，不能留在记忆里。那个房间在城堡式的修道院中一座高高的塔楼上，房间呈五边形，十分宽敞。五边形朝南的那一边以窗代墙，镶着一整块巨大的未经分割的威尼斯玻璃，玻璃被染成铅色，以至透过窗户照在室内物件上的阳光或月光都带有一种灰蒙蒙、阴森森的色泽。这扇大窗的上半部掩映着纵横交错的藤蔓，沿着塔楼的巨墙往上爬。色调沉郁的橡木天花板形成了异常高峻的拱顶，装饰着最罕见最奇怪的精雕细刻的半是哥特式半是特罗依德式的格子花图案。从那阴郁的穹隆正中幽深之处，由一根长环金链垂下一只巨大的撒拉逊式金香炉，香炉的孔眼设计得十分精巧，以至缭绕萦回的斑斓烟火看上去宛若金蛇狂舞。

东方风格的软榻和金色的蜡台随处摆放。一张印度式的低矮婚床是用坚实的黑檀木雕刻而成的，上方罩着一顶棺衣似的床罩。房间的五个角落各竖立着一口巨大的黑色花岗岩棺椁，这些棺椁都是从正对着卢克索古城的法老墓中挖掘出来的，古老的棺盖上布满了不知年代的雕刻。可是，哦！那房间最怪诞的地方要数房间里的帷幔。巍峨的四壁高不可攀，甚至高得不相称，从顶到脚，重重叠叠地挂着巨幅沉甸甸的帐幔——幔帐的质地与脚下的地毯、褥榻上的罩单、床上方的华盖以及那半掩着窗户的螺纹巨幅窗帘一样，都是最贵重的金丝簇绒。簇绒上以不规则的间距点缀着一团团直径约为一英尺的怪异的图案，在幔帐上形成各种黑乎乎的花样。但只有从一个角度望去，才带着几分真正怪异效果。经过一番当时很流行但实际上古已有之的精巧设计，那些幔帐看上去真是变化万千。初进屋的人一看，是简单的恐怖形象；再走几步，刚才的样子逐渐消失。随着他在屋里位置的改变，他又会发现自己被无数恐怖的形象包围。那些形象或是属于诺曼底人迷信中的幽灵，或是出家人邪梦中的幻影。幔帐后面，一股人为的循环不息的强风更加强了那种变化不定的魔幻效果——赋予室内的一切一种恐怖不安的生动。

我和罗维娜小姐就是在这样的大厅、这样的洞房度过了我们新婚蜜月中那些并不圣洁的日子，基本上还算过得无忧无虑。我不能不发现，我妻子畏惧着我性格里严重的阴郁，回避着我而且说不上爱我。这是我不能不看见的。但这给我带来的却是快乐而不是其他。我带着一种属于魔鬼而不属于人类的仇恨厌恶她。我又回忆起丽姬娅，我心爱的、端庄的、美丽的、玉殒香消的丽姬娅。唉，我满怀一种多么深切的哀悼！我沉迷于追忆她的纯洁，她的智慧，她的至高无上的神妙性格，她的如胶似漆的火热痴情。当时我心中那团火比她的如火如荼还猛烈。在我吸食鸦片后的梦境之中，我就会大喊她的名字——或是在夜里，夜阑更深的时候，或是在白天，在峡谷密林的幽深之处。似乎凭着对亡妻的这种追忆缅怀、神往渴慕、朝思暮想，我就能使她重返她已舍弃的人生之路——她难道能永远离开我吗？

大约婚后第二个月开始，罗维娜小姐突然病了，而且一病就是好久。高烧摧毁了她的健康，害得她夜不能眠。在半睡半醒的不安心情中，她向我提到塔楼上这间卧房里总有奇怪的声音和动静。我认为这无非是她病中的胡思乱想，不然恐怕就是房里那幻影横生的效果造成的影响。她慢慢进入了恢复期，终于痊愈了。但是在短短一段时间之后，第二次更严重的扰乱又出现了，把她重新扔回痛苦的病床。这一病，她那一向衰弱的身体就再也没有完全恢复。从那以后，她的病经常复发，而且发病的周期越来越短，这使得医生们大惑不解，所有的医疗手段均不见效。随着那显然已侵入膏肓以至靠人力已无法祛除的痼疾日益加重，我同时发现她越来越容易紧张，越来越容易焦躁，常常因为一些细小的动静而产生恐惧。她又念叨起那些声音和响动，这回更加频繁，也更加持久了。她念叨以前念叨过的轻微声音，还念叨帷幕间的不寻常的动静。

9月末的一天晚上，她又极不寻常地强调了这个恼人的话题，而且一定要我注意。她刚从乱梦中醒来，我看着她那瘦瘦的脸不停地在抽搐。我坐在她那张黑檀木床旁边的一张印度式褥榻上。她半欠着身子非常认真地向我低声讲述她刚才听到而我未能听见的声音，讲述她刚才所看见而我未能看见的情景。帷幔后面吹过风，我真想告诉她那听不大清的声响，墙上那几乎没有变化的影子，无非是风一直吹过而引起的。但我承认，连我自己也不敢相信我说的话。她脸上的那一层死一般的苍白向我表明，我想安慰她的努力将徒然无益。她眼看要晕过去，而塔楼上又唤不来仆人。我想起卧房那头放着医生让她喝的一瓶淡酒，就起身去取来。但是在我走到香炉火光下时，却出现了两个惊人的情况，引起了我的注意。我意识到有一个虽然看不见却分明能感到的东西从我身边轻轻走了过去；我又看见在香炉投在金色地毯上的明亮的光的正中躺着一个影子——一个模模糊糊、隐隐约约、袅袅婷婷的影子，正如那种可能被人幻想成幽灵的影子。但是我已经为分量不轻的鸦片刺激得发了狂，对这类东西并没有太注意，也没有告诉罗维娜。我找到酒，再次穿过房间，斟了满满一杯，然后将酒凑到罗维娜唇边。这时，她已稍稍清醒了一点儿，自己伸手拿了杯子，我便坐在旁边的褥榻上，两眼紧紧地盯着她。

就在这时，我清清楚楚地听到床边的地毯上响起一阵轻微的脚步声，紧接着，当罗维娜正举杯凑向嘴边之时，我看见，或者说不定是我幻想自己看见，仿佛有三四滴红宝石般的晶莹液体从屋子上方某个看不见的泉眼滴进了她的杯子。这事即使我看见了，但罗维娜并未看见。她没有丝毫犹豫地喝下了那杯淡酒，而我也忍住没把所见之事告诉她，毕竟我还是认为那很有可能是一种幻觉，是由罗维娜的恐惧、过量的鸦片以及那深更半夜给我造成的病态的幻觉。

但是我难以隐瞒的却是自己的感觉。紧随着红色液体的滴落，我妻子的错乱严重了起来。那以后的第三个晚上，她的侍女们已开始为她准备后事，而到第四天晚上，在那个曾接纳她做我的新娘的怪异房间里，只剩我孤零零地坐在那儿陪伴她盖着裹尸布的尸体。鸦片诱导出的狂野幻觉在我面前影子一样地飘忽往来。我不安的眼睛凝望着屋角的黑色大理石棺椁，凝视幔帐上那些千变万化的图案，凝视头顶上那些缭绕萦回于金香炉的斑斓烟火。我回忆起了那天晚上的情况，目光落到了我曾在那里隐约看见幽灵迹象的香炉下的亮点，可亮点已经不在那里。我不由舒了口气，朝床上那苍白僵硬的死尸看去。于是关于丽姬娅的无数往事忽然一一浮现，于是那种无法言说的悲伤如山洪暴发，涌上我的心头：我曾经怀着那种悲伤看着她这样被裹尸布覆盖。夜深了，我仍然怔怔望着罗维娜的尸体，心里却满怀一腔痛苦，心里满是对我的丽姬娅的怀念。

　　似乎已是半夜，也可能是在午夜前后——因为我对时间并没太在意——一声抽泣把我从梦境中惊醒，是低低的、柔柔的，但是清楚的呜咽。我觉得呜咽声是来自那张黑檀木床，那张灵床。我怀着一种迷信的恐惧侧耳细听，可那个声音没再重复。我再睁大眼睛细看那尸体，可尸体也没有丝毫动静。可我不可能听错，我确实听见了的，不管它多么微弱。我的灵魂在身子里惊醒了。我坚持把注意力固定在尸体上。好多分钟过去了，没有任何异样发生。最后我终于明确无误地看见，在她两边脸颊上，顺着眼睑周围那些微陷的细小血管，一股微弱的、淡淡的、几乎难以察觉的红潮正在泛起。由于一种恐怖和惶悚——那是一种人类的语言不足以描绘的莫名恐惧，我觉得自己的心脏停止了跳动，四肢也在原处僵住了。但一种责任感终于使我恢复了镇静。

　　我确定是后事料理得太仓促了——我不怀疑罗维娜还活着，现在需要的是马上进行抢救。但塔楼和仆人住的地方是分开的，从塔楼上没法唤来他们，我要去叫仆人来帮忙，就得离开房间好一阵，而我当时不能冒险那么做。因此，我便一个人努力去唤回那仍然盘旋未去的灵魂。不久之后，她的脸色出现了明显的反复：脸颊和眼圈周围那点儿血色已荡然无存，剩下的只是一片大理石般的苍白。嘴唇变得比刚才更枯皱，萎缩成一副可怕的死相。一种滑腻腻的冰凉迅速在尸体表面蔓延，接下来便是照常的僵硬。我吓得打了个寒噤，坐回我刚才一惊而起的那张褥榻，立即让自己陷入了对丽姬娅的深情的白日幻觉之中。

　　一个小时就这样过去了，我第二次意识到床边又有了响声——那可能吗？我仔细听，心里恐惧到了极点。只听再次传来声响，那是一声叹息。我匆匆奔到死尸前，我看见——清清楚楚地看见——死尸的嘴唇轻轻一动，露出一排珍珠似的皓齿。我满心的畏惧如今又添了几分惊讶，一时间我觉得眼睛发花，头脑眩晕，费了好大劲儿我才终于振作起来，开始履行责任感再次召唤我去履行的义务。现在她的前额、面颊和喉咙都多少有了点活气，可以看出有温暖在往全身蔓延，甚至心脏也有了轻微的搏动。罗维娜活了。

　　我的勇气翻了一倍，开始做抢救工作。我擦热了她的太阳穴，洗净了她的两只手，采取了每一项单凭经验而不消看医书就知道的措施。但是没用。突然，那颜色又消失了，脉搏也停止了，嘴唇又恢复了死人的表情。随后不久，她的整个躯体又变得冷冰冰、白森森、直挺挺，又显出枯萎的轮廓，又显出死尸所具有的全部讨厌的特征。

　　我又重新沉溺于丽姬娅的幻影——耳边又响起幽幽的一声（真不可思议，我现在写下这件事时还毛骨悚然），又响起幽幽的一声呜咽，还是从黑檀木床那边传来。可是，那天晚上发生的一切不可名状的恐怖事件，我又何必一次一次地细述呢？何必在此描述着出灰蒙蒙的黎明前的复活恐怖戏呢？那一次次可怕的复活是如何不可避免地再次坠入一种更加不可改变、更加万劫不复的死亡？那一次次痛苦的死亡是如何展现出与某个看不见的对手的一番抗争？而那一次次的抗争又是如何伴随着尸体外观上那种我说不清、道不明的急剧变化？还是让我赶快把故事讲完吧。

恐怖的夜晚大部分已经折腾过去，死去的人再次动弹了。这一回比以前哪一回都更有力气了——显然，由于是从完全绝望的可怕死亡中醒了过来，显得尤其恐怖。我早已放弃了努力，或说停止了抢救，只是一动不动地僵坐在褥榻上，听天由命地被一阵强烈的感情旋风所俘获，在这阵旋风中，极度的恐惧也许是最不可怕、最不耗神的一种感情了。我再说一遍，那尸体又在动弹，现在比以前更有力了，生命的颜色以不寻常的力量在她脸上泛了起来。她的四肢松弛了，除了眼皮还沉重地紧闭。若不是那层裹尸布依然证明那身躯就要被送进坟墓，我说不定会幻想罗维娜真的已经完全挣脱了死神的羁绊。但是，即使我那时还没有完全接受这个想法，我也无法怀疑一个事实——那个穿着裹尸布的东西已经从床上站了起来，闭着眼睛，迈着纤弱的步子颤颤悠悠但实实在在、明明白白地走到房间中央之时，我至少不能再怀疑了。

我没有发抖，没有动弹，因为那个躯体的身姿、风度和神采使我产生了无数难以言传的想象，这些想象猛然涌进我的脑际，一下子使我僵直冰冷得像一块石头。我一动不动，只是呆呆地凝视着那个幻影。我的思绪杂乱无章，像是一种难以抑制的疯狂的骚乱。我面前的人真是活过来的罗维娜吗？那难道可能是罗维娜吗？是那个来自特里缅因的金发碧眼的罗维娜·特里梵依小姐吗？可我为什么，为什么会怀疑呢？裹尸布就沉甸甸地垂在那张嘴边，可难道它不是罗维娜活着时的那张嘴？那面颊上出现的她一辈子全盛时期的玫瑰色——没错，这大有可能真是活着时的面颊。还有那下颌，伴着她健康时有过的酒窝，这些难道会不是她的？但是，难道她生了病反而长高了？是什么说不清的疯狂抓住了我，让我产生那念头的？我纵身一跳，来到她的脚边！她一避让，头上的裹着的阴森森的尸布掉了下来，露出一头浓密的蓬松头发，在房间里川流不息的空气里漂浮，那头发比半夜的乌鸦翅膀还要黑！现在那站在我面前的她缓缓地睁开了眼睛。我尖叫起来："现在，至少，在这儿，我是绝不会错的，绝不会错。这双圆圆的、乌黑的、目光热切的眼睛属于我失去的爱人——属于她——属于丽姬娅！"

莫蕾拉是我的朋友，虽说我对她怀有某种深挚的情感，但那是非常奇异的。

我们偶然相识。我们第一次见面时，一种以前从未有过的熊熊火焰就在我心中燃烧起来，然而这火焰却不是爱情的火焰。我逐渐发现自己也说不清这奇异的火焰究竟意味着什么，也没有办法控制这火焰的热度，这令我痛苦不堪。然而，命运让我们结成了夫妻。我对她的感情与爱无关，也不能用激情来形容。她与我相伴，给我一种超乎想象、梦寐以求的幸福。

莫蕾拉聪慧过人，学识渊博，这一点我感触深刻。在许多事情上，我都顺从她。但是，没过多久我就发现，她拿给我看的一些文章非常神秘。也许是她在普雷斯堡上过学的缘故，这类文章往往会被人们视为早期文学中的莠草。而她却非常喜欢这类作品，而且对它们进行了长期研究。虽然这令我不解，但我在她的影响下，也莫名其妙地对它们产生了兴趣。

我想并不是理性使我变成这样。我忘却了自己，不明所以地成了这些哲学的信徒，这既不是因为这些哲学本身对我发生了作用，也不是因为我对书中的神秘色彩着了迷，原因只能说是我走火入魔了。

我一心一意地听莫蕾拉的话，亦步亦趋地跟随她投入那复杂诡异的研究中。每当我钻进纸堆，并从心中生出一种被禁的感觉时，莫蕾拉就用她那冰冷的手握住我的手，然后从那哲学的灰烬中随意拣出几个古怪的文字，激起我强烈的印象。

于是我经常在她身旁，听她为我讲解这些字的意思，直到她美妙的声音让我心里发麻，进而对她那恐怖的语调胆战心惊。因此，愉悦之情被恐惧代替，就像欣诺姆谷（以色列地名，语出《圣经》——译者注）变成了火焚谷（《圣经》中记叙的耶路撒冷西南的一个山谷，是亚达人以儿童为美祭火化献给摩洛神的地方）一样，最美好的变成了最恐怖的。

在很长一段时间中，我和莫蕾拉的话题除了这些怪玩意儿，就没别的了。我也就不再详细地讲述我们的研究到底是怎么一回事了。

莫蕾拉非常具有想象力。在她看来，德国哲学家费希特的唯意志论、古希腊哲学家和数学家毕达哥拉斯提出的"一切都是数"，以及德国唯心主义哲学家谢林所鼓吹的"同一性"学说，都很有趣。我相信英国哲学家洛克先生的那种同一性构成了理智者的理智。我们之所以是我们自己，我们之所以与别人不一样，是因为我们都明白智慧的本质是理智，我们的良知与思想息息相关，然而我们却是相同的。

其实我最感兴趣的是那些个性化的观点，不仅因为那些观点新颖，令人愉悦，更由于莫蕾拉谈到这些观点时非常热情。

但是，终于有一天，我妻子的热情像符咒般使我感到窒息。她那苍白手指的触摸，那低沉悦耳的声音，那忧郁的眼神，让我再也无法忍受了。她并没有责备我，尽管她早已知道了这一切。她似乎觉察到了我的软弱和愚蠢，微笑着说一切都是命运。她似乎也觉察到了是什么引起我自己也不明所以的神经过敏，但是她什么都没有说。

然而，她一天比一天憔悴，她脸上的红晕日渐消失，额头上的青筋越来越多。刚开始我非常怜悯她，后来我就感到很恶心，就像是俯视着深不见底的峡谷，令人头昏脑涨。应该承认的是，刹那间我极其渴望莫蕾拉死掉，但是她那羸弱的灵魂眷恋着肉体，过了很久，她仍迟迟不死，我越来越生气，直到我心中的愤怒压过了良知。

我像魔鬼一样，诅咒着推迟的每一天，诅咒着推迟的每一个钟头，诅咒着痛苦的每一刻。而她的生命还在延续，就像是黄昏的夕阳，迟迟不肯离去。

然而，在一个秋天的晚上，外面的风停了，莫蕾拉把我叫到她的床边。窗外薄雾迷漫，一道彩虹出现在渺远的天空。

"是时候了，"她说，"活下去，或者死掉。今天是大地之子与生命之子的日子，或者应该说是天堂之女与死亡之女的日子！"

我吻了吻她的前额，她继续说："我应该活下去，可是我知道我就要死了。"

"莫蕾拉！"

"只要你还爱我，我就不会死，但是活着的时候被你嫌恶的女人，只有死了以后才会得到你的尊敬。"

"莫蕾拉！"

"我再说一遍，我就要死了，而我的心里还保留着一份爱，你曾经对我也有过这样的爱，却转瞬即逝了！我死了，我们的孩子会活下去，我莫蕾拉的孩子。你的余生将是痛苦的，这种痛苦会像柏树的生命一样持久。幸福不像帕埃斯图姆的玫瑰那样一年开两次，你的幸福也不会有第二次了。因为你忽视了长春花和藤蔓，你将背负着大地的死衣艰难行走。"

"莫蕾拉！"我哭嚷着，"莫蕾拉！你是怎样知道这些的？"

但是她扭过头去，四肢微微颤抖了几下，便死去了。

正如莫蕾拉临终前所说的，她死之前生下了一个女孩。这个孩子直到她母亲咽了气才开始呼吸。

随着她渐渐长大，我发现她无论是在体态上还是在智力上，都极为奇特，也特别像她死去的母亲。她是我的掌上明珠，我对她的爱超过了世上任何的爱。

然而，不久后这种真诚的爱便被一层阴云笼罩住了。

正如我刚才所说，这个孩子成长得非常奇异，她的身体发育得特别快，心智方面成长得也特别迅速。我脑中常常因此出现一些莫名其妙的想法，这令我感到非常害怕。如果不是这样，那我怎么每天都会觉得这个女孩的想法中有成年女子的能力？

她忧郁的眼神中怎么常常会传达出成熟女人的气质？天哪，当我不得不面对现实，面对这一切迅速而显著的变化，并感到惊恐万分的时候，我不由自主地想起了莫蕾拉死前的那番话。我躲在家里，观察着与这孩子有关的一切。

茫茫人海中，我用尽生命去热爱的竟是命运之神命令我必须去尊敬的人。

我每天都注意观察她那圣洁、温柔的面孔，她的成熟让我惊诧不已。我为每一天都能在这孩子身上发现她与莫蕾拉的新的相似之处而感到不安。

她的微笑、她的眼神都那么像她母亲，这常常令我毛骨悚然。更为惊异的是，她的眼光也同莫蕾拉一样敏锐，能够看透我的心理。她那高高的额头、亮丽的秀发、苍白的手指和悦耳动听的声音，都使我极为不安。

最可怕的是，连她说话时所用的字眼都与她母亲极其相似，这对我是一种莫大的折磨。10年之间，我一直都没给我的女儿取名字，只是亲切地称呼她"我的孩子"和"亲爱的伙伴"。

自她母亲死后，就没有人再提起"莫蕾拉"这个名字，我也从没向女儿说起过她母亲的情况——绝不会讲的。这些年她一直待在家里，与社会没有任何接触。外面的世界对我的女儿来说非常陌生。她一直生活在自己狭隘的、与世隔绝的天地里。但是随着她的长大，我终于想起应该给她洗礼了。我以为可以通过为她举行洗礼仪式让自己从这被诅咒的命运里逃脱出来。

在我家地下室举行的洗礼仪式上，我不知道该给女儿取个什么样的名字。我想起很多好听又很有特色的名字，不知为什么它们一起涌到了我的嘴边，但我就是说不出口，而在一瞬间我竟然想起了我已经亡故的妻子。

只有上帝知道我那时着了什么魔，全然不知自己在干什么，我只低声说出了一个名字，这个想起来就会令我血液倒流的可怕的名字，这个恐怖的名字，当时一直在我脑海中徘徊着。

在这寂静的夜晚，阴暗的圣坛边上，我神志恍惚，不知道被什么可怕的东西罩住了一般，向神父说出了三个字——莫蕾拉。

但更加怪异的是，我的女儿一听到我说出的这三个字，脸颊便开始颤抖，她仰起头痴痴地望着天花板，突然跌倒在地上，说了一声："唉！"

当我听到这个简洁明了的声音时，我的大脑停止了一切活动，一片空白。我永远都不会忘记这段记忆，绝对不会忘记！尽管我真的没有无视长春花和藤蔓，但是拥有最长生命的柏树却日日夜夜地掩盖着我。

我不知道自己在哪里，也不在乎时间的意义，大地因为我的命运之星的暗淡而变得黑暗了。从我身上走过的人们就像疾驰而过的影子，而在这些人当中，我只认识一个：莫蕾拉。

我只能听见一个声音，那就是海水在风的吹打中不断发出的低吟声：莫蕾拉。然而她已经死了，我亲自把女儿的尸体送到坟墓里，就在我打开墓室，把第二个莫蕾拉放进去的时候，我竟然没有看到第一个莫蕾拉的尸体，我冷冷地狂笑不止。

贝蕾妮丝

　　我的洗礼名叫作埃格斯。我的家庭成员都被称为"幻想家"，而家庭中古老的一切——古老的大宅、大厅的壁画、屋里的挂毯、族徽中的图案，都从一个侧面证明了我们幻想家的身份。

　　如果我说我的灵魂以前没有存在过，你也许认为我在瞎说。不过，对此我们不必争论，我自己相信就好。我童年时的记忆与一个图书室联系在一起，我的母亲死在那里，而我却降生在那里。而这段记忆像影子一样，摇曳不定，挥之不去，并且永远存在。

　　从长夜中醒来时，我没有立刻进行宗教般的冥想，只是瞪着眼睛去观察周围的一切。我的少年时代在读书中度过，而我的青年时代，则是在冥想中度过。时间流逝，将近中年时，我仍待在家族的府邸中。我感到我的生命几近枯竭，我的思想也发生了很大的转变，我竟然觉得现实世界就像是幻想，而幻想中的世界却是一片真实。

　　和我一起在古老大宅中长大的，是我的表妹贝蕾妮丝。虽然我们一起长大，但我们相差甚远：我体弱多病，总是忧郁，她健康美丽、活力四射；我喜欢做修士式的研究，而她喜欢在山坡上漫步；内向的我总是在冥想，她则无拘无束，快乐地生活。我呼唤着她的名字——贝蕾妮丝！想到她，我阴暗的记忆中便涌现出满满的快乐，她的倩影是那么美丽，令人心动。而后来发生的事情却让我不忍讲述，神秘之余也让我充满恐惧。

　　一场致命的疾病无情地降落在表妹身上，我眼睁睁地看着她变成另一个人，无论是心理、习惯还是性格，她都完全变了，原来美丽的贝蕾妮丝不见了。

　　这场大病给表妹的身心都造成了很大的影响，也留下了许多后遗症，其中之一便是癫病。这个痼疾时好时坏，不发作的时候跟好人无异。

　　就在同一时期，我也忽然患了病，并且最后发展成了偏执狂症，而且越来越严重，到后来我都无法控制自己。我的症状主要是极易激动，遇到问题就使劲钻牛角尖，通俗点说，就是再小的事也会让我焦虑不已，琢磨个没完。

比如，一本书的印刷、纸页边框也可以让我不厌其烦地研究上数小时；壁毯和门上的影子也会让我想上大半天；有时，我会关上房门，整整一夜呆呆地盯着蜡烛的火苗或者炉中余烬纹丝不动；有时也会闻一天的花香，或者把一个普通的单词颠来倒去地重复，直到它在我脑海中失去意义。而我的精神疾病所导致一个常见问题是，长时间一动不动。

大家可不要误解我的话，我的这种对小事的执着与正常人运用想象力的创造性思考完全不一样。正常人的沉思不会像我这么极端，他们也不会执着于鸡毛蒜皮的小事。对正常人有吸引力的东西，会催生出他们的想象力和创造力，但联想过后，引起他们联想的东西便会消失，那些最初引起他们兴趣的事会被遗忘，最终，他们得到的是丰盈的内心世界。

而我恰恰相反。不管我怎样联想，思想都会回到最初的那件事情上，思考结束时，最初注意的那个东西不但仍然存在，而且愈发清晰，就像是放大镜下的东西，呈现出一种夸大的形象。也就是说，幻想家的心理特征是思考观察型，而我只是病态性的关注型。

在我得病的这段时间，我读过的书也是混乱、诱发人想象力的书，可以说尽管这些书不是导致我生病的主要原因，但它们也应该对我的病负一定的责任。我还清楚地记得那些书，其中包括奥斯丁的名著《上帝之城》和德尔图林的《论基督之复活》。尤其是后者，我对其中一些隐秘不解的文字进行了琢磨，然而几周过去，我依然一无所获。我对细节的这种执着，与托勒密·赫弗斯狄翁说的海边巨石十分相像。据说，那岩石不论是受到人为破坏，还是海浪侵蚀，抑或暴风袭击，都毫无变化，但是令人惊奇的是，它一沾到一种被叫作"艾弗花"的花朵，就会发生震动。如果真的有这种花，那么我生命中的"艾弗花"一定是她——贝蕾妮丝。

过了一段时间，我的病逐渐好转，人也清醒了些。此时的我看到贝蕾妮丝不幸地生活着，心里既疼痛又惋惜——这么一个如花似玉的姑娘怎么就成了残花败柳。这并不是我的病态思考，任何人见到她都会有这样的想法。我犯病的时候，注意到的只有一点，就是虽不太重要但格外引人注意的变化——外表上的巨大变化。

她生病之前可谓倾城倾国，可那时我并没有爱上她，后来我的精神有了问题，心灵与大脑发生了错位，那种源自心底的感情不再属于我，我只有大脑发热而产生的热情。以前，从灰蒙蒙的早晨到昏暗的晚上，她总是在我身边，我却从不认为她存在于现实中，而只认为她存在于梦境；我从未把她视为凡俗世界中的女人，而是把她当作一件抽象的东西去分析。

可是现在，她一出现我就颤抖，她一向我走来，我的脸就迅速变白。我同情她的不幸，再想到以前她就爱着我，一时头脑发热，就向她求了婚。一切如愿以偿，我们的婚期逐渐临近。一个冬天的下午，我独自坐在图书室里，本以为只有我一人，可一抬头，贝蕾妮丝就站在我面前。不知道是我的想象力太丰富了，还是光线太暗淡，我竟然看不清她的身形。

她一言不发，我也一句话都说不出来，只是感到一种莫名的难受，而好奇心驱使我看着她。她在椅子上坐了好一会儿，我的双眼紧盯着她，目光落在了她苍白的脸上。天哪，她已然瘦成了秸秆，完全失去了往日的轮廓与美丽；她的头发的黑亮现在已经被稀黄取代；她的眼睛丝毫没有生气，就像是没有瞳仁。这样的形象与南欧人的特征极不相符。因为眼前的景象，我不由得避开了她呆滞的目光，转向她的薄唇。微张的嘴唇带着一抹奇特的笑，在这微笑中，她的牙齿渐渐露了出来——天啊，那牙齿我简直不想再看，太恐怖了！

突然而至的关门声惊醒了我，当我抬起头时，表妹已经离开了房间，但我始终无法把那一口可怕的牙齿驱赶出脑海。这些牙齿没有一个缺口，没有一丝斑痕，她的牙齿和微笑一并留在了我的脑海里，现在这牙齿显然比微笑更清晰。

牙——白牙！——白牙！无处不在的白牙！

我又犯起了偏执狂。我试图抵抗这奇怪的思想，但是我控制不住。此刻我的脑子里，什么都没有，只有那一口白牙。我从各种角度揣摩它们，研究每一颗白牙的特点。我对它们有一种疯狂的渴望，我一心想着它们，其他的一切都被我抛在脑后。

我开始想它们的不同之处，它们独特的构造，我想象着它们具有的敏感力量，以及即使不靠嘴唇它们也具有某种精神上的表现力。当想到这里时，我不由得大吃一惊。人们都说舞蹈大师莎莱的脚步充满了感情，而我则坚信贝蕾妮丝的白牙才充满了思想！我如此执着于这些白牙，甚至觉得只有拥有了它们，我才可以恢复理智，获取平静。

就在我不断沉思冥想的时候，黄昏按时来临，黑夜如期而至。接着，黎明再一次到来，太阳升起。到现在，已是第二个夜晚，我仍一动不动地坐在屋里，沉思冥想，脑子里只有白牙，无论白天还是黑夜，在房间里几乎都是白牙。突然一声可怕凄惨的尖叫将梦中的白牙打碎，我从深思中惊醒，听到骚乱和叫喊声，中间似乎还夹杂着些许呻吟的声音。我起身，推开图书室的窗户，一名女仆泪流满面地站在前厅，告诉我贝蕾妮丝死了。原来那天一大早，她就犯了癫病，而当天的傍晚时分，安葬她的坟墓已经为她准备好，葬礼的一切也已经安排就绪。

现在，我发现我又是一人独坐在图书室里，似乎刚从一个混乱的梦中惊醒。我清楚地知道现在是午夜，还记得这天太阳一落山，贝蕾妮丝就下葬了，但是我对此前发生的事情记忆朦胧。我的记忆中确实存在着巨大的恐惧，而这些恐惧似乎是由一些符号堆积而成，我使尽全身力气也破译不了。与此同时，我的耳边总鸣响着一种声音，那是离去的灵魂的声音，是女人的尖叫声。我高声地问自己，我干了一桩什么事情呢？

我抬起头，看见旁边的桌子上有一盏灯，灯旁有一个小盒子，看起来很普通。以前我常在给我们家看病的医生那里见到它，但此刻，它为什么会在这儿呢？而我一看到它，就莫名地发慌。我的目光随后落在了一本书的画线句子上，这是埃尔本·查亚特的一句奇特的小诗："朋友告诉我，要想减轻我的忧伤，就去情人的坟墓一看。"这时，一名脸色惨白的仆人从图书室的房门进来，看上去已经吓破了胆，对我说话的声音都颤抖着，由于声音太小，我听到的也只是一些期期艾艾的、不是很连贯的句子。

从他的话语中，我知道了事情的真相。他说，就在刚才，人们被可怕的哭声惊醒，于是大家都聚在一起，循着哭声的方向寻找。仆人的讲述声愈来愈令人感到恐怖，却异常清晰。他说，他们进入贝蕾妮丝的坟墓，发现了穿着寿衣的贝蕾妮丝的尸体。但令人惊诧不解的是，她居然还活着，虽然样貌已丑陋至极，心跳却很清晰。

哦，上帝！她还活着。

突然，仆人指着我沾满污泥与血迹的衣服，我不知该说些什么。然后，他又抓起我的手，手背上布满了抓痕。接着，他指着靠墙的地方让我看，好半天，我才弄明白那是一把铁锹。我下意识地惊叫了一声并迅速冲到桌边，抓起那个盒子，但怎么也打不开它。

我的双手猛烈地颤抖着，盒子掉在了地上，有一些东西从里边滚落出来，除了牙医的各种手术器具之外，还有 32 颗夺目的洁白如珠的东西滚落四处……

灵魂安于特殊形体的保护。

——雷蒙·卢尔

我的家族以其丰富的想象力和炽热的感情而著称。人们向来认为我疯狂。但这疯狂究竟是不是最崇高的智慧？许多辉煌的成就和远见卓识是否来自这种疯狂，来自以正常智力为代价而得以升华的精神状态？我对这个问题至今没有弄明白。许多只在夜晚做梦的人是无法明白白日做梦者的精神状态的。他们可以在暗淡的梦幻中瞥见未来，醒来时会激动地发现他们已经接近那个巨大的秘密。渐渐地，他们断断续续明白了一些善良的智慧，也懂得了更多纯粹是罪恶的知识。尽管手边没有舵轮也没有罗盘，他们还是驶入了那片"不可言宣的光"的浩瀚海洋，而且就像那位努比亚地理学家的探险，"他们已进入黑暗的海洋，想要发现那片海洋中有什么"。

因此人们可以说我疯狂。至少我承认我的精神生活中有两种截然不同的状态——一种状态是清晰而毋庸置疑的，它属于构成我生命第一时期的事情的回忆。所以，请读者不要怀疑我就要讲述的第一时期的事；而另一种状态则是模糊而让人疑惑的，它属于现在，属于构成我生命第二时期的事情的回忆。所以，对于我要谈起的第二时期的事情，请读者相信可以相信的地方，或者干脆就全然不信；如果你们对我所做的第二时期的事深信不疑，那就像俄狄浦斯一样去解开这个斯芬克斯之谜吧。

我少年时代所爱的她，我此刻平静而清楚地为之写下这些回忆的她，是我过世多年的母亲唯一的妹妹的独生女儿。她叫埃莱奥诺拉。我们曾长期在热带地区的阳光下，在那个"锦绣草山谷"中一同生活。这个山谷，如果没有向导谁也进不去，因为山谷远在崇山峻岭之间，四周环绕着悬崖峭壁，其最可爱的幽深处终年照不进阳光。那山谷周围没有进出的道路，我们必须用力拨开千百棵树木的绿叶，必须践踏上万朵姹紫嫣红的香花，才能到达我们幸福的家。我和我的表妹，还有她的母亲就那样过着远离尘嚣的生活，全然不知山谷外边的世界。

在我们那片群山环抱的领地北边，从山外某个混沌的地方，缓缓流来一条又窄又深的小河，除了埃莱奥诺拉那双眼睛，没有什么能比那条小河更清澈明亮、生机勃勃；小河静静地蜿蜒流过，穿过幽暗的峡谷，最终流向比它的发源地更昏暗的山边。我们称那条小河为"宁静之河"，因为它的水流似乎能使人变得宁静。它的河床里静默无声，河水的流动是那么潺湲，以至于河底那些我们喜欢凝视的珍珠般的卵石从来不会有丝毫的改变，总是安居在原来的位置，闪烁着灿烂的光芒。

小河的两岸，包括无数逶迤而来汇入小河的那一侧，以及从这些岸边向下延伸，直到河流深处有卵石的地方的河床溪底，就如同整个山谷一样，铺着一层又密又矮又平且柔嫩而芬芳的青草，只是从河岸到周围山边的绿色地毯上到处都点缀着鹅黄的金凤花、雪白的雏菊、紫色的紫罗兰和鲜红色的常春花，这片无与伦比的美景似乎在向我们心底娓娓诉说着上帝的爱和荣耀。

在茵茵绿草附近的树丛间，生长着一棵棵奇异的树木，就像是数不清的梦幻。它们又细又高的树干不是向上直立，而是朝着只有在正午才能窥视到的山谷中央的阳光优雅地倾斜。它们的树皮上斑斑点点地闪现着忽而黑色忽而银色的光，而且除了埃莱奥诺拉那张脸庞，没有什么能比那些树皮更光滑；要不是从树端整整齐齐地披散开一片片巨大绿叶在颤巍巍地迎风翩翩起舞，人们说不定会以为那是一条条叙利亚巨蟒，正在向主宰它们的太阳顶礼膜拜。

十五年来，在爱情尚未进入我们心中之前，我和埃莱奥诺拉常常手拉手地在山谷里漫游。她将满十五岁而我将满二十岁的那年的一天黄昏，我们坐到了那些巨蟒般的树下，相互依偎在对方怀里，静静地俯视"宁静之河"的水面映出的一双俪影。在那美妙的一天，我们始终默默无言，甚至到了第二天我俩也很少说话，说话时声音也还在颤抖。我们已经从粼粼水波中引来了爱神厄洛斯，并感到他已经在我们心中激起了我们祖辈那种火一般的热情。数百年来，一直使我们家族闻名的激情与那种同样使我们家族驰誉的想象力一起涌现，并一道为"锦绣草山谷"带来了一种狂喜的极乐景象。山谷里的一切都发生了改变。从不开花的树上突然绽开一种奇异而五色缤纷的星形花。绿色的草地变得更青翠；在白色雏菊一朵朵消失的地方，开出了大把大把鲜红的常春花。就连我们漫步的小径也出现生机，从不见踪影的火烈鸟在我们面前炫耀起它火红色的羽毛，随它而来的还有各种快活而斑斓的小鸟。小河里，金色和银色的鱼儿开始嬉游，小河发出越来越清晰的淙淙水声，最后汇成一种比埃俄罗斯的竖琴声还柔和甜蜜的曲调——除了埃莱奥诺拉那副嗓子，没有什么能比那曲调更动听。还有那一大片我们常见于金星附近的云彩，现在正带着它绝美的鲜红和金黄的灿烂飘离金星，静静地停在了我们头顶，然后一天天下降，越落越低，越落越低，直到它的边缘栖息在群山之巅，阴沉的山顶就此变得壮观而瑰丽，我们仿佛永远地被关进了一个魔幻般的富丽堂皇的囚笼。

埃莱奥诺拉如天使般美丽，但她是一个天真烂漫的人间少女，犹如她在花间度过的短促人生一样纯洁无瑕。她毫不掩饰燃烧在她心弦的炽热的爱恋，当我们在"锦绣草山谷"漫步之时，她同我一起谈论山谷中所发生的变化，共同探讨爱情的真谛。

直到有一天，她眼里噙着泪水和我说到了那终将降临于人类的最后的劫变，从那以后她就一直被这个悲伤的话题所纠缠，以至于我们无论谈论什么她都会引入这个话题，就像在设拉子那位诗人的诗行间，同样的思想反复出现在诗句每一种令人难忘的变化之中。

她早已发现死神的手指已经扣入自己的心房——她发现自己仅仅是为了死亡才被赋予美丽的容貌，就犹如蜉蝣，不过唯有一件心事，才会使她感到对死亡的恐惧。在一天傍晚时分，她在宁静的河边向我诉说了她这件令她感到恐惧的事。原来她生恐将来我把她葬于"锦绣草山谷"后，我会永远离开那快乐的幽谷，把她遗忘；生恐我会把对她的一腔爱恋转移到山外世俗中的某位少女身上。我听完她的倾诉当即跪在她的脚下，并对她和上帝立下一个誓言：我今生绝不会再娶其他的女人——不管发生什么事我都不会忘记可爱的她，不会忘记她曾使我幸福的至爱深情。我请求全能的主为我庄严的誓言作证，倘若日后我食言，必遭我对上帝和她——极乐世界的一位圣女——立下的誓言中所包含的那个用任何语言都无法描述的极其恐怖的惩罚。埃莱奥诺拉听完我的这番陈述，晶莹的眼睛变得更晶莹。她仿佛是释去了心头的重负一样长叹了一口气，接着她浑身发颤，伤心痛哭。但她毕竟还是个孩子，所以接受了我的誓言，那誓言使她能安然面对死亡。不久之后当死亡真的来临的时候，她对我说，她死后的灵魂会来照顾我，感谢我为安慰她的灵魂所做的一切，如果可以的话，她会在夜晚未眠时分回到我的身边；但如果那样做超过了极乐世界的灵魂之能力，那她至少会让我感觉到她并未离开，她会在晚风中对着我叹息，或是让天使香炉里的香弥漫我呼吸的空气。这些话之余音还挂在她嘴边，她纯洁的生命便就此结束，同时我生命的第一时期也在此结束。

至此我已经将第一时期回忆照实讲完。但由于我在时间之路上经过了痛失心上人这一事件，在我生命的第二时期，总觉得有一片阴影笼罩着我的头脑，因而我不得不怀疑下面的记录是否完全准确。不过还是让我继续讲下去吧。沉闷的日子一年又一年地过去，我依然住在"锦绣草山谷"，但山谷中的一切早已不是原来的样子，经历了第二次变化。星形花缩进树枝再也不见踪影，绿色的草地渐渐失去原来的青翠，大把大把开放的黑眼睛似的紫罗兰取代了一朵朵鲜红的常春花，这些紫罗兰总是承负着沉甸甸的露珠，不安地扭动着。高大的火烈鸟悲伤地离开那幽谷飞进了深山，不再向我们炫耀他火红的羽毛，而与它做伴的那些快活而斑斓的小鸟也随它而去，这些使得我们经常漫步的小径失去了从前的生机。

金色和银色的鱼儿顺着小河穿过峡谷离开了我们的领地，从此再也不来装点那可爱的小河。而那比埃俄罗斯的竖琴声还柔美的曲调，那除了埃莱奥诺拉的嗓音比什么都动听的曲调，也渐渐消失，变成最初淙淙的水声并且声音越来越低，最终小河又回到了昔日的肃穆岑寂。接着，那一大片云彩也冉冉升起，山顶上又恢复了过去的混沌，云彩飘回金星闪烁的地方，带走了"锦绣草山谷"全部的富丽堂皇和壮丽美景。

但是，我并没有忘记埃莱奥诺拉临终时许下的诺言，因为我耳边常常萦绕着天使们的香炉摇晃的声音，山谷中也总是飘浮着一阵阵圣洁的芳香；每当我感到孤寂，心情忧郁的时刻，我的额顶便会感受到柔风带来的一阵轻柔的叹息；晚风中常常充满了隐隐约约的呢哝；而有一次——哦，可惜只有一次——我真实地感觉到有两片无形的嘴唇吻在我的唇上，使我从死一般的沉睡中被唤醒。

然而，即便如此，我心里的那份空虚仍无法填满。我渴望回到从前，再去感受那种曾充溢我心间的爱。之后，山谷中的一切变化都让我痛苦，因为它们总让我想起埃莱奥诺拉，于是我来到了山外喧嚣浮华的世界，永远地离开了山谷。

我不知不觉地来到了一座陌生的城市，我想在那里忘却我长久以来在"锦绣草山谷"所做的那些美梦。富丽堂皇的宫殿，刀剑甲胄的碰撞铿锵，以及红颜粉黛的千娇百媚，让我不由着迷陶醉。但我的心依然忠于我曾经立下的誓言，夜深人静之时，我仍能感到埃莱奥诺拉的存在。可那些迹象霎时无踪，我眼前的世界变得一团漆黑；接着我惊诧于那把我擒住的欲火，惊诧于那纠缠我的可怕诱惑，因为一位少女从一个非常遥远且无人知晓的国度来到了我侍奉的那位国王的王宫，她的美顷刻之间就俘虏了我怯懦的心——我怀着最热烈最卑微的爱慕，心甘情愿地拜倒在她的脚下。与我含泪跪在美丽的埃芒迦德脚边向她倾诉我满腔爱慕之情时的那种炽热、那种痴狂、那种心醉神迷相比，我对山谷中那位年轻姑娘的恋情又算得了什么呢？哦，圣女般的埃芒迦德是多么的美妙！置身于那种迷恋中我心里再装不下别人。哦，天使般的埃芒迦德就是神圣！当我凝视她那双难忘眼睛的深处时，我只想到那双眼睛——只想到她。

我结婚了——毫不惧怕我曾许下的诺言；那无法用语言形容的可怕的惩罚的痛苦并没有降临到我头上。而是一个在寂静的夜晚，那早已离我而去的轻柔叹息透过窗格传来，叹息声变成了熟悉而甜蜜的嗓音，嗓音说：

"安心地睡吧！——因为爱神乃万物之主宰，当你倾心于伊人埃芒迦德时，你对埃莱奥诺拉立下的誓言就会被解除，其原因待你日后升天便可知晓。"

长方形盒子

　　还记得那是几年前，有一艘叫作"独立"号的豪华游轮从南卡罗来纳州开往纽约，我预定了 6 月 15 日的船票。

　　14 日，我上船打理预订的包间，好让自己后几天的行程舒适一些。在旅客名册中，我发现了一个熟悉的名字——科尼尔·怀特。这位年轻的艺术家是我在北卡罗来纳州大学时的同学，当时我们一见如故，形影不离，这段诚挚的友谊持续了很多年。我喜欢这个天才的艺术家，他身上集中了一个艺术家应有的一切天赋：敏锐、激情、孤傲。同时，他还有着世界上最为宽大而温暖的胸怀。

　　游轮上旅客很多，女乘客更是多得出奇。我走到怀特所在的客舱，发现有 3 个门卡上登记着他的名字。这是特别预订的，他与妻子及两个妹妹一起旅行。这里的特等舱非常宽敞，每间客舱都有高低两个床铺。虽然床铺有些窄，只能一个人勉强睡下，但我还是感到奇怪，他们 4 个人居然预订了 3 间特等客舱。对这个多余的客舱我产生了诸多猜测，我不得不承认有些推测近乎荒唐和醒龊。

　　尽管这与我毫无关系，但我仍在好奇心的驱使下决定解开这个谜团。翻看乘客名单，我发现原本名单上"及仆人"的字样后来被涂掉了。很明显，这家人并没有带仆人一起。"哦，对了，不是仆人，那一定是什么特别的行李。或许是贵重的东西，比如说油画。"我暗自揣测着，恍然大悟，"肯定是这样，怀特之前可一直与意大利的犹太商人交易油画呢，这样的物品他肯定希望放在自己随时能看见的地方。"我对自己的推测感到非常满意，这件事随即被抛到了脑后。

　　其实我与怀特的家人非常熟悉，他的两个妹妹都是美丽聪明的女孩，但他的新婚妻子我还没有机会见到，只是在同怀特谈话时，无数次听他讲述自己对这个女子的狂热爱情，赞美她非凡的美貌、常人难以企及的智慧和成就。因此我对这个素未谋面的女子充满了好奇和认识的渴望。

得知怀特的妻子也会来，我就一直期盼当天能与她有一次会面，结果只等来了失望，哈代船长告诉我："怀特夫人身体不适，明天起航时才会上船。"

第二天（15日），我在赶去游轮码头的路上遇到了哈代船长，他解释说由于一些情况，"独立"号可能要延迟几日才能起航，到时将会通知大家。

"哦，真是一个愚蠢而又方便的托词，"我想，"这股强劲的南风不正是航行所需要的吗？不可思议的延误。"但既然船长无意透露真实情况，再追问下去也没有意义。

我回家度过了百无聊赖的一个星期后，总算收到了船长的来信，说游轮即将起航。我赶上船，到处都是乘客，熙熙攘攘，忙着搬运行李，整理客舱，混乱不堪。怀特一家比我晚来一点——他本人、新婚妻子和两个妹妹。怀特仍旧透着艺术家的傲气，甚至没有向我正式介绍他的妻子，只是通过他妹妹玛丽的寥寥数语，我与他的妻子就算是正式认识了。怀特夫人的面纱裹得严严实实，但出于礼节，她除下面纱，向我鞠躬还礼。

凭借对怀特多年的了解，我已经有心理准备，不能轻易相信这位艺术家对女性的赞扬及对美的评价，因为一旦说到"美"这个话题，怀特总是会进入理想中的、纯粹的美的境界。但事实是，我还是震惊了，站在面前的怀特夫人，只不过是一个相貌再平常不过的女人，或者说，如果我能不甚冒昧地用丑来形容一个女人的话，那她已经差不多够格了。然而，她身穿质量上乘、设计得体的精致盛装，足以看出她不凡的品位。因此我确定，她一定是用深刻的内涵和思想，俘获了我朋友的灵魂，赢得了他的爱情。她的话很少，礼貌寒暄过后，就随怀特先生进入了客舱。

我初次登船时的疑问又冒上心头：怀特一家没带任何仆人，我注意到不久以后码头上出现了一辆马车，上面是一只长方形的松木盒子。似乎所有人都在等这件特殊的行李。盒子一到，"独立"号就鸣笛起航，驶向了浩瀚的大海。

出于对盒子的好奇，从它出现在船上开始，我就尽可能精确仔细地观察这个约6英尺长、2.5英尺宽的盒子。第一眼我就为自己早前的猜测自鸣得意起来，这简直就是一个装画的盒子。盒子并没有放在多余的那个客舱，而是放在了怀特自己的房间。盒子占满了整个小空间，外面用油漆写着几个潦草的字，散发出令人恶心的刺鼻气味。"阿德莱得·柯蒂斯夫人，阿尔巴尼，纽约。科尼尔·怀特先生托运。此面向上，小心轻放"。盒盖上写着这样的字句。居住在阿尔巴尼的阿德莱得·柯蒂斯夫人是怀特的岳母。

综合推断来看，这里面极有可能装着达·芬奇《最后的晚餐》的复制品。我知道怀特一直在谈一幅油画的交易，这幅《最后的晚餐》是由小鲁比尼在佛罗伦萨模仿绘制的，一度为某个犹太画商所有。想到这天衣无缝的推理，我不禁大笑起来，怀特还故意写了他岳母的地址，想给别人造成假象吗？可这些都逃不过我敏锐的眼光和聪明的脑袋，想瞒过我的眼睛偷运一幅极品画作去纽约，这还是头一遭。我太过精明了，我得意地摇摇头，决定找时机好好挖苦怀特一番，看他做何反应。

起初，游轮在晴朗的天气里航行了几天，每天都有耀眼的阳光照射在海面上，只是风向与航向相反，我们顶风向正北方前行。看着海岸线慢慢地消失在天边，乘客们都兴致高涨，在甲板上边欣赏风景，边彼此攀谈，结交新的朋友。

怀特和他的妻子、妹妹们却很特别。他们粗鲁古板，对其他乘客极不友好，根本没有心思搭理别人的热情邀请。我早已对怀特古怪的艺术家脾气习以为常，但他似乎比以前还要阴郁孤僻，他的孤僻甚至传染给了他的两个妹妹。几天的旅行过去了，甲板上几乎见不到她们的身影，不知她们把自己关在客舱包房里做什么。我曾几次大力邀请她们共进晚餐，与新朋友聊聊天，但都遭到了她们的拒绝，她们坚决不与船上的任何人打交道。

相比起来，怀特夫人的性情就好多了，甚至可以说她挺爱与人打交道的。她的交际手段也颇值得称赞，有各种说不完的闲聊话题。没过多久，她已经和船上的许多女士打成一片了，而她极有风情地在男士中间穿梭谈笑，更让我觉得不可思议，我很难找到一个恰当的词语来形容这样的状况。后来我才观察到，怀特夫人得到的嘲笑远远多于对她的赞美。她尽力地讨好每个人，但男士们都对她没有过多评价，女士们则评价她为"心肠还蛮好，但长相平庸，极度粗鲁无知"。

很难相信怀特居然找了这样一个女人做妻子，这就像一个精心设计的圈套。但我知道内情，怀特并不是贪图这个女人的钱财，她没有任何积蓄，也没有挣钱的渠道。怀特说过，他结婚只是为了纯粹的爱情，他爱她，而新娘也是一个值得他爱的女人。这时，朋友的这番话让我充满了疑问：是怀特失去了感觉的能力？

换作任何人估计都会跟我有一样的疑惑：一个艺术家，如此优雅智慧，对美有如此敏感的判断和近乎执着的追求。但就是这么挑剔的人，却有一个无论在哪方面都无法与他匹配的妻子。

不过，看起来新娘非常喜欢自己的丈夫，不管他是否在场，她总是用"我最亲爱的丈夫，怀特先生"来称呼他。这样不自然的强调显得她非常可笑，因为所有人都能看出，怀特尽一切可能避免与她同时出现。

为了回避她，怀特很少出现在甲板上。绝大多数时间里，他都独自待在房间，偶尔露面，也对妻子在外的所作所为不闻不问。显然，他根本不在意妻子像蝴蝶般在一堆男人中间跑来跑去，尽情取乐。

于是我根据所见，做出了如下推测：命运是种莫名难解的东西。怀特，这位艺术家在命运的无常支配下，接受了极端而狂热的激情的支配，或是突发奇想，或是他被蛊惑了，因此才与这个平庸粗鲁、根本配不上他的女人结了婚。这个推断做出后，我随即对这个女人，对整个事件产生了深深的厌恶。我同情怀特，想把他拯救出泥沼，但我做不到完全忽略他背着我偷运油画这件事，这伤害了我对他的信任与友谊，我要对他进行报复。

第二天，趁着怀特到甲板上的机会，我亲切地挽着他来回散步，像以前一样，随意地谈话，排遣他的忧郁。可是没起到什么作用，他的脸同几天前一样阴郁，没有任何表情。他不愿交谈，只在被逼无奈时，才从牙齿中挤出几个字，随意打发我的问话。

我试图说几个笑话让他高兴，可他只是勉强地在脸上堆出一个比哭还难看的微笑。真是可怜的怀特，不过，娶了这么个妻子，大概换作任何人都只能强颜欢笑吧。我把话题转到那个长方形盒子上，比喻、讽刺、旁敲侧击，我用尽浑身解数说了很长一串话，以便让他明白，我看穿了他所有的把戏，他最好能看在朋友的情谊上对我坦白。

我的计划是这样的，第一步撕下他虚伪的面具。所以，我仔细地描述了那盒子的形状、尺寸等细节，同时对他眨着眼，露出心照不宣的笑容，并用手肘碰了碰他的肚子。怀特激烈的反应让我立刻相信，我的猜测完全正确。最开始，他好像根本听不懂我的话，面无表情地瞪着我；慢慢地，似乎我的话语渗进了他的脑子里，他睁大了双眼，眼球好像要从眼眶中掉出来一样，布满血丝。他的脸由通红瞬间变为惨白，然后，突然狂笑起来。他越笑越大声，我不知所措地看着他近乎疯狂的大笑，持续了十几分钟后，他直直地摔在了甲板上，僵硬地，没有了任何反应。我吓得急忙跑过去扶他，可他浑身冰凉，已经完全丧失了生命的迹象。

我被眼前的景象吓坏了，大声呼救，问船上有没有医生，大家手忙脚乱地对怀特实施各种急救办法。终于他有了呼吸，过了好长时间，他才慢慢苏醒。只是，他一直喃喃地说着谁也听不懂的话。我们毫无办法，只好给他放了血，他才终于安静下来。

神奇的是，他的身体第二天似乎就完全恢复过来了，可精神仍处于崩溃的状态。船长认为他肯定得了精神错乱，建议我不要再同他见面，并警告我不要对这件事大加宣扬，以免再生事端。

后来几天，我的好奇心被接下来发生的几件事再度挑起。有两个晚上，我因为喝了太多的茶而辗转难眠、神经高度紧张。我的房间和其他单身男子的一样，都是正对着主舱的餐厅。仅有一道小滑门隔在怀特的3个房间与我所对的主舱中间，这道小门从不上锁。最近几天，海上航行的风总是很大，船一直向下风方向倾斜得厉害，而每当船体倾斜时，这个滑门总会自动滑开。

很凑巧，我的房间刚好可以透过开着的滑门清楚地看到怀特的3个房间，清清楚楚。每晚11点，怀特夫人都准时溜出他们的房间。他们实际上各有各的房间，是分居的，因为怀特夫人一直待在那个空着的包间，直到天色微明，怀特去叫她的时候才回去。我想他们一定是在计划离婚，所以坚决划清两人的界线。我一直好奇的那间多余的包间，原来是为这准备的。

而另一个情况更让我感到兴奋。每当怀特夫人消失在另一个包间后，怀特的屋里总会传出一阵窸窣的响声。刚开始我听得并不真切，只依稀辨别出那是非常小心的、仔细压低的声音。

我聚精会神地听着，不一会儿习惯了之后，我认出那是怀特用木槌或凿子这类工具打开长方形木盒的声音，凿子显然用软布包住了，所以声音才显得特别低沉。

听着听着，我逐渐能从声音推断出他的动作，辨别出他先把盖子打开，放在下面的床铺上。因为盒盖碰着床边会发出轻微的"啪嗒"声，包间里没有别的地方能摆放盒盖。他的动作非常小心谨慎，之后再没了任何动静。直到清晨，都是一片死寂。天亮前，我又才听到怀特重新盖好盒盖，接着他穿戴整齐地从房间里出来，去叫怀特夫人。

可在这长长的平静中，我似乎听见了阵阵呢喃和压抑的啜泣，但又似乎听不见，似乎是叹息，但又似乎什么都不是。我想也许是我过于集中而产生的想象吧。毫无疑问，我想，怀特只是又突然沉溺在对艺术的痴迷中了。他每晚小心地打开盒子，欣赏那幅精致的难得的画作。至于啜泣声，或许根本就没那么回事。

"独立"号在海上航行的第七天，突然遇上了一场猛烈的西南风。在早前与恶劣天气的较量中，我们的船只做好了充分的准备，但是由于风过于猛烈，我们不得不放下桅杆和帆，在海上顺风漂流。就这样漫无目的且安全地过了两天，海水暂时没有侵入船舱。

但风越来越大，船在风口浪尖与海浪搏斗着，船帆也被风撕扯成条状。突然几个大浪打来，整个左舷的舷墙都消失了，几个人和厨房被卷入海浪中。我们还来不及反应，前桅帆就成了碎片，我们勉强支撑着，又航行了几个小时，终于在起风的第三天，船支持不住，全面进水。大家到处封堵排水，但还是没能赶上进水的速度。最后，船身积水已达一米多，发动机也停止了运转。

这简直是令人绝望的混乱，我们尽一切可能减轻船的重量，让它不至于沉没，但水仍越灌越多。日落时分，就在我们近乎放弃的时候，突然飓风明显减弱下来，海面恢复了平静。

随着云层渐渐散去，明亮的月亮出现在海平面上，所有人都欣喜若狂，奔走相告。救生艇也可以使用了，我们看到了生的希望，众人齐心协力，费尽九牛二虎之力后，大救生艇终于顺利地放到了水面上，大部分乘客和船员纷纷挤了上去。救生艇慢慢地朝陆地前进，失事的第三天，终于安全到达了港口。与此同时，船尾的小救生艇被船长留给剩下的十多名乘客使用。我和怀特一家都在这个小队伍中，同行的还有一个墨西哥官员一家、船长夫妇和一个男仆。小船能经受住我们的重量而没有沉没简直是个奇迹，除了食物和必需的装备，我们丢弃了其他一切东西，但让所有人大惊失色的事情发生了。

小船刚要离开即将沉没的游轮时，怀特站起来，要求船长立刻掉头回去，说他忘了一件很重要的东西，那个长方形的盒子。船长生气地对他命令道："怀特先生，我命令你坐下！这艘小船承受我们的重量已经很勉强了，您要是再动来动去，马上就会翻船了。"

"可是哈代上尉，我必须去取那个盒子！"怀特指着渐远的游轮大喊着，"我恳求您，那个盒子是那么轻，根本没有一点重量。看在上帝的分上，哦，天啊，船长。那盒子于我就如同生命，求您把小船开回去吧！"

似乎有那么一瞬间，船长的眼中闪过了一丝犹豫与怜悯，但他很快恢复了严厉，坚决地说："对不起，怀特先生。我作为船长必须为现在小船上的这十几条生命负责。请你坐下吧，我们是不能回去的。哦，上帝，大家抓住怀特先生，抱住他……别让他跳海！他要跳海！船会翻的！"

在众人手忙脚乱地想拉住怀特的时候，他已经跃入海中。由于失事游轮引起的侧风和海浪，小船被推得越来越远。

我们束手无策，只能在船上看着怀特紧紧抓住一条垂下的绳索，以惊人的力量和速度爬上甲板，血红着眼睛，疯了一样冲下船舱。游轮在快速下沉，没人怀疑这将是这位年轻艺术家的葬身之地。

在大家为他祈祷的时候，怀特突然出现在甲板上，以一人之力把那个长方形盒子拖了出来。

他迅速地用一根粗绳把盒子和自己绑在一起，就在绑好的瞬间，他与盒子连同游轮，一起沉入海里，只留下一个巨大的旋涡久久没有消失。

他再也没有出现，我们停止划桨，悲哀地久久注视着吞没他的旋涡。我们最终离开了，没有人说话，也无话可说。

过了很久，我打破了沉默，重新提起怀特。我问船长说："您注意到怀特最后做的事情了吗？他把盒子和自己绑在了一起，他们就那样沉了下去。当时我还抱着希望，他可能会有生还的希望呢。"

"他会回来的。"船长回答道，"他会立刻沉下去，但等盐溶化了以后，他又会很快地浮上来。"

"什么，盐？"我太惊讶了，大喊出来。

"不要大惊小怪，先生。"船长边说边指了指怀特的遗孀和妹妹，"现在请您安静，等过些时候，一个更恰当的时间，我再详细跟你说吧。"

经过 4 天在海上的挣扎，我们幸存了下来。多谢老天保佑，尽管痛苦艰险，但我们仍在一个小岛登陆了。

在小岛上，我们待了一个星期，之后随沉船打捞人员一起回到了纽约。

一个多月后，我邂逅了哈代船长。自然，我向他询问起我一直迷惑不解的事件，也正是这时，我才得知了怀特的悲惨遭遇。

正如我前面提到过的那样，怀特为自己和妻子、两个妹妹和一个仆人订了包房，而他的妻子也确实如他跟我说起的那样，是个非常美丽聪慧的女子。

然而天有不测风云，就在我第一次上船收拾包间那天（6 月 14 日），新娘暴病去世了。

深爱她的怀特痛不欲生，但他必须去纽约，把心爱的妻子带回到她母亲身边。但没人能忍受他带着一具尸体上船，世俗的偏见和流言都不允许他公开这么做。

无奈之下，哈代船长想出了办法。他安排人给尸体做了防腐处理，并在装尸体的盒子里放入了大量的盐，这样可以避免尸体的腐坏和潮湿，然后那盒子被当作货物运上了船。怀特夫人的死没有对任何人说起过，所以必须找一个人假扮她。怀特说服了妻子以前的女仆来做这件事。因此，每晚这个假冒的妻子都睡在另一个房间，白天就尽可能扮演好她的女主人，所幸这艘船上没有人见过女主人的真实相貌。

我低下头，暗自神伤，爱管闲事的冲动脾气让我怀疑了最好的朋友的品格。我再也没见过怀特，但每天夜里我都辗转反侧，难以成眠。每次闭上眼，都能看见一张扭曲的脸，而近乎疯狂的笑声在耳边回荡，久久不能散去。

凹凸山的传说

　　1827 年秋天，我住在弗吉尼亚州的夏洛茨维尔附近，偶然结识了奥古斯特斯·贝德尔奥耶先生。这位年轻的绅士在各个方面都不同寻常，激起了我浓厚的兴趣和好奇心。我发现他无论是精神上的问题还是物质上的事情，都令人无法理解。关于他的家庭以及他从何而来，至今我都没有听到过令人满意的叙述。甚至关于他的年龄——尽管我称他为年轻的绅士——也有令我大惑不解的地方。当然他看上去很年轻，而他自己也总是强调自己年轻，可是有的时候我会略为不安地想象他已经活了一百岁。但是最奇特的莫过于他的长相，他异乎寻常地又高又瘦，通常总是弯腰驼背。他的四肢特别长而且瘦骨嶙峋。他的额头又宽又低，脸上没有一点血色。他的嘴很大，柔软灵活。他的牙齿尽管结实完好，但极度地参差不齐。然而正如可推测的那样，他微笑时的表情绝不令人讨厌，只是那表情从来没有变化。他有一种深深的忧郁——如同无处不在的阴霾一般。他的眼睛大得异常，和猫的眼睛一样圆。而且他的瞳仁也像猫科动物一样，随着光线的增强和减弱而放大缩小。在激动的时候，他的眼珠会发出不可思议的亮光，好像它们发出的光芒不是反射的，而像蜡烛或者太阳一样是自己放射出来的。但在一般情况下，它们呆滞而迷蒙，毫无生气，使人联想到一具早已埋葬的僵尸的眼睛。

　　这些外貌特征显然使他感到烦恼，他总是用一种一半是解释一半是道歉的语气不断婉转地提到它们。我第一次听到时，感到很难受，不过很快就习惯了，不自在的感觉也便消失了。他似乎是有意要拐弯抹角而不是直截了当地告诉我，他那副模样并非天生如此，而是长期以来阵发性的神经疼痛，使他从一个美男子变成了我所看见的这副模样。过去的很多年间，他一直接受一位名叫坦普尔顿的医生的治疗——一位大概七十岁的老先生。他是在纽约州的萨拉托加第一次遇到这位老先生的。通过那些治疗他感觉到了或者说幻想感觉到了极大的好转。结果这位有钱的贝德尔奥耶和坦普尔顿医生达成了一个协议，据此协议，贝德尔奥耶每年付给坦普尔顿医生一笔优厚的津贴，医生答应用自己全部的时间和医术专门治疗这位病人。

坦普尔顿医生年轻时曾周游世界，而巴黎之行使他在很大程度上成了梅斯墨尔那套催眠学说的信徒。他曾仅凭催眠疗法就成功地减缓了他这位病人的剧痛。这样，病人很自然地对施行疗法的人的意见产生出一定的信任。而医生却和许多热衷信仰的人一样千方百计地要把自己的学生变成彻底的信徒。最后他终于达到了目的，竟劝诱这位患者接受了无数次实验；无数次实验的反复进行终于产生了一种结果，这种结果在今天看来已不足为奇，以至于很少引人注目或完全被人忽视，但在我所记录的那个年代，这种结果在美国还鲜为人知。我的意思是说，在坦普尔顿医生和贝德尔奥耶之间有一种特殊而且极其强烈的关系在慢慢建立起来，或者说和催眠有关的联系。如今，我不能断言这种关系超越了单纯由催眠导致的力量所能达到的境地，尽管这种力量本身的吸引力已经足够强大。在第一次试图施行催眠时，这位催眠师彻底失败了。在第五、第六次时，经过长时间的努力，他取得了部分成功。直到第十二次的时候，才完全成功。在此之后，病人的意识迅速屈服于医生，因此，当我第一次结识这两个人时，只要医生一动意念，病人几乎是说睡就睡，甚至于当他不知道医生在身边时也一样灵验。只有在1845年的今天，在类似的奇迹每天都被无数人目睹的今天，我才敢于记录下这个显然不可能存在的确凿的事实。

贝德尔奥耶神经非常敏感，性情容易激动，而且极其热情奔放。他的想象力特别活跃，富有创造性，习惯性地服用吗啡无疑使他的想象力更增强了几分。若不大量吞服吗啡，他就会觉得没法活下去。他习惯于每天早餐之后立即服下很大剂量的吗啡，或者更准确地说，喝下一杯浓咖啡之后——因为他在中午之前不再吃其他东西——他就独自出发，或带着一条狗，长时间地在城外的山间漫步。那是绵延起伏于夏洛茨维尔西面和南面的一线荒凉而沉寂的小山，被当地人夸张地称为凹凸山脉。

11月底的一天，天气灰暗、温暖、雾蒙蒙的，正值美国人称为"印度之夏"的那段季节反常期间，贝德尔奥耶先生像往常一样去山间漫步。整整一天过去，他还没有回来。

大约晚上八点钟，我们为他的迟迟不归感到惊恐，正准备出去找他，他却意外地回来了，身体看上去和平时一样，甚至显得比平时还精神。他对他那一天经历的讲述，那些使他在山里逗留的事件，的确是一个奇妙非凡的故事：

"你们可能记得，"他说，"我离开夏洛茨维尔是在上午九点，我径直朝山边走去，在十点左右进了一个我以前从未见过的峡谷。我兴致勃勃地沿着这条曲折的山路走去。周围所见的景物虽然称不上壮观，却有一种形容不出的凄凉荒芜的气象。那种幽静看上去非常原始。我不禁认为，我脚下绿色的草地和灰色的石岩在我之前从来没有经受过人的踩踏。那幽谷完全与世隔绝，事实上若不是一连串阴差阳错，连那深谷的入口都难以到达，因此我完全可能是第一位探险者——第一位也是唯一一位进入到它的幽深之处的探险者。

"'印度之夏'时节独有的那种浓雾，或者说云烟，当时正笼罩着山谷中的一切，这无疑加深了那一切给人留下的虚无缥缈的印象。这宜人的雾是如此密集，以至于我始终无法看到前面十几码远的地方。这条路是如此蜿蜒，加上太阳也隐于大雾之中，我很快就失去了方向感。在此期间，吗啡开始发挥它通常的作用——它能使人以强烈而持久的兴趣感受外面的世界。在颤抖的树叶中——在一根小草的颜色中——在一朵三瓣花的形状中——在蜜蜂的嗡嗡声中——在闪闪发光的露珠中——在风的呼吸中——在森林散发出的淡淡幽香中——出现了一个由无数联想构成的世界——五彩缤纷的狂热幻想纷至沓来。

"沉醉于这番奇境遐思，我不知不觉又走了大约几个小时，在此期间，周围的雾霭越发浓重了，以至于后来我只能摸索潜行。就在这时，我突然感觉到一种无法形容的不安，一种神经质的紧张迟疑和恐惧。我小心翼翼地走着，生怕被拽进什么深渊里去。我仍然记得关于这凹凸山的那些古怪的传说，和住在丛林和山洞中的那些粗野凶残的人类。上千种模糊的幻想压迫着我，使我惊恐不安——正因为模糊，才让人感到更加压抑和难受。突然间，我的注意力被一阵响亮的鼓声吸引了。我那种惊异当然是无以复加。这些山中从来不知道鼓为何物。我当时即便是听见天使的喇叭声也不会有那么惊讶。可一件更让人吃惊并令人困惑的新鲜事又随之而来。一阵嘚嘚嗒嗒或叮叮当当的声音由远而近，仿佛是有人在晃动一串巨大的钥匙，接着一个面色黝黑的半裸男人尖叫着从我身边冲过。他离我那么近，以至于我脸上感到了他呼出的热气。他一只手里拿着一个由铜圈串成的玩意儿，一边跑一边用力摇晃着它。他刚刚消失在浓雾中，又蹿出一头巨大的、张着大口、瞪着眼睛的野兽，呼哧呼哧地追在他的身后。我肯定没有看错，那头巨兽是一条鬣狗。

"看清这只怪物的事实并没有使我的恐惧增加，反而减轻了——因为现在我确信我身处梦境之中，并努力使自己清醒过来。我大胆而轻快地向前走着。我揉了揉眼睛，大声喊叫，我捏了捏四肢。我看见一泓清泉，我在泉边停下来洗了洗我的手、头和脖子。这似乎消除了一直困扰着我的那种模糊的感觉。当我重新直起腰时，我认为我完全变了一个人。我迈开平稳的步子，悠然自得地继续走那条我不认识的路。

"最后，由于走得时间太长，再加上空气的闷热，我有些筋疲力尽，于是便在一棵树下坐下休息。不久，出现了一丝微弱的阳光，树叶投在草地上的影子淡淡的，然而却是清晰可辨的。我疑惑地凝视了那影子好几分钟。它的形状惊得我目瞪口呆。我抬头一看，那是棵棕榈树。

"这下我匆匆站起身来，感到一阵恐惧不安，因为我不能再以为自己是在做梦。我发现我完全支配着自己的感官，而这些感官此时为我的灵魂带来了一种新奇而异样的感觉。天气一下子热得不堪忍受。风中飘来一种陌生的气味。一种低低的潺潺声传入我的耳朵，像是一条涨满了水的河缓缓流动的声音，交织着许多人说话的嗡嗡声。

"当我在一种我无须描述的极度惊讶中倾听之时，一阵强劲而短暂的大风吹散了浓雾，仿佛这风是由巫师的魔杖发出。

"我发现自己坐在一座高山脚下，俯视着前方的一片宽阔的平原。平原上流淌着一条壮丽的大河，河边上朝东坐落着一座城市，就像我们在《天方夜谭》中读到的那种，但比书中所描绘的更具特色。我所处的位置远远高于那座城市，所以我能看到城里的每一个角落，它们就像画在地图上一样。城中有数不清的街道，毫无规则地相互交错着，与其说是街道，不如说是一些长而曲折的巷子，巷子中全都是拥挤的人流。城里的房子颇具诗情画意。四面八方都是数不清的阳台、游廊、尖塔、神龛和雕刻得非常奇妙的凸肚窗。集市比比皆是，出售的货物品种繁多，琳琅满目——丝绸、薄纱、最耀眼的刀剑、最华丽的珠宝应有尽有。此外，到处可见旗帜、轿子，有的轿子上还坐着紧蒙面纱的庄重的贵妇，还有披着豪华象服的大象、形状怪诞的神像、铜锣、旗子、长矛，以及镀银和镀金的狼牙棒。在这一片混乱喧闹的人群中，在上百万戴着头巾、穿着长袍、胡须飘摇的黑皮肤和黄皮肤的人中间，走着一大群神圣的圆角公牛，在神庙寺院的飞檐、尖塔和凸窗上有着很多肮脏不堪的令人生畏的猴子，一直发出吵闹的尖叫声。无数的台阶从拥挤的街道通向河岸，台阶底部是洗澡的地方。水面上布满了被货物压得沉甸甸的大船队，以至于河水好像是在船只之间艰难地穿行一样。在城区之外，有着成片的棕榈树和椰子树，以及其他很多巨大而怪异的古树；间或看到一片稻田、农人的茅屋、一个水箱、一座隐寺、一个吉卜赛人营地，或一位美丽的少女独自一人头顶水罐走向那条大河的岸边。

"现在，你们一定会说我是在做梦，但事实并非如此。我所见、所闻、所感、所想的根本没有梦所应该有的特征。所有东西都是以正常的方式呈现出来，首尾相连并且前后一致。开始我也怀疑自己，于是我做了一连串的实验来证明我并不在梦中。当人做梦，在梦境中怀疑他是否在做梦时，这种怀疑总是会得到证实，于是这位沉睡之人会立即醒来。所以诺瓦利斯说得不错：'当我们梦见自己做梦之时，我们正接近清醒。'假若这番景象如我所描述的那样出现在我的脑际而被我怀疑为一种梦境，那它说不定真是一场大梦。可是，它发生了，我怀疑了，而且试验了，我只能把它归入其他现象。"

"在这点上你可能是正确的，"坦普尔顿医生说，"请接着往下讲。你站起身并朝下边那座城市走去。"

"我站起身，"贝德尔奥耶继续道，一边用一种非常惊讶的神情打量医生，"我站起身，正如你刚才所说，并朝下边那座城市走去。在路上我遇到了一大群人，他们涌过每一条街道，所有的人都朝着同一方向走去，他们的动作显得慷慨激昂。突然，被一阵不可思议的冲动所驱使，我对身边正在发生的事产生了强烈的兴趣。我仿佛觉得自己有一个重要角色要扮演，可又不清楚那到底是个什么角色。然而，我体验到了一种深切的仇恨之情，对围在我身边的人群怀有仇恨。我从他们中间退了出来，沿着一条迂回的小路，迅速来到了城里。城中是一片混乱不堪的争斗场面。一小队半是印度装束半是欧式装束的男人由一名英军装束的绅士指挥，正以寡敌众地与潮水般的街头暴民交战。我加入了势力单薄的一方，捡起一个受伤倒地的军官的武器，以一种绝望的神经质的凶残与不知什么人搏斗。很快我们就寡不敌众，被迫退守进一座土耳其式凉亭。我们在那儿负隅顽抗，一时半会儿还不会有危险。从靠近凉亭顶端的一个窗孔，我看见一大群愤怒的人正在围攻一座突出于河面之上的华丽的宫殿。不一会儿，一个看上去弱不禁风的人，抓住一根由他的侍者的头巾结成的绳索，从宫殿上层的一个窗户里爬了下来。下面有一条船正等着他，他乘船逃到对面去了。

"这时一个新的东西占据了我的灵魂。我对我的同伴说了几句简短而有力的话，让他们明白了我的想法，成功地从藏身的亭子里突围了出去。我从包围亭子的人群中冲出。原本他们都撤退了，看到我出来他们再次重整旗鼓疯狂反扑，然后重新向后退缩。左冲右突之间，我们已远远离开了那座凉亭，被赶进了那些狭窄弯曲、两旁房屋鳞次栉比、幽深处从来不见阳光的迷津般的街道。这些暴徒激烈地压制着我们，用长矛和弓箭攻击我们。这些箭矢非常奇特，形状就像马来人的波刃短剑。它们是模仿毒蛇蜿行时的身形而造成的，箭杆细长乌黑，箭镞有浸过毒的倒钩。有一支箭击中了我的右太阳穴。我感到一阵眩晕，摔倒了。一阵突然而又致命的痛楚袭来。我挣扎——我喘不过气来——我死了。"

这时，我微笑着说："现在你不会再坚持说，你的整个历险过程不是一个梦了吧？你不会认为你已经死了吧？"

我说这些话时当然是以为贝德尔奥耶会说句什么俏皮话来作为回答的，但令我吃惊的是，他竟然变得狐疑不决，浑身哆嗦，面如死灰，而且一言不发。我看着坦普尔顿，只见他笔直而僵硬地坐在椅子上——牙齿格格打战，两眼发直。"接着说下去，"他终于嘶哑着嗓子对贝德尔奥耶说。

"有好几分钟，"贝德尔奥耶继续道，"我唯一的感情，我唯一的感觉，就是黑暗和虚无，伴随着死亡的意识。后来我的灵魂感到一阵剧烈的震动，像触电般传遍全身。紧接着我感到身体有了弹性，并感到了光亮。是感觉到的，而不是看到的。我似乎一下从地面升起。但我没有身体，没有视觉、听觉和感觉。人群已经散去。骚动也已经平息。整座城市一片宁静。在我的下方是我的尸体，太阳穴上还插着箭，整个头部肿胀得面目全非。所有这一切我都看不见而是感觉到的。对这些我毫无兴趣。即使是我的尸体我也没怎么特意关注。我没有意志力，但不自觉地动了起来。我沿着来时的那条迂回的道路飘了出去。当我到达我曾在那儿遇见鬣狗的那个地点时，我又感受到了那种如电流般的冲击，体重、意志、实在的感觉都重新回来了。我又成了原来的自己，并急切地朝家中走去。但刚才的经历并没有失去它真实鲜明的色彩，而现在哪怕只是暂时的一分一秒，我都没办法迫使我自己相信那是一个梦。"

"它也不是一场梦，"这时坦普尔顿一本正经地说，"不过此外又很难说究竟应当被称为什么。我们只能这样来推测，当今人类之灵魂已非常接近于某种惊人的精神发现。暂时就让我们满足于这一推测。对于另外一些事情，我可以做一点解释：这里有一幅水彩画，我本来早就应该让你们看，但有一种莫名其妙的恐惧，让我没有那样去做。"

我们看了他递过来的画。我没有看出它有什么特别的地方，可是它对贝德尔奥耶产生的影响令人吃惊。他看的时候，差点儿昏过去。其实，那不过是一张他本人那不同寻常的面貌的微型画像——诚然画得非常逼真，至少我看画时心里是这样想的。

"你们可以看到，"坦普尔顿说，"这幅画的年代——在这儿，有些看不清了，在这个角上——1780年。这幅画就是那一天画的。是我的一位已故朋友奥尔德贝先生的肖像。在沃伦·哈斯丁任印度总督时期，我和奥尔德贝在加尔各答，我俩曾经情同手足。当时我才20岁。贝德尔奥耶先生，我在萨拉托加初次见到你时，正是你和这幅肖像之间那种酷肖绝似诱使我同你搭话，和你交朋友，并促成了最终使我成为你永久伙伴的那些协议安排。我之所以这样做，一半的原因也许主要是出于对已故的人的追忆和惋惜，还有一半是对你本人的一种担心以及一种并非完全不带恐惧的对你的好奇。

"你对山中看到的那幕幻境的一番详细描述，说得准确些，是在印度的贝拿勒斯城①。战斗发生于1780年。当时哈斯丁经历了他一生中最危险的时期。用头巾结成绳索逃走的正是贝拿勒斯邦主蔡特·辛格本人。亭子里的那些人就是哈斯丁所率领的一队印度兵和英国军官。我当时就是其中一员，我做了所有力所能及的事来抵抗敌人，并试图拯救在那小亭子里被人用毒箭射中的一位军官。那位军官就是我最亲密的朋友。他就是奥尔德贝。你可以看看这些手稿，"说到这儿，他拿出一个笔记本，其中有几页显然是刚刚才写上字，"当你在山中想想这些事情之时，我正在家里把它们详细地记录在纸上。"

在这次谈话之后的大约一个星期，夏洛茨维尔的一家报纸发表了以下短讯：

"我们有义务沉痛地宣告奥古斯特斯·贝德尔奥先生与世长辞，他是一名仁慈厚道的绅士，他因其许多美德而早已赢得了夏洛茨维尔市民们对他的敬爱。

"贝先生多年来一直患有神经痛，此病曾多次对他的生命构成威胁，然而这只能被看作他死亡的间接原因。直接的原因非常奇特。在几天前去凹凸山的一次远足中，贝先生偶染风寒引起发烧，并伴随有严重的脑充血。为治疗此症，坦普尔顿医生采取了用水蛭局部吸血的方法。水蛭被置于两边太阳穴。病人在短短的可怕的时间里死去。人们发现，在装水蛭的罐中意外地混入了一条偶尔可见于附近池塘的毒蚂蟥。这条毒蚂蟥紧紧地吸住了患者右太阳穴的一条小血管。它与治疗用的水蛭极其相似，等到发现，已经晚了。

"注意——夏洛茨维尔的毒蚂蟥通常可据其色黑而区别于治疗用的水蛭，尤其是它们蠕动的样子与蛇极为相似。"

后来我同该报撰稿人谈起这一惊人的意外事故时，我突然想问问为什么死者的名字被写成了贝德尔奥。

---

① 今称瓦拉纳西。——译者注。

我说:"我相信你这样拼写肯定有你的根据,可是我一直以为这个名字的后面还有个'耶'字。"

"有根据?不,"他回答说,"这只是一个印刷错误。这个姓就是贝德尔奥耶,全世界都一样,我还没有看到过别的拼法。"

"那么,"我转身时不由得喃喃自语道,"那么,有一件事表现得比任何小说都离奇了——因为去掉了'耶'字,贝德尔奥一倒读不正好是奥尔德贝?而那个人告诉我这只是个印刷错误。"

厄榭府的倒塌

他的心儿是把悬挂的诗琴；轻轻一拨就铮铮有声。

——贝朗瑞

（一）

那年秋天，一个阴沉、昏暗、云幕低垂的日子。整整一天，我只身一人骑着马，从荒原上穿过，目之所及皆是颓败的景象。暮色四合之际，我才远远地瞧见厄榭府的影子。看着那孤零零的建筑，我心中莫名地充满了一种不堪忍受的抑郁。

说不堪忍受，是因为那种抑郁无论如何都挥之不去，而往常，即便是处在冷落荒芜的境地，或是看到更凄厉险恶的景象，我也不免会生出几分诗情，想要咏颂一番。望着眼前的景象——孤独矗立的房舍、荒凉的垣墙、黑洞一样的窗子、三五枝气味难闻的芦苇、几株枝干惨白的枯树——此时的我更是愁苦不已，现实的言语已经无法形容我心中的抑郁，这份感觉唯有用嗜食鸦片者从那疯狂幻觉中骤然清醒的感觉作比才贴切。

究竟是什么让眼前的厄榭府无端地勾起我心中的哀愁？想到这里，无数念头涌入心上，却又无从说起。对于这无解之谜，我只好自欺欺人地归咎于景象的感染力。其中的奥秘，恐怕再博识的智者也无法说清楚。于是我思忖着，其实眼前景色只要在布局上稍加更改，这种悲伤的感觉就会大大减弱甚至消失。

想到此，我纵马来到山中小湖的险岸边。小湖就傍着宅第，湖面似镜面一样平静，没有一丝涟漪。它映出的景象都扭曲变形，灰色的芦苇、惨白的树干、黑洞一样的窗子，好像组成了一个巨大的怪兽，一切都是那样阴森恐怖。我俯视着那湖面，不由得浑身战栗，比起刚才的忧伤来，心里又多了几分恐惧。

（二）

这座府邸的主人是我童年时的好朋友罗德科里·厄榭，我们已经很多年没见面了。可不久前，我在远方收到了一封他写给我的信，信的笔迹略显潦草，看得出是仓促而为。在这封亲笔信中，他提到了自己身患重症，正备受精神紊乱的折磨，十分不安。他希望能见到昔日最好的朋友、唯一的知己。他恳求我能去陪他待一段日子，也许这样做他的病情就能减轻。信中还写了许多诸如此类的话。真诚的请求让我无法犹豫。于是我未做耽搁，立即出发。

虽然我应邀前往，但是仍觉得此事大有蹊跷，多年未联络的他怎么会突然提出这样奇异的召唤？虽说我们是童年时代的知交，可我对这个人却并不十分了解。

他总是沉默寡言，对任何事情都有所保留。他仿佛蒙着一层神秘面纱，让人无法看透。这样的性格十分古怪，不过我倒是很清楚他并不是刻意如此，这一切源于他的家族。听说，他的先祖向来都是以一种特有的敏感气质而闻名。多少年来，他们家族的神秘色彩都是通过高贵的艺术品体现的。最近，则表现为举办一次又一次慷慨却不张扬的慈善活动。这个家族总是异于常人，比如对音乐，他们也只迷恋复杂多变的曲调，而不是热爱其一致公认、一听即懂的美。

我也知道一个异乎寻常的事实，即厄榭家族虽然显赫，却鲜有旁系子孙，除了偶尔的例外。这么想来，眼前的房屋和人们熟知的厄榭家族的性格极其相符，都透着一股神秘的气息。不知道是房屋的特色影响了厄榭家族的性格，还是房屋的所有人刻意将房屋修缮得如此。

正是因为缺少旁系亲属，厄榭家族的财产和姓氏得以世代传承，于是人们渐渐忘记了庄园的本名。家族世袭的庄园与姓氏合二为一，诞生了"厄榭府"这样模棱两可的称呼。在周围乡下人的心中，"厄榭府"这三个字似乎既包含了这个家族，又包含了这座府邸。

（三）

就如上面说过的，为了逃避莫名的哀伤，我逃到了山中的湖岸边。这样略显幼稚的举动加深了我心中最初的诡异感，甚至增添了几分恐惧。毫无疑问，主要是我心中急剧增长的迷信意识——何不就称之为迷信呢——促成了这种诡异感的益发浓重。

人越是胡思乱想，便越觉得事情恐怖。这看似荒谬的定律，任你安放在谁身上都很合适。也许正是这个原因，当我的视线离开水中倒影转到府邸时，我的眼前出现了荒谬的幻象：我眼前的府邸和整片庄园就像是笼罩在灰蒙蒙雾气中的幻影。那雾气从枯木、灰墙和死水中飘散出来，与周围的空气完全不同，好像瘟疫一样可怕又不可思议。真的，我提到它，是想说明这折磨人的种种思绪究竟有怎样强大的威力。

我胡思乱想，最后竟然真的相信这样的幻象，觉得我只要再靠近一步，就会被那烟雾吞噬一般。一切越发不可思议。我尽可能地抖落掉心中那些只能说是梦幻的念头，更仔细地端详和审视起这座府邸的真正面貌。

年代久远，时光的痕迹使它褪尽了鲜亮的颜色，这成了它最主要的特征。外墙上布满细小的苔藓，犹如蜘蛛网般蔓延于屋檐下。尽管如此破旧，却也找不出破损特别厉害的地方。没有一堵墙是倒塌的。建筑各部分配合完好，整齐划一，只是个别之处石头破裂，看上去不是十分协调。

这让我想起了古墓中的那些华丽的锦缎，多年待在密闭的环境里，看似完整，可一旦取出来，接触了空气，便会很快化为飞灰。厄榭府除了表面上的衰颓外，整幢建筑看上去丝毫没有摇摇欲坠的迹象。如果再仔细观察，兴许能找到一条细微的裂缝，从正面屋顶上开始，顺墙弯弯曲曲地延伸，直至消失在黑黢黢的湖水中。我边留意着这一切，边沿着短短的堤道缓慢骑马前行。当我到达府邸门口时，一位仆从接过了缰绳，我下马跨过哥特式的拱门进入大厅。

男仆小心翼翼地带我穿过昏暗曲折的回廊，前往厄榭的工作室。不知道为什么，我之前的那股莫名愁绪，变得更加强烈。一路的景物同我年幼时见到的一模一样，天花板的雕刻、四壁阴沉的幔帐、乌黑的檀木地板，以及光影交错、我一走过就铿锵作响的纹章甲胄，这些我从小就早已看惯的物件却激起了我那么奇特的幻想！

在楼梯上，我还遇见了他家的医生，我当时在他脸上看到了一种狡黠与困惑交织的神情，他草草同我搭了句话，便下楼而去。随后我们来到了厄榭的房间，我发现这是个宽敞的地方，天花板很高，窗子狭长而突兀，站在乌黑的檀木地板上，伸直手臂也无法摸到窗沿。几缕微弱的红光从格子玻璃射入，把眼前的物件一一映照分明。

可是远处的角落和雕花拱顶的凹陷处，依旧是暗暗的。墙上挂着深色的帷幔，家具很多，却过于破旧，看着很不舒服。散放四处的书籍和乐器也没能为这房间增添一丝生机。

从这房间里，我只嗅到了悲伤和忧郁。厄榭此时瘫坐在沙发上，见我进来，立刻站起来，热情欢快地迎接我。起初我以为这只是客套之举，因为他显得有些热诚过度。可当我看到他的面容和眼神，才确信那是出于真诚。

我们坐了下来，一时间他没有开口说话。我凝视着他，心中满怀怜悯，还夹杂着几丝恐惧。罗德科里·厄榭变化极大，我费了好大的劲儿才能认定，眼前的人确实是我童年玩伴。他的面部特征一直不同寻常：天庭饱满，眼若流星，眸清似水；轮廓漂亮而单薄的嘴唇，颜色略微暗淡；精致的犹太人式的鼻子，配了大得离谱的鼻孔；造型较好的下巴，却又不太引人注目；头发轻薄，略显稀疏；肤色成不健康的灰白，令人过目难忘。由于容颜上的显著特征，脸上一贯流露的神情，致使稍有一处细微的不同，都会显得变化很大。

（四）

如今与厄榭同处一室，让我有种见到似曾相识的陌生人的错觉。眼前的他，肤色苍白得可怕且透着病态。但他的一双眸子却亮得出奇，这让我尤为惊愕。丝缎般柔滑轻薄的头发，变得毛糙纷乱。无论我怎样努力，都无法从他这副怪异的神情中找出正常人的影子。开始时我觉得他举止怪异，却不明缘由，但很快就发现是他的精神极度紧张所致。

他总是力图克服自己的习惯性痉挛，但终究是白费力气。这让他看上去羸弱不堪。对于这样的情况，我早有思想准备：一是因为读了他的信；二是还记得他童年时的某些特性；三则是从他身体的状况和气质上也能做出推断。眼前的他，看上去反复无常，说话时声音有些嘶哑，像是沉浸在烟酒中多年。他的声调也忽高忽低，一会儿全无生气、优柔寡断，一会儿又干脆有力。

他就这样向我谈起他邀我来的目的，讲述他是多么诚心诚意地期盼我的到来，也相当详尽地介绍了他的病症。他认为他患的是家族遗传的先天性神经上的疾病，无药可治。其实不用他细说，我也能从他反复无常的情绪上看出来。他端坐在那里，试图用言语描述自己的状态，但有些话让我既困惑又好奇。

一种病态的神经过敏使他备受折磨，他说，他只能吃最淡而无味的饭菜，只能穿某一种定制料子的衣服，所有花的芬芳都令他窒息，即便微弱的光线也会让他感到刺眼。除了特殊的弦乐外，其他声音都会使他成为惊弓之鸟，看得出恐惧和病症已经牢牢地攫住了他。

他认定他一定会这样死去，死在可悲的蠢病上，在病魔带来的恐惧和可怕幻觉中慢慢丧失生命和理智。此外，我还从他那断断续续、含糊不清的话语中，得知了他精神上的另一个怪症：他被束缚于他家府邸外表及实质的特点对他心灵造成的影响。那灰墙和塔楼，还有暗沉的湖水，就像是刻在他心里一般，没有一刻不影响着他的精神状态。

他的用词太过含糊，我难以复述，唯一可以确定的是，这一影响的感染力十分巨大。一再迟疑后，他终于坦陈，若要追溯起来，如此折磨他的忧郁，多半来自他对妹妹玛德琳的担忧。多年来，妹妹一直陪伴着他，也是他世上唯一的亲人。可如今，那位姑娘却被重病缠身，正在死神的手中挣扎，不知何时会香消玉殒。

"她倘若去世，"他用一种令我难忘的痛苦的声音说，"厄榭家族就只剩下我这么一个了无希望、脆弱可怜的人了。"他说话的当口，我看见玛德琳小姐（别人就这么叫她）远远地从对面的房间走过，慢慢地踱步——她并没有注意到我——但转眼间就消失了。那一刻，我震惊于她的突然出现和消失，其中夹着些许恐惧的情绪，个中缘由却说不清。我的目光追随着她远去的背影，心慌得厉害，我本能地转眼看她哥哥厄榭的神情，却只看见他用苍白又瘦骨嶙峋的双手捂着脸，指缝间流出热泪。

玛德琳小姐的病早就使她的那些医生束手无策。她备受病魔的折磨，人变得瘦削冷漠。短暂但频繁发作的类痫症，导致她身体局部僵硬，然而她一直与死神抗争，并没有因此而倒卧病榻。

可就在我去的那天傍晚，她向死神低下了她高傲的头颅，当日我那恍惚间的惊鸿一瞥竟成了永别。她的哥哥厄榭于夜间转告了我这一噩耗，他备受打击，凄怆得无法形容。如同她哥哥一样，我再也见不到活着的玛德琳小姐了。接下来的几日里，我和厄榭之间仿佛有了一种约定俗成的禁忌，我们都绝口不提玛德琳小姐的名字。那段时间，我满怀热诚，专心致志地陪伴我的朋友，希望能减轻他的愁苦和孤单。

我们一起画画、看书，有时他会即兴演奏六弦琴，听着那悦耳的声音，我好像置身于梦中。相处得越久，我们越觉得彼此亲密，我也越能感受到他心中的愁苦。但事实上，我所做的博取他开心的努力，都是枉费心机。他心底的哀愁仿佛与生俱来，永不停歇地散发出来，把整个精神和物质世界变得一片灰暗。

我将永远记住我与厄榭府的主人共同度过的许多阴沉的时刻，但是要让我详细地讲明原因，我却不知从何说起。

（五）

我全然不知他究竟希望我在这些日子里研读什么。我复杂紊乱的心绪，使得一切记忆都蒙上了一层朦胧的光。他那时大段大段即兴演奏的挽歌，犹在耳畔。在众多曲调之中，我能清晰地记得的，只有他对那首《冯·韦伯之最后的华尔兹》进行的奇异变奏与夸张。

他凭借着那些笼罩着他的精巧的幻象，构思出一幅幅画面。

他的画大多构图简单，但却十分吸引人，并让人从心底感到震惊。如果说谁能体会这些画的真正意图，那么只有我的朋友厄榭，至少我认为是这样的。他在画布上倾泼的纯然抽象的概念，让人心生畏惧。他的画让人无法长时间凝视却又印象深刻。就连福塞利那色彩强烈幻象具体的画作，也没能带来如此的冲击。

在厄榭那些幻影般的构思中，唯有一幅画不那么抽象，或许可以勉强诉诸文字。

那是一张尺寸不大的画，画的是一个呈矩形无限延伸的、看不清出口也看不见任何光源的地窖或是隧道的内景。那洞穴深深地嵌在地面上，向下延伸。雪白的墙壁低矮光滑，没有任何纹饰，也看不见剥落的痕迹。但是不知从何而来的强烈光线，四下翻滚，使整个画面沐浴在不合时宜的可怕光辉中。我在上文中提到过，此时的他听觉神经已成病态，除了某些弦乐声外，受不了别的乐曲。

也许正因为他只弹奏六弦琴，在很大程度上赋予了他的弹奏一种古怪空幻的韵味。但那些流畅激昂的即兴曲并非源自于此。当厄榭处于极端兴奋的状态下时，他会高度集中，精神状态也变得极其稳定。那些狂想曲的调子和歌词必定是他精神极其镇定、精力高度集中时的产物。我能毫不费力地复述其中一首歌的歌词，也许这些字眼经由他的吟唱，拨动了我的心弦，铭刻在我的心上。

从这些歌词的神秘意蕴中，我想我是第一次体会并了解了厄榭的心路。他完全明白他一直高高在上的理性已摇摇欲坠，朝不保夕。那首狂想曲名叫《闹鬼的宫殿》，歌词的大意如下：

由思想主宰一切的王国，坐落在绿意盎然的山谷之中。那里有可爱仙女的房屋，和熠熠生辉巍峨耸立的宫殿，就连六翼天使也从未见过如此美丽的建筑。金黄色的旗帜，亮眼夺目，高悬在宫殿之巅，随风漫卷飞舞。代表思想的国王，在仙子仙乐的萦绕下，如坐云端，威仪高大。珍贵的宝石和珍珠装饰着华丽的殿堂，响彻殿堂的歌声称赞着君主的智慧，那时岁月静好。红墙绿瓦在光阴中渐渐斑驳，仙女的容颜也渐渐模糊。邪恶裹挟着悲伤，披起长袍侵入宫殿，占据着这荣耀之地，昔日的皇家繁华落尽，渐渐成为传说。一位旅人踏上征途，踏进这传说中美好的山谷，却只见一地白骨，惨败的宫殿伫立在高处，森森的鬼影在墙壁上掠过。滚滚呼啸的冥河，夹杂着群魔声声哀号与可怕的嘶吼。

我清楚地记得，这首曲子暗含的意味，让我联想了很多。厄榭的观点并不新颖，但与其他人相比又大胆得可怕。有一种观念认为世间万物皆有灵，可在厄榭骚乱的奇思怪想中，就连无机世界的物也有自己的灵性。他对此深信不疑、一派赤诚。在厄榭的想象中，祖传的庄园里那些石头的排列组合、遍布石头上的真菌、伫立四周的枯木，甚至从未变动的布局和湖水中的倒影都透着灵性。

他认为，湖水和石墙千百年来散发出的气息正在逐渐凝结，寂然无声地潜伏在纠缠不清的可怕影响力中。几百年来主宰着他家族的命运害他变成了眼下这副模样。我对这样的看法无须发表任何评论，也不会妄加评论。这段日子，我们研读的书籍也与这种幻想不谋而合。不难想象，多年来这样的书籍对病人精神状态的影响。

我们一同仔细阅读的书有：格里塞的《翠鸟与修道院》，马基雅维利的《魔王》，斯威登堡的《天堂与地狱》，霍尔堡的《尼古拉·科里姆的地下之旅》，罗伯特·弗拉德、让·丹达涅与德·拉·尚布尔合著的《手相术》，狄克的《忧郁之旅》，康帕内拉的《太阳城》等。

我们共同喜爱的是教士爱梅里科·德·盖朗尼著的《宗教法庭手册》。其中，《庞波尼斯·梅拉》中关于古代非洲森林之神和牧羊神的章节，能让厄榭如痴如醉地看上好几个小时。

不过他最爱的，还是那本珍贵的黑体四开奇书：《美因茨教会合唱本之悼亡预日经》。那是一本早就被人遗忘的教堂手册。这本书让我想起他通知我噩耗的那个夜晚。他毫无预兆地通知我玛德琳小姐去世了，又说打算将妹妹的尸体放在府邸主楼的一间地窖中14天。而正是那本奇书中疯狂的仪式令这位忧郁症患者选择了如此奇特的做法。

当然他这样做自有其世俗的理由，我不便随意质疑。他说他一想到死去的妹妹那非同寻常的病和医生冒失殷切的探问，再想到要把可爱的妹妹葬进偏远冰冷的祖坟之中，他就决定要这样做了。

这让我不禁想起刚到厄榭家那天，在楼梯上看到医生时他那阴郁的脸色。我不愿意反对他，毕竟他的做法没有伤害到任何人，也称不上有悖于常理。我遵从厄榭的要求，亲自帮他料理了丧礼的相关事宜，我们抬着装有玛德琳小姐尸体的棺椁，缓缓走向准备好的安放之处。

地窖由于多年未曾开启，里面令人窒息的空气差点熄灭火把，使得我们谁也没仔细看一看这地窖。我只觉得它狭小黑暗，潮湿沉闷，没有丝毫缝隙可以透入光线。地窖在地下很深，上面正好是我的卧室。地窖通向外面长廊的四壁和地板，连同那扇沉重的铁门都包裹着黄铜。

显然，这地窖在遥远的封建时代曾扮演着死牢的角色，近些年才渐渐改建成库房，存放火药或者其他易燃的物品。伴着铁门开合传出的刺耳嘎吱声，我们把那令人悲伤的黑黝黝的棺椁放在可怕的地窖里。为了最后一次瞻仰遗容，我们缓缓地移开尚未钉上的棺盖。

他们兄妹俩容貌上惊人的相似第一次引起了我的注意。大概厄榭看出了我的诧异，低声解释了一下。我从他的解释中得知，他与死者是孪生兄妹，两人天性里有着许多不可思议的共同之处，是彼此惺惺相惜的那种相通。出于对死者的敬畏，我们的视线并没有在她身上逗留太久。她在最美好的年华被疾病夺去生命，尸体看上去与所有患严重硬化症的人一样。她的胸口和脸上还似乎泛着淡淡的红晕，而嘴角却泛起一丝诡异的笑容，格外骇人。我们重新盖好棺盖，钉牢钉子，心情沉痛地回到上面的房间。但那里似乎比地窖好不了多少。

悲恸欲绝地过了几天，厄榭精神紊乱的病征发生了显著的变化。他忘了平日里要做的事，就连行为举止也迥然不同。他像是要逃离什么似的，从一间屋子逛荡到另一间，步伐凌乱而仓促。他原本病态苍白的脸色更加苍白，如尸体一样呈死灰色，本来明亮的眸子，也彻底黯淡了。我再也听不到他那喑哑的嗓音，现在的他说起话来像是受到了惊吓一样颤抖。有时候，我真觉得他是因为心中藏着什么令人压抑的秘密，才如此不安，想要攒足勇气倾吐；有时候，我又觉得一切只不过是他的幻想，因为我亲眼目睹他对着空无一物的地方苦苦凝视，好像在聆听什么。他的表现吓坏了我，也感染了我。我觉着他身上那股荒诞迷信的气息，正慢慢地但确定无疑地在我心中蔓延。

尤其在玛德琳小姐停放在主楼地窖的第七个还是第八个深夜里，我在床上充分体验了那种影响的力量。时间一分一秒地过去，我在床上辗转难眠。我拼命排解心中的紧张，努力说服自己，如果不是因为房间里蛊惑人心的家具和破烂的黑帷幔，我不会这样。

（六）

一场即将来临的风暴送来的阵风卷动着黑色帷幔在墙上飘摇，拍打着床边的饰物发出窸窸窣窣的声音。但是我的一番努力无济于事，我开始难以抑制地全身颤抖，一个恐怖可怕的梦魇压了上来。

我喘息着，挣扎着，厮打着，终于挣脱了它。我赶忙起身，凝视黑洞洞的房间，我什么也看不见，只好仔细倾听——我不知为何要去听，除非那是一种本能的驱使。我听到某个低沉又模糊的声音，它总是在暴风雨停歇时响起，没有规律，没有来源。强烈的恐惧感铺天盖地地涌来，我慌慌张张地穿上衣服，焦急地在房间里来回踱步，想把自己从可怜的境地中解脱出来。我刚走上几步，就听见附近的楼梯传来细微的脚步声。我不由得精神紧张，竖起耳朵，生怕那是可怕的怪兽。好一会儿后，才辨别出那是厄榭的脚步声。

紧接着，他轻轻敲了敲我的房门，提着一盏灯走进了我的房间。昏暗的灯下，他的面色照旧一片死灰，眼睛却是狂喜，他似乎压抑着病态的歇斯底里，朝我走来。虽然他的样子让我害怕，但自从他走进这屋子，我似乎感觉安心了。

"你没看到吗？"他环顾四周后，突然说道。他像是为了向我证明什么，小心谨慎地遮好灯，冲到一扇窗子前，猛然将其打开，嘴里说着："难道你那会儿什么都没看到？等一等，你马上会看到的。"窗外，暴风雨正咆哮着。

一阵强风袭来，几乎要把我们掀翻。虽然说有暴风雨，但那个夜晚异常地美丽，那是一个恐怖与美丽交织的奇特的夜晚。越积越厚的乌云像山一样聚集，低垂着，压向府邸的塔楼。透过浓密的乌云可以看见云层的活动，云朵从四边八方聚集而来，彼此冲撞，却没有一个能逃离中心。

天空黑得像被浓稠的墨汁泼过，没有星星和月亮，更没有该出现的闪电。整个厄榭府被缭绕的雾气遮住了模样。而那雾气虽然亮光微弱，却又清晰可见，闪闪烁烁，好似乌云下面和周遭的地面都忽暗忽明地闪着这种微弱的光。

"不，不要看，你不该看这个！"我颤抖着大声对厄榭说，不知从哪生出一股力气，把他从窗边拽到座位上。"别再看了，那不过是寻常的电光现象，要不就是山中湖面瘴气弥漫的缘故。关上窗子吧，空气寒凉，对你的身体可不好。这儿有部你喜欢的传奇，我念给你听。我们就这样一起度过这个可怕的夜晚吧！"我的声音也有些激动。

我随手拿起的那本旧书是兰斯洛特·坎宁爵士的《疯狂的盛典》，不过我把它说成是厄榭爱读的一部书，可不是真心话，我那样说只不过是苦中作乐的说辞。平心而论，这部书语言粗俗、故事冗长、缺乏想象力，其中很少有东西能引起我那位心智孤傲、思想空灵的朋友的兴趣。但这是我手头仅有的一部书，我怀着一丝侥幸，也许这样荒唐透顶的情节能让眼下兴奋又罹患忧郁症的厄榭得到些许的解脱。在我所知的精神紊乱史上有类似的情况。如果能在他听故事的时候判断他是真的在听还是表面在听，我就可以庆贺自己的妙计成功了。

边想着，我已经念到故事为人们所熟悉的那个段落了。它讲的是故事主人公埃塞尔雷德殚精竭虑地想和平进入隐士居所，失败后付诸武力强行闯进去的事。关于主人公使用武力的那段情节是这样的：

"埃塞尔雷德生性勇猛刚强，在灌了几杯酒后，借着酒劲不再与那个顽固不化、心黑手狠的人多费口舌。滴落在埃塞尔雷德肩上的雨点，昭示着暴风雨的来临，他立刻抢起手中的铁锤，照着大门猛砸几下，厚厚的门板上很快出现了一个窟窿。他将套着臂铠的手伸了进去，使劲儿一拉，'噼啪'一声，门被撕裂了。伴着干燥空洞的破裂声，木板被扯了个粉碎，那声音在森林里回荡着，让人心惊胆战。"

刚念完最后一句，我猛然一惊，一时间竟没有接着往下念，因为我仿佛听见从府邸的某个角落传来模糊的回声，与文中描述的一模一样。

虽然我很快就断定是自己过于激动而产生了错觉，但这样的巧合还是吸引了我的注意。与风吹打窗子，且混着嘈杂之音仍在加剧的风暴声相比，那细微模糊的声音真的不算什么。我很快就安下心继续念。

"破门而入的勇士埃塞尔雷德闯进门来，却不见那隐士的踪迹，不由得怒火中烧，暗暗震惊。不过他看见一座黄金建造的宫殿，前面一条口吐火舌、通体鳞甲的巨龙正蹲守在那里。那座豪华的宫殿，就连地板也是白银铺筑而成的。放眼望去，墙面上挂着一个黄澄澄的黄铜盾牌，上面刻着：

唯勇士得入此门

唯屠龙取此良器

"埃塞尔雷德挥舞着铁锤与那巨龙搏斗，只见他一锤击中龙头，那龙头随之落地，滚到他的面前，尖叫着喷出一股毒气。撕心裂肺的叫声凄厉刺耳，埃塞尔雷德不得不用双手掩住耳朵，抵御着闻所未闻的可怕声音。"

念到这里我又猝然停住，心中大为震惊。那一刻，就在我念完的那一刻，分明从老远的地方传来一个微弱但刺耳的声音，那声音拖得很长，且听得出那是不寻常的尖叫或摩擦声。这难道是第二次不寻常的巧合吗？读着那传奇作家的描写，脑海中正幻想着巨龙的尖叫声，耳边就立刻出现一丝不差的声音。的确，又发生了如此凑巧的事，我心中如翻江倒海一般，但又要维持着足够的镇定，以免被我那伙伴看出蹊跷从而刺激他敏感的神经。

尽管这短暂的几分钟内，厄榭的举止出现了奇特的变化，可是我仍不能肯定他是否也已经注意到了这些声音。他本来是面对着我坐的，可是现在他缓缓地将凳子转开，身子侧对着我，面朝房门，瑟瑟发抖。他嘴里似乎在念叨着什么，头一直垂到胸口。他仿佛受了巨大的惊吓，眼睛瞪得大大的，整个身体也开始轻微地左右摇晃。

我能肯定他没有睡着，我迅速将一切收入眼底，继续阅读劳施劳式爵士的文章。故事进展到了更怪诞的地方：

"斗士从巨龙可怕的惨叫声中回过神来，想起了挂在墙上的魔法黄铜盾牌。为了破除魔法，他移开横在面前的龙尸，勇敢地迈上城堡的白银地板，向盾牌走去。还没等他靠近，那盾牌就掉到他的脚边，砸得地板发出一声铿锵的可怕的巨响。"

在我念出这些音节的同时，霎时间，就像是真的有个黄铜盾牌重重地落在地板上一样，外面清晰传来金属撞击时发出的特有的空洞沉闷的声音。我惊得六神无主，一跃而起。厄榭依旧一下一下地摇晃着身体，我直直地冲到他的椅子跟前，发现他正用双眼直勾勾地盯着眼前的地板。当我的手放到他的肩上时，他浑身上下猛然一阵战栗，哆嗦的嘴唇浮现出一丝扭曲惨淡的冷笑。

他结结巴巴地嘟囔着，声音急促而低沉，好像一个人在房间自言自语。我凑了上去，仔细辨明，终于听出了他那番话的可怕含义。

"没听见吗？我可听见了，而且早就听见了，几分钟，几小时，不，这声音折磨了我好多天了。可是，我不敢，我不敢说。可怜可怜我吧，我是个可怜的家伙。我们，我们把她活葬啦！我们把她孤零零地留在棺材里，留在黑漆漆的地窖里。我不是告诉过你我感觉敏锐吗？

"现在我告诉你，那是她在棺材里弄的动静，我都听到了，我好几天前就听到了。我不敢，我不敢说。可是现在，今晚——哈哈，埃德尔雷德——隐士的门破裂了，巨龙临死前的惨叫，盾牌掉在地上……哈！哈！你不如说她出来了，那是她撕破棺材的声音，是她推开地牢铁门的摩擦声，是她在黄铜廊道里挣扎的声音！我们，我们该往哪逃？难道她不会马上就到这儿来吗？

"听，脚步声，老天，难道不是她来责问我吗？责问我的草率，你听，你仔细听。听到那上楼的声音了吗？听见她沉重可怕的心跳了吗？疯子！都是疯子！"他突然疯狂地一跃而起，撕心裂肺地嘶吼："疯子，告诉你，她就站在门外，就站在那里！"

从他口中发出的尖叫声，像是有种符咒的魔力。他用颤抖的手指着的那扇古旧笨重的黑檀木门，而那门竟然缓缓地裂开了缝隙。那是疾风刮开的，我刚想安慰自己，殊不知，那扇门外果真站着身形高挑的玛德琳小姐。她穿着白色寿衣，上面满是已经凝成块的血迹污痕。她瘦削的身体上到处都是苦苦挣扎的痕迹。她就站在那里，在门槛那里震颤抖动着，然后前后摇了一阵，伴随着低声的呻吟便重重地朝他哥哥的身上倒了下去。

她终于成了一具真正的死尸，而在这痛苦的一击中，厄榭跌倒在地。

他被吓死了，成了他曾预言过的恐怖的牺牲品。我胆战心惊，拼命地奔跑，我要逃出那间屋子，逃出厄榭府。

当我惊魂未定地穿过那条古老的石铺大道时，四下依然是狂风大作。突然，我身后的厄榭府射出一束奇怪的光，我不由得掉头去看那道光的来源，因为我知道身后只有那座府邸和它的阴影。仔细看才发现原来它来自天上那轮残红的满月。月光沿着古老的厄榭府垣壁的那条裂缝照了过来，弯弯曲曲地从屋顶向地面延伸。就在我凝视的时候，那裂缝迅速变宽，随着一阵狂风卷来，那轮红月骤然逼至眼前。我头昏眼花地看见坚固的高墙崩裂为碎片，接着就是惊天动地的巨响，犹如万顷波涛在汹涌咆哮。

我脚下那个幽深阴冷的山中小湖，悄然无声地淹没了已成残垣瓦砾的厄榭府。

福图那托对我的无数次伤害，我都尽量忍住了。不过我在心中暗暗发誓，倘若他胆敢再侮辱我，我一定要报仇雪恨。大家是知道我的脾气秉性的，我拿定主意要报仇，就一定会做到，绝对不是虚张声势。我一定要报仇，一定要一雪前耻。这样的想法在我的心中坚若磐石，我坚定不移地要行动。

既然主意已定，我便消除了对危险的顾虑，沉浸在报复的快感中。我必须做到让他吃够苦头而我自己不用受到惩罚，如果我受到了惩罚那就不能算报仇雪恨。当然，如果复仇者没让仇家知道谁在报复，同样也不能算是报仇雪恨。不用说，我的一举一动一言一行，都不会引起福图那托的怀疑和猜忌，我一如既往的像对待好朋友一样对他微笑。直到现在他也没看出来我是笑里藏刀，一心要宰了他。福图那托是一个在某些地方让人敬重甚至敬畏的人，不过他有一个致命的缺点，那就是他总认为自己是个品酒的行家因此而得意洋洋。

众所周知，意大利人里面没几个是真正的行家，不过他们善于随机应变、见风使舵，再加上热络和显现出来的专业气息，往往能够迷惑英国的大财主。就连珠宝和古画，虽然福图那托和他的同胞一样是个冒充的内行，却也能口若悬河地谈上一阵子。不过对于品酒方面，他确实有自己的建树，这一点，我与他相差无几，尤其是意大利葡萄酒，只要能够办得到，就会大量买进。

在一个热闹的狂欢节傍晚，我在暮色中散步时碰到了这位朋友。他热络地跟我打招呼，鼓起的肚子里装满了酒。这家伙装扮得像马戏团里的小丑，紧身的杂色条纹衣，头戴系着铃铛的尖尖的帽子。我当时是多么乐意见到他，以至于握着他的手久久不放。

我说："嘿，老兄，见到你真开心。你今天看起来好极了，我可就不行了，对弄到的那一大桶所谓的白葡萄酒一点都不放心。"

"怎么会？你弄到了白葡萄酒？一大桶？这狂欢节期间，怎么可能弄到啊？不见得是真的吧？"他诧异地说。

"所以我不放心啊。真是糟糕极了，我简直笨透了，居然没向你请教，就付清了货款。我到处都找不到你，又怕错过这笔生意。"我有些沮丧地说道。

"白葡萄酒，你确定？"

"我不放心。"

"白葡萄酒？"

"是呀，是呀，我一定要确认究竟是不是。"

"真是白葡萄酒？"

"说是真白葡萄酒，看来你有事情，我就不麻烦了。我去找卢克雷西问问看，如果说还有人能分出真假，那就只有他了，他会告诉我……"

"那怎么行，他？"福图那托不由得提高声音。

"有些傻瓜硬说他跟你的眼力不分上下呢！"

"走吧，咱们快走！"他听我说了那话，立刻架起我。

"上哪去？你不是还有事？"

"去你家地窖，我帮你看看。"

"老兄，这怎么行，我不愿利用你的好心，我看出你还有约会，我还是去找卢克雷西吧！"我不着痕迹地想要推开他的手。

"我没什么约会，咱们快走吧。"

"这怎么行，就算你没约会，那地窖又冷又潮，四壁都是硝，我看你正冷得够呛。"

"冷不要紧，你可真是上当了。白葡萄酒？说起来卢克雷西那家伙连雪梨酒和白葡萄酒都分不清。"不由分说，福图那托拉着我，向我家走去。我戴上了黑绸子做的面具，裹紧身上的暖披风，由着他拖我去我的府邸。家里一个仆人都没有，他们早就趁机溜出去过狂欢节了。我告诉过他们，我有事要外出，第二天早晨才能到家，并明确地命令他们不准出门。尽管这样，我猜到他们一定是我前脚刚走，后脚就溜了，狂欢节的吸引力真是不小。

我从烛台上拿起两个火把，一个递给福图那托，一个自己握着，带领着他穿过几个房间，顺着长廊，走过一座长长的回旋楼梯向地窖走去。他小心翼翼地紧紧跟着，他的脚步摇摇晃晃，每走一步，帽子上的铃铛就叮当作响。

我们终于来到了楼梯脚下，一起站在蒙特里梭府墓穴潮湿的地上。

"酒在哪？"他有些心焦地问道。

"就在前面了，你可要留神墙上的蛛网，他们在发光。"

他转过身来，醉醺醺地用水汪汪的眼睛望着我："那是硝？"他问道。

"硝，你这样咳嗽多久了？"我答道。

"咳咳，咳咳……咳咳咳……咳咳……"回答我的只有一段没完没了的咳嗽声。他半天说不出一句话，过了好久，才支支吾吾地说："没什么！"

"哎，咱们还是回去吧。你的身体要紧，别再受了寒气。你有钱有势，又受众人仰慕，还深得人心，要是病了，我可担不起这责任，再说，再说不是还有卢克雷西。"

"别说了。"他说道，"咳嗽算不了什么，它不会要我的命，我也不至于会死于咳嗽。"

"好，好，说真的，我可不是吓唬你，病就应该好好预防，要不喝一口美道克酒，去去潮气。"说着，我从一长溜酒瓶里，拿起一瓶，敲掉了瓶嘴递给他。"喝吧！"

他看了我一眼，将酒瓶举到唇边，又放了下来。他向我点点头，铃铛叮当作响。"让我们为周围长眠地下的干杯，为你万寿无疆干杯。"说着他喝完了酒，挽起我的胳膊继续往前走。

"你家地窖可真大。"他说。

"我们家是个人丁兴旺的大家族。"我答道。

"我忘记了府上的族徽，是什么样子的？"他又问。

"不就是一个人的偌大的金色脚，踩烂紧紧咬着脚后跟正在腾飞的蛇，背景是一片天蓝色吗？"

"那，那家训呢？"

"凡伤我者必受惩罚。"

"真妙！"由于喝了酒，他的眼睛亮闪闪的，走起路来铃铛又丁零当啷地响着，在空气中回荡。

我喝了口美道克酒，越发地胡思乱想起来。

我们已经穿过由尸骨和大大小小的酒桶围成的夹道，一直进到地窖的幽深之处。我又停了下来，伸手抓住了福图那托的上臂。

"看呐，硝越来越多，就像青苔一样，挂满了拱顶。我们现在站在河床的下面，你看水珠正滴在尸骨之间。咱们还是快回去吧，趁现在还来得及，你看你咳嗽得这样严重。"

"没什么，"他说，"我们继续走吧，不过得让我再喝一口。"

听了这话，我又打开一壶葛拉维酒，递给他。他把酒一饮而尽，眼睛也顿时有了生气，嘻嘻地笑着，并且用一种奇异的手势把酒瓶往上一抛。

因为不明白什么意思，我诧异地盯着他。见我没明白，他又重复了一遍那个奇怪的手势。

"你不懂那是什么意思？"他说。

"是啊。"

"那你就不是哥们儿。"

"啊？"

"你不是泥瓦工。"

"我是，我是的。"

"你？不会吧，你是？"

"我是。"

"那暗号呢？"他问道。

"暗号？暗号就是这个。"我顺手从短披风里拿出了一把泥刀。

"你不要开玩笑，开什么玩笑，"他惊叫了一声并往后退了几步，"咱们还是去看那桶白葡萄酒吧！"

"好吧！"我收起了泥刀，伸手扶着他。他靠在我的肩膀上，我们继续往下走，我们穿过了一连串低矮的拱道，最后进入了一个幽深的墓穴。

那里空气浑浊，让人窒息，火把也只是冒火苗不见光亮。那个墓穴的最里面，又出现一个更狭窄的墓穴。这里四壁都堆着成排成排的尸骨，它们就这样一直高高地堆着，就像巴黎那些大的墓穴一样，直到高高的穹顶。

里面的那个墓穴和这个相仿，不过有一面墙的尸骨早被推翻了，乱七八糟铺在地上，变成了一个尸骨墩。搬开这堆尸骨，能够看见后面的后面还有一个像壁龛一样的地方，大约四英尺深，三英尺宽，六七英尺高。

福图那托举着昏暗的火把，尽力窥探壁龛深处，可是火光太微弱，看不到底。"接着往前走，白葡萄酒就在里面。要不，我去找卢克雷西？"

"哼，他是个笨蛋。"他一边嘟囔着，一边用醉鬼特有的摇晃脚步向深处走去，而我则跟着他寸步不离。眨眼间他已到了尽头，去路被石墙挡住。正皱着眉头发呆，我已用锁链把他锁在了墙上，原来墙上嵌着两个铁环，两个铁环平行相距两英尺左右。一个环上垂着一条短铁链，另一个上面则挂着一把大锁。我把铁链绕过他腰间再把链端牢牢锁上，这不过是一瞬间的事儿。他完全吓傻了，根本来不及反抗。我拔掉了钥匙，退出了壁龛。"你伸手去摸摸那墙，保证你能摸到硝，很潮湿的。让我再求求你回去？怎么你不回去？好，那我就得离开你了，不过我还得尽尽心，多照顾你一下。"

"白葡萄酒？白葡萄酒？"他依然没缓过来神，惊魂不定地叫着。

"不错，"我说，"白葡萄酒。"说话间我已经开始在我刚才提到的尸骨堆那忙活起来了。我丢掉尸骨，挑出准备好的石块和水泥。我用那把泥刀，用这些材料，开始干劲十足地砌墙封那个洞口。第一层还没砌好，我就意识到他已经醒酒了。因为从洞里传来一声声的嘶吼，那声音完全不像一个醉汉发出的声音。

接着便是一阵长长的、令人难耐的沉寂。我开始砌第二层，第三层，第四层。壁龛里面传来了铁链的晃动声，他在挣扎，一直在挣扎。在那阵当啷声中，我根本没心思干活。也许是为了让自己听得更清楚，更享受那种曾经侮辱过我的人苦苦挣扎的感觉，我坐在了骨堆上，直到周围再度归为沉寂。我重新拿起了手中的泥刀，不停手地砌上第五层、第六层、第七层。直到差不多和我的胸一样高，我停下来歇一会儿。我举起手中的火把，把那一点儿微弱的光照射到里面那个人身上。

突然间，一连串的嘶吼从那个被锁住的人的嗓子里发出，仿佛要吓退我，让我停下来。我一时间慌得直发抖。随后，我拿起一把长剑，伸进壁龛里四下探索，可转念一想，又镇定下来。我的手放在了墓穴那坚固的建筑上，完全消除了内心的恐惧。等我再走回墙根，一声声地回应那个人的尖叫。我用自己的音量压过他，比他更响亮。这样持续了一会儿，他的嗓子就哑了，声音也变小了。此时已深更半夜，我的活儿也接近尾声，我砌上了第八层、第九层，甚至第十层、第十一层。

终于要结束了，只要我再嵌一块石头进去，最后再抹上水泥，就大功告成了。我用最后的力量，托起那块沉甸甸的硕大石块。就在这时候，里面传出了一阵令我毛发竖立的凄厉的笑声。我好不容易才辨认出那是福图那托的声音。"哈哈哈！嘻嘻！这，真是个妙不可言的笑话，太好笑了。等我们到公馆了，好好笑个痛快，边喝酒边笑！"

"白葡萄酒。"我说道。

"对，对。白葡萄酒，还来得及吗？福图那托夫人他们不是正等着我们回去呢吗？咱们走吧。"他在墙那边说道。

"对，咱们走。"我说道。

"对，看在上帝的分上，我们走吧。蒙特里梭！"他说。

"看在上帝的分上，我们走吧。"这是我听到的最后一句话，接下来再也没有声音了。我再也沉不住气了，将火把顺着还没砌好的墙塞进去。里面传出来的回声只是那些系铃的一阵叮当。我吼道："福图那托！"没有回答。我又喊了一声，还是没有回答。

可能由于墓穴里的湿气太重，我开始觉得恶心。我赶忙完工，把墙砌好了，然后把尸骨按照之前那样堆积起来。半个世纪以来，那里一直没有人动过，愿逝者安息！

在异国他乡游荡了多年后，我在某年踏上了前往巽他群岛的旅程。我从巴塔维亚港出发，它就在闻名遐迩、物产丰富、人口众多的爪哇岛。我之所以开始这段旅程，只不过是因为我好像被鬼神缠住一样，心神不宁。

那是一艘吨位大约在400吨的漂亮的船，船身镶嵌着黄铜，孟买制造，用的是马拉巴的柚木。船上装着各式各样的货物，有产自拉克代夫的棉织品和油料、椰子壳纤维、椰子糖、酥油、可可豆，还有几箱鸦片。

估计是货物摆放时有些匆忙，它们安放得并不合理，由此导致了船总是摇来晃去的。我出发时是个好天气，微风阵阵吹着我们离港，接下来的很多天，船沿着爪哇岛的东海岸缓缓前行，没发生什么惹人注意的事，除了偶然遇到几艘从我们的目的地开来的小船，这样的行程显得有些枯燥单调。

一天傍晚时分，我无聊地斜靠在船尾的栏杆上，遥望西北方的天空。有一朵造型独特的云孤零零地飘着，那是我自出发以来，第一次看见云彩。它的颜色和形状都很特别，因此格外引人注目，我就这样看着它，直到太阳在海面上消失。突然，云朵向东西两方蔓延开来，在天水相接处，变成一道狭窄的烟霞，形状就像是海岸边的浅滩。

过了一会儿，我的注意力被升起的暗红色月亮和罕见的海景吸引。大海千变万化，海水也看着比平时更透明。尽管我能够清晰地看到海底，但还是借来铅锤量了一量，我发现原来船下水深居然有15英尺。这时候，空气炙热难耐，热气袅袅升起，就像是从炽热的铁块上升腾一般。

夜晚来临了，一丝海风也没有，周遭寂静得有些怪异，就算在船尾的甲板上，烛火也不跳动，捏着一根长发，也看不见它飘动。我担心地询问船长，他却说看不出什么危险。

我们的船刚漂向海岸，船长就下令收帆，抛下铁锚，他没有安排人值班守夜。船上的水手大多是马来西亚人，此时他们正躺在甲板上，肆意舒展着自己的身体睡下了。我带着灾难将至的预感，惴惴不安地回到船舱。说实话，种种迹象表明，一种热带风暴"西蒙风"即将来临。然而，我的担忧没能引起船长的注意，他甚至连一句话都没回我，就无动于衷地走开了。

因为不安，我在床板上辗转反侧，久久不能入眠。午夜时分，我走上甲板想透透气。就在踏上甲板扶梯最上面的一级时，我惊呆了。伴着一阵巨大的嗡嗡声，船身震动起来，我还没搞清楚怎么回事，一排巨浪就从远处袭来，一个浪头从船梁末端打来，一波接一波地从船头扫过船尾，没有放过一个角落，整个甲板都被海水冲刷着。

其实在很大程度上，那排来势凶猛的巨浪，拯救了我们的船只，使其免受拦腰折断的危险。虽然整艘船都灌进了水，桅杆也被巨浪折断，但不久后船就吃力地浮出海面，摇晃一阵便趋于平稳了。暴风雨真的来临了，不知是怎样的奇迹，让我幸存下来。

我一下子就被巨浪打晕，醒来时发现自己卡在船尾柱和方向舵之间，真是万幸。我使了很大的力气，才勉强站起来，我头晕眼花，四处张望后我明白船只遭遇了巨浪，而且它还被卷入了巨大的旋涡，我们被旋涡吞噬。不知过了多久，我听到一个瑞典老头的声音，我记得他是在船快离港时，才匆忙上来的。

我用尽全身力气，朝他大声呼喊。听到声音后，他马上蹒跚地朝我走过来，来到船尾。直到这时，我才发现我们是此次风暴中仅存的幸存者。甲板上空无一物，原本躺在那里的水手们早就被扫落到海中。整个船舱灌满了水，船长和副手们估计也在睡梦中死去了。周围没有任何船只，我们根本无法操纵船只摆脱险境。这艘船随时都可能下沉，我们没有采取任何措施，只是无助地呆立着。

船的锚索早就在第一阵飓风袭来时就被切断了，脆弱得像是包裹上的细线。此时的船正随着波涛，以可怕的、无法控制的速度前行。水流击打着船舷，船尾的骨架也支离破碎。其实它早已经千疮百孔了，只是之前我们没有注意到。令人欣喜的是，水泵没坏，压舱物也没有太大的移动。此刻，风暴最强烈的时候已经过去，所以，我们几乎已经感觉不到来自风的威胁。

只是，我们的心情依然郁闷，盼望着风暴能够彻底平息。看着破旧的船体，我想接踵而来的巨浪，一定会置我们于死地。不过这样合理的推断并没有立即应验，这艘废船在狂风的推动下行驶了五天五夜，用难以估量的速度漂行。虽然狂风不及之前的飓风猛烈，但也远比我遇到过的可怕。

五天五夜，我和那个瑞典老头，仅仅凭借着从前甲板下水手舱里好不容易弄到的少量椰子糖支持着。前四天，风向没怎么改变，船向南方游移，凭我的判断，我们正沿着不知何处的海岸漂流。

可到了第五天，风向骤变，更加偏向北方，天也冷得厉害。在地平线的地方，病态昏黄色的太阳探了出来，却没有光芒散射。天空中没有云彩，风则瞬息万变，一阵一阵的越来越猛烈。大约正午——当然这仅仅是我们的猜测——太阳再度引起了我们的注意。它被朦胧昏沉的一圈光晕照着，没有散发出光线，好像所有的光线都被融化了一样。在它再度沉入喧嚣的大海之前，光晕中间的部分突然消失了，就像是被人突然拿掉一般，只留下一个银色的边框，直直地坠入海中。我们只是徒劳地等待着第六天的到来。

对我来说，那一天还没到来，不过对于瑞典的老人来说，那一天根本就不会来到。我们一直待在一片漆黑中，离船二十步以外看不到任何东西。黑暗密实地包围着我们，黑夜没有尽头，就连我们熟悉的热带磷火也没有照亮过海面。我们还发现，暴风势头不减地继续肆虐，可袭击我们的狂涛巨浪却消失了。在黑暗荒凉的海上，气氛阴森恐怖。恐惧已经悄悄潜入了瑞典老人的灵魂，我也暗暗诧异。

我们不再关心这条几乎报废的船，只是一边望向无边无际的海域，一边尽可能地抱紧残余的后桅杆，希望能因此得救。我们没有办法计算时间，也没有办法猜测自己的处境，我们唯一清楚的是，船已经向南漂了很远，漂到了未知的领域，那是任何航海家都未曾到过的地方。

出乎我们意料的是，一路上我们都没有遇到冰山。我们随时面临的威胁不过是被巨浪吞没。谁也不知道我们能活多久，也许下一秒就是生命的尽头。海浪仍然汹涌起伏，超乎我的想象。

真是奇迹，在这样的巨浪中我们没有立刻葬身海底。一起挣扎的伙伴提醒我，这艘船质量上乘，不会轻易沉下去。可是我控制不了自己的恐惧，越来越绝望，好像死神就站在我面前，戏谑地嘲笑着挣扎求生的我们，我已经做好了随时赴死的准备。

船每漂行一海里，大海就翻腾得更骇人，也更阴沉。有时候我们被抛在浪尖，越过天空中的信天翁，有时候又被晕头转向地卷入激流，被甩进地狱般的深水。那里的空气凝结了，没有任何声音能惊扰海妖的酣梦。就在我们掉下去的那一刻，瑞典老人的惊呼，打破了沉寂。"看，快看！"他大喊道，尖叫声直灌耳膜，抵达心灵，"看！全能的上帝啊！快看！"他还在尖叫。我已看到了，沿着我们即将坠入的巨大深坑边缘，散落着一丝朦胧阴沉的红光。

我简直不敢相信我的眼睛，我的血液停滞了，就在我们正下方不远的地方，在一个下劈浪头的陡峭边缘，有一艘约 4000 吨位的巨轮正在打转。它看起来比任何一艘战舰和商船都要巨大，整个船体黑漆漆的。我想即便是雕刻上任何常见的图案，也不能减轻它的色调。

它敞开的炮门中探出一排金闪闪的黄铜大炮，正沐浴在战灯的光亮下；系在绳子上的战灯左右摇晃，却没有掉落。在超自然的巨浪和飓风中，那艘船依旧开着风帆，向下风处驶去。

　　刚发现时，我们只看到船头，因为巨浪正把它从阴森可怕的旋涡中缓缓拔起。更可怕的是，它还在浪尖停留了一会儿，才晃荡着跌落，就像是沉浸在高高在上的威严之中，又突然陨落一样。那一刻，不知道为什么我像获得救赎一样，内心平静下来。我跌跌撞撞地尽可能走到船的尾部，等待毁灭的时刻。

　　我们的船终于停止挣扎，船头也沉入大海。接着，那被巨浪抛上云端又从天而降的巨轮，撞上了已坠入水里的船头。一股无法阻止的力量，猛地把我抛掷到陌生巨轮的索具上。我跌落下来时，巨轮已转向上风向，离开了深渊。

　　一片慌乱中，没有水手发现我。我蹑手蹑脚地溜到巨轮中部舱口，舱门半开半掩，我赶忙躲了进去。我也不知道为什么要这样做，也许当我第一眼看到这船上的水手时，就直觉无法信任他们。那惊慌的一瞥，让我对他们既新奇又忧惧。因此，我连忙在船舱中寻找安身之所。我小心挪开一小块活动甲板，在硕大的船骨间，为自己寻找能随时躲藏的地方。刚要掀起活动甲板，就听到船舱里响起了脚步声，我马上又躲了起来。有个步态不稳的人，有气无力地从我藏身的地方走过。

　　我看不见他的脸，只能打量他的大体形态。看得出，他已经年老力衰，连膝盖都开始打晃了，全身哆哆嗦嗦，嘴里还不知嘀咕着什么。我听不懂他说的是哪国语言，只见他在角落怪模怪样的机器和烂掉的航海图中摸索着。他的神情是古稀老人特有的睿智和孩子一样的暴躁，后来他上了甲板，自此，我再也没看到过他。

　　一种莫名的感觉涌上我的心头，这感觉用我以往的经验教训无法分析，估计将来我也弄不明白。我这样的脑袋，用来思考未来真是不幸。我知道，我再也无法相信自己的那套观念了。它们原本就含糊不清，此时无法确定也十分正常。我感到，新的东西像植物一样，在我的心头生了根，发了芽。在这艘有些骇人的船上待得越久，我越觉得命运之神已经为我指明了方向。

　　船上的人让人费解，当他们从我身旁经过时，就像是在考虑什么问题太过专心似的，没有一人注意到我的存在。就在刚才，我还在大副的眼前走过，不久前，我还闯进了船长的房间，拿了纸笔。

　　我的躲藏全无意义，甚至只能证明我的愚蠢。我要用拿来的纸笔，将我的经历记录下来，就算没机会让世人知道，也要一直写下去。实在没办法，我会把这份手稿密封在瓶子里，丢进大海，希望有缘人能让它们重见天日。每当出现新的事情，就给我启发，让我展开全新的想象，难道这就是老天的旨意？

　　不久之前，我壮着胆子，悄悄地走上了甲板。在快艇底部堆着的绳梯和破旧的帆布间躺着，思考着自己这神奇的际遇。无意间，我的手摸到了一把柏油刷，我就在辅助帆的边上，随意地涂抹着。现在那辅助帆张开挂着，而我的无意涂鸦居然恰好组成了"发现"这个词。

通过对大船构造的仔细观察，我想这并不是战船，尽管它的武器配备十分齐全。不过它究竟是做什么用的，我实在说不清。

它的造型是我没见过的种类，庞大的船身、大得离奇的帆，船头看起来很朴素，船尾又透露着古老低调的奢华，我小心地在记忆里检索着，灵光一现又随即消失，总觉得这个样式在哪里见过。记忆闪过国外的史略和年代久远的事情，就连自己的一些模糊往事也伴随而来。

我一直在研究船骨用的木材，那是我从没见过的品种。它让我想起了一位常年在海上漂泊的荷兰老航海家的箴言：“千真万确，船在海水里会像水手的身体一样，越泡越大。”

每当那位老航海家被质疑其经历的真实性时，他总会说出这么一句奇怪的话。如果说，用来造船的西班牙橡木是因为某种非自然的处理方式而膨胀，那这种木材自身就具备这样的性质。它看上去质地松软，让人觉得不适合用来造船——且不用说远洋旅行一定会遇到的虫蛀，就连能否经受海水长久浸泡的考验都令人怀疑——不过也可能是我太过于吹毛求疵了。

大约一个小时前，我放开胆子挤进了船员之中，可仍然没有一个人意识到我的存在。他们的状态和我之前在船舱里看到的老人很像，都露出老态，身体孱弱，走起路来膝盖微微颤抖。仔细看去，一个个头发灰白，背部微驼，皮肤粗糙得像是树皮一样。他们说话的声音断断续续，十分低沉，就连眼睛也因上了年纪，被风吹得泪水涟涟。

这群人就这样站在甲板上，任由狂风吹得他们满头的银丝在空中翻飞，他们身边的甲板上，四处散落着看上去古里古怪的各种制图仪器。

就在我之前提到的辅助帆张开时，大船就开始顺风向南飞速行驶。挂在桅杆上的帆被风吹得鼓鼓的，就像要胀破一般。

甲板上的船员依然怡然自得地工作着，没看出一点儿不便，我却站不稳了，只好走下甲板。这艘船没被卷入海底，真是上天庇佑，我也许命中注定不会沉入深渊，只是在死亡边缘挣扎。这艘船在我从没见过的惊涛中航行，像海燕一样轻巧地掠过。那些骇人的巨浪，只是吓唬吓唬人而已，不会真的造成威胁。我只能把一次次逃脱危险归结为自然因素，可能有很大的水流或者海底逆流支撑着船只，只有这样才能解释所发生的一切。

我进入了船长室，和船长面对面，但我却依然像空气一样没被发现。乍一看，他与普通人一样，但看久了就能感受到他散发出来的威严，让人不由得心生敬畏，甚至还混着惊讶。他大约和我一样高，都是 5.8 英尺，身材中等，很是结实。表情有些奇怪，整张脸刻满了岁月的痕迹，让人看着有些毛骨悚然。

我不知道该说些什么，只觉得他的老态不仅让我产生了恐惧，还夹杂着说不清的东西。他的前额并没有很多皱纹，但每一道都被岁月侵蚀得十分深邃。他的灰白头发示意着过去的种种，浑浊的双眼望向未来。在舱房的地板上，摊着厚厚一层书、铸模科学仪器和看不清年月的过时航海图。

船长用手撑着头，目不转睛地看着一张类似军职委任状的纸，那上面有君主的签名。船长目光中透露着对祖国的忠诚，还有一丝不安。不知道他一个人嘀咕着什么，满是愤怒地说出几句外国话。虽然他人在我身边，但他的声音却像是从很远的地方发出的，微弱又模糊。这艘船就像是幽灵船一样，散发着古老腐朽的气息。那些悄声走来走去的船员则像是游荡了千百年的幽灵，双眼散发着渴望和不安。

在战灯的照耀下，哪怕是他们的指尖触到我经过的地方，我也会产生一种特殊的感觉。这感觉我从未遇到过，即便我的心中一直铭刻着巴尔贝克、泰特莫、波塞波利斯那样入土之人的影子，并一生都在跟他们打交道，但哪怕直到自己也湮没变作灰尘，也难以想象。

如果说，看到狂风来袭，我会吓得浑身战栗，但在看见狂风与巨浪的战争时，我只能呆若木鸡，那情景就连用龙卷风和热带沙漠风暴来形容都觉得不够贴切。世界一片黑暗，像是进入了永夜，海水也平静了下来，可是距离船两侧大约3海里的地方，出现了高大的冰墙，就像是到了世界的尽头一样。如同我的猜想，这船确实乘着水流，被夹带着航行。如果这水流能被看作是洋流，那这洋流已经到达了目的地，从白色冰墙边呼啸而过，急速地向南奔驰，就像是放平的瀑布一样，水流肆虐着。

我根本无法说出我心底的绝望，但是我依然对这片可怕地域的秘密感到好奇，我已经对可怕却注定来临的死亡妥协了。船像是带着接近终点般的迫切，全速前进，驶向某个即将被揭开的秘密——某个激动人心无人知晓的秘密，即使那结局明明就是毁灭，也毅然前行。或许，水流想把我们带到南极去，这毫无根据的猜测，完全有可能成真。

船员们还在甲板上不安地踱步，表情却透着热切的期盼而不是漠然的绝望。风依旧吹向船尾，帆高高胀着，船时不时腾空，真是吓人极了！

不是左边的冰块突然崩裂，就是右边的，惊险的情况一环紧扣一环。我们目眩头晕地围着一个大旋涡打转，就像是在一座虚构的圆形剧场边缘转个不停。我根本没有时间来思考自己的命运，就在大海和狂风的巨大轰鸣中被卷入涡流，无法挣扎。船体剧烈地颤抖着，不知道什么时候会被撕碎，一下子消失不见。

哦，上帝！这艘巨大的船沉下去了，就这样沉了下去。

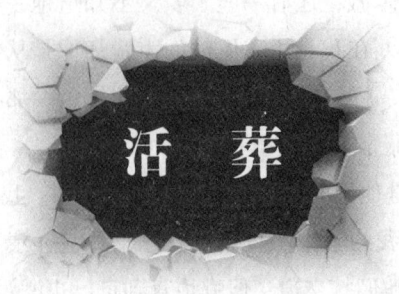

活 葬

我们应当感谢上帝，真正意义上悲惨至极的灾难还是不多的，因为它们只能由个人承担，所以显得格外独特而罕见。毋庸置疑，在这些灾难中，被人活葬应该算是最恐怖的一种了。活葬人的事情自古就有，它让人在生死间游走，让人不禁质疑生命的缘起缘灭。

我们都知道，有的疾病会使人的生理功能失效，但这样的失效只是暂停罢了，是一种不可知的生命机制的暂停，也许一段时间之后，这样的暂停又会重新被启动，可是这之间，灵魂该置于何地呢？

暂且先撇开这些理论不谈，我们也应该能想象到活葬事件就是一种生命的暂停，而医学和生活中都不乏这样的事例，随便举出千百个应该是不难的。就在不久前，巴尔的摩市就发生了这样一起大灾难，也许很多人对此印象深刻。

一天，一位出色的律师兼国会议员的妻子突然患上了奇怪的疾病，医生对此无计可施，在病魔的折磨下她静静地死去了。她死时脸部凹陷，嘴唇苍白，眼神无光，脉搏停止，完全是一副死亡的状态。尸体在停放3天后匆忙下葬了，这个过程中没有人表示出丝毫的怀疑。这位杰出人士的妻子的尸体在家族的墓穴中停放了3年从未打开。

3年期满后，因为要在墓穴中放入一口石棺，这位女士的墓穴被丈夫亲自打开了。墓门旋转着朝外敞开，一个白花花的物体径自倒进他的怀里，他定睛一看，竟然是他妻子的骷髅。后来经过仔细检查，人们发现她竟然在放入墓穴的两天后奇迹般地复活了。她睁开眼睛后，在棺材内拼命地挣扎，棺材就从架子上翻倒在地，破碎不堪，她也因此得以离开棺材。而原本一盏灯油充足的灯此刻已被蒸发干涸了，墓穴的最高一级台阶上，留下了她因为企图吸引人们注意而用来不断敲打铁门的棺材碎片。根据她虽腐朽但直立的尸体来看，也许就在她敲打之时发生了让她极度恐惧的事情。

而这样活葬的事件在 1810 年的法国也发生过一起，那次事件发生在一位名叫维科特茜娜·拉弗加德的年轻小姐身上。维科特茜娜·拉弗加德出身名门，极为富有，年轻美丽，追求者众多。在这无数的追求者中，茜娜钟情于一位名为朱利安·博希埃的巴黎穷文人或者说是穷记者。

茜娜被朱利安的才华和友善深深吸引，在众人都以为茜娜必定将爱的橄榄枝抛向这位幸运的记者之时，因为天性的傲慢，茜娜却又拒绝了他的爱意，嫁给了当时一位出色的银行家和外交家赫奈莱先生，两人的结合名噪一时。

但是婚后不久，这位绅士就对茜娜失去了兴趣，他不仅忽视茜娜的存在，甚至有时会动手虐打她。在这样不幸的生活中，茜娜很快香消玉殒——至少她的状态已成死亡之相，周围的人自然地认为她已经去世了。

不久，她的尸体被放入一个极其普通的坟墓里，葬在了她出生的村子中。而那位深爱着茜娜的贫穷记者听闻她的逝去悲痛欲绝，一直以来他从未放弃对茜娜的爱。当他的求爱被拒绝后，他曾想就这样遥远地陪伴她、祝福她一生就好，可是此时知道自己所爱的人原来已经不在这个世界上了，他马上跋山涉水从巴黎来到了茜娜下葬的那个偏僻的外省村子。

在来前，他给自己许下了一个美好的愿望，希望能把心爱之人的尸体从阴暗的坟墓中挖掘出来，剪下她的一缕秀发永远地留在自己身边，以示怀念。可是当他艰难地来到心上人的墓地，并在午夜时分打开她的墓穴时，惊人的一幕发生了。茜娜的眼睛竟然缓缓地睁开了，原来她并没有死去，只是被人活葬了。这位穷记者激动地抚摸着爱人的头，将她从沉睡中唤醒。

他发疯似的将茜娜抱回自己在村子里的住处，凭借着自己丰富的医学常识，每天给茜娜补充大量的营养。终于，在记者的细心照顾下，茜娜"复活"了，并一眼认出了这个挽救自己生命的年轻人。之后，他们相依相伴，茜娜慢慢恢复了往昔的红润和美丽。此时她也终于了解到自己丈夫的可怕，他竟然在自己昏迷之际，迷惑众人，将自己活葬了。

茜娜在恢复健康后本打算找自己的丈夫理论，但是朱利安的爱让她明白，爱能包容一切。在这个世上真爱才是最值得珍惜的东西，因此，茜娜放下了仇恨，与朱利安远走美国，开始了他们幸福的爱情之旅，而茜娜"复活"的事情也无人知晓。岁月如梭，这对经历磨难的爱人在爱的世界里幸福地生活着，但是对故土的思念让二人从未放弃回国的愿望。

20 年后，在确定岁月改变了容颜，不会再有人认出茜娜的时候，两人重返法国。但世事难料，就在刚踏上法国的土地之时，他们竟与赫奈莱先生狭路相逢。赫奈莱先生立刻就认出了自己的妻子，并要求她回到自己身边，但是此时的茜娜已经认清了丈夫的真面目，她果断地拒绝了这个要求。

两人对簿公堂，法庭认为他们情况特殊，分开时间太久，不论从情理抑或法律来说，赫奈莱的丈夫特权都已经不复存在了，因此法庭最终驳回了赫奈莱的请求，茜娜终于可以堂堂正正地和自己的爱人结合了。爱情最终战胜了一切，茜娜和朱利安赢得了真爱，赢得了幸福！这次的活葬事件并没有葬送一条年轻的生命，反而成就了一段爱情佳话，确实让人感叹，但是这样幸运的活葬毕竟很罕见。

当时美国莱比锡有一份既权威又有很高研究价值的期刊叫《外科杂志》，在这份刊物的最新一期上，就记录了一件极其悲惨的活葬事件。

故事的主人公是一位身材高大、体格健美的炮兵军官。在一次训练中，他被一匹彪悍顽劣的马匹重重地摔倒在地上，头部受到重击，伤势严重，当场就不省人事了。后来军官被人送至医院，医生检查说颅骨骨折，情况不严重，没有直接危险，但仍需进行一场开颅手术。

开颅手术顺利完成后，军官却陷入了昏迷。随着他清醒的时间越来越短，周围人和医生都判定他已死亡。

很快，在一个晴朗的周四午后，人们将军官仓促地葬于公墓。每到星期六，公墓内都会聚集大批游人，这周六当然也不例外。大约正午时分，一位偶然坐在军官坟头的农民突然感到地下有剧烈的震动声，他马上对同伴说："地下有人！"

他的话引起了一阵骚动，起先人们只是微微一笑，认为他在自我妄想，可是随着农民越加坚定地重复，人们不免有了一丝怀疑，于是有人提议打开墓穴，大家纷纷跑去取铲子。此处的坟墓原本就挖得不深，何况此时人多干活快，没几分钟，坟墓就被游人挖开了。一个脑袋首先顶了出来，游人被吓得四处乱窜，但是慢慢地，人们又聚拢到这座墓穴前，看着那个本被判定死去的尸体一点一点地坐起来，整个人暴露在阳光下，有些恍惚，有些木然，随后又晕了过去。游人恢复镇定后立刻将军官送到了最近的一家医院。

经检查，医生证实他还活着，只不过陷入了窒息状态而已。在医生的救助下，几小时后，他苏醒了，认出了很多熟人的面孔，也断断续续地说出自己在坟墓中不断挣扎的情形和与黑暗斗争的痛苦。

从他的讲述中，人们清楚地了解到，在他被葬入墓穴后的一个多小时内他还是有意识的，之后因为呼吸不畅才慢慢陷入昏迷。但是因为这个坟墓离地面很近，又是仓促下葬，泥土比较松软，能够透气，因此，他才能在墓穴中活下来。

因为在坟墓中他能清楚地听到地面的情况，因此每当有人经过时，他都会在地下拼命挣扎，力求有人听到地下的声音，但是一直以来都没有回应。就在他绝望之时，他又一次听到地面上杂乱的脚步声，他能感到这次周围有很多人，而且离自己所在的位置非常近。他不想就此莫名死亡，不想错过这次能拯救自己的机会，因此他拼尽全力在坟墓中用头撞棺材顶。终于他的努力没有白费，他脱离了死亡，获得了新生。

但此时读故事的你切不可过早开心，据记载，这位大难不死的军官在被送往医院后，情况慢慢好转，看似有望恢复之时，却被一群庸医愚蠢地使用了电流疗法。在一次电击之时，意外发生了，军官突然再次陷入了昏迷，并就此断气，真的死去了。

他成了庸医进行医学实验的牺牲品，让我们不禁感慨庸医害人。若不是第一次庸医轻率地断定他死亡，他也不用被活葬；要不是后来庸医胡乱诊治，他也不会真的死亡。但是逝者不可追，这位年轻的军官最终死在了手术台上，成为一场让人扼腕的医疗悲剧的主人公。

不过说到这里，你切忌将害死军官的罪名推给这种所谓的电流疗法，它绝对不是随意生发的，甚至还曾创造过生命的奇迹，使一位被埋葬了两天的年轻律师复活，那曾是1831年最为人津津乐道的事情。

这位律师名叫爱德华·斯特普雷顿，他因斑疹伤寒引发的发烧而呈现出一些令人疑惑的异常症状，但终因外部生理特征的停滞而被认定为死亡。曾经有医生对其症状提出过怀疑，希望能准许开棺验尸，但这一请求被爱德华的朋友以死者不应被打扰为由拒绝了。

按照以往的惯例，在验尸请求被拒绝后，医务人员决定和盗尸团伙合作，在尸体下葬后，秘密地将其挖掘出来，然后进行解剖化验。在当时的伦敦，盗尸团伙数不胜数，医院方面很快与其中一个团伙商定好相关事宜。

葬礼后的第三天，这具被医生质疑的尸体就被秘密地挖掘出来，送到了一家私人医院。医生一见到尸体，马上决定在其腹部切开一道伤口，看看死者的皮肤组织情况，可是当死者腹部被切开后，却没有看见其皮肉有丝毫的腐烂现象，此时医生想到了电流疗法。医生们将尸体通上电，不断电击尸体，但是多次电击后尸体除了极少次出现了一定程度的痉挛外，没有丝毫的改变和移动，医生们开始怀疑也许这真的是具死尸。

很快，夜色暗沉，日出将至，医生们在毫无对策之下决定对其开膛解剖，可是此时医学院的一位学生仍不死心，他仍企图通过电击的方法验证自己的理论，决定在死者的一块胸肌上通上电。

学生在死者胸肌上粗粗划了一刀后，立即接上电线，这一次死者剧烈地动了起来，而并非像前几次那样只是痉挛。他从桌子上一跃而起，晃晃悠悠地走到房屋中间，在不安地打量一番后，他竟然奇迹般地开口说话了。虽然他说的话含糊不清，但是在场所有人都清楚地看见他的嘴动了，吐出了音节清晰的几个字句，大家都被惊得目瞪口呆。

此时，病人结束了难懂的说话，瘫倒在地，大家在互相张望后渐渐恢复了平静。他们终于证实爱德华先生还活着，只是又一次陷入了昏迷而已。医生们对他使用了乙醚，爱德华慢慢睁开了眼睛，恢复了意识，并在极短的时间内恢复了健康。不过此时他尚未将自己已复活的消息告诉朋友们，直到确定自己的病情不会再复发，彻底恢复为正常人后，朋友们才获悉他死而复生。可想而知，这又引起了多大的骚动。不过朋友们在吃惊之余，还是为爱德华的复活欣喜不已。然而，这件事最耸人听闻之处，并不在于爱德华先生的复活而在于他的自述。

他恢复健康后宣称，在他昏迷的全过程中，他的意识都是清醒的，虽然他一直感到恍惚，但是对于身边发生的一切，从发烧住院，到医生判定他死亡再到电流通电，全部的过程他都清醒地知道，只是他一直睁不开眼，出不了声。他一直都知道，自己活着，而这句话就是爱德华在解剖室醒来时嘴里念叨的那句无人理解的话。

诸如这样死而复生的故事还有很多，在这里我就不再赘述了。但由此可见，在我们的生活中这样活葬的事情确实经常存在，而且这样的事情总让人感到害怕，因为活葬使得灵与肉的不幸达到了临界点。

被活葬的人总能感到肺部受重压，泥土潮湿不堪，裹尸布和棺材都在不断地逼向自己，此时会想到自己的家人和朋友在怀念着自己，会想到若他们知道自己还未死，一定会想尽一切办法来拯救自己。可问题是他们不知道自己还活着，自己只能绝望地等待死亡，这才是真正的死亡。

我真不知道在这个世上，还有什么比这更让人痛苦，因为我们永远不能知道地狱是什么样的，而在已知的事物中大概没有什么能赶上活葬一半的恐怖了。我们不得不说，每每提及活葬这样的事情，我们除了惊悚之外，总会不由自主地感到好奇。鉴于这种事情的可信度仍有待考证，所以现在我决定来讲讲自己亲身经历的事情。

最近几年以来，我一直被一种被称之为强制性昏厥的疾病折磨着，这种病的病因连医学界都不能清楚地阐释，但是其症状非常清楚，那就是病人会经常性地陷入昏迷。

而在昏迷期间，病人没有丝毫知觉，可是有微弱的心跳、红润的脸色。昏迷持续时间不定，有时几个星期，有时几个月，乍看之下与死亡并没有实质性的差别。因此只能靠知道你患有强制性昏厥病症的朋友或者根据你尚未腐烂的身体来推断你是否还活着，否则估计你也难逃被活葬的命运。不过幸运的是，这种疾病是渐进式的，随着发病次数的增加，才会表现出越发明显的死亡征兆。如果有人第一次发病就极其严重，那么他被活葬的几率就会大大增加了。

而我本人也会经常性陷入半昏厥的状态，那期间我没有任何疼痛感，没有思想，可是我能意识到我身边人的存在，然后慢慢等着清醒，直至完全恢复正常，下一次发病又重复这样的昏迷直至清醒。

我得感谢上帝，除了这种间歇性的昏迷之外，我基本还算健康。这种病症似乎没有对我的身体造成太大的影响，但对我的精神却有着难以言喻的创伤，以至于我总会不由自主地想到死亡、坟墓和墓志铭等。

白天，我因为过度思考而痛苦万分，到了夜晚，被黑暗包围的我更是感到瑟瑟发抖，总怕自己一睡就不再醒来，因此几乎每晚我都要挣扎着才能睡去。而在梦中，我常常感到自己被活葬，无数的意象充斥着我的梦，把我压得喘不过气来。这里我挑选一个场景给大家稍微说说吧。

当我感到自己陷入长久的昏厥之时，突然一只冰冷的手摸着我的额头，一个声音在我耳边说："快起来！"我瞬间惊醒，周围一片漆黑。突然那个声音再次出现：

"你怎么还不起来？你难道没听见我说话吗？"

"你是谁？"我问道。

"我是鬼，怎么会有名字？我曾经冷酷无情，但现在我是仁慈的。我愿意带你去看看外面的世界，起来，快跟我出去看看吧。"

我抬眼望去，周围一片寂静，每一座坟墓下都栖息着一个灵魂，但其中真正的安息者少之又少。

"你难道不觉得这很可怜吗？"

在我还没组织好语言回答时，我醒了，我的神经变得愈发衰弱。除了知道我病情的朋友之外，我几乎不敢和任何人出去，我怕自己某天突然昏迷，而周围人又不知道我有强制性昏厥症，就将我活葬了，甚至有时我对自己最亲密的朋友都开始怀疑。我怕他们会听信别人的劝告，在我长久昏迷时将我下葬。我竟然害怕，他们会因为我给他们带来的麻烦，而渴望将我抛弃，即使他们一再向我保证，我仍然无法消除自己的疑虑。我强求他们发毒誓，除非我身体腐烂，否则决不将我埋葬。

但即便如此，我的恐惧仍未减轻丝毫，一切的道理和安慰我都置若罔闻，我开始精心地设置预防措施。其中一条就是我改造了家里的墓穴，确保可以从里面毫不费劲地打开。可是人有旦夕祸福，谁能料到会不会有意外发生呢。我的新生来了，我发现自己从无意识中走出，又进入一种新的存在意识中，一种不安和痛苦纠缠着我，我开始在清醒和虚无中游走。

我不敢再相信自己的命运，又一次陷入黑暗之中。我拼命地尖叫起来，但是感觉自己全身都被禁锢住了，正如人们对死者所做的那样。全身被压迫着，我完全不能活动，于是我倾尽全力举起了胳膊，撞上了一个硬物，我终于知道我还是不可避免地睡进了棺材中。此时我想到了自己做的预防措施，我不断推动着棺材，可是它纹丝未动。我感到绝望，恐怕我昏迷的时候不在家中，我现在置身于陌生人中间，我被他们像埋狗一样埋掉了。但是我不想放弃，我仍努力地叫喊，一声哀号划破了地下的长夜。

"你怎么了，叫得这么凄惨？"第一个说。"你到底怎么了？"第二个说。"别再叫了，吵死了！"第三个说。"你叫得跟猫似的，发生什么了？"第四个说。接着我被唤醒了，彻底恢复了记忆。

这桩奇遇发生在弗吉尼亚州的里士满附近，我和一个朋友去打猎，可是路上遇到了暴风雨，我们充分利用船舱来保护自己。而之前我说的情形都是我在船舱中的梦，我被船上的船员唤醒，但我感到自己所遭受的痛苦与真正的活葬并没有什么本质的区别。我感到了一种超乎想象的恐惧，不过祸福相倚，这种彻骨的痛苦也使我的心灵不知不觉地清醒了，我的精神开始奏起了和谐的曲调，我开始了全新的生活。

我出国；我活力四射地锻炼，充分呼吸着清新自由的空气；我遗忘了自己的病痛，开始思考死亡以外的东西；我不再读有关坟墓的故事和文章，开始像正常人一样生活。在那个值得纪念的晚上，我永远地离开了地狱，离开了那些阴冷恐怖的意象，而此时我的强制性昏厥竟然也奇迹般地消失了。

这时，我开始思考，也许我的病完全是心理上的，是因为我对死亡的过度探寻，对恐怖意象的过度想象而产生的。

有时候，我们不要把坟墓式的东西都看得那么恐怖，看成古怪的想象——但是，像那些追随着阿弗拉斯布在奥克苏斯河航行的魔鬼，你们也必须沉睡了，否则我们会被你们吞噬，被你们毁灭。

> 无法承受孤独的人是不幸的。

——拉布吕耶尔

据说，有一本德文书是不准人阅读的。世界上也有那么多秘密不允许讲出。每天夜里都有许多人在病榻上死去，他们临死前痛苦地抓着忏悔牧师苍白的手，由于他们心中藏着不堪泄露的可怕的秘密，最终随着心灵的绝望和喉咙里发出的微弱的噜噜作响声而离开这个世界。时常有一些人，他们知道某些秘密，出于良心，不得不背负这沉重而可怕的负担，到死也不会将这些秘密讲出。犯罪行为不被揭露也是这个道理。

一个秋日下午将近傍晚的时候，我坐在伦敦 D 咖啡馆的凸窗边。不久前我生了一场病，现在刚刚痊愈，精力正在恢复，心情特别好，我觉得我正处于一种与倦怠截然相反的愉快的心境。人活着，这本身就是一场愉快的事。我连呼吸都觉得是一种享受，我甚至从世上的许多痛苦的事情中，也可以悟到几分快乐。我感受到一种从未有过的宁静，但却对一切都感到好奇。我口叼雪茄烟，膝上摊着报纸，一坐就是大半个下午。我就这样一会儿读读报纸上的那些广告，一会儿观察观察咖啡馆里杂乱的人群，一会儿透过蒙蒙的玻璃窗，朝街上张望，乐在其中。

那是伦敦的一条主要街道，终日都是熙熙攘攘，热闹非凡。随着暮色降临，这里的顾客不断增加。到了灯火通明的时候，咖啡馆里的人进进出出，持续不断，比白天多了一倍还多。我以前还不曾在黄昏这个特定的时刻、特定的位置待过。所以窗外那攒动的人头使我产生了一种趣味无穷的新奇的感觉。最后，我不再关心咖啡馆里的事情而是聚精会神地观察起外面的景象来。

起初，我只是从总体的角度没有目标地观看着过往的行人。但是没过多久我便注意起细节来，开始兴致盎然地观察起形形色色的身姿、服饰、神态、步伐、面容和脸上的表情。

他们其中大部分的人都是志得意满，似乎所思所想的仅仅是赶快穿过稠密的人流。当他们被其他行人挤着了的时候也不急不躁，只是皱起眉头，眼睛飞快转动，整整衣冠，继续匆匆前行。另外也有不少结伴而行的路人，他们大都面红耳赤，边走边比比画画地谈论着什么，一个个旁若无人。

当行路被人流阻挡的时候，这类人的谈话会戛然而止，嘴角挂着虚伪夸张的微笑，但是手势会比画得更厉害，等着阻挡他们的人让开道路。如果被别人挤了，他们会毫不吝啬地向挤着他们的人鞠个躬，表情显得十分不安。除了我所注意到的这些，这两类人没有多少与众不同之处。他们都服装笔挺，显然都是贵族、生意人、律师、手艺人、股票经纪人之类的人物——世袭贵族和社会上的中坚，悠闲自在的人和积极忙于自己生意的人士，他们引不起我太大的兴趣。

职员阶层是人群中比较显眼的一部分。我分辨出两类职员。一类是时髦的新公司中的低级职员——一群身穿紧身衣，足蹬锃亮的皮靴，头发油光闪闪，自命不凡的年轻人。他们的风度在我看来完全是一年到一年半前贵族们的时髦做派，他们附庸风雅，捡的是绅士阶层的余慧，我认为，用这句话给已经对这类人做出了最合适不过的解释。

另一类人一眼就可以看出来，他们是大公司中精明强干的高级职员——他们身穿黑色或棕色的外衣和马裤，衣服都做得肥大舒服，还配着白色的领带和背心，足蹬宽大结实的鞋子，腿上穿着厚厚的长筒袜或打着绑腿。

他们都有点儿微微秃顶，而总是长期夹着钢笔的右耳朵，古怪地向外支棱着。我注意到，他们总是用双手摘下帽子把帽子扶正，总是揣着用一截又短又粗、式样古老的金链子系着的怀表。他们的举止透着一副矫揉造作的姿态——如果真有如此体面的矫揉造作的话。

人群中还有许多打扮得华而不实的家伙，我一眼就看出他们属于大城市中都少不了的扒手一类的人物，这类人物往往神出鬼没，频繁活动。我怀着极大的好奇心打量着这些假绅士，很难想象，真正的绅士们怎么有时竟把他们错当成自己的同类。单从他们那宽大的袖口和那假做实诚的表情，就可以让他们一下子原形毕露。

而赌徒则更容易辨认。他们穿着各式各样的衣服，从身穿天鹅绒短衫、脖系花哨围巾、悬挂金表链、饰有金扣的小混混，到衣着朴素、言行谨慎丝毫不容人起疑心的教士，不一而足。可他们仍然会露出原形，细看他们一个个都印堂发黑，眼睛昏暗无神，紧抿着的嘴唇灰里透白。此外，他们还有两个非常明显的特征：一是说话时总是压低嗓门儿，戒备心十足；另一个是他们的大拇指总是伸得老长，与其他手指形成直角。我还注意到，常有一些人与这些具有明显特征的人在一起。他们的习性有些不同，但都是一丘之貉，可以称他们为靠耍小聪明过日子的绅士。他们的欺骗对象似乎分为两类：一类是花花公子，一类是军人。第一类人总是留着长长的头发，满脸微笑，第二类人则总是身穿华丽的军服，紧皱眉头。

观察完上流社会的人，我的目光开始转向下流社会的人。我看到拥有着一脸谦卑相但眼睛却闪闪发光的犹太小贩。我看见沿街行乞的乞丐怒视着比他们更名副其实的同类，那些同类既然晚上出来寻求布施，想必一定是已经走投无路。我还看见了身体虚弱、行将就木的病残者，他们在人群中侧着身子蹒跚着，可怜巴巴地看着别人，似乎是在寻找某种偶然的安慰或是某种失落的希望。我还看见一些质朴的年轻姑娘，她们结束了一天的劳动，正赶往自己那索然无味的家中。她们畏缩着躲避着挤她们的流氓们的不怀好意的目光。我看见了城市里各个层次、各种年龄的妓女：她们身上散发着成熟女性的独特的魅力，看上去美如卢西安雕像，表面洁白如帕罗斯素瓷，而肚子里却塞满了污垢。我看见了破衣烂衫、浑身麻风、没人愿意接触的可厌的女人；我看见珠光宝气，试图用涂脂抹粉来掩盖自己满脸皱纹的老太太；我看见尚未成年的雏妓，她们虽然小小年纪，但已经在长期习染中成了搔首弄姿、风情万种的老手，并雄心勃勃地想要与成年的同行一争高低。我还看见许多各有千秋的醉汉：他们有的衣不遮体、摇摇晃晃，通常眼圈发青，目光呆滞；有的衣装虽然笔挺，但很肮脏，走起路来歪歪倒倒，并通常有着充满肉欲的厚厚的嘴唇和容光焕发的显得志得意满的脸庞；还有一些穿着曾一度非常体面、现在也刷得干干净净的衣服，他们脚步稳健、轻快，但他们的脸色却是惨白的，眼睛也红得异常可怕，而当他们穿越人群时，他们颤抖的手会抓住每一样他们能够抓得住的东西。除这些人之外，我还看见卖馅饼的、搬运工、运煤工、扫烟囱的、表演手摇风琴的、耍猴的、卖艺的和卖唱的，以及五花八门的破衣烂衫的工匠和精疲力竭的苦力，他们每一个人都吆五喝六，异常活跃，声音刺耳，让人看着眼花缭乱。

渐渐加深的夜晚使我对观察窗外景象的兴趣变得越加浓厚，因为街上的人群在总体性质上发生了变化（较规矩的人逐渐走掉，而各色各样的粗鲁的人多了起来），而且还因为在白日颇显暗淡的煤气灯，现在也终于彻底亮了起来，把那闪烁耀眼的光亮投射在了一切物体之上。

灯光诱使我想要细细审视每一个人的面孔。虽然在窗外那闪动的世界中，我对每一个人的面孔只能匆匆瞥上一眼，但是在我当时极为奇特的精神状态下，却好像能在每一个我短短瞥过的脸庞上读出他们多年的历史。

我把额头靠在窗玻璃上，仔细地观看着形态各异的人群。忽然间一张面孔闪进我的视野，这是一张老人的面孔，大约在六十五到七十岁之间，我从未见过这样极具特点的表情。至今我仍然记得，当第一眼看到那个面孔时脑子里闪过的第一个念头是，如果画家雷特奇看到了这张脸，一定会高兴地把它当作魔鬼形象的具体体现。正当我凭着这短短的一瞥，试图对这张面孔上的表情分析出某种意义时，我脑子里忽然出现了一系列既混乱又矛盾的想法，这些想法中包含着巨大的概念：小心谨慎，吝啬，贪婪，冷酷，恶毒，嗜血，得意，快活，紧张，极度的恐惧，无比的绝望。我仿佛是吃了一惊，心中异常地激动和神魂颠倒。我暗自感叹道："此人的心中埋藏着一种多么疯狂的历史啊！"于是我产生了一种继续观察他、进一步了解他的强烈欲望。我匆匆披上外衣，抓起帽子和手杖，冲到街上。我穿过人群，朝着刚才看见他走过的方向追去，这时他已经不见了踪影。经过一番摩肩擦背的拥挤，我终于又看到了他。我慢慢向他靠拢，紧紧地尾随其后，同时也非常小心，怕被他发现。

现在我有一个很好的机会来观察他。这人个子矮小，瘦瘦的，看上去很孱弱。他的衣服又脏又破，但是在他偶然来到明亮的灯光下时，我看得出他的衣服是用很好的纺织品做的。他穿着一件很显然是在二手市场上买来的纽扣很密的长外套，不知是不是我看错了，透过他的衣缝，我竟瞥见了一颗钻石和一把匕首。通过这番观察，我的好奇心更加强烈了，我决定跟踪这个老人，不管他走到哪儿。

此时已经进入了深夜，潮湿的浓雾笼罩着整个城市，随即转换成一场持续的大雨。天气的这种变化立刻在人群中引起了一种奇妙的影响，他们顿时陷入一场新的骚动，画出了一个雨伞下的阴暗世界。犹豫、拥挤和喧哗，使这一切都比刚才增加了十倍。至于我自己，对雨倒不是很在乎——我体内隐藏着一种得病发烧时留下来的热度，使我觉得这雨水虽然危险但却让我感到几分惬意。我用一块手帕蒙住嘴，继续跟随着这位老人。老人在大街上艰难地行走了半个钟头，我紧紧地跟在他的身边，生怕跟丢了。而他却一次也没有扭头看我。不久他在一个十字街头拐了一个弯，虽然那里也一样人来人往，但是已经没有刚才那么拥挤。这时，他的行动有了明显的变化，他放慢了脚步，脚步似乎有些彷徨，没有了方向。他不断地走过去，又走回来，没有明显的目的。街上行人依然不断，他每次穿过街道，我都紧紧跟随其后。那是一条很长的街道，他差不多走了一个多小时。慢慢行人逐渐稀少，那景象就如同百老汇靠近中央公园一带正午时常见的情景差不多。再拐了一个弯，把我带到了一个灯火辉煌、人声鼎沸的广场。这时老人又恢复了他在大街上时的老样子，他的下巴垂到胸前，眼珠在紧皱的眉头下打转，扫视着挤在他周围的人，同时坚定不移地奋勇向前。让我吃惊的是，他几乎是在走着相同的路，一圈又一圈。有一次，他猛然掉头时，几乎发现了我。

他就这样走着，又过了一个小时。当他走到最后一圈时，挡住他去路的人已经少很多了。雨下得很急，空气渐渐冷了起来，人们正在纷纷赶回家休息。老人做了一个不耐烦的手势，钻进了广场旁边的一条偏僻的背街。沿着那条大约长四分之一英里的街，他冲了进去，动作之矫捷，使我费了一番劲儿才跟上他，这是一般老人做不到的。几分钟后，我们又来到一个热闹的商业区，老人似乎很熟悉那里的地形，一到那里，他又恢复了之前的神采，穿梭在做买卖的人群之中。

我们在这里转了一个半钟头，我必须十分谨慎，既能跟上他又不被他发现。幸亏我穿了一双橡胶套鞋，走起路来不出声响。他丝毫没有注意到我在跟踪他。他走进一家家店铺，不问价，也不说话，只是用一种急切而茫然的目光扫视所有的物品。现在我对他的这种举止更是大为诧异，我决心一定要跟踪到底，弄个水落石出。

大钟响亮地敲了十一下，商业区的人群很快散去。一个正在关百叶窗的店铺老板撞了老人一下，我看见老人猛然一阵战栗。他仓促间冲到街上，焦急地向四面望了望，随即撒腿就跑，跑过许多弯弯曲曲的无人小巷，最后又回到我们一开始出发的 D 咖啡馆所在的那条大街上。

不过，那条街已经变了样。煤气灯仍然通明，可此时大雨如注，街上几乎不见人迹。老人脸色苍白，他闷闷不乐地走上那条曾经拥挤的大街，长叹一声，转身朝河边走去。他一路上拐了好几个弯，终于在一个地方钻了出来。那里可以看见一座大剧院。剧院正好散场，观众从大门蜂拥而出。

我看见那老人深吸一口气，钻进人群，不过我觉得他脸上的痛苦似乎相当程度上减轻了不少。他的脑袋又垂到了胸口，就像我刚看见他时的那副样子。我观察到，他走的都是散场观众多的地方，我不明白他为什么要这么走。

他继续往前走，观众越散越稀，但他又恢复了那种彷徨和不安。有一段时间他跟在十来个刚喝完酒的人的后面，他跟了一程，这伙人逐一离去，最后只剩下三个人走在一个偏僻的小黑巷中。

老人停下脚步，一时间好像是在沉思，紧接着又变得非常激动，急匆匆地踏上了一条路。顺着这条路，我们一直走到城郊。

这里与我们刚才走过的地区极不相同，是伦敦最令人厌恶的一个角落，这里的一切都印上了贫穷与犯罪的标签。借着一盏临时路灯的微弱灯光，只见一大片摇摇欲坠的旧木屋，向四面混乱地蔓延，木屋之间只有一条很难辨别的小路。街面上的铺路石也铺得极不平整，早已被满地蔓延的野草挤得乱七八糟。潮湿的街沟里尽是腐烂发臭的垃圾。一派荒凉气氛。

但是随着我们往前走，逐渐听到了人类生活的声音，最后一群群伦敦最为放荡的人出现在了我们的眼前。老人就像是一盏即将燃尽的油灯那么一跳，精神又为之一振。他再次以矫健的步伐向前走去。转过一个角落，一片灯光闪耀在我们前方，我们来到了一个郊区酒馆跟前。

当时天色微明，但是一群可怜的的酒鬼仍然从酒馆的大门中进进出出。

老人快活地尖叫一声，挤进人群，随即恢复了不久前的神态，在人群中漫无目的来回走动。

他才兴奋一会儿，酒鬼们便纷纷涌出酒馆——老板要打烊了。我在这位老人脸上看到了一种比绝望还要严重的表情，但是他并不肯就此罢休，他又以一种疯狂的力量，掉过头来，重新向伦敦城中心跑去。在他匆匆而行的长路上，我极为惊异地跟在后面，决心一定要观察出最后的答案。

太阳升起来了，我们又回到了那人口众多的街区——D 咖啡馆所在的那条大街，现在这里又是一片繁忙的景象。

在不断增加的人山人海中，我仍然对这位老人紧跟不舍。可他与昨晚一样，又开始东钻西窜，整整一天都没离开最热闹的地方。当夜幕降临时，我已经筋疲力尽，我索性站在这位游荡者的面前，直视着他的面孔。

可他并不看我，依旧一脸严肃地走路，我停止了跟踪，开始思索起来。

"这个家伙！"我最后终于说道，"是罪孽深重的象征和精灵。他不甘孤独。他是人群中的人。跟踪他是没有用的。我不想再去了解他了，我根本无法了解他的罪孽。世上最为狡猾的心是一本比《生命花园》还难读懂的书，不让人读懂也许正是上帝的一种仁慈。"

（一）

18××年春夏之季，我寓居巴黎，与一位名叫奥古斯都·迪潘的先生相识。该绅士出身名门，但因家道中落，生活陷入窘境。家中的变故令他的精神萎靡不振，他也无意重整家业，幸好债主对他还算宽厚，留给他一点钱，如今，他就靠这点钱过活。

迪潘的生活十分节俭，唯一会让他花大钱的嗜好是买书，而书籍在巴黎便宜易得。我第一次与他相遇，是在蒙特马特一家冷清的图书馆里，碰巧我们找的书一样。正因相同的趣味，我们成了朋友。

那次书店相遇后，我们有了频繁的往来。迪潘以法国人特有的坦诚讲述了他的家史，我听得趣味盎然，他阅读之广、想象之丰富热烈着实让我有些惊讶。当时我正在寻找题材打算写一部侦探小说，觉得和他交往会有很大的帮助，于是，我同他商议后决定，在我逗留巴黎的这段时间里，我们要住在一起。

我手头较为宽裕，房租、家具和装修的费用就由我承担。我们在圣日耳曼区偏远荒凉的某处租了一所房子。这所房子由于当地人的迷信被荒废了很久，经受多年风雨侵蚀的老房子看起来摇摇欲坠。

我们在这里住下后息交绝游，以前的熟人都不知道我们住在这个地方。迪潘多年来没有与任何人交往，在巴黎认识他的人也不多。但如果当时有人来看望我们，了解我们的寝食起居，他一定会以为我们是疯子，只不过不会有什么危害罢了。

我的朋友有种怪癖，他毫无缘由地喜欢黑夜，不久，我也染上了这种怪癖。长夜漫漫，总有尽时，但我们假想它永远持续下去。破晓之时，我们关上所有门窗，点上几只香蜡，借助其发出的鬼火般的微光，过着黑夜般的日子，直到钟声敲响，我们才知道黑夜业已来临。然后我们手挽手，在大街小巷漫游，谈论白天的话题，冷静观察漆黑的四周，以此获得精神上的刺激。就在这样的交往中，我发现了迪潘奇特的分析能力。

我知道迪潘有着十分丰富的想象力，我也知道他同时具有十分特殊的分析能力，但是，每当他向我展示他的分析能力的时候，我还是会大吃一惊，同时对他产生仰慕之情。

迪潘总是得意扬扬地告诉我，大部分人在他眼里，就像玻璃一样透明，他只要看一眼，就知道他们在想些什么，就像他对我的心思总是了如指掌一样。我相信他说的是真的，因为他总能当场拿出让我信服的证据，证明事实正如他所分析的那样。

每次，他在讲述他的分析过程时，总是态度冷漠、面无表情。他也习惯将他那原本就洪亮高昂的嗓音提到最高，要是不熟悉他的人会以为他在生气，但只要仔细聆听，就会从他清晰的发音中发现他的声音原本就是如此。

下面，我举个例子来展现迪潘的特别之处吧。

一天夜里，我们在皇宫附近一条脏乱的长街上漫无目的地闲逛。有那么一段时间，大约 15 分钟吧，我们一言不发默默地走着，想着各自的心事，至少在迪潘和我说话之前我认为是这样。

就在这时，迪潘突然开口说："他确实很矮，但他要是能在杂技场演出也还不错。"我当时正专注思考，下意识地表示了赞同，但下一刻我又感到大吃一惊，因为迪潘那句话点出了我心中正在想的问题。我不明白他是怎样得知我的想法的，我甚至怀疑是我的耳朵听错了。于是，我刻意试探着问他，是否知道我心里正在想着谁。迪潘说他知道。接着，他准确地说出了那个人的名字——桑蒂耶。他还说，桑蒂耶个子矮小。说完他问我，桑蒂耶是不是不适合演悲剧。

是的，迪潘说的一点都不错，桑蒂耶正是我心里所想之人。他是圣丹尼斯街的一个皮匠，也是一个戏迷，曾经在克雷毕庸的悲剧中饰演泽科西斯一角。虽然他演得很认真卖力，但是人们对他的表演只是报以讥讽与嘲笑。

我虽然极力克制但仍难掩惊异之情，我恳求迪潘告诉我，他是如何通过精准的逻辑推算，得知我心中所想的。

迪潘说："我知道，你是在看到一个卖水果的人之后才想到，桑蒂耶太矮了，所以他不适合演泽科西斯这类角色。"

迪潘所说的那个卖水果的人，是我们在 15 分钟前遇到的。那时，我们刚从西小街来到这条大街上。我看到迎面走来一个人，他头上顶着一大筐苹果，他还差点把我撞倒，这使我感到十分不快。

但是我不明白，迪潘何以由此推测出我在想有关桑蒂耶的事情，因为二者之间实在没有必然的联系。于是迪潘慢条斯理地向我解释了他的分析过程。

原来，从我们和那个卖水果的人相遇之后，我就独自想着心事，而迪潘则一直在观察我。迪潘用他那高昂却平缓的声音对我说："在那之后，你的思维活动虽然很多，但主要可以分为几个环节，它们从前往后分别是：那个卖水果的、街上的石头、石头切割术、伊壁鸠鲁、尼古斯博士、猎户星座、桑蒂耶。"

我平时偶尔也会回想自己的思路，那时我总会发现我最初所想的事情，与最终所想的风马牛不相及。这常常令我觉得不可思议。但就是这样信马由缰毫无关联的思路，却能被迪潘完全猜中，不差分毫！可想而知我当时有多惊讶。

迪潘回忆说："我们刚才走西小街之前，谈论的话题是马。进入到这条街后，我们就遇到了那个卖水果的人。原本他应该只是和我们擦身而过，但不巧的是这条路的人行道正在施工，恰巧那儿有一堆石头，所以那个人才会在匆忙赶路间把你撞到了石头上，你也因此扭到了脚腕。你十分生气，看着那块石头嘀咕了几句，然后就不声不响地向前走了。"

这些小细节，并不会引起别人的注意，但是迪潘却一一看在眼里，因为他一直在观察生活。

迪潘接着说："我发现你一直怒气冲冲地看着人行道上的坑洼和车印，所以我知道，你一定还在想刚刚绊到你的石头。你那副气愤的表情一直保持到我们进入拉马丁小胡同。到了拉马丁小胡同时，你一边嘀咕着什么一边露出了笑容。这下我知道，你嘴里嘀咕的一定不是这条铺满石块的小路，而是刚刚的石头。我深信，你说的是石头切割术。我了解你，朋友，我知道你一定会从这个词上联想到原子，然后再从原子想到我们之前讨论过的伊壁鸠鲁。我们之前不是探讨过这个希腊人的理论吗？我相信你对此一定印象深刻。

"朋友，你知道伊壁鸠鲁提出的猜想中，最为奇特的一则，竟与当今的宇宙进化论出奇地吻合。所以，你一定会抬头去看猎户座。说实话，那个时候我也不过是在猜测你的想法而已。但是，当我看到你真的抬头看星空时，我就确信我的分析完全切中你的内心了。所以，我接着分析你接下来会想些什么。我想，你一定会想到一句拉丁诗句，因为它说的是猎户星座。你问我为什么这样确信？因为这句诗是我告诉你的呀。然后就简单了，和这句诗相关的当然就是昨天《博物馆报》上那篇特意讽刺桑蒂耶的文章了，所以你之后的思路自然要转移到桑蒂耶身上。当我看到你的嘴角露出了微笑时，我更加确信，你一定想到了那位倒霉的皮匠。朋友，我还注意到，你在想到桑蒂耶时，原本一直弯着的腰一下子挺直了。这说明，你在想桑蒂耶真是太矮小了。"

这就是迪潘切中我心中所想的全部推论过程。

当然，我说这些并不是要讲述什么神秘、离奇的故事，只是想告诉大家，迪潘确实有着非同一般的丰富想象力和分析能力，也是想告诉大家，他为什么能够解决下面这个事件。

（二）

就在桑蒂耶事件不久后的一天，我们在《论坛报晚刊》上看到一段新闻：那天凌晨 3 点左右，圣罗克区的莫格街传出一阵凄惨的叫声，声音来自一幢寓所的四楼，那里住着列斯巴纳太太和她女儿卡米耶。闻声而来的人们本想冲进房子看看发生了什么事，却没想到大门紧锁。当人们用铁锹破开大门后，八九个邻居与两名警察进到屋子里。这时屋子里很安静，就在大家跑上楼梯时，又仿佛听到两三个人的争吵声。然而等众人上到二楼楼梯时，所有的声音却都消失了。人们担心有什么不幸的事情发生，于是立刻分头搜查各个房间。最终，人们找到四楼一间反锁着的屋子，当人们破门而入后，房间中的惨状把所有人都吓坏了。

原本整洁的房间变得凌乱不堪，家具散乱倒地，无一完好。地板上散落着四枚拿破仑金币，一只黄玉耳环，三把小号的白铜茶匙，三把大银匙，两个装了约四千枚金法郎的钱袋。椅子上有一把血污斑斑的剃刀。角落处五斗橱的抽屉全都被拉开，虽然许多东西还在里面，但是明显有被翻过的痕迹。床垫被扔在地板上，下面有一只被打开的小型铁箱，钥匙还在。铁箱里只有几封信，以及一些普通的文件。壁炉上除了有两三把溅满鲜血的花白长头发外，再没有其他特殊细节，只是人们发现壁炉里的煤灰特别多。

大家检查烟囱的时候，发现了卡米耶的尸体。她的身上有多处擦伤，可见她是被人硬塞进烟囱管里的。她的脸上布满了抓伤，喉咙处有一排很深的指甲印和黑色的淤伤。这一切显示，卡米耶是被人活活掐死的。

然后，人们仔细搜查了整幢房子，始终没有发现列斯巴纳太太、凶手以及凶手留下的其他线索。最后，众人来到了后院，在铺砖的院子里看到一个被割断喉咙的老太太的尸首。尸身被割得惨无人形，头部血肉模糊，在人们想扶起尸首时，头部便自己掉了下去。

第二天，报纸上登载了关于这件血案的另一些消息，说是这件骇人听闻的案件虽然有一些相关者，但是毫无线索可言。报上还说，警方传讯过所有与莫格街血案相关的人，但仍然没有发现任何线索。报纸同时刊登了所有重要关系人以及他们的证词。

一名一直为列斯巴纳太太服务的洗衣妇宝兰·迪布尔告诉我们，她已经认识列斯巴纳太太和她的女儿3年了，她们是一对关系和睦的母女。宝兰不知道她们的生活来源是什么，也许是算命。列斯巴纳太太给的工钱很丰厚，她家中只有四楼摆着家具。

烟商皮埃尔·莫罗说，他4年来一直为列斯巴纳太太提供烟草和鼻烟。他知道列斯巴纳太太在这一带出生，那栋房子虽然是她的，但是她自己原本并不住在这里，而是把它租给了一个珠宝商人。后来，珠宝商招来很多身份复杂的房客，他们肆意地糟蹋房屋，这使得列斯巴纳太太十分不满。最后，列斯巴纳太太从珠宝商手中收回了房子，带着女儿住了进去，到出事为止她们已经在那里住了6年多。

卡米耶一直深居简出，所以皮埃尔·莫罗没见过她几次。虽然很多人说列斯巴纳太太会算命，但皮埃尔并不相信这种说法，因为他只看到过一个脚夫和一个大夫来拜访过列斯巴纳太太。这对母女过着与世隔绝的日子，很少与人接触，也不知道他们还有没有亲朋好友。

她们的房子，除了四楼屋子的窗户外，其他的都难得打开一次。

德洛雷纳街米尼亚尔父子银行的老板老米尼亚尔提供的消息表明，列斯巴纳太太在8年前开始就经常在他的银行里存些小笔存款。就在列斯巴纳太太临死前3天，有人全部提走了她的存款。现金是由米尼亚尔父子银行的职员阿道夫·勒·本送到列斯巴纳太太家里的。那天中午，阿道夫·勒·本将四千法郎的金币装成两袋送到列斯巴纳太太家，当时卡米耶接过一袋，列斯巴纳太太接了另一袋，然后他就离开了。阿道夫确定，当时这条偏僻的街上没有人。

饭店老板奥丹亥·梅尔、警察伊西陀尔·米塞、银匠亨利·迪法尔、裁缝威廉·伯德、殡仪馆老板阿丰索·加西奥、糖果店老板阿尔贝特·蒙塔尼，是事发当时最先冲进列斯巴纳太太房子的人。他们都表示，门是用铁锹撬开的，而且很容易打开。所有人都说，他们在屋子中听到了尖叫和争吵的声音，具体的情况就像昨天报纸上报道的那样。问题是，关于这些声音，证人们出现了分歧。

饭店老板奥丹亥·梅尔不会说法语。他并不住在这里，只是在路过那屋子时，听见有人在里面呼救，并且大概喊了十多分钟，之后他就和其他人一起进入了屋子。奥丹亥·梅尔确定，他在屋子里听到了两种争执声：一个尖声尖气，一个粗声粗气。他认为声音尖的那个，是一个法国男人，他听不懂那男人在说什么，因为那男人说得又快又急；另外那个粗声粗气的声音则一直在说"真该死"和"活见鬼"，还说过"天哪"。

警察伊西陀尔·米塞则不能确定尖声尖气的那个人是男是女，不过他同样没听清那个人说的是什么。但是，伊西陀尔·米塞认为他说的是西班牙语。至于粗声粗气的那个，他认为是法国男人，那法国男人所说的内容和奥丹亥·梅尔听到的一样。

银匠亨利·迪法尔虽然不敢肯定自己听到了什么，但他认为声音尖声尖气的人恐怕是女人，不过肯定不是列斯巴纳太太和她的女儿，因为他经常和她们谈话，他听得出她们的声音。那个粗声粗气的是意大利人，虽然他不懂意大利语，但他感觉那个人说话的腔调像意大利人。

裁缝威廉·伯德也认为尖声尖气的声音应该是女人的声音，但认为她说的是德语而不是英语；至于粗声粗气的声音，他也觉得那该是个意大利人。

住在莫格街上的殡仪馆老板阿丰索·加西奥原籍西班牙。他没有上楼，但他认为那个说话尖声尖气的人不是西班牙人，而是一个英国人。虽然阿丰索不懂英语，但觉得，那个人说起话来有英国人的腔调。

糖果店老板阿尔贝特·蒙塔尼是意大利人，他认为尖声尖气的那个人说的是俄语而不是意大利语，虽然他从未跟俄国人交谈过。

后来，警方又传讯了这6名证人，再次确认了当时的情景。这6个人确定，他们发现卡米耶小姐尸体时，房门是反锁的，而且他们没有听见一点声音。当时房间里空无一人，而且前后窗子全都关着，从里边牢固地反锁着。

这栋房子的前房房门锁着，钥匙还插在上面；后房房门虽然没有锁，但也是关着；阁楼的窗户被钉死了；而在四楼过道尽头，屋子对面，有间堆满杂物的小房间，房门半开半掩，这里的东西人们都仔细地搜查过了。

四楼所有房间的烟囱都十分窄小，一个人绝不可能通过它出入，况且他们还曾用通烟囱的扫帚把楼内全部烟囱的管道都通了一遍。这栋房子没有后楼梯，所以，在楼下有人的情况下，没有人能从这里溜走。卡米耶小姐的尸体当时被塞在烟囱里，四五个人一起才把它拖了出来。

证人们对上述事情的说法基本相同，唯一不同的是，从听到争吵声到闯进房间所用的时间，有人认为是3分钟，有人认为是5分钟，有人认为房门很好打开，有人则认为很困难。

负责给列斯巴纳太太和卡米耶小姐验尸的保罗·迪马医生告诉我们，卡米耶小姐身体上有多处擦伤，这表明她确实是被硬塞进烟囱里的。她喉咙处的伤很严重，那里有明显的指痕，卡米耶的眼球突出，腹部变色，舌头也有一部分被咬透，这一切表明她是被人掐死的。另外，卡米耶的心窝上还有一大块淤伤，像是被人用膝盖压出来的。这显然是凶手造成的，但凶手有几人还不清楚。

至于列斯巴纳太太，她简直是支离破碎。她全身多处骨折、骨碎，身上到处都是变了色的淤伤。医生想不通这些伤是如何造成的，只有一个力大无穷的壮汉，用大而沉的钝器，才会把一个人伤到如此地步。所以，人们很自然地排除了女性作案的可能性。至于造成列斯巴纳太太脖子上割伤的凶器，很可能是四楼房间里的剃刀。另一名外科医生亚历山大·爱迪安也给出了同样的意见。

之后，警方还询问了其他证人，但仍然没有获得重要线索。巴黎警方在这件空前的血案面前显得束手无策，整个圣罗克区也因这案件到处人心惶惶。虽然警方逮捕了送金币给列斯巴纳太太的银行职员阿尔道夫·勒·本，但他们没有任何证据能够证明他与此案有关。

迪潘对这件血案十分感兴趣，他问我对案件的看法。我仔细地研究了报道后告诉他，我同大多数的巴黎人一样完全没有头绪。

迪潘微笑着告诉我，想要破案不能单凭传讯结果。虽然巴黎警方以这种方法作为主要手段，并且也取得了很多成绩，但这并不是最终的解决之道。真相有时候其实离我们很近，就在我们抬眼可以望见的地方；就像我们抬头观看星空时，只是斜眼瞟一瞟，就能够将星星看得很清楚了，但如果我们死死地盯着一颗星星，时间长了，我们反而看不清它了。所以，如果我们钻牛角尖，真相就会被歪曲。

迪潘决定去调查这桩案件。这不仅是因为他对这案件本身感兴趣，也因为阿尔道夫·勒·本曾经帮助过他，迪潘不希望他无辜受罪。

由于迪潘认识警察厅厅长，我们要进入列斯巴纳太太的寓所非常容易，但是那里离我们的住处十分遥远，所以我们到达时已近黄昏。

那幢房子看上去跟报纸描述的一样，是一座普通的巴黎式房子。我们围着房子走了一圈，把整座楼房及其周围街道都细细探查了一遍，然后才向看守人员出示了证件，要求进入。我们在警察的陪同下走进房子，径直来到发现卡米耶小姐尸体的房间，母女俩的尸首还停放在那儿。房间的情景和报上说的一样，迪潘仔细地观察了所有的东西，包括列斯巴纳母女的尸体。然后我们又勘察了其他一些地方，直到天黑我们才离开。

回家途中我们顺便去了一家日报馆询问了一些事情。

（三）

调查过后，迪潘什么也没有和我说。直到第二天中午，他才询问我是否在案发现场发现了什么特别之处。我很遗憾地告诉他，我的发现依旧停留在之前报纸所说的那些情节上。

迪潘告诉我："不要被报纸诱导。这件案件让人觉得很蹊跷，是因为我们找不到凶手，不知道凶手杀人的动机以及他的作案手法。在整个案件里，争吵声，楼上只有卡米耶小姐，密室，房间凌乱，被倒塞入烟囱的尸体，列斯巴纳太太尸首不全……这些细节都超出了人们的认知范畴。警察找不到原因，他们感到无能为力，所以他们才认为这是一件玄妙的事情。其实，想要解决这件事很简单，只要打破常规就行。我们不是要找出发生了什么事，而是应想想有什么事是从未发生过的。其实，我已经解决了这个案件。"

迪潘的话让我感到十分吃惊。接着，他告诉我他在等一个客人到访，这个人即使不是杀死列斯巴纳夫人和她女儿的凶手，也必然和这个案件脱不了关系。迪潘把所有的希望都寄托在这个人身上，他相信这个人一定会来，然后他拿出一把手枪，并告诉我一定要把他留下来，用我们都知道怎么样使用的手枪。

接下来，迪潘向我讲述了他对案件的看法。他认为，那些闯进去的人们听见的吵架声，确实不是列斯巴纳母女的。所以，我们可以排除老太太在杀死女儿后自杀的可能。那么，凶手是谁？从大家的供词中，他发现了一个特殊点。

这个特殊点就是，那个尖声尖气的声音说的到底是哪种语言。意大利人、英国人、西班牙人、荷兰人和法国人都觉得那不是他们的母语，而是外国语言；而且他们都认为，那种语言他们从未听过，或从未与说那种语言的人交谈过。这种声调不是我们熟悉的欧洲五大区域的。在巴黎的亚洲人和非洲人非常少，而且他们的特征很明显，所以应该是这些人。

就是这个疑问使迪潘对案件有了一定的认知，这也是他到列斯巴纳母女寓所去的原因，他想通过对那里的勘察找到凶手逃走的方法。既然这是一场货真价实的谋杀，那么我们一定能找到凶手行凶的手法和逃离的方式，因为杀手不能像风一样无形飘逝。

接下来，迪潘详细分析了凶手可能采取的逃跑方法：

当时在场的人都听到有人在争吵，所以在大伙冲上楼时，凶手一定还留在发现尸体的房间或是它隔壁的房间里，因此只要人们仔细搜查这两间房间就行。但是警察已经把整个房子仔仔细细地查看了一番，没有发现任何出口。而迪潘会去那栋屋子就是为了验证这两间屋子是否真的没有任何出口。

事实证明，这两间屋子的房门紧锁，钥匙也都插在里面，它们是真正的密室。然后迪潘审慎地思考了凶手是否有从烟囱逃走的可能。通过卡米耶小姐的伤痕，我们明白这些烟囱和普通烟囱一样，连一只成年猫都藏不住。迪潘接着又想，既然这两条路都被堵死了，那么凶手逃走的出路就只有窗户。

首先是楼前窗口。案发当时街上有很多人，凶手从那里逃走一定会被发现，所以迪潘确定凶手是从楼房的后窗逃跑的。接下来，他要证明凶手怎样从那里逃走。

发现尸体的房间有两扇窗子，其中一扇窗子没被家具堵住；另一扇的下半扇，被床架遮住了，而没被遮住的部分紧锁，根本无法打开。而且，这扇窗户被两枚钉子完全钉死了，任你有再大的力气也拉不开它。警察据此认为，凶手无法从这扇窗户逃跑，但迪潘并不这样认为。

迪潘告诉我，有些看似作用重要的事物，事实未必如此。迪潘在勘察那栋房子时，曾经仔细地研究过那扇窗户，他坚信一定有什么办法能够使得窗户在凶手离开后自动拴上。而当他看到窗户上的两枚钉子时，就确定那是凶手故意留下来迷惑警察的。

迪潘花了很多精力才将窗户上的钉子拔下来，然后他想把窗框往上推，结果正像他分析的一样，那个窗框一动也不动。一定有什么机关！

于是，迪潘踏上床架的棚子，探出头，仔细地观察了床头后面的另一个窗子。在床头的后面，迪潘找到了一根弹簧。迪潘仿佛明白了什么，他按了按弹簧，接着把钉子安回原位，并打开窗户，然后一个人跳出窗子。这时他看到，窗子上的弹簧重新碰上，窗户自动关上了。"我确信，这就是凶手逃跑的地方。"迪潘说道。

但这种手法有一个缺陷，就是那个钉子不能重新钉，所以，钉子或许一样有问题，可看上去窗户的两枚钉子没有任何问题。

如果是一般人，一定会认为自己的分析在哪里出现了错误，但是迪潘不这样想，他自信他的分析毫无纰漏，仍然认为问题还是出在这枚钉子上。

迪潘仔细研究那两枚钉子，当他想把钉子取出来看看时，却只取出了钉子头，钉身还牢牢地钉在钉眼里。当他将钉子头放回原处，钉子头和钉身又连接在了一起，就像一枚钉子一样。

迪潘再次按了下弹簧，轻轻把窗框向上推，这时，钉子头就和窗框一起被推了上去，然后随着窗户的再次关闭，钉子头又回到了原位，这样我们看到的又是一枚牢固、完整的钉子了。

分析至此，迪潘证明了犯人完全可以通过床头上的那扇窗户离开房间。因为窗户能够自动关闭，所以这间屋子才会变成密室，这使得案件变得扑朔迷离。

接下来，迪潘分析了凶手是如何从四楼逃下去的。

当初在勘察房屋时，我们围着屋子兜了一圈。那时迪潘发现，在距离那扇窗子大约5尺半左右的地方，有一根避雷针。正常情况下，任何人都不可能利用这根避雷针跳进窗户里。除了避雷针，迪潘还发现这栋房子四楼的百叶窗，是一种在巴黎十分少见的铁格窗。

铁格窗是一种单扇窗，看上去有点像普通的门。窗户的下半扇是格子窗，或者雕镂式铁栏，这样的设计使得这些窗户能够成为方便的把手。除此以外，这种窗户有3尺半宽，这种宽度极有利于凶手进出。

我们在勘察房屋时，那些百叶窗都半开半闭，与墙面成为直角。若不仔细看，不会想到这些百叶窗的实际宽度有3尺半。这一错觉使得警察误认为凶手无法从那里逃跑。但是，当迪潘仔细地丈量了这些百叶窗的宽度后发现，如果把窗户完全推开到最大宽度，凶手就能够利用它进出屋子而不被人发现。但迪潘又提醒我说："这虽然能够办到，却十分危险。所以，凶手必须身手异常敏捷。"

现在，迪潘锁定了凶手的特征：他的身手异常矫捷，喊声刺耳；他说话时又快又急，并且说一种没有人懂得的语言。

从迪潘的话里我好像马上就能知道点什么，却又完全没有头绪，所以我示意迪潘继续告诉我他的分析。

迪潘接着说，凶手进出用的是同一种方式，然后他让我回想发现尸体的那间屋子的情况。

我想到，那里有个五斗橱，抽屉明显有被翻动过的痕迹，但是因为我们不知道里面原本有些什么，所以我们不知道犯人从中拿走了些什么。不过，那里的很多衣物都还在。只是，抽屉里的这些衣物应该是母女二人最贵重的衣物，如果凶手是贼，那么他为什么不偷走这些？还有那四千法郎金币，为何原封不动？这些都证明凶手并不是为财而来。可见，警察仅凭列斯巴纳太太在取完钱后不到3天就被谋杀这一点而逮捕阿道夫·勒·本，是十分不明智的。

卡米耶小姐被人用手活活掐死后塞进了烟囱，这种做法也令人费解。就算凶手毁尸灭迹才这样做，那也说不通。因为当时很多人都听到了卡米耶小姐的惨叫声，在这样的情况下，还浪费时间将她的尸体塞到壁炉里并不明智。再者，想要把尸体硬塞进那么狭窄的洞里，必然需要巨大的力量。

另外一个让人觉得不可思议的事情，就是壁炉上那几大把花白的头发，那些头发被连根拔起。人的头发虽然非常柔软，但是很有韧性，即使只是拔下二三十根头发，都要使出很大的力气，更何况那些花白的头发起码有上万根。由此可以想象拔下这些头发所用力气一定非常大。

列斯巴纳夫人的头被割了下来，凶器是我们常见的剃刀。如果剃刀真的有这样的威力，我想没有人会在日常生活中使用它。迪马医生和爱迪安医生告诉我们，列斯巴纳夫人身上的淤伤是钝器所致，迪潘同意他们的看法，因为伤害列斯巴纳夫人的就是院子里铺的石头，她是被凶手从床头那扇窗扔下去的。这就是为什么她的头发在房间里，而她的尸体却在花园里。

警察们的脑子给堵死了，他们没有想到这种可能性，就像他们认为凶手不能通过百叶窗逃走一样。

（四）

说到这里，迪潘总结了到目前为止我们得到的信息：凌乱的屋子、力大无比且身手矫健的凶手，毫无人性和动机的残杀，刺耳的喊声。迪潘问我有没有头绪，我只能认为这是一个疯子。"疯子也有国籍，他不可能让人完全听不懂。"迪潘一边说着，一边递给我一小撮毛发——这些是他观察尸体时，从列斯巴纳太太捏紧的手指缝里拉出来的。

我看了以后感到十分害怕，我不知道那是什么东西的毛，但我确定那不属于人类。

迪潘没有立刻解释这是什么东西的毛发，而是给我看了一张纸。纸上画着一幅草图，那是卡米耶小姐喉咙部位的黑色淤伤与一排很深的指甲印——迪马和爱迪安医生认为那是几块青痕和指痕。

迪潘说："从这张图上我们能够看出，凶手的那些手指掐得非常紧，而且他的每根手指都狠狠嵌在卡米耶小姐的肉里，直到她死，一刻也没有松手。"

我试着把手放在图片上，模仿凶手的动作，但是无论我怎样尝试，都无法使自己的手指和上面的指痕对齐。迪潘说，也许是因为纸是平面的，而人的脖子是圆形的，所以才对不上。于是他把那张草图包在一个跟死者的脖子差不多粗细的木棍上，让我试着把手指放进那些痕迹里。然而，这次比起刚才来更加困难。我的手指根本不能和那些痕迹完全吻合。于是我明白，这些痕迹根本就不是人的指痕。

显然，迪潘对我的答案很满意，他给我看了一段法国动物学家和古生物学家居维易的文章。这段文章介绍了一种生长在东印度群岛的茶色大猩猩。这种动物生性残忍，力大无比，行动异常灵活并且极好模仿。这些和这件血案的凶手的特点不谋而合，而且这种猩猩的爪指和那张草图上的一模一样。迪潘还告诉我，那撮茶色毛发也和这种大猩猩的毛发完全一致，所以这桩惨绝人寰的杀人案的凶手必是这种大猩猩无疑。

现在，我们还没有解开这桩案件的其他细节：那个粗声粗气的人是谁？

进入屋子的证人都表示听到了两个人在争吵。那个粗声粗气的人说法语，他的语气听上去是在规劝或者忠告那个尖声尖气的人——那只大猩猩。所以迪潘猜想，那可能是一个法国人，他知道这件血案的内情。当然他本身可能和这件杀人案件没有任何关系，他可能是那只猩猩的主人。当那只大猩猩逃进了列斯巴纳太太的房间后，他虽然追到了那里，但是没来得及阻止它杀害列斯巴纳太太和她的女儿。面对突然发生的惨案，他感到害怕，所以便逃跑了。也许他至今仍没有抓住那只猩猩。

这些都只是迪潘的猜测，迪潘承认他并没有确实的证据，所以他也不敢确认自己的分析一定正确，比如，他无法确定那个法国人是不是真的与案件无关。

为了证实自己的想法，同时找出真相，迪潘在我们昨天回家的路上带着我到《世界报》报馆，让报社登了一则广告。迪潘说，这则广告会把那名法国人带到我们的寓所里来。

这则广告是这样写的：

招　领

某日清晨我在布伦林中，找到了一只婆罗洲种的茶色巨型猩猩。据说这只猩猩归属于马耳他商船上的一名水手，现在，只要失主能够说明这只猩猩的大致情况，同时愿意支付少许俘获费及这些时日的看养费，就可以将其领回。

失主请到市郊圣杰曼区××路××号三楼来商谈具体事宜。

看到广告后我明白了迪潘为什么选择《世界报》，因为这是专为航运界办的报纸，很受水手们的欢迎，但我不明白的是，为什么迪潘知道猩猩的主人是一名水手。

关于这一点，一向信心满满的迪潘也不敢肯定。他告诉我，他之所以得出这样的结论是因为一小根缎带。那根缎带是他在避雷针柱脚下捡到的，它看上去油腻腻、脏兮兮的，正是水手系头发时常用的那种缎带。而且这根缎带有一个特别的地方，就是它上面打了结，而这种结只有马耳他商船上的水手会打。

因此，迪潘认为，这个法国人是正在马耳他商船上工作的水手。当然这些都是迪潘的分析，没有什么依据。如果迪潘错了，那么刊登这样一则广告对我们也没有什么影响；但是如果迪潘的猜测是正确的，那么这个法国人一定会来找我们，这样迪潘的目的就达到了。

"你为什么觉得那个法国人会来找我们？"我问。

"因为我分析了他的思维，就像那次我分析你一样。"迪潘回答，"虽然这名法国人不想杀死列斯巴纳太太和她的女儿，但这件命案与他并非毫无关联。因为他知道案件的真相，而且他是猩猩的主人。他担心自己因此获罪，最初他也许会犹疑，不敢来认领猩猩，但是因为猩猩很昂贵，他只是一名水手，收入一定不多，所以他一定不会放弃这个价值不菲的宝贝。而且广告上说发现猩猩的地方是布伦林，那里离发生血案的地方很远。这样一来，他就坚信我们没有把大猩猩和血案联系起来，毕竟那太过于稀奇了。再说警察都对这桩案子束手无策，就算他们真的想到和这头猩猩有关，也不能证明他也一定和这件命案有关。"

迪潘接着说："最重要的是，对于这名水手来说，刊登广告的人已经知道了他和大猩猩的关系，包括他个人的一些情况，在他不确定此人究竟了解自己多少底细之前，他不敢不来。一方面他不愿白白放弃这只值钱的宝贝大猩猩，另一方面他又怕我们怀疑他跟他的大猩猩有什么不妥，更害怕那只大猩猩太过招摇。所以他一定会来领回猩猩，然后把它藏起来，等风声过了再说。"

就在这时，我们听到楼梯上响起了脚步声。我和迪潘都很紧张，迪潘叮嘱我准备好手枪，一定要镇定，千万不要露馅，一看到他的暗号就立刻开枪。

我们没有锁门，那个人径直走了进来。我们听到他走上几级楼梯之后，就停住了。我们知道他在犹豫。过了一会儿，我们听到了他下楼的声音。迪潘急忙奔到门口，正在此时，我们又听到房外的人走了回来。这一次他没有后退，一直来到了我们门外。我们能感觉到他停顿了一会儿，像是在下定决心似的，接着我们便听到了敲门声。

那是一名高大魁梧的男子，一副天不怕地不怕的样子。迪潘兴高采烈地把他请进我们的房间。他看上去肌肉结实，孔武有力，脸晒得黝黑，留着浓密的络腮胡子和八字胡须，那张脸让人一看便知他是一名水手。他给我们的印象还不错。他带了一根粗粗的橡木棍，除此之外再没有其他武器，所以至少优势在我们一边。

他笨手笨脚地向我们鞠了个躬，用带着几分纳沙特尔口音的法语向我们问好。迪潘直接询问他是不是来领回那只猩猩的，并夸张地说自己非常羡慕他有这样一个值钱的宝贝，这只大猩猩看上去十分出色，并且随意地询问这只猩猩的年纪。听了迪潘的话，那名水手一下子放松了。他深深地吸了一大口气，神情自然，就像心里的一大块石头终于落了地一样。他告诉我们那只大猩猩至多四五岁，然后他就焦急地询问我们它现在在哪儿。

迪潘说："我们的房间里没有饲养猩猩的设备，所以猩猩被寄养在附近迪布尔街的一家马房里，明天早晨你就可以把它领走了。但是在那之前还有一个问题，毕竟我们已经饲养它这么久了。"

水手立刻表示："我一定不会让你们白白受累。我会好好酬谢你们，当然要合情合理才行。"

"当然，你这么说非常公平。"迪潘语气平缓，声音低沉。他一边说着，一边缓缓地走到门口，锁上门，再把钥匙放到口袋里，这些动作一气呵成，非常连贯。然后迪潘把手枪从怀里掏了出来，将它放在桌上。

水手一看，脸顿时涨得血红。他握着木棍挣扎着跳了起来，但又立刻坐了下去。他的脸色苍白，一直颤抖不止，就这样一言不发地坐在那里。我十分同情他那副可怜的样子。

等他的情绪稍微稳定后，迪潘说："你不用这么吃惊。我以人格担保我不会害你。我们知道你和莫格街的惨案完全没有关系，但是因为那只猩猩，你和那起命案多少是有些牵连的。我们认为你是一个倒霉的受害者，你没有犯罪，我们甚至认为你是一名诚恳老实的人。因为你原本可以顺便拿走房间中的金币和衣服，但是你什么都没有干。只是，现在有一名无辜的人因为这次事件被关了牢里，所以我希望你能把一切都说出来，因为只有你才知道这件案子的凶手到底是谁。"

听了迪潘的话，水手的神色稍微安定了一些，只是还有些害怕。他想了想，最后下定决心要把一切都告诉我们。尽管他认为我们不会相信他说话，但他坚信自己无罪，所以即使他可能因此偿命，他也要全都说出来。

原来，不久前他航行到东印度群岛时，跟一个伙伴在婆罗洲内地捉到了一头猩猩。后来他的伙伴死了，这头猩猩就归他一个人所有。

这头猩猩野性十足，难以驯服，他历经千辛万苦才把它带回巴黎，悄悄地将它关在家里。他原本想等到猩猩脚上被甲板木刺扎坏的伤口好了之后就把它卖掉，却没想到，那天清晨，他跟几个水手玩了一个通宵回到家之后，发现那只猩猩撞破密室的门闯进了他的卧室。他看到那只猩猩坐在镜子前，模仿着自己的样子，抹了满脸的肥皂泡，拿着剃刀，正打算刮脸。

之前我们说过这种猩猩擅长模仿，它一定是通过密室的钥匙洞看到主人曾经这么做过。水手被这样的情景吓坏了，他下意识地给了猩猩一鞭子，就像每次它不听话时，他所做的那样。但是他忘了，现在猩猩不在密室里，所以猩猩一看见鞭子，便立刻逃出房门，逃到了楼下，然后从开着的窗子逃到街上去了。

水手立刻追了出去。那头猩猩手上仍然捏着剃刀，它不停地逃跑，还不时地停下回头看看水手，对着他挤眉弄眼，指手画脚。等水手快追上它时，它才又开始逃跑。就这样，水手追着它跑了很久仍没有抓到它。这时已经是凌晨3点钟了，猩猩逃到莫格街后面一条胡同里，就是列斯巴纳太太家的楼旁边。它看到列斯巴纳太太家四楼卧室的窗子开着，便跑到屋子跟前，顺着避雷针爬了上去，然后它抓住百叶窗，跳进了屋子。

水手看到它进了房间，顿时又惊又喜。喜的是，这只猩猩应该会被困在屋子里，他完全有希望把它抓回来，要是它想再顺着避雷针爬下来，水手也一定能够把它截住。惊的是，他不知道这头拿着剃刀的猛兽会对屋子中的人做出些什么事情来，所以水手只有紧跟着猩猩顺着避雷针爬了上去，这对于已经习惯攀爬桅杆的水手来说一点都不难。

但是水手只爬到了和窗口齐平的位置，就再也爬不进去了，他只能把头伸到窗户里去看屋内的情形。就在这时，之前说过的那声凄厉呼叫声响彻了莫格街，那是卡米耶小姐的叫声。

列斯巴纳太太母女原本正在整理铁箱里的信件，她们把铁箱放在房间当中，将里面的东西全都散放在地上。她们穿着睡衣，想必是打算整理完就立刻睡觉。猩猩进来时，她们正背对窗口坐着，所以她们没能在第一时间发现家中闯进了一只野兽。

水手看到那只大猩猩正揪住列斯巴纳太太的头发，用那把剃刀在她的脸上胡乱刮着。而她的女儿早就昏倒了，一动不动地倒在地上。猩猩把老太太的头发给揪了下来，恐惧和疼痛使得她拼命地挣扎，而她的叫喊声激怒了猩猩。它用自己那条有力的胳膊使劲一挥，就这样轻易地杀了老太太，同时在她的脖子上留下了那道割伤，然后它又杀气腾腾地扑到卡米耶小姐的身上，用它那有力的可怕的爪子，掐住了那姑娘的脖子，直到杀死了她才松手。

这时，猩猩看到了在窗口吓得目瞪口呆的主人，它以为主人还要用鞭子抽打它。猩猩知道，在密闭的屋子中它是逃不过挨打的，顿时它刚刚的凶狠劲全都消失了。它只想掩盖它犯下的罪行，于是它焦躁地在房里跳来跳去，砸坏了所有的家具，把小姐的尸体塞到烟囱里，再把老太太的尸体从窗口扔了下去。

就在猩猩拖着老太太的尸首走到窗口时，水手吓得滑了下去，随即急忙跑回了家，没有把这件事告诉任何人，他害怕一旦人们知道了凶手是那只猩猩，就会把罪责归到他的身上来。所以那时人们听到的粗声粗气的法国话，是水手因为恐惧而喊出的，至于那个说不清是男是女，是哪国语言的尖声尖气的声音就是那只猩猩的叫声。

案件到此真相大白，至于为什么房间会变成一个密室，就只能说是一些巧合组合到一起的结果。猩猩在众人破门而入前就已顺着避雷针逃出了房间，而它在离开窗口时又恰巧把窗子给碰上，更加巧合的是，它逃走的那扇窗户的钉子又因年久而恰好断成了两截。就这样，在我们到警察局报告了事实真相之后，可怜的阿尔·勒·本获得了释放。

当然事情并不是那么顺畅，因为这个结果是在迪潘穿插了一些个人意见之后才得到的。而且这次案件的侦破完全是迪潘的功劳，警察厅厅长忍不住冷言冷语地讽刺了他几句，但迪潘表示对此完全不在意。

"让他发发牢骚，不然他怎么安生。"迪潘说道，"我在他的地盘上赢了，如此便足够了。老实说，这位厅长大人虽然城府很深，但实际上缺乏谋略，有智无谋，跟拉浮尔娜女神像一样，有头而无身，顶多只有头和肩膀，像条鳕鱼。但他到底还算不错，尤其是他那套能言善辩的油滑特别让人喜欢。他正是靠着这点为自己挣了一个智囊的虚名。总归一句话，他其实是一个只懂得'否认事实，强词夺理'的家伙。"

（一）

一年前，我曾经在《莫格街凶杀案》中讲述了我的朋友迪潘是如何通过细致的观察和缜密的思考破获这起奇案的。而最近发生的种种离奇事件，却使我不得不再次拿起笔将我这位朋友的破案经历付诸文字。如果我不这样做，实在不符合我的一贯风格。

迪潘破获了莫格街的凶杀案之后，很快就将这一切抛到了九霄云外，然后又像以往一样终日沉浸于冥思神游之中，而在这一点上我俩的爱好极其相似。我们依然住在圣日耳曼区的老房子里，想将平凡的世界重新编织，让一切都焕发出梦幻的光彩。

但是，我们的美梦总是被打扰，自从迪潘破获了莫格街的凶杀案之后，他的名声大振，受关注的程度也就越来越高。以他正直坦诚的性格，本来可以向公众说明破获案件的原因，但是生性懒散的他，不想做更多的解释。这反而加重了外界对他的好奇，人们认为他拥有过人的分析能力和异乎常人的直觉，他也因此成了警察眼中的红人。警方经常邀请他去破获一些匪夷所思的案件，其中非常重要的一起，是一个名叫玛丽·罗杰的少女被杀害的案件。

玛丽·罗杰自幼丧父，跟随母亲艾斯黛·罗杰生活在圣安德烈街。母亲经营一家家庭旅馆，玛丽帮着母亲照料生意。玛丽长得非常漂亮，22岁的时候，她的美貌引起了一个香水商人的注意。这个香水商人叫那布兰科，他在皇宫街地下室经营一家香水店，顾客大多是当地的投机商。那布兰科想让漂亮的玛丽帮他卖香水，因为玛丽的美貌一定会吸引更多的顾客。于是他找到了玛丽，玛丽听完后欣然同意，但是她的母亲艾斯黛好像不太乐意。

香水店的生意因为玛丽的加入而更加兴隆。玛丽就这样在香水店工作了一年多。一天，她突然失踪了，没有人知道她去了哪里，那布兰科一点线索也没有，玛丽的母亲更是急得六神无主。香水店的顾客纷纷表示疑惑，鉴于事态的不断扩大，警方准备介入调查。但是，一个星期之后，她突然又回到了香水店，除了有些憔悴外，没有任何变化。母亲问她去了哪里，她说去乡下的亲戚家住了一周。

可能是为了摆脱人们对她失踪的追问和议论，不久之后，玛丽辞掉了香水店的工作。然而，大约半后之后，玛丽再次失踪，众人四处寻找无果，亲友们议论纷纷。

就在她失踪的第四天，警察在圆木门附近的塞纳河上发现了她漂在河面上的尸体。很显然，这是一起谋杀。由于案件性质的恶劣，加上被害人生前的美貌，巴黎人对此事分外关注。警方也不得不抽调更多警力破获此案。但是一星期过去了，案件毫无进展，于是警方在大面积筛查可疑人员的同时，悬赏1万法郎缉拿凶犯。公众对此案也保持着高度的关注。

无奈两周过去了，案件依然毫无头绪，警方只得将悬赏金额加至2万法郎。与此同时，警察局局长当众宣布，如果凶手不止一人，每抓获一人悬赏2万法郎，还附加一个私人市民委员会追加的1万法郎，总共3万法郎，这样的悬赏金额着实不低。

大家都以为这起案件很快就会水落石出，警方确实也逮捕了几名嫌疑人，但是经过审讯，这些嫌疑人都和案件无关。案发已经三个星期了，案件依然毫无头绪。谣言四起，我和迪潘也知道了这件事情。实际上，我们当时很少关注外面的事，7月13日来访的警察局局长是第一个向我们完整讲述这一案件的人。

他和我们谈到深夜，希望迪潘能够帮助他破获这起案件，毕竟这事关他的荣誉。当然，他也对迪潘卓越的侦探才能进行了一番恭维，并且提出了一笔优厚的酬金。

迪潘对局长的恭维并不在意，但他接受了酬金，即使对方说破案之后才能兑现。接下来，局长说出了自己对案情的看法，发表了一番长篇大论，迪潘则坐在他经常坐的靠椅里，摆出倾听的样子。他戴着一副墨镜，偶然顺着墨镜往上瞟一眼，不难看出，在口若悬河的局长面前，他睡得很香甜。第二天早晨，我去警察局调出了证词的全部笔录，又到各家报社取了一份刊载案件的报纸。除去那些不真实的消息，我将资料的内容进行了系统的整理。

（二）

从我整理的资料中可以看到：6月22日，周日，上午9点。玛丽·罗杰出门，在门口遇见了雅克·圣尤斯达西——她的男友，也是她母亲经营的家庭旅馆的一名房客。她和雅克打了招呼，并且说自己要去德罗姆街的姑妈家住。

德罗姆街是塞纳河附近一条狭窄而人口密集的街道。从玛丽家到那里，如果走近路，只有两英里。雅克说好晚上接玛丽回家，但是，天公不作美，下午下起了暴雨，他以为玛丽会在姑妈家住一晚，所以没有去接她。

晚上，年过七旬、体弱多病的罗杰太太念叨着："再也见不到玛丽了。"但是，她的话并没有引起大家的注意。

周一，大家才发现玛丽没有去德罗姆街。一天过去了，大家仍然没有她的消息，便四处寻找，直到她失踪的第四天，才得知她的下落。

6月25日，周三，一位名叫博维的先生和朋友一起去圣安德烈区附近的圆木门一带寻找玛丽的时候，听说塞纳河的渔夫发现水中漂着一具女尸。博维先生赶到后认定那就是玛丽。他的结论也得到了随行的朋友的认可。

溺水而亡者大多口吐白沫，但是这个死者脸上没有白沫，而是满脸污血，有些是从嘴里流出来的。这具尸体较易辨认，死者的皮肉尚未变色，颈部有青紫的痕迹和抓痕，肿胀得厉害。她的身上无刀伤，也无任何硬伤。已经僵硬的双臂弯于胸前，左手微张，右手紧握成拳。左腕有明显的绳索勒痕，右腕也有部分擦伤。背部伤痕遍布，肩胛骨部分伤痕最多。渔夫们用绳子捆住尸体拖上岸，在这个过程中，尸体没有因为打捞而增加新的擦伤。死者颈部被一条花边带子紧勒，在右耳下方结成死扣。法医鉴定，死者生前曾遭暴力强奸。

死者的衣服被撕破，外衣上有一道大约30厘米宽的口子，从臀部到腰间，但是没有完全撕破。死者腰间被布条缠了三圈，布条在背后打扣系住。玛丽麻纱质地的衬衣上有一道半米长的口子，撕得很均匀，撕下的布条绑在死者的脖子上，打成死结。麻纱布条和花边带子之间系着一条根带，连着一顶无边女帽，帽带上的结不是女人们常打的那种，而是水手常打的滑结。

认尸之后，尸体没有按照惯例送至停尸房，而是在距离岸边不远的地方草草下葬。博维欲将此事掩盖，但是一家报纸宣扬了此事，警方挖出尸体重新检验，没有任何新发现，死者的母亲也确认了她的身份。

随着事情的发展，人们纷纷猜测。警方逮捕了一些嫌疑人，但最后都放掉了，其中嫌疑最大的是雅克，直到他提供了不在场证明时才获释。时间一天天过去，案件却陷入了僵局，各种推测开始出现，连新闻记者也开始分析，其中最引人注意的是玛丽还活着，而死尸可能是别的受害者。我从《星报》上摘录了部分内容：

6月22日早晨，玛丽离开家时说是去德罗姆街的姑妈家，后来她就失踪了。到目前为止，没有人在她离开家之后见过她。虽然我们没有证据证明22日9点后玛丽还活着，但我们有证据证明，她在那天上午9点前还在人世。26日中午12点圆木门附近发现了女尸。如果玛丽是离开家三小时后就被抛尸，那么也只有三天。如果玛丽真的惨遭不幸，那么凶手最早也会选择在夜晚行凶，而不是光天化日下动手。

由此推出，如果河中的尸体确是玛丽，那么浸泡时间最多不超过三天。但如此一来，玛丽的尸体浮出水面一事就变得难以解释。因为经验证明，溺水者或因暴力致死者被抛入水中的尸体至少需要6～10天才会因尸体严重腐烂而浮出水面。而玛丽的尸体浸入水中不足五六天，即使是采用外力强迫其浮出水面，也会重新下沉。那么，尸体为什么会违反自然规律，提前浮出水面呢？

如果死者遇害之后，直到周二晚上才被抛入水中，那么凶手就可能在岸上留下痕迹。但即便尸体是死后两天才扔到河中，它也不可能在短时间内浮出水面。何况，如果是凶杀案，凶手为什么不在尸体上系重物？由此编辑推断出：

尸体在水中泡了肯定不止 3 天，至少有 15 天，因为尸体已经开始腐烂。接着，他的笔锋陡转，开始责难博维。文章说：博维是根据什么判定死者就是玛丽的？他撕开衣袖后，就说发现了证明玛丽身份的记号。

大家一般认为，他说的记号是疤痕之类的痕迹，实际上他只是摸了一下死者的胳膊，摸到了上面的汗毛——这太不可思议了。博维当天没有回来，七点才捎信给罗杰太太。如果说玛丽的母亲因为年岁已高，悲伤过度，无法去现场辨认尸体，那么她的其他亲属为什么也全都没去现场？

玛丽的姑妈家好像什么事也没有发生，身为房客和玛丽男友的雅克也是在第二天博维告诉他的时候才知道此事。人命关天，但大家的态度如此冷漠，让人觉得匪夷所思。报纸着力渲染玛丽亲友的冷漠态度，暗示他们并不认为尸体就是玛丽。这篇文章的寓意是：

有人对玛丽失去贞洁指指点点，于是玛丽就在亲友的帮助下离开了本市。塞纳河上的尸体和玛丽很像，于是亲友就借此事使公众相信她已经死了。

但是《星报》的结论下得太早了，玛丽的亲属实际上并不冷漠。罗杰太太年老体弱，再加上玛丽去世的刺激，无法亲自去现场。而雅克悲痛欲绝，神智混乱，博维只好委托别人照顾他，并且严禁他去认尸。此外，尽管《星报》说重新下葬是公家出钱，没有亲友出席玛丽的葬礼，但事实并非如此。

后来《星报》又企图将矛头指向博维，说案情出现了转折，因为B太太曾去过罗杰太太家，在门口巧遇博维先生。他对B太太说，待会儿会有警察来，什么都不要说，他回来之后会处理。

《星报》由此推断，博维肯定有不可告人的秘密。他是案件的核心人物，操纵着案件的发展。《星报》还举出某位当事人的说法，说博维将死者的男性家属排挤出此案，因此，他极力反对家属看尸体。文中又举例，说博维更像嫌疑犯。玛丽失踪的前几天，有人拜访博维的办公室，而他不在。此人在门的锁孔上发现了一朵玫瑰花，花上挂着写有"玛丽"二字的留言牌。

到目前为止，很多报道都认为玛丽是被一群流氓所害，而《商报》却有不同观点，其主要观点摘录如下：

警察侦查的重点始终在圆木门一带，这种侦查犯了方向性错误。玛丽是一个很多人都认识的漂亮女孩，如果她走过了三个街区，而且是在人多的时候上街，一路上至少有十个人能认出她。而至今没有报告显示有人在她出门后见过她。只有一句"她说她要出门"的证词，再没有其他证据。而她的衣服被撕坏后绑在身上，打成死结，看起来就像是一个可以拎的包裹。如果凶杀发生在圆木门一带，凶手没有必要捆绑尸体。尸体在圆木门一带被发现，也不能证明凶杀就发生在那里。凶手将玛丽捆绑起来，一直缠绕着她的脖子，可能是为了防止她喊叫求救，因此可以推断，凶手没有带手帕。

就在警察局局长拜访我们的前一两天，新的证据推翻了《商报》的推断。德鲁克太太的两个儿子在树林里玩的时候发现密林深处有一处带脚蹬的石椅。他们发现石椅的靠背上有一条白裙子，而石椅上有一条丝巾，地上有踩踏的痕迹，附近的一些树枝也被折断，应该是搏斗的痕迹。在树林和河流中间，还发现了翻倒的篱笆，据此可以推断出有人拖着重物经过此地。

周报《太阳报》对新发现作出了评论：这些物品在那里至少三四周了，已经发霉，结成了霉块。一些物品的周围，甚至物品上都长了草。折叠式太阳伞的质地结实，里面的丝线却缠成一团，伞上已经发霉腐烂，一撑开就破了。矮树丛上挂的布条有 10 ~ 20 厘米长，一条是经过缝补的上衣衣襟，还有一条是从裙子上扯下来的。

因此，可以肯定地说，这里就是凶案现场。有了这个重大发现，新的证据也浮出水面。德鲁克太太说，她在靠近河岸的地方开了个小酒馆，就对着圆木门荒郊。那一带十分荒凉，每逢周日，成群的流氓就乘船过河，到那胡闹。出事的那个周日下午 3 点钟左右，一个年轻的女孩和一个皮肤黝黑的小伙子在酒馆待了一会儿，就朝着密林的方向走去。德鲁克太太注意到了女孩的衣服，尤其是她的丝巾。

两人走后不久，那群流氓就来酒馆大吃大喝，吃完了连钱都没付，就沿着那对青年男女走的路离开了。天快黑的时候他们才回来，匆匆地乘船走了。傍晚，天刚黑，德鲁克太太和她的大女儿听到有女人凄厉的尖叫声。后来，德鲁克太太认出了密林里发现的丝巾，也认出了那条裙子。

一个叫瓦朗斯的马车夫也提供了证词：出事的那周日，他看见玛丽和一个皮肤黝黑的小伙子乘船渡过了塞纳河。他认识玛丽，所以不会看错。密林中的衣物，经玛丽的家属辨认，确认都是死者的物品。

我和迪潘从报纸中收集了很多证据和信息，除了上述内容外，还有一项重要发现：发现玛丽的衣物不久后，玛丽的男友雅克奄奄一息地躺在那个被认定为凶杀现场的密林中。他身边有个标有"鸦片汀"的空瓶，他服了毒，还没说话就死掉了。在他身上找到了一封简短的信，信中说他深爱玛丽，所以无法独活。

（三）

迪潘看完我摘录的材料说："你肯定也能看出来，这个案子比莫格街凶杀案要复杂多了。

虽然这案子的作案手段非常残酷，但它仍是普通的刑事犯罪，因此，人们也认为这案子好破。其实，这才是此案不容易破的真正原因。因为是普通案件，警察局开始认为不必悬赏就可以破案。他们想象了很多凶杀方式和杀人动机。每种方式和动机都能说得通，于是他们理所当然地认为事情的真相就是其中的一种。但是，真正破案的时候就困难了。我认为，如果一个人想凭借自己的智慧和分析获得事情的真相，那么他应该有独到的见解。

"我要问的不是'发生了什么'，而是'发生的事情中，哪些是以前没发生过的'，那些'不同寻常'的情况就是突破口。根据尸体的情况，我们不必为这是自杀还是他杀伤神。

"有人认为死者不是玛丽，警察局悬赏捉拿杀害玛丽的凶手，咱们和局长的协议也是查找杀害玛丽的凶犯。但是，我们都知道警察局局长的为人，如果咱们从尸体入手查，最后查出一个杀人凶手，但最后发现死者不是玛丽；或者，假设玛丽还活着，最后我们幸运地找到活着的玛丽——无论哪种情况我们都不会领到酬金。所以，即使不为伸张正义，单从酬金考虑，我们也要先验明尸体的身份，确认尸体是否是失踪的玛丽·罗杰。

"《星报》的观点对公众的影响力很大，这家报纸也认为自己的观点举足轻重，但文中的结论不过是作者的一厢情愿。我们应该牢记：报纸的目的并不是想探寻事情的真相和原因，而是想树立一种观点，制造轰动，唯有探寻真相和制造轰动不矛盾时，报纸才愿意探寻真相。如果只是提出普通的观点，是不会引起大众的注意的，只有观点和常理大相径庭，才会引起强烈的反响。推理和文学的相似之处在于惊人的论调会受到大众的赏识。

"我的意思是说，《星报》声称玛丽还活着，是故意语出惊人，以吸引读者。我们暂且不论它的观点的前后矛盾之处，先来分析一下它的观点。作者的首要目的是为了表明从玛丽失踪到发现浮尸，时间间隔很短，所以尸体不是玛丽。作者故意将时间缩短，然后开始猜测：如果玛丽真的惨遭杀害，那么凶手应是很早动手，然后在午夜前抛尸河中，这是讲不通的。为什么讲不通？凶手可能在那天的任何时间行凶。只要凶杀是在周日早九点到次日凌晨之间，凶手都有足够的时间在午夜前将尸首抛入河中。所以，作者的意思是，凶杀不是周日发生的。如果允许其这样臆测，那么就等于让他瞎猜。

"作者还固执地认为，如果玛丽真的受害致死，凶手如果动手很早，那么在午夜前将尸体扔入河中是不可能的，同时还认为，午夜之后依然没有抛尸也是讲不通的。这看似矛盾的话，却不像报纸上说得那么荒唐。"

迪潘接着说："如果要驳斥《星报》的观点，刚才的评论已经足够了。我们的任务是查出真相，《星报》作者的潜台词是：无论凶杀案发生在周日的白天还是晚上，凶手都不会在午夜前抛尸，我认为这观点不对。

"作者认为，河边不是凶杀现场。其实，如果凶杀发生在河边或者河上，那么在那一天的任何时间，这都是最佳的方法。《星报》的作者认为，如果尸体是玛丽，那么尸体在水中浸泡的时间则非常短。他缩小了自己的推理范围，以适应自己的需要。他接着说：'溺水者的尸体需要入水 6 ~ 10 天才会因为腐烂而浮出水面，即使外力强迫其浮出，也会重新下沉。巴黎其他的报纸都默认此说法，除了《箴言报》。它列举了五六个实例说明溺水者尸体上浮不需要 6 ~ 10 天，不过，《箴言报》用了特殊例子反驳，所以对于《星报》提到的自然法则而言，那只是例外，因此《星报》的观点依然很具说服力。

"如果想驳斥《星报》的观点，必须要探讨其提到的这个自然法则，了解身体和塞纳河的河水比重相当。正常状态下，一个人身体的浮力等于其排水量。骨架小脂肪多的身体比骨架大脂肪少的身体比重轻。女人一般比男人的身体轻。河水的比重还要受到潮汐的影响，如果不考虑海水因素，在淡水中，也很少有人的身体会沉下去。落水者基本都可以浮出水面，只要他把自己全部浸于水中，这时身体的排水量足够浮起自身。不会游泳的人最好采用在地面上走路的姿势，头尽量后仰，浸于水中，鼻子和嘴露出水面。这样，人们便可以毫不费力地漂浮。

"但是，人的体重和排水量很难保持平衡，如果借助一块木头的浮力，头就可以完全探出水面。不会游泳的人在水中挣扎时，总是手往上举，头直接伸着，这样鼻子和嘴都会没入水中。此时如果挣扎着呼吸，水就会进入肺和胃，肺和胃里本来都是空气，一旦进水，重量就会发生变化，身体就会下沉。但是如果一个人骨架小脂肪多，那他就不至于沉下去。这类人即使淹死了，也依然能够浮在水上。

"尸体一旦沉入水底，就会一直在水里，直到某种原因使其上浮。尸体腐烂是其中一个原因。因为腐烂会产生大量气体，充斥在组织和器官之间，造成身体体积膨大，密度变小，所以尸体就会上浮。而又有很多因素会影响尸体的腐烂，季节、水的纯度和矿物质含量、水流速度和水深，以及尸体本身的生前体温、健康状况等。这些因素中有的会加速尸体腐烂，有的则会减缓。

"所以尸体需要多久能浮出水面，没有定论。有时，一个小时就能浮上来，有时根本不会上浮。一些特殊的化学药剂如二氧化汞，会让尸体永不腐烂。除了腐烂外，胃里的食物发酵，其他脏器类似原因的发酵也会产生大量的气体，致使尸体因大量充气而浮出水面。

"弄清楚这个问题之后，我们就可以看《星报》的观点了。作者说经验证明，尸体要经过 6 ~ 10 天才能浮出水面的说法非常荒诞，因为无论是从经验还是从科学的角度看都没有这样的定论。另外，溺水身亡者和暴力致死者是有区别的，作者虽然承认有区别，但是却又将其归为一类。刚才，我已经说过溺水的人为什么比水重。一个不会游泳的人，当他挣扎着把胳膊伸出水面，头在水下呼吸，导致肺部空气被挤走时，他才会下沉。而暴力致死后立刻抛入水中的尸体，不会挣扎和呼吸，因此对于这样的尸体，自然法则是尸体不会下沉，等到尸体高度腐烂，就是肉在巨大压力下完全脱离骨头时，才会不见尸体。《星报》显然忽略了这一事实。

"《星报》的另一个观点是尸体不是玛丽的。因为作者认为，刚过 3 天的尸体是不会浮出水面的。但这具尸体是女人的，即使是淹死的，也可能没有沉下去；如果沉下去了，也有可能在24小时内重新浮出水面。但是没有人认为玛丽是淹死的。如果她是被杀之后被扔入水中的，那么随时都有可能发现她漂在水上。

"此外，《星报》又提出，如果死者遇害后在岸边放到了周二晚上才扔下去，那么岸边就可以发现凶手的痕迹。这话乍一听很难明白推理者的意图，其实作者料到别人会驳斥他的观点：尸体在岸上放了两天，比沉在水中腐烂得还要快。他认为，如果这尸体在岸上放了两天，腐烂得更快，那么第三天才可能浮出水面。所以他指出，尸体并没有放在岸上，因为如果放在岸边，那么就可以在附近发现凶手的痕迹了。尸体在岸上的时间长短，怎么会增加发现凶手痕迹的可能性呢？你不明白，我也不明白。

"这家报纸接着说：如果事情真的像大家所想的那样，是凶杀案，那么杀人凶手也太愚蠢了。抛尸居然不绑上重物，这思维是多么可笑啊。包括《星报》在内，没有报纸说这尸体不是凶杀致死，因为尸体上的暴力痕迹很明显。作者的目的是想说尸体不是玛丽，而不是说尸体的真正主人没有被杀。根据案情，他的评论只能证明后面一点，即尸体身上没有重物，凶手杀人抛尸的时候应当系上重物，所以尸体不是凶手扔下水的。

"《星报》证明了这一点，但根本没有探究凶手是谁。而《星报》的论述又否定了自己刚刚承认的事实。

"《星报》认为，打捞上来的尸体是一位被谋杀致死的女性，这不是作者唯一自相矛盾的例子。他总是不自觉地违背自己作出的推论。他的目的很明显：尽量缩短玛丽失踪到发现尸体这一段时间的长度。为此他不断强调，玛丽出门后，就没有人再看到她。他说：'我们没有证据说周日9点以后的玛丽仍在人世。'可见他的观点很片面，他不该提出这个问题。如果真的有人在周一或者周二见过玛丽，案发时间长度会大大缩短，根据他的分析，尸体是玛丽的可能性也大大减少了。"

我们继续分析《星报》对博维辨尸的看法。"关于胳膊上汗毛的描写，《星报》显然是随口胡言，博维先生绝对不会一看胳膊上的汗毛就能确定死者的身份。《星报》写到'每个人身上都有汗毛'的措辞极其含糊，这也正好暴露了他对证词的篡改，证人一定说到了汗毛的特别之处。

"《星报》还说：'她的脚很小——女人的脚都很小。她的吊带袜不能成为证据，鞋也一样。因为吊带袜和鞋都是批量出售的，头上的假花也是。博维先生指出，吊带袜上的吊钩是翻转过来的，往下移了一些。这也说明不了问题，因为大部分女人都不在商店试吊带袜，而是买回去之后再调整吊钩。'

"从这段文字很容易看出，作者没有认真推理。如果博维先生发现了女尸的体貌特征和玛丽的一致，即使不考虑死者的穿戴，也可以确认死者的身份，而当他发现了死者胳膊上的特殊汗毛和玛丽生前的一致，那么就大大提升了辨认的准确性，汗毛特征越明显，准确性越高。如果玛丽的脚小，而死者的脚也小，那么死者是玛丽的可能性就大大增加了。除此，死者的鞋子和玛丽失踪时穿的鞋子一样，帽子上的假花和玛丽失踪时戴的假花是一样的，这些东西虽然是批量生产的，但是和其他证据结合起来，就构成了确凿的证据。证据可靠性的提升不是以加法的形式呈现的，而是以乘法的形式大大提升了。

"吊带袜本身没有什么，但是吊钩翻转了，玛丽也习惯把吊钩翻转，这一点变得确凿无疑。《星报》对吊带袜的解释，不过是为了继续支持他的错误观点。吊带袜是有弹性的，翻转吊钩本身是不寻常的事情，因为自身有调节能力的东西，不需要外力提拉。玛丽用翻转吊钩的形式收紧吊带袜，肯定是因为某种特殊原因，所以吊带袜本身就可证明死者是玛丽。但确认死者是玛丽，不是因为她的吊带袜、鞋子，或者帽子上的假花，抑或是死者的体貌特征和玛丽相像，而是因为样样俱全。

"《星报》的编辑从律师的闲谈中拾人牙慧，而律师其实也不过是法庭的附和者。我想说的是，虽然有很多事物不被法庭承认以作为证据，但只要能确认，就是最好的证据。法庭只讲事物的普遍性，根据大家公认的规则办事，而不讲具体问题具体分析。

"这样的模式能够在任何一段相关联的时间内最大限度地获取真相，但是对个别案件来说，这种模式反而会产生错误。至于怀疑博维先生那段，也不足为道。你已经调查了这位老好人，他有些爱管闲事，浪漫而且单纯。这类人如果遇上点刺激的事情，就会举止失当，因此会引起别有用心者的恶意中伤。从报刊摘录中可以看出，博维和编辑细聊过几次，他不顾及编辑对案情的观点，而是坚持认为尸体就是玛丽，这让《星报》编辑大为恼火。

"现在不管《星报》的观点，单独提一点：某人对某事很了解，他深信此事，却说不出让别人也相信的道理。辨认人的事情尤其如此，每个人都能辨认出自己的邻居，但很少有人说出他辨认的理由。博维对自己的确认坚信不疑，这很正常，《星报》记者也不必为此恼火。

"我觉得'浪漫而好管闲事'比'博维有罪'更适合解释博维的行为。一旦接受这种'善以待人'的解释，就不难明白玫瑰花、留言牌上的'玛丽'、'反对死者家属看尸体，尤其是男性家属'、嘱咐B太太不要跟警察说什么，以及'他决心独揽此案，不想让别人插手'之类的事。依我看，博维是玛丽的追求者之一，而他想让人们认为他们之间有密切而特殊的关系，至于玛丽的母亲及其他亲人对玛丽之死持冷漠态度的事情，如果他们认为尸体不是玛丽的，那么冷漠也很正常。但如果他们相信尸体是玛丽的，还漠不关心就不合情理了。不过后来有关证据已经将《星报》的说法推翻，现在我们暂且认为尸体就是玛丽的，继续往下分析。"

在迪潘说话的空当，我插了一句："你怎么看《商报》的观点？"

"《商报》的观点是很引人注意的，与其他报纸的观点相比，它的推论很尖锐，而且有一定的学术性，但是它的推断所依据的前提有两处不准确的地方。《商报》想证明玛丽是被一群流氓劫持，它认为玛丽是个公众人物，如果她走过三个街区，不会没有人看到她，这应该是一个久住巴黎的人的观点，他在用自己的知名度和玛丽相比较，所以认为，玛丽如果在街上走，也能遇到熟悉的人。如果作者的推断正确，那么前提是玛丽也要像这位作者一样，走的是自己熟人多的社区。

"然而，玛丽出门可能没有这样的规律。在她最后一次出门时，走的路线可能是她不常走的一条。《商报》作者认为玛丽出门能够被熟人认出的事情只能在特定情况下发生。我认为，如果玛丽在某一时刻上街，从她家到德罗姆街的姑妈家，很有可能就是一个熟人都没有遇到。这类问题就是：就算巴黎最有名的人，比起巴黎的总人口，他的熟人也只能算是沧海一粟。

"《商报》的观点看上去很有说服力，但一考虑到玛丽的出门时间，它的说服力就大大减小了。《商报》上说，她离家的时候，正是街上人多的时候，其实并非如此。一般上午9点确实是街上人多的时候，但周日例外。周日的上午9点，大多数人都在家里准备去教堂，每个安息日，从早晨8点到10点，城里都格外冷清。10点以后街上就熙熙攘攘了，但9点的时候人却很少。

"还有一处可以看出《商报》观察的纰漏。它说，凶手将死者的裙子撕下，绑到死者的下巴底下，然后绕到脑后。凶手这样做的目的可能是防止她喊叫，然后推出'凶手是没有带手帕的'这一结论，应该就是想证明凶手是流氓中最下等的。然而，他说的这种人，即使不穿衬衣，也会总带着手帕。近年来，就算十足的下流地痞也会随身携带手帕。"

我问："那么《太阳报》的观点呢？"

"此文的作者不过是把已经见报的那些观点重新堆砌了一遍，他勤奋可嘉，却没有什么独到的见解。他强调凶案现场已经被找到，但这根本无法消除我对这一问题的怀疑。

"现在需要看看其他的调查。首先，验尸很草率，死者的身份可以确认，但还有很多问题需要调查。死者是否遭到过抢劫？她出门时有没有戴珠宝首饰？如果戴着，那么发现尸体时首饰还在吗？这些问题都很重要，但是居然没有这方面的证据。还有一些需要调查的重要问题，雅克自杀案也需要重新调查，虽然我不怀疑他和玛丽的死有关，但还是要把事情调查清楚。他交给警察局的那份关于自己周日的行踪清单是否说的是实话？如果所言全部属实，那么我们可以不调查他，但他自杀一事确实很可疑。但只要他在行踪单上没有说谎，即使案件和他有关联，也不必下太大工夫调查他。

"我认为，我们先不管案件的各种内部因素，先从外围入手调查。在进行这种调查时，人们只注重直接证据的调查，而不顾相关的细节，这是错误的思路。法庭审理案件也只注重那些明显关联的查证和讨论，而实践和理论证明，真相多来自那些看起来无关紧要的细节。根据这个原则，现代科学把偶然因素纳入了考虑范围。人类知识的历史表明，无数重大的发现都和那些微不足道的偶然事件密切相关，为了科学的进步，必须为偶然和机遇留足空间。人们已经承认意外事件也是基础架构的一部分，机遇完全可以纳入思考范畴，我们甚至开始用数学公式计算那些从未想象和预期过的东西。

"我强调一下，真相大多来自细枝末节。这是事实，更涉及一些重要法则。在此案中，我会坚持这些原则，先不调查那些别人调查了好久，却没有收获的重点线索，而是去研究相关的环境证据。你去核实雅克的行踪清单，我再大范围搜集一下报纸资料。这样一来，我们弄清楚调查范围，我广收报纸资料之后，一定能找到调查的方向。"

（四）

我按照迪潘的建议，核实了雅克行踪清单中的内容，发现雅克是清白的。同时，迪潘阅读了更多的报纸，他给出了这样的一份摘录：

半年前，发生过一则轰动一时的新闻，主角就是这位玛丽·罗杰。她从那布兰科的香水店突然出走，但一个星期后，她又回到了店里，只是面色憔悴些，当时的舆论也如现在这样沸腾。后来，据那布兰科和玛丽的母亲说，她只是去乡下的亲戚家住了一段时间。这件事很快平息了，她现在的失踪可能和上次失踪差不多，过不了一周，或者顶多一个月，她就会回来。

6月23日，《晚报》：

昨天一家报纸提到玛丽小姐上次的神秘失踪，很多人都知道，她是去找一名放荡的海军军官。据分析，因为他俩吵架，她才回来的。这个军官名叫洛塔利奥，现驻巴黎，但他不愿公开自己的身份。

6月24日，《信使报》：

前天傍晚，本市近郊发生了一起性质恶劣的惨案。一位携带妻女出行的绅士雇六名在塞纳河划船游玩的青年送他们过河。船抵达对岸后，绅士一家离开，但半路上，女儿却发现自己的遮阳伞掉在船上。她回去取时，遭到这伙青年的劫持，他们堵住她的嘴，将她载入河中强暴，后又送回岸上。目前警方正在全力追捕逃犯，我们相信很快就会有歹徒落网。

6月25日，《晨报》：

我们收到了检举信，指控满纳斯是强奸少女案的罪犯之一。最后调查发现，满那斯先生无罪，由于检举信虽有热心，但证据不足，本报不便刊登。

6月28日，《晨报》：

我们收到很多措辞不同、来源不同但观点一致的来信。他们普遍认为，玛丽是被一伙星期日在塞纳河一带厮混的流氓杀害的。本报认为这些来信的推测可信，我们将陆续刊登部分来信。

6月30日，《晚报》：

星期一，一名船夫发现了塞纳河上漂着一只空船，船帆置于船底。船夫便把这只船拖到了船舶办事处。第二天，有人悄无声息地将船取走，只有船舵还留在船舶办事处。

读过这几则摘要，我觉得他们没有什么关联，好像和本案也风马牛不相及，便等迪潘对其做出解释。

迪潘说："摘录的前两条，是为了说明警察的粗心。据我所知，他们竟然还没有去调查那位海军军官。但是，如果因为缺少证据，就认为两次失踪毫无关系，这多么愚蠢。如果《晚报》所言属实：第一次私奔后，情人之间发生争执，导致玛丽回家，那么，现在我们不妨把第二次私奔（假设确实知道是私奔的话）看作是两个人'重温旧梦'，而不是新情人的出现。旧梦重圆的概率要远远大于新欢出现的概率，两者所占比例大约为10∶1。请注意这样的事实：第一次失踪和第二次相隔数月，与海军军舰出海周期相差不多。

"那么是否可以推断，玛丽的那个男友在第一次诱骗她时，因为军队任务而不得不中断行动。于是，当他下一次靠岸，就赶紧继续他的愿望？你肯定在想，玛丽第二次出走，不是私奔。当然不是，不过我们完全可以认为是未遂的私奔！除了雅克和博维先生，我们找不出公开追求玛丽的绅士了。由此看出，约她的是个秘密情人，甚至她的大部分亲戚都不知道此人。星期天上午，玛丽确实和此人约会，她离家的那天，罗杰太太说'恐怕我再也见不到玛丽了'这句预言性的话到底代表了什么？

"我们暂且不去想罗杰太太是否暗中支持了这项私奔计划，但我们可以假设，玛丽同意了秘密情人的计划。可是，她离家时对别人说去看望姑妈，还让雅克傍晚接她，这看上去和我们的假设大相径庭。

"我们可以仔细分析，玛丽确实遇见了一个男人，并且在下午3点和那人去了圆木门一带的荒郊。当她答应和那个男人在一起时，肯定会想到自己早晨跟大家说要去姑妈家，并且让雅克傍晚接她的话。她也会想到，如果在约好的时间雅克找不到她，会是怎样的惊慌和担心。当时她肯定想到了这些，她不敢回去面对众人的怀疑。不过，她如果决定不回去，那么这种怀疑对她而言就不重要了。

"我们不妨设想一下她的考虑：'我要见一个人，同他私奔，或者做一件只有我自己知道的事情。这件事情一定要有足够的时间逃过追查。所以，我要让大家认为我是去看姑妈了，并让雅克傍晚来接我，这样我就有足够的时间。如果我打算回来，我就说要陪别人散步，让雅克不用来接我，我天黑以前就回来。这样一来，没有人知道真相；万一我要永远不回来，或者几个星期后回来，那么，争取时间也还是最重要的。'

"从你摘录的资料看，大众普遍认为玛丽是被流氓所害。在一定情况下，公众的看法值得注意。当大家自发地形成某种一致的看法时，用的是直觉，直觉是天才的特性。在100起案件中，有99起我都会跟着大众的思路往下走。但前提是，公众的观点没有受到任何人指使。

"此案中，公众的观点有些偏激。第三则消息中说有少女在塞纳河上被强暴的惨剧，大家的观点会受到此案的影响。玛丽这个美貌的姑娘浮尸于塞纳河当然会引起巴黎大众的震惊，而且尸体上还有累累伤痕。两起案件时间上的相近会直接误导大众的判断。

"但事实上，把一件暴行当作另一件几乎同时发生的罪案的证据，能证明的不过是这次发生的跟上次有所不同。一伙流氓的恶行在几乎同一时间、同一地点，用同样的手段和器具重复一次，这简直是奇迹。而大众却受到这种情况的暗示，让我们相信，这就是令人震惊的巧合！现在我们要先研究一下圆木门密林中的'凶杀现场'。

"那密林虽然树木茂盛，但距离公路不远。密林里有石椅，在上面发现了白裙子和丝巾，还有阳伞、一副手套和一条手帕，手帕上绣着'玛丽·罗杰'。周围的矮木丛枝条上挂着一条布条，地面有踩踏痕迹，灌木的树枝有折断，各种迹象都表明这里发生过搏斗。

"尽管新闻界和公众都认为这一重大发现足以证明此处就是凶杀现场，但是我们却极有理由表示怀疑。如果事实如《商报》所说，真正的凶杀现场在德罗姆街一带，那么如果罪犯仍在巴黎，自然会因为害怕大众关注正确的方向而胆战心惊，按照一般思路，他会转移大家的视线。因此，密林既然已经受到公众怀疑，那么凶手自然会把玛丽的衣物放到那，转移众人视线。

"《太阳报》认为，那些物证已经放了很长时间，但是没有足够证据证明这点。很多间接证据表明，从玛丽失踪的周日到小男孩发现这些物品，中间隔了20天。

"这么长时间居然都没有人发现它们？小男孩说，那些物品都发霉了，有的上面还长了草。这些显然是小男孩后来的回忆。因为他们是把这些物品拿回家后才告诉别人的。应该注意到，案发于夏季，天气潮湿闷热，发霉很快，青草一天也能长出两三寸。《太阳报》的记者反复强调发霉，难道他不知道，霉是一种真菌，在24小时内就能迅速成长和枯萎吗？

　　"不难看出，《太阳报》提出这种物品在密林中已经至少三四个星期的理由不成立。另外，凡是对巴黎郊区稍有了解的人都知道，除非是很远的远郊，否则要找个僻静的地方很难。就算是热爱大自然的人，想在圆木门一带找人迹罕至的场所也不太容易。城里的下流人通常在周末的时候因为不用上班而涌向郊区，在那里大肆酗酒、聚会、跳舞，就算是吵翻天了，也不会有人来管制他们。与其说他们渴望的是大自然，不如说渴望的是更放纵的条件。

　　"在这里，没有人责难他们，他们可以尽情享乐。我说此话没有添油加醋，这种情况很多人都见过。所以，我想说的是，在圆木门一带的物品不可能至少放了三四个星期而没有被人发现。

　　"除此之外，还有一些理由让人怀疑这个现场只是为了转移大众视线。我们比较一下发现物品的日期和第五则消息的日期：刚有人寄信给《晚报》，那些物品就被发现了，读者来信的措辞和来源都不同，但内容竟是惊人的一致——把注意力引到一伙流氓身上，把犯罪现场认定为圆木门一带。

　　"由于报纸的内容引导了公众，那两个小男孩后来发现了物证。我们继续怀疑为什么孩子们之前没有发现那些物品？而小男孩家就住在附近几十米远的地方，他们每天都在林子里玩，为什么一直到三四个星期之后才发现？我强调一下，那些物品如果放在密林中，一两天不被人发现都是怪事，何况将近一个月。所以，我认为，这些物品是相当晚的时候才放到那里的。

　　"我还有更有力的证据证明这些东西是后放的。这些物品的摆放方式中有明显的人为痕迹，石椅上摆着裙子和丝巾，地上扔着阳伞、手套和手帕，手帕上还有玛丽的名字。这样的摆放自然是为了制造凶杀现场。但是，这片如此狭小的林地，人们在其中激烈搏斗后，如果东西都扔在地上，被人踩踏过，反而像真的。而裙子和丝巾摆放在石椅上，就像是衣服架，这显然是不合理的。

　　"《太阳报》说，被矮树丛扯下来的布条是10～20厘米长，这无意中道破天机。那些布条确实是被扯碎的，但是是人为的，而不是被树丛扯下来的。荆棘只能把衣服剐出三角形的口子，而不能将这种质地的衣服扯成布条。只有相反方向的两个力同时作用，才能把衣服撕成布条。仅凭荆棘的力量，不足以把衣服撕成布条，这只能算是小疑点。还有更明显的一点，凶手既然谨慎地将尸体拖走，为什么还粗心地留下这么多证据？

　　"我不想否认密林是凶杀现场的说法，这个密林可能发生过犯罪，而犯罪也有可能发生在德鲁克太太的酒馆里。我现在要找的不是现场，而是凶手。我的推论就是想证明《太阳报》的结论是武断的。还有就是，你可以顺着一条自然的思路去考虑，进一步怀疑：这起凶杀是不是一群流氓干的？

　　"我们再来说法医的验尸报告。巴黎所有著名的解剖学者都在嘲笑法医验尸报告中关于流氓数目的结论。不是因为不可如此下结论，而是因为这样的结论毫无依据。如果说这个结论没有依据，那么，就没有充分理由做其他推论了吗？

"现在想想，报纸中说矮树枝条被折断'肯定是搏斗导致'，这种混乱的场面表明什么？是一群流氓？但事实上也表明没有一群流氓。如果一方是柔弱的女孩，一方是力量对比悬殊的一群流氓，那么怎么可能发生如此激烈的搏斗，又如何能把现场弄得一塌糊涂？只要两个流氓抓住女孩的胳膊，她就不能再动弹了。我不是想否定密林作为凶杀现场的可能，我是想否定团伙作案的可能。如果凶手只有一个人，那么这些激烈搏斗的痕迹倒可以解释。

"我刚才已经提到了现场物品的可疑之处。罪犯那么愚蠢，留着这些证据让人们发现，这本身就值得怀疑。同时，罪犯不可能是'偶然'将物证留在现场的。罪犯想到了转移尸体，尸体腐烂之后，证据就会消失。但罪犯却把比确认尸体更能说明问题的物证留在现场——死者的手帕。如果说这是偶然，那么罪犯肯定不是团伙作案。

"这种偶然只能发生在单个人身上：某人杀了玛丽，林子里只有他和尸体，这让他胆战心惊，他恢复理智之后，开始感到恐惧，因此自乱阵脚。罪犯单独守着尸体，不知所措。他把尸体背到河边，却没有能力把所有物证都一下子弄走。他心里的恐惧不断扩大，总觉得有人在盯着他，他不想再回到现场处理那些恼人的物品了，他只想逃走，生怕自己会遭到不测。

"如果凶手是一群流氓，他们人多势众，胆大包天，就不会像单个作案者那样吓得魂不守舍。如果两三个人还有可能发生疏忽，但四个人就不可能疏忽了。他们不会把任何证据留下，因为他们足以一次性处理完所有的证据。从尸体的外衣看，外衣上有个30多厘米的口子，从臀部到腰间，在腰上绕了三圈，然后在背后打结扣住，这明显是为了弄个提手拎尸体。如果是团伙作案，他们完全可以抓起四肢，没有必要打结，因此，这件事显然是一个人做的。

"还有那段被弄倒的篱笆和重物拖过的痕迹，如果凶手是一群人，他们可以毫不费力地把尸体抬过去，为什么要留下拖痕呢？

"我们来回顾《商报》的内容。它说：凶手将姑娘的裙子撕下了70厘米长、30厘米宽的一条，绑到下巴底下，绕到脑后，这样做可能是为了防止她呼救。由此可推，凶手没有带手帕。

"我已经说过，下流地痞也会随身带手帕，更何况林子里还有玛丽的手帕。因此，凶手使用布条而不是手帕，说明他的目的不是为了防止喊叫。警方的证词中说，布条是松松地绑在她的脖子上，打着死结。这句话虽然不清晰，但是和《商报》的观点却有所出入。布条虽然是麻纱质地，但是搓成一条，也可以成为结实的带子。发现尸体时，布条确实被搓成这样一根带子。我的推论是：

"单独作案的凶手把带子系在死者腰上，提着尸体走了一段之后发现很费力——这时候他已经走了一段距离，也许是从密林到河边的路上，也许是从别处。他觉得这样太重，于是改提为拖。如果拖着尸体，就最好找个绳子绑住尸体。但是，从腰上解开打死结的绳子并不容易，所以他又从姑娘的衣服上撕了一条布条绑到脖子上，防止尸体滑落，这样一路拖到河边。凶手用这个不太合适的布条是因为此时已经没有手帕了。换句话说，他此时处在密林和塞纳河之间的路上（如果密林真的是现场）。

"德鲁克太太的证词说，这群流氓大吃大喝后离开，都没有付钱就顺着那青年男女走的路走了，到天快黑时才匆匆过河离开。这时候，德鲁克太太认为的'匆匆'不过是因为她痛惜那些被流氓白白吃掉的食物。而她既然说天快黑了，又何必强调匆匆呢？我说'暮色将至'是指夜晚还未到，而正因如此，德鲁克太太才能看见流氓的匆匆行色。

"但据说，德鲁克太太和她的大女儿听见女人尖叫的时候，天刚刚黑下来，也就是说天已经黑了。由此可见，德鲁克太太听见的尖叫声是在这伙流氓离开这一带之后。尽管很多证词都能证明我说的观点，但是没有一家报纸，没有一个警察注意到这些情况。

"最后，我还有一个证据证明凶手不是一伙流氓。这个证据在我看来最有力。警方公布了检举者重赏、自首者特赦的政策，如果这桩案子的凶手是下流地痞团伙，那么就会有人出来出卖自己的同伙。他们中的任何一个人都有可能为了防止被其他人出卖而先下手。但直到现在都没有人站出来泄密，这足以证明它确实是个秘密。也就是说，这个世界上只有一个或者两个人知道凶杀案的事实，别人都无从知晓。"

（五）

"我们总结一下上述复杂的分析过程，结论是凶案现场有两种可能：一种是在德鲁克太太的酒馆；另一种是在圆木门荒郊附近的密林。

"凶手是死者的情人，至少是一个与死者暗中有暧昧关系的人。此人皮肤黝黑，已经黑到能够让船夫和德鲁克太太过目不忘。死者背后和帽带的扣结都是'水手结'，说明凶手可能是一个海员。死者是容貌出众的女子，但为人并不轻浮，因此，这位海员能和死者成为朋友，说明他不是一名普通的水手，各家报纸的读者来信也说明了这点。但《信使报》中有关死者第一次私奔的消息，很容易让人们认为这个海员就是当初引诱这位不幸的美女的'海军军官'。而这一点会令人产生联想：他已经好长时间不露面了。

"为什么他不露面了呢？也被流氓团伙杀害？如果是这样，那现场为什么只有女孩的痕迹？如果发生两起凶杀，一定会留下蛛丝马迹，他的尸体呢？

"在绝大多数情况下，凶手会用同样的手段对待同案中的两具尸体，但有人会猜测，可能他还活着，只是怕受到人们猜疑而不敢露面。这也属正常，确实有人看到他和玛丽在一起。不过这不能说明他杀害了玛丽。一个无辜的人，首先想到的应该是跟警方说清真相，然后协助警方缉拿凶手。既然有人看见他和玛丽在一起，并且乘船过河，傻瓜都知道，只有检举凶手才能洗脱自己的罪名。而在初始的那个周日晚上，他不可能证明自己的清白，又对凶杀案一无所知。如果他仍然活着，只有一种情况让他不去报案。

"我们用具体方法来探明真相。现在我们要先查查第一次私奔的细节，调查下这位海军军官的全部历史和目前的状况，以及案发时他在哪里。我们再仔细比较每一封寄给《晚报》说明凶手是流氓团伙的来信，按照文风和笔迹同那些打算诬陷满纳斯的揭发信比较。

"之后，再将这些信和那位海军军官的信件风格进行比较，还要盘问德鲁克太太和她的儿子，以及船夫。弄清楚那个皮肤黝黑的人的长相和举止。只要注意技巧，一定能问到有用的东西。然后去调查发现船的船夫，他肯定能把它认出来。最重要的是，船舶办事处没有张贴布告，就有人来认领船只，而且船是被人悄无声息地取走的，连船舵都没要。除非这个人和航运或者海军有关，知道船舶的一切动态。

"至于单个作案的凶手把尸体拖到岸边，我刚才说他很可能有一条船，现在我认为玛丽是被从船上扔下去的。凶手不会把她扔在浅水一走了之，死者背部的伤痕应该是船底硌伤的。尸体未系重物也能证明此点，如果凶手在岸边抛尸，自然会系重物，而如果是在船上，他可能忽略了这点，等到了水中央时才发现尸体没有系重物，但他不愿冒着被发现的风险去岸边寻找重物，于是就把尸体投入水中。

"凶手抛尸后就匆匆回到了巴黎僻静的码头上岸，没有系住小船可能是他太着急，来不及。也可能是，他觉得把船留在码头会增加对自己不利的证据，他要逃离码头，同时也要小船离开，于是就让它远远地漂走，但第二天早晨，他发现小船已经被人拖走，而且被拖到了一个他每天都要去的地方——很可能是工作需要。于是，他就把小船偷走，但没有胆量找回它的船舵。现在只要找到这条无舵的小船，我们就能看到胜利的曙光了。这条小船会带领我们走向杀人凶手，证据一环套一环地呈现出来，凶手也将现形。"

我听到这些后不禁拍案叫绝，催促迪潘马上行动。迪潘却笑着说："下面的事情，要交给我们尊敬的警察局局长了。"

这时，局长刚好来访，我就迫不及待地让他展开调查。他虽然半信半疑，但还是勉强按照"船、驾驶者、海军军官，以及军官那天的行为"这个思路查下去，过程繁复，无须赘述，结果与迪潘的推断分毫不差。凶手就是那名海军军官，迪潘也因此得到了警察局局长那笔不菲的酬金。

从此，我不再相信什么超自然力量，我把一切都说成是巧合，我讲的故事也能证明此话。我使用偶然性规律推断事实，如果只重视表面证据，就有可能不得要领，如果过分注重细节，又有可能会推出连串的错误。

被窃的信

一个秋风萧瑟的傍晚，巴黎刚被暮色笼罩，我和朋友奥古斯特·迪潘正坐在圣日耳曼旧郊区登诺街 33 号四层楼——他的图书室里，一边沉思，一边吸着海泡石烟斗。将近一个小时，我和他都没有说话，因为我们的思绪还沉浸在黄昏时我们讨论的那个话题中，我指的是玛丽·罗杰谋杀案中的一些难解的谜。

因此，当图书室的门被推开，走进来我们的老相识——巴黎警察局局长 G 先生时，我觉得这是一种巧合。G 先生谈吐有趣，这也是我们对他的到来表示热烈欢迎的原因。他谈吐的本领，差不多可以抵过他为人可鄙的一半，让他不至于那么讨人厌。而且我们已经有几年没见过面了。

G 先生进来前，我和迪潘一直坐在黑暗的房间里。当 G 先生进来后，迪潘站起来，打算去点灯。这时，G 先生说他之所以来拜访，是因为想向迪潘请教一些很麻烦的公事。听到这儿，迪潘又坐下了，没去点灯。他说："这种话题我们在黑暗中思考，效果会更好。"

"这又是你的怪主意。"G 先生说。他习惯于把超过他理解能力以外的一切事情都叫作"怪"，因此，他几乎每天都在过着很怪的日子。

"完全正确。"迪潘说，他递给 G 先生一只烟斗，又给他推过去一把舒服的椅子。

我问道："是什么难题呢？不会又是什么谋杀案吧？"

G 先生摇头说："哦，不是的，完全和谋杀案没关系。事实上，这个案子再简单不过了，我们自己也处理得差不多了。可是，我觉得迪潘也许愿意听一听其中的一些详情，因为这件事确实怪得出奇。"

"又简单又古怪。"迪潘说。

"嗯，这件事真是非常简单，可我们现在完全没有对付的办法。"

迪潘耸肩说道："也许正是因为案情简单，你们才会不知所措。"

"你完全是在说废话！"警察局局长笑道。

"也许谜底有点过分明显，过于不言自明吧。"

"哎呀，老天爷！谁听过这种话呢？"警察局局长说。

"哈！哈！哈！……"局长大笑起来，他觉得太有趣了，"迪潘，你把我笑死了！"

"这究竟是一件什么样的案子呢？"我问道。

"我这就告诉你。"警察局局长回答道，他在那张椅子上坐了下来，"我可以用几句话告诉你，不过，在我讲之前，我要先提醒你们，这个案子要求绝对保密，万一让人知道我向谁透露了消息，我局长的位置十之八九会丢掉。"

"说吧。"我说。

"你也可以选择不说。"迪潘说。

"是这样的，这个情报是一位地位很高的人亲自通知我的，有人从皇宫里偷走了一份极重要的文件。也知道偷文件的那个人是谁，因为有人看见他拿走了。而且，也知道这份文件仍然在他手中。"警察局局长说。

"这些情况是怎么知道的？"迪潘问道。

"这是明摆着的，"警察局局长回答道，"这份文件的性质比较特殊，一旦从偷走的人手里传出去，马上会引起很不好的后果。也就是说，这个偷走文件的人，想利用这份文件策划一些事情。但是目前为止，他还没有太大的动作。"

"请你说得再清楚一点。"我说。

"这份文件会使拿到它的人得到一种在一定场合下极有价值的权柄。"这位警察局局长很爱好外交辞令。

"我还是不明白。"迪潘说。

"不明白吗？好吧，如果文件被透露出去，那就会使人们对一个地位极高的人的名誉产生怀疑，其生活和前途都会因此产生变化。"

见迪潘还是一副不明白的样子，局长最终忍不住了："这个贼正是 D 部长，他什么都敢做，偷盗技巧几乎不亚于他的胆大妄为。我刚才所说的这份文件，确切地说，是一封信。它是失主单独待在皇宫内院时收到的。当时她正在仔细地看信，可是突然被人打断了，另外一位大人物进来了，她特别不愿意让他看见那封信。她当时正打算把信塞到抽屉里，可是又怕引起误会，只好把那封信照原样敞开着放在桌子上。尽管这样，信封上面的地址、内容并没有暴露，这封信也没有引起那位大人物的注意。

"正在这时候，D 部长进来了，他那锐利的眼睛马上看见了信，并认出了信封上的笔迹，他揣测到了收信人的秘密。他办了几件公事，像平常那样匆匆处理完毕，然后，他拿出一封信，跟丢失的那封信仿佛差不多。他把信拆开来，假装在看信，接着又把这封信放在靠近另外那封信的位置。他又谈起公事，大约谈了 15 分钟。

"最后，他告辞了，可是他掩人耳目地把桌子上的信掉包了，带走了那封他无权占有的信。这封信的合法的主人看见了，可是，当着那第三者的面，她不敢做出其他举动，只能装作一切正常。"

迪潘说："这就对了，盗信人和失信人都心知肚明这到底是怎么回事。"

警察局局长回答道："是的，D部长为了政治上的目的，前几个月把占有这封信的优势运用到了十分危险的程度。这位失主越来越感到有必要把属于她的信收回。可是，这不是她能够公开去做的事。最后，她实在被逼得没办法了，就把这件事委托给我了。"

"因为没有比你更精明、更能干的人了。"迪潘说。

"你过奖了。"警察局局长回答。

"很显然，"我说，"信仍然在这位部长手里，信是他能威胁她的原因，但他也不敢轻易使用这封信，因为一经运用，他就会丧失很多威胁她的机会。"

"的确，"局长说，"我首先考虑要彻底搜查这位部长的旅馆。在这一点上，使我为难的是，我要做到天衣无缝，不能让他知道我们在搜查他。因为一旦让他知道我们的企图，就很可能会产生危险的后果。"

"可是，"我说，"这一类的调查，你不是十分在行吗？"

"哦，是的。正因为有这个能力，我不至于失去信心。这位部长的习惯对我而言是个十分有利的条件：他常常整夜不在家，他的仆人也不多。我有钥匙，你也知道，巴黎的任何一间房、任何一个柜子，我都能打开。"

"一连三个月，我没有错过任何搜查这家旅馆的机会。我每一夜都亲自参加大部分搜查工作，因为我的名誉要紧。再告诉你一件十分机密的事，酬金的数目极大，所以我一直没有放弃搜查。不过，最后我不得不佩服这个贼，他比我更加精明。在我以为凡是有可能隐藏这封信的角落，我都检查过了，但一无所获。"

"他会不会把信藏在别的地方了呢？"我提了个疑问。

"这个可能性不大，"迪潘说，"他必须让信在他的可视范围内，以备随时可以派上用场，这是由皇家大事的特殊性决定的。"

"他需要随时拿出文件来吗？"我问。

"也就是说，随时把它销毁。"迪潘补充。

"确实是这样，"我说，"那么这封信明明就是在他房子里。至于这位部长随身带着这封信的问题，我们完全可以不必去考虑。"

"完全不必，"警察局局长说，"他曾经有两次被抢劫，仿佛遇上了拦路的强盗，他本人是在我亲自监督下经过严格搜查的。"

"你完全可以不亲自动手，"迪潘说道，"这位D部长，我敢说，并不完全是个笨蛋，如果他不笨，那么，他一定会预料到这类拦路抢劫的事为什么会发生在他身上。"

"不完全是个笨蛋，"警察局局长说，"可是他是一位诗人，我认为这跟笨蛋没有太大差别。"

"确实是这样，"迪潘说，然后又深深地吸了一口烟，"不过我本人也问心有愧，写过几首打油诗。"

"可不可以详细谈谈你搜查的具体细节呢？"我说。

"嗯，实际上，我们是慢慢进行的。我仔细搜查了整幢大楼的每一个房间。首先，我们检查了每一套房间的家具。我们打开了每一个可能存在的抽屉，当然，如果有那种秘密的抽屉，肯定瞒不过我们。接着，我们检查了椅子。对于软垫，我们用细长针来刺探。对于桌子，我们把桌子面拆下来了。"

"为什么？"

"有时候，人们为了藏东西，会把桌子，或者其他形状相仿的家具的面板拆下来；他们会把家具的腿挖空，把东西放在桌腿空洞里，然后再安装好面板。对于床架的柱子，也可以按同样方式利用柱脚和柱顶。"

"不能利用声音来查出空洞吗？"我问道。

"这个方法不奏效，把东西放进去的时候，可以在它四周垫上一层厚厚的棉花。再则，我们这个案子要求在动手的时候没有声音。"

"可是你不能都拆开——你不能拆散屋里所有可能存放东西的家具吧。一封信可以缩成一个小纸卷，或者卷成一根粗的织绒线针的形状大小，这样它就可以被塞到譬如椅子的横档里。你们不会把所有的椅子都拆散来检查吧？"

"当然没有，可是我们干得更出色——我们用高倍显微镜检查了旅馆里每一把椅子的横档，每个地方有什么新近动过的痕迹，我们都能通过显微镜立刻检查出来。"

"你检查了房子周围的地面了吗？"

"所有的地面都铺了砖，所以不是很麻烦。我们只检查砖块之间的青苔就行，发现都没有动过。"

"你们查阅了 D 部长的文件，也查过了他藏书室里的书了吗？"

"当然，我们打开了每一个包裹、每一本书，甚至每页都翻过。我们还测量了每本书封面的厚度，计算得极为准确，对每一本都用显微镜百般挑剔地检查过。"

"你们查过地毯下的地板吗？"

"我们掀开了每一块地毯，用显微镜检查了木板。"

"还有墙纸呢？"

"查过了。"

"你检查地下室了吗？"

"我们查过了。"

"那么，"我说，"你始终都估计错了，那封信并没有像你想象的那样放在这幢房子里。"

"我就怕被你说对了，"警察局局长说道，"那么，迪潘，照你的意见，我应当怎么办？"

"彻底地搜查那幢房子。"

"那是绝对不需要的，"警察局局长回答道，"对那栋旅馆，我比我的呼吸还有把握，信不在旅馆里。"

"我提不出更好的意见了，"迪潘说，"当然，你大概知道那封信的特点吧？"

"噢，当然。"说到这里，警察局局长拿出一个记事本，向我们念了那封被盗窃的信的详细描述。念完后，他便起身告辞了，精神比来时更加萎靡不振，我从来没见他有过这样沮丧的时候。

大约一个月之后，他又来拜访我们，并且发现我们还是差不多像前一次那样待着。他拿起一只烟斗，搬了一把椅子，谈起一些寻常的话题。最后我问："哦，G 先生，那封失窃的信有什么进展吗？"

"真见鬼！后来，我依照迪潘建议的那样，又检查了一遍，不过还是白费力气。"

"酬金是多少？"迪潘问。

"噢，数目很大，我不必说究竟有多少，但是谁要能替我找到那封信，我情愿开一张 5 万法郎的私人支票给他。因为，新近酬金又加了一倍，可是，我还是找不到那封信。"

"噢，是这样。"迪潘用他的海泡石烟斗深深吸了一口烟，然后慢吞吞地说，"我觉得你在这件事情上没有全力以赴。你也许还可以再尽一点力。"

"怎么尽力？在哪一方面？"

"嗯，在这个问题上，你可以聘请顾问，嗯？你记得他们跟你讲的阿伯尔纳采的事吗？"

"不记得了，该死的阿伯尔纳采！"

"确实！他该死，而且罪有应得。不过，从前，有这么一个阔气的守财奴，他想出了一条计策，要记得这位阿伯尔纳采说出他对一个医学问题的意见。为了达到这个目的，他假装在私下里把他的病情暗示给这位医生。"

"我们可以假定，那位守财奴说，他的病症是如此这般，然后就请教这个医生的指导意见。"

"可是，"警察局局长神色有点不安，"我完全愿意征求意见，而且我真的愿意付给任何人 5 万法郎，如果他能在这个问题上帮助我。"

"照这样看，"迪潘一边说，一边打开抽屉，拿出一个支票本，"你可以照这个数目给我开一张支票，等你在支票上签了字，我就把这封信交给你。"

我大吃一惊，警察局局长也完全像遇到了晴天霹雳一样，有好几分钟，他张着嘴，一动也不动地盯着迪潘，眼珠子好像要从眼眶里掉出来。

后来，他恢复了些常态，抓起笔，又停了几次，终于开出一张 5 万法郎的支票，递给了迪潘。

迪潘把支票仔细检查了一遍，把它放在他的皮夹子里。然后，他用钥匙打开他那张有分类格子的写字台，从格子里拿出一封信，把它交给了警察局局长。

这位局长抓住信，欢喜到了极点，用颤抖的手打开信，迅速地把信的内容浏览了一遍。然后，他慌慌张张地起来挣扎着走到门口，终于顾不得礼貌冲出了这幢房子。自从迪潘要他开支票时起，他一句话都没有说过。

他走之后，迪潘向我做了一番解释。

"巴黎的警察，"他说，"按他们办事的方式来说，都是极其能干的。他们坚持不懈，足智多谋，很狡猾，在业务上必须掌握的事情，他们无一不精通。所以，那天 G 先生向我们讲述他在搜查旅馆的事情时，我完全相信他。"

"他所采取的措施做得很完美，如果这封信曾经放在他们搜查的范围之内，他们会毫无问题地找到这封信。"

"不过，这项行动的缺点在于，它对这个案子和这个人并不适用。这位警察局局长脑筋灵活，但是在处理案件时，总是会犯钻得太深或者看得太浅的毛病。"

"揣摩对手时，要具备完全设身处地地体察对手的能力。"我接口说。

"从实用价值来看，这是关键，"迪潘回答道，"警察局局长和他那一帮人之所以经常失策，是因为他们根本没有估计他们所要对付的人的智力。他们只考虑自己的主意有多巧妙，在搜查任何藏起来的东西的时候，只站在自己的角度想会以什么方式来隐藏东西。例如，在 D 部长这桩案子里，警察局局长把他在长期例行公事中养成的那种或者那套习以为常的搜查原则变本加厉地运用起来。我们知道，普通人藏信，有把椅子腿钻个洞，或者至少也总要放在什么偏僻的小洞或者角落里的可能。但 D 部长是普通人吗？局长之所以失败，是因为他推测这位部长是个笨蛋，他觉得会写诗的人都是笨蛋。"

"可是 D 部长真的是一位诗人吗？"我问道，"据我所知，他们家一共是两个兄弟，两个人在文才上都颇有名气。但我又知道这位部长在微分方面有学术论著，他是一位数学家，而不是诗人。"

"你错了，我很了解他，他是兼而有之。作为诗人兼数学家，他是善于推理的，警察局局长没有考虑到这点。"

迪潘继续说："我知道他既是数学家又是诗人，我的计划是按他的智能来编排的，而且考虑到了他所处的环境。我知道他善于在宫廷里献媚，同时又是一个大胆的阴谋家。这样的人十分了解普通警察的行动方式，所以，他早就明白他为什么会遭到拦路抢劫。"

"我又想，他必定也早就预料到他的住处要受到秘密搜查。他经常不在家里过夜，就是一个诡计，故意让警察有机会进屋搜查，以便早一点使他们深信那封信并没有放在房子里，而且他也达到了这个目的。

"在警察局局长第一次访问我们的时候，我跟他说，这桩奇案之所以使他十分为难，可能正是因为案情过于不言自明了，你也许还记得他当时是怎么狂笑的吧。"

"对，"我说，"他笑的样子，我记得很清楚。"

"但是，我越是想到 D 部长敢作敢为、当机立断的智谋，想到他如果打算把这份文件放到最合适的时候用，我就猜测这份文件一定是放在他手边的。而警察局局长又有明确的证据证明这封信并没有藏在搜查范围之内。我想，为了藏住这封信，这位部长必定经过深思熟虑，采取了极其高明的手段，索性不把信藏起来。"

"我拿定了主意，于是配备了一副绿眼镜，在一个天气很好的早晨，假装很偶然地到 D 部长的旅馆去拜访他。我发现 D 部长正好在家，他正在打哈欠，懒洋洋地躺在椅子上享受美好的清晨。而且他跟平常一样，装出一副无聊至极的样子。

"为了对付他这一套，我说我的视力不好，并且为不得不戴眼镜而感叹一番。我装作只顾和他谈天说地，却在眼镜的掩饰下小心谨慎地把房间详细察看了一遍。"

"我特别观察了一下靠近他的那张大写字台。那上面杂乱无章地放着一些信和其他的文件，还有一两件乐器和几本书。我看不出有什么可以引起怀疑的东西。

"最后，我走到一个卡片架边。那个架子是用金银丝和硬纸板做成的，好看但显得不值钱。架子上拴着一根肮脏的蓝带子，吊在壁炉架下方一个小铜疙瘩上晃来晃去。

"这个卡片架有三四个格子，里面放着五六张名片和一封孤零零的信。这封信又皱又脏，差不多要从当中断成两半了，仿佛信的主人起初就想把它完全撕碎，可是想一想又改变了主意，就此罢手。

"信上面有一个大黑印章，非常明显地印着 D 部长的姓名的首字母，从纤细的字迹可以看出这封信出自女人之手。它被漫不经心地，甚至好像很轻蔑地塞在卡片架最上一层的格子里。

"我一看到这封信，立即断定这就是我要找的那封。当然，从外表来看，这跟警察局局长向我们宣读的详细说明完全不同。照局长说的来看，那封信上有一个小红印章，印着 S 家族的公爵信章。但这封信印章又大又黑，印着 D 部长的姓名的首字母；同时，丢失的信姓名地址开头是某一位皇室人物，字体粗犷鲜明，而这封信是写给部长的，字迹纤细。所以，一眼看过去，这封信和丢失的那封信只有大小一致。不过，让我怀疑的是，这封信太肮脏了，和 D 部长有条不紊的习惯自相矛盾，而且它被摆放的位置是那样使人确信，这封信对 D 部长来说是没有用的，但这一切足够让我怀疑了。

"我尽可能拖长这次拜访的时间。我一边跟这位部长极其热烈地高谈阔论，一边将注意力集中在那封信上。经过这样的观察，我把信的外表，以及它放在卡片架里的方式都牢牢地记在心里。

"而且，我终于发现了一个支持我的观点的细节。在仔细观察信纸边角的时候，我看出边角的损伤超过了应有的程度。信纸破损的样子，仿佛把一张硬纸先折叠一次，用文件夹压平，然后又按原来折叠的印子，朝相反的方向重新折叠了一次。发现了这个情况就足够了，我看得很清楚，这封信翻了个面，好像一只把里面翻到外面的手套，重新添上姓名地址，重新加封过。于是我向 D 部长说了声'早安'，并立即告辞，可是我趁 D 部长不注意时故意把一只金鼻烟壶放在了桌子上。

"第二天早晨，我借口拿回金鼻烟壶又去拜访。我们又兴致勃勃地接着前一天的话谈下去。可是，谈着谈着，我们就听见紧挨着旅馆的窗户下面传来一声很响的爆炸声，仿佛是手枪的声音，接着是一连串可怕的尖叫声和吓坏了的人群喧叫的声音。D 部长冲到一扇窗户前，推开窗户向外面张望。这时候，我走到卡片架旁边，拿起那封信，放在我的口袋里，同时用一封外表一模一样的信来掉包。那信是我在家里先仔细地复制好的，并且仿造了 D 部长的姓名首字母。

"我一拿到我要的东西也立刻跟着他走到窗口。街上的混乱是一个佩戴滑膛枪的人引起的，他在一群妇女儿童中间放了一枪。可是，警察经过查证，发现他的枪膛里没有实弹，就把这个家伙当作疯子或者醉汉放走了。他走之后，我们也从窗口回来，不久，我便向他告辞了。而实际上，那个假装疯子的人是我出钱雇来的。"

"可是你为什么要掉包，有什么样的目的吗？"我问道，"如果你在第一次访问时便悄悄地拿起信来就走，那岂不更好吗？"

"D 部长是一个穷凶极恶的人，"迪潘回答说，"而且非常沉着，假使我像你说的那样轻举妄动，我大概永远不会活着离开 D 部长的旅馆了。"

金甲虫

瞧！瞧！这家伙在手舞足蹈！

他是被毒蜘蛛咬了。

——《一切皆错》

许多年以前，我跟一位名叫威廉·勒格朗的先生结成知己。他出身于一个法国新教徒世家，原本家道富裕，但一连串的不幸已使他落得一贫如洗。为了避免因为贫穷而受欺负，他远离了祖辈居住的新奥尔良城，隐居在南卡罗来纳州的查尔斯顿附近的苏里文岛上。

这座岛与众不同，它长约三英里，而最宽处则不超过两三百步，几乎全由海沙堆成。岛上有道小得看不大清的海湾，缓缓穿过一大片芦苇丛生的烂泥塘，横贯在小岛和大陆之间，水鸡就爱在那一带做窝。可想而知，岛上草木寥寥无几，最多也就是有一些低矮的植物，根本看不到任何的参天高树。西端有座毛特烈堡，还有几间每逢盛夏才会有人为了远避查尔斯顿城里的尘嚣和炎热而前来租住的简陋木屋。靠近两端，倒可以看到几丛扇叶棕榈，但除了这一角，和海边一溜白得如雪般刺眼的沙滩外，全岛密密麻麻地长满可爱的桃金娘，这种灌木被英国园艺家异常珍视。这种灌木在当地通常能长到高达 15 英尺到 20 英尺，连成树丛，密得简直插不下脚，空气中到处弥漫着其散发的馥郁芬芳。

勒格朗在这片树丛的幽深之处，靠近小岛东端，比较偏僻的那一头，盖了一间小小的窝棚。当初我跟他偶然相识时，他就住在那里了。这个隐士身上有很多令人敬佩的特点十分引人注意，所以我们不久便成了朋友。我看出他受过良好的教育而且聪明过人，就是感染了愤世嫉俗的情绪，常常忽而热情洋溢，忽而郁郁寡欢，这种怪脾气动辄发作。他身边有很多书，但很少见他翻阅。他主要的消遣是钓鱼打猎，或是漫步沙滩，穿过桃金娘丛，一路拾取着贝壳或采集昆虫标本——他收藏的昆虫标本，恐怕连博物学家斯瓦默丹之辈也不免眼红。

他每次去散步，身边总是带着一个叫丘比特的黑人老头。这老头在勒格朗家道败落前，就获得了解放，可他已经习惯寸步不离地侍候"威儿小爷"，任凭怎样威胁利诱，都无法使他放弃他的这一项权利。这可能是因为勒格朗的亲戚认为这流浪汉有些精神失常，于是便设法把这种固执的权利意识灌输进丘比特的脑子渐渐使他养成这种脾气，以便监督和保护他。在苏里文岛所在的纬度上，冬天一般不会有冷得彻骨的日子，所以秋季更不必生火。然而，18××年10月中旬的光景，有一日居然变得异常寒冷。太阳快下山时，我磕磕绊绊地穿过木丛，朝我朋友那间窝棚走去。当时我已经好几个星期没有去探望他了，因为我那时住在9英里以外的查尔斯顿，又没有日前这么方便的交通工具。到了窝棚前，我像往常一样敲敲大门，竟不见有人应门，我从我知道的藏钥匙的地方找到钥匙，打开门便直闯而入。只见壁炉里燃烧着熊熊火焰，这可真是少见，使我感到非常愉快。我脱掉大衣，在靠近噼里啪啦地燃烧着的柴火边的椅子上坐了下来，在此耐心地等待两位主人回来。

天黑不久，他们就回来了，非常热情地款待了我。丘比特笑得合不拢嘴，满屋乱转，张罗着杀水鸡做晚饭。勒格朗正好犯着一种狂热的毛病——除了称作病，真不知道该叫什么。原来他找到了一个从没有见过的新品种双壳贝，另外，在丘比特帮助下，他还穷追不舍地抓到一只他认为完全是一种全新品种的甲虫，并且他希望明天能听听我的看法。

"何不就在今晚呢？"我一边在火上烤着双手，一边问道，心里却巴不得那一类金龟子统统给我见鬼去。

"唉，我要是早知道你来就好了！"勒格朗说，"有好久没见到你了，真没料到你偏偏今晚会来看我。刚才在回来的路上我碰到要塞里的葛中尉，一时糊涂，竟把虫子借给他了，所以得等到明天早晨你才看得到。今天就在这儿过夜吧，等明天一大早，我就打发丘比特去取回来。真的是美妙极了！"

"什么美妙极了？——是日出吗？"

"别胡扯！当然不是！——是甲虫！浑身金光闪亮——差不多有大核桃那么大——靠近背上一端，有两个漆黑的黑点，另一端还有一个稍微长些的黑点。甲虫的触须是……"

"甲虫身上可没有锡，威儿小爷，我还是这句话，"这时丘比特打岔道，"那是只金甲虫，从头到尾，里里外外都是纯金子，只有翅膀不是——我一辈子里还没碰到过这么重的甲虫呢。"

"好吧，就算它是纯金的吧，丘，"勒格朗答道。在我看来，其实他不必说得那么认真。"难道这就可以成为水鸡烧煳的理由吗？那身颜色……"这时他转身对我说话了："说实在的，你看了真会同意丘比特的那套想法，你根本就不可能见过甲壳上会有一层锃亮的金光。到明天，你自己看吧，现在我只能把大概样子告诉你。"他说着就在一张小桌边坐下，桌上放着笔墨，却没有纸。他翻了翻抽屉，可惜也没有找到。"算了，"最后他说，"就用这个吧。"

　　说着从背心口袋里掏出一小片我以为是被弄脏了的书写纸模样的东西，拿笔在上面画起草图来。他画画的时候，我还觉得冷，照旧坐在炉火边。他画完，没有起身就递给了我。

　　我刚接过画，突然听见门外传来一阵汪汪吠叫，紧接着又响起嚓嚓抓门的声音。丘比特打开门，只见勒格朗那条纽芬兰大狗冲了进来，扑上了我的肩膀，跟我百般亲热——以前我来访时，对我献过不少殷勤。待它不再欢蹦乱跳，我看了看那张纸，说实话，我朋友的那张画，真叫人摸不着头脑。"噢！"我默默地打量了一会儿道，"这的确是只稀奇的甲虫，我不得不实话实说，它对我来说真新鲜，我压根就没见过这种东西，在我眼里，再也没有比这更像骷髅头的了。"

　　"骷髅头！"勒格朗回过神来，"嗯，不错，那是当然，画在纸上，是有点像骷髅头。顶上两个黑点好比眼睛，呃？底下那个长点就像嘴——再说这整个形状是椭圆形的。"

　　"也许是吧，"我说，"可话又说回来，勒格朗，恐怕你画不出它的模样。我得亲眼看见这只甲虫才行。"

　　"随你怎么说吧，"他说话时带着一丝愤怒，"我画画还算过得去——至少画这只虫子还算可以——我拜过不少名师，也相信自己还不算是一个笨蛋。"

　　"那么，老兄，你在开玩笑啰，"我说，"你的画确实像一个骷髅头，事实上，按照一般人对这类生物标本的观念来看，我只能说它太像骷髅头了。如果你那只甲虫真是这样子的话，那可真是人间少见的怪虫。仅凭这点，我们倒可以炮制出一番恐怖透顶的迷信。我看你不妨给这只甲虫取个名，叫作'人头甲虫'或者诸如此类的名称——博物学上有不少类似的名称呢。可是，我并没有看到你所说的触须啊，它在哪儿呢？"

　　"触须！"勒格朗说，这个问题似乎引起了他莫名其妙的面红耳赤，"我画得已经很清楚了，你应该看得见，我肯定画出了和那只甲虫一样的触须。"

　　"好吧，好吧，"我说，"也许你已经画得很清楚——可是我真的没有看见。"我不想惹他发火，所以就没再说什么，把画还给了他。但是我没有想到接下来事情闹得这么尴尬，我更弄不明白他为何如此恼怒，单单从甲虫图上来说，我根本没有看到什么触须，整个形状跟一个骷髅头一模一样。他竟火冒三丈地接过纸片，把它揉成一团，显然是要扔进火里。这时，他偶然瞥了那图一眼，一下子整个人的注意力又被吸引了过去，脸色一阵红，一阵白。他坐在椅子上，认真仔细地琢磨了好久。最后才起身从桌上取了支蜡烛，走到屋子一角，在一个箱子上坐了下来。他坐在那又盯着那幅画翻来倒去地看了许久。他一言不发，他的举动着实让我吃了一惊。不过，他的情绪越来越不好，所以我还是小心为妙，什么也没说。过了一会儿，他从衣服口袋里掏出来一个皮夹，小心翼翼地把纸夹在里面，又放进了书桌台的抽屉里并上了锁。这时，我才看到他的情绪慢慢平稳下来，但我刚进屋时看见他的那副热情洋溢的神情早已消失殆尽。不过，看他的模样，与其说是在生气不如说是在出神。随着夜色越来越浓，他越来越陷入冥思苦想中了，此时不管我说什么俏皮话，也不会把他从沉思中唤醒。我原本打算在这里过夜的，可眼见主人这般心情，觉得还是告辞为妙。他并没有留我，只是在我临走时，比平时更热情地跟我握了握手。

此事之后，大约过了一个月（这期间我没有见到过勒格朗），他的仆人丘比特竟来查尔斯顿找我了。我还是第一次见到好心肠的老黑人的那副沮丧的样子，心里不由地担心我的朋友遭了什么大祸。

"喂，丘比特，"我问，"出了什么事？你的小爷还好吗？"

"唉，跟你实话实说吧，小爷，没有希望的那样好。"

"不好？听你这样说，我真的很难过，他有什么地方不舒服吗？"

"唉！他就是什么也不说，问题就在这儿，实际上他病得很凶。"

"病得凶？丘比特！你为什么不早说？他病倒在床上吗？"

"没，没那样！他没有倒下，糟就糟在这儿，我真替可怜的威儿小爷急死了。"

"丘比特，我真弄不明白你到底在说什么。你说小爷病了，难道他没说哪儿不舒服？"

"哦，先生，你不要为了这事发火。威儿小爷根本没有说哪有不舒服，可他为什么总是低着头，耸着肩，脸色死白地走来走去呢？这还不算，他还老是在解一套密码——"

"解什么，丘比特？"

"在石板上画图，写一些我不认识的很稀奇的数字，说真的，我吓坏了。我不得不留心死死盯住他。可那天太阳还没出来，他就不见了，出去了整整一天。我准备了一根大木棍，打算等他回来，狠狠揍他一顿。可我真的愚蠢极了，他的身体看上去糟糕透了，我根本不忍心下手。"

"啊？到底是怎么回事？对了，不管怎样，我看你还是不要对那可怜的的家伙那么严厉，我看——不要拿棍子揍他。丘比特，他吃不消的。可他这毛病是怎么来的，或者说他为什么变成了这副模样？我从你们那儿离开后，难道他碰到了什么不愉快的事情了吗？"

"不，先生，您走以后，没有碰到过什么不愉快的事。我看恐怕是在那之前，就在你来的那一天。"

"什么？你这话是什么意思？"

"先生，我指的是那只甲虫——您瞧。"

"瞧什么？"

"甲虫，我敢肯定，威儿小爷的头上肯定有某个部位被那只甲虫给咬了。"

"丘比特，你怎么会有这样的想法？"

"根据那只甲虫的爪子，还有嘴巴。我还从来没有见过那样一只该死的虫子，不管谁靠近，它都又踢腿又张嘴。威儿小爷开始抓住了它，可又把它放了，我想肯定是那会儿工夫让虫子给咬了一口。我自己反正是不喜欢那虫子的嘴巴的样子，所以坚决不会用手指去捏它，我拿着一张纸把它逮住的，我用纸把它包了起来，还往它的嘴里塞进一个纸角，就是这么回事。"

"那么，在你看来，你的小爷是因为被那虫子咬了，才变成现在的样子？"

"用不着我看，我知道，他要不是被甲虫咬了一口，怎么会满脑子都想着金子呢？"

"可你怎么知道他满脑子里想着金子呢？"

"我怎么知道？因为他做梦，嘴里念叨的都是金子，就凭这个我就知道了。"

"好吧，丘比特，也许你说的是对的。可我今天为什么这么荣幸，会有你这样的贵客光临？"

"您怎么了，先生？"

"我是说，是不是勒格朗先生让你捎什么口信给我？"

"没有，先生，我只带来这一封信。"说着丘比特递给我一张字条，内容如下：

老兄：

为什么这么久都没有见到你？我想你还不至于因为我的一时怠慢而生我的气。

上次分手以后，心里十分放心不下，我有很多话想和你说，但又不知道如何说才好，也不知道该不该对你说。

一直以来，我就忧心忡忡。可怜的丘比特总是把我惹火，他那份出于好意的关心让我实在是吃不消。有一天，他甚至准备了一个大木棍，打算教训我一顿，就因为我偷偷溜出去，一个人在陆地的山上待了一整天。不管你信不信，要不是因为我的这副病容，肯定免不了遭到他的一顿暴打。

你走以后，我的标本柜里一直没有增加新的标本。如果你有空，请你无论如何要和丘比特来一趟。来吧，今天晚上就想见到你，我有很重要的事要与你商量。我向你保证，此事非常重大。

弟威廉·勒格朗谨启

这字条上有些语气，看得我忐忑不安。全信的风格与勒格朗平时的风格大不相同。他写信时是在梦想着什么吗？他那容易激动的脑子里又有了什么新奇的想法了？他会有什么"非常重大的事"要与我商量呢？丘比特描述的他的情况分明不是什么好兆头。我真的担心我的这位朋友所遭受的不幸会使他精神错乱，因此我毫不犹豫地跟随丘比特一同前往。

到了码头，我注意到我们要乘坐的那条小船里放着一把长柄镰刀和三把铲子，全是新的。

"这些是干什么用的？"我问道。

"这是镰刀和铲子，先生。"

"一点不错，可搁在这儿干什么？"

"这是威儿小爷硬叫我给他在城里买的镰刀和铲子，我花了一大笔钱才搞到手呢。"

"可威儿小爷要拿镰刀和铲子去干什么呢？"

"这我可不知道，我看他自己也未必知道，我猜这全是那虫子捣的鬼。"

看来丘比特脑子里只剩下"那虫子"了，从他嘴里是套不出满意的答复的，我只好登上船，扬帆起航了。乘着一阵顺畅而有力的风，很快我们就驶进了毛特烈堡背面的小海湾了，那离勒格朗的住处大概有两英里的路。到了下午三点左右，我们到达了小屋。

勒格朗早已等得不耐烦。他又紧张又热诚地握住我的手，让我有点惊惶不安，也加深了我原有的怀疑。他的脸色惨白得就像个死人，深陷的眼睛里闪出奇异的光芒。我问候了一下他的健康状况以后，不知该说些什么，便随口询问了一下他有没有从葛中尉手中要回甲虫。"要回来了，"他激动得脸上有了几分血色，"第二天早晨就要回来了。现在无论谁都休想把我和金甲虫分开，你知道吗？丘比特的那套说法很有道理。"

"什么说法？"我问道，心头不由涌起一种不祥之兆。

"他不是说那个虫子是真金的吗？"说这话时，他一脸的深沉和严肃，让我感到非常震惊。

"我要靠这虫发财了，"他露出一丝得意的微笑说，"它将帮我重振我的家业，我这样重视它，有什么好奇怪的呢？幸运女神把它送到了我的手里，我就应该好好地利用它，找到它所指明的金子所在的地方。丘比特，去把金甲虫给我拿来！"

"什么？金甲虫？小爷，我才不会去招惹那只虫子呢？还是您自己去拿吧。"于是勒格朗神气十足地站起身，从玻璃盒里拿了甲虫给我。那真是一只美丽的甲虫，在当时，博物学家还不知道有这种甲虫呢——从科学的角度来讲，这真的是一个重大收获。靠近甲虫背的一端，长着两个滚圆的黑点，另有一个稍长的黑点靠近另一端。甲虫的壳坚硬而光滑，外表金光灿灿。甲虫重得出奇，考虑到这一切，我明白了丘比特为什么会有那个想法了。不过，至于勒格朗为什么也会有这样的想法，我就怎么也想不通了。

当我把那只甲虫仔细地看过一遍后，勒格朗以一种夸张的口吻对我说："我请你来，是想让你给我出个主意，帮我认清命运女神和那虫子的奥妙……"

"亲爱的勒格朗，"我高声打断了他的话，"你一定是病了，还是小心为妙，你应该躺下休息，我陪你几天，等你痊愈后我再走，你看你又发烧了……"

"你摸摸我的脉搏。"他说。

我摸了摸他的脉搏，说真的，没有摸出一点发烧的迹象。

"你可能没有发烧，但你还是有其他的病。听我的，先去躺下，再……"

"你错了，"他插嘴说道，"我现在非常激动，身体再好不过了，如果你真的希望我身体好，那么你就要帮我平息了这份激动。"

"我怎么做才能平息你的激动呢？"

"非常简单。我和丘比特要去大陆那边的山里进行一次探险，我们需要靠得住的人帮忙，而你是我们唯一值得信赖的人。不管这次探险是否成功，你现在在我身上看到的这股激动心情，都会消除。"

　　"我非常希望能答应你的请求，"我答道，"但是你得告诉我，你的这次探险是不是和这只甲虫有关？"

　　"正是。"

　　"那么，勒格朗，这种荒唐事我可不干。"

　　"实在是让人遗憾，那我们只好自己去试试了。"

　　"你们自己去试试？你简直是疯了，哦，等一下，你们打算去多久？"

　　"大概整整一个晚上吧。马上就动身，好歹也要在天亮前赶回来。"

　　"那么你能否向我保证，等你的这个怪念头一过去，等虫子的事一旦按你的心愿了结，你就立刻回家并绝对听从我的吩咐，就像听从你的医生一样？"

　　"好，我向你保证。我们现在就出发吧，不能再耽搁了。"

　　我怀着沉重的心情跟随我的朋友。大概下午四点左右，我，勒格朗，丘比特，还有那条狗一同出发了。丘比特坚持一个人扛着镰刀铲子这些工具。照我看，他这样做不是出于过分的勤快或者殷勤，他是怕这些工具中的任何一件会落到他小爷的手上。他的行为非常固执，一路上嘴里都在嘀咕着"那该死的虫子"这几个字。我拿着两盏有遮光罩的提灯，而勒格朗得意地拿着他那只甲虫，他把甲虫挂在一根鞭绳绳端，一路走，一路滴溜溜转着，活像个变戏法的。看到他这种明显的神经错乱的表现，我简直忍不住掉下泪来。可心想最好还是凑合凑合他那番意思，至少目前应该这样，在想出较有把握的对策前，只好迁就他。同时，我拼命向他打听这番探险的目的，结果总是白费口舌。他既然把我劝来了，就不会再谈一些次要的话题，不管问什么，只回答一句："咱们走着瞧！"

　　我们乘着一叶轻舟，渡过苏里文岛那头的小海湾，到了大陆岸边，爬上高地，直奔西北，

　　穿过不见人烟的荒地，一路走去。勒格朗头也不回地开着路；走走停停，查看那些显然是他上次经过时亲手留下的路标。

　　我们大约走了两个小时，直到太阳下山，才走到一片萧索至极的荒地。那是一片平台般的地方，靠近一座几乎无法攀登的山顶，那座小山从山脚到峰顶长满了密密麻麻的树，到处都是大块岩石。岩石似乎只松松地放在泥土上。好多岩石仅仅凭着它们倚靠的树木，才没有坠入下面的山谷。四下深谷又给这片景色平添了一种阴森、静穆的气氛。

　　我们登上这片天然平地，上面荆棘丛生，很快我们就发现，如果不用镰刀砍伐一下，简直寸步难行；丘比特按照他小爷的吩咐，为我们开出一条小路来，直到一棵高大挺拔的百合树脚下。这棵树跟八九棵橡树一起耸立着，长得树叶葱翠，姿态美妙，而且丫枝四展，形状庄严，那八九棵橡树都远远赶不上——我可没见过这么美的树。我们刚到百合树前，勒格朗就回过头问丘比特是否爬得上去。老头一听这话，仿佛有点踌躇，半天没有回答。

最后他走到巨大的树身前，慢吞吞地绕了一圈，全神贯注地端详了一番。经过一番仔细的考察之后，丘比特说了一句："行，小爷，老丘这辈子见过的树，都爬得上去。"

"那么赶快爬上去，眼看天就要黑得伸手不见五指了。"

"要爬多高，小爷？"丘比特问道。

"先爬上树干，然后再告诉你往哪儿爬——嗨——慢着！把这甲虫带去。"

"那虫子？威儿小爷！——金甲虫！"老人一边叫，一边惊慌得直往后退，"为啥要把虫子带上树？——我死也不干！"

"丘，你这个黑家伙，这么魁梧，连只死了的小虫子都怕吗？它又不会伤人，你可以拿这细绳把它带上去。你要是不想法把虫子带上去，我就只好拿这铲子砸烂你的脑袋。"

"您怎么了，小爷？"丘比特说，一眼就看出他羞得只好照做了，"总是要跟老黑奴嚷嚷。我不过说笑罢了。我怎么会怕那只虫子？"说着小心翼翼地捏住一头绳子，尽量将昆虫拿得离身子远远的，准备爬树了。

百合树是美洲森林树木中最雄伟的一种，幼年期间树身特别光滑，往往长到很高也不生横枝旁节；到了成熟时期，树皮上才长出凹凹凸凸的疙瘩，树干上也有了不少短枝。

因此当下看看难爬，其实倒不难。丘比特尽可能让双臂双腿紧紧勾住巨大的树身，两手攀住疙瘩，用两只赤脚踩着疙瘩爬上去，有一两回差点摔下来，最后终于一耸一挺地爬到第一个分叉处，看模样他以为已经大功告成。其实眼下虽然爬树爬到了离地六七十英尺的高度，倒确是毫无危险了。

"现在得往哪儿去，威儿小爷？"他问道。

"顺着这边最大的一根树枝爬上去。"勒格朗说。黑人马上听从了，显然不费周折就爬了上去；愈爬愈高，愈爬愈高，到后来四下的密密树叶终于把那矮胖个儿遮得不见影踪。不一会儿，传来了他的喊声：

"还得爬多高？"

"你现在有多高？"勒格朗问道。

"不能再高了，"黑人答道，"能从树顶看见天了。"

"别管天不天的，照我的话做。顺着树干往下看，数数你现在爬了多少根横枝了？"

"一，二，三，四，五——这边，我爬了五根了，小爷。"

"那么再爬上一根。"

过了片刻，又传来了他的声音，宣布已经达到第七跟横枝了。

"听着，丘比特，"勒格朗叫道，一听便知道他心头非常激动，"我要你在那根横枝上往外爬，能爬多远就多远。要是看见什么奇怪的东西，就马上通知我。"

我原先不过有些疑心我的这位朋友神经错乱，如今认清了，只好断定他发了疯，我开始焦虑怎样才能把他弄回家。当我正在琢磨的时候，忽然又传来了丘比特的声音。

"太可怕了，不敢再往外爬了——这根横枝从头到尾都是光秃秃的，已经枯死了。"

"你说是根枯枝，丘比特？"勒格朗抖声颤气叫道。

"就是，小爷，死得连口气都没有——实实在在是咽气了——归天啦。"

"天呐，我该怎么办？"勒格朗自问道，看得出他苦恼极了。

"怎么办！"我说，暗自庆幸总算有了插话的机会，"回家去休息吧。我们走吧！好伙计，天已经很晚了，再说，你得记住你的保证。"

"丘比特，"他对我理都不理，径自叫道，"你听见吗？"

"听见，小爷，听得不能再清楚了。"

"那好，用你的刀子戳戳那木头，看看是不是烂透了。"

"是烂了，小爷，那可没错，"过了片刻，黑人答道，"不过还没有完全烂透。说真的，就我一个人，还敢再往外爬点路。"

"就你一个人！——这是什么意思？"

"唉，我是说这只虫子，它太重了。如果把它扔下，就我一个人的分量，横枝倒吃得住。"

"你这个可恶的坏蛋！"勒格朗如释重负地嚷道，"你安的什么心，跟我胡说八道，你要是敢把甲虫扔掉，我就拧断你的脖子。喂，丘比特，你听见我说的话了吗？"

"听见了，小爷，跟我这可怜的黑人何必这样大叫大喊。"

"好！你听着！——你要是还敢再往外爬，直到爬到你觉得有危险的地方，手里不把甲虫扔掉，等你下来，就送你一块银币。"

"我正爬着呢，威儿小爷——爬着呢，"黑人立即答道，"马上就要爬到头了。"

"到梢上了！"这时勒格朗简直失声尖叫了，"你是说，爬到横枝梢上了？"

"眼看就要到梢上了，小爷——啊——啊——啊——啊哟！老天爷呐！这树上是什么东西？"

"啊！"勒格朗叫道，他兴高采烈地大叫，"什么东西？"

"哟，不是什么东西，是个骷髅头——谁把他脑袋留在树上，乌鸦把肉全都吃光了。"

"你说是，骷髅头？——好极了！——看看是怎样钉在横枝上的？用什么固定的？"

"哦，我得先看看。说真的，这事太怪了——骷髅头上有个老大的钉子，把它钉在树上。"

"好，丘比特，我怎么说，你就怎么办吧——听见了吗？"

"听见了，小爷。"

"那么仔细听好了——把骷髅头上的左眼找到。"

"哼！呵呵！好的！怎么，这个东西根本没眼睛。"

"真笨死了！你分得出哪是左手，哪是右手吗？"

"分得出，分得出——完全分得出——这只是左手，我劈柴就用左手。"

"可不！你是个左撇子；你左眼就在左手那一边。我看，你这就可以找到骷髅头上的左眼——原先长左眼的窟窿了。找到了吗？"

隔了一会儿，黑人才问道：

"骷髅头上的左眼，是不是也在骷髅头左手那一边？——因为骷髅头上根本一只手也没有——算了！找到了——这就是左眼！要我拿它怎么办？"

"把甲虫从左眼里扔下来，绳子尽量往下放——但是小心，别放掉绳子。"

"都照办了，威儿小爷；这非常容易——注意，金甲虫下来了！"

说话间，根本见不到丘比特的影儿，但他垂下来的金甲虫倒一目了然，挂在绳头上，在夕阳的余晖里，好像磨光的金球。金甲虫悬空挂着，如果一放掉，就会落在我们脚前。勒格朗劈手拿过长柄镰刀，恰好在昆虫下面，划出个直径三四码的圆圈，划好，就吩咐丘比特放掉绳，爬下树来。

这时，我朋友在甲虫落下的准确地方，分毫不差地打进一个木棒，又从口袋里掏出皮带尺，将一头钉在靠近木棒的树身上，拉开皮带尺，到木棒那儿，再顺着百合树和木棒那两点形成的直线方向，往前拉了五十英尺，丘比特就拿长柄镰刀砍掉这一带的荆棘。勒格朗又在那儿打下一个木棒，以此作为圆心，马马虎虎地画了个直径四英尺光景的圆圈。之后拿了把铲子，再分给我和丘比特一人一把，请我们赶快挖土。

说实话，我平时就不爱这种消遣，尤其在这个时候，真巴不得一口谢绝；天快黑了，又走了那么多的路，实在是劳累，但是我实在想不出逃避的办法，又怕开口拒绝会扰乱我那朋友的平静。如果丘比特肯帮忙，我早就把这疯子弄回家了，但是我很明白那老黑人的倾向，无论在什么情况下，想要他帮忙跟小爷对抗，是根本不可能的。南方人纷纷流传地下埋着宝藏，我深信勒格朗准是中了这类鬼话的毒；他找到了金甲虫，就把心头那套幻想当了真，或许是因为丘比特一口咬定那是一只真金的虫子，他才信以为真的吧。神经不正常的人是很容易相信这种鬼话的，如果恰好与原来就偏爱的想法相吻合的话，尤其容易上当。于是我就想起这可怜家伙说的金甲虫"指示财富"的话。总而言之，我感到了强烈的痛苦和困惑，不知如何是好，最后决定，既然不干不行，干脆就认认真真地挖土，这样就好趁早拿出铁证，叫这位空想家相信自己是异想天开。

两盏灯全点上了，我们一起挖起坑来，如果这股劲儿用在正事上倒是值得的。

我们一刻不停地挖了两个钟头。几乎没有出声，那条狗对我们干的活感到莫大兴趣，一直汪汪叫，害得我们大为不安。后来它叫得实在厉害，我们才提心吊胆，生怕这么乱叫惊动附近路人的警觉——或者不如说，感到担心的是勒格朗，我倒巴不得有人闯进来，好趁机让这个家伙回家。后来，丘比特顽强而沉着地爬出土坑，拿一条吊袜带缚住这畜生的嘴，制止了它的叫声。然后一本正经地开始干活。

过了两个钟头，我们已经挖了五英尺来深，却没有任何财宝的迹象显露。于是大家停住了，我开始希望这出滑稽戏就此散场。勒格朗显然狼狈不堪，若有所思地抹了抹额角上的汗，竟又动手挖了起来。那直径四英尺的圆圈早已挖好，如今又稍微挖大了些，又挖了两英尺。仍然一无所获。

这淘金人终于满脸失望，痛苦万分地爬出土坑，慢慢地、不情愿地穿上劳动之前脱下的衣服。这时我始终没有说话，丘比特按照主人的手势开始收拾工具。收拾好了，取下狗嘴上的吊袜带，我们便默默无言地往回走了。

我们刚走了十来步，勒格朗突然大骂一声，大步走到丘比特跟前，一把揪住他的衣领。黑人吓了一跳，眼睛嘴巴睁得老大，一松手，扔掉铲子，双膝扑通跪下。

"你这混蛋！"勒格朗咬牙切齿地进出一个个字眼道，"你这狼心狗肺的恶鬼！——说真的，你讲！——马上回答我，别支支吾吾！——哪——哪一只是你的左眼？"

"啊哟，威儿小爷！难道这不是我的左眼？"丘比特吓得没命，哇哇喊叫，手伸到右眼上，紧紧按着，好似生怕被剜掉眼睛。

"我早料到了！——我早知道了！哈哈！"勒格朗大叫大嚷，松手放了黑人，手舞足蹈地跳了几个舞步，闹了一阵，吓得老黑人瞠目结舌，爬起身，默不作声地朝我和勒格朗看来看去。

"来！咱们得回去，"勒格朗道，"游戏还没有结束。"说着又带我们朝百合树走去。我们走到树脚下，他说："丘比特，过来！我问你，那骷髅头是脸朝外钉在横枝上呢，还是朝横枝钉着的？"

"脸朝外的，小爷，这样乌鸦才没费劲，正好吃掉眼睛。"

"好，那么你刚才从哪只眼里放下甲虫的，这只，还是那只？"勒格朗一边说，一边摸摸丘比特两只眼睛。

"这只，小爷——左眼——就按照您的吩咐做的。"可黑人指的恰恰是右眼。

"行了——咱们还得试一次。"

我这才明白这位朋友看着好似疯了，其实思维还算有条理。他将标志甲虫落地点的木棒取起，朝西移了三英寸左右；然后跟上次一样从树身最近一点上拉开皮带尺，到木棒那儿，又笔直往前拉了五十英尺，离开刚才挖出的坑，圈出个地方。

他在新的地方画了一个更大的圆，我们又动手挖起来了。当时，我已经累到了极点，可不知为什么心里发生了变化，不再像开始那样抵触这份重活，反而产生了兴趣——而且还感到很激动。也许是勒格朗这种放荡举止间的深谋远虑或是从容不迫的态度打动了我。我迫不及待地挖着，不时发现自己事实上似乎也产生了一种期待的心理，期待能找出宝藏——我那不幸的伙伴就是因为这样的发财梦才发了神经。

我们又像这样挖了一个半钟头左右，那条狗又开始大叫起来扰乱我们。这次狂吠不像刚才那样乱起哄，这次发出的却是痛苦而严厉的声音。丘比特又想绑住它的嘴，它就拼命抗拒，跳进坑里，疯也似的扒开烂泥。不到片刻，扒出了一堆尸骨，足以构成两个完整的骷髅架子，还夹着几个铜扣，以及烂成灰的呢绒般的东西。铲掉一两铲土，便挖出一把西班牙大刀，再往下挖，又见三四枚散落的金银硬币。

眼见这一切，丘比特几乎按捺不住自己的狂欢，可他的小爷脸上反而是大失所望，可还是催我们继续挖下去。话还没说完，我的靴尖突然勾住一个半埋在浮土里的大铁环，绊了一跤。

我们又认真地干了起来，我还从没碰到过比这十分钟还让我兴奋的事。在那片刻中，我们顺利地挖出了一个长方形木箱。箱子保存完好，异常坚固，显然是经过某种加工——说不定是升汞处理。这只箱子长三英尺半，宽三英尺，高二英尺半。四周牢牢地被铁铸的板条加固，钉着铆钉，把整只箱子给拦成一格一格。箱子两面，靠近箱盖，各有三个铁环，一共六个，可以给六个人当把手抓着。尽管我们三个一起使出了最大的力气，箱子也只是微微地动了动。幸好箱盖上只扣着两个活动扣。我们拉开这两个扣子，焦急得一边发抖，一边喘气。整箱价值连城的金银珠宝转瞬之间就在我们面前闪闪发光了。遮光灯照进坑里，光亮却从坑里反射出来，是乱糟糟的一堆黄金珠宝反射出的灿烂光芒，照得我们眼花缭乱。

我不敢自称能描述出我看见那箱财宝时的心情。当然，那会儿主要的心情就是惊奇。勒格朗看上去兴奋得似乎耗尽了精力，半天没有说一句话。一时间，丘比特脸色死白，当然这是一般黑人的脸上所能达到的白的程度。他似乎被惊呆了，吓作一团。不久他在坑里双膝跪下，把一双赤裸的胳膊伸进了金币堆里，直埋到胳膊肘，就这样插着不伸出来，好似在享受着一次奢侈的沐浴。最后，他才深深吁了口气，仿佛自言自语，大声喊叫："这多亏了金甲虫！好看的金甲虫！可怜的小金甲虫，我用那种粗话咒骂的小虫子！你难道不害臊，你这个黑鬼？——回答我呀！"

最后，我不得不提醒他们主仆二人，该想想怎么将这些宝贝搬走了。天越来越晚了，得趁天亮前尽力将箱子里的宝物搬回家。当时我们都慌乱无措，花去了好多想办法的时间。最终把箱子里三分之二的宝物拿出来，才勉强把箱子弄出土坑。我们把拿出的宝物藏在荆棘里，留下狗守着，丘比特还严厉地叮嘱一番，我们要没回来，无论什么缘故，都不准离开，也不准张嘴乱叫。我们这才扛着木箱，匆匆回家了；直到半夜一点，才算平平安安到达窝棚，我们已经疲乏不堪，如果再做什么已经超出了身体的极限了。我们休息到两点，吃了晚饭，便随身带着三个结实的口袋（当时屋里正巧有），又赶回到山里去了。直到快四点的时候，才走到坑边，将剩下的珠宝均分成三份，坑也不填，就动身回到窝棚里，再次将肩头的三袋金银藏在屋内，这时东边的树梢上刚好露出最初的几抹曙光。

这下，我们彻底累垮了，但当时强烈的兴奋却不容我们安睡。在辗转不安地睡了三四个钟头后，我们不约而同地醒了，准备清点这些财物。

那只箱子装得满满的，花掉我们整整一天加大半夜的时间才检查完毕。这些东西完全没有顺序，乱糟糟堆着。我们仔细地分了类，才发现手边的财富，比开头想象的还要多。就单从硬币方面，按照当时兑换的牌价，尽可能准确地估计了一下，其价值总共值四十五万多块钱。没一块是银币，统统是五花八门的金币，法国、西班牙、德国的都有，还有几个英国几尼和几个我们没见过的纪念币品种。还有几个沉甸甸的由于磨损严重而看不出花纹的大硬币。美国货币却一块也没有。箱子里珠宝的价值更是难以估计。其中有 110 颗很大且很纯的钻石、18 块灿烂夺目的红宝石、310 块非常精美的翡翠、21 块蓝宝石外加一颗猫儿眼。这些宝贝全都被拆离了镶嵌物，乱七八糟地扔在箱子里。而我们在其他金器中拣出的那些镶嵌物，看来个个都给锤子砸扁，好像要防止被人认出。除此之外，箱子里还有无数纯金首饰——将近两百只又厚又重的指环和耳环；如果我没记错的话，大概还有 30 根昂贵的金链、83 个又大又沉的十字架、5 只价值连城的金香炉、5 只偌大的金质五味酒钵、精工雕着葡萄叶和酒仙像；还有两把细工镂刻的剑柄，以及好些小物件，这些我已经记不清了。这种种贵重物品超过了 150 公斤，而我还没有把 197 只上等金表算在内——其中 3 只，每只都值 500 美元以上。它们大多数都很古老，作为计时器已没有价值，里面的零件多少有点锈坏了，但都镶满珠宝，配着高价的金壳。据我们那天晚上估算，整箱宝物价值约 150 万美元，而后来我们出售的一些宝物（有几件我们留下了，自己使用）则大大低估了它们的价值。

我们终于查点完毕，兴奋异常的心情消退了几分，勒格朗早已看出我是多么迫不及待地想听他对这离奇古怪的哑谜的解释。于是他便开始对有关情况原原本本地说了出来。

"你应该还记得，"他说，"那天晚上，我把画好的金龟子草图递给你。你一定没忘，当时你一口咬定我画的像个骷髅头，我当时还对你大动肝火。你第一次说出那想法时，我还以为你在开玩笑，可后来想起甲虫背上的三个黑点，才承认你那说法事实上是有根据的。可你对我绘画水平的嘲笑，让我心里还是有些生气——很多人都认为我是个出色的画家呢——所以，你把羊皮纸递给我，我就想把它揉成一团，扔进火炉里。"

"你是指那张纸片吧？"我说。

"不，看着很像纸，我开头也当是纸，可在上面一画，就看出原来是张极薄的羊皮。那张羊皮脏得很，你肯定记得，当我正要把它揉成一团时，无意中又瞥了一眼，这一看，着实被吓了一跳，我自以为画的是那个甲虫，可我分明看到的是一个骷髅头。我太吃惊了，一时竟无法冷静地思考。我知道我的画细节上跟那个骷髅头很不一样——虽然轮廓相似。我马上拿了根蜡烛，坐到屋子另一端，在羊皮上更仔细地打量了一番。翻过羊皮，就看到自己画的那张画还是老样子。我的第一感觉是两者外形轮廓居然不差分毫——这里有一种独特的巧合：羊皮一面画着个骷髅头，背后正是我那张甲虫图，而且这骷髅头的轮廓和大小，全跟我画的一模一样。我刚才说，碰到这等异常的巧合，我一时愣住了。一般人碰到这种巧合，通常总要出神，心里拼命想理出个前因后果来，可怎么也办不到，一时竟麻痹了。等到我清醒过来，才渐渐明白，不由吓了一跳。我开始明确地、清晰地回忆起一个事实：当时画甲虫的草图，羊皮上可没什么画，绝对没有——我记得当初想找个最最干净的地方，正反两面都先后翻过，要是画着骷髅头，不可能看不到。这真的很神奇，根本无法解释。不过，即使在一开始时，我心灵深处已经隐隐掠过一个念头，好像萤火虫一闪，那个念头在昨晚的探险中，已经得到了证实。我当时立即站起身，把羊皮藏好，等你们都走了，才开始重新思索。

"等你走了，丘比特睡着了，我就把这事更有条理地研究了一番。首先想的是羊皮怎么落到我手里。我们发现甲虫的地方是在大陆岸和这座岛相对偏东约一英里处，而且高出高水位线不多。我刚抓住甲虫的时候，被狠狠咬了一口，不得以马上松手。丘比特为人一向谨慎，眼看甲虫向他飞去，便四下想找一片叶子之类的东西来抓虫子。在这一刹那间，我跟他全看见了羊皮，当时我们都以为是一张纸呢。羊皮半埋在沙里，一角翘起，就在找到羊皮的地点附近，我看到一堆破船，看上去好像大船上的一条救生艇。看上去似乎堆在那儿有好久好久了，因为几乎看不出船骨的轮廓。

"后来丘比特拣起了那块羊皮，包住了那只甲虫一并交给我。接着我们就打道回府，路上刚好碰见葛中尉。我拿虫子给他看看，他请求我让他带到堡里去。我刚答应，他就将虫子塞进坎肩袋里，外面可没包羊皮，他打量甲虫那当儿，羊皮一直捏在我手里。大概他是害怕我改变主意，认为最好马上拿走这个意外收获吧，你知道，他对一切跟博物学有关的东西都很着迷。就在那时，我准是不知不觉拿羊皮放进口袋里了。

"你一定记得，当时我为了要画甲虫的草图，走到桌边，在放纸的地方找了一下，却找不到。在抽屉里找找，也没找到。在口袋里掏掏，恰巧摸到了羊皮。我之所以把得到羊皮的经过说得这么详细，是因为我对这个印象太深刻了。

"不用说，你肯定认为我又在胡思乱想，但当时我已经理出了一种关系。我已经把一个大连环套的两个环节连上了。海边捆着条船，离船不远有张羊皮——可不是纸——上面画着个骷髅头。你可能会问，'这能有什么关系？'我告诉你，骷髅头是人所共知的海盗标记。碰到交锋，总是升起骷髅头旗。

"我已经说过那是张羊皮，不是普通的纸。羊皮放得住，几乎永远都烂不掉。人们很少会用羊皮记一些无关紧要的事情。如果只是画画、写字，还不如用纸呢。我一想到这点，就猜测那骷髅头一定有某种含义、某种关联。我也没有忽略羊皮的样子。虽然有一角不知怎么弄坏的，但还是能看得出来是长方形的。事实上，人们要记一些备忘的事或者一些需要长期记忆的事才会使用这种羊皮纸。"

"可你不是说画甲虫时，羊皮上没骷髅头吗？"我插嘴说道。"照你这么说，骷髅头肯定是在你画金甲虫之后一段时间画上去的，那怎么可能？是谁画上去的，只有上帝知道。"

"是啊，整个奥秘的关键就在这里，不过，当时我很容易就把这个谜底给破解了。我步步踏实，因此答案只有一个。我是这样推论的：我画金甲虫的那一会儿，羊皮上明明没骷髅头。等画好，交给你，一直看着你直到你把画还给我。因此骷髅头不是你画的，当时也没别人画。那就不是人力所为了。然而骷髅头的出现确实是一个事实。

"当我想到这，我就努力去回想并且清楚地想起了在那一段时间内所发生的一切小事，很快就想明白了。那天天气很冷（啊，这真是罕见的巧合），壁炉里生着火。我走得热了，坐在桌边。但是你一直挨着炉边坐着。我把羊皮交到你手里，你刚要看的时候，正好那条狗扑到你的肩上。你用左手抚摸它并挡住它，而拿着羊皮的右手则懒懒地垂在两膝间，刚好靠近炉火。我一时还担心火苗把纸烧着了，正想叫你，还没出声，你已经把手拿开了，正仔细看起画来。当我想到这些，就肯定了我的推测——羊皮上画的骷髅头就是热了使它显现出来的。你应该也知道，很久以前就有一种化学药物，可以用来写在纸上或羊皮纸上，字迹经过加热，就会显现出来。人家常拿不纯的氧化钴溶在王水里，再加四倍水稀释，写出来的是绿色；而含杂质的钴溶解在纯硝酸里，就调出红色溶液。写在纸上的药剂冷却以后，经过一段或长或短的时间，颜色就褪了，不过再加热，又能看得一清二楚了。

"于是，我又把骷髅头仔细端详了一遍。骷髅头靠近纸边的一圈，要比其他部分清楚很多，这说明羊皮受热不均。我马上又点了火，让羊皮的每一个部分都均匀受热。开始，只是骷髅头那模糊的线条越来越深，可我坚持实验了一下午，后来就在斜对着画出骷髅头的地方，清清楚楚地现出一个图形。我一开始还以为是山羊，再经过仔细观察，才看明白原来画的是羔羊。"。

"哈哈！"我说，"我自然没有权利嘲笑你，150万块钱是笔大数目，可不是开玩笑的。可你总不见得打算在那个连环套里弄出第三个环节来吧——海盗和山羊之间找得到什么特别关系？要知道，海盗跟山羊毫不相干，山羊是庄稼汉才喜欢的东西。"

"可我不是说过吗，那画画的人想画的不是山羊。"

"那就算是羔羊吧——这大体是一回事。"

"大体，但完全不是一回事，"勒格朗说，"你总听到过一个名叫羔羊基德（基德原文为Kidd，即William Kidd，1645年，生于苏格兰。原是英国武装民，奉令至美洲沿海一带及印度洋捕海盗，结果反而当了海盗，横行西班牙商船航路，抢劫商船，1701年在波士顿被捕并处以绞刑。Kidd跟英语的Kid（羔羊）拼写虽然不一样，但发音却是一样的，所以双关。因此用羔羊的画做签名。文中译作羔羊基德，以便阅读）的船长吧。我当下就把那动物图形看作一种含义双关，或是象形文字的签名。我说这是签名，是因为看到它在皮纸上的地位，就触动了灵感。照这样看来，斜对角那个骷髅头，就是标记或印信的样子。可是除此之外，其他什么都没看到——没有我想象中的文件——没有给我联系上下文的原文，我又不禁茫然了。"

"你大概想在标记和签名之间找到信件吧。"

"正是诸如此类的东西。老实说，我心头禁不住有种预感，总觉得就要发一大笔横财了。我也说不上为什么有这个想法。也许，要说是信以为真，还不如说但愿如此；丘比特说甲虫是纯金的，你可知道，他这句话竟叫我异想天开。接着又出了一连串意外和巧合——全都非常离奇。这些事偏偏都凑在那一天，那一天竟然冷得该生火，也许是冷得该生火吧，要没生火，狗要没偏巧在那一刻工夫闯了进来，我压根看不到骷髅头，也不会享有那笔财宝，你看多巧啊！"

"接着讲下去，我已经等不及啦。"

"好吧。你当然听到过很多关于羔羊基德跟他的人在大西洋沿岸某处埋藏宝藏的故事和无数含混的谣言，这些语言一定有些事实根据。传了那么久，还不断，我看，只是因为宝藏还埋着没发掘的缘故。要是羔羊基德一时把赃物埋了起来，事后又取走了，这些谣言传到我们耳朵里，就不至于像目前这样千篇一律。要注意，这些故事讲的都是找寻财宝的，不是找到财宝的。要是这些海盗取回了财宝，事情就会告一段落。照我看，大概是出了什么意外，比如指明藏宝地点的记录丢失了，他无法重新找到。而这个意外被他的部下知道了，否则他们根本不会听说藏宝的事。他们没有指示资料，只不过是盲目地乱找，最后白忙了一阵，于是现在这种家喻户晓的谣言就传了出来，并散布开来。你有没有听说过，大西洋沿岸发掘过什么大宝藏？"

"从没听说过。"

"可大家都知道羔羊基德的家私多得数不清。因此我认为一定还埋在地里；告诉你，听了可别吓一跳，我心里有了几乎是肯定无疑的希望。我希望这张意外找到的羊皮，就是失落的藏宝图。"

"那你当时怎么进行下去的呢？"

"我提高了温度，再把皮纸放在火上，慢慢加热，依然没有看到任何东西。我就认为可能是皮面上那层尘土碍了事；因此小心地浇上热水，漂洗一下，洗好了，放在一个白铁盘里，让画有骷髅头的一面朝下，再把铁盘放在火旺的炭炉上。不到几分钟，锅就烧得火烫了，我拿起羊皮一看，心里的高兴简直无法形容，只见上面有几处地方，出现了一行行数字似的东西。我再把羊皮放在盘里，烤上一分钟。等到拿出来，上面的字全部出来了，正跟你现在看到的一样。"

勒格朗早把羊皮重新烤过，说到这儿，就拿给我看了。只见骷髅头和山羊之间，潦潦草草地写着如下的红色符号：

53##$305））6*；4826）4#·）4#）；806*；48$8¶；60））85；]8*；：#*8$83（88）5*$；46（；88*96*？；8）*$（；485）；5*$2：*#（；4956*2（5*-4）8¶；8*；4069285）；）6$8）4##；1（#9；48081；8：8#1；48$85；4）485$528806*81（#9；48；（88；4（#？34；48）4#；161；：188；#？；

"可是，"我把羊皮还给他，说，"如果戈尔昆达①的金银珠宝，在等待我来破译这份密码，我仍然没有办法，我肯定是得不到这些宝物了。"

"话可说回来，"勒格朗道，"这谜底根本就不难解，刚看到这些符号时，可能会觉得很难，实际上很简单。不管谁看到，都会猜得到这个符号是密码，也就是说，其中是有含义存在的。就我对羔羊基德的了解来看，他不见得会把密码设得有多复杂。我敢肯定，这是个简单的密码，只是对头脑简单的水手来说，如果没有解读码是绝对无法破译的。"

"你真解开了吗？"

"那是当然，我解开过比这更复杂的呢！因为生来就对这类东西感兴趣再加上环境的影响，我不信人类的巧妙心计想得出一种哑谜，人类的巧妙心计就不能用适当方法解开。说真的，只要确定符号连贯清楚，我不认为要推究其中含义有什么困难。

"就目前这个密码而言——事实上，一切秘密文件都一样——首先要知道的是密码采用哪种语言。因为解谜的原则，尤其是比较简单的密码，所依靠的就是该语言的语法特点，和随之而变化的规则。一般来说，打算解谜的人，只有一个办法，就是拿自己懂得的语言，根据可能性，一一进行试验，试到猜中为止。除此之外，没有更好的办法。不过，眼前这份密码，有了签名，一切困难都迎刃而解了。'Kid' 这个字眼的双关意义，只有在英文里才能体会。要是没有考虑到这一点，我还得从法文和西班牙文入手，因为在南美洲北岸一带出没的海盗，要写密码，用的基本是这两种语言。可有了上述情况，我就把这份密码文件的语言定位为英语了。

"你瞧这些字全连在一起，没有分写。要是分开，猜起来就容易得多。在那种情况下，就可以从短词的校勘或分析开始。如果有一个词只有一个单字，那是很容易出现的。比如说 a 或 I，那我就认为一定可以解开谜底。可是，这份密码没有分写，我第一步要做的就是确定用得最少的字和用得最多的字。全部统计下来，我列了这样一张表：

8 共出现 33 次。

; 共出现 26 次。

4 共出现 19 次。

和) 各出现 16 次。

* 出现 13 次。

5 共出现 12 次。

6 共出现 11 次。

(计有 10 个。

$ 和 I 各出现 8 次。

0 共出现 6 次。

---

① 印度古城，在今海得拉巴以西 9 公里处，曾以出产钻石著称。——译者注。

9　和 2 各出现 5 次。

：　和 3 各出现 4 次。

?　共出现 3 次。

¶　共出现 2 次。

—　和 · 的符号分别出现 1 次。

　　"在英语中，一般出现频率最多的字母是 e，其余的按照使用多少的次序排列是：aoidhnrstuycfglmwbkpqxz。然而 e 用的次数是那么高，以至于不管多长的一句独立句子里，很少看见 e 字不做主要字母的。

　　"这样，我们一开始就有了根据，不仅仅是单纯的猜测了。很清楚，这个统计是可以普遍使用的。但在目前的密码里，需要借助它解决的地方只是一小部分。至于这份密码里用得最多的符号是 8 字，不妨一开始就假定这 8 字代表普通字母中的 e 字。为了证明这个推测是否正确，请看看这 8 字是否时常成双出现，因为在英文里，e 这个字母常常成双出现——比如 'meet'，'neet'，'speed'，'been'，'agree' 等等，都是成双出现的。这种重复在我们这份短短的密码文件里出现了五次之多。

　　"那么就把 8 当作 e 吧。说起来，在所有英文字眼里头，'the' 这个单词是最常用的；那么，我们来看看，有没有一再出现同样排列的三个符号，而且最后一个符号是 8 字？如果看到有这么排列的字重复出现，那么十之八九就代表 'the' 这个单词了。查上一遍，发现这样排列的字出现七次之多，符号是；48。因此，不妨假定；代表 t，4 代表 h，8 代表 e。现在 e 肯定没错了。这样，我们就向前迈了一大步。

　　"而我们一旦确认了一个单词，我们就能确定非常重要的一点；也就是说，就能确定其他几个词的词头和词尾了。试引全文倒数第二个；48 这三个符号为例——这字离密码结束不远。我们知道紧接着的；是一个词的词头，接在这个 'the' 单词后面的六个符号中，我们已经认识了五个。让我们把这些符号用知道的代表字母列出来，空下一格填那个未知的字母——

　　t eeth

　　"这样我们可以立即排除 th。我认为它不能形成那个以 t 开始的词的一部分，因为拿字母表上所有的字母都试过，没有一个适合填在那个空白里。既然以 t 开头的字眼里，th 用不上去，这就可以马上撇开这两个字母，把这字缩短成 t ee，要用得着的话，就像先前一样，再把字母逐一填进去，只有拼出一个 'tree' 字读得通。这就又认出个新字，r 字是由（符号代表的，'the tree' 两词又恰恰是并列的。

　　"再看看这两个词后面一小段，又看到；48 三个符号的排列，就用来当作开始那个词的语尾吧。可以排出这么几个词。

the tree；4（#？ 34the，换个样，用已经知道的普通字母代替，这就认出是：the tree thr#？ 3h the。

"好，如果让未知的符号空着，或者用小点代替，就认出这样的词：

the tree thr……h the，这就马上认出明明是'through'这个词。这一发现倒提供了三个新单词，o、u 和 g，三个字分别由 #、？和 3 三个符号代替。

"就这样把密码从头到尾仔细看一遍，看看有没有已经知道的符号连在一起的，离开头不远，倒有这么排列的符号，83（88，或者写成 egree，这一看就知道准是'degree'这单词的结尾部分，这又多认出了一个单词，d 是用 ＄ 代表的。

"在'degree'这单词后面四个字，看出这一组符号，；46（；88＊。

"把这些已知的符号翻译出来，未知的照旧用小点做表示，就认出；

th·rtee，这么排列顿时叫我想起'thirteen'这个单词，这又提供了两个新符号，i 和 n 是分别由 6 和 ＊ 代表的。

"现在再引密码开头几个单词看看，看到这一组符号，53##＄。

"照旧翻译出来，得出·good，这就可以肯定，头一个字母准是 A，因此开头两个单词就是'A good'。

"为了避免混乱，我们现在该把已经发现的线索，列成一张表格。列出的表是这样的：

5　代表 a

＄　代表 d

8　代表 e

3　代表 g

4　代表 h

6　代表 i

＊　代表 n

#　代表 o

（　代表 r

；　代表 t

？　代表 u

"这样，可以看出我们至少认出了至关重要的字母中的十一个，而解密的详细过程就不必再次赘述了。我已经说了很多了，估计你也应该看出这类密码并不难解决，你对发现这些密码的理论也应该了解一些了。不过，说实话，我们碰到的这种密码是最最简单的一种，我只要把羊皮上的那些解出来的符号全部翻译给你看。请看：

"'一面好镜子在皮肖甫客店魔鬼的椅子二十一度十三分东北偏北主干第一根分支东

侧的骷髅头左眼落子弹一直从树经子弹到五十英尺外。'"

"可这个哑谜看来还是和先前一样让人费解，"我说，"'魔鬼的椅子'，'骷髅头'，'皮肖甫客店'这一切都是隐语，怎么弄明白其中真正的意思呢？"

"我承认，"勒格朗道，"乍一看的话，这件事看上去还是很难。我一开头就尽力按照写密码的原意，把全文分为原来的句子。"

"你是说加标点吧？"

"差不多是那些东西。"

"可怎么办得到呢？"

"我想写密码的把这些字不分句地连在一起，自有目的，这样就能增加解谜的困难。说起来，这样做并不太聪明，十之八九会做过了头。在写密码过程中，写到一个段落，自然需要加句点或逗点，在这种地方，他往往把符号连接得更近些。倘仔细看看这一份原稿，就不难辨别出有五处地方特别靠拢。根据这种暗示，我就这样分了句：

"'一面好镜子在肖甫客店魔鬼的椅子——二十一度十三分——东北偏北——主干第七根分支东面——从骷髅头左眼射落子弹——一直线从树经子弹到五十英尺外。'"

"就算这么分法，我还是不太懂。"我说。

"有几天工夫，我也是有点没弄明白，"勒格朗答道，"那几天里，我一直在苏里文岛附近一带，尽心竭力地找寻所谓'皮肖甫客店'的房子；当然，'客店'是废字，不去管它。眼见在这方面打听不到什么消息，我就打算扩大调查范围，更有系统地调查一下。正在那时，有天早晨，有天早晨，我心血来潮，忽然想起这个'皮肖甫客店'可能跟一家姓贝梭甫的世家有些瓜葛，不知多少年前，那家人家在苏里文岛北面四英里左右地方，就有过一座古老的府邸。我于是上庄园去，重新向庄园中那些上年纪的黑人打听。后来终于有一个年近古稀的老太婆说，听说过贝梭甫堡那么个地方，她大概可以领我去，不过又说那既不是城堡，也不是客店，而是座高高的岩壁。

"我答应重重酬她一笔辛苦钱，她犹豫了一下，就答应陪我去了。我们没费多大周折就找到了，我一打发她走了，就着手勘查一下。那座'城堡'是堆乱七八糟的断崖峭壁，其中一个峭壁不但兀然独立，像假山石，而且高耸云霄。我爬上去，到了壁顶，就不知道下一步怎么走是好了。

"我正在思考的时候，突然看见岩壁东面伸出窄窄一道岩檐，大约在我站着的岩顶下面一码远地方；往外伸出大约十八英寸光景，正上方有个壁龛，看上去跟老辈人使用的一种凹背椅相差不多。我就肯定那儿正是原稿上提到的'魔鬼的椅子'，现在我似乎已经充分掌握了这谜团的奥秘了。

"我知道，所谓'好镜子'其实就是指望远镜，因为水手一般很难用'镜子'来指别的东西。我突然明白，应该在固定的地点用望远镜望。我马上认为'二十一度十三分'和'东北偏北'那两个短语，就是指望远镜对准的地方。当我发现这一切时，我简直兴奋到了极点，马上赶回家，取了望远镜，重新回到崖壁上。

"我往下爬到岩檐，就此看出只有采取一种姿势，才可以坐在上面。事实证明我早先那个想法丝毫不错。我用望远镜照了。是的，'二十一度十三分'只能指肉眼看得见的地平线上面的高度，因为'东北偏北'那个短语明明是表示地平线的方向。我马上用袖珍指南针确定了这个'东北偏北'的方向，再凭猜测，尽量拿望远镜朝接近二十一度的角度看去。我小心翼翼地将望远镜上下移动，移到后来，只见远处有棵大树，比一切树都高，树叶间有个圆形裂口，或者说是空隙，我就全神贯注在上面了。只看见裂口当中有个白点，根本看不清是什么。我将望远镜的焦点对准，再望一下，才看出原来是个人头骨。

"发现了这个人头骨，我顿时大为乐观，自信谜语解开了，因为'主干第七个分支东面'那一句，只能指骷髅头在树上的方位，至于'从骷髅头左眼射击'那句话，也只有一种解释，正是找寻宝藏的办法。我猜测的就是从骷髅头的左眼射下一颗子弹，从树身最近一点划出一条直线，穿过'子弹'或者说子弹落下的地方，再延伸五十英尺，就会指出一定地方——我看，那里至少有可能藏着有价值的东西。"

"这一切，说来虽然巧妙，倒也清楚简单。"我说，"你离开了'皮肖甫旅馆'，又怎么办呢？"

"我仔细看清那棵树的方位，就转身回家了。没想到，刚一离开'魔鬼的椅子'，那个圆口竟不见了；后来，随便怎么照，也瞅不见一眼。在我看来，这一切中最巧妙的是这个事实——要不是从岩壁正面檐上观看，随便哪个地点都看不到圆口。我一再试验，所以深信这是个事实。

"我那次上'皮肖甫客店'去探险，丘比特是陪着去的，过去几个礼拜中，他准看见我那种神魂颠倒的举止，格外留神，不让我单独出去。可是，第二天，我起了个早，想法偷偷溜了，到山里去找寻那棵树。费了不少周折才找到。等晚上回到家里，我这个随从竟打算狠狠揍我一顿。这次远行的其他细节，你已经很清楚了。"

"我看，"我说，"当初你头一回挖土，挖错了地方，都怪丘比特脑子笨，没从骷髅头左眼吊下甲虫，却从右眼吊了下来。"

"是的。这一错就使'子弹'的落差相差了大约两英寸半，也就是说使靠近树的那根木棒与本来应该的位置差了两英寸半。如果那批财宝就埋在'子弹'落点之下，那这一差错就不重要了。可那落点和树干离'子弹'最近点仅仅是确定一条直线方向的两点，所以，不管这一差错开头是多么细小，但随着直线的延伸它将变得越来越大，等我们拉出五十英尺远，就失之毫厘，差之千里了。要不是我深信宝藏确实埋在那儿的什么地方，咱们也许要白辛苦一场啦。"

"我猜想基德是受到海盗旗的启发才想到用那个骷髅头，并想到让一颗子弹穿过骷髅的眼睛坠地。他肯定觉得依靠这种不祥的标志取回他的宝藏，有一种富于想象的和谐。"

"也许是你说的那样，可我还是认为他这样做可能更多的是出于常识，而不是出于什么想象的和谐。标志标记既然很小，要能从'魔鬼的椅子'看见，就非得是白色的不可，而没有任何东西能像骷髅头那样长期被风吹雨打还保持白色，甚至会变得更白。"

"可你当初一直吹嘘，还有你那样挥舞甲虫——真是古怪到了极点！当时我想你准疯了。可你为什么不从骷髅头里掉下子弹，而是坚持用那只甲虫呢？"

"说真的，当时看你怀疑我神志不清使我多少有点生气，我就决定以我的方式故弄玄虚，暗暗对你进行惩罚。之所以故意挥舞甲虫，故意让它从树上垂下，是因为听你说到甲虫很重，我才有了这个念头。"

"嗯，我明白了。现在只有一件事让我有一些疑惑。坑里找到的那两副骷髅骨，该怎么解释呢？"

"这问题，我也跟你一样无从解释。不过，对此似乎只有一个还算讲得通的解释——不过，要相信我这个解释中的那种暴行，实在是太可怕了。事情很明白，基德——如果真是基德埋藏这笔财宝的话，这点我可深信不疑——显然也有帮手帮他埋这些财宝。等埋好了，他或许认为最好把参加埋宝的人全都干掉。说不定，趁他的助手在坑里忙着的时候，他用锄头把他们砸两下就足够了，也说不定要砸十来下——这谁能猜得出呢？"

你就是杀人凶手

拉托尔巴勒原本是个僻静的小镇，但是，一件凶杀案让这里不再安宁。事情发生在一个夏天。

巴纳巴斯·沙尔沃斯先生是拉托尔巴勒镇上的一位受人爱戴的富人，他住在这里已经很久了。某个星期六的早晨，他骑马向 P 城赶去，那里离拉托尔巴勒镇只有 15 英里，他计划当天晚上就回到家中。

两个小时后，回来的只有沙尔沃斯先生的马，沙尔沃斯先生本人和他随身携带的两袋金币均不知去向，那匹马也受了重伤，看上去奄奄一息。这一突如其来的情况让镇上的居民感到无比惊讶。当天中午，沙尔沃斯先生还是没有回来，他的亲友们焦急万分，决意出去寻找。

领头人是沙尔沃斯先生的好朋友查尔斯·古德费先生。他只在拉托尔巴勒镇住了六七个月，但因他为人真诚善良，所以深得他人喜爱，沙尔沃斯先生就是其中之一。他俩是邻居，又趣味相投，很快就成为莫逆之交。但是，查尔斯·古德费不是很有钱，沙尔沃斯先生便常常邀请他到家里来做客。有时古德费先生一天能去三四次，他们会在吃饭的时候开怀畅饮，马高克斯酒是他们常喝的酒之一，古德费也最喜爱这种酒。

一天，我曾亲眼看到，在喝完马高克斯酒以后，已经醉了的沙尔沃斯先生朝古德费先生说："查尔斯，你真行，咱们虽然认识时间不长，但没想到能在这么短时间里就成了好朋友。既然你这么爱马高克斯酒，我就给你订一箱。"富有的沙尔沃斯对于古德费总是这样照顾。

到了星期天，仍然没有沙尔沃斯先生的消息。查尔斯·古德费先生心急如焚，他之前就知道沙尔沃斯先生身上的两个钱袋不见了踪影，马也受了重伤，前胸被打穿，留有两个弹孔，但令人惊讶的是，这马并没有立即死去。

"我们还是再等等吧，沙尔沃斯先生一定会安全回来的。"古德费先生坚定地说。可是，沙尔沃斯的侄子彭尼费瑟极力反对，他觉得这样等下去事情会更糟，其他人也表达了类似的观点。于是查尔斯·古德费不再固执己见，马上同意外出寻找。

彭尼费瑟和自己的叔叔沙尔沃斯先生已经住在一起很久了。彭尼费瑟平时有些不务正业，游手好闲，有时还会闹事，但镇子里的人因为他和沙尔沃斯先生的关系，都会让他三分。所以，当他说要去找自己的叔叔时，大家只能听从他的命令，而且，他明确指出要找到叔叔的尸体。

就在大家准备行动时，查尔斯·古德费先生提出了一个令人不得不好好思考的问题："你怎么能确定你叔叔已经死了？看来，对于你叔叔的意外，你比我们大家知道的都多啊。"

谁说不是呢，彭尼费瑟怎么能确定他叔叔已经死了呢？大家随即议论了起来。

但是对于查尔斯·古德费的质疑，彭尼费瑟根本不在乎，也不作任何回答。古德费对他的这种行为感到异常气愤，两人就吵了起来。对此，大家并不意外，他们本来就是冤家，还曾经动过手。那次彭尼费瑟一拳将古德费打倒在地，古德费也狠狠地说，他会报仇的。只是，大家都知道，古德费是个宽宏大量的人，他那句话可能只是说说而已。

不管古德费和彭尼费瑟有怎样的恩怨，但在这件事上，他们还是达成了一致：去找沙尔沃斯先生。至于搜寻哪段路程，彭尼费瑟坚持搜索拉托尔巴勒和城市之间的大片田野和树林的伸展范围，它们之间将近 15 英里，或许会有什么意外的发现。

但是古德费不这么认为，他说沙尔沃斯先生是骑着马去 P 城，而不是去什么偏僻的地方，所以，他的行进路线不应偏离宽敞的道路，大家应该仔细查看道路两侧的地方，尤其是灌木丛、树林。在场的大多数人都同意他的说法，于是，他们就在古德费的带领下，顺着道路两侧仔细地寻找，但是，他们找了四天，仍然什么都没找到。

这里说的"什么都没找到"，是指没有找到沙尔沃斯先生本人或者他的尸体，但是在他们找的地方，确实发现了一些搏斗痕迹。他们沿着马蹄向前搜寻，在走过好几个拐弯处时，终于到达了一个污水池。那里有明显的搏斗痕迹，并一直延伸到水池里。在场的人马上用工具抽干了水池里的水，在水池底部，他们发现了一件黑色绸马甲，马甲上布满血迹，非常破，但大家一眼就认出来，这马甲是沙尔沃斯先生的侄子彭尼费瑟的。

这件马甲，他在他叔叔去 P 城的那天，也曾经穿过，不过从那以后，这马甲就再也没有出现过。面对这样的情况，彭尼费瑟惊讶不已，他知道这种处境对自己有多坏，所有人都在怀疑他，连仅有的几位朋友也不再理他。但是，一向与他为敌的古德费先生却为他说起了好话。

"朋友们，这只是一件马甲，我们不应该这么武断地认定谁是谁非。大家都知道，我和彭尼费瑟先生之间曾经发生过不愉快，但我早已经原谅了他。对于水池里的马甲，彭尼费瑟先生肯定会给大家解释清楚的。我们现在最应该做的就是帮他把这件事搞清楚。我的那位朋友，友爱和善的沙尔沃斯先生，现在依然不知下落，而彭尼费瑟是他的侄子，也是他唯一的亲人，我们理应帮助他。"

古德费先生所说的每一句话，都能让人感受到他的真诚和善良。此外，他的话还透露了一个重要信息，彭尼费瑟是沙尔沃斯唯一的亲人，也就是他财产的唯一继承人。当时在场的所有人马上明白，如果沙尔沃斯先生真的出了什么意外，不在人世了，那么彭尼费瑟就会继承他所有的财产。

明白了这一点，大家都笃定彭尼费瑟就是杀害沙尔沃斯先生的凶手，随即把他五花大绑起来，要把他带回镇上，接受惩罚。在回去的路上，古德费先生好像在路边捡到了什么东西，他很快放进了口袋里，但还是有人看到了他的这一举动。在众人的要求下，他只好把东西拿了出来。这是一把西班牙小刀，上面刻着两个字母 DP，在拉托尔巴勒，有这种刀的人只有一个——彭尼费瑟，而 DP 也是他名字的缩写。

真相大白了，彭尼费瑟杀死了他的叔叔，目的就是早日拿到叔叔的财产，现在已经没有继续查下去的必要了。一个小时后，彭尼费瑟被押到拉托尔巴勒的法庭上。

法官审问彭尼费瑟："彭尼费瑟，你叔叔失踪的那天早晨，你去哪儿了？"

"我当时正在树林里打猎。"彭尼费瑟不假思索地答道。在场的所有人听了他的回答后，都惊讶不已。

"你当时身上有枪吗？"

"当然，我是去打猎，我带了自己的猎枪。"

"你打猎的具体位置在哪儿？"

"就在去 P 城道路旁的几英里处。"

彭尼费瑟所说的地方离那个水池确实很近。法官随后要求古德费先生陈述一下找到马甲和小刀时的具体情况。

此时，古德费先生突然流下了泪，显出悲伤的模样。"就像我之前跟大家说的，我和彭尼费瑟先生之间不愉快的事已经过去了，我不是记仇的人，大家应该能看得出。"古德费一边说一边擦拭眼泪，声音呜咽，断断续续。

"上周五，我像平常一样和沙尔沃斯先生在一起吃饭，彭尼费瑟先生也在场。当时沙尔沃斯先生告诉他，他要在第二天凌晨带着两袋钱去 P 城，存进那里的银行。沙尔沃斯先生还非常郑重地告诉他的侄子，他不会得到自己的任何财产，他会重新立一个遗嘱。"

说完，古德费又呜呜咽咽地哭了起来。

"彭尼费瑟先生，这是真的吗？"法官问。

"对，确实有这么一回事。"

就在法官对两人进行询问的时候，传来了沙尔沃斯先生的马因受伤过重死掉的消息。古德费先生学过解剖，他解剖了马的尸体，在马的前胸找到了一颗体积很大的子弹，这种子弹一般是用来射击巨型猛兽用的。警察随后查验了镇上所有的猎枪，发现这颗子弹只能用在彭尼费瑟的猎枪里。这下，连警察和法官都确认彭尼费瑟就是杀人凶手，他随即被关进了监狱。而古德费则为他向法庭求情，请求法庭对他宽大处理，当然，他的请求没起任何作用。

一个月以后，彭尼费瑟被判犯谋杀罪，将处以绞刑。

在彭尼费瑟被判刑的日子里，小镇上确实平静了许多。一个万里无云的日子，古德费意外地收到了 W 城一家酿酒公司的来信。信是这样写的：

"亲爱的查尔斯·古德费先生：

在一个多月以前，我们收到了巴纳巴斯·沙尔沃斯先生的一个订购需求，要我们为您寄送一箱高级马高克斯酒。现在，我们高兴地通知您，我们已经把一大箱精制的马高克斯酒装车寄出。在您收到信不久，酒就会到达您的家里。祝您一切顺利，并请代为转达我们对沙尔沃斯先生最真诚的问候。

您最忠实的霍格斯·弗罗格斯·博格斯以及公司全体友人，6 月 21 日，于 W 城。"

自从沙尔沃斯遭遇不幸之后，古德费已经不再喝酒，但是，面对这样一箱好酒，古德费觉得可以适当地放松一下。所以，他就邀请自己所有的朋友第二天晚上到家中来痛饮一番。当然，他并没有说明那酒是怎么来的。

第二天晚上大概 6 点左右的时候，古德费家里已经挤满了人，我也在人群之中。桌子上佳肴丰盛，那箱酒 8 点才到。因为箱子太大太重，很多人加入了搬箱子的行列，我也是其中一员。

大箱子很快被搬进宴会大厅，在这之前，古德费已先用别的好酒款待宾客，大家喝得不少，有些已经醉了。装酒的箱子进入大厅的那一刻，古德费就兴奋了起来，他指着箱子说："朋友们，安静一点！这就是名贵的马高克斯酒。"

说完，他就让我去开箱子，我当然乐意效劳。我轻轻地将箱子上的钉子一个一个地卸下。就在大家以为要看到昂贵的名酒时，一个满身血迹和污垢的死人从箱子里弹了出来。大家一看，这不是沙尔沃斯先生吗！死者背靠着箱子，正好和古德费迎面相对，一阵浓烈的血腥味蔓延开来，同时，大厅里不知为什么突然出现了烟雾，大厅里死一般安静。那尸体的双眼则狠狠地盯着古德费，突然他像被什么鬼怪附了体一样，开口说道："你就是杀人凶手！我要你的命！"说完，应声倒在地上。

我很难描述当时的情景，大厅里乱作一团，客人们都发疯似的往门外逃，有人因惊吓过度晕了过去。但没过多久，惊慌失措的人们就逐渐安静了下来，他们将目光转向古德费。此时的古德费正瑟瑟发抖，他的惊慌失措好像在暗示他做过什么见不得人的勾当。突然，他直直地从椅子上跳了起来，扑向倒在地上的沙尔沃斯的尸体，嘴里不停地向他忏悔。这些话，大厅里的人都听得一清二楚，古德费交代了他的整个杀人经过。

事情的真相是这样的：

在那个周六的早晨，古德费骑马紧跟在沙尔沃斯先生身后，他们一起去 P 城。在行至树林里的那个污水池时，古德费突然开枪射向沙尔沃斯的马，然后用枪托猛砸他的头部，想就此了结他。随后他拿走了沙尔沃斯的两袋钱，把沙尔沃斯奄奄一息的马拖至灌木丛中，把沙尔沃斯的尸体放在自己的马上，运到离路边很远的一个小树林里藏了起来。当晚，他又偷了彭尼费瑟的马甲、西班牙小刀和一颗体积较大的子弹，并把马甲和西班牙小刀放到了易被发现的地点。最后，他利用为死马解剖的机会，佯装发现了一颗子弹，以达到蒙骗众人，借刀杀人的目的。

在忏悔快要说完的时候，古德费已经浑身无力、两眼无光，就像虚脱了一样。他想要站起来，但没走几步，就扑通一声摔倒在地上，再也起不来了。他的倒下挽救了一个人——彭尼费瑟，这个差点走上绞刑架的人终于重获自由。

写到这里，故事好像应该结尾了。但我敢肯定，您还有疑问：沙尔沃斯先生的尸体是怎么放到箱子里的？他不是死了吗？死了为什么还会说话？他真的是为了揭露凶手而"起死回生"的吗？当然不是。这一切的背后还掩藏着一个人，这个人安排了一切，这个人就是我。

我对古德费非常了解，他挨了彭尼费瑟一拳以后，肯定不会就此罢休。当天他们发生冲突的时候我在现场，我记得古德费当时狠毒的目光，我能感觉出，这种目光背后的人肯定是个心狠手辣的人，只要找到机会，他一定会报仇。而且，在搜找沙尔沃斯的时候，古德费竟然发现了那么多"证据"，尤其是从马的前胸取出了那颗子弹，更使我对他起了疑心。子弹是从马的前胸穿过去的，按理说不应再在马身上找到子弹，但古德费居然在解剖时发现了一颗。

这颗子弹是从哪儿来的？想都不用想，肯定是古德费做的手脚。之后，我花了大概两个星期的时间，到处找沙尔沃斯先生的尸体。我当然不会在道路附近寻找，那里不会有什么发现，我选择在离道路较远的偏僻处找。功夫不负有心人，我终于在一个小树林里的枯井中发现了尸体。

下面的安排就不费什么脑筋了。我记起沙尔沃斯先生曾经许诺给古德费一箱马高克斯酒，所以，在弄到一箱酒后，我就将尸体放入箱子里。我特地买了一根长约一英尺的钢丝弹簧，把弹簧的一头固定在尸体的颈部，然后把尸体放进酒箱里，让尸体卷曲起来。同时系在尸体上的弹簧也卷曲起来。我将箱子压死，并在盖子的周边钉上钉子。我知道箱子里弹簧的威力有多么大，只要一打开箱子，尸体就会蹦出来，而我也正等着那一天的到来。之后，我把箱子运到外地，再从外地把箱子寄给查尔斯·古德费，那封信也是我写的。我暗中让我的用人在古德费举办晚宴的 8 点钟把箱子运抵他家。

沙尔沃斯先生说的那句"你就是杀人凶手！我要你的命"当然也不是他说的，而是我说的。我经过长时间的练习，已经可以用和沙尔沃斯先生相差无几的声音说话。由于当时晚宴大厅一片慌乱、惊恐，许多人已经喝醉了，古德费也心中有鬼，所以，我模仿沙尔沃斯发出的声音非常成功。那些血腥味和烟雾，是我事前准备好的药水和生物烟。至于古德费说出自己的罪行，我并不感到惊讶，我惊讶的是，他会在说出事实后当场死亡，这可能也是许多人没有想到的。

这件奇事真相大白后，彭尼费瑟又回到了拉托尔巴勒，名正言顺地继承了巴纳巴斯·沙尔沃斯先生的所有财产。对于自己以前的种种不羁行为，他发誓痛改前非，朋友们也回到了他的身边，生活又美好了起来。

天　蛾

　　在纽约霍乱流行的可怕时间里，我曾接受一位亲戚的邀约，与他共同在他那座位于哈得孙河畔的优雅僻静的小别墅里度过两个星期的隐居生活。在那里，我们有各式各样的常见的消夏娱乐方式，像林间漫步、素描写生、划船、岸边垂钓、游泳、听音乐、读书等诸如此类的丰富活动。我们本来应该过得非常愉快，但是无奈每天上午都会从那座人口稠密的城市传来可怕的噩耗。每一个日子过去，都会给我们带来某一位熟人的死讯。随着死亡消息的增加，我们已习惯每天得知又失去了某个朋友。最后，我们甚至只要一见到邮差走近就不寒而栗。在我们看来，从南边吹来的风中甚至都含有死亡的气息。实际上那个令人战栗的念头早已占据了我的整个灵魂。我无法谈论、思考，甚至连做梦也不会梦见其他的。我的东道主不像我这般敏感，所以尽管他的情绪也极其低落，但还是尽可能地帮助我振奋精神。他那十分达观的理智任何时候都不受虚幻的影响。他对于引起恐惧的实际内容充分关注，对其虚影从不疑神疑鬼。

　　他试图激励我，把我从异常忧郁的心境中解救出来，但是他的努力很大程度上被我在他的藏书室找到的某些书籍而阻拦。那几本书能够迫使我内心深处潜伏的任何的迷信种子发芽。我一直背着他读这些书，所以他常常弄不明白，我为何会有如此强烈的意念。

　　我最喜欢的一个话题就是人们对预兆的普遍信念——在我人生的这一时期，我几乎是非常认真地想为这一信念辩护。我长时间地与他畅谈过这个话题，他坚持认为相信这些事情是毫无根据的，我则争辩道，一种没有明显暗示的、绝对油然而生的人间情感，其本身就具有明确无误的真实成分，值得人们高度重视。

　　事实上，在我刚到那座别墅不久，就发生了一件完全匪夷所思的事情，它具有极其强烈的不祥的预兆。它使我大吃一惊，同时又使我迷惑，以至于过了好几天我才决定把那件事告诉我那位朋友。

在一个非常暖和的一天临近黄昏之时，我捧着一本书坐在一扇开着的窗户跟前，从窗口望出去，通过河道可以望见远处的山脉，离我最近的那片山坡受到人们所谓的滑坡的侵袭，大部分树木已经荡然无存。我的目光从书页上抬起，看见了那片光秃秃的山坡，看见了某个物体——某个形状可怕的活生生的怪物，它以惊人的速度，飞快地从山顶冲下山坡，直至消失在山脚下的茂密丛林中。当这个怪物最初映入我的眼帘时，我怀疑过自己的神志——或至少怀疑过自己的眼睛。好几分钟之后，我才确信，我既没有神志不清，也不是在做梦。然而，要是我描述一下那怪物（我清楚地看见它的模样，并镇静自若地看见了它下山的过程），恐怕我的读者会比我自己更难相信这种说法。

我用那怪物所经过的为数不多的几棵幸免被滑坡带走的参天大树的直径为参照物，估算这怪物的大小，推测它比任何战舰还要庞大很多。我之所以说到战舰，是因为那个怪物让我联想到一艘有74门大炮的战舰的舰身，也许能非常勉强地勾勒出那个怪物的轮廓。那怪物的嘴巴长在一只大约有六七十英尺长，有一头普通大象的身体那么粗的长鼻的末端。在接近这个长鼻的根部有一大丛黑色的粗毛——比从20头野牛身上的毛还多；从那团黑毛之中，从两侧朝下冒出两根微微闪光的长牙，其形状很像野猪的獠牙，只是体积大到非它所能比。在那个长鼻的两侧并与之平行，各伸出一根巨大的柱状体，长度有三四十英尺，看上去仿佛由纯水晶构成，形状酷似一根标准的棱镜——它在夕阳余晖中反射出更华丽的光彩。怪物的躯体像一个尖端着地的楔子，躯干上生出两双翅膀——每只翅膀的长度都将近有100码——一双翅膀叠在另一双之上，表面都覆盖着厚厚的金属鳞片；每块鳞片的直径明显地在10英尺到12英尺之间。我注意到上层的翅膀和下层的翅膀由一根粗链相连。但这个狰狞的怪物最奇特之处是它的整个胸部几乎被一个骷髅标志所覆盖，仿佛出自某位画家的精心设计——用耀眼的白色准确地画在它身体的黑底色上。当我带着一种恐惧和敬畏的情绪注视着那可怕的动物，尤其是看见它胸前那个图像之时，我有了一种大祸就要临头的感觉，我发现这种感觉凭理性无论如何也不可能抑制；同时我还看到那根长鼻端上的大口突然张开，从中发出一种非常响亮并非常凄厉的声音，那声音就像一阵丧钟敲打我的神经，当那怪物消失在山脚下的丛林中时，我一下晕厥过去，不省人事。

我恢复神志以后的第一冲动就是把我见到的和听到的马上告诉我的朋友——可我现在也说不清后来是一种什么样的抵触情绪阻止了我那样去做。

后来，那件事发生三四天之后，我们一同坐在了我看见那个幻影的房间里——我依然坐在那扇窗户旁的那把椅子上，他则懒洋洋地靠在旁边的一张沙发上。这样的地点和时间，使我非把那天见到的现象告诉他不可。他从头至尾听完了我的讲述，开始他一阵开怀大笑，随之又敛起笑容，显得非常严肃，仿佛我的精神错乱是一件毋庸置疑的事。就在这时我又清楚地看见了那个怪物，我极度恐惧地尖叫一声，并指给他看。他专注地看了一阵，但还是坚持说什么也没看见——尽管我详细地指明那怪物正在进行的路线。

这下我感到更加恐惧了，因为我认为那个幻象要么是我死到临头的凶兆，要么是我神经错乱的征候，我情绪激动地倒在椅背上，把脸深深地埋进双手。等我把手从眼睛拿开时，那怪物早已无影无踪。

不过我的东道主已多少恢复了平静，开始一丝不苟地向我询问有关我想象中的那个怪物的形状。当我的回答使他完全满意之后，他如释重负地深深地叹了口气，并以一种我所认为的几近冷酷的平静口吻，继续谈起了我俩一直在讨论的思辨哲学的各种观点。我记得（除了其他观点以外）他特别强调这样一种观念：人类在所有调查研究中出现的错误主要根源就在于容易过低或过高地估计所研究对象的价值，而这种错误估计又仅仅是因为对其邻近参照物的误测。"例如，"他说，"要恰当评估民主的普及施加于人类的影响，应该将这种扩散可能达到的距离和时代作为评估的一个项目。但你是否能告诉我，哪一位谈政治问题的作家曾想到过这一题目的这个特殊分支值得讨论？"

他说到这里，停顿了一下，走向书柜并取出一本书。然后为了他可以更清楚地看那本字体很小的书，他请我与他交换座位，坐在了靠近窗边的那把椅子上。他翻开了书，又以刚才相同的口吻继续他的论述。

"要不是你把那个怪物描述得很详细，"他说，"我也许绝不可能向你说明那是什么东西。首先，让我向你就昆虫纲鳞翅目天蛾做一个学生式的介绍。书上是这样描写的：

"'它有四个覆满彩色鳞片，有着金属光泽的膜状翅。口器的上颚延伸为卷筒形的长鼻，两旁有退化的颚和毛状触官。下翅凭一根硬耸毛支撑上翅。触须像拉长的大棒，呈棱柱形。腹尖。骷髅头天蛾可发出一种悲伤的鸣声，胸甲上又有死亡标志，有时引起迷信者之极大恐惧。'"

念到这里，他合上了书，把身子往前一倾，让自己准确地坐到我见到那"怪物"的位置上。

"啊哈，它在这儿！"他立即叫了起来，"它正重新爬上山的正面，我得承认它的样子非常引人注目，可它远远不是你所想象的那么远、那么大，因为事实上是，当它正顺着这根由蜘蛛沿窗格垂下的蛛丝蜿蜒而上时，我发现它最多只有十六分之一英寸长，而且离我的瞳仁也只有十六分之一英寸长的距离。"

如何写布莱克伍德式文章

我是普叙赫·泽诺比娅小姐，我相信人人都听说过我，除了我的敌人之外，没有人称呼我为萨基·斯洛比斯。我一直笃定"萨基"是对"普叙赫"的误传，"普叙赫"是个有着美妙含义的希腊字眼，意思是"灵魂"（那就是我，我完全是灵魂），有时也指"蝴蝶"。"蝴蝶"这个字眼简直就是对我穿上我那崭新的鲜红锦袍时的模样的一个恰当的描述。"斯洛比斯"这个姓氏也不是一个充满势利的姓氏，任何人只要看到我绝不会把我和势利联想到一起，至于比莎·特尼普小姐四处张扬说我势利，那完全是出于妒忌。是的，她的确出于妒忌！哦，那个小坏蛋！对于她的讹传我们不准备期望什么，我一直坚信泽诺比娅被误传成了斯洛比斯，而泽诺比娅是一个女王（我也是女王，莫理本利博士就总是叫我心牌女王），泽诺比娅是个优美的希腊字眼，我的父亲本身是个希腊人，我适用"泽诺比娅"这个希腊姓氏是最合适不过的了，而且这个姓氏一点也不势利。我就是普叙赫·泽诺比娅小姐。

如前文所说，很多人都听说过我。我因为在一个被称为"费城致力于文明人类正规交易茶叶纯文学宇宙实验文献总协会"做通讯秘书而被人们所知晓，我们协会的名称由莫理本利博士所取，他说这个名称听起来就如同空朗姆酒桶一般够响亮。我们会像皇家艺术学会缩写成 R.S.A，实用知识普及协会缩写成 S.D.C.K 一样在我们的名字后附上协会名称的缩写。莫理本利博士说，S. D. U. K. 中的 S 代表陈旧，而 D. U. K. 的意思是鸭子（但并不是这样），所以 S. D. U. K. 表示的是"不新鲜的鸭子"，而不是布鲁厄姆勋爵的"实用知识普及协会"。不过，莫理本利博士是一个古怪的人，所以我从不相信他讲的是真话。但不管怎样，我们会在各自名字后面缀上协会名称的缩写 P. R. E. T. T. Y. B. L. U. E. B. A. T. C. H，这个缩写代表着"费城致力于文明人类正规交易茶叶纯文学宇宙实验文献总协会"。每一个字母都代表着一个单词，莫理本利博士总是说"我们协会名称的缩写体现了我们的真正性质，但就是要了我的命"，我不明白他是什么意思。

尽管博士有着漂亮的办公室，也一直在为提高自己的知名度而不懈努力，可是我总觉得直到我加入之时，协会才有所发展。在过去，会员们一直沉迷于一种夸夸其谈的论风之中，每个星期六晚上读到的文章没有深入对事物本来的调查，更没有分析考证，完全是无稽之谈。协会刊物质量低劣，毫无深度与学识可言！

自我加入协会，我便致力于引进一种更好的思维方式和写作风格，而我也取得了很大的成功。现在我们 P．R．E．T．T．Y．B．L．U．E．B．A．T．C．H 所编写的文章都能拿来与布莱克伍德先生的那份杂志里的任意一篇相媲美。我之所以拿布莱克伍德先生的杂志做比较，是因为我一直相信，任何一篇好文章，都无疑是出自那本名声赫赫的杂志。现在那份杂志是我们的楷模，只要方法得当，写出正宗的布莱克伍德式文章是一件指日可待的事情，我们也会很快引起世人的瞩目。

当然，我不谈论政治性文章，因为那种文章任何一个人都知道是如何炮制的，莫理本利博士也曾经做过讲解。布莱克伍德先生的政治性文章也不过如此，他用他那把裁缝用的大剪刀在三名学徒递上来的《时报》《考察家报》《格利新俚语怪话摘要》中不断地剪接拼凑。那做起来很快——不过就是《考察》《摘要》《时报》，然后《时报》《摘要》《考察》，再就是《时报》《考察》《摘要》。

那份杂志有一些五花八门的文章，这也是它的优点所在。这些文章的奥妙就在于它们有一些扣人心弦的标题，这种作品我早就知道该如何欣赏，但是却在拜访了布莱克伍德先生之后，才得知这种文章的具体写法。这种写法并不难，但是要比政治性文章稍有难度些。当时，我在向布莱克伍德先生转达了我们协会的请求之后，他非常有礼貌地欢迎了我，并将我领进了他的书房，向我耐心并详细地讲解了这种文章的全部写作过程。

我那天是穿着那身有深绿色搭扣和橘黄色花边的鲜红缎袍去的，他被我的端庄仪表所迷惑，称呼我为"亲爱的女士"，他请我坐下，开始向我讲解如何写出一篇扣人心弦的文章。他说："是这样的，如果要写出扣人心弦的文章，你们的作者必须用极黑的墨水和没有修过笔尖的笔。"讲到这里他有所停顿，然后以一种庄严的语气和最肃穆的神情继续说道："一定要注意，那支笔——必须——绝对不能修笔尖！小姐，奥秘之处就在这里，这就是扣人心弦的灵魂。我可以非常肯定地说，从来没有人（不管多么伟大的天才），用一支好笔写出过好文章。你可以理所当然地认为，如果手稿能读，那文章一定不值得读。这是我们遵循的首要准则，如果你不愿赞同，我们的谈话就到此为止。"

当然，我不希望就此结束会谈，所以对他的这一见解表示欣然赞同，他表现得很高兴，会谈继续进行。他对我教诲着："普叙赫·泽诺比娅小姐，如果我让你去读一篇或者几篇文章，无论是出于作为模板还是研究的目的，你都会感到反感的；但我还是得让你关注几篇范文。嗯，就是那篇《活着的死者》，是一篇不错的文章！描述的是一名绅士在他尚未断气时就被埋进了坟墓，作者将这名绅士在坟墓中的感觉，以及所能体现出来的恐怖以及博闻广识都发挥得淋漓尽致，让读者不禁有这样的感觉——那作者简直就是生活在坟墓当中的！还有一篇《一个鸦片服用者的自白》，这里面充满了瑰丽的想象、深刻的思索、玄妙的哲学，当然还有一种近似于疯狂和莫名其妙的高雅情趣。虽然在作品中有一些胡言乱语，但是不妨碍读者对它的津津乐道。人们认为这篇文章应该出自柯勒律治之手，其实不然，其实是我的宠物狒狒写的，在它喝了一大杯热的没加糖的添加了水的荷兰杜松子酒之后写出来的（如果这件事不是出自布莱克伍德先生之口，我是怎样都不会相信有这种事情发生的）。《无意的试验者》讲述的是一名绅士被塞进炉里进行烘烤，结果他不仅活着出来，而且还安然无恙，不过他肯定受了伤。还有《一位已故医生的手记》，这篇东西夸夸其谈，而且用拙劣的希腊文写成——但这两篇文章都很适合读者胃口。还有一篇文章叫《钟里人》，它讲的是一位年轻人的故事，他睡在教堂大钟的钟锤下，被一阵丧礼的钟声惊醒。那钟声使他发了疯，于是他铺开纸笔，记录下了他发疯后的感觉。不过，泽诺比娅小姐，我要向你说明的是，向你推荐的这些作品，我并没有充足的根据，但我要强调的是感觉是十分重要的。假如你曾被淹死过或吊死过，那你一定要把当时的感觉记下来，这样的记录是很重要的。泽诺比娅小姐，假若想把文章写得令人信服，那你一定要密切注意感觉。"

"我会密切注意的，布莱克伍德先生。"我回答道。

"不错！你很符合我的心意，但是我还需要把一些必要的具体方法教给你，只有运用这些方法，写出的文章才能算是具有布莱克伍德风格的文章，你也会理解为什么不论从哪个意义上讲，这种文章都是最好的。"

"首先，你需要将自己想象成陷入了一种困境之中，这种困境是别人所没有体验过的——比如说掉进火炉里——将会很受欢迎。但是，假如你身边没有火炉也没有巨钟之类的东西，如果你不能方便地从气球中蹒跚而出，或被地震所吞没，或紧紧地粘在烟囱里，只要想象同样的灾难，你就可以心满意足了。但是，我更希望你能有过类似的亲身经历，这样你的感受才会真实，写出来的作品才会效果更好。你知道，实际情况往往很奇怪，比故事更奇怪——除了更加中肯以外。"

我马上向他保证道，我有一双漂亮的吊袜带，我会用它来上吊。

"好极了！尽管上吊已经有点略显俗套，但是你一定要去做，你可以选择做得新颖一些。比如在上吊的同时吞下一瓶布兰德雷斯药丸，然后把感觉写出来。我所教育你的方法，同样也适用于其他各种各样的灾难，比如也许你在回去的路上会挨一棍子，或者被马车碾过，或者被疯狗咬伤，或者掉进水沟里，你所需要做的是要继续下去。

"题目一旦确定下来的话，接下来所要考虑的是叙述的语气，也叫作叙述方式。说教语气、抒情语气和自然语气这些都已经是老掉牙的了，目前大量使用的是简洁语气，也可以被称呼为敷衍语气，它的关键之处在于短句，一定要用短句。不要觉得这个短句很短，只用句号，并且不能分段。

"然后使用一些回旋曲折的字眼来代替你要表达的内容。现在很多优秀的小说家都喜欢使用这种方法。词句必须全部打乱，必须造成和嗡嗡乱叫声非常相似的噪音，问答自如而无须意义深刻。这是所有可用的语气中最好的一种，用这种语气写作的作家总是忙得无法思考。抽象的语气也不错。如果你知道一些大话，你可以抓住机会用。谈谈钱宁的诗，并引用他那段关于一个'有罐头盒般不可靠外貌的胖小男人'的话。插入几句有关天上那个独一无二的话，对地狱那个第二则只字不提。尤其重要的是学会拐弯抹角。具体做法就是不要直达目的，要迂回，要旁敲侧击。比如说，你想要表达的是'涂奶油的面包'，你不能直接地将其表达出来，你可以选择接近'涂奶油的面包'的字眼，比如说你可以说成'带有奶昔的饼'等等，总之，千万不要直截了当地表达出来。"

我向他保证，我是不会说奶油面包的。他吻了我一下继续说道："所谓的综合语气，就是把全世界所有的语气按照适当的比例混合起来，由此能体现出诸如一些伟大的、古怪的、有趣的、恰当、美妙的东西。

"现在，假定要写的事件和语气是已经确定下来的了，接下来你要做的事情就是填写即可。但是你需要注意的是贯穿整个写作过程的灵魂。任何一个人都不能变成书呆子，但是我们需要的是让自己的文章有一种学贯古今的味道，或者起码能证明你是博览群书，有一定底蕴的。你看就是这样。"他随手翻开几本看起来很普通的书，向我说道，"你看这些书里面的任何一页，你会发现有一些具有学识或者富有才气的语言，这些语言正好能够为布莱克伍德式文章画龙点睛。我给你念一些典型的语言，你要记录下来。我将这些语言分成两类，一类是妙趣横生的细节可以用来描写比喻；一类是妙趣横生的表达在必要时可用。"于是，他念我写。

"我们先说给比喻服务的妙趣横生的细节描写，墨勒忒、摩涅莫绪涅和阿俄伊得是最初的诗歌女神，其实也就是沉思、记忆和歌唱。运用恰当的话，你就可以对这些细节进行展开。要知道，不是所有人都会对这些细节很熟悉，可往往读者很喜欢这种方式。你所需要注意的就是，要让读者感觉到你是即兴创作出来的，而不是照搬照抄的。

"就比如说这里：'阿尔斐斯河从海底穿过，未伤其水之纯洁而浮出地面。'这个细节描写虽然很老套，但是如果对其巧妙加工一下，会有事半功倍的效果的。

"'波斯的鸢尾草似乎对某些人来说具有一种美妙而浓烈的芳香，而对另一些人来说则全然无味。'这个细节巧妙极了，诸如此类的还有'爪哇岛的附生兰开一种非常美丽的花，它被连根拔起也能生长。当地居民用绳子将它悬于室内，常年享受其馥郁芬芳。'用这些语句进行比喻是再合适不过的了。接下来我将要向你介绍妙趣横生的表达。

"中国很古老的一个小说《玉娇梨》里面运用了妙趣横生的表达，你所需要做的就是要去熟悉中国的文学，借助于这种表达，也许你能应对阿拉伯语、梵语或契卡索语。但是文章中还必须要引用一些西班牙语、意大利语、德语、拉丁语和希腊语，对于每种语言我都会给你一些例子，这样你才可以巧妙地运用到自己的文章创作之中。好，开始。

"'Aussi tendre que Zaire'这是法语，意思是像扎伊尔一般娇嫩。这里就暗用了人们常常用到的出自法国的同名悲剧《温柔的扎伊尔》。如果能将这种引用恰到好处地运用，不仅能显示你的丰富的语言知识，还能很好地证明你的知识面和智力。比如，你可以说，你现在正在吃那只鸡（写一篇关于某人被鸡骨头卡死的文章），完全没有扎伊尔那样温柔。听好！

'Van m uerle tan escondida,

Que no te sienta venir,

Dorgue el Plazer del morir,

No me torre a dar la vida.'

"这是西班牙语，引自塞万提斯。'快来吧，哦，死神！但千万别让我看见你的来临，以免我看见你时感到的欢乐会不幸地让我死而复活。这几行诗你可以不露声色，并非常恰当地用在你临死前痛苦挣扎之时，就是在被鸡骨头卡住后。

"这是西班牙语，出自塞万提斯。意思是：'啊，死神，你迅速到来！但千万别让我看见你的来临，以免我看见你时感到的欢乐会不幸地让我死而复活。这样的一段话，你可以不知不觉、恰如其分地把你在临死之前的痛苦挣扎，比如说你在吃一只鸡却要被鸡骨头卡死了写进去。写！

'Il Pover。'huomo che non se'n era accorto,

Andava combattendo, eera morro。'

"这是意大利语，出自意大利诗人阿里奥斯托之手。讲的是一位伟大的英雄在激烈的战斗中，完全没有意识到自己已经牺牲，仍然在顽强战斗着，显而易见，这个你也是需要的，因为我可以肯定的是，普叙赫小姐，在被鸡骨头卡死后，你还需要挣扎一个半小时。

"请再写！

'Und sterb'ich doch, no sterb'ich denn

Durch sie——durch sie！'

"这是德语，是德国诗人席勒的诗作。说的是'假若我死去，至少我是为你——为你——而死！'很显然，你是在用顿呼法在表明你陷入了这场灾难的原因——那只鸡。我知道，心智健全的先生（或女士）的确不会为一只摩洛哥种的肥阉鸡而死，这只阉鸡塞满了驴蹄草和蘑菇，还吃了一色拉盘橘子冻。请往下记！

"还有一些巧妙而又短小的拉丁文短语，对于拉丁文的引用就是要越考究越简短越好。比如薯片 ignoratioelenchi 是一个拉丁文短语，像这句话他犯了一个 ignoratioelenchi 的毛病，意思是他已经懂了你命题的字眼，但并不明白其概念。这种人是很白痴，当你被那根鸡骨头卡住时，你对其述说的就是这样一个可怜的家伙，他不能正确地理解你的意思。

"当面给他来一句 ignoratio elenchi，那你一下子就把他镇住了。如果他敢还嘴的话，你就可以运用卢坎（这里就是）的话来告诉他，说他的话不过是 anemonae verborum（银莲花宫）。银莲花，银光灿烂，没有气味。或者，假若他开始发火，你可以劈头给他一句 insomnia Jovis– 朱庇特的幻想，西利乌斯·伊塔利库斯（看这儿），用形容浮华夸张的思维的短语去抨击他。这样如此往来反复一番，肯定会伤透他的心。他除了倒下死去，别无他法。麻烦你记下来！

"对于希腊语，我们可以引用德摩斯梯尼的 'Aner o pheogon kai palin mokesetai。' 塞缪尔·巴特勒在其《休底布拉斯》中对此进行了很好的翻译：逃走的要重新战斗，但绝不会滥杀无辜。

"在布莱克伍德式文章里，希腊语是很耐看的。单单一些字母就显得很奥妙。你看，小姐，看看。只要观察一下那个厄普塞隆敏锐的目光，你就可以看出，那个 Phi 肯定是个教主！难道还会有比那个奥麦克兰更伶俐的家伙？你再好好看一看这个 t！在一篇纯写感觉的文章里，运用一些希腊语在其中是件很巧妙的事情。比如运用到你写鸡骨头的这件事里面，对于那个听不懂你用浅显的英语说鸡骨头的家伙，引用一句希腊语将会使事情很容易理解，你用一些发誓的语调，最后以一种最后通牒的方式对他讲这句话，他会理解你的暗示。然后走开，肯定会。"

以上都是布莱克伍德先生就此题目所能给我的所有教导，但是我觉得这些对我已经绰绰有余。起码，我可以写出一篇地道的布莱克伍德式的文章了，并决心从此写下去。而且我已经抑制不住地想要马上写出一篇来。在送我出门的时候，他向我表示要买下我将要写出的文章。可由于他只能出五十个金币一页，我考虑再三，我认为与其让我自己牺牲这笔微不足道的钱还不如让协会去买。但是，布莱克伍德先生所能给我的体贴和表现出来的礼仪让我很是满意，他临别的一席话，至今还铭记在心。

"我亲爱的泽诺比娅小姐，我还能为你做什么才能促使你崇高的事业成功呢？"他泪眼汪汪地说，"让我仔细想想，嗯，对了，只是有这种可能，你不可能尽快把——把——把你自己淹死，或——被一块鸡骨头卡死，或——或吊死，或——被一条狗——有了！我的院子里有两条凶猛的大狗——我保证它们——凶猛，都是——的确都是要你出钱——它们会在很短的时间内将你吃掉！连耳朵也不剩，剩下来你就只消去思考你的感觉了！喂！我说——汤姆！——彼得！——迪克，你这个家伙！把那两条狗放——"迫于我的时间紧急我不得不匆匆告别，不能再耽误一分一秒，我马上离开了这个地方。现在想想，按照严格的礼节来说的话，我走得是有点仓促了。

在与布莱克伍德先生告别之后，我要按照他的建议尽快地使自己陷入困境之中。就在这样的一个目的之下，我那天很长时间都在爱丁堡街头徘徊，寻找那种可以使我陷入困境的危险之中，以便开始我即将要创作的文章。我的黑人随从和卷毛狗一直陪伴着我，直到那天的傍晚，我才算完成我的艰巨任务，终于发生了一件重大事件，下面的文章就是我用自布莱克伍德先生那学到的知识运用综合语气所写的一篇布莱克伍德式的文章。

困　境

　　在一个安静祥和的下午，我徜徉漫步于美丽的爱丁纳城街头。大街上熙熙攘攘，喧哗嘈杂，充斥着各种声音。男人们谈天说地，女人们尖声叫喊，孩子们哭哭啼啼，马车嘎嘎响，猪在嚎叫，公牛在怒吼，母牛在低哞，马在嘶鸣，猫在叫春。狗在跳舞！狗在跳舞！这是一件多么不可思议的事情！哎，属于我的跳舞的日子早已一去不返！现在的我沉浸在一片伤感之中，在才华横溢、富于想象、善于沉思的心中，多少悲伤的记忆被唤醒。这颗心尤其具有这样一种天性，它注定要受到无穷的、永恒的、频繁的，就像有人会说连绵的、连续的、辛酸痛苦的、焦躁烦恼的，请允许我说非常恼人的宁静的影响，注定要受到那种可以称之为最令人羡慕的——不！最美不胜收的、最婉妙绰约的，也许还可以说最最俊俏的（如果我可以这样大胆地表达）东西（请原谅我，亲爱的读者），——可我已经不能自制。带着这样一颗心，我再重复一遍，一件琐事，便唤醒了我多少的回忆！狗在跳舞！我——我却不能！它们嬉戏，我却哭泣。它们欢跃，我却呜咽。多么伤感的场面！这难免不使古典派读者触景生情地联想起那段优雅细腻的描写，那段描写可在美妙绝伦的中国古典小说《长亭送别》的卷首找到。

　　当我在那座城市孤独地穿行之时，我有两位忠实的伴侣相随左右。一只是叫狄安娜的卷毛狗，它长了一身的长毛，长得遮住了一只眼睛，脖子上时髦地系着一根蓝色缎带。狄安娜身高五英尺左右，但是它那头比身子略微大一些，尾巴又被修剪得极短，那模样使它看上去像是受了委屈一般，可爱极了。

　　另一位是我的黑伙伴——庞培。当时我正拉着庞培的手臂。他大约七八十岁，身高大约三英尺，长着一双罗圈腿，身材肥胖。他的牙齿如同珍珠一般，又大又圆的眼睛呈现出美丽的白色。他没有脖子，并且他的脚脖子长在脚背上（如那个种族通常的一样）。他的衣着朴素，一条硬领巾和一件新的浅棕色厚呢大衣就是他唯一的装束。这件大衣原来的主人是身材高大、气质威严、闻名遐迩的莫理本利博士。这件大衣很漂亮且做工讲究、缝制精良。大衣几乎还是新的。庞培用双手抓住衣角，以免弄脏。

我们一行有三位，第三位就是我，前两位在以前已经介绍过了。我是普叙赫·泽诺比娅小姐。我是普叙赫·泽诺比娅小姐，不是萨基·斯洛比斯。我有着端庄的仪表，在文中所讲述的时节里，我身着艳丽的红色锦袍，上面装饰着深绿色的搭扣，几道橘黄色的报春花边在上面做着漂亮的点缀，锦袍外还披着一件阿拉伯质地的天蓝色小斗篷。我的卷毛狗、庞培还有我自己就这样成了三人行。据说，复仇女神当初也是只有三位的，即墨耳提、尼密和赫蒂，即沉思、记忆和演奏。

依偎着庞培的胳膊，身下还有狄安娜的紧紧相随，我就这样沿着三年前还车水马龙可如今却已经冷冷清清的爱丁纳街道缓缓而行。突然一座哥特式风格的大教堂闯入了我的视线。这座教堂历史悠久，巍峨宏大，尖塔高耸直入云端。不知道我当时是被怎样的一种疯狂所捕捉，将我匆匆引向我的命运。我迫不及待地要登上那座高塔将全城的美景一览眼底。教堂的门在引诱着我，命运之神也在驱逐着我，在我的保护天使不知去向哪里的情况下——如果真的存在保护天使。如果！多么令人沮丧的词汇！在这两个字眼里藏了一个多么神秘莫测、意味深长、悬而未决、变化不定的世界啊！我钻进了那个充满了凶多吉少的拱形门洞。是的，我进去了，没有弄脏我的橘黄色报春花边。我从门洞下面穿行过去，出现在了教堂的前庭，我安然无恙。因此，人们会说，宽阔的阿尔福瑞德河未受损伤、未被弄湿地穿过了海底。

我觉得那个旋梯出于偶然或者在故意地向上延伸而没有尽头。我不得不停下来喘气，就在此时一个事件正悄悄地显现出了苗头，是的，那是毋庸置疑的，我对自己的判断表示很确定。狄安娜闻到了一只老鼠的味道！我提醒庞培，他也同意了我的判断。这下是没有什么可值得怀疑的了，狄安娜的确闻到了一只老鼠！天啊！我是不会忘记当时的那种激动的！

哎！人类还一直为自己的聪明才智所自夸不已！可是此时，那只老鼠就藏在那里，我却毫不知情！可是狄安娜却真实地闻到了老鼠所在！所以，对于某些人来说，普鲁士的莲花芳香无比，可是对于某些人来说则全然无味。

旋梯已经被我们征服了，现在距登上塔顶仅剩三四级阶梯。我们继续攀登，直至还有一步到达塔尖。不要小看这小小的一步，在人生这座巨大的旋梯上，有多少幸福或苦难往往就在这关键的一小步上！就在此时，我想到了我自己，然后又想到了庞培，想到了操纵着我们的神秘的命运。庞培冲进了我的脑海里，天哪，我此时此刻想到了爱！我想到了那些曾经迈出过的错误，今后还有可能继续迈出的一步。因此，面对以后我要格外小心，更加谨慎。于是我离开了庞培的臂膀，独自迈出了登上塔顶的最后一步。我的狄安娜随后也紧跟着登了上来。我把庞培一个人留在了后面。我站在旋梯顶端，为他加油。他向我伸出手，示意我帮他一把，不幸的是这样一来，他就松开了他一直紧紧拽着的衣角。

神灵们是不会停止对人类的迫害的。大衣垂落了下来，庞培踩住了拖曳在地上的衣边。他跟跄向前倾倒，撞在了我的怀里，连带着我和他一起倒在了钟楼那又硬又脏的地板上。我对他发起了我猛烈的报复。我生气地抓住了他的黑卷发，用力地扯下来一绺，轻蔑地抛了下去。头发飘落在了钟索之间并在那里停留了下来。庞培落魄地从地上爬起来，用他那双大眼睛可怜巴巴地看着我叹了一口气。哎，就是这声叹息，撞击了我的心灵。如果能将那绺黑发取回来的话，我一定会向他表明我的忏悔之心。可是此时，它远远地超出了我能够着的地方，此时正仿佛怒发冲冠一般，在钟索间不断漂浮着。

听人们说，爪哇岛的附生兰开有一种美丽的花，即使它被连根拔起还是能存活下去。就如同此时，我和庞培和好如初，我们正四下里张望想寻找到一个可以将爱丁纳城尽收眼底的窗口。可是幽暗的钟楼没有任何的窗户，却仅有一个离地面大约七英尺高、宽一尺的方洞，从那里投射进来外面的一丝光亮。

可是对于有才华的人来说，有什么能阻止他达成自己的目的呢？于是，我决定攀到那个洞口。尽管要成功攀到那个洞口在这个环境下有点困难，因为这里堆满了一些机械，机械堆与那个方洞的墙之间仅能容下一人。我于是需要庞培的帮助。我让庞培伸出一只手，以方便我站在上面，另一只手辅助我爬上他的肩头。

就这样在庞培的帮助之下，我成功地登上了他的肩头，并且能够将我的头和脖子伸出那个方洞。我所能看到的景色美极了。当然我没忘了向庞培保证，我会非常小心，并让狄安娜安分一点。就这样安顿好我的忠实的朋友之后，我带着浓厚的热情与兴趣，开始将眼前的美景尽收眼底。

鉴于人们对爱丁纳的熟悉，我在此就不必对它进行赘述了。但是，我将要向大家讲述一下我自己的这次可怜的冒险。在了解了这座城市的大小、位置等种种概况之后，我开始欣赏这座教堂以及顶尖美妙的建筑。此时，我注意到我将自己的头伸出去的那个方洞原来是一座大钟的钟面上的孔洞，要是站在街道上往上看，它肯定像一个很大的钥匙孔，这个巨型的"钥匙孔"是为了方便教堂杂役调整钟表的指针用的。我还惊奇地发现这些指针都很大，用金属刚制成，使得它们的边刃看起来很锋利。观察完细节之后，我把目光重新投入到身下的秀丽景色之中，并很快地沉浸其中。

过了一会儿，庞培向我诉说他已经不能坚持了，希望我能从他肩上下来。我和他争吵理论了一番，最终他才同意了我的观点，继续放任我在他的肩上，而我则可以继续欣赏美景。

大约在我们辩论之后的半小时，我吃惊地感受到我的后颈上一个冰凉的东西轻轻地压了上来，这样就一下子把我从眼前的美景中拉了回来。毫无疑问，我感到了一种难以言表的恐慌。我不知道这个冰凉的东西是什么，要知道我是很肯定庞培就在我的身边，狄安娜正按照我的指示明确地蹲在钟楼的角落里啊。所以，这个冰凉的东西会是什么？我把头轻轻一侧，幸亏发现得早！原来这是在巨大的钟表上运行的巨大的、明晃晃的、刀锋一般的指针，此时已经架在了我的脖子之上。我知道事不宜迟，我必须把脖子赶紧缩回来。可是为时已晚，我的头已经陷进那个可怕的陷阱之中，而那陷阱的井口正以难以想象的可怕速度越合越拢。我痛苦至极，试图用双手把沉重的铁棒举起来——我当时为了摆脱痛苦，试图把教堂也举起来，如果教堂能举起来的话。

那个巨大的分针还在不断地往下移动着，慢慢地把洞口封得越来越小。我尖叫着呼喊庞培的帮忙，可是他对我说因为我刚才的"一双无知而歪曲的老眼睛"已经深深地伤害到了他。我转而向狄安娜求救，但是它仅仅"汪汪"了两声，并没有离开那个角落，看来指望同伴来对我进行援助是不可能的。

与此同时，那巨大锋利的分针并没有停止它的行程。它仍然在往下一点点地压着，锋利的边刃已经切入我的脖子一英寸，我的感觉开始变得越来越模糊而又混乱。我一会觉得自己出现在了费城与莫理本利博士一起，一会就又感觉自己正坐在布莱克伍德先生的书房里面，聆听他弥足珍贵的教诲。接下来，我的眼前浮现出了那些以前美好而又甜蜜的时光，我回忆起了那些快乐的日子，那个时候这个世界还很美好，并不是一片荒原，庞培也没有此时这么残酷。

也许是因为我此时已经离极乐世界十分接近，反而让我能开始去发掘身边的乐趣，我突然觉得那个机械装置的滴答声是一件很有趣的事情，此时它那嘀嗒、嘀嗒的声音，在我的耳中简直就是一首美妙的音乐，它使我联想到了奥拉波德博士的感恩布道演说。钟面上仿佛出现了许多身影，那些身影是那样的睿智，他们此时正跳着玛祖卡舞，其中，我最喜欢的是 V 身影，她的舞姿毫不做作，单足旋转的舞蹈使她看上去拥有着高超的舞技。她踮着脚旋转着，旋转着，此时我发觉她已经跳累了，我立即为她搬去了一把椅子，同样到了此时，我也意识到了我这可怜可悲的处境，真的十分可悲。那分钟已经切入我的脖子两英寸之深了。

我感受到了一种无法言传的疼痛。此刻，我只想祈求一死，而在这痛苦的时刻，塞万提斯的几句美妙的诗句在我的脑海中浮现出来，我不由自主地将其背诵出来：

死神！你快些到来吧！
但请别让我看见你的降临，
以免我见到你时的欢乐，
会不幸地让我死而复生。

现在更恐怖的是，由于指针的不断压迫，我的眼珠已经从眼窝中完全突出了，在我还来不及思考我失去了它们将会变得如何之际，一只眼珠已经从眼窝迸出，顺着塔楼斜陡的外墙，滚进了教堂主建筑屋檐外延伸的雨槽中。与其说是我失去了那只眼睛，倒不如说是那只眼睛获得了独立，因为它此时就以获得独立后的傲慢而轻蔑的眼神望着我。它此时此刻用一种带有明显的目中无人和可耻的忘恩负义的神情眨动着，这使我十分恼怒，但是无可奈何的是，我现在还必须眨一眨眼睛，以便与躺在我鼻子底下的那个下流坏保持协调。然而，另一只眼珠的迸落，打破了眼前的尴尬。他们仿佛早已预谋好了一般，在它们会合之后一起滚出了雨槽，突然我有了一种终于能摆脱掉它们的快感。

现在那指针切入我的脖子已有四英寸半深，脖子与脑袋之间现在只有一层皮连接着。我的感觉现在是完全的轻松快乐，因为我知道用不了几分钟，我就可以从这个令人厌恶的处境中解脱出来了，而我这个希望果然实现了。就在当天下午的五点二十五，那个巨大的分针毫无悬念地切断了我的脖子与脑袋之间最后的那点连接部分，最后脑袋顺着塔楼外壁滚动下去，在雨槽中停顿了几秒之后，最后蹦到了大街当中。 看着我的脑袋最终与身体分离了，我并没感到痛苦，我甚至有着一种奇幻、复杂的特殊感觉。我身首异处，一会感觉脑袋是真正的我，一会又觉得我的身体才是我的正身。为了弄清这种复杂的感觉，我用行动去证明。我伸手摸出了口袋里的鼻烟盒，像往常一样准备使用一小撮烟末时，我马上意识到了自己目前的缺陷，立刻把鼻烟盒抛给了我的脑袋。在它收到并满足地吸了一小撮之后，它向我微笑表示感谢，接着对我讲了一番话，由于没有耳朵我听得并不是很清楚，大致是在讲，他很讶异我在这种情况下，居然还有活下去的愿望。他还引用了来自意大利诗人阿里奥斯托的两行诗，对我当前的状态很好地描述了一番："有个英雄，在激烈的搏斗中没有发现自己已被杀死。虽然他已经死了，但是他仍然奋勇抗战。"

他把我比作了诗中的那个英雄，那个英雄在激烈的战斗中已经死去，但他完全没有意识到这点，仍然以高昂的战斗热情继续战斗着。他想，此时的我也是这个样子的。我现在要从高处下来，我回到了钟楼地面上，我不知道庞培再看到我为什么会有这样的一副神情，只见他咧开了他的大嘴，将眼睛闭得紧紧的，最后丢了他的大衣，仓皇而逃。我向他抛去了德摩斯梯尼那句有力的诗——安德鲁·奥菲勒格森，你果然匆匆而逃。

我转而寻找我的可爱的卷毛狗狄安娜，可是眼前的景象让我惊呆了！在洞口躲闪着一只老鼠，在它的身边还有着一些残骸，天啊！这些难道是来自于我那心爱的卷毛狗的？要知道，我还以为它此刻正优雅地蹲在墙角。听！它在说话，天哪！

它在用德语念席勒的诗句——

假若我死去，至少我是
为你而死——为你而死。

天哪！她的话难道不千真万确吗？

我可爱的小狗，为我牺牲了它自己。此时此刻，我没有了狗，没有了黑人，脑袋也消失了，不幸的普叙赫·泽诺比娅小姐此时一无所有！我已经完了。

捧为名流

我是——确切地说，我曾经是——一个名人，但我既不是《朱尼厄斯》的作者，也不是那个戴假面具的人，因为我的名字是罗伯特·琼斯，而且我出生在胡蒙胡欺城的某个角落。

我刚一出生时，我的双手就捏着我的鼻子。我母亲看到了我这个动作，说我是个神童。我父亲更是高兴得潸然泪下，并马上给我拿来一篇关于鼻子学的论文。这篇论文在我被穿上裤子之前就掌握了。

我现在开始探索我的科学之路了。不久就明白了这样一个道理：一个人的鼻子但凡有点突出之处，那他只要顺势培养，就能因此一举成名。不过我不仅仅局限于理论的研究，每天早上我都要拽两下我的大鼻子，并喝下六口烈性酒。

我长大成人以后的一天，我父亲问我是否愿意和他一起走进他的书房。

"孩子，"我们坐下之后，他对我说，"你现在生活的目标是什么？"

"父亲，"我答道，"我目前的主要目标就是研究鼻子学。"

"那么，罗伯特，"父亲接着问道，"什么是鼻子学呢？"

"父亲，"我答道，"就是关于鼻子的科学。"

"那你能否告诉我，"父亲追问道，"鼻子的含义是什么？"

"关于鼻子，父亲，"我深深地舒了一口气，回答道，"曾经有数以千计的作者曾给它下过各种各样的定义。"（说完这句话，我掏出手表）"现在是中午或大约中午时间，到半夜之前我有足够的时间把它们讲完。我们现在开始。鼻子，据巴托林教授的理解，就是那个突出部——隆起部——那个肿块——就是——那个——"

"好了，罗伯特，"那位和蔼的老绅士抢过了话头，"你的学识真是让我震惊——这是真话，完全发自内心。"（说到这里，他闭上眼睛，把手按在胸前）"过来！"（他边说边拉起我的一只胳膊）"现在可以认为你的学业已经完成了，现在正是你该出去闯天下的大好时机，对你来说，要做的事顶多不过就是跟着你的鼻子走——因此——因此——"（说到这里，他把我踢下楼梯，踢出了大门），"因此离开我的家吧，愿上帝保佑你！"

我内心突然觉得被赶出家门简直是一种幸运，因为我心里感到一种灵悟。我决定听取父亲的建议，跟着鼻子走。于是我当下拽了拽我的鼻子，并立即写出一本关于鼻子学的小册子。

整个胡蒙胡欺城沸腾了。

"了不起的天才！"《季刊》说。

"出色的生理学家！"《威斯敏斯特报》说。

"聪明的人！"《国外通讯》周刊说。

"优秀的作家！"《爱丁堡日报》说。

"深刻的思想家！"《都柏林评论》说。

"了不起的人物！"本特利说。

"非凡的灵魂！"弗雷泽说。

"我们中的一员！"布莱克伍德说。

"他是谁呢？"巴·布勒夫人说。

"是干什么的呢？"巴·布勒大小姐说。

"他会在哪儿呢？"巴·布勒二小姐说。但我对这些评价根本没有放在心里，而是径直走进了一位艺术家的工作室。

天啊！公爵夫人正坐在那儿让艺术家画像，侯爵正抱着她的狮子狗，非此即彼，伯爵正在与公爵夫人调情，而勿碰我王子则靠在公爵夫人的椅背上。

我走到艺术家面前，展示出我的鼻子。

"哇，真迷人！"公爵夫人叹道。

"哇，天哪！"侯爵含混不清地说。

"哇，真丑！"伯爵呻吟道。

"哇，恶心！"王子咆哮道。

"画一下你的鼻子要多少钱？"艺术家问。

"画他的鼻子！"公爵夫人惊喊道。

"一千英镑。"我说着坐了下来。

"一千英镑？"艺术家若有所思地问道。

"一千英镑。"我肯定地说。

"漂亮极了！"艺术家完全被吸引住了。

"一千英镑。"我说。

"你能保证它没问题？"艺术家把我的鼻子推向亮光处问道。

"我保证。"说着我潇洒地擤了擤鼻子。

"你能保证它是原装的吗？"艺术家虔敬地摸了摸我的鼻子问道。

"哼！"我把鼻子扭向一边。

"它从来没被临摹过？"艺术家一边用一台显微镜对我的鼻子进行鉴定一边对我说。

"没有。"我说着把鼻子向上翘起。

"太妙了！"艺术家惊呼道，我鼻子的灵活之美使他彻底忘乎所以了。

"一千英镑。"我说。

"一千英镑？"他问。

"没错。"我说。

"真要一千？"他问。

"正是。"我说。

"我给你一千英镑。"他说，"真是一件稀有的艺术品！"于是他当场给我一张支票，并为我的鼻子画了张素描。我回到泽明街的住处，给女王陛下寄去了我的第九十九版《鼻子学》，并附去了我鼻子的一张素描。接着那个浪荡子威尔士王子便请我去赴宴。

参加宴会的全都是精英名流。

一位是新柏拉图主义者。他开口闭口都是波菲利、杨布利克斯、柏罗丁、普洛提诺、普罗克勒、希洛克勒斯、马克西慕斯、泰路斯和西里安纳斯。

一位是人类无限完善主义者。他嘴边常引用的是杜尔哥、普赖斯、普利斯特列、孔多塞、德·斯塔尔和那个体弱多病但野心勃勃的学者。

一位是绝对似是而非先生。他发表议论说所有的傻瓜都是哲学家，而所有的哲学家都是傻瓜。

一位是伊斯提库斯·艾斯克斯先生。他提起火、同质和原子，提起一分为二和灵魂先存，提起亲密和不和，提起原始智慧和同素体。

一位是西奥罗格斯·西奥罗极神学家。他论及攸西比厄斯和阿里安鲁斯，论及皮由兹主义和同体主义，论及同一和本体并合。

一位是来自罗切尔－德－康卡尔的弗里加塞先生。他谈到了红舌米里冬和酱汁花椰菜，谈到了圣梅勒沃尔特小牛肉，谈到了圣佛罗伦丁的腌泡汁和拼盘橙橘果子冻。

一位是比不勒斯·欧蒂普尔，他谈到了拉图尔酒和马克布鲁宁酒，莫索尔和香柏尔坦酒，里奇堡酒和圣乔治酒，霍布伦酒、莱昂维勒酒和梅多克酒，巴拉克酒和柏涅克酒，格拉夫酒和索泰尔纳酒，拉菲特酒和圣珀雷酒。他不喜欢沃日尔的红葡萄酒，并且闭着眼睛就能分辨西班牙的雪利酒和蒙特亚白葡萄酒。

一位是来自佛罗伦萨的西格诺·庭东挺先生。他谈论起奇玛布埃、阿尔皮诺、卡尔巴乔和阿尔哥斯提诺。他还谈论起卡拉瓦焦的朦胧、阿尔巴诺的明快、提香的色彩、鲁本斯的女人以及贾恩·斯蒂恩的风格。

一位是胡蒙胡欺大学的校长。他说月亮在色雷斯被叫作本狄斯，在埃及被叫作布巴斯提斯，在罗马被叫作杜安，在希腊被叫作阿耳忒弥斯。

另一位从伊斯坦布尔来的土耳其人。他顽固地把天使想象成马、公鸡和公牛；他认为第六重天上的某人有七万颗脑袋，并认为大地由一头长着数不清的绿角的天蓝色的母牛支撑着。

一位是德尔菲鲁斯·坡利格洛特先生。他给我们讲到了埃斯库罗斯失传的那八十三幕悲剧的下落，讲到了伊索乌斯的五十四份演讲稿，讲到了吕西阿斯的二百九十一篇演说文，讲到了忒奥佛拉斯图斯的八十篇论文，讲到了阿波罗尼《圆锥曲线论》的第八卷，讲到了品达的颂歌和合唱琴歌，讲到了小荷马的四十五幕悲剧。

还有一位是费迪南德·菲茨·福谢乌斯·费尔特斯帕尔先生。他谈到内部的火焰和第三纪地质构造，讲气化状态、液化状态和固化状态，讲石英石和泥灰岩，讲结晶片岩和黑电气石，讲石膏和暗色岩，讲滑石和钙质，讲闪心矿和角闪石，讲云母板岩和圆砾石，讲蓝晶石和锂云母，讲赤铁矿和透闪石，讲锑和玉髓，讲锰和任何你觉得有趣的东西。

最后便是我。我谈我自己——自己，自己，还是自己；谈我的《鼻子学》，谈我的小册子，谈我自己。我谈我自己，我翘起了鼻子。

"绝顶聪明的人！"王子说。

"真棒！"他的客人们说。第二天上午，佑吾灵公爵夫人拜访了我。

"你愿意去奥尔马克交际俱乐部吗，漂亮的家伙？"她说着还拍了拍我的下巴。

"非常愿意。"我说。

"连鼻子也带上？"她问。

"那是当然。"我回答。

"这是入场券，我的宝贝儿。我能告诉他们说你一定会去吗？"

"亲爱的公爵夫人，我不胜荣幸。"

"别那么说！——那你的整个鼻子都带上吗？"

"我用我整个鼻子保证，亲爱的。"我说。然后我把鼻子拧了两下，到奥尔马克俱乐部去了。

屋里拥挤得水泄不通。

"他来了！"站在楼梯口的一个人说。

"他来了！"更上面的一个人说。

"他来了！"站在还要更上面的一个人说。

"他来了！"公爵夫人欢呼，"他来了！小可爱！"她双手紧紧地抱着我，在我的鼻子上吻了三下。

屋里顿时轰动了。

"我的天！"卡普里科鲁蒂伯爵惊呼道。

"真该死！"唐·斯蒂尔托先生嘟囔道。

"上帝保佑！"格勒诺耶亲王怒吼道。

"活见鬼！"布兰登鲁夫选帝侯咆哮道。

岂有此理！我当即勃然大怒，猛转身朝着布兰登鲁夫。

"喂，老兄！"我对他说，"你是只狒狒。"

"先生，"他顿了顿，回答道，"我要与你决斗！"

我已经忍无可忍。我们相互交换了卡片。第二天上午在乔克农场，我一枪打掉了他的鼻子，然后我就去拜访我的朋友。

"混蛋！"第一个说。

"笨蛋！"第二个说。

"傻瓜！"第三个说。

"蠢驴！"第四个说。

"呆子！"第五个说。

"白痴！"第六个说。

"滚蛋！"第七个说。

这一切让我感觉受到了奇耻大辱，于是便回家找我的父亲。

"父亲，"我问，"我生活的主要目标是什么？"

"我的孩子，"父亲回答，"仍然是研究鼻子学。不过你打掉那位公爵的鼻子做得太过分了。是的，你有个出众的鼻子，但现在布兰登鲁夫却完全没有鼻子。你因此而被责骂，而他却成了当今之英雄。我向你保证，在胡蒙胡欺市，一个名人的知名度与他鼻子的大小成正比的。可是，天哪！谁能和一个没有鼻子的名人竞争呢？"

甫 甫

皮埃尔·甫甫是一个很出色的餐厅老板，对于这一点，只要在那个时代常去芦昂菲尔死胡同那家小餐馆的人都不会表示异议的。那个时期的哲学，他也是极其擅长的。他的肝酱馅饼做得好极了，但是对于他的那些关于天性的文章、关于灵魂的思想、关于精神的见解却不知道怎样给出一个很公正的评价。在那个时代，很多文人墨客都为"甫甫思想"有所评价。

甫甫读过很多别人未曾读过的书，他的见解也很丰富，比其他任何一个人可能弄明白的见解还要丰富。一些作家评价他说："他的格言既无柏拉图学派之精纯，又无亚里士多德学派之深邃。"他的学说虽然并没有被很多人所了解，但这并不代表他的学说是难以理解的。

我在想，也许正是他的那些不言而喻的学说，才恰恰会使人觉得它们是具有深度的。就连康德的理论也是得益于甫甫的思想的（我们需要注意的是不要把这点说得太夸张了）。从严格意义上来说，甫甫既不是柏拉图主义者也不是亚里士多德主义者。他也没有把时间用在研究一些顽固不化的烦琐的道德讨论之上。甫甫是这样的，他既有奥尼亚式的，也有古意大利式的。他的推理既凭借先验，当然也要依靠经验进行推理。他的思想既有先天形成，也有后天习得。他信奉特比隆的乔治，同时也信奉博萨伦。很显然，甫甫是一个甫甫主义者。

前文已经讲过，甫甫这位哲学家还是一位餐厅老板。但我是不会允许下面的情况发生的：那就是当主人公在继承自己的那一行业之时，我的朋友会对他的尊严和重要性缺乏一种正确的认识。其实真正的情况是，根本不知道他到底是从事哪一种职业更让他引以为傲。在他看来，思维的能力和胃的功能是分不开的，这一点与中国人的见解很相似——中国人是认为民以食为天的。他还认为，希腊人在任何时候都是对的，即使他们用一个词来表示精神和隔膜。我说这些并不是要责备饕餮贪食，也不是要反驳那位形而上学家的偏见。如果甬甬有缺点，我是说假如他有缺点的话，那也是无伤大雅的，要知道哪一位大人物是没有缺点的啊？如果换个角度来看的话，有时候这种瑕疵还经常会被认为是美德。

在这里之所以要提一下这些小瑕疵，是因为那些非凡雄伟的高岩山岳，那些稀少的浮雕。这个小瑕疵就是在这些山岳和浮雕的很平常的高度突出，他不会放弃任何讨价还价的机会。

不是甬甬贪得无厌，因为他不是仅仅为自己的利益而去讨价还价。无论什么买卖，不管是什么样的情况下，也不拘泥于什么条件，只要是谈成了一桩买卖，在很多天里，你就会看到他脸上的洋洋自得的微笑，那微笑使他精神抖擞，还能显现出一种老于世故的精明神色。他的那种古怪的脾气会招惹人们的注意，这在任何一个时代都是很稀松平常不过的。而在我们这篇故事里，在那个年代，这种怪异的性格如果不能引人注目，反而会让人觉得不可思议了。所以很快有人传言，甬甬的微笑，与他平时开玩笑或者与熟人打招呼时的露齿而笑是不一样的。人们开始暗自嘲讽他的令人激动的性格。人们对那些匆忙成交而事后后悔的危险的买卖开始议论纷纷，人们数落这位作家，认为他十恶不赦，数落他那为了达到狡猾的目的而形成的不明所以的能力、不清不楚的渴望以及特殊怪异的嗜好。

当然他还有着其他的一些缺点，但那些不值得我们去认真探究。比如说嗜酒，但人们会发现许多博大精深的思想家都会有贪杯的嗜好。而这种嗜好到底造就了他们的博大精深还是能够证明他们的博大精深，甬甬认为这个话题不是简单的一句两句就能说明白的，我也是这样认为的。但是切不可认为他沉迷于这种嗜好，就会对他的直观辨别力有所影响，他的直观辨别力是常常可以为他的论文和炒蛋增添亮色的。他一个人独处的时候，就正是勃艮第葡萄酒以及罗纳滨海酒发挥作用之时。

在他进行不同的思想创作之时，他会利用不同的酒来陪伴。比如说，当他进行三段式演绎法的时候，他会品尝圣佩雷酒；小酌沃涅奥葡萄酒的时候，总是要阐释一种理论；而推翻一种学说，他则要尽享香柏尔坦红葡萄酒。如果这样的行为特征，只是他的一种嗜好的一种表现，这样就没什么紧要的了，但是事实却并非如此。实际上，甬甬的哲学思想总是带有一种奇异的偏激而神秘的性质，可能与他所喜欢研究的日耳曼魔鬼学有关。

在故事发生的那个年代，走进芦昂菲尔死胡同那家小餐馆里，简直就是进入了一位天才的宫殿里。而这位天才就是甬甬。在这里，芦昂的帮厨知道他是一位天才，甬甬的猫知道他是天才，在他的面前总是不断地摇尾巴；他的那条喜欢玩水的大狗也深知这一点，每当他的主人走到它的身边，它总要俯首称臣，充分暴露它的自卑意识。事实上，是这位哲学家的容貌给了野兽一种深刻的印象——甬甬气度不凡，有着一种特殊的威严。希望我的这种模棱两可的表达方式是可以被允许的，因为单单从身材来看，人们是看不出他有任何的创造力的。甬甬身高不足一米，他的脑袋也算是比较小的了，但是他那圆滚滚的肚子，常常会使人感到一种宏伟感。他那肚子的尺寸，是人和狗都可以看得出来那是他的学识的象征，那么巨大，里面蕴藏着他那不朽的灵魂。

如果这是一件可以使我开心的事情，我会乐意详细地将这位哲学家的外貌特征描述一番的。我们的主人公有着一头短发，并且将其光滑地梳理在前额，上面佩戴着一顶圆锥形的白色法兰绒帽，绒帽上有着一些装饰品；他没有按照那个年代一般餐馆老板的穿着来打扮自己，他穿了一件嫩绿色的紧身皮衣。皮衣有着宽大的衣袖，要比当时流行的宽大许多，袖口翻卷出来，用了一种热那亚产的杂色天鹅绒布料。他的拖鞋呈现出鲜艳的紫色，上面装饰着一些金丝，如果不是在脚趾部分有精致的嵌缝和色泽瑰丽的镶边和绣花，很容易让人联想到可能是日本货；他的裤子用了一种名为"讨人喜欢"的黄色织物缝制而成，他披着那件天蓝色的斗篷如同女人的长袍一般，上面装饰了一些深红色的图案。他给人的整体感觉，曾经引发佛罗伦萨即兴诗人贝内韦努塔说出了这样的一番话："真难说清皮埃尔·甬甬到底是乐园中的一只鸟，还是一座完美无缺的乐园。"在这里需要说明的是，如果我高兴，我会把上面几点进行详细阐述的。但最终我克制了自己，这些私人琐事应该让历史小说家去完成，因为如果我这样做了将会违背实事求是的道德尊严。

前文已经说过，菲布维尔死胡同那家餐馆，是一位天才的宫殿，但是这座宫殿的价值只有这位天才本人才可以衡量。餐馆门口用一张对开的纸做了一个招牌，上面一边画着一只酒瓶，另一边画着一个馅饼锅，招牌背面写有"甬甬之业"几个醒目的大字。这样，也把业主的双重职业巧妙地暗示了出来。

一踏入这间餐馆，里面的景物一目了然。餐馆的全部服务设施就是一个古色古香的、屋顶略微倾斜的长条形房间。在房间的一隅，这位形而上学家的卧床就安置在那里。床的上方有一排幔帐和一个希腊式的华盖，这样的装饰赋予了这张床一种舒适的氛围和古典的味道。床的对面的一个角落，是厨房和书房的空间。在食品柜上静静地躺着一盘议论，锅里有着最新的伦理学，壶里装满了十二开本杂集。多卷本德国道德与炙烤架紧密地挨在一起，烤面包的铁叉斜躺在攸西比厄斯的旁边，平底锅里平躺着一本柏拉图，烤肉叉上装订着他的同一时期的手稿。

甬甬餐馆还是有着和当时其他餐馆不一样的地方的。墙上的一面硕大的壁炉张着大口，正对着门口。在壁炉右边是一个碗柜，里面陈列着一些贴有标签的酒瓶。

就是在这里，在某一年深冬的一个晚上大约十二点左右的时候，皮埃尔·甬甬把那些对他的古怪嗜好议论纷纷的邻居们全部撵了出去，然后锁上自己的房门，怀着一颗躁动的心情，把自己投身在一把皮垫扶手椅和一团木柴炉火的安慰之中。这是个百年不遇的可怕的夜晚，大雪下得很大，狂风蹂躏着房子，从墙缝和烟囱里不断地钻进可怕的风，不断地吹着这位哲学家床头的幔帐，并把他的馅饼锅和文稿的体系全部吹乱了。那块大招牌在暴风雪中孤零零地摇曳着，并没有发出难听的嘎吱声，而支撑着招牌的橡木却发出一阵阵呻吟。

在内心不平静的状态下，甬甬把他的椅子拖到了壁炉边通常的位置。在白天发生了许多错综复杂的事情之后，打破了他一向的平静思绪。他本想去做一份公主蛋卷，最后却做成了王后蛋卷。一锅汤的打翻影响了一个伦理学原理的发现结果，虽然是处在最后，但却并非不重要的一个环节，他竟然在平时会轻易战胜对手的辩论赛中失手了。这一连串的不可思议的混乱让他倍感烦躁，加之今晚的这个风雪交加之夜也会引起他的精神焦虑。吹了声口哨，上文中提到的那只大黑狗来到了他的身边，他满怀忧虑地坐在他的椅子里，神色不宁地扫视房间的幽暗之处，火炉里通红的火光，都不能完全驱散这些无处不在的阴影。当他结束他自己都不是很清楚目的所在的一番扫视之后，将自己的座位挪到堆满了书记文稿的小桌子旁，很快就沉浸在专心修改第二天要出版的手稿之中。就在他的全神贯注之中，房间里突然出现了一个声音嘀咕着："甭甭先生，我不着急。"

"魔鬼！"甭甭惊叫着跳了起来，还推翻了身边的桌子，疑惑地环顾着四周。

"这是千真万确的。"又突然冒出了这样的一个声音。

"千真万确！什么千真万确？你来这里做什么？"我们的主人公厉声问道，这时，他注意到他的床上平躺着一个身影。

"我是说，我是说我一点也不担心时间，我对于自己冒昧请求的这次交易不是很紧迫，我完全可以耐心地等你完成你的论文。"这位闯入者忽略了甭甭的诘问，自顾自地说出了这样一番话。

"我的论文！哦，你是怎么知道我是在写一篇论文的？哦，天哪！"

"嘘！"那个身影发出了一声刻意压低声音的尖声回答，然后从床上一跃而起，向着甭甭走上前一步，伴随着他的逼近，悬垂在头顶上的铁灯开始一阵晃动。

甭甭在惊愕之余并没有忘了将这位不速之客上下打量一番。这位不速之客身着一身上个世纪的已经褪色的黑衣，但是却很贴身，一下子就精确地勾勒出了一个很瘦削但是却比别人高出很多的一个轮廓。这个衣服他穿着并不是很合身，因为脚踝和手腕都露出来了一大截，显然这件衣服当初是为一个比他矮得多的人而剪裁的。但是，他的鞋子上面的那对炫目的带扣，将这身衣服所显示出来的清寒衬托得很虚伪。他没有佩戴帽子，将他那全秃的头顶暴露无遗，但是他的后脑勺有一根很长的辫子垂了下来。一副有边框的绿色眼镜，阻挡了我们主人公观察他的眼睛，因此也就不知道他的眼睛的颜色或者形状。那人貌似没有穿衬衫，仅有一条带有污渍的白色领带精准地系在咽喉之处，领带两端按照礼仪并排垂下（我感觉这是一种无心之举），容易让人联想到牧师的形象。实际上，他的相貌举止可以让人看到牧师的那种特征。如同现代牧师所具有的特征一样，他的左耳上夹着一个古代人用的尖笔一样的东西。一本用钢扣装订的黑色的小书，在他的上衣胸前的口袋里露出。那本书的封面正好朝外，让人可以清晰地看出那本书的书名《天主教礼仪》。他的神色阴郁，还带有一种尸体般的苍白。他的前额很高，上面长满了皱纹。他的嘴角下垂，表情很是谦恭。他交叉着十指，走向我们的主人公，同时还发出了一声长叹。他的神圣模样，很容易让人产生好感。在甭甭对这位不速之客的观察结束之后，他早已不再生气，取而代之的是与他亲切握手，并请他坐了下来。

但是有谁要认为甫甫感情的突变是因为那些自然会被认为有影响力的原因，那他就犯了错误了。因为据我了解，甫甫不是一个容易被外表所影响的人。一个对事物观察细密的人，不会轻易被一个人的外表所迷惑的，因此他不可能没有看出这位不速之客的身份。你看，来访者有着一双奇特的脚型，他戴着的帽子也有点过分高了，裤子后面的隆起部分还在微微颤动着，况且他的燕尾服上衣也在摆动着。试想一下，我们的主人公是怎样以一种满意的心情发现，他立即与他在任何时候都会尊重的人建立了友谊。他太具有外交家的素质了，他是不会放弃抓住眼前的真实情况的任何的蛛丝马迹的。他并不想表现出来他已经如此意外地获得了如此殊荣，而是想诱使他的客人和他对话，从而能引出来一些重要的伦理观点。这些观点只要能写进他准备要出版的书里面，不仅能启蒙整个人类，而且也能够让自己流芳百世。我所需要补充一点的是，他的这位客人的年纪以及对伦理学的精通，是极有可能提供这些观点的。

我们的主人公因为自己的远见卓识而兴奋不已，他请这位绅士坐下，自己则顺势往壁炉里添加了一些木柴，把小桌子扶起，上面还放上了几瓶啤酒。在他飞快地准备好这一切之后，他拉过椅子坐在了客人的对面，等待着客人开口。但是，往往有的时候，实际情况会超出预想的，甫甫发现，他的客人一开口就让他后悔不已了。

"我知道你认识我，甫甫。哈！哈！哈！嘿！嘿！嘿！嘻！嘻！嘻！呵！呵！呵！呜！呜！呜！"魔鬼刚一开口说话，先前的端庄凝重就荡然无存。他露出了满口的参差不齐的尖牙，头向后仰着，发出了令人厌恶的大笑，引得旁边的黑狗也一起呜咽，那只斑猫也在房间最远的角落里尖声附和着。

我们的哲学家太具有人的属性，所以没有一下子惊慌失措。但是令他也感到惊讶的是，他看到客人那衣服口袋里的白色的《天主教礼仪》的书名，瞬间变成了红色的《罪犯名目》，这个改变只是短短几秒钟的事情。这件事情让甫甫倍感惊讶，以至于他在答话的时候露出了一丝窘态，而这本不该有的。

"哟，先生，说实话，我以为你是——当我说——魔……我是说我只是想象的——一种不清晰的想法——我很荣幸——"哲学家断断续续地说。

"哦！呀！是的！好极了！"魔鬼打断了他的话，"你不必多说了，我知道是怎样的一回事。"说着，他摘下他的绿色框镜，用袖口的衣服擦了擦镜片，然后把眼镜装进了口袋里。

与刚才发现书名的改变带给了甫甫一种惊讶之后，现在的情景简直就能让他大吃一惊了。因为在客人摘下眼镜之时，我们的主人公抱着一丝好奇心，想看清客人的眼睛。可是他发现，并没有出现他所能知道的眼睛的颜色，不是黑色，不是灰色，没有蓝色、褐色，更没有黄色与红色，世间万物能出现的颜色在这里都没有出现。准确地说，其实客人根本就没有眼睛，原本应该长眼睛的地方，只有一块平展的皮肉。主人公克制不住自己对如此奇异的一种现象—探究竟的好奇心，而他的客人马上给了他一个既得体又令人满意的答复。

"眼睛！你是在关注我的眼睛吗？我亲爱的甫甫。嗯，我知道了，是那些荒谬的书，对，就是现在流行的一些书，让你对我的容貌产生了误解。是的，眼睛就应该长在它们应该存在的地方。你觉得应该长在头上？不错，它们长在了一条肠虫的头上。你也是需要这些眼睛的。不过，我将要向你证明，我的眼光比你要敏锐。你看，那里有一只漂亮的猫，你看着它，你告诉我，你能看见它的思想，它此时此刻的想法和念头吗？嗯，你是看不见的。它此时此刻还在以为我们在赞美它的尾巴和深刻的思想。它刚才还认定我是一位杰出的牧师，而你不过是个没用的形而上学家而已。现在你能明白我不是又盲又瞎的，你所说的眼睛对于我来说毫无用处，随时都有可能被硬物戳破。但是，我不可否认的是，那种眼睛是你所必需的，你尽可能地利用它们吧。甫甫，我的眼睛就是灵魂所在。"客人说完此番话，自己动手倒了桌子上的酒来喝，还为甫甫斟满了一杯，让甫甫随意，仿佛这里是他的家一般。

在甫甫遵照客人的吩咐喝完那杯酒之后，来访者熟稔地拍着主人公的肩膀，重新开始了另一段对话。"皮埃尔，你这本书写得很好，我以我的名誉担保。这部著作让我很是满意，但是我认为有的章节的安排还需要调整一下，你的很多见解容易让我联想起亚里士多德，他也是我的好朋友之一。我喜欢他制造错误的那种精湛的技巧，如同我喜欢他那可怕的坏脾气一般。他的全部著作中只有一个颠扑不破的真理，我出于对他那错误观念的同情，给予了他一些提示。关于这个真理，甫甫，我想你一定知道我所说的是哪一个真理。"

"不能说我——"

"是的，毫无疑问，正是我告诉亚里士多德的，人们通过打喷嚏从鼻孔排除多余的思想。"

"这——嗝——的确是事实。"主人公一边说，一边为自己又斟满一杯酒，然后给客人递上了他的鼻烟盒。

"还有柏拉图，"来访者恰当地谢绝了鼻烟盒以及所隐藏其中的恭维，"还有柏拉图，他也是我以前最喜欢的朋友。柏拉图你认识吗？请原谅我的冒昧，有一天在雅典的帕提侬神庙他碰见了我，他向我诉说他正在为一个概念而苦恼着，我让他写下了'思想是无形的'这句话。他说他会按照我的指示去行动的，说完他回了家，我去了金字塔。即使是为了帮助朋友，我的良心还是谴责我说了真话。于是匆忙赶回雅典，来到了柏拉图的椅子后面，当时他正在写'无形'这个词。我的手指头轻轻一弹，字母就翻转了过来。所以你看到的是'思想是一道光'这一句话，而这个恰恰是他形而上学的根本原理。"

"罗马你去过吗？"甫甫问向客人，此时的他已经喝完了第二瓶啤酒，转而从碗柜中取出了几瓶香柏尔坦红葡萄酒。

关于这个问题的回答，魔鬼仿佛背诵一本书里的某个章节："我只去过一次，那个时候还处在五年的无政府状态时期，那个时候共和国已经没有了任何官员，只有由平民推选的保民官，这些保民官是非法选举的，没有任何行政权威的监督，除此之外没有任何的行政长官。所以，甬甬先生，我是在那个时候去的罗马，对于它的哲学我是完全不熟悉的。

"那你——嗝——你是怎么看待伊壁鸠鲁的？"

"你说我怎么看谁的？"魔鬼很惊奇地问道。"我是怎么看伊壁鸠鲁的？你还要找伊壁鸠鲁的碴儿吗？那你是在说我啊，我就是伊壁鸠鲁。写下被第欧根尼·拉尔修纪念的三百篇论文的哲学家那就是我。"

"胡说！"甬甬带有几分醉意地说道。

"不错不错，先生。"那魔鬼带着一副受宠若惊的模样。

"胡说！"餐馆老板还在执拗地不断重复着，"你是在胡——说——嗝。"

"好吧，随便吧，随你怎么说吧。"魔鬼不再与他辩论，心平气和下来。甬甬赢得了这场辩论，准备喝完第二瓶香柏尔坦红葡萄酒。

"就像我刚才所说的，你的这本书里有一些你自己特有的见解，就比如说，你那关于灵魂的胡扯是什么意思？甬甬先生，你能告诉我什么是灵魂吗？"

"灵魂嘛——嗝——"甬甬边说边查阅着他的手稿，"灵魂，毫无疑问是——"

"先生，这不对！"

"毫无疑问是——"

"先生，这不对！"

"毫无疑问是——"

"先生，这不对！"

"很显然是——"

"先生，这不对！"

"无可厚非是——"

"先生，这不对！"

"嗝——"

"先生，这不对！"

"肯定是个——"

"先生，这不对！灵魂不会是那些东西的。"此时，哲学家已经对客人怒目相向，这个时候他的第三瓶香柏尔坦红葡萄酒已经被他喝下去了。

"那么，先生，请你告诉我，那到底是什么呢？"

"甬甬先生，灵魂其实不是这儿，也不是那儿，其实，我已经接触了一些坏的灵魂，当然也有一些不错的灵魂。"他若有所思，咂摸了一下嘴巴，用手按住了口袋里的那本书，还打了一个很大的喷嚏。

他继续他刚才的话题："克拉提诺斯的灵魂，还算可以；阿里斯托芬的，有独特风味；柏拉图，味道精美，哦，不是你所了解的那个柏拉图，而是喜剧诗人柏拉图，他也许会不符合刻耳柏洛斯的口味，至于你的那个柏拉图，我需要好好想想。此外还有耐围乌斯、安德罗尼库斯、普劳图斯和泰伦提乌斯，卢奇立乌斯、卡图卢斯、纳索和昆图斯·贺拉提乌斯·弗拉库斯等等。还有坤提，当时我正兴高采烈地把他叉在一柄肉叉上进行烘烤。需要给这些罗马人加一些调料。罗马人身材苗条，一个肥胖的希腊人可以抵得上他们的一打人。希腊人可以保鲜，奎里忒斯人却不行。让我们对你的索泰尔纳白葡萄酒品尝一番吧。"

这个时候，甭甭已经抱定主意，对任何事物都要保持冷静。他按照客人的要求摆好了酒瓶。这个时候大黑狗开始摇晃着自己的尾巴，他感觉这对客人是相当失礼的，于是对着狗毫不客气地踢了一脚，希望它能保持安静。

"我喜欢不同的味道。贺拉斯与亚里士多德很相似，我也一直不能区分泰伦提乌斯和米南德。纳索与尼卡德颇为相似，维吉尔与奥克里托斯有着近似的风味，马尔提阿利斯有着阿尔基洛科斯的味道，蒂图斯·李维乌斯与波利比奥斯很相似。就是这些了。"客人说出了这样的一番话。

"嗝！"甭甭却以一个酒嗝算是回应了。

客人继续说道："如果我有个嗜好，那就是哲学家。不过，甭甭先生，我和你说，不是每一个魔——每一个绅士都懂得如何挑选哲学家的。高个子的不好，如果没剥好，最棒的高个也会发臭的，如果有擦伤的话。"

"我是说从尸体中取出来的。"

"那医生，你认为怎么样？"

"不要和我提医生！呸！呸！"魔鬼发出了一阵干呕，"我只尝过一个医生的，就是那个卑鄙的希波克拉底！他有着一股阿魏胶味，在冥河清洗他的时候，还让我感染上了霍乱。呸！呸！呸！"

"嗝！他是个卑鄙小人，一个药箱里出来的怪胎！"甭甭骂道，同时，他还流下了一滴眼泪。

"最重要的是，一个魔———个绅士假如想要存活下去的话，一定要具备两种以上的才能。对于我们来说，一张胖脸则象征着擅长外交。"客人继续说道。

"那是为什么呢？"

"原因就是我们的给养常常处于短缺状态。你肯定会明白，我们那里很炎热，一个灵魂往往不可能活上两三个小时；灵魂一死，就需要马上腌制起来，（实际上腌制的并不好吃）否则就会有味道出现。所以别人向我们按照常规交付灵魂，我们最常担心的就是如何防腐。"

"嗝——嗝——上帝啊！那你怎么解决啊？"

这个时候，头顶上的那盏铁灯剧烈地摇晃起来，魔鬼被惊得差点跳起来。可是伴随着一声叹息，他很快恢复了平静，低声对着甭甭说："甭甭先生，我们是千万不能用上帝这个字眼来进行诅咒的。"

主人又喝下一杯葡萄酒，代表了他的理解和默许。客人继续说：　"其实我们有多种处理方法，我们中的一大部分选择忍饥挨饿，还有一些选择腌制品，而我，我选择购买那些还活在肉体中的灵魂，因为这样可以保鲜。"

"肉体！！嗝！肉体！"

"嗯，肉体有什么问题吗？哦！我明白了，我告诉你，这种买卖对肉体是没什么影响的，我自己已经做过无数次这样的买卖了，卖方也没感到有什么异样。这些人里面包括该隐、咛鲁、尼禄、加利古拉、狄奥尼修斯、皮希特拉图，还有——还有其他许多人，他们是绝不会知道在他们的后半生有一个灵魂的存在是怎样的一回事的。"

"是的，先生，这些人都为社会做出贡献。那现在怎么就不能有你我都认识的A先生呢？他现在依然心智健全，体格健康。他现在写的诗较之前更加尖刻讽刺。他的推理演绎也更加机敏了。我们暂且不说这个，我皮夹里还有他的契约呢。"

他边说，边掏出一只红色的皮夹，里面有一沓票据。拿出来一看，甬甬发现了这些票据上有着马基——马萨——罗伯斯皮尔的字样，加里古拉、乔治、伊丽莎白等名字也在其中。

魔鬼从票据中挑出了一张的狭窄的羊皮纸，大声念着："鉴于某种不必说明的精神基金，并且以一千金路易作为报偿，现在一岁零一个月的我，将我的被称作灵魂的影子所拥有的权利、称号及其所有，转给本契约的持有者。（签名）A……"

"他很聪明，但是他和你一样，甬甬先生，他把灵魂和影子弄混淆了。哈！哈！哈！嘿！嘿！嘿！嘻！嘻！嘻！只消想想一份烩影子！"魔鬼说道。

"只消想想——嗝！——一份烩影子！"甬甬大声重复着，魔鬼的深奥将他的才智深深地启发了一下。

"只消想想一份烩影子！嗝！——真是的，呸！——嗝！如果我是那样一个傻瓜就好啦！我的灵魂，嗝！"

"甬甬先生，你的灵魂？"

"是的，先生——嗝！——我的灵魂就——"

"就怎么样啊，先生？"

"不是影子！"

"那你是什么意思？"

"是的，先生，我的灵魂——嗝！——哼！——是的先生。"

"难道你想说——"

"我的灵魂——嗝！适合做的是——嗝！"

"那是什么呢，先生？"

"清炖肉。"

"哈哈！"

"蛋奶酥。"

"是这样吗？"

"煎肉丁。"

"千真万确！"

"荤杂烩和烤肉块，你好好考虑一下吧，我可以把它卖给你——嗝！——你考虑一下价钱吧。"哲学家说到这里的时候，还拍了拍魔鬼的背。

"我根本就没想到这件事。"魔鬼边平心静气地说，边将自己从座位里站起身来，甭甭先生两眼紧盯着他。

"我现在有足够的给养。"魔鬼说。

"嗝！——嗯？"

"手头现金也不充足。"

"嗯？"

"而且，我不想如此无礼地——"

"先生！"

"趁火打劫——"

"嗝！"

"利用你现在并不光彩、极为尴尬的境地。"

来访者说到这里的时候，鞠躬而退，以一种难以言表的风度，却用一种非常协调的动作朝着"那个家伙"扔过去了一只酒瓶，打断了自天花板上垂下的那根细链，文中的形而上学家被掉下来的铁灯砸翻在地。

一个星期中的三个星期天

"你这个铁石心肠、固执愚蠢、粗鲁暴躁、死不开窍、恬不知耻的老家伙！"那是一天下午，我在想象里对我的舅舅拉姆占吉翁说，并且想象自己对他挥舞着拳头。

这一切只能是在想象中。说实话，在我说出来的和我想说而没有勇气说的之间，在我做出的和想做而没有胆量去做的之间，确实存在着某些小小的挣扎。

我推开客厅的门时，只见那个老海豚两只脚翘在壁炉架上悠闲地坐着，手里端着满满一杯红葡萄酒，正在竭尽全力地哼唱一支小曲儿。

装满你的空玻璃杯！

请一饮而尽！

"亲爱的舅舅，"我脸上带着最温和的微笑走近他身旁并轻轻地关上了门，说道，"您一向对人宽厚仁慈，善解人意，在很多方面——确实是很多很多方面——显示出您的体贴之心，所以我觉得我只要向您提一下这件小事，一定会得到您完全的首肯。"

"哼！"他说，"小子！接着往下说！"

"我最亲爱的舅舅（你这个令人讨厌的老家伙），我想您并不是真的要反对我和凯蒂的结合。您只是和我们开个玩笑而已，我知道，哈哈哈！您有的时候多么风趣啊！"

"哈哈哈！哈哈哈！"他说，"你这臭小子！我是当真的！"

"当然，毋庸置疑！我知道您是在开玩笑。舅舅，您看，我和凯蒂目前唯一的愿望，就是希望得到您的忠告，比如关于时间。您知道，舅舅——简而言之，什么时间您觉得最方便，我是说我们可以——可以——可以举行婚礼，您看呢？"

"举行婚礼？你这个无赖！你是什么意思？我警告你你还是耐心等待吧。"

"哈哈哈！嘿嘿嘿！嗬嗬嗬！呵呵呵！嘻嘻嘻！——哦，妙极了！——哦，真是有趣的俏皮话！不过您知道，舅舅，我们现在需要的只是您能提出一个确切的日子。"

"呵！——确切的？"

"是的，舅舅——就是说，如果您认为这对您没有什么不方便的话。"

"博比，我可不可以让它是随便的哪一天——比如，大概在一年左右的时间内如何？——难道非要我说个确切的日子？"

"对不起，舅舅，如果您愿意，就给出一个确切日子吧。"

"好吧，好吧，博比，我的孩子，你是一个好孩子，既然你想让我给你一个确切的时间，那么我不妨就答应你一次。"

"亲爱的舅舅！"

"别出声，先生！"（他的话压住了我的声音），"我不妨就答应你一次。你将得到我的允许和那笔财产，我们千万不要忘记那笔财产。让我想想！在什么时候合适呢？今天是星期天，对吧？那么，你听好，你们的结婚日期确切点来说，听着，确切点来说！是一个星期里有三个星期天的时候！听懂了吗，先生！你这么瞪着我干什么？我说的是，当三个星期天同时出现在一个星期中的时候，你将和凯蒂结婚并得到她的财产。在此之前，绝对不行。你这个小无赖听好了，即使要了我的命也不行。你是知道我的脾气的，我是个说一不二的人，好了，就这样定了！"说完，他一口吞下满杯的红葡萄酒，而我则绝望地冲出房间。

我的舅舅拉姆占吉翁是个"非常优雅的英国老牌绅士"，不过他没有歌里唱的那样优秀，他有他的一些弱点。他身形矮胖，神态傲慢自负，脾气暴躁，有一个通红的鼻子，一个迟钝的脑袋，一个很鼓的钱包，并深知自己是个举足轻重的人物。事实上，他的心肠并不坏，但由于老爱别出心裁地同人作梗，他在那些对他一知半解的人中间，赢得了一个"吝啬鬼"的名声。同许多杰出的人物一样，他喜欢端着架子让别人干着急，乍一看，这个特点很容易被误解为心眼恶毒。他对别人提出的任何请求，马上答复的都是一个"不"字；但到最后，过了好长时间以后，被他真正拒绝的要求就所剩无几了。如果别人觊觎他的钱袋，会遭到他十分顽强的抵抗。但最后的结果通常是，别人从他手里勒索去的钱数和他们的进攻时间长度以及他的固执抵抗强度成正比。在做善事方面，没有人比他更慷慨，也没有人比他更勉强。

对于艺术，尤其是对纯文学艺术，他从骨子里对其嗤之以鼻。因而，他对卡西米尔·佩里耶特别有共鸣，经常引用他那句辛辣的质问："诗人究竟有什么用？"并且发音古怪滑稽，就像那位不再极端的逻辑天才一样。所以，我对缪斯的情有独钟，早已使他对我大为不满。有一天，我向他借一本贺拉斯的新书，他向我保证说"让人厌恶的诗人一无是处"，这句话让我深恶痛绝。最近，由于他对他所认为的自然科学突然产生热爱，这更加深了他对"人文科学"的厌恶。曾有人错把他当成大人物杜博尔博士——假自然科学的讲师，在大街上和他打招呼。从那以后，他突然转变了观念，就在这个故事形成的时期——每个故事都是慢慢产生的——他只在谈到与他所感兴趣的马术嗜好合拍的话题时，才会拥有随和、友好的态度。而对其他的事情，他则露骨地加以嘲笑。他的政治观点非常固执，但也很容易被人理解。他和霍斯利一样，认为"民众除了服从法律以外，与法律没有任何关系"。

自我出生以来，我就一直和这位老绅士生活在一起。我的父母在临终前把我作为一笔丰厚的遗产留给了他。我始终相信这个老家伙像爱自己的亲生儿子一样爱着我——和爱凯蒂的程度应该差不多。但是他却让我过着一种悲惨的生活。从我一到五岁，他经常有规律地定期赏我一顿鞭子。从我五岁到十五岁，他时时刻刻都在用送我去管教所来威胁我。从十五岁到二十岁，他每天都在扬言要取消我的继承权。我是个无赖，这没错——但这是我天性的一部分——是我的一种信仰。不过，我很清楚一点，就是我和凯蒂情意深笃。她是一个好姑娘，曾经饱含深情地对我说过，只要我一直纠缠舅舅拉姆占吉翁做出必要的同意，就能得到她（包括她的大笔财产及其他）。可怜的姑娘，她才刚满十五岁，而如果没有他必要的同意，必须等到五个漫长的夏季"慢慢地熬过"，她才有法定资格得到那笔资金。这可怎么办呢？对于十五岁，甚或二十一岁（我已度过人生的第五个四年）的人来说，五年的翘首以待无异于五百年的痛苦煎熬。我俩向那位老绅士发出了无休止的进攻，但毫无结果。他是一个顽抗到底的人（正如伍德和卡雷恩先生常说），这与他邪恶的念头正好匹配。如果约伯看到他像一只捕鼠老猫一样折磨我们这两只可怜的小老鼠，说不定也会勃然大怒的。其实他心里也巴不得我和凯蒂结婚。他早就决定成全我们。实际上，如果他能想出某个借口答应我们纯属自然的请求，他宁可从自己口袋里（凯蒂的财产属于她本人）掏出一万英镑。但是我们过于草率，竟冒冒失失地自己提出这个问题。我相信，在这种情况下不提出反对，不是他的一贯做法。

我前面讲过他有他的弱点，但千万不要以为我是在说他的固执——事实上，那是他的优点。我提到他的弱点，指的是他被一种奇怪的、老妇人般的迷信所纠缠。他非常精通梦境、预兆以及诸如此类的胡说八道。他在关乎名誉的细枝末节上还非常认真，从不马虎，他以自己的方式遵守诺言，说话算话，这是毫无疑问的。这也可以算是他的一个嗜好。他可以毫不犹豫地轻视他承诺的精髓，其表面文字却看作神圣而不可侵犯的，而这正是他性格中的这后一个特点。在那次客厅谈话后不久的一个日子里，凯蒂的聪明使我们对其加以利用，获得了意外的绝处逢生。我仿照现代吟游诗人和演说家的风格，在冗长的开场白里耗尽了几乎所有的自由支配的时间和随意使用的篇幅。下面我将简单地总结一下这个故事的精彩一幕。

正如命运安排的那样，在我心上人认识的一些航海朋友中间，有两位绅士在离开本土在海上航行一年之后，刚刚在英国海岸登陆。经过一番预谋，在 10 月 10 日，一个星期天的下午，正是那个难忘的决定残酷扼杀了我们的希望之后的三个星期，我和凯蒂陪同两位绅士拜访舅舅。开始半个钟头的谈话极其平常，只是一般的寒暄和闲聊，之后，我们终于非常自然地把话锋一转，转变成了下面一段话：

普拉特船长："对了，我离开这里正好一年。到今天整整一年，一点没错——让我想想！没错！——今天是10月10日。您肯定还记得，拉姆占吉翁先生，去年的今天我曾来向您道别。对了，这件事看起来真是太巧了，我们的朋友斯密瑟顿船长正好也离开了一年，到今天整整一年！"

斯密瑟顿："没错！刚好一年，不多不少！拉姆占吉翁先生，您肯定记得，去年的今天，我曾和普拉特船长一起到府上来向您道别。"

舅舅："对，对，对，我当然记得，这太不可思议了，你们两个整整离开一年。这的确是个奇怪的巧合。没错！这正是杜博尔博士所说的罕见的同时发生。杜博尔博士——"

凯蒂（打断他的话）："当然，爸爸，这是一件非常奇特的巧合。但是普拉特船长和斯密瑟顿船长并不是走的同一条航线，而这会造成一种差异，您知道。"

舅舅："我怎么会不知道这类事情，你这个丫头！我怎么会呢？我倒认为这使整个事情更加妙不可言，杜博尔博士——"

凯蒂："哎呀，爸爸，普拉特船长绕过了合恩角，而斯密瑟顿船长绕过的是好望角。"

舅舅："一点不错！——他们一个向东，一个向西，都绕地球航行了一周，你这个死丫头，然后他俩都围着地球绕了一圈。顺便说一下，杜博尔博士——"

我自己（慌忙地插入）："普拉特船长，您明天晚上务必要来做客——还有您，斯密瑟顿船长——你们可以跟我们讲讲这次航行，我们还可以玩玩惠斯特牌戏和——"

普拉特："玩牌？我亲爱的朋友——您难道忘了吗，明天是星期天。改日再聚吧——"

凯蒂："什么呀，去你的，才不是呢！——博比的记性还不至于糟糕到这种程度。今天才是星期天。"

舅舅："是的，没错——没错！"

普拉特："请二位恕我冒昧——但我不可能这么糊涂。我之所以说明天是星期天，是因为——"

斯密瑟顿（大为吃惊）："你们这是怎么了？有谁能够告诉我，难道昨天不是星期天吗？"

我们全体："昨天，怎么可能！肯定是你弄错了！"

舅舅："听我说，今天是星期天——难道我还会不知道吗？"

普拉特："不！明天才是星期天。"

斯密瑟顿："你们都糊涂了吧——你们每一个人。我可以肯定昨天是星期天，就像我可以肯定自己坐在这把椅子上一样。"

凯蒂（激动地跳起来）："我明白了——我全明白了。爸爸，这是对您的一个判决，关于——关于什么，您心里清楚。现在听我说，我来解释一下。这件事其实非常简单，斯密瑟顿船长说昨天是星期天，这没错，他是正确的。博比、他的舅舅和我说今天是星期天，这不假，我们也是正确的。普拉特船长一口咬定明天才是星期天，这也对，他也是正确的。实际上，我们大家都是正确的，这样，三个星期天就出现在了一个星期里。"

斯密瑟顿（停顿片刻之后）："你看，普拉特，凯蒂比我们大家都明白。我们两个真愚蠢啊！拉姆占吉翁先生，事情是这样的：您知道，地球的周长是两万四千英里。地球围绕它的中轴由西向东自转，在整整二十四小时内行程两万四千英里，您明白了吗，拉姆占吉翁先生？"

舅舅："当然——当然——杜博尔博士——"

斯密瑟顿（压过他的声音）："很好，先生。地球自转的速度是每小时一千英里。现在假如我从这点往东航行一千英里，我看到日出的时间肯定要比在伦敦这里早整整一个小时。我比你们提早一小时看到太阳升起。我朝着同一方向又航行了一千英里，就会提早两小时——再航行一千英里，提早三小时，以此类推，直到我围着地球又绕一圈回到这里的时候，我实际上是向东航行了两万四千英里，我看到的日出比伦敦的日出整整早了二十四个小时。也就是说，我的时间比你们提前了一天。明白吗，嗯？"

舅舅："可是杜博尔博士——"

斯密瑟顿（提高嗓门）："普拉特船长则正好相反，他从这里往西每航行一英里，时间上就要晚一小时；他向西航行了两万四千英里，就比伦敦的时间整整晚了二十四小时，或者说晚了一天。所以，对于我来说，昨天是星期天——对你们来说，今天是星期天——而对普拉特来说，明天才是星期天。更重要的是，拉姆占吉翁先生，我们大家都是正确的，因为找不出任何深刻的理由能够说明谁比谁更正确。"

舅舅："我的天哪！——好啊，凯蒂——好啊，博比！——正像你们说的，这是对我的判决。不过我是一个信守诺言的人。听好，孩子！你可以得到她（还有万贯家产等等），随便什么时候都行。我累了，三个星期天挨个儿出现！我得去问问杜博尔博士对此事有何高见。"

千万别和魔鬼赌你的脑袋

——一个含有道德寓意的故事

西班牙诗人唐·托马斯在他的《爱情诗集》之序言中写道："如果作家自身道德高尚，那么他作品的道德寓意是什么就不那么重要了。"我们可以假定唐·托马斯因下此断言而进了炼狱。而且为了诗的公道，明智的做法就是让他在《爱情诗集》出版或者由于无人问津而被束之高阁之前，一直待在那儿。每一篇故事都应该有一种道德寓意，而且说得更贴切一点儿，评论家们已经发现每个故事都有这种寓意。菲利普·梅兰希顿在三百年前曾写过一篇关于《蛙鼠之战》的评论，证明诗人写诗的目的就是要唤起一种对骚乱的厌恶。皮埃尔·拉·塞纳甚至走得更远，证明诗人意图是要劝说年轻人节食节饮。雅各布斯·胡戈正是这样彻底搞清楚，荷马是以欧厄尼斯暗讽约翰·加尔文；以安提诺俄斯影射马丁·路德；以食忘忧果的民族挖苦全体新教徒；哈尔皮埃则讥讽荷兰人。后来，我们更现代的训诂学者也同样敏锐地揭示出《洪水之前》与《波瓦坦》等书的寓意；《知更鸟》和《小拇指》中则有一个新的观点和先验论。总之，只要一个人坐下来写作，就不可能不经过深思熟虑，精心构思。比如说，一个小说家，他没有必要在乎小说的寓意。在某些方面，寓意和评论家都可以各得其所。时机一到，那位小说家想说的一切和不想说的一切都会在《日晷》或《新英格兰人》中淋漓尽致地表现出来，最后一切都会简单明了，老老实实地展现出来。

因此，那些无知的家伙没有任何正当理由对我横加指责，说什么我从未写过有寓意的小说，或者说得更直白一点，是从未写过一个含有道德寓意的小说。他们并不是上帝派来使我扬名并启发我道德感的评论家——那是秘密。不久，《北美无聊季刊》的出版会使他们为自己的愚蠢感到羞愧难当。同时，为了阻止对我的伤害，为了减轻对我的控诉，我献出这个附加的悲伤故事——一个其道德寓意无论如何都毋庸置疑的故事，因为任何人只需要瞥一眼，就能从这个故事的副标题中看到寓意。我这样的一个安排，应该受到赞扬，远比拉封丹之流的寓言家高明得多，他们总是把寓意保留到最后一刻，到寓言故事的末尾才揭示其寓意。

"不要伤害死者"，这是古罗马十二铜表法戒律之一，而"替死者讳"是一项极好的禁令，即便被提到的死者是微不足道的小民。所以，诽谤我逝去的朋友托比·达米特并不是我的意图。他曾是个悲哀的无赖，这一点儿不假，而且非常悲惨而可耻地死去，但他不需要为他的恶习而受到责备。因为他还在襁褓中时，他的母亲就使劲地用鞭子对他进行教育——这是她应尽的义务，尽职尽责对她来说是一件乐事。而孩子就像一块咬不动的牛排，或像现代希腊的橄榄树，越打好处就越多。但是，可悲的女人，很不幸，她是个左撇子，而用左手去打孩子还不如不打，因为地球是从右到左旋转的。如果说从正确的方向一鞭子可以抽掉一种不良倾向，那可以推测，从相反的方向抽一鞭子会抽进同等量的邪恶。托比挨打时，我总是在场，甚至从他蹬腿踢脚的方式，我就能看出他一天比一天变得更坏。最后我终于两眼噙着泪花看到，那个恶棍已完全无可救药。一天，他参加斗殴，被人打得满脸发黑，黑到别人误以为他是个非洲来的孩子，结果除了他晕了过去，那顿打没有产生任何的作用。我忍无可忍，双膝跪地，提高嗓门预言他终会毁灭。

实际上，他恶习的形成令人毛骨悚然。他出生刚五个月的时候，他就常常大发雷霆，以至于不能咬清字眼；六个月时，我曾亲眼见他咬坏一副扑克；七个月时，他就养成了抓扯和亲吻小女孩的习惯；八个月时，他就断然拒绝了在戒酒誓约上签字。他不断地做坏事，就这样，一个月接着一个月，他在邪恶的道路上越走越远，在他满周岁时，他不仅坚持要蓄胡须，而且染上了赌咒发誓的恶习，并用打赌的方式固执己见。

正是由于最后这个卑鄙下作的习惯，我所预言的毁灭最后终于降临到托比的头上。他的恶习随他成长而成长，随他健壮而健壮。他成人后，说话的时候总喜欢打赌，但是并没有真正下过赌注。我得替我的朋友说句公正的话，他要真下赌注，最终一定是彻底输光。对他来说打赌只是一句口头禅，仅此而已。他在这一点上的措辞没有任何意义。他说"我和你赌什么什么"的时候，从来没有人认真地想要接受他的打赌，但我仍然忍不住想要制止他这个行为。我告诉他，这是一种不道德的行为，我请求他相信，这是一个庸俗的行为。社会反对赌博，这是实话。国会命令禁止赌博，这也完全是事实。我规劝告诫，但无济于事。我举例论证，但白费口舌。我苦苦哀求，他一笑置之。我动情央告，他嗤之以鼻。我晓之以理，他冷嘲热讽。我威胁恫吓，他诅咒发誓。我踢打他，他叫警察。我扯他的鼻子，他趁机擤鼻涕，并与魔鬼赌他的脑袋。我再也不敢去进行这样的尝试了。

贫穷是达米特的母亲特有的生理缺陷，是留给她儿子的另一种恶习。他穷得叮当响，毫无疑问，这正是他常把打赌挂在嘴边却从不下赌注的真正原因。我从未听他说过像"我和你赌一美元"之类的话。他通常说的是"我跟你赌你想赌的……"或"我跟你赌你敢赌的"

或"我赌一块蛋糕"等等，要不然就还是那句更有实际意义的"我跟魔鬼赌我的脑袋"。

　　这最后一句话似乎是他最满意的。也许是因为这句话最没有风险，因为他特别吝啬，如果赌输了，他的脑袋很小，并不会给他带来太大的损失。不过，这些都是我个人的观点，我不敢断定他是否真的是这样想的。总之，那句话越来越多地被他当作口头禅，虽然一个人用脑袋代替钞票进行打赌是很不合适的，但是，以我的朋友的倔强秉性是不会理解这一点的。到后来，他完全抛弃了其他形式的打赌，决心只说"我跟魔鬼赌我的脑袋"，他如此执拗，如此信奉这句话，使我感到非常不快，而且使我为之惊讶。凡是我说不清原因的事，总使我感到不快。难以理解的事总是诱人去思考，而思考有损于健康。事实上，达米特先生可以任意说出气人的话，开始还觉得他说话的神态很有趣，但后来会觉得非常令人生厌。有些事确切地说是非常古怪，不过，柯勒律治先生会把它称为玄妙，康德先生会把它称为泛神，卡莱尔先生会称它为狡诈，而爱默生先生会称它为超验。我开始完全讨厌那种东西。达米特先生的灵魂处于一种危险的境地。我决定充分运用我的能言善辩来拯救他。我发誓要像《爱尔兰编年史》中所记载的圣帕特里克为一只癞蛤蟆尽力那样为他尽力，也就是说要唤醒他对自己处境的一种意识。我想我必须立即行动，并再一次劝说他。我竭尽全力准备进行最后一次劝说。

　　当我的劝说结束时，达米特先生的态度显得非常暧昧。他一时间什么也不说，用好奇的目光看着我。过了一会儿，他高高地扬起两道眉毛并把头扭向一边。接着他摊开双掌，耸了耸肩，然后眨了眨右眼，又眨了眨左眼，而后他紧紧闭上两只眼睛又把眼睛睁得很大，以至于我开始担心起后果来。他将拇指顶住鼻端，其余手指做出一些难以形容的动作。最后，他交叉双臂，屈尊俯就地回答了我的问题。

　　我只记得他那番回答的开头几句，意思是如果我闭上嘴，他将对我不胜感激。他并不需要我的劝告。他鄙视我那些拐弯抹角的暗示。他已经不是小孩子了，可以自己照顾自己。难道我把他当三岁小孩子了吗？难道我在侮辱他吗？难道我是想改变他的天性吗？我是一个笨蛋吗？总之，我的母亲是否发现我不在家？他见我是个老实人才向我提出那最后一个问题，他坚持要我就此问题作出回答。他说我的慌乱使我露了马脚，并说他非常乐意把脑袋押给魔鬼，赌我母亲不知道我外出。

　　达米特先生没有给我反驳的机会。他非常下流而轻率地转身离我而去。他那样做也许有他的道理。我的感情已受到了伤害，甚至激怒了我。这一次，我非要跟他赌一把不可。我要赢得我的大敌达米特先生的小脑袋的原因是，我母亲当时完全知道我那仅仅是短暂的外出。

　　我是在劝告他时受到的侮辱，使我堂堂男子汉蒙受耻辱。不过，现在看来，我已经对这个可怜虫履行自己的义务了，我决定不要再用我的劝告使他烦恼，让他自己良心发现吧。尽管我克制自己不再去冒犯他，但是我完全不能放弃我们之间的友谊。为此我甚至开始迁就他某些并非完全不可饶恕的不良倾向。有几次，我还发现自己被他的恶作剧逗笑，就像讲究饮食的人吃芥末一样，眼里充满了泪水。他那些邪恶的话语，使我感到了深深的悲哀。

一个天气晴朗的日子，我俩手挽手外出闲逛，走到了一条河边。河上有座桥，我俩决定跨桥而过。那是一座能挡风遮雨的拱形廊桥，由于窗户不多，桥廊里黑乎乎的，黑得使人感到不舒服。一进桥廊，外面阳光明媚，里面黑暗阴沉，内外的反差，顿时使我感到精神压抑。可不幸的达米特没有那种感觉，他用他的脑袋跟魔鬼打赌，说我患了抑郁症。他的心情看上去非同寻常地好，以至于我认为我并不知道有什么可不安的。他不可能受先验论的影响。我无法精确地对其进行诊断并确诊，偏巧当时桥上没有一个我《日晷》季刊的朋友。尽管如此，我还是想到了一个主意，因为这种小丑的行径似乎迷惑住了我可怜的朋友，使他愚蠢透顶。他找不到可以打赌的东西，对出现在路上的任何物体，他都扭动着身子钻过去或跳过去，看到什么说赌什么；一会儿扯开嗓子，一会儿大着舌头，却一直保持着一副严肃认真的面孔。我实在拿不定主意到底是该踢他还是怜悯他。

我们过完桥，接近人行道时，我们的去路突然被一根高翘的旋转门挡住。我像平常一样推动转门，从容通过。可达米特先生却不这样，他坚持要跳过那道转门，说他可以在空中来一个鸽子拍翅的舞步动作。凭良心说，我知道他不会这样做。各式各样的鸽子拍翅的舞步没有谁能比得上我的朋友卡莱尔先生。据我所知，连他也做不到这一点，我不相信他做不到的达米特能做到。因此我对达米特说，你是一个吹牛大王，你不可能跳过去。后来我因为我这句话感到非常后悔——因为他直言不讳地说他马上用脑袋跟魔鬼打赌，说他能够说到做到。

尽管我已经下定决心不再规劝他，但我还是忍不住打算再说几句，让他改掉那个恶习。当我这样开口时，突然听到我身边传来一声轻轻的咳嗽，听起来很像在说："哼！"我慌忙环顾四周。目光最后落在桥廊的一个角落，落在一个神态可敬的瘸腿小个子老先生身上。没有什么能比他的整个外表更令人心生敬意了，因为他不仅身着全套黑色丧服，而且他的衬衫一尘不染，领子非常整洁地竖在一条白色领结上，他的头发像女孩一样从中间分开。他的双手忧郁地交叉放在胸前，两眼直勾勾地打量着他头顶上方。

我又进一步仔细观察他，发现他的短小丧服上还系着一条黑色的丝绸围裙，而这是一件我认为非常古怪的事。但还没等我对此奇怪的事件发表任何评论，他就用第二声"啊哼"打断了我。

对这个意见，我并不准备马上回答。实际上，他如此简短几乎只有一个字眼的言论，我是无法回答的，我看过一本季刊，他们就为"空话"这两个字搞得狼狈不堪。我羞于启齿，所以，我转而求助达米特先生。

"达米特，"我说，"你在干什么？你听到了吗？这位老先生说'啊哼'！"我对我朋友说这话时，严厉地看着他。因为说真的，我感到非常疑惑，当一个人有这种感受时，他一定会横眉竖眼、怒目圆睁，或者像个傻瓜。

"达米特。"我说，虽然这听起来很像在诅咒，但我心里清楚得很。"达米特，"我提醒道，"这位老先生说'啊哼'！"

我不打算为我这句深奥的话辩护，我自己并不认为它深奥，但我一直注意到，我的话并没有产生应有的反应；如果我用佩克桑炮弹①一次又一次猛轰达米特先生，或劈头盖脸地给他大讲美国的诗人和诗，他或许不至于比听到我这几句简单的话更显得狼狈——

"达米特，你在干什么？你听到了吗？这位老先生说'啊哼'！"

"你没这样说吧？"他终于喘息未定地开口了，就像战场上被追逐而仓促起飞的飞行员，"你完全肯定他说了，是吗？那好吧，不管怎么样，我现在就做给你看，那我最好还是装得胆大妄为一点儿。瞧我的'啊哼'！"

听了这一声"啊哼"，那位小个子老先生似乎非常满意，只有上帝知道是怎么回事。他从桥廊里那个角落走出来，极其庄重地一瘸一拐地走上前来，抓住达米特的手，诚挚地握了一阵，温和而慈祥地盯着达米特。他的这种温和和慈祥让人难以想象得出。

"我相信你一定能赢，达米特，"他带着一种最坦率的微笑说，"但你知道，为了形式，我们不得不尝试一下。"

"啊哼！"我朋友回答，随后他长叹一声并脱下外套，又将一条毛巾扎在腰间，一会眯起双眼，一会又张开，抿着嘴，表情顿时起了一种奇怪的变化。"啊哼！"顿了一顿，他又"啊哼"了一声，之后除了"啊哼"，我再也没听他说出其他任何字眼。"啊哈！"我想，却没有说出来，"这对托比·达米特来说真是难得的沉默，而这无疑是他先前太爱打赌的结果。一个极端常常导致另一个极端。我真想知道，他当时是否已经忘记了那一天，我最后一次向他长篇大论时，而他却滔滔不绝地弄得我无言以对的那一天？不管怎么样，他的超验症的毛病总算被治愈。"

"啊哼！"这时托比应答道，仿佛已经猜透了我的心思，他看上去就像一个正在沉思的老教徒。

此时，那位老先生拖着他的胳膊，把他领到桥廊更阴暗之处，离那道旋转栅门有好几步远。"好样的，我亲爱的朋友，"他说，"肯定是我的良心允许你并让你离这么远起跳，等在这儿，等我到栅门旁边去，在那儿我可以看见你是漂亮地还是糟糕地跨过去的，别忘了鸽子拍翅的花样。一个形式而已，你知道。我会喊'一——二——三——跳'，当你听到我说'跳'之后你才能起跳。"老先生说完，退到栅门旁边，停顿了一会儿，好像在沉思，然后抬眼向上望了望。我看见他脸上掠过一丝微笑，接着紧了紧围裙，凝视着达米特，最后他按照事先的约定发令：

——二——三——跳！

一听到"跳"，我可怜的朋友猛然起跑。那道栅门不算太高，跟洛德先生的大体一样；

---

① 法国将军亨利—约瑟夫·佩克桑（1783–1854）发明并以其名字命名的一种野战炮的炮弹。——译者注

但也不算太低，就像洛德先生那些评论家说的一样，但总的来说，我肯定我的朋友能够跳过去。可是万一没有跳过会发生什么样的后果呢？啊，这是个问题，但即使没跳过又有什么关系呢？我说："这位老先生有什么权利让别人去跳？那个一瘸一拐的小老头！他是谁？如果他要我跳，我是不会跳的，我是不会在乎他到底是谁的。"如我所说，那是一座拱形廊桥，其建筑风格非常荒谬，桥廊里总有一种令人不快的回声——一种我刚才说出最后几个字时越发清楚地听见的回声。

但是，我所说的、所想的，或所听到的，都发生在顷刻间。我可怜的托比起跑不到五秒钟就跳了起来。我看见他跑得非常敏捷，从桥板上壮观地跃起，双腿跳出几个难度最大的花样，正好在栅门之顶来了个鸽子拍翅。我当然认为他没有趁势过那道栅门，是一件异乎寻常的事。他的整个跳跃只是瞬间动作，我还没来得及思考，达米特先生已直挺挺地落在了地上，是在他起跳的这边。与此同时，那位老先生用围裙接住了从那道栅门正上方的拱顶暗处重重地掉下来的一个东西，迅速一瘸一拐地离开。我看得目瞪口呆，没有时间去思索，我觉得达米特先生一定是自尊心受到了伤害，躺在那儿一动不动，现在正急需我的帮助。我迅速地跑过去，发现他受到了一种非常严重的伤害——实际上，是他的脑袋不见了。我仔细地寻找了一番，也未能找到。于是，我决定把他背回家，并叫人去请顺势疗法医生。就在这时，我突然冒出了一个想法。我打开最近的一扇桥廊窗户，一个令人悲哀的事实浮现在我的眼前。就在那道旋转栅门正上方五英尺处，横过通道上方的拱顶，一根扁平的铁棍以平卧状态延伸，以此构成支撑整个桥廊结构的一部分。显然，在这根铁棍边上千真万确地挂着我朋友的脑袋。他惨遭灭顶，使他没挺多久。那些顺势疗法医生并没有给他开出多少药，而开出的那点儿药他又不愿服用。最后，他的情况变得越来越糟糕，直到毙命。这对所有疯狂地活着的人都是一个惨痛的教训。我在他的墓前痛哭一场，并在他家的盾牌①上加了一道不祥的横杠。至于说他葬礼的所有花费，我给那些超验论者送去了一张非常公道的账单。可那些混账家伙拒绝付账，于是，我当即把达米特先生从墓中挖出，并把他卖掉给狗吃了。

---

① 指一个家族的纹章牌。——译者注

死 荫

是的！虽然我穿行在死荫幽谷。

——《圣经·诗篇》

此时，读者正活着读这则寓言，而写这则寓言的我恐怕早已去了那死荫之地。因为在这些记录被世人读到之前，将会有很多诡异的事情发生，那些神秘的事情将被揭露，很多个世纪将会过去。而有些人看到这些记录时，会不相信或者去质疑，但是一定有少数人会在那些用铁笔镌刻的字符中发现许多值得人思索的内容。

那是一个恐怖之年，人们心中充满了一种无法用文字表达的比恐怖还要恐怖的情愫。因为相继出现了许多奇异的征兆，无论是海洋还是陆地，都被时疫黑色的翅膀所覆盖。然而，对于那些精通星象的人来说，早已明白这是天象显出了凶兆。对于其中的我——希腊人奥伊洛斯来说，这显然是木星在白羊宫入口处与土星那道可怕的红色光环交接，794年的那场大更迭马上来临。那种奇特的天意不仅显现在地球的自然轨道中，如果我没有弄错的话，它也显现在人类的灵魂、想象和冥想之中。

一天晚上，我们七个人坐在一座名叫普托勒墨斯幽幽城中的宏伟大厅的四壁之内，围着一些用长颈瓶装的中国红酒。除了一道由工匠科里乌诺斯铸成的巍峨的黄铜大门以外，我们这个房间没别的入口，少见的是那门只能从里边开闭。那阴暗房间的黑色帷幔，挡住了苍白的月亮、星星以及窗外无人的街道，然而却挡不住那不祥之兆，也无法驱逐我们对邪恶的记忆。我现在已无法清晰地描述当时的情景——不管是物质上的存在还是精神上的实感——压抑的气氛，令人窒息的感觉以及如焚的忧虑不安，意识清醒但思维却沉睡不醒之时神经所经历的那种对生存的恐惧。一种死亡的压迫缠住我们不放。它缠住我们的四肢，缠住室内的摆设，也缠住我们喝酒的那些酒杯；除了那七团照亮我们酒宴的七盏灯的火焰，它缠住和压倒了所有的一切。这七盏灯的火苗又细又长，暗淡无光且一动不动。灯光在我们围坐的那张黑檀圆桌上形成了一面镜子，我们每个人都从这面镜子中看见了自己苍白的脸色，看见了同伴眼中的萎靡不振和焦灼不安。但尽管如此，我们仍歇斯底里地纵声大笑，疯疯癫癫地吟唱阿那克里翁的琴歌；虽然紫色的酒浆同鲜血一样，但我们依然狂饮高歌。因为我们屋里还有另一位被称为小索伊勒斯的房客。他已经死去，身上裹着尸衣直挺挺地躺在一旁——好像是那个场景的守护神。唉！他分享不到我们此时的快乐，可是他那张被瘟疫扭歪的脸和那双只被死神熄灭了一半瘟疫火焰的眼睛似乎正对我们的狂欢产生了兴趣，好像接受了将死者的那种快乐。虽然我感到死者的眼睛正盯着我，但我仍然强迫自己不去理会那痛苦的表情，而是凝视着镜子般的黑檀桌面，用洪亮的声音高唱泰斯之子的那些琴歌。但渐渐地，我的歌声停止了，萦绕在那屋里黑色帷幔间的回声也越来越弱，直至完全消逝。瞧！从歌声消逝的那些黑色的帷幔之中，走出一个模糊不定的影子——就像月亮刚刚升起时可能映出的人的影子；但它既不是人或者神的影子，也不是我们所熟悉的任何东西的影子。它在黑色的帷幔间颤抖了一会儿，最后附定在了黄铜大门的表面上。但那影子一直虚无缥缈，毫不成形，既不像人也不像神——不像希腊的神，不像迦勒底的神，也不像埃及的任何神。那影子就一动不动，完全静止地附在门拱下的黄铜门上。如果我没记错，影子所依附的门正对着裹着尸衣的小索伊勒斯的双脚。但自从那影子从帷幔间飘出之后，我们七个人都没有正眼看过它一眼，而是垂下目光久久盯着那面黑檀木镜。最后我低声问了那影子是谁，从哪里来。影子回答，"我叫死荫，居住在这普托勒斯城地下墓窖附近，就在天堂那混沌的旷野旁边，紧挨着那条肮脏的冥河。"这个回答吓得我们七个人从座椅上一跃而起，浑身颤抖，因为那个声音包含了许许多多人的声调，它说话时每发出一个音节就变换一种声调，这些声音阴森地钻进我们的耳朵，使我们想到了许多死去的朋友那熟悉的口音。

威廉之死

我暂时称自己为威廉·威尔逊，不要好奇我的真实姓名，何必用我的真实名字玷污眼前的白纸呢？因为这名字已经让我的族人饱受侮辱、憎恶和轻视了。那些愤慨激昂的言语，难道还没把这声名狼藉的人所犯的错传到天涯海角？

啊，自甘堕落的浪子，难道你真的对人间心如死水，真的厌倦尘世的名誉、金钱，厌倦了鲜花，放弃了许愿？这些年来，我遇到了很多无法说明的事情，也犯下了滔天的罪行。在最近的岁月里，我突然跌入谷底。如今，我决心将这一切和盘托出。

人们通常是一步步走向深渊，而我却在一夜之间，就变成了恶人。所有的德行，所有优雅的举止都在某一刻，被人从身上完整剥落，就像是脱去了衣服一样。我站在巨人的肩上，越过了邪恶的地方，坠入了比埃拉伽巴卢斯[①]那类滔天罪行还要难以谅解的深渊。

究竟是为什么，究竟是什么原因促使我犯下了滔天的罪恶？请让我说出来。在死神面前我反而变得坦然，死亡的阴影反而让我平静，在临死之前，我渴望得到世人的同情——我差点说成了怜悯。

变成现在这样的情形，并不是我一个人的错，我只希望他们能够相信，我是被那摸不着看不见的命运之力操控至此。希望他们看了我所讲述的事情后，能够在我的罪恶沙漠中，找到一块绿洲，看到我内心柔软的地方。我希望人们能认识到，在诱惑面前人无能为力。也许他们没有面临着和我面临的一样大的诱惑，所以还不曾堕落。难道这人世间真的一片和谐美好，难道只有我一个人生活在现实中？人世间这些荒诞离奇的幻想，怎让我不恐惧害怕？

我们这族人，一直以脾气暴躁、善于想象闻名，我完全继承了家族特征。随着年龄的增长，这些特征越来越明显，由于各种各样的原因，不仅我身受其害，就连我的朋友也因

---

① 埃拉伽巴卢斯，罗马皇帝，218-222 年在位。在位时荒淫放荡，臭名昭著，终被禁卫军弑杀。——译者注

此变得焦躁不安。所以我时常孤身一人沉溺在幻想之中，固执且情绪失控。我家的大人们并不是没费心帮我矫正，只是他们也同我一样优柔寡断，最后在我的坏脾气面前俯首称臣。从那时起，在家里，我的话就是圣旨，在别的孩子还需要父母牵着走路时，我已经开始自立，面对事情只遵循自己的判断。

关于学校，我总记得最早接触时，有一幢伊丽莎白女王时期流行的建筑。它的结构不规则，有巨大的窗户、长且阴暗的回廊，还有高耸入云的大烟囱。那个屋子应该位于伦敦一个雾气笼罩的村子，房前屋后有许多参天大树，周围所有的建筑都古老且破旧。

不过，这样的一个古老小镇的确是个能够安抚人心的避风港。在我的想象中，我正一个人漫步在林荫道上，不时嗅到灌木丛散发的芬芳，听到从远处传来的空灵的教堂钟声。那钟声每隔一小时就突然敲响，有些阴沉。钟声在渐渐暗淡的天色里静静回荡，被岁月侵蚀了轮廓的哥特建筑也藏在暮色中，安静地睡去。也许，让我仔细回忆一番，我会比做现在的任何事情都开心、快乐。准确地说，我现在是聚集万千悲情于一身。

这千真万确，请原谅我这样毫无章法地写着这些小事，我只是为了给自己寻找一些短暂的慰藉，让自己不那么悲苦。虽然这事情看起来只有芝麻大小，甚至有些可笑，不过于我而言，特殊的时间、地点十分重要。现在的我，甚至能够意识到，那时候命运就已经为我敲响了警钟，给过我忠告。在以后的岁月里，那种忠告一直伴我左右。

我说过那建筑有些古怪，房子前面的院子十分宽敞，院墙用砖头堆砌而成，十分坚固。墙头上还插满了碎玻璃，就像牢房似的。当时的我们就被圈在这样一个院子里，每周只有三次出去的机会。一次是在周六的下午，我们排着队由两位老师照看着，规规矩矩地在田野散步；另两次是在周日，去教堂做礼拜。

我们的校长是镇子上唯一一所教堂的牧师，我忘不了他在教堂里走路时庄严的样子。他总是一脸严肃地站在讲坛上，身上的牧师袍随风飞扬。他头上的假发，也敷满了粉。这难道就是不久前，那个手持教鞭，身着制服，看上去不近人情严格执行学校规章制度的校长吗？

荒谬，甚至可笑，这是多么自相矛盾的一个人。

在堡垒一般的围墙角，有一扇笨拙的大门。门上满是大头的铁螺丝，就连顶端也高耸着铁钉尖尖的锋芒。乍看过去，会以为是巨大的铁皮怪兽，让人不由得后退几步。

除了我之前提过的定期出入时间外，那铁门总是紧闭着。伴着铁链吱呀的声响，打开的门带给孩子们一个庞大的世界，让人深思。门的这一头，则是一片安逸的小天地。形状不规则却很宽敞的院子里的地面有许多地方都凹进去了，最大的三四个凹壁围成了操场，那只是个铺了上好沙粒的平坦地面。没有树，没有椅子，没有什么能用来坐的东西，这些我都记得真切。

屋子前面还有一个小花坛，里面种着黄杨还有其他小灌木；屋子后面高大的树木和灌木更多。不过对我们而言，小花坛就像圣地一样，除非是第一次进校、离校，或者父母朋友来找，再就是我们高兴地回家过节时会经过，其他时候，它就在那里，让我们瞻仰。

这幢宅子，对我而言是多么的古香古色，长长的曲折蜿蜒的回廊，多到数不清的房间，整幢建筑像迷宫一样离奇。身在其中，你摸不清自己究竟在哪一层。

在我们眼里，这幢宅子似乎就是个可以无限延伸的空间，世界上再没有比这更大的了。在这里我居住了5年，一直和其他一二十名学生住在同一间小寝室里，不过我们一直都没弄清楚，这间寝室究竟在哪幢房子的哪个角落。用来当我们教室的屋子更大。它吊起的屋顶并不是很高，整间屋子狭长，显得很是压抑；房间的窗子是哥特式的，天花板则是橡木的。

就在教室的不远处，有一个大概八九英尺见方的小屋子，那是我们校长兼当地牧师勃兰斯比博士的密室。那屋子建得十分结实，屋门也很厚重，不过就算天借给我们胆子，主人不在时，我们也不会好奇去开那扇门。

听说，那是属于校长"授课时间"的屋子。在另外两个角落，还有两间样式相仿的屋子，是教师办公室，一个属于"古典文学"教室，另一个是"英语兼数学"老师的，不过这两间房子都没有校长那间让人肃然起敬。

我还记得，当时我们的教室里，横七竖八地散摆着数不清的桌椅。桌椅都是黑漆漆的，看起来年代久远且十分破旧。桌子上乱糟糟地堆着翻开的书，桌面刻满了各种稀奇古怪的字母和图案——早在很多年前，它们就已经这样了。教室的一头，放着一个盛满水的水桶，另一头则是一个巨大的钟。

在这里度过的5年，是指从10岁到15岁那5年。孩童时代，人们有异常丰富的想象力，对外面的事情不感兴趣。那时有很多值得玩乐的，也用不着自己自娱自乐。

学校的生活看似枯燥单调，却因为有着一群同样天真可爱的玩伴而热闹非凡，就连成年后的那些灯红酒绿也比不上这时候的热闹。但是，我必须承认，当时我已经开始长大，有很多地方不同以往，甚至打破了常规。总的来讲，成年后人们很少能够清楚地记得童年时候的影子，就算硬生生回忆起来，也是模糊不清的，像蒙着一层纱布，能够回忆起来的多半是儿时的喜悦和愁苦。不过对于我而言，每当我回忆童年，就像是又看一遍电影一样，画面清晰，发生过的事情就像是非洲古国迦太基奖章的刻迹一样清晰、分明且长久。

大概从那时起，我就已经能像成年人一样感知发生过的事情。实际上，别人眼里模糊的事实没有什么好值得回忆的，无非就是清晨起来，夜晚入睡；拿着书本朗读，记忆，背诵；规定好的假期散步；要不就是和同伴在操场上嬉戏玩耍，做游戏；调皮一点的喜欢捣蛋，恶作剧。

不过这一切正因为记不太清楚，而显得格外珍贵。看着往昔平常的事情，也觉得有趣动人，会产生一种说不清道不明的情感。对比产生的刺激，也在心里一次次地激荡，童年真是每个人的黄金年代。

　　记得那时候，由于我天性热诚、脾气专横，在同学中间渐渐有了名气，自然而然地成了同龄人甚至比我大一些的人的号令者。只是有一个和我不相干的人与我同名同姓，完全无视我的存在。这样的事倒是没什么好奇怪的，毕竟，我的名字早就和普通的名字一样，可以被平民拥有，早就不是贵族专用了。这里，我所说的假名，威廉·威尔逊，其实和我的真名相差不多。

　　但是，在所有同学里，只有这样一个和我同名同姓的人，从来不听从我的号令，从来不屈服于我。无论是课堂还是操场打闹以及运动中，他总是跟我对着干，他敢拒绝我的指令。这样的人，在我号令的"同窗王国"中很难见到。可是他，不仅拒绝我，还敢横加干涉我的决定，不时打破我的专制统治。这个威尔逊，让我头疼极了，虽然明面上，我表现出对他不屑一顾，可是私下里，我越来越害怕他，害怕这个轻易就能打败我的家伙。

　　我不得不承认，他是我唯一的对手。不过，说他能打败我也好，与我不相上下也好，都只有我一个人能意识到。我的那些同学，都看不出这一点，甚至从来没有怀疑过。说实话，虽然他一直和我较劲儿，放肆又持久，但是这种战斗一直很私密。他既没有和我作对的野心，也没有要战胜我，总的看来，我倒是占据了上风。不过我留意到，他跟我作对或许就是一时兴起而已。或许他是为了阻挡我的专横跋扈，也可以说帮助我克制自己，他每次在伤害我、侮辱我和反驳我时，语气眼神中还夹杂着一丝不忍和温柔。

　　这一点让我心里十分不舒服，我说不清自己究竟是自卑还是愤怒，或者说是被人看轻之后心生嫉妒。为了让自己感觉舒服些，我把他的举止归结为他的自负，归结为他希望以救世主自居。也许，正是因为我们举止之中带着一些亲密，加上我们同名同姓又同一天入校，高年级有传言称我们是兄弟，不过这一点从来没有高年级的人来证实。其实，威尔逊和我一点关系都没有。

　　这一点，我必须重申。倘若我们真的是兄弟，那我们一定是双胞胎。因为在我离开这个叫作勃兰斯比的学校后，偶然得知，我们居然是同年同月同日出生的，都是在1813年1月19日那一天，这一切实在是太巧了。虽然威尔逊老是和我吵架，但我一点也不恨他，只是他老反驳我，令我感到烦躁。我们天天吵架，不过当着外人的面，赢的总是我。他一边让我赢，一边又让我意识到如果他不让我，他才是那个获胜的人。

　　由于我们两个过剩的自尊心，因此我们不过是"点头之交"，但我们又真的志同道合，拥有一样的兴趣爱好。或许，我们所处的位置，就是我们一直没有产生友情的原因。如果让我对我们之前的感情进行描述，这真的是很难说清的一种感觉。对他，我仇视得有些任性，却生不起恨意。我对他又爱又怕，又十分好奇。

　　如果以道德家的标准来衡量，我们反而是难舍难分的好朋友，即使这一点无关紧要。毫无疑问，我和他的关系十分反常，所以，我总是不遗余力地攻击他，无论明面上还是暗地里，总是对他半真半假地开玩笑，却从来没有清楚地表达敌对。我的玩笑，总能在最要命的地方给他一枪。

但是，聪明反被聪明误，我也有马失前蹄的时候。这个同名同姓的同学，生来谦虚，待人温和，却也十分严谨认真，尤其是听到跟自己有关的笑话，他简直气极了。在他身上，我只找到了一个弱点，就是他无论什么时候都没办法提高音量。或许是我的这个对手患有的一种先天疾病，也可能是他的发音器官有些问题，他说起话来，总是慢声细语，如果不是像我这样结怨已深的对头，恐怕从不会针对这一点羞辱他，但我怎么会放过老天爷赐给我的机遇？威尔逊对我的报复也千奇百怪，他有一招百试不灵，让我头痛极了。谁知道他为什么那么聪明，能够一开始就找出我的弱点，用些雕虫小技，一而再再而三地惹恼我？对于这一点我怎么也想不通。

我这辈子最厌恶的就是自己的名字和姓氏，如果这样普通的名字是独一无二的也好，可偏偏平民百姓也有许多人叫一样的名字。每次一听到，我就像是喝了毒药一样，哑口无言。偏偏，我报到的那天就知道，另一个威廉·威尔逊也来这里上学。那个让我愤恨的人，总是在我眼前晃来晃去。

由于重名，我们时常被别人搞混。所以，一旦发现这个家伙与我外貌和言行上有什么相似，我就无法遏制地火冒三丈。最初，我并没有发现我们的生日相同这样骇人的事情，只是发现，无论是身高体形，还是面部轮廓，我们都出奇地相像。所以听到高年级的传言，我顿时恼羞成怒，要是有什么人敢在我耳边提起，哪怕是说我们只有一丁点儿相似，都会让我焦躁不安。

虽然我一再掩饰自己的情绪，但这的确是事实。他就在这样的情况下，发现了我们之间的相似点，并借此说出我们是亲戚的言语，让此类流言风传。这一切绝对可以看作是他极聪明的表现。对于我的言行，他都模仿得极为形象，无论是衣着打扮，还是走路的姿势，他都演绎得十分完美。唯一不像的就是我的声音，他天生的嗓子缺陷，致使他即便模仿我说话，听起来也像是我说话的回音。这神形皆像的模仿，让我十分苦恼。

不过令我慰藉的是，这一切依旧只有我一个人注意到了，因此我只能容忍他那嘲讽却又会心的笑容。看见我痛苦，他似乎很满足，他一点儿也不关心他那精湛的模仿技巧有没有博得众人的赏识。不知道是不是他掩藏得太深，或许是他一点儿一点儿循序渐进的模仿让人以为浑然天成，总之没有人看出来，我也没有落入他人的嘲笑之中。对于这些，我只能一个人思考并苦恼着。

我说过不止一次，他总喜欢以我的保护者自居，和我作对，总是给我迎头棒喝或者一些暗示。我每每接受他的那些"好意"，心里却很反感。我渐渐长大，对于这样的行为也越来越厌恶，虽然多年后想起，他的那些建议都很适当和贴切，曾给予我很大的帮助。就算他的聪明和处世的圆滑程度高不了我多少，但至少他比我有道德多了。

而且，我也不得不承认，如果当时他的那些金玉良言，我能够听进去一点儿，现在大概也就会成为一个善良快乐的人。不过这一切都是后话，那时那些劝说只是我耳旁的一阵风而已，我从来没放在心上。最终，他对我没了耐心，我也越来越受不了他的多管闲事和不合时宜，从而对他的愤恨也渐渐浮现出来。

我说过，在认识的开始几年，我们两个虽然有很大机会能够成为挚友，可是到了最后的日子，他越来越懒得管我，我的恨意却并没有因此减轻。我猜他大概看出了我对他的讨厌，于是他开始躲着我，或者说假装躲着我。如果记忆没出错，那个时候，我和他大吵了一架，吵架的时候，我看出了另一个他——一个泛起警惕，公然跟我作对的敢作敢为的人。我也意识到，眼前的这一切，他的语气表情，不知道藏着什么，竟让我错愕地看到自己的婴儿时期，那些混乱的往事铺天盖地地出现。

那时，我并没有记忆，只是一种难以描述的感觉压迫着我。换句话说，我产生了那种在很久之前就已认识眼前这个人的错觉，又费力摆脱了，那也是我们最后一次谈话。

在学院古旧的房子和那些不知道个数的房间里，有几个相通相连的大房间是用来做学生宿舍的。这样的房间，也有很多小角落和凹壁，以及其他零散的结构，自然也有储藏室那样只能装下一个人的小空间。精明节省的勃兰斯比博士，也把这样的地方布置成了宿舍，威尔逊就住在这样一间屋子里。大概是我在学校的最后一年，快要离开的时候，也就是刚刚提到的吵架的那个晚上，我趁着大家入睡，一个人提着灯，溜进威尔逊的房间。我心中早有计谋，一定要让他意识到我的厉害，只是我一直没那么做而已，如今这大好时机，我一定要它变为现实，让他感到我对他的怨恨和厌恶，比山高比水深。站在他的房间门口，我放下了手中的灯，小心地扣好罩子。我小心翼翼地走进去，确认他是否真的入睡。我慢慢地拉开床帐，看到光线下熟睡的人的面容。这就是威廉·威尔逊吗？他就长成这样。

可当我近距离真切地看到那张脸孔时，我就像受了寒一样全身战栗。我脑海中的他，绝对不是长成这样的。我凝视着他，思考为什么这张脸会吓得我浑身发抖。我心乱如麻，各种各样的想法、念头一起涌入脑海。他醒着的时候，绝对不是这个样子，绝对不是。同名同姓、同一天入校、相似的脸孔，这些还不够，接下来他模仿我，固执又坚持地模仿我的习惯、我的步态、我的声音、我的行为，都渐渐变成了他的。他这些嘲笑我、讽刺我的模仿，居然让他变成我看到的这样。

这是真的吗？我心中突然充满了畏惧和崇敬，我要离开这里，我灭了灯，逃离了这个学校，再也没有回来过。

接下来的几个月，我待在家里。不知不觉，我变成了伊顿公学的一名学生，再过一段日子，对于勃兰斯比学校的记忆，也模糊了。至少，每当想起时，那些真相、悲剧什么的都云淡风轻。

就算换到了伊顿公学，我对自己的质疑也没有丝毫减少。一到新的环境，我就立刻投入到荒唐的飓风之中，心中那些刻骨铭心的重要印象早就被席卷一空，只剩下过往一些细碎的琐事，脑海中也只遗留着过往的轻浮。

　　不过我可不想详细叙述我那放荡不羁又可悲的时光，除了虚度光阴，我没得到任何收益，还沾染了不少恶习，并且难以改掉。在这 3 年里，我的个子不断地长高，甚至有些高得离谱。在一周的放荡日子后，我邀请一些学生到我的房间偷偷举办了宴会。我们在深夜碰面，准备寻欢作乐一整夜。

　　就在我们的穷奢极欲达到顶峰时，天已经亮了，我正醉醺醺地喝着酒，要求再来一杯。突然一个仆人急切地敲门，说门厅有人找我，看样子十分着急。我满是醉意，听到有人找就兴奋地出去了，一点也没担心。

　　迈着酒鬼特有的踉跄步子，我来到门厅，借着窗户透过来的几缕微光，我看见一个身材同我相仿，身着样式新奇的雪白开司米晨衣的青年。那件衣服和我当时身上穿着的一样，不过光线实在昏暗，我看不清他的长相。他一看见我，就冲过来，一把拉住我，在我耳边低声说道："威廉·威尔逊。"

　　那一刻，我完全醒了。只见这个陌生人竖起一根手指在我面前，有些颤抖，发出古怪的嘶嘶声，暗含着警告。不过我并没有多大的触动，只是十分惊讶。可是，当我听到那几个字时，我立刻像是触电一样。那感觉震撼心灵，过往的记忆一下子如潮水般涌来。当我缓过来时，他却消失了。尽管当时我那混乱的记忆中，有鲜明的印象，不过随着时间的推移，这印象渐渐变为碎片，消失了。

　　说实话，最初我还病态似的认真猜测，这个怪人是谁？我没法假装不认识他，因为正是他不断地干预我的生活，给我提出忠告。但是这个威尔逊究竟是谁，到底是干什么的，怎么会突然出现，想要做什么？

　　我没有答案，因为当年我离开时，他也离开了那里。过了不知道多久，我忘记了这个问题，动身准备前往牛津大学。我那虚荣的父母，不仅帮我准备好所有需要的用具，还给了我足够的生活费。

　　在那里，我能过尽情玩乐的奢华日子，那样的生活想想就觉得美好。我马上就要跟大不列颠那群傲慢的豪门子弟，比一比挥霍的能力了。我越想越高兴，因为我有堕落的本质，我骨子里挥霍的天性，在那里发挥到了极致。我一直拼命地寻欢作乐，没有节制，如果让我来形容我的那段日子，我只能说，与希吕王相比，我有过之而无不及。但如果要把我所做的事情列出来，在记录这所欧洲最荒淫的大学的罪行的路上，我只占了不短也不长的一段。

　　难以置信，我就是在这所大学里，变成了一个下流的赌棍。我耐心地学习赌术，并且越来越精湛，然后在那些低智商的同学里面，大显身手，增添自己原本丰厚的财产。我就这样一次次铸下大错，论原因，可能是自己已经丧失了良心和德行。

　　不过那些围着我转、吹捧我的人呢？他们难道不应该站出来吗？在他们的眼中，我威廉·威尔逊是慷慨率直的代表，是整个牛津大学里最高贵的自费生，就连我的荒唐也比别人更离奇。如果说我有错，那我只是错在我天生的恶性，错在对于奢华的迷恋。直到现在，我在赌场上只成功地耍了两年花招，而且都跟学校那个叫作葛兰丁宁的贵族有关。

据说他和希腊诡辩家希吕士·艾迪克一样富有，他的钱财来得也容易。接触下来，我发现他的智商远没有他的财富那样丰富，于是自然地他就成了我行骗的对象。

我不时地怂恿他玩牌，然后使出赌徒的伎俩，先假意输给他一些钱，让他上钩，然后渐渐地实施我的计划。后来我在同样是自费生的普雷斯顿的宿舍又和他见了面，我意识到时机来了。不过坦白来说，他一点都没怀疑我。为了让这次的计划实施得更顺利，我特意找了七八个人，然后装作不经意地提起玩牌的事。和我想的一样，他立刻上钩了。

如果想简单地说一说我做的这件缺德事，绝对不能不提我那卑劣的手段。人们在赌博时，不是常常耍一些手段吗，但总有人中招。夜深了，我们依然在赌钱，我的计划终于成功了，现在牌桌上我唯一的对手就是那富有的葛兰丁宁。我们玩的是我最喜欢的埃卡特，那是两个人的纸牌玩法，每个人各发 5 张牌，第十一张为王牌，满 5 分就算作一局。其他的人被我们一掷千金的气势吸引，都丢下手里的牌，站在周围当看客。那个暴发户在我的哄骗下喝了很多酒，每次洗牌、打牌、发牌都紧张极了，一会儿他就输了一大笔钱。我耐心地等待着，果然，他为了赢钱，主动提出赌注加倍。

我装出勉强的样子推托，可是我的再三拒绝惹恼了他。他对着我破口大骂，见此情形，我才装作不情愿地答应了。当然，结果只是证明，他变成了我陷阱里的猎物，挣扎不了多久了。

对于这一点，我很惊讶。在我的调查里，他可是个富得流油的人，这样一笔钱他不会看在眼里，而他的表现却给我一种他已经倾家荡产的感觉。

我正决心收手，毕竟我要表现出我的大度，可是周围的人早就在葛兰丁宁绝望的叹息中倾向了他那一方。我当时是怎样一个模样？我不敢想象，看着葛兰丁宁那可怜的样子，所有人都愁苦不安。一时间宿舍安静了，那些围观的人，也有些向我投来不屑和轻蔑，甚至是责备的目光。

这一切，让我感觉自己正在饱受火焰的煎熬。突然，门开了，咣的一声，连屋子里的烛火也全部熄灭了，一个和我差不多高的陌生人，穿着披风闯了进来。他就站在我们中间，他说："各位，很抱歉打扰你们，虽然我一点儿都不觉得愧疚。我来是为了让你们认清真相，认清赢了葛兰丁宁爵爷一大笔钱的那个人的本质。如果你们有工夫，一会儿就检查一下他左边袖口的衬里，还有那件绣花衬衣的口袋，里面或许藏着些有趣的东西。"说完，他就像鬼魅一样消失了，他那低沉的声音，我一辈子也忘不了。我的心情不知道用什么能够描述，当我反应过来时，我已经被大家按在了地上。烛火亮了，我的伎俩被拆穿了，他们搜到了我藏着的纸牌，这在赌徒的术语里叫作"鼓肚子"。

得知真相之后，我反而坦然了，无论他们怎样愤恨地怒骂，和我一点儿关系都没有，他们的沉默不语反而让我难过。屋子的主人普雷斯顿开口了，他低下身子，拿起脚边一件毛色稀有的披风，说道："威廉·威尔逊先生，这是你的东西。或许我们应该再搜上一搜，不过证明你那套把戏的证据已经足够了。我希望你能够明白，你必须马上离开我的宿舍，甚至马上离开牛津大学。"他的脸上挂着冷笑，只是看着我披风的褶皱。当时的我，就想找个地缝钻进去，可是，我被一样离奇的物品吸引了。

那就是披风，这样的我居然在听了那么一段难听的话后，没有发火。我穿的披风，是用一种罕见的皮子缝制而成的，它的价格，我也不敢说，而样式更是我自己设计的。

所以，当普雷斯顿先生从靠近门的地板上又拾起一件一模一样的披风交给我时，我大为吃惊。因为，我自己的披风已经搭在胳膊上了，而递给我的那件，就连细节上也和我的一样。

我清楚地记得，那个揭露我骗局的怪人，也披着披风，而我们这伙人中，除了我，没人穿披风。我什么都没有说，什么也没表现出来，只是接过披风，头也不回地离开了。

第二天一早，天还没亮，我就逃离了这片土地，踏上了游历欧洲的旅途。我的心中充满了愧疚，这漫无目的的慌乱逃窜，并没有让我摆脱厄运。确切地说，我就像是厄运手中的一个玩物。牛津只是个开头，巴黎、罗马、柏林、维也纳、莫斯科，我所去的所有地方，都能见到那个混蛋的踪影。少年时期的威尔逊，一直跟着我，管我的闲事，干涉我的雄心壮志。

这一切，让我发自内心地诅咒他，不过每一次，我都只能慌不择路地逃窜，可仿佛无论我逃去哪里，他都如影随形。我在心中不停地问自己："他是谁？他要干什么？他从哪里来？"不过，我始终没有答案。为了得知真相，我开始仔细观察分析他是如何监督我的，他监督的形式、方法，等等，不过我看不到答案。事实是他最近总跟我作对，而且每次都阻止我实施计划，打乱我的行动。而如果我所做的能够顺利展开，一定会造成无法弥补的痛苦。

我没办法避免看到这个一直折磨我的人，他穿着和我一样的衣服，小心翼翼地靠近我、干涉我，而且竭尽全力不让我看到他的脸。不过，就算看不到脸，我就不知道他是那个威廉·威尔逊了吗？真是此地无银三百两。

无论是在伊顿公学的忠告，还是在牛津大学的揭露，无论是妨碍我在巴黎复仇，还是阻止我在罗马如愿，难道他以为，我认不出这个不断阻止我的怪人就是我小学时代的同学威廉·威尔逊？不可能，我一定要把这出戏唱下去，一定要完成那最重要的一幕。

迄今为止，我一直在他的掌控中。我知道，在他面前我有多么软弱无力，在他那高尚的人格和超凡脱俗的智慧面前，我就是个矮人。但是我也因此明白了，如果不想痛苦地屈服于他，最好的办法就是盲从。可是最近，我开始酗酒，整日整夜地沉溺在酒精里，于是，我的天性、我祖传的脾气发挥到了极致。我的脾气越来越暴躁，我越来越无法控制自己，我开始抱怨，开始反抗报复。

这样的念头越来越坚定，而我也距离那个不断折磨我的人越来越远。难道这一切只是我的想象？就算这是幻想，我也感觉到希望。最后，我决定反击，我不要再做别人的玩物、别人的奴隶。

罗马狂欢节，我参加了那不勒斯公爵德·布罗里奥府上的化装舞会。屋子里人潮汹涌，空气稀薄，我不由得豪饮开来。眼前闹哄哄的一切让我恼火，我穿过拥挤的人潮，开始寻找那位年轻放荡的公爵夫人。别让我说为什么，并不是我卑鄙无耻，而是在私下里，她就恬不知耻地跟我说，她会化装成什么。现在，我终于看到她了，我兴致勃勃地走向她。就在那一刻，一只手搭在我的肩头，那该死的难以忘记的嗓音出现在耳边。我顿时怒火冲天，一个急转身，揪住了老与我作对的人的衣襟。不出我所料，他装扮得和我一模一样。我们都穿着西班牙式蓝天鹅绒的披风，腰上别着猩红色的腰带，腰带上还挂着一把长剑，就连脸上也戴着一模一样的丝绸面具。

"你这个魔鬼！"我大声叫道，心中的怒火越来越高涨，"骗子，坏蛋，你不要再纠缠着我，跟我来，让我一剑刺穿你！"我拖着他到隔壁冷清的会客厅。我一进屋，就把门插上了。我把他推到墙边，拔出长剑，"拿起你手中的剑，我要跟你决斗。"

他先是犹豫了一会儿，又很快默默地拔出剑，做出防御的架势。实际上，这根本称不上决斗，几秒钟，我就已经把他推到了墙角，打算一剑刺穿他。那一剑，我用尽了全部力气。看着他陷入这样可悲的境地，我非但没有放过他，反而多刺了几下，以发泄心中的怒火。那会儿，有人试图弄开插销，我慌乱地堵在门口，生怕有人冲进来。

我回身望向我的对手，想看看那个濒临死亡的人，可是眼前的一切，让我恐惧极了。

这个房间里，居然立着一面镜子，最初我以为是看花了眼，可是当我向镜子走去的时候，竟看见面色苍白、血迹淋淋的自己的影子，正步态慌乱地走过来。那就是我的对手威尔逊！

他就痛苦地站在我面前，奄奄一息，面具和披风在地上摊着。他衣服的每一个细节，他面部触目惊心的特征，没有哪一点不同我一模一样。那是威尔逊，只是他不再用低沉得类似耳语的声音说话，他一开口，我简直以为说话的是自己。

"你赢了，可是从此以后，你也死了。对世界、对整个人间，甚至对于希望而言，你都死掉了。我活着，你才活着；我死了，你也会消失。快睁眼看看吧，看看你把自己谋杀得多么彻底！"

与木乃伊对话

前一晚的讨论让我的精神有些衰弱，我因此头疼不已。今天我在家随便吃了点东西，就准备休息，不打算出门了。晚餐并不丰盛，不过有我钟爱的威尔士调味乳酪，虽然它会增加我的卡路里，但我却毫不顾忌。不过，如果没有黑啤酒，我建议你干脆别尝威尔士乳酪。

就这样吃了一顿简单的晚餐后，我平静地上床，准备一觉睡到明天中午。可事与愿违，就在我刚进入梦乡之时，传来了砰砰的敲门声。一分钟后，妻子给了我一张旁隆洛医生的便条，内容如下：

亲爱的朋友，请在收到便条后尽快来我家，惊喜在等着你！经过锲而不舍的努力，我们终于得到了市博物馆理事会的首肯，允许我们开棺检查那具我们期待已久的木乃伊。如果需要，我们甚至可以解开它的缠裹物对其进行解剖。包括你在内只有几位朋友获得了邀请，暂定于今晚11点在我家开棺，请尽快光临！

你真诚的旁隆洛

我看完便条后欣喜若狂，从床上一跃而起，以惊人的速度收拾好自己，马上奔向旁隆洛医生家。当我到达时，我发现友人们早已等得不耐烦了，那具木乃伊就放在桌上。我一进屋，对它的研究就立刻开始了。

我们向往已久的这具木乃伊是旁隆洛的表哥阿瑟·萨布雷塔什船长，在几年前从底比斯古城的利比亚山区，即埃勒斯亚斯附近发现并带回的，那里离尼罗河较远。

当时船长带回了两具，这是其中的一具。因为这两具木乃伊能为古埃及民间生活研究提供佐证，所以它们一出现就引起了世人的瞩目。据说埋葬这两具木乃伊的墓室里还有很多这样的实证，诸如壁画、浮雕、精美的工艺品等，它们无不显示出这座墓主人生前的富有和奢华。而眼前这件让人赞叹的宝贝，一直以来都按照萨布雷塔什船长发现它时的样子保存在博物馆里，丝毫未动。换言之，这具棺材到目前为止都未曾打开过。8年来，公众到博物馆参观时，也只能远远地看一下它的外表而已。

此刻放在我们面前的木乃伊完整无缺，只要有一点研究经验的人都该为我们今天的好运羡慕不已。因为这样一具未遭洗劫的古代瑰宝能到达我们的海岸，并完整地成为我们的研究对象是极其难得的。

走近桌子，我看见桌上放置着一个长方形大盒子，或者说是个大箱子。它长约7英尺，宽约3英尺，高约2.5英尺，乍看起来不像棺材。开始，我们以为这个箱子的质地是埃及榕木，也就是俗称的白杨，但经过切割，我们发现这只是人造木板而已，更准确地说，它是以纸莎草为原料制成的混凝纸浆板。数之不尽的绘有葬礼的画面和表现悲哀主题的纹路、图画遍布在棺材上，其间还夹杂有一串象形文字。这些象形文字分布在不同的方位上，好像是这位死者的姓名。

格里登先生是这方面研究的专家，庆幸的是他也是我们的朋友。他此刻正在我们中间，因此他轻松地为我们翻译出了这些字符。根据他的翻译来看，那些发音简单的字符代表了一个人的名字，叫作阿拉密斯塔科。

为了在不破坏木乃伊的前提下打开这个箱子，我们费了不少力气。但好不容易打开了这个箱子后，我们发现里面竟还装着一个木箱。这第二个木箱一看就是棺材的形状，尺寸比外面那个箱子要小得多，除此之外竟一模一样。两个箱子间有少许缝隙，树脂填补了这些空隙，但却在某种意义上毁坏了里面这个小箱子的色彩。

这次我们很轻松地打开了第二个木箱子，同上次一样，第二个箱子里果然还嵌有第三个木箱，仍是棺材的形状，从外表看也与第二个木箱完全相同，只是这个箱子的质地是杉木，并时而散发出那种木料特有的芳香味。不像第一个与第二个木箱间有缝隙，第二和第三个木箱间紧紧相依，完全没有缝隙，自然也不存在任何填充物。在我们很艰难地打开第三个木箱后，木乃伊终于完整地出现在我们眼前。

我们原以为，这次会像从前打开箱子时看到的那样，木乃伊被一层又一层亚麻布带或者绷带包裹住。但事实是，我们看到的木乃伊只是被一种纸莎草做的缠裹物包裹着，缠裹物外仅涂有一层薄薄的镀金描画的熟石膏而已。

石膏上有各种各样的图画，大多表现人们想象中灵魂应尽的各种义务，或是灵魂被引见给诸神的场面。还有一些绘画则反映了许多完全相同的人物形象，对此我们估计，这很可能就是这具成为木乃伊的人的画像。

木乃伊全身还包裹着一块柱状或竖状的木碑，碑上篆刻着很多象形文字。经翻译发现，这仍是死者的姓名头衔以及他的亲属的姓名头衔。除了这些外在的包裹外，该木乃伊的脖子上还缠着一个柱形的玻璃珠项圈。这个色彩斑斓的项圈的玻璃珠的排列顺序，正好构成了与展翅的太阳相伴相生的诸神形象，以及圣甲虫等的化身。这样的项圈在木乃伊的腰上也有一个，当然这个也许该被称为腰圈。

拨开那层缠绕着木乃伊的纸莎草，我们终于看见了这个神秘尸体的真实面目。尸体呈现出红色，皮肤结实光滑且光彩熠熠，牙齿和头发也都完好无损，只是眼睛似乎被人剜去，改用玻璃珠代替。但是五光十色的玻璃珠恰恰使该尸体的眼睛大而有神，且这种神采间略带着点坚毅，手指和脚趾被镀上了一层晃眼的金。

整具尸体看起来完好如初，若非已知它没有生命，我们说不定都会误认为他是在静静地沉睡呢。

格里登先生在观察后认为，尸体之所以呈现出红色，沥青起了很大作用。我们用一个工具轻轻地刮划尸体表面，上面马上落下一些粉末。我们将这些粉末投入火中，很快，整个房间里便充斥着樟脑的刺鼻味道和树脂的芳香味。我们在尸体上仔细寻找着通向内脏的开口，但却毫无收获。

在场的每个人都知道像这般没有通道的完整木乃伊极其罕见，因为制作木乃伊的过程就是先从鼻孔中取出脑髓，然后在身体一侧切开一个小口将内脏取出，接着剃须，将尸体清洗干净，用盐浸泡上几个星期，最后用那种学名为"蕙存"的材料进行处理并加以整合，最后形成一具完整的木乃伊。但这具尸体却没有一点开口，于是旁隆洛医生决定对其进行解剖，而此时已经是凌晨两点了。最终大家一致决定将解剖工作推延到明晚再进行。

就在我们决定分手各自离开之时，突然有人提议说，不如我们用电疗法对它进行实验吧。说实在的，为一具迄今已有三四千年历史的木乃伊通上电的想法谈不上有多高明，不过倒是很新鲜。大家都好奇这个结果，于是决定试一试。怀着一分认真九分玩笑的心理，我们把这具尸体搬进书房，并准备好实验中要用到的电池组。

首先，我们将尸体上最柔软的部位——太阳穴那里的肌肉裸露出来，然后将其通上电，结果与我们想象中一样，尸体对电流没有任何反应。为这难得的戏谑我们相视一笑，自我嘲笑了一番，然后互道晚安打算就此分手。

但是让我做梦都没想到的是，在我不经意地一瞥间，我发现原本那个静止睁大的玻璃眼睛此时竟然被眼皮遮住了，只留下一小部分的白膜还能看见。我大叫起来，大家顺着我的目光，也注意到了这个明显的变化。对于观察到的这个现象，我当时的反应不能仅仅简单地用"惊恐"二字来形容，我想如果之前要不是有黑啤酒垫底，我很可能当场就变成精神病患者了。

而周围的朋友也同样被吓得魂飞魄散：旁隆洛医生的惊恐样子让人觉得可怜；格里登先生早已逃得不知所踪了；至于西尔克·白金汉先生，我相信他也无法对他当时吓得手脚并用地爬到桌下的行为否认半句。但是片刻之后，我们从惊吓中恢复过来，决定着手对其进行进一步实验。这次我们把电极插在了木乃伊右脚大拇指上，很快木乃伊有了反应，他先蜷起了右膝直至接触到腹部，接着猛一蹬脚，将旁隆洛医生踢到了窗外的大街上。

旁隆洛医生很快回来了，我们越发觉得有必要好好研究那具尸体。于是在旁隆洛医生的建议下，我们在尸体的鼻尖处切开了一道深深的伤口，并将电线接入鼻中。就这次实验结果而言，不论从生理或是心理，不论从外在或是内在来看，都可谓惊心动魄。

首先，尸体睁开了眼睛，并一连眨动了好几分钟；随后尸体竟像活人一样打了个喷嚏；接着它坐了起来，又迎面打了医生一拳。最让我们惊异的是，尸体竟然用流利的古埃及语言对格里登和白金汉先生说道：

"先生们，我不得不说，你们对我的所作所为让我既惊讶又屈辱。首先旁隆洛先生，在我看来他本身就是个可怜的白痴，我从来不指望他能干出什么好事来，因此对他的行为我能原谅。可是你们，格里登先生和西尔克先生，你们久居埃及，别人都把你们当成埃及人，可以说我们是同乡人，尤其是你们那流利得如同母语的埃及语更让我倍感亲切。

"我从一开始就把你们当成我忠实的朋友，我本以为你们的行为一定会像绅士一样，可是你们对我此刻受到的无礼待遇竟然默不作声，你们说我该怎么看待你们？在如此恶劣的天气里，你们竟然允许汤姆·迪克和哈里打开我的棺材，剥除我的衣服，这又该让我怎么想呢？最可恶的是，你竟然教唆并帮助那个可怜的白痴旁隆洛医生拉扯我的鼻子，我真的不知道对于这些我该怎么想。"

看故事的人看到这里，看到我们遇到的这种情况，一定理所当然地认为我们一定会夺门而出或是失声大叫，或者直接当场晕倒。

的确，这些情况都有可能发生，如果让我去想，我也逃不过这三种情况。可事实是，我们这些人中没有一个人表现出其中的任何一种情况，对此至今我都未能想明白。可是这又有谁能说清呢，也许只能到时代精神（一种不按传统规律发展的精神，当下被人们公认为是自相矛盾和不可能事件的唯一解释）中去找寻答案；又或者是，这具尸体平静的神态、自然的语言让当时的气氛看来不那么恐怖。但无论是什么原因，结果就是我们中间没有一个人表现出惊恐的样子，至少从表情上来看大家都很平静，没有什么异常。

至于我本人，在我看来一切如常，只是为了远离这位古埃及人的拳头范围，我稍稍往旁边挪动了一步；而旁隆洛医生手插口袋，面色赤红地盯着木乃伊；格里登先生竖起衣领，静静地摸着他的连鬓胡；白金汉医生则像受了委屈的孩子一般，耷拉着脑袋，啃着自己的右手手指。至于那位埃及人，在打量了我们一圈后，接着说：

"白金汉先生，你怎么不回应呢？你难道没有听见我在问你吗？请你不要再啃手指头了！"

白金汉先生听后身体颤抖了一下，接着把右手手指从自己的嘴里拿出来，但马上又把左手手指送进去了。埃及人见白金汉先生毫无反应，马上转向了格里登先生，以命令的口吻要求他给自己一个合理的解释。格里登先生用古埃及语作了详尽而精彩的阐述，如果不是当时美国不能印刷象形文字，我真想把他的话一字不落地记录下来。

这里我要说明一下，以下只要是有木乃伊参与的谈话用的全是古埃及语，而除了格里登先生和白金汉先生外，我们对这种语言都一无所知，因此他们就充当了我们的翻译。据这两位先生说，这具木乃伊的母语非常流利且动听，但我得说，由于年代的变迁，这位埃及人对于当下的很多词语还是无法轻松地理解的。

例如，格里登先生为了让这位埃及人了解"政治生活"的内涵，他选择用炭笔在墙上画出一个站在讲台上，左脚朝前、右臂朝后、紧握双拳、仰望天空的绅士的样子，但这位绅士个子小小、衣冠不整。而白金汉先生为了诠释"假发"这个词的意思，更是将自己的假发拿下来，好让埃及人更清楚地了解。不难想象，格里登先生的这番解释，一方面包括了研究木乃伊对科学和人类发展带来的深远影响，另一方面则是为我们的行为对这位名叫阿拉密斯塔科的木乃伊所造成的伤害感到深深的歉意。

话音刚落，格里登先生就暗示我们可以继续进行研究了，于是旁隆洛医生又开始准备他的研究器械。而阿拉密斯塔科对于格里登先生最后的暗示似乎表现出了一种难以理解的某种精神上的不安，不过他倒是直接表示他接受了我们的道歉。

于是他从桌上跃下，与我们一一握手言和。握手仪式一结束，我们就投身于修补阿拉密斯塔科身上那些被我们用手术刀造成的伤口，我们缝合了他太阳穴上的创伤，包扎好他的右脚，并用黑膏药对他的鼻尖进行了修复。

这时我们才发现，因为天气寒冷的缘故，阿拉密斯塔科全身微微颤抖着。旁隆洛医生马上从他的衣柜中取来各种样式的不同外套、背心、手杖等对他进行全面武装，但是由于身材太过高大，阿拉密斯塔科费了好大力才把这些衣服穿到身上。不过总算是皇天不负苦心人，阿拉密斯塔科最终被穿戴一新。接着格里登先生挽着他的胳膊，将他领到壁炉旁坐下，仆人很快送上了雪茄和美酒。大家轻松地聊了起来，我们对于阿拉密斯塔科还活着的事实都表现出了强烈的好奇。

白金汉先生首先说道："我原以为你早就去世了呢。"阿拉密斯塔科吃惊地回答说："怎么可能，我只有700多岁而已，我父亲可是活了近1000岁呢，而且他死的时候都是很清醒的。"

阿拉密斯塔科的话引出了我们一连串的追问，结果我们终于了解到，以前对这具木乃伊的估算完全错误。从他被放入埃勒斯亚斯附近的墓穴至今，已经过去了5050年零几个月了。

白金汉先生接着又问："虽然我十分愿意承认，你其实还是很年轻的，可是我刚刚的问题与你的年龄并没有什么关系。我想知道的是你被沥青包裹了这么长时间——"

"被什么包裹？"

"被沥青包裹！"白金汉先生重复了一遍。

"哦，我明白你的意思了。其实在我那个时代里，我们都用氯化汞。"

旁隆洛医生继续提问："可我不明白的是，既然你5000年前就已经死亡被埋在埃及，怎么今天又会复活，而且看上去脸色还很红润呢？"

"如果我真的已经死亡，那我现在肯定是一具没有反应的僵尸，因为你们刚刚用到的电流疗法实在太低级了。在我们那个时代，这连最基本的事情都完成不了。总之，事实是我并没有死，只是陷入了深度昏迷，可我的好朋友以为我已死去，于是就把我蕙存起来了。你们应该知道'蕙存'的原理吧？"

"听说过，但不完全了解。"

"你们真是太愚昧了！现在我也不能和你们详细解释，不过我可以告诉你们。在埃及，严格地说，蕙存就是让肉体功能无限期中止，当然这个'肉体'不仅包括生理，也包括精神。因此我必须再强调一下，所谓蕙存最主要的就是让肉体功能立即停止，并保持无限期的中止。再简单一点说，就是指被蕙存者在蕙存前处于什么状态，就会一直保持同样的状态。而我因为幸运地拥有圣甲虫的血缘，因此我能活到今天，也就是你们现在看到的样子。"

"圣甲虫的血缘！"旁隆洛医生失声喊道。

"是的。圣甲虫是一个显赫而人丁不旺的世袭贵族家的标志，所谓'圣甲虫血缘'就是指那个家族中的一员。"

"可这与你至今活着有什么联系呢？"

"这是因为按照埃及的习俗，尸体被蕙存之前必须被掏去内脏和脑髓，但是圣甲虫家族可以不遵从这个习俗，因此我可以避免遭受去除内脏和脑髓的命运。试想，如果没有这两样东西，估计我也活不到现在了。"

"这下我明白了，"白金汉先生说，"而且我想我们得到的那些完整的木乃伊一定都属于圣甲虫家族。"

"这毋庸置疑。"

"我想，"格里登先生温和地说，"圣甲虫一定是埃及诸神之一。"

"什么之一？"阿拉密斯塔科忽然站起惊声问道。

"诸神！"格里登先生重复了一遍。

"格里登先生，听你这么说我真感到羞愧。在这个世界里没有哪个民族敢说自己不是只有一个神的，但圣甲虫和灵鸟对于我们而言只是一种通灵符号而已，正如其他的生物对于其他民族的意义一样，我们只是希望通过它们表现出我们对于那唯一的创造者的崇敬。因为这位创造者太伟大了，我们无法直接向他表示崇拜之情。"阿拉密斯塔科说。

一时间大家都安静了下来，最后还是旁隆洛医生首先打破了沉默，"根据你的解释，在尼罗河畔的那些墓穴里很有可能还存活着圣甲虫家族其他的木乃伊。"

"这一点毫无疑问，"阿拉密斯塔科回答，"所有被蕙存前是活着的圣甲虫家族成员，现在一定也还是活着的。当然有些故意被蕙存的人也很有可能因为解存者的忽略，至今仍躺在墓穴中。"

我马上问道："你能解释一下什么叫'故意被蕙存'吗？"

"荣幸之至，"木乃伊从容地打量我一番后，回答了我这个第一次提问的人，"在我那个时代，我们的平均寿命是800岁左右，若无意外发生，基本没人会在600岁之前死去，当然也有人能活到1000岁以上，正如我的父亲，不过大部分人都在800岁左右。

"结合我刚刚跟你们说到的蕙存原理，我们那里的人基本用分期生活的方式来过完自己的一生，因为这对科学和历史来说都大有益处。

"我举个例子，比如一位历史学家，他已经500岁了，他呕心沥血地写成了一本书，然后他请别人把他蕙存起来，之后给他的解存人留下指示，比如500或600年后再将他解存。等到他复活后，他就会发现他的巨著早已变成其他人肆意争论的对象，同时他也可能发现，那些所谓的注解者其实是在曲解他的原意，以至于他自己都开始怀疑自己的著述了。此时，他就会根据自己的经验和知识，着手改变当代人对他的误解和扭曲。而也正因为有这样不同时期的哲学家、历史学家，我们的历史才不至于被篡改得面目全非。"

这时旁隆洛医生起身拍了拍埃及人的手臂，说："对不起，我可以打断你一下吗？我有一个问题想请教你，你刚才说那位历史学家亲自纠正关于他那个时代的传说。我想问的是，按平均数来看，这些神秘经正确的部分一般能占到多大比例呢？"

"神秘经，这个词用得好！不过就过去的情况来看，正确率几乎为零，也就是说几乎是大错特错。"

医生继续问："可是，既然你已经在墓穴中待了5000多年，那我可以说你那个时代的历史至少在人们普遍感兴趣的问题上，现代人应该是有足够认识的，至少有和你知道的一样的部分啊。毕竟这个世界的创造仅是在你那个时代1000年前开始的。"

阿拉密斯塔科没有听懂医生的问题，在大家的解释和不断的复述中，阿拉密斯塔科才大致明白了问题，接着他吞吞吐吐地说道：

"我得说，你的这些概念对我而言都太新了。在我那个时代，我们都没有这样的想法，比如我们从不认为宇宙有个开端。我还记得曾经有且只有一次，一位智者暗示过我们有关人类起源的事情，而当时他也提到了你们刚刚说的'亚当'这个名词。但是智者当时应该说是从广义上使用的这个词，正如几大群人类的自然发展和几个不同区域的自然发展一样。"

大家都有些不屑地耸了耸肩，西尔克·白金汉先生在轻蔑地看了阿拉密斯塔科的后脑勺一眼后，发表评论说："你们那个时代的寿命长度，和你们那分期生存的生活方法，我相信这些肯定都有利于知识的扩展，因此我敢说与我们现代人相比，尤其是与新英格兰人相比，你们是相当有智慧的。但是你们所有科学项目方面都不是很发达，我想这只能归因于你们的头盖骨太大了。"

"我不得不说，"阿拉密斯塔科谦逊地说，"我对你刚刚说的'科学项目'并不是很懂，它指的是什么？"

于是我们又发挥全部知识为他解释各种诸如骨相学之假定和动物磁性说等科学内容。而在听完我们的介绍后，阿拉密斯塔科也给我们说了一些鲜为人知的事。随后我问阿拉密斯塔科，在他那个时代能否计算出日食和月食。他骄傲地回答说："当然能！"接着我们又交流了一些有关天文学方面的知识，这时一直不曾开口的朋友对我耳语道："你最好去看看托勒密的书，和普卢塔赫的月相说。"

而在我与木乃伊谈到凸透镜和凹透镜的制造时，我那位寡言的朋友又请我看看狄奥多·赛古卢斯的书，至于阿拉密斯塔科，则只是以问代答，甚至反问我们现代人是否拥有能雕刻出像埃及风格的贝雕那样的显微镜。就在我思考答案之时，旁隆洛医生突然丢脸地嚷道：

"请看看我们的建筑！纽约的鲍林格林喷泉！华盛顿的国会大厦！"

接着医生又详细谈到这些建筑的宏伟，像是国会大厦光是门廊就有42根直径5英尺、间距10英尺的圆柱。阿拉密斯塔科遗憾地说自己已经不记得那些建于史前时代的建筑的精确尺寸了，只记得在他进入墓穴前，那些建筑的废墟依然挺立在底比斯城西面宽阔的沙土平原上。

不过说到门廊，他倒是提到一个叫卡纳克的地方有一座小小的神殿，该神殿的门廊由144根周长37英尺、间距25英尺的圆柱构成，估计里面塞进两三百座国会大厦也不是不可能的，而这在他们那里还只是一个非常微不足道的建筑。但是阿拉密斯塔科仍然被迫承认我们的鲍林格林喷泉还是很有特色、很精巧的，就是在埃及或者世界上其他地方这样的建筑也不多见。

这时我又请阿拉密斯塔科谈谈对我们的铁路的看法，他对我们的铁路大加批判，指责它们不结实，设计不合理，结构粗糙，等等，总之与古埃及不可同日而语。接着我们对于机械动力、钢、民主、蒸汽等都进行了一番讨论。

就在我们越发暴露出自己的浅薄之时，旁隆洛医生替我们解了围，他质问阿拉密斯塔科："古埃及人是否妄想在所有重要的领域甚至服装上都与我们现代人一较长短？"阿拉密斯塔科听后，看了看自己的衣服，无言以对，于是我们又恢复了元气，感到从未有过的舒畅，不久我们礼节性地朝他点点头，告辞离开了。

回到家时已经是凌晨4点多了，我马上上床睡觉。3个小时后我起床记下了这件事，我感到我的家、我的妻子、我生活的19世纪，都让我厌烦不已，我确信这个世界出了问题。同时我也急切地想知道2045年谁会当美国总统，因此我刮完胡子，喝完咖啡就去找旁隆洛医生，期望他能把我制成木乃伊"惠存"200年。

用 X 代替 O 的时候

因为有这样一句话——"贤者……自东方而来",众所周知,而东拉西扯·笨伯先生恰巧来自东方,所以他是一位贤者,如果非要什么证据能证明的话,那么笨伯先生的编辑身份应该是个很好的证明。他唯一的弱点是脾气暴躁,人们大都指责他很固执,但实际上这并不是什么弱点,所以他将其视为他的优点。这也是他的美德与优势所在。

既然我们知道东拉西扯·笨伯先生是一名贤者,但是他却有一次没有证明出自己的贤明所在,那就是他放弃了所有贤者居住的地方,来到了亚历山大 – 大洛波利斯城来居住。

我所需要为他更正的是,他之所以迁居到那座城市是因为在他的印象中,这个国家的这个地区没有报纸,因而也就没有编辑的位置。他打算垄断这里的整个报纸界,从创办《茶壶报》开始。我敢断言,如果他要是能早知道在这个城市已经居住着一位名叫约翰·史密斯的绅士的话,并且这位绅士一直靠着编辑出版《亚历山大 – 大洛波利斯新闻报》而隐秘地发着横财,那他是肯定不会迁居到这里的。所以,是因为错误的信息,才使得笨伯先生来到了亚历山大,在此我们将之称为洛波利斯。

但是笨伯先生的态度是既来之,则安之。他在这里安居并且开始了自己的编辑事业,在他到达这个城市的第三天,《茶壶报》第一期就创刊发行了。

报上有篇社论是很醒目的,虽然不是十分尖锐,但是它对世事进行了鞭挞,笨伯先生简直把《新闻报》那位编辑抨击得体无完肤。以至于在以后,我总认为还能坚强存活着的约翰·史密斯有着顽强的生命力,我将我所能深刻记住的《茶壶报》上的一段展示在这里:

哦,没错!哦,毫无疑问!我们发现街对面的那位编辑是个天才——哦,上帝!哦,苍天,天啊!这世道将会成为什么样子?哦,时代!哦,世风!

这番如此刻薄、如此经典的德摩斯梯尼式的抨击，一石激起千层浪，打破了这个城市的宁静。大街小巷上聚满了群情激愤的人们。每个人都在急切地等待尊贵的约翰·史密斯的反击。第二天上午，《新闻报》答复如下：

本报引述昨天《茶壶报》那篇附加短评："哦，没错！哦，毫无疑问！我们发现街对面的那位编辑是个天才——哦，上帝！哦，苍天，天啊！这世道将会成为什么样子？哦，时代！哦，世风！"哦，那家伙就知道 O 个不停！这说明了他的推论是一个圈，而且他的文章无头无尾、没有意义。我们坚信，那个家伙除了 O 之外，其他一个字也写不出来：不知这么 O 到底是不是他的风格？顺便提一下，他刚从遥远的东方而来。不知道他在那边是否也像这样 O 个不停？ O! 真可怜！

我不想描述笨伯先生对这种含沙射影的恶意中伤的愤慨之情。但是他并没有像人们想象的那样，他并没有因为对他高尚人格的诋毁而激怒。真正令他恼怒的是对他文章的嘲讽。什么？他堂堂东拉西扯·笨伯先生除了 O 之外，其他一个字也写不出来！他要马上让那个自负的家伙认识到他错了。是的！他要让那个自以为是的家伙知道他犯了多么大的错误！他，来自东方的贤者东拉西扯·笨伯先生，将让约翰·史密斯先生清楚地看到（如果愿意长长见识的话），哪怕一次也不使用那个不足挂齿的元音，他笨伯先生依然可以完整地将文章写出来，当然文章一定是整篇的。但他不会这样去做，因为那意味着向那位自大的家伙认输。他笨伯先生是坚决不会去迎合任何一个人的任性的，更不会因此而改变自己的风格。他必须打消这样一种卑劣的念头！只要他还存在，就会一直将 O 进行到底。并且要做到能 O 出什么名堂就 O 到什么地步。

这个决定使他心中燃起了满腔的英雄气概，笨伯先生在他的第二期《茶壶报》上公开发表了一篇短评，这篇短评显示了他毫不退让的决心，内容如下：

《茶壶报》编辑荣幸地通知《新闻报》编辑，他（茶壶）明天将利用上午的版面让他（新闻）相信，他（茶壶）不仅能够而且会坚持做自己文章风格的主人。他（茶壶）将让他（新闻）明白，他（新闻）那篇评论在他（茶壶）不羁的心灵中所激起的会令他（新闻）无地自容的极度轻蔑，让他（新闻）相当满意，明天《茶壶报》社论中会有相当大的篇幅，他（茶壶）不会避而不用那个美丽的元音，那个永恒的符号，那个得到他（新闻）如此过分精致优雅的评论的字母。

为了能将这个威胁早日付诸实践，笨伯先生无视那无数的催稿以及报纸印刷的事情。在自己熬了一个通宵，耗尽了一盏灯油之后，写出了一篇具有巨大影响力的文章：

哎，约翰，是什么原因啊？你还记得否，我曾经对你说过，等你下次再来逃脱灾难的时候，请不要自顾自地洋洋得意。你妈是否知道你已经从家里逃出来了？哦，还不知道呐。那你需要赶紧回去，千万不要耽搁了，快点回到你那林中的窝吧，快回到你的康科得吧！赶快回去吧，你这只老猫头鹰！嗯？你说不？哎呀，约翰你千万不要瞎说了。你回你的老窝是不能更改的了，你赶紧回去吧，在这里是没人会要你的。约翰你一无是处，就是一只笨鹅，一只猫头鹰，一个可怜的什么都不是的大草包。再不走的话，你连基本的做人的资格都会消失殆尽，成为一只猪，一头母牛，一个玩偶，一个蠢货，甚至是一只来自康科得泥塘里的蛤蟆。但是请你千万别发火，消消气，不要满脸的不开心，不要眉头紧皱。不要发出哞哞、嘎嘎、汪汪、咯咯的声音！哦，约翰啊，你怎么一副这样的脸色！请记住我说的话——别把丑小鸭吹成白天鹅，赶快抱住你的酒瓶，回去消愁去吧！

这样的一篇文章让笨伯先生损耗了很大的精力，所以在天亮之前，他已经无暇顾及其他。但是他仍然让自己看上去很淡定从容地将自己的手稿交给了印刷所的学徒，自己则悠闲地回到了家，以一种难以言表的庄重心情上床睡觉。

与笨伯先生这一系列动作同时进行的，是那名拿到稿子的学徒很快开始为这份手稿进行编排。由于文章的开头是一个"So"，所以他首先将手伸进了大写字母 S 字母格里，并成功地取出一枚大写的 S 铅字条。这一动作的成功使他信心大增，他马上又迅速地将手伸进了小写的字母格，可当他的手指并没有夹住想要取出的铅字条收回的时候，谁能感受到他当时的惊慌失措？小写 o 格里没有找到小写 o 的铅字条；而当他慌乱地查看大写 O 字母格时，竟发现那个字盘里同样什么都没有。大惊失色的小学徒以最快的速度冲向领班。

"先生，排字间没有 o，大的小的都没有！"学徒向领班汇报着。

"什么！这到底是怎么回事？"领班对听到这个消息也表示很诧异。

"我不知道，先生，"那孩子回答，"我看见《新闻报》印刷所的一个小子整个晚上都在这附近转悠，我猜可能是他把那些铅字全偷走了。"

"他妈的！我看也是，"领班生气地说道，"不过，鲍勃，你是个好孩子，我来告诉你该怎么办，你找个机会就溜过去，把他们的每一个 i 和 z 全部偷光。"

"是的，先生我会的！我会找机会溜过去，给他们颜色瞧瞧的！"鲍勃回答时眨了眨眼睛并皱了皱眉头，"可是现在这种情况该怎么办啊，这个天亮之前是一定要排出来的啊！不然我会因此而失业的，再说——"

"一定不要着急！我说鲍勃，那篇文章很长吗？"领班打断学徒的话，在得知鲍勃说这篇文章并不是很长的回答之后，领班做出了这样的决定："那就用其他的字母来代替，反正是没有人去读那个家伙的废话的。"

"好的，就这样办了！"在得到领班的指示后，鲍勃又跑回排字间，还一边自言自语道，

"真是太好了，它们不过是一堆废话，而且是一个言而无信的人的话。我要把那些 o 都挖出来，嗯？还有那些该死的 O！好吧，正好有一个家伙可以来代替它们。"其实，鲍勃只有十二岁，身高不过四英尺而已，可他完全能够应付这种小儿科的事情。

因为他只需要将缺乏的字母换成 X 来代替就可以了。这个情况在印刷所里是很容易发生的，我不是很清楚原因所在，但是确实是一个不争的事实，每当紧急情况出现之时，人们总是用 X 来代替缺乏的字母。这真正的原因也许是 X 总是分字盘里剩得最多的字母，或至少说在过去总是这样，于是排字工们长期以来就养成了用 X 做替代字母的习惯。但是当他通读了这篇文章之后，发现这篇文章将有很多地方都要用 X 代替 o。

于是一篇通篇都要用 X 代替 O 打印出来的文章在第二天出现在《茶壶报》之时就变成了现在的样子：

Sx hx. Jxhn! hxw nxw？ Txld yxu sx, yxu knxw, Dxn't crxw, anxther time, befxreyxu're xut xf the wxxds! Dxes yxur mxther knxw yxu're xut？ Xh, nx. nx! sx gx hxmeat xnce, nxw, Jxhn, tx yxur xdixus xld wxxds xf Cxncxrd! Gx hxmetyxur wxxds, xldxwl, –gx! Yxu wxn't？ Xh, P.h, P.h Jxhn, dxn't dx sx! Yxu've gxt tx gx. yxu knxw! sx gxat xnce and dxn't gx slxw; fxr nxbxdy xwns yxu here, yxu knxw.Xh, Jxhn, if yxu dxn'tgx yxu're nx hxmx–nx! yxu're xnly a fxwl, an xwl;a cxw.a sxw;a dxll,a P.ll.a P.xrxld gxxd–firr–nxthing–tx–nxbxdy lxg, dxg, hxg, xr frxg, cxme xut xf a Cxncxrd bxg.Cxxl,nxw–cxxl! Dx be cxxl, nxw–cxxl! Dx be cxxl, you fxxl! Nxne xf yxur crxwing, xldcxxck! Dxn't frxwn sx–dxn't! Dxn't hxllx, nxr grxwl, nxr grxl, bxw–bxw–wxw! GxxdLxrd, Jxhn, hxw yxu dx lxxk! Txld yxu sx, yxu knxw, but stxP.rxlling yxur gxxse xfan xld P.ll abxut sx, and gx and drxwn yxur sxrrxws in a bxwl!

这篇神秘而玄妙的文章所能引起的骚动已经无法用语言来形容。《茶壶报》的读者们一致认为这段文字里面隐含了几分恶魔叛逆的味道。人们纷纷涌向笨伯先生的住处，计划着给他涂上柏油，插上羽毛，并要把他驱逐出去。可是大家遍寻了各个地方，并没有找见笨伯先生的踪影。他就这样突然地消失了，从此之后，也没有人再见到过他。

由于找不到始作俑者，公众的愤怒也就渐渐平息。事件虽然平息下来，可是却留下了不少看法。有的人认为，这件事是一个很高明的玩笑。有的人说：笨伯先生的目的是向我们展示他那丰富的想象力。还有人认为，他过分运用了 X。总之人们议论纷纷，把笨伯先生给逼上了绝路。可是由于找不到罪魁祸首，人们又开始在谣传要用私刑来处置另外的一个。

流传最为普遍的结论是：人们认为这件事是极其离奇并且莫名其妙的。就连城里的数学家都表示，这个问题已超出了他所能理解的范围之外。

小学徒鲍勃始终没有说出他用 X 代替 O 的秘密，他对此事的意见非常直率非常大胆，他认为笨伯先生是不应该被赶出这座城的，他应该悠闲地留在这座城市，而他的意见并没有得到我认为应该受到的重视。

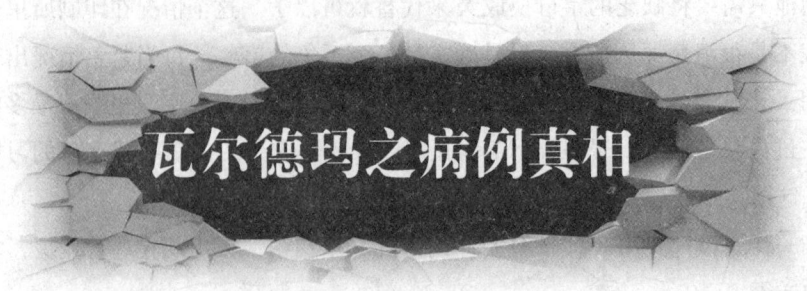

瓦尔德玛之病例真相

　　三年来我一直对催眠术有着浓厚的兴趣，但直到 9 个月前，我才发现我目前的研究存在一个不容忽视的大缺陷，那就是从未有人尝试过"临终催眠"。为了弥补这个缺陷，以下研究就显得尤为重要：首先，研究病人对磁力作用的敏感度如何；其次，在敏感度存在的条件下，进一步确定磁力作用有无必要减弱或加强；最后，需要多长时间才能达到临终催眠的程度。

　　我开始在身边寻找合适的实验对象。我想到的第一个人，是我的朋友恩斯特·瓦尔德玛，他是《辩论学丛书》的重要编者，曾翻译过席勒的诗剧，以及波兰文版的《华伦斯坦》和拉伯雷小说《巨人传》。自 1839 年开始，瓦尔德玛先生便一直居住在纽约赫勒姆区，他非常节省，下肢像美国的电影明星约翰·伦道夫，银白的胡须与乌黑的头发形成鲜明的反差，以至于常被人误以为是戴了一头假发。

　　瓦尔德玛拥有突出的神经质气质，这一点恰是进行催眠实验的最佳人选所应具备的条件。我曾毫无困难地对他进行过催眠，但是实验的结果并不理想。他的意志似乎从未因我对他实施的催眠而受控于我，而且，催眠者本应显现出超常的洞察力，但我几乎从未看到过与此有关的可靠征兆。

　　我把这一切归咎于他患肺结核。他也习惯于此，面对临近的死亡，他总能侃侃而谈，其平静淡定的神态，总让人认为死亡对他而言不过是人生迟早要面对的一件事，因而也不必有什么遗憾。出于熟知此人坚定的人生观、在美国没有亲友而不会有人干涉这两点考虑，我坦率地跟他说出了我的课题，他对此极感兴趣。这出乎我的意料，因为虽然他在此前的确爽快地答应做我的实验对象，但他从未对我的研究表示过兴趣。这次我们商定实验就在医生宣告他生命将要结束的 24 小时前进行。

　　两个月后，我收到了瓦尔德玛的便条，上面写道：

亲爱的毕：

现在你可以来了，迪大夫与费大夫都认为我活不过明天午夜。我想他们确定我的大限已经将近。

瓦尔德玛

在收到便条15分钟后，我到达他的房间。10天不见，他就发生了可怕的变化，他的脸色青灰若铅，神情憔悴，颧骨上的皮肤开始皲裂，眼睛没有了光芒，痰堆积在喉咙中，脉搏微弱。

尽管如此，他仍保持着很好的风度，说话清晰并能自己服药。我走入房间时，他靠着枕头躺在床上，还能在笔记本上做记录，两位大夫站在床边。与瓦尔德玛握手后，我从两位大夫口中得到了病人的详细情况：瓦尔德玛的左肺处于半骨质或软骨质的状态已长达18个月，不再有生命力；右肺的上半部有一部分已经全部骨质化，剩下的部分则是互相合并的化脓性结核，其间溃烂出几个大洞，粘连在肋骨上。

一个月前还没检查到右肺出现这种病症，可见其骨质化相当迅速，而溃烂则是3天前才出现的。医生怀疑他患有主动脉瘤，但由于骨质化的症状而不能确诊。两位大夫得出共同的结论，病人活不到星期天的半夜，而这时是星期六的晚间7点。

两位大夫在跟我谈论瓦尔德玛的详情前，就已经跟他做了最后的告别，在我的请求下，医生才同意在次日晚上10点钟再过来看看他。送走大夫后，我与瓦尔德玛有过短暂的交谈，涉及他的病情和我的实验，他仍对其表示出极大的热情并显得迫不及待。两名男女护士在一旁照顾病人，我还是担心万一实验发生意外，仅靠他们两位不足以证明，所以又邀请了一位名叫西奥多尔·艾尔的医学院学生，为此还特地将实验时间改在第二天晚上8点。

我原计划是等医生们到来才开始实验，但出于病人的催促，以及他愈来愈糟糕的状况考虑，我不得不提前准备。

艾尔先生到来后，实验正式开始。他按照我的意愿，把所发生的一切都记录下来。得益于他的记录，我才可以在此复述该实验的经过，这一过程有的被简略，有的完全照抄记录。

我花了5～8分钟的时间，请求瓦尔德玛先生尽可能地跟艾尔表述清楚，他是在完全自愿的情况下同意做催眠实验的。瓦尔德玛先生声音微弱但很明白地回答我说："是的，我完全出于自愿接受催眠。"随后他催促我不要耽搁。

我采用在之前的实验中证实有效的方法对他进行催眠，用手大力地横拍他的额角，虽然有一定的影响，却无法产生进一步的功效。

10点后，迪大夫和费大夫应约前来，我向他们简短地解释了我的计划。考虑到病人已奄奄一息，而实验又必须继续，所以我改横拍为下拍，并把目光集中在病人右眼。这时他的脉搏似乎消失了，同时每隔半分钟发出一次打呼噜的响声，这种情况大概持续了一刻钟。

之后从病人的胸腔中发出一声沉重的叹息，然后呼噜声就变得不明显了，但是频率仍然一样，病人的四肢逐渐冰冷。

接近 11 点的时候，我看到了催眠的效果：瓦尔德玛混浊的眼中流露出了只有梦游者才有的惊恐神情。我很快地横拍几下，他的眼珠颤动了，像是刚睡着；我继续对他催眠，他的眼睛就紧紧合上了。这还是不能让我满意，于是我就继续尽我所能地对其进行催眠，直到病人双腿僵硬才停止。现在他的双腿双手都僵直了，双手远离腰部，脑袋稍微抬起。

当这些都完成后，已是午夜。两位大夫在我的请求下为瓦尔德玛做了几项检查，检查结果引起了他们强烈的好奇心，他们认为病人正处在非常奇特的昏睡中，除了费大夫表示要天亮时才回来外，其余的人都留了下来。

之后我们不敢惊动病人，直到凌晨 3 点，我发现他仍保持着费大夫离开时的状态：依然脉象微薄，呼吸缓慢，不用镜子根本就无法看出他在呼吸，他眼睛紧闭，四肢僵硬，全身冰冷。我开始靠近瓦尔德玛，并试着对他的右臂进行催眠，希望可以令他追随我的右臂。这样的尝试在以往对他进行的实验中从未成功过，所以这次我也没抱希望。但是结果出人意料，虽然他的胳膊没力，却能跟随我的手臂活动。我决定更进一步，说几句话看看。

"瓦尔德玛先生，"我说，"你睡着没？"他不回答，但是双唇轻抖了几下。我一再重复该问题，问到第三遍时，他整个身躯开始轻微地颤动并显得不安，眼皮动了动，露出一点眼白，嘴唇微抖，低声说道："嗯，我睡了，别让我醒来，我要这么死去。"

我感觉到他的四肢仍然僵硬，但是右臂还是能跟随我做动作。于是我继续问："瓦尔德玛先生，你觉得胸部还疼吗？"这次他马上就回答了我，但是声音更低："不痛，我正在死去。"我觉得不应该再问下去，就安静下来等费大夫过来。日出前费大夫如约赶到，他诧异于病人竟然还活着，几项检查后他要求我继续对病人问话。我按要求问道："瓦尔德玛先生，你还在睡吗？"像第一次得到回答时一样，问到第四遍，病人才回答我。这期间他似乎在集中自己所有的气力。"我正在睡着死去。"这回答让大夫认为他目前的情况稳定，建议在病人去世前不去打扰他。然而，我决定再对他重复我之前问过的问题。

这次的问话却使得病人脸上的表情明显发生了变化，他睁开眼睛，瞳孔已开始消散，皮肤变成白纸的颜色，脸颊上的潮红瞬间消失。这种情形使我联想到一口气被吹灭的蜡烛。同时，他紧闭的上唇开始松动，下颌下沉，嘴巴大张，露出乌黑肿胀的舌头。尽管在场的人都见识过人临终前的恐怖，但是瓦尔德玛这会儿的形象还是把大家吓坏了。

现在到了本文的关键，读者肯定会对此报以怀疑的态度，但我仍会继续把该故事说完。

瓦尔德玛的生命迹象已消失，我们托护士对其进行照管，这时他的舌头却用力地颤动起来，并持续了一分钟之久。这期间，从他肿胀的喉咙里发出一种难以描述的怪声，恐怖至极，我相信从没有类似的声音侵袭过人类的耳朵。它有两个特点：一方面，它似乎来自某个遥远的地方，更准确地说是来自某个地穴；另一方面，它又像某种湿黏的东西进入我们的耳朵。

在这样惊悚的声音中，我却清晰地听到瓦尔德玛先生回答了我先前提出的问题："我一直都睡着，但现在，我已经死了。"这几个字造成了极度的恐慌，艾尔先生吓晕了过去，护士们跑出了房间并拒绝回来。

在这段时间内我根本无暇顾及自己的感受，先是和两位大夫一起想办法让艾尔先生苏醒过来，接着又去查看瓦尔德玛先生的状况：他除了呼吸已经停止外，其他情况仍然照旧。我们尝试从病人的手臂上取血，但是失败了，并且病人的右臂也不再跟随我的手而有任何运动。这时我才发现真正受催眠术影响的部位原来是病人的舌头，因为每次病人都在意志力已经明显不够充足的情况下，竭尽所能地回答我的问题，我怀疑他已经完全失去了知觉。随后，我们设法找来了另外两位护士。10点，我与两位大夫暂时离开了这个房间，直到下午我们回来看望病人时，他仍保持原状。

我与大夫们讨论了唤醒瓦尔德玛先生的可行性，以及这种做法的意义。不过，我们都有点担心，因为是催眠阻止了瓦尔德玛先生的死亡，如果我们唤醒他，结果可能是导致他瞬间死去，或者至少是加速了他的死亡。

从那时起直到上个周末的7个月中，每天都有医务人员和别的朋友去瓦尔德玛家里。在这期间，这位被催眠的人一直保持着原样，护士也一直在照顾他。

上周五，我们最终决定做唤醒他的实验。当然，最后的结果所有人都没有料到，以至于知情人中发生了一波又一波的讨论，甚至还引出许多不该有的邪念。这都是我不希望看到的。

我用了通常解除催眠的挥手动作来使瓦尔德玛先生苏醒，但结果显示这方法行不通。不过病人的眼球虹膜开始有部分下降，这是他苏醒的初步迹象。我们特别注意到，病人的瞳孔昏暗，并开始流脓，同时空气里充斥着令人作呕的刺鼻气味。我按照大家的提议，对病人的右臂施加影响，但这毫无用处。这时费大夫要求我对病人提问，于是我提出了下面的问题：

"瓦尔德玛先生，请问你现在感觉如何？你还有什么愿望吗？"尽管病人的上下颌和嘴唇仍非常僵硬，但是他那潮红的双颊上立刻有了反应：舌头开始剧烈地颤动，临终时出现过的恐怖声音又发了出来："请你看在上帝的分上，让我睡吧！或者让我醒来，好告诉你我已经死了！"

我所有的勇气都在那一刻消失，并且不知所措起来。一开始我想让病人镇定，但显然病人根本就没这种意愿，所以我只能重新尝试唤醒他。我以为我会很快地成功唤醒病人，并且相信在场的所有人都已经做好观看病人醒来的准备。

接下来发生的事，却出乎所有人的意料。

病人的舌头一直在发出"死了！死了"的叫喊声，我在这声音里快速地做出了解除催眠的挥手动作，然后病人的整个身躯开始迅速地收缩，在不到一分钟的时间里，他完全枯死在我手下，围满人群的病床上只剩下一团液状的腐烂物，令人作呕。

柏油博士和羽毛教授的疗法

　　1811 年的秋天，我在法国南端的几个省漫游的时候，途经一家疗养院——或者说是一家私立的疯人院，就在几英里外的地方。我从巴黎医学界朋友那听说过很多有关这家医院的详情。我以前从没有见识过类似这样的地方，所以一定要抓住这次难得的机会。于是我向在旅途中结识的一名旅伴提出建议，我们不妨花个把小时转过去仔细参观参观这家医院。我的这一建议遭到了他的反对——一是因为时间紧迫，二是因为他一看见疯子就会不由得紧张。不过，他诚恳地对我说，不要因为他的反对意见而妨碍了我对好奇心的满足，并且他会骑着马慢悠悠地往前走，这样我可以在当天或者最迟可以在第二天就能追上他。在我们道别的时候，我和他说出了我的担忧——我恐怕他们不会轻易让我进入那片区域。他对我的回答是，除非我认识那家疯人院的院长梅亚德，或者有信件之类的东西作为凭证，不然确实很难进入，因为这些私立疯人院里的条律比公立医院的规矩还要严格。随后他又补充说，几年前他曾与梅亚德结识，尽管他一谈到疯子就浑身战栗，但是他愿意骑着马陪我走到医院门口并把我介绍给院长。

　　我向他表示了感谢，接着我俩别转马头离开大道，踏上了一条杂草丛生的小径。大概走了半个小时，小径就被隐没在了山脚下的一片森林里。我俩骑着马穿行在潮湿、阴暗的森林，大约走了两英里，就见到了那家疯人院。那是一座形状怪异并且十分破败的城堡，因为年久失修而几乎不能住人。它的模样使我产生极度的恐惧，我勒住马缰，犹豫不决地想调转马头，但马上又为自己的怯懦感到羞愧，于是纵缰继续前进。

　　当我们到达医院门口的时候，我看见虚掩着的大门里隐隐约约露出一张男人的脸。转瞬，这个男人就走了出来，直呼我的旅伴的名字并热情地和他握手，请他下马。原来那个男人就是梅亚德先生。他身材肥胖，但是眉清目秀，举止温文尔雅，浑身透着一副庄重、高贵、威严的神态。

我的旅伴把我介绍给他，并向他述说了我想参观一下医院的想法，梅亚德先生满口保证会对我尽心照料，于是我的旅友便离开了，从此我再也没有看见过他。

旅友走后，我被院长邀请进了一间不大但是非常干净的会客室，里面除了显示高雅品位的其他物品外，还有许多书籍、绘画、瓶花和乐器。一团欢快的火苗正在壁炉里燃烧着。一位楚楚动人的女人正坐在钢琴旁，弹唱着贝利尼的咏叹调，见我进来，她停住歌喉，风度典雅地亲切接待了我。她的声音很低，举止温柔，但是，我在她的脸上看到了被压抑的悲伤。她的脸色惨白，但并不令人反感。她身穿一身丧服，在我心里唤起一种混杂着尊敬、好奇和爱慕的情愫。

我以前在巴黎时就听说过，梅亚德先生的机构是遵照俗名为"宽慰疗法"的体系来管理的——避免任何惩罚手段，就连关禁闭也很少采用——病人们虽然暗中受到监视，但是表面上却有充分的自由。他们大部分人一般都被允许像正常人一样穿着并可以在房间或庭院散步。

带着这些先入为主的印象，我在年轻女郎面前说话便格外谨慎，因为我拿不准她的精神是否正常。事实上，我已经在她眼神中透漏出的某种不安分的光芒中猜到她的神志并不正常。于是我只和她谈一些一般性的话题，我想这些无关痛痒的寒暄，即使对一个疯子也不会造成不快或刺激的情绪。她以一种完全合情合理的方式对我所说的一切做出非常清晰的回答。甚至她独到的见解也显得十分理智。但是我长期积累的关于"疯病"的知识提醒我不能轻易相信这种神志正常的迹象，所以我始终以一种十分谨慎的态度对待与女郎的整个交流过程。

不一会儿，一个穿着制服的伶俐的男仆用盘子端来水果、葡萄酒和其他点心。和我们一道用过茶点以后，女郎便起身离开了屋子。她刚一离开，我便以一种询问的目光望向院长。

"不是，"院长说，"哦，她是我的家人——我的侄女，一位很有才华的女子。"

"我为这种怀疑感到万分抱歉，"我回答，"我相信您一定知道我为什么和您说抱歉，您对这座医院的出色管理在巴黎远近闻名，我以为，您知道——"

"知道，知道——不要再说了——不过我倒是要感谢您刚才表现出的值得夸赞的谨慎态度。现在很少有年轻人能做到像您这样深思熟虑。有好多次，由于我们的参观者不够谨慎，才引出了令人不快的意外事故。当我仍然采用以前的治疗方式时，我的病人可以享受随意散步的权利，他们经常受到前来医院参观的莽撞家伙的刺激，陷入十分危险的狂乱状态。所以，我不得不实施一种严厉的封闭法，凡是我认为其不够谨慎者，都不得进院参观。"

"当您仍然采用以前的治疗方式！"我重复着他的话——"我是否可以这样理解：我经常听说的'宽慰疗法'已经不再采用了？"

"算起来，"他回答道，"我们决定彻底放弃这种疗法已经有好几个星期了。"

"是吗！您真让我大吃一惊！"

"先生，"他叹了口气，说道，"我们发现完全有必要恢复以前的惯例。'宽慰疗法'的危险始终令人心惊胆战，过去人们对它的好处评价过高了。我相信，先生，是这家医院给了这种疗法一次公平合理的试验。我们曾采用过理性的人道主义者所能提出的所有建议。我很遗憾您没有早一些参观我们这里，那样您就可以自己做出评判。不过我相信您对'宽慰疗法'的做法并不陌生——连细节也不例外。"

"并不完全这样。我知道的情况都是道听途说来的。"

"那么我可以告诉您，'宽慰疗法'大体上就是对病人的一种宽容甚至是迁就。我们从不反对病人脑海里冒出的奇异的想法。相反，我们不仅迁就，而且鼓励他们。我们用这种方法使很多病人得到了痊愈，而且疗效非常持久。最能作用于病人脆弱的理性的论证方法，莫过于归谬法了。我们这里曾经有一个病人总是幻想自己是一只小鸡。我们的疗法就是肯定这个念头并把它当作事实——并责备别人太愚蠢以致不能对这一事实予以准确无误的领悟——从而在一个星期内不给他任何食物，除了一些适合鸡吃的东西之外。就这样，我们用一颗谷粒和沙子创造出了奇迹。"

"单单这种默许的做法就够了吗？"

"当然不够。我们深信一些简单的娱乐活动，比如音乐、舞蹈、普通的体操、打牌、某些种类的书籍，等等。我们对待每一位病人都装作是在为他们治疗一般的生理疾病，绝对不会提到一些类似'疯子'的字眼。此外，至关重要的一点是安排每个病人监视其他所有人的行动。相信一个疯子的理解力和判断力，是为了把他的身体和心灵都争取过来。通过这样的方式，我们就能省下雇用看守的昂贵花费。"

"你们不使用任何形式的惩罚？"

"是的。"

"也从不监禁你们的病人？"

"很少。偶尔会有某个病人的病情恶化，突然变得暴躁而凶狠，为了不让他的失控影响其他病人，我们不得不把他关在密室里，一直等到可以放他回到朋友们中间为止——对于狂躁性的疯子，我们毫无办法，通常把他转到公立医院去。"

"而您现在改变了一切——您认为是为了改得更好？"

"确实如此。'宽慰疗法'有它的缺点，甚至危险。幸运的是，如今它在法国的疗养院里已经被废除了。"

"我对您告诉我的这些，感到非常诧异，"我说道，"我原先相信，目前全国各地不存在其他治疗疯病的方法。"

"您还很年轻啊，我的朋友，"院长说，"总有一天，您要学会对世间之事做出自己的判断，而不是偏听偏信别人的闲言碎语。千万不要相信耳朵听到的，即使对亲眼所见也只能相信一半。就拿我们的疗养院来说，显然有某个愚昧无知的人误导了您。不过晚餐之后，等您从旅途劳累中恢复过来，我将很乐意带您到处看看这家医院，向您介绍一种疗法，在我看来，以及每一位亲眼目睹它的运作的人看来，是目前所发明的疗法中最为有效的，其他疗法都无法同它相比。"

"您本人？"我询问，"是您自己的发明？"

"我很自豪地承认，"他回答，"确实如此——至少有一部分是。"

就这样，我和梅亚德先生交谈了一两个小时，在此期间他领我参观了医院的花园和暖房。

"我现在还不能让您见我的病人。"他说，"对于一个精神敏感的人来说，看见那样的情景多少会受到刺激。我不希望破坏您享用晚餐的胃口。我们将为您设宴，让您品尝到圣梅努的小牛肉和酱汁菜花，以及克劳斯·德伍耶特酒，这样您的神经就足够强健了。"

六点整，宣布晚宴开始。我被院长带到了一间宽敞的餐厅，那里已经聚集着一大群人——共有25到30人之多。从外表看，他们似乎有着高贵的血统，尽管我认为他们的服饰过于华丽，带着过分炫耀贵族身份的味道。我注意到，这些客人中至少有三分之二是穿着打扮完全不符合当今巴黎人的高雅品位的女士。例如，她们中有许多年龄不会低于70岁的老太太都戴着大量的戒指、手镯、耳环等珠宝首饰，并且恬不知耻地袒露着胸脯和胳膊。我还注意到，几乎没有哪身衣服是做工精良的，或者，至少没有几件是合体的。环视四周，我发现了梅亚德先生在小客厅里向我介绍的那位有趣的姑娘，但让我感到惊讶的是，她身穿一条内有鲸骨环的裙子，脚蹬一双高跟皮鞋，头戴一顶肮脏的布鲁塞尔机织花边女帽，帽子显然太大，使她的脸非常滑稽地变小了。而我初见她时的那一身丧服倒是与她十分般配。总之，整个晚宴上的服装都透着怪异的色彩，这又让我想起了我原来对"宽慰疗法"的理解，以为梅亚德先生怕我知道自己是在和疯子共进晚餐可能会感到不舒服，所以故意隐瞒我。不过我又想起在巴黎时曾经听人说过，南部各省的居民都是一些离奇古怪的人，恪守着一大堆古老陈旧的观点。随后，我和他们当中的几个人聊天，心中的疑虑马上消失了。

尽管餐厅宽敞明亮，非常舒适，但是却没有什么高雅的格调。比如，地板上没有铺地毯——不过在法国，人们经常不用地毯。还有窗户上没有窗帘，百叶窗紧紧地关着，上面加固着一道道斜的铁栏杆，像一般商店里的百叶窗一样。我注意到，这座餐厅实际上是疗养院的一个侧厅，所以这个平行四边形房间的三面都是窗户，另一面是门。三面墙上至少有十扇窗户。

餐桌上的摆设极为壮观。上面摆满了盛着数不清的精美食品的盘子。这种铺张实在是俗不可耐。单是肉类，就能足够填饱阿纳基姆（巨人族）的肚子。有生以来，我从没见过如此奢侈、如此浪费的场面。然而，各种安排显得品位很低，银制枝状烛台见缝插针地放在桌上和房间各处，我的眼睛习惯于温柔的灯光，现在面对无数根蜡烛放出的光芒，觉得十分刺痛。有几位手脚麻利的仆人在席间为我们服务，在房间那头的一张大桌子上，坐着七八个手拿提琴、笛子、长号和铜鼓的人。这几个家伙在整个晚宴期间令我非常厌烦，因为他们不停地弄出各种噪音，但这种噪音似乎除了我之外给所有人带来了极大的快乐。

总体来说，我当时不由自主地认为我看到的每件东西都显得荒诞不经。不过，世界本来就是由形形色色的人构成的，思维模式各不相同，风俗习惯也大相径庭，我走过很多地方，已经很善于"见怪不怪"了。所以，我非常镇定地坐在院长右手边的位置，津津有味地品尝面前的美酒佳肴。

在此期间，席间的谈话轻松活泼而且包罗万象。女士们像往常一样说个没完。我很快就发现，在座各位几乎都受过良好的教育，和善的院长肚里更是装满了有趣的奇闻轶事。他似乎很愿意谈到他作为疗养院院长的身份，而且，令我大为震惊的是，疯子的这个话题实际上最为全体客人津津乐道。他们就病人的怪念头讲了许多令人发笑的故事。

"我们这里曾经有一个家伙，"坐在我右边的一个矮矮胖胖的男士说，"他觉得自己是一只茶壶。顺便问一句，这个奇怪的念头那么经常地钻进疯子的脑海里，这难道不是特别奇怪吗？在法国，几乎每家疯人院都能找出一只人形茶壶。我说的这位先生是一只产于大不列颠的茶壶，每天清晨都一丝不苟地用鹿皮和白粉把自己擦得锃亮。"

"还有呢，"对面的一位高个子男人说，"就在前不久，我们这里有个人异想天开，认定自己是一头驴子。从比喻的意义上讲，可以说他是名副其实。他非常麻烦，我们费了好大的力气才把他管住。在很长的一段时间，他什么都不吃，除了蓟草。不过，我们凭着坚持不让他吃别的东西的方法从而治愈了这个怪念头。后来他又老是踢他的脚后跟，就这样踢，一直这样——"

"德科克先生！请您规矩点！"一位坐在说话者旁边的老太太打断了他的话。"请您的脚不要乱动！您把我的锦缎衣服踢坏了！请问，您有必要这么动手动脚地演示吗？我们那位朋友用不着您这样演示，也肯定能听懂您的话。说实话，您现在看起来就跟您讲的那个倒霉的家伙一样像头大蠢驴。您演示得多么自然逼真啊！"

"万分抱歉！小姐！"德科克先生这么称呼那位女士，回答道——"万分抱歉！我不是故意冒犯您，拉普拉斯小姐——德科克先生愿意十分荣幸地与您共饮一杯。"

说着，德科克先生深深鞠了一躬，煞有介事地吻了吻自己的手，然后和拉普拉斯小姐干杯。

"我的朋友，"这时，梅亚德先生对我说道，"请允许我给您来一小片圣梅努的小牛肉，您会觉得味道无比鲜美。"

就在他说话间，三个身强力壮的侍者小心翼翼地把一只巨大的盘子或者说是木盆放在桌上，总算没有碰翻什么，里面的东西在我看来是可怕的、变形的、巨大的瞎眼怪物。但我仔细审视一番后放下心来，我确信那只是一整头烤熟的小牛，小牛跪在盆中，嘴里还塞有一个苹果，就像英国人烹调野兔的风格一样。

"谢谢，可我不要，"我回答道。"坦白地说，我并不喜欢这种叫圣——圣什么来着——

的小牛肉，因为我觉得它不太对我的胃口。不过，我倒是愿意换个盘子，尝尝兔肉。"

桌上还有几盘小菜，里面的东西看似普通的法国兔肉，是我可以享受的一道美味。

"皮埃尔，"主人大声说道，"换掉这位先生的盘子，并给他一块猫兔肉。"

"什么？"

"猫兔肉。"

"啊，谢谢您——我看我还是自己吃一些火腿吧。"

我心中暗想，真不知道这些外省人的餐桌上吃了些什么。我不会吃他们的什么猫兔肉，也不想吃他们的什么兔猫肉。

"还有呢，"坐在桌子末端的一个形容枯槁的人捡起刚才被打断的话头，"还有呢，除了你们说的那些古怪的人外，我们还有一个口口声声强调自己是一块科尔多瓦乳酪的病人，拿着一把刀到处追着他的朋友，请他们从他的大腿上割下一片来尝尝。"

"那他真是一个大傻瓜。"另一个人插进来说道，"但是他和某一个比起来，就不算什么了，除了在座的这位陌生先生之外，我们都认识这个傻瓜。我说的是那个自以为是一瓶香槟酒的白痴，他嘴里总是发出呼哧呼哧的声音，就像这样——"

说到这里，这位说话者——在我看来非常粗鲁地——把右手的大拇指戳进左面的腮帮子，往外一拔，发出类似瓶塞飞出的声音，然后他凭着舌头在牙齿上灵活地振动，发出模仿香槟酒冒泡的刺耳的嘶嘶声，一直持续了好几分钟。我清楚地看到梅亚德先生对这一举动很不以为然，但他没说什么。这时，话头被一个头戴硕大假发的干瘦的小男人接了过去。

"我们还有过一个大白痴，"他说，"他以为自己是一只青蛙。顺便说一句，他在很大程度上确实与青蛙十分相像。我真希望您看见过他，先生，"这时说话人对我说道，"看到他那副惟妙惟肖的样子，您一定会感到心里非常舒服。先生，如果那个人不是一只青蛙，我只能说这让我感到非常遗憾，他发出的蛙鸣是这样的——呱呱呱——呱呱呱！真是天底下最美妙的降 B 调。当他喝了一两杯葡萄酒之后——像这样把胳膊肘撑在桌子上，像这样鼓起嘴巴，像这样把眼睛朝上翻着，像这样飞快地眨个不停，哦，先生，那个时候，我敢十分肯定地说，您一定会赞美此人的出色表演。"

"对此我深信不疑。"我说。

"还有，"另一个人说，"还有小盖亚德，他以为自己是一小撮鼻烟，他因为无法用食指和拇指把自己撮起来而感到万分沮丧。"

"还有朱尔·德苏利埃，真是一个与众不同的天才，他发疯是因为他疯狂地想象自己是一个南瓜。他缠着厨子要他把他做成馅饼，这个要求被厨子怒气冲冲地一口拒绝。在我看来，我倒认为德苏利埃南瓜馅饼的味道大概还不坏呢！"

"您真让我震惊！"我说着，并向梅亚德先生投去询问的目光。

"嘿嘿嘿！——嗬嗬嗬！——呵呵呵！"那位先生大笑一阵后说，"味道着实不赖！

您千万不要感到吃惊，我的朋友。我们的这位朋友是个鬼灵精，是个活宝，您对他的话千万不要当真。"

"还有，"席上另一个人说道，"还有布封·勒格朗德，又一位别具一格的人物。他因为恋爱而精神错乱，想象自己有两颗脑袋。他坚持认为一个脑袋是西塞罗的，另一个他认为从额头到嘴巴是狄摩西尼的，从嘴巴到下巴是布鲁厄姆爵士的。你觉得他完全大错特错，但他可以用他的演讲才能让你信服他说的是真的。他痴狂地热衷于演讲，克制不住地想表现自己。例如，他经常跳到餐桌上，就像这样，然后——然后——"

这时，坐在说话人旁边的一位朋友伸手按住他的肩头，并对他低声耳语了几句，他便猛地打住话头，身子重新跌进椅子里。

"还有，"那位低声耳语的朋友说道，"还有布拉德，就是那个陀螺——我称他为陀螺，是因为他实际上冒出了这个既滑稽又并不完全荒谬的怪念头，认为自己变成了一只陀螺——您如果看见他旋转的样子，一定会被逗得哈哈大笑：他经常单脚独立旋转，就像这样——这样——"

这时，刚才被他的低声耳语打断话头的那位朋友如法炮制，反过来制止了他。

"但是，"一位老太太尖着嗓门说道，"您这位布拉德先生是个疯子，至多是个非常愚蠢的疯子。请允许我问您一句，谁听说过人形的陀螺？简直荒唐透顶。正如你们所知，快乐夫人就更明白事理。她也有一个怪念头，但那是合情合理的，而且给每一个有幸与她相识的人带来欢乐。她经过深思熟虑之后，发现自己被意外地变成了一只公鸡。但作为一只公鸡，她举止得体。她以惊人的速度拍动翅膀，就这样——这样——这样，至于她打鸣的声音，那可真是美妙，喔喔！——喔喔！——喔喔！"

"快乐夫人，劳驾您注意自己的言行！"这时，院长非常恼火地打断了她，"您要么举止行为像一位有教养的女士，要么就马上离开桌边——请选择吧。"

那位老太太（听见院长称呼她为快乐夫人，我感到大吃一惊，刚才被描绘的那个女人也叫这个名字）顿时脸涨得通红，仿佛因为受到主人的责备而感到无地自容。她耷拉着脑袋，不再搭腔。但是另一个年轻女郎把话题接了过去，她就是我在小会客室里见到的那位美丽姑娘。

"哦，快乐夫人是个糊涂虫！"她激动地大声说道，"但是欧也妮·萨瑟菲特的观点倒是很有道理。她是个非常漂亮而且端庄娴静的年轻女士，她认为普通的衣着方式有失体统，她穿衣服总是希望身子露在衣服外边，而不是裹在衣服里面——这件事很容易做到。您只需这样——然后这样——这样——这样——然后这样——这样——这样——然后——"

"我的天哪！萨瑟菲特小姐！"十几个声音同时喊道，"您想干什么？住手！够了！我们已经明白是怎么回事了！住手！住手！"好几个人已经从座位上跳起，打算去制止萨瑟菲特把自己脱成美第奇的维纳斯的模样。正在这时，从城堡主楼的某一部分传来一阵阵刺耳的尖叫或狂喊，立刻有效地制止了萨瑟菲特小姐的行为。

这些喊叫声让我非常紧张，但我由衷地怜悯餐桌旁的其他人。我还从未见过一群人被吓得如此魂飞魄散。他们脸色变得像死尸一样煞白，一个个蜷缩在自己的椅子里，瑟瑟发抖，语无伦次地嘟囔着，等待那声音再次响起。声音果然再次传来，更响而且显得更近，接着是第三声，听起来很大声，然后是第四声，其势头明显减弱。随着这声音渐渐消逝，这帮人立刻又变得精神抖擞，像刚才一样气氛活跃地议论着奇闻轶事。这时，我冒昧地询问那场骚乱的原因。

"不过一桩小事而已，"梅亚德先生说，"我们对这些事情已经司空见惯，很少再去理会它们了。那些疯子时而会发出一阵集体嚎叫，一个传一个，就像有时夜里一群狗突然狂吠起来一样。不过，偶尔病人在发出这种齐声嚎叫的同时，还在拼命地挣脱监禁。当然，遇到这种时候，就多少有点儿危险了。"

"您现在有多少个病人？"

"目前我们总共只有十个。"

"主要都是女性吧，我想？"

"哦，不是，我可以肯定地告诉你，他们个个都是男人，都是彪形大汉。"

"真的？我一直以为大多数疯子都是女性。"

"通常是这样的，但并非总是这样。不久前这里有大约二十七个病人，其中起码有十八个是女人，但是，正如您看到的那样，近来情况有了很大变化。"

"的确有很大的变化，正如您看到的那样。"这时，刚才踢坏了拉普拉斯小姐小腿的那位绅士插话道。

"对，有了很大变化，正如您看到的那样！"大家异口同声地接口说道。

"闭嘴，你们都给我管好自己的舌头！"院长怒不可遏地说。这时，整个餐厅顿时鸦雀无声，死一般的寂静大概保持了将近一分钟。有一位女士不折不扣地遵从梅亚德先生的话，她吐出舌头——这根舌头特别长，然后乖乖地用两只手捏牢它，直到宴会结束的时候。

"这位女士，"我探过身子，对梅亚德先生低声说道，"这位刚说完话，并给我们表演'喔喔喔'的善良的老太太——我想，她是没有危险——没有什么危险的吧，呢？"

"没有危险！"他突兀地喊道，带着绝非伪装的惊讶，"您这是什么意思？"

"她只是稍微有点疯癫？"我说着用手指了指我的头，"我敢说，她的病并不严重，不算危险，对吗？"

"我的天哪！看您想到哪去了！这位女士，这位快乐夫人，她的神志和我完全一样正常。虽然她有些小小的怪癖，不过，您知道，所有上了年纪的女人，所有的老太太，或多或少都有些古怪！"

"当然，"我说，"当然——那么其他这些女士和先生们——"

"都是我的朋友和护理人员，"梅亚德先生打断我的话，傲慢地挺直腰板，"都是我很好的朋友和助手。"

"什么！他们都是？"我问，"包括那些女人？"

"是的，"他说，"我们根本不能没有女人，否则无法维持，她们是世上最出色的精神病护士。她们有自己的一套办法，您知道。她们明亮的眼睛具有神奇的疗效，多少有点像蛇的魅力，您知道。"

"当然，"我说，"当然！她们的举止有点古怪，不是吗？——她们有那么点儿怪异，不是吗？——您难道不这么认为吗？"

"古怪？怪异？怎么，您真的这么想？当然，我们南方人不那么一本正经，我们总是随心所欲，享受生活，如此等等，您知道——"

"当然，"我说，"当然。"

"那么，也许这种克劳斯·德伍耶特酒有点醉人，您知道，有点儿太烈了——您能理解吧，啊？"

"当然，"我说，"当然，顺便问一下，先生，您是不是说，您现在用来取代'宽慰疗法'的方法，是一种非常严厉的方法？"

"当然不是。我们的监禁制度必然十分严密，但是治疗方式——我是指医疗方式——还是比较适合病人的。"

"这种新的疗法是您的发明创造？"

"不完全是。有些部分参考了柏油教授的观点，对于他您肯定有所耳闻。另外，我很愿意承认，我这个方法中的某些改进按其绝对的专利，当属大名鼎鼎的羽毛先生，如果我没有弄错的话，您一定有幸与他过从甚密。"

"我非常惭愧地坦白相告，"我回答，"我以前甚至从未听说过这两位先生的名字。"

"哦，我的天哪！"我的主人失声喊道，突然靠在椅背上，举起双手，失声喊道，"我肯定是听错了，您居然没有听说过博学多才的柏油博士和名声显赫的羽毛教授，呃？"

"我不得不承认我的孤陋寡闻，"我回答道，"事实确实如此，然而令我无地自容的是，我竟然没有读过这两位先生的作品。我会立刻找来他们的著作，一丝不苟地进行研究。梅亚德先生，我必须承认这点——您确实——使我感到羞愧难当！"这是事实。

"好了，别说了，我年轻的朋友，"他慈祥地说，按了按我的手，"与我共饮一杯白葡萄酒吧。"

我们举杯畅饮。其他人毫无节制地效仿我们。他们聊天，放声大笑，做出无数荒诞不经的举动，鼓声震耳欲聋，琴声聒噪刺耳，整个餐厅越来越乌烟瘴气，最后简直成了群魔乱舞的地狱。与此同时，梅亚德先生和我隔着几瓶白葡萄酒和德伍耶特酒，扯着嗓门继续交谈。当时用一般声调说话根本就听不见。

"先生，"我冲着他的耳朵大声嚷道，"晚餐前您提到旧日的'宽慰疗法'所带来的危险。那是怎么回事？"

"不错，"他回答道，"有的时候，情况确实非常危险。疯子的性格反复无常。在我看来，柏油博士和羽毛教授肯定也这样认为，对疯子放任自流、不加管束，是绝对不安全的。一名疯子也许可以被那样'宽慰'一时，但是到最后，总是很难驾驭。况且他的狡猾也是众所周知、非同一般的。如果他心里有一个想法，他会以一种令人难以相信的聪明来加以掩饰。而他假装神志正常的那种灵敏，在心理学家们看来，显示了精神研究中一个最为奇特的难点。如果一个疯子表现出'彻底的'清醒，最好赶紧给他套上拘束衣。"

"可是，尊敬的先生，就您刚才所谈论的危险，以您自己的经验，在您管理这座医院期间，您是否有确切的理由认为，对疯子来说，自由就是危险的？"

"在这里？在我的亲身经历里？——是的，我可以说有过。比如，不久以前，就在这家医院发生了一件不同寻常的事情。您知道，当时我们正在实行'宽慰疗法'，病人们都能自由行动。他们当时表现得非常守规则，但任何有常识的人都能看出，某个险恶的计划也许正在酝酿之中。确实如此，在一个晴朗的早晨，管理人员发现他们自己被捆住了手脚，并被关进了监禁室，他们在那里像疯子一样，得到那些篡夺看守职位的疯子们的照料。"

"真是难以置信！我有生以来从未听说这么荒唐的事情！"

"这的确是事实。这一切的发生都是在一个愚蠢的家伙的策划之下，一名疯子，不知道他怎么会产生这样一个念头，他认为他发明了一个前所未闻的更好的管理体制——我是指疯子管理的体制。他希望尝试一下他的发明创造，便说服别的疯人参与他的阴谋，共同推翻统治势力。"

"他真的成功了？"

"是的。很快，看守者和被看守者就被迫交换了位置。说交换也不完全准确，因为原来病人是自由的，但现在看守被关进了监禁室，而且我很遗憾地说，他们受到了很不客气的对待。"

"不过，我认为很快就会有人起来造反。那种状况不可能长久存在，周围的乡民和远道而来的参观者都会去报警的。"

"这您就错了。那个老奸巨猾的反叛首领决不会让这样的事情发生。他根本不放任何参观者进来，只是有一天例外，那是一个看上去蠢头蠢脑的年轻男子，那位首领没有任何理由对他感到担心，他放年轻人进来参观医院，但不过是为了换换花样，为了拿他取乐。一旦把他捉弄够了，就放他出去，让他滚蛋。"

"那么，疯子统治了多长时间？"

"哦，已经很长时间——肯定有一个月了——具体多久，我也说不清楚。在那段时间里，疯子们过得非常快活，你可以坚信这一点。他们脱掉了身上不体面的衣服，随心所欲地穿戴上了普通的服装首饰。城堡的地窖里储存着许多美酒，这些疯子喝起酒来简直和魔鬼没什么两样。我可以肯定地说，他们过得非常自在。"

"那么治疗呢——反叛者的首领采取了哪种特别的治疗？"

"哦，至于这个嘛，正和我刚才说过的一样，一名疯子未必就是傻瓜。而且我真的认为他的疗法比被取代的疗法要好得多。那真是一个非常出色的疗法，简单，干净，丝毫也不麻烦。实际上，它真是令人赏心悦目，它是——"

这时，院长的谈话被另一阵呐喊声打断，这阵呐喊同之前令我们惊慌失措的那阵是一种声音。不过，这次它似乎是从快速向这里靠近的人嘴里发出来的。

"我的天哪！"我失声惊呼，"肯定是那些疯子逃出来了。"

"恐怕真是这样，"梅亚德先生回答，脸色变得煞白。他话音未落，高声的叫喊和诅咒就已经来到窗户下面。接着事情就变得清楚了，外面有些人正力图进入餐厅。餐厅的门好像在被一个大铁锤撞击，百叶窗被人狠命地拧动着、摇晃着。

餐厅里陷入了一种最可怕的混乱。梅亚德先生一头钻进了餐具柜，令我感到万分惊讶。我原以为他会表现得更加胸有成竹一些。那些乐队的成员在刚才最后十多分钟里似乎是因为喝得太多了而未能尽其本分，现在都一跃而起，把乐器踩在脚下，然后爬上桌子，异口同声地突然高唱"扬基·杜德尔"。如果说他们的演奏并不完全合拍，但那股劲头确是超乎寻常的，在整个骚乱过程中都没有停止他们的演奏。

与此同时，那个拼命克制才没有跳上餐桌的绅士一跃而起，跳上了主餐桌，踩在那些杯碗盘碟中间。他刚一站稳脚跟，就开始了一场演说，那无疑是一场非常精彩的演说，只是也许无人能够欣赏。就在这时，那位偏爱陀螺的先生滴溜溜地在屋里旋转起来，显得精力异常充沛，他双臂张开，与身体垂直，这使他确实成了一只惟妙惟肖的陀螺，一路把所有挡住他旋转的人撞翻在地。此时，我还听到一阵令人难以置信的开香槟酒瓶的砰砰声，最后我发现这声音是由那个刚才在晚宴上表演开香槟酒瓶的家伙发出的。随后那个人形青蛙也呱呱地叫了起来，仿佛他的灵魂是否得救，就取决于他发出的每个音符。而在这一切之中，一头驴连续不断的嘶鸣声显得最为突出。说到我的老朋友快乐夫人，我真该为这个可怜的女士哭泣，她似乎完全没了主张，只知道站在壁炉旁的一个角落里，放开嗓门不停歇地叫道："喔喔喔——喔——喔——喔！"

这时剧情进入高潮——悲剧的大结局到来了。由于除了惊呼呐喊和喔喔喔之外，外面的那些人的入侵没有遭到任何的抵抗，几乎是同时，十扇窗户就以迅雷不及掩耳之势被人撞开。可我永远都忘不了我当时那种惊诧和恐惧，因为当一堆乱糟糟的东西从窗户跳进来，冲到我们中间，奋力搏斗、踩脚、抓挠、吼叫，我以为冲过来的是一群非洲的黑猩猩，或是好望角的大黑狒狒。

我受到了重重一击，随之滚到了沙发下边并一动不动地躺在那里。我竖起耳朵倾听屋里的动静，过了大约十五分钟，我才对这场悲剧有了一个较为满意的解释。情况似乎是这样的：梅亚德先生在向我叙述那个鼓励同伙造反的疯子时，其实讲的是他本人的英勇壮举。这位先生两三年前的确是这家疯人院的院长，但是后来却精神失常了，成了一名病人。把我介绍给他的我的那位旅友并不知道这个事实。看守共有十个，突然被疯子制服，首先被涂上厚厚的柏油，再被精心粘上羽毛，关在地下的监禁室里。他们就这样被监禁了一个多月，在此期间梅亚德先生不仅慷慨地向他们提供柏油和羽毛（这便构成他的"疗法"），而且还给他们一些面包和大量的水。水是通过一条水道抽给他们的。最后，他们中的一个从水道逃出，并让其他人得到了解救。

经过重要修改的"宽慰疗法"重新在城堡实施，然而我不禁赞同梅亚德先生的话，他的"治疗"确实是独一无二，非常出色的。正如他言之有理的评述，那方法"简单，干净，丝毫也不麻烦——真是丝毫也不"。

但我必须补充一点，尽管我一直在欧洲每一家图书馆，努力地寻找"柏油"博士和"羽毛"教授的作品，但我的努力全告失败，并且至今一无所获。

来自诺福克《快报》独家报道的特大新闻！——三天跨越大西洋！蒙克·梅森先生的飞行器实验大获成功！梅森先生、罗伯特·霍兰德先生、亨森先生、哈里森·安斯沃斯先生，与另外四人乘坐"维多利亚"号操舵气球，经75小时越洋飞行，在查尔斯顿附近的沙利文岛着陆！请看这次越洋飞行的详细报道！

这篇冠以显著的大字并精心点缀着溢美之词的绝妙文章，事实上最初是发表在《纽约太阳报》上，并且在查尔斯顿的两份邮件送达之间的几小时内就完全满足了道听途说者们旺盛的打听欲望，并给予他们难以读懂的细节。人们趋之若鹜地抢购这份"独家报道"，其场面蔚为壮观，甚至超过了消息本身带来的惊奇！而事实上（正如有人断言），如果"维多利亚"号并没有绝对达成下面记录的航程的话，那么为否认这次航行找个理由也颇伤脑筋。

空中航行的重大问题终于被解决了！像陆地和海洋一样，天空也被科学征服，将成为人类常用的一条便捷的通道。乘气球横穿大西洋也已成为事实，并且非常轻松，没有什么明显的大危险，飞行器始终在控制当中，并且从此岸到彼岸仅仅经历了难以置信的短短的75个小时！通过在查尔斯顿的一名代理人的努力，本报将首家向公众展示这次极其非凡航行的详细记录。此次航行始于本月6日周六上午11点，结束于本月9日周二下午2点。参加这次航行的共有八人，他们分别是：埃弗拉德·宾赫斯特爵士，本廷克勋爵的侄子奥斯本先生，著名飞行员蒙克·梅森先生和罗伯特·霍兰德先生，《杰克·谢泼德》等书的作者哈里森·安斯沃斯先生，最近实验失败的那个飞行器的展示者亨森先生，以及两名来自乌尔维克的海员。下面记录的每一细节都可靠而精确，因为除了一些小的例外，这些记录均逐字抄自蒙克·梅森先生及哈里森·安斯沃斯先生合写的航行日记，这两位先生还彬彬有礼地向代理人口述了许多关于气球本身及其构造的知识，并介绍了一些其他的让人感兴趣的情况。本篇报道的唯一改动仅仅是为了把我们的代理人弗塞斯先生匆忙赶出的稿件改得更加连贯并且容易理解而已。

气 球

最近两次确凿无疑的失败——亨森先生和乔治·凯利爵士的失败，在很大程度上大大削弱了公众对气球航行这一话题的兴趣。亨森先生的设计（开始甚至科学家们都认为非常可行）建立在斜面的原理上，飞行器凭借外力从一高处起飞，再依靠空气冲击叶片的转动而维持动力——叶片的形状和数目都类似风车的轮片。但在阿德莱德展览会场进行的所有模型试验中，都发现这些叶片的运转不仅不能推动飞行器，实际上，它居然给飞行造成了阻力。机器所显示的唯一推进力，仅仅是由斜面降落而获得的动力。这种动力在叶片静止时比在叶片运动时更能把飞行器带到稍远一点儿的地方。这一事实充分证明这些叶片完全无用。而在缺乏作为提升力的推进力的时候，整个构造也就必然会坠落。在这种考虑下，乔治·凯利爵士想到了可以把这种推进器装到不要动力就能保持上升的机器上——也就是装到气球上。不过，只有在乔治先生考虑将这种运用付诸实施的时候，他的这种想法才可以说是新颖独特、别具一格的。他在工艺学院展示了他这项发明的一个模型。推进原理或动力原理同样被运用于该模型的分瓣翼面，或者说叶片，使其旋转。这些叶片有四片，但被发现并不能推进气球或增加它的升力。整个工程于是完全失败。

就在这个时候，蒙克·梅森先生（曾于 1837 年驾驶"拿骚"号气球完成了由多佛飞至威尔堡的轰动航行）想到了可以用阿基米德螺旋原理来获得在空气中的推进力——他非常恰当地把亨森先生的设计缺点及乔治·凯利爵士实验的失败原因归于叶片是被截断的。他在威利斯实验室做了第一次公开试验，但后来他把模型搬到了阿德莱德展览会场。

同乔治·凯利爵士的设计一样，他的气球也是椭圆形，长度为 13 英尺 6 英寸，高度为 6 英尺 8 英寸。该试验气球能容纳 320 立方英尺气体，如果充纯氢气，气球在刚刚充满、气体还未来得及消耗或漏掉的时候，能够承载 21 磅的重量。整个机器及其装置重达 17 磅——还剩下 4 磅的承载能力。气囊的正下方是一个轻质木料制成的框架，长度约为 9 英尺，以通常的方式用一个覆在球表面上的绳网吊着，从这个框架下悬吊着柳条编成的吊篮。螺旋装置由一根长 18 英寸的空心铜管做中轴，一组 2 英尺长的钢丝辐条以倾斜 15 度的半螺旋形穿过轴心，两边各伸出 1 英尺。这些辐条在其伸出的两端处，被连接于两个扁平金属线环箍。这样就形成了螺杆的框架，而螺杆框架上还得蒙上一层裁成三角形的油绸以作为桨叶的叶面，油绸叶面被绷紧，成为一个被框架所限定的形状。这个螺旋装置的中轴的两端由从环箍伸下的空心管支撑。这些铜管的下端有轴枢旋转的孔眼。从靠近吊篮的那一头，一根钢杆把螺杆轴连到固定在吊篮里的一个发条装置的小齿轮上。依靠发条装置产生的动力，螺杆能以极大的速度转动，螺旋形的叶片向后搅动空气，给予整个飞行器向前的推进力。通过舵面，飞行器很容易转换任何方向。与其体积相比，这个发条的装置的动力可谓巨大，一个直径 4 英寸的圆筒拧上第一圈后，就能产生 45 磅拉力，随着发条拧紧，拉力也逐渐增加。发条装置重 8 磅 6 盎司。气球的舵则是覆上绸布的藤条做成的轻质结构，舵面形状多少有点像羽毛球拍，长约 3 英尺，最宽处有 1 英尺宽。舵的重量大约 2 盎司。舵面可以平放，可以上下转动，也可以左右调整。这使气球驾驶员能够把在飞行中必须使其处于倾斜位置的空气阻力改变到他所希望的任何一边，从而在相反的方向操纵气球。

这个模型（由于时间的仓促，我们只能这样大致讲述）在阿德莱德展览会场试飞时，达到了 5 英里的时速。说来奇怪，与亨森先生先前的那个复杂但失败的飞行器比起来，这个模型的成功并没有迎来公众更多的关注——这个世界对任何貌似简单的东西总是断然排斥，嗤之以鼻。人们普遍认为，要实现迫切需要的空中航行，必然要运用某种异常深奥的动力学原理制造出某种特别复杂的飞行器。

梅森先生对他发明物的最终成功抱着很大的满足，他决定如果有可能就立即制造一个有足够力量来进行大范围飞行的载人气球，以一次远征来证明他的成功。最初的计划是像上次驾驶"拿骚"号一样飞越英吉利海峡。为了完成他的理想，他请求并得到了埃弗拉德·宾赫斯特爵士和奥斯本先生的资助。这两位先生因在科学方面的学识而闻名，尤其是众人皆知他们对浮空器操纵术的发展所显示出来的兴趣。应奥斯本先生的要求，这项计划对公众严格保密——唯一了解整个设计的人是那些实际参加机器制造的人。飞行器（在梅森先生、霍兰德先生、埃弗拉德·宾赫斯特爵士和奥斯本先生的监督下）在威尔士省的彭斯特拉索尔附近建造。梅森先生在他的朋友安斯沃斯先生的陪伴下，被获准于上个星期六亲眼目睹气球——这两位先生彼时商定参加这次冒险航行。关于两名海员也被纳入探险行列的原委，本报目前尚不得而知，但在一两天内，我们将让读者了解到这次惊人之举更详细的幕后细节。

这个气球是用涂过橡胶的丝绸制成的。它体积庞大，可容纳 4 万立方英尺的气体。但由于用煤气代替了价格昂贵且不便掌握的氢气，气球完全充气后的承载能力不超过 2500 磅。煤气不只是便宜，还容易获得和处理。

煤气被普遍用于浮空器操纵术，我们得感谢查尔斯·格林先生的发现。在他之前，给气球充气又贵又难。有时候，白白浪费了两三天都还没能生产出足以充满一个气球的氢气，因为密度小性质又活泼，氢气有很强的逃逸倾向，常常在生产中就漏到周围的空气中。在一个密封性能足以使充入的煤气在 6 个月中保持纯度和体积不变的气囊中，同等量的氢气按同样的要求连 6 个星期也不能保持。

气球的承载能力大约是 2500 磅，而航行人员的体重总和为 1200 磅，在剩下的 1300 磅中，有 1200 磅来自于压舱物——一些大小不等的沙袋，上面标明各自的重量。其余物品有绳索、气压表、望远镜、装有够吃两周给养的桶、水桶、斗篷、毛毡和其他一路上必需的物品，包括一个用石灰反应的咖啡加热器，这种加热器完全杜绝了火灾危险，一切安排都很谨慎。除了压舱物和几件零碎物品，所有这些东西都挂在头顶上的环箍上。吊舱按比例来说，比模型吊舱小得多也轻得多。它用轻柳条编成，对于看上去那么脆弱的一个飞行器来说，它显得极为结实。吊篮深度约 4 英尺。方向舵按其比例则比模型舱大得多，而推进螺杆则小了一点。除此之外这个气球还装有一个锚钩和一条调节绳，后者是最不可缺少的重要之物。在此必须为那些不熟悉浮空器操纵术的读者做一番说明。

气球离开地面之后，就会遭受到周围环境中趋向于改变其重量从而影响其高度的因素，这些因素会增加或减少其升力。例如，气球布上聚集的露水，如果面积大，可达几百磅重，这时候就要扔出压舱沙袋以减少重量，以避免气球的下坠。而沙袋扔掉以后，晴朗的阳光蒸发了露水，同时使气球里的气体膨胀，整个机器就会急速上升。当升到太高的空中，气压差和气体的膨胀又有使气球爆炸的危险。要阻止这种上升，在格林先生发明调节绳之前，唯一的办法就是从气球顶部的阀门放气。但是，随着气体的泄露，气球的上升力也相应降低，这样，在较为短暂的时间里，即使结构最完善的气球也肯定会耗光其所有能量，降落地面。这曾是妨碍长距离飞行的一个大问题。

导绳以可以想象的最简单的方式克服了这一障碍。它只是一根从吊舱垂下的很长的绳子，而它的作用是阻止气球在飞行时产生任何实质性的变化。比如如果气球被露水增加了重量而下降，有导绳的话就不用扔压舱沙袋了，因为这根很重的绳子按照所需的长度扔下去后吊篮会变轻，而拖在下面的绳子就多少补偿或抵消了增加的重量；如果有环境因素使气球升得太高，那也无须放气，因为绳子马上又可以收上来使吊篮变重。这样，气球在损失不了多少气体或压舱沙袋的情况下，靠调节绳的收放，就可以保持在一个较稳定的高度。当飞越大片水域时，必须使用一些铜制或木制的小桶，里面装满比重比水轻的液体压舱物。它们漂浮在水上，起到了导绳在陆地上的所有作用。导绳另一个很重要的功能就是指示气球的方向，只要气球升空，无论在陆地还是海洋的上方，导绳总是拖曳在下，所以气球有任何飘动，都将会处于导绳的前方，因此用指南针再比较两者的相应位置，就能测出气球的航向。同样，绳子与气球的垂直轴形成的角度大小，对应的就是飞行速度的快慢。如果这个角是零度——也就是导绳是竖直挂下来的，气球就是悬停不动的；这个角越大，也就是说气球离拖在下面的绳尾越远，速度就越快，反之则越慢。

由于原计划是飞越英吉利海峡，降落在尽量靠近巴黎的地方，所以航行者们已经预先准备好了进入欧洲各国的护照，并像上次"拿骚"号航行一样特别说明本次探险的性质，以使冒险者们免除通常的正式手续。可是，旅行中意外的事件，使这些护照变成了多余。

本月 6 日，星期六，天刚破晓，在威尔士北部距彭斯特拉索尔约一英里的威尔沃尔庄园奥斯本先生的院子里，计划开始实施。11 点过 7 分时，一切就绪，气球被放开，轻柔而稳定地上升，沿着偏南的方向飘行。开始半小时，螺旋装置和方向舵均未使用。本报随即将根据弗塞斯先生从蒙克·梅森先生和安斯沃斯先生的日记上摘录的内容，继续向公众报道此次航行。正如已知的那样，日记的主体部分由梅森先生执笔，而每天的附记则由安斯沃斯先生完成。安斯沃斯先生已准备在不久后向公众展示一份更详细的，无疑也更引人入胜的关于此次航行的记录。

日 记

4月6日　星周六

每一项有可能给我们造成麻烦的准备工作都已在夜间完成。今晨天刚破晓，我们就开始充气，但由于一场压在折叠的气球布上使它难得展开的浓雾，直到几乎十一点钟充气才完成。随之解缆升空，大家兴高采烈，上升轻柔而稳定，一阵微风从北方吹来，将我们带向布里斯托尔海峡。发现升力比我们预料的更大，随着升高我们避开了悬崖峭壁，更多地处在阳光之中，我们的上升变得迅速。但是，我不希望探险刚刚开始就失去煤气，所以决定随它继续上升。我们的导绳很快就收完了。然而，即使把导绳完全收离地面，我们仍然在急速上升。气球稳得异乎寻常，看上去很漂亮。

出发后大约 10 分钟，气压表显示高度为 1.5 万英尺。这时天气格外晴朗，下面的田园景色——不管从哪个角度看都浪漫而壮观。众多深邃的峡谷由于充满了浓厚的雾气，看上去就像是山岭掩映中的湖；东南方的山巅和峭壁拥挤在逃不出的混沌中，正如同东方神话中的巨大城市。我们飞快地接近南面的山脉，气球所处的高度足以使我们安然越过山峰。在几分钟后我们便威严地高飞在庞大的山脉之上；安斯沃斯先生和两名海员望着吊篮距它们的高度，简直都感到惊骇了，气球升高的趋向减少了下面地形起伏在人眼中的大小，以至于充满活力而多变的地面看上去如同一片死的荒原。11 点半，在继续偏南的飞行中，我们第一眼望见了布里斯托尔海峡；15 分钟之后，海岸的浪花线直接出现在我们身下，我们已完全飘到海上。这时我们决定放掉适量气体，使系有浮通的导绳接触水面。这一点很快便做到了，我们开始缓慢下降。大约 20 分钟后，第一个浮桶触及海水，当第二个浮桶紧跟着接近海面后，我们的高度开始保持不变。我们所有人现在都盼望着试一试方向舵和推进器，看看能不能起作用，为了把我们的航向调整得更向东，与巴黎成一直线，我们立即将两者都动用起来。借助于方向舵，我们马上就达到了改变方向的目的，使我们的航向和风向几乎形成了直角；这时我们让螺旋发条开始运动，并欣喜地发现它如期望的一样轻易地产生出推力。为此我们发出几声喝彩，并向海里扔了一个瓶子，瓶子里的文件是关于这项发明的简略介绍。但是，庆祝刚结束，一个没有预料到的事故就给了我们当头一棒。链接弹簧装置和推进器的钢条突然从靠近悬篮的那一端滑脱出来并一下就脱离了螺杆的轴，吊在那儿直晃悠（吊舱的摇晃是由于一名海员在吊舱内移动造成的）。当我们集中全部注意力，努力使它回归原位时，我们被卷入从东面刮来的一阵强风，它以迅速增长的力量把我们吹向大西洋。我们很快就发现我们正被卷入大洋上空，速度肯定不低于每小时五六十英里。于是在我们修好钢轴并有时间来考虑处境时，气球已经被吹到了距科利尔角以南约40英里的位置上。就是在这个时候，安斯沃斯先生作出了一个令我感到惊奇，但在当时情况下并不是不切实际的空想的提议，并立即得到了霍兰德先生的支持。他的建议是：我们应该利用吹动我们的这股强风，放弃逆风飞往巴黎的计划，做一次直达北美海岸的尝试。我略为思索了一下后，便迅速同意了这个大胆的想法，（说来也奇怪）反对此提议的只有那两名海员。作为人多的一边，我们最终压倒了他们的害怕，并毅然地保持着航向。我们朝正西方飞行，但由于浮桶的拖曳实际上阻碍了我们的行进，加之我们已完全控制了气球的升降，于是我们先抛掉了五十磅压舱物，然后用绞盘把挂着浮筒的调节绳收离了海面。我们立刻看出这一措施确实有效，使前进速度大大增加。随着风力加强，我们以简直难以想象的速度飞行着。导绳飘荡在悬篮后面，很像是船上的长幡。不必说了，以这样的速度飞行，我们一下子就已看不到英国的海岸了。在我们的下面，数不清的各类船只像掠影一样扫过，一些在尽力顶风航行，但大多数都只是停在那儿。我们给所有船只都带来极大的兴奋和骚动——这种骚动令我们，尤其是那两个海员感到由衷的快慰。此时，两名海员在杜松子酒的影响下对卷着我们的狂风已经不再恐惧。许多船只都对我们发了信号枪，所有船上的人都用高声欢呼(我们听到的声音清晰得令人惊奇)和挥舞帽子手帕来向我们致敬。整个白天我们一直以这样的方式前进，没有遇到任何重大事故。当夜色渐渐把我们包围的时候，我们粗略算了一下航行的距离。它不可能低于500英里，可能还更多。推进器一直处于运转的状态，这无疑大大地有助于我们的前进。随着夕阳西沉，疾风变成了一场真正的飓风，我们下面的海洋由于磷光而清晰可见。从东面来的狂风刮了一整夜，给了我们的成功最辉煌的征兆。

寒冷使我们尝到了苦头，空气的潮湿也令人极不好过，不过吊舱里有足够的空间让我们躺下，靠着斗篷和几块毡子，这一夜我们过得还算好。

附　记（安斯沃斯先生作）

刚过去的9个小时无疑是我这一生中最兴奋的时刻。我想象不出还有什么比这次无比惊险、新颖奇特的冒险更能使人思想得到升华。愿上帝保佑我们成功！我并不是为了我微不足道的个人安全而希望成功，而是为了人类的知识——为了最终征服天空的伟大胜利。没想到建立这一功绩是如此有可能，以至于我唯一的惊叹就是在此之前，人们为何一直顾虑重重，不敢尝试。只需要一阵像吹送着我们的一样大的风，让气球这样顺风飞四到五天（这种风经常刮更久），那像现在这样从此岸到彼岸的飞行在这么几天内就可以容易地完成。对于这样一场大风来说，浩瀚的大西洋只不过是一个小湖。在此刻呈现的所有景象中，令我感触最深的是下面的大海上那征服一切的寂静——尽管海面波涛汹涌，但海浪激荡的声音丝毫没有传到天上。无边的、闪着磷光的大海起伏翻腾着，仿佛无怨地忍受着什么无可名状的压迫。山一般的浪涛涌动在夜色中，仿佛无数挣扎的邪神被困在暗夜下的痛苦里。对我来说，一个人活上这么一个销魂荡魄的夜晚，胜过庸庸碌碌地活上一个世纪。我不愿为平平淡淡的一百年而放弃这份狂喜。

7 日，星期日（梅森先生的日记）

今天早晨风速降低成了八到九节（对于海上的船）的微风，我们顺风的飞行时速可能是 30 英里或更多。可是风向无论如何已大大偏北。此刻，在太阳西沉的时候，我们主要依靠螺旋装置和方向舵保持正西的航向，它们都非常理想地发挥了作用。我认为设计完全成功，朝任何方向（除了顶着狂风）的空中航行从此再也不成其为问题。我们不能迎面抗拒昨天那样的大风，但是如果有必要的话，我们可以通过使气球上升而摆脱大风的影响。如果面临普通的大风，我确信我们能够凭借推动器继续前进。今天中午，我们靠扔沙袋升到了 2.5 万英尺的高度（和科托帕希火山[①]差不多高）来寻找方向更直接的气流，但发现高空没有什么气流像我们正处其中的这股一样顺。即便这次航行会延续三个星期，我们也有足够的煤气飞越这个小小的池塘。我对航行结果没有丝毫担忧。困难一直被不可思议地夸大和误解着。靠着升到不同的高度，我们能选择方向适当的气流来吹送气球，而如果所有气流都是逆向的话，我们也能开动推进螺杆来保持还说得过去的速度。现在为止没有值得记录的事件。今晚天气可望晴朗。

附 记（安斯沃斯先生作）

我没什么要记录，除了（对我来说令人震惊的）事实之外，在与科多帕希火山相等的高度，我既没有感到非常冷，也没有头痛或呼吸困难；我还发现梅森先生、霍兰德先生和埃弗拉德爵士都没有什么异常。奥斯本先生一度诉说胸闷，但这种反应很快就消失了。白天我们以极快的速度飞行，飞越大西洋的航行肯定已经完成了一半。我们曾超越二三十艘各种类型的船只，船上的所有人似乎又惊又喜。乘气球飞越大洋根本不是一桩千难万险的功绩。未知的事物总被认为是宏丽的。备忘：在 2.5 万英尺的高度，夜空看上去黑得很正，星星看得清清楚楚；同时，海面并不（像人们想象的那样）是凸起来的，反而是完全并且极其清楚地凹下去。

8 日，星期一（梅森先生的日记）

今天早上，我们的推进器又出了点麻烦，必须全面加以改造，以免造成严重事故——我指的是传动轴，不是螺杆的叶片。后者不可能再改装了。整个白天一直刮着稳定而强劲

---

① 该火山位于厄瓜多尔，高度为 5897 米。——译者注

的东北风。迄今为止，命运似乎对我们一直很关照。就在天刚亮的时候，气球上传来奇怪的爆响和震动，并且整个装置随之迅速下坠，把我们吓了一跳。这种现象的产生是由于空气温度升高，气球里的煤气受热膨胀，崩裂了夜里凝结在气球框架上的细小冰粒。我们朝下面扔了几个瓶子，其中一个被一艘大船捞起——看上去像是驶向纽约的货船。我们力图辨认其船名，但未能确定，奥斯本先生用望远镜看到这艘船好像是"亚特兰大"号。此刻是深夜 12 点，我们仍然以极快的速度朝偏西的方向飞行。今夜海上的磷光非常迷人。

附　记（安斯沃斯先生作）

现在是凌晨 2 点，几乎风平浪静，这是我所能作出的判断——但是这一点很难确定，因为气球与周围的气流几乎相对静止。自从从威尔沃尔庄园启程我就没睡觉，但现在再也撑不住了，我必须打个盹。我们离美国海岸应该不远了。

9 日，星期二（梅森先生的日记）：下午 1 点，我们清楚地看见了下方的南卡罗来纳州低矮海岸的全景。计划终于被完成。我们已经越过大西洋——驾驶一只气球轻轻松松地飞越了大西洋！感谢上帝！谁还会说以后会有什么事不可能呢？

日记到这里中断。但是安斯沃斯先生向弗塞斯先生讲述了一些着陆时的细节。当航行者们第一眼看见海岸时，风几乎已经完全平息，海岸位置当即被那两名海员和奥斯本先生认出。这位绅士有熟人在莫勒特尔要塞，所以立即决定降落在其附近。气球在操纵下飞临海滩（当时并没有潮水，沙岸结实又平坦，极适合降落）并抛下了锚钩，锚很快就固定了。岛上和城堡里的居民自然蜂拥而出，观看气球。但是我们费了许多口舌才使他们相信这次飞越大西洋的航行。锚被固定住的时间刚好是下午 2 点，因而整个飞行是在 75 个小时里完成的；如果只计算海岸到海岸的航程，时间还会更短。没有发生任何重大事故。整个期间没有担心过任何真正的危险。气球被毫不费力地排气并保存起来。当这篇叙述性的报道被编辑并从查尔斯顿发出时，参加探险的八个人还在莫勒特尔要塞。他们的下一步计划尚未确定，但是我们有信心保证我们的读者在星期一，或者星期二将读到我们的进一步报道。

毫无疑问，这是人类迄今为止所完成甚至所尝试的最惊人、最有趣、最重要的一次壮举。至于今后将会发生什么惊人的事件，现在加以判断也许只是徒劳的。

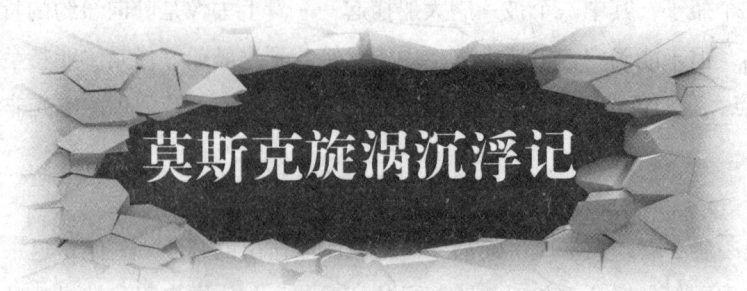

莫斯克旋涡沉浮记

当我们爬上最高的悬崖的顶端，老人累得好长时间都说不出话。他终于开口：

"我本来可以像我的儿子们那样给你带路。但是三年前，我遇见了一件谁也没遇见的事，至少碰见这事的人都没有活下来。我经历的噩梦般的 6 个小时让我崩溃了。你以为我很老，其实我根本不老。不到一天的时间，我的头发就都白了，胳膊、腿也没劲了，现在我稍一动就哆嗦，看见黑影就恐惧。现在我往下望，就会感到非常恐惧。"

他毫不在意地卧在一块大石头上，所处的位置，只有靠胳膊肘勾着光滑的岩石才不至于滚下山崖。这个地方是一块突兀的、四周无阻拦的黑色巨岩。就连距离崖边 5 米的地方，我都不敢过去，所以他所在的危险位置让我心惊肉跳。我不禁扑倒在地，紧紧抓着身边的灌木，连头都不敢抬，总觉得一阵风就能把大山吹倒。我知道这种想法很愚蠢，但我却不能不想。

过了很长时间，我才鼓起勇气坐起来，眺望远方。"你必须克服恐惧感，"向导说，"我已经把你带到这儿了，你能亲眼看到我所说的事情的发生地。我也可以在现场给你讲这个故事。"接着，他以自己特有的方式说："咱们现在在北纬 68 度，靠近挪威海岸，位于大诺尔蓝郡的洛夫顿区。我们现在坐在克劳迪山的黑耳塞根峰上，现在你把身体挺直，如果觉得头晕，就抓住身边的草。你往云雾彼端看，那里有大海。"

我眩晕地望去，那里是一片广阔的海，水是黑色的。这不由得让我想起了努比亚地理学家对黑海的形容：一片汪洋，难以想象的荒凉，目光所及皆是悬崖峭壁，海上惊涛拍岸、凶险万分。正对我们大约五六英里的海上，隐约可见一座荒凉的小岛。通过包围它的白浪花，我才确认了它的位置。岛屿和陆地之间，有一些更小的小岛，它们礁石遍布，寸草不生，全都是黑色石头。

远处的岛屿和海岸之间是一片汪洋，此时，劲风从海上吹来，远处的海面上一只双桅帆船放下了全部船帆，在波浪中挣扎。岸边没有什么潮汐，只有不定向的波涛迅速涌来，毫无规律地拍打着海岸。波涛中没有泡沫，只有在礁石上激起的白浪。

老人又说道："挪威人把远些的那个岛屿叫武尔格，近些的叫莫斯克，北边的是安巴伦，那边的是伊芙来森岛、霍伊霍尔姆岛、基尔多尔姆岛、苏瓦尔文岛和布克尔姆岛。那边，兀尔格岛和莫斯克岛之间是奥尔德霍姆岛、弗里曼格岛、桑迪弗莱森岛和斯卡霍尔姆岛。

"我说的这些都是小岛的真名，但我不知道人们给礁石起名字的原因。你听见什么声音了没有？你发现海上的变化了吗？"

我看见海浪澎湃向前，速度越来越快，5分钟后，远至武尔格岛的整个海面上都掀起波浪。巨大的海浪互相撞击，变成无数大旋涡，一泻千里向东流去，撞击形成的轰鸣声震耳欲聋，咆哮声最大的是莫斯克岛一带的海面。

几分钟后，海面的情况发生巨变。整个海面迅速平静，旋涡都消失了。那些原来没有海浪的区域出现了层层海浪，它们向远方散去，汇合成了一个更大的旋涡。

突然间，一个明显的直径约有一英里的大旋涡出现了，它的外沿是浪花构成的水带，浪花一滴也不向里溢；里圈是一道与海面成45度角的漆黑水墙。旋涡飞转，发出可怕的咆哮声，就像是尼亚拉加大瀑布的轰响。大山都在颤动，岩石都在发抖，我吓得面如死灰，赶紧趴下，抓住地上的青草。

我问老人："这就是有名的麦尔海峡大旋涡？"老人答道："有时候就这么叫它，我们挪威人把从莫斯克岛到这里的这片海域叫莫斯克海峡。"

以前，我也听到过一些关于这个大旋涡的描述，但是我绝没有想过它会是这样。在很多关于大旋涡的描述中，若纳斯·拉米斯的描述最详细，但即使他的描述也无法描绘出真实场景的半分雄壮。

我不知道作家是在何时何地看到这个大旋涡的，但我敢肯定，他绝对不是在大风暴期间，也绝不会是从黑耳塞根峰顶向下看。尽管如此，他的描述中还有部分可以引用：

洛夫顿和莫斯克岛之间的海峡水深六七十米，但莫斯克岛和武尔格岛之间的海水很浅，所以这片水成为危险航道，即使风平浪静时，船只也可能触礁。大潮到来，海水倒灌进洛夫顿和莫斯克岛之间的海峡。潮水退回的情景同样雄伟，巨响震耳欲聋，声传千里。它形成的旋涡又大又深，船只一旦陷入，就会被卷入海底，被礁石击碎。直到潮水平息，船只碎片才会被抛上海面。短暂的平静之后，海水会重新集结，若有风暴助威，那么即便距离此地一英里，都有危险。

许多船只都曾因不小心靠近旋涡而被吞没，也常有鲸鱼因为游得过近而被困，它奋力挣扎却无济于事。有一回，一头熊从洛夫顿游向莫斯克岛，途中误入旋涡，也被卷入海底，挣扎的吼叫声凄厉吓人，浮上来的时候已经被礁石碰撞得面目全非。海水的运动受潮汐的影响，6 小时是一个周期。

　　1645 年的某个星期天早晨，潮水来得极为凶猛，岸边的房子都被咆哮声震塌了。海水的深度，我不知道作者是怎么测量出来的，但是麦尔海峡中央的水深一定比六七十米要深得多。我站在峰顶上向下看咆哮的海水时，觉得即使最大的船进入旋涡，也立刻会像风中的羽毛一般被海水吞没。虽然人们很难对这里的自然现象做出解释，但人们普遍认同《大不列颠百科全书》中的说法：

　　这里的大旋涡和其他一些小旋涡都是因为潮汐时海浪撞击礁石，由于海底无法延展，使得海浪跃起得越高，海水陷入得越深，于是形成了旋涡。

　　这可以通过小规模实验进一步了解。德国科学家基歇尔和其他科学家则更加大胆地假设，提出麦尔海峡底下是一个深渊，直通地底，另一端可能是波的尼亚海湾。尽管这种说法没有根据，但当我注视下方时，还是不禁想起了这种说法。向导告诉我，挪威人也相信这种说法，但他本人不敢苟同。

　　事实上，当你面对着雷鸣般轰响的深渊，你觉得什么理论都已经不重要了。

　　老人说："你已经看过这个旋涡了，现在爬到悬崖的另一面，我给你讲个故事。"我照做了，他接着讲道：

　　"以前，我和我的两个兄弟有条载重 70 吨的双桅帆船，我们常常去莫斯克岛和武尔格岛之间的水域打鱼。那里海潮凶猛，但只要敢闯，都能满载而归。附近的渔民只有我们三兄弟敢去那里，其他渔夫都去不太危险的地方，而我们去的那些礁石群里，鱼的数量和种类都很多，我们在以生命为代价谋取更多的收获。

　　"我们把渔船停在距此 5 英里的海岸，逢天气晴好的时候，会有 15 分钟的平潮，我们就趁这个空当，渡过海峡，在奥尔德霍姆岛附近抛锚打鱼，然后等下一个平潮再驶回来。只有来回都是横向风，我们才敢出海，我们对风向的判断很少失误。6 年当中，只有两次我们无法在无风的情况下渡过海峡，而在海上过了通宵。

　　"还有一次，我们一到渔场就刮起了大风，可怕极了，滔天的巨浪把我们困在海上一个星期，差点饿死。大旋涡把我们的船旋转起来，我们以为要被驱逐到大洋里去了，幸好遇见了横向风，我们才得以生还。

　　"我们在海上遇见的危险难以形容，但是很多时候都能化险为夷，平安归来。很多次都是我们刚回来，海潮就追上来了；还有的时候，风力不足，海流让船变得不听使唤。我大哥有个 18 岁的儿子，我也有两个健壮的儿子，但是我们不愿让他们上船帮忙，因为我不想让他们冒此风险。而我要讲的是近三年前的事情。

　　"那是三年前的 7 月 10 日。这一带的人都不会忘记那天，因为那天刮起了凶猛的台风。那天，整个上午和下午都阳光明媚清风徐徐，所以谁都没有预料到天气会突变。

"下午两点，我们兄弟将船驶到群岛附近，很快，船上就载满了鱼。7点的时候，我们返航，想趁8点的平潮渡过海峡。

"起航时，新起的风吹着我们的右舷。有一段时间，船乘风破浪，海上没有半点危险的迹象。忽然，一阵从黑耳塞根峰刮来的风让我们觉察出问题，这阵风不同寻常，我们顶风前进，加上海潮的影响，船几乎无法前行。我建议掉头，但往船尾一看，发现后方笼罩着黄色的云彩，它们以惊人的速度迅速上升。

"这时，顶风停了，船也停了，我们随波逐流了一小会儿，还没来得及想对策，风暴就突然袭来。一时间，黑云压顶，浪花飞溅，四周一片漆黑，我们甚至都看不见彼此。这种台风，挪威最老的水手也没经历过。我们在起风前收起了船帆，当第一阵风刮来，桅杆就被吹断了。当时我弟弟正在捆绑主桅，他也跟着桅杆飞走了。

"我们的船就像是水中的羽毛。甲板很平，船头附近有一个舱房，每逢横渡海峡时，我们都把舱口封住以防进水。这一回如果我们没有封，船恐怕早就下沉了。好几回，整条船都陷入波浪。我根本没有机会去看哥哥的情况，一松开手里的前帆，就扑倒在甲板上，出于本能，我双手紧紧抓住桅杆基部的螺丝铁环。

"当我们完全被水淹没时，我屏住气，实在憋不住，就跪起来，双手仍然紧抓铁环，把头露出水面。我努力摆脱自己的麻痹感，尽力作出判断。

"突然，我觉得有人抓住了我的胳膊，原来是哥哥。我有瞬间的高兴，然后又被恐惧淹没，他大声喊：'莫斯克海峡！'我浑身发抖，我知道他想告诉我什么。我们没救了！横渡海峡时，即使风平浪静，我们也不敢掉以轻心，何况今天这样的天气。

"我想，我们肯定会在平潮来时到达，但转眼就开始骂自己蠢，却还是尽量让自己抱着这么不切实际的希望。我很清楚，我们就要完了，即使巨轮也逃不过这劫难。其实，第一轮大风暴正在进行，因为我们在风暴前面，所以没什么感觉。刚才向前奔涌的大海现在耸起了高山般的海浪，周围依然漆黑，忽然头顶上方的乌云裂开了，露出一片圆形的晴空。这样晴的、深蓝的天，这样明亮的满月，我从来没见过。

"月光照亮了周围的景象，我想跟哥哥说话，但他一个字也听不到，他脸色惨白，做出了一个听的动作。我开始没明白，陡然间我的脑海中闪出了可怕的念头，我掏出怀表，然后泪流满面。7点，表里的发条走完了，我们没有赶上平潮，莫斯克大旋涡已经开始了。

"我们一直乘风破浪，但过了一会儿，巨大的海浪向我们袭来，海浪隆起，也把我们带上了天；浪头落下，我们又跟着滑入深谷。我头晕目眩，反复从梦中的高山上跌下。我在浪尖时四下看了一眼，迅速找出了我们的准确位置，我们距离莫斯克旋涡还有400米，但此时的莫斯克海峡和平常已经不一样了。我惊恐地闭上了眼睛。

"两分钟后，海浪突然平息，我们被泡沫包围。船猛向左转，尖锐的声音盖住了海浪的轰鸣，我们被卷入了大旋涡周围的浅浪。我想到，我们马上就会被抛入深渊，在飞降中，我们只能模糊地看到深渊的模样。

　　"船没有沉入水中，而是从浪尖掠过，左侧的巨浪把我们同水平线隔开，右侧挨着大旋涡。说来奇怪，即将被大旋涡吞没的时候，我反而镇定了，横下心，重新勇敢起来。我现在可能像在吹牛，但我当时真的开始想，这种死法很壮烈，上帝显示了他的伟大力量。我开始对大旋涡本身好奇，希望自己能够探索一番，即使葬身海底也在所不惜，唯一遗憾的是，不能将此奇景告诉岸上的人们。

　　"我的这些念头是人在极端环境里的幻想，可能是由于当时船绕旋涡飞转，我变得头晕眼花的缘故。还有一个让我恢复冷静的情况就是，风刮不到我们了，因为我们所处的浅浪圈比海平面低很多，海水高高矗立在右侧，就像是山脉。风和海浪的联合给人带来一种混乱的情绪，你什么也看不见，什么也听不见，甚至丧失了全部的思考能力。

　　"但在浅浪圈中，我们基本摆脱了这样的环境，就像是判死刑却未执行的犯人总是有小小放纵一番的权利一样。我们的船飞转了一个小时，不知道是多少圈了，渐渐转入了浅浪圈的中部，然后又接近可怕的里圈。我始终抓着铁环，哥哥则在船尾抱着一个空空的大水桶，它被固定在铁笼子底下，牢牢地卡在地上，很结实。

　　"当船转到深渊边上，哥哥松开水桶，来抓我的铁环，可能是太恐惧了，他竟然开始抢我的铁环。我极为难过，虽然我知道他不过是太恐惧了。我不想和他抢，我知道，不论谁占有它，结果都一样。于是，我把铁环让给他，自己去抱水桶。船底很平，要抱住水桶并不困难，虽然船在飞转，却很稳。我刚抱住水桶，船就猛地向右转，一头扎进深渊。我知道，一切都完了。我头晕眼花地滑向深渊，本能地抱紧水桶，闭上眼睛，过了好几秒，心中诧异海水还没淹没我，我仍然活着。

　　"坠落感消失，船好像回到了浅浪圈，但斜得更厉害，我鼓起勇气，睁开眼睛。我永远不会忘记睁眼后的恐惧。船在一个巨大的漏斗里，悬挂在漏斗内壁的中部。这个漏斗又大又深，内壁无比光滑，就像是乌檀木，正在飞速旋转，云缝里的月光照在漏斗上，光芒四射，一直到深渊底部。

　　"刚开始，我无法准确地观察周围的情况，只是情不自禁地觉得很壮观。后来，我稍微冷静了一些，自然地朝下望，这一看不要紧，我看见了小船悬挂在漏斗壁上的情景，这个漏斗大概呈 45 度角，我们的船几乎是垂直悬在漏斗上。我忽然发现，船这样斜着，我抱着水桶与刚才船平的时候抱水桶一样容易。我想，可能是因为船的旋转速度太快，已经产生了离心力的原因。

　　"月光好像一直照到了深渊的渊底，但是浓浓的水雾包围着一切，我依然什么都看不清楚，水雾中有一道彩虹，就像是一座晃动的七彩窄桥。

　　"水雾应该是漏斗的内壁在深渊底部撞击而激起的，这种撞击发出的巨大声音直冲云霄，难以用语言形容。我们从上方的浅浪圈猛地滑入深渊下很深的一段，然后我们的下降就时快时慢了。这肯定不是规则的运动，我们转来转去，时而飞驰，时而颠簸，有时候，一降就是几百尺，有时又围绕着旋涡绕上一大圈子。我向下眺望，发现我们的船不是旋涡中的唯一物体，不论是上方还是下方都能看到船只的碎片，大根的树干，甚至还有许多家具、破败的箱子、水桶和木棍之类的小东西。我刚才已经说过，好奇感已经代替了最初的恐惧。

"当我越来越接近自己的死亡时，我的好奇感被激发得越发强烈起来。我怀着一种奇怪而且难以形容的兴趣，观察这些数不清的、和我们做伴的东西。我肯定是精神错乱了，当我看着几样东西被泡沫淹没时，居然觉得很有意思，我有一回竟然说：'下一个消失的肯定是这棵杉树。'而当我发现一条商船的残骸抢先一步沉下去之后，我竟然觉得很失望。我这样连猜了几次，都没有猜对。这样每次都猜、每次都错的情景让我陷入了连串的思考。这思考让我四肢颤抖，心脏也开始狂跳。这不是一种新的恐惧，而是突然萌生的一种激动的希望感。这种希望感大部分来自回忆，小部分来自现场的观察。

"我想，在海岸上遍布的各种有浮力的东西都被卷入了水中，它们中的大部分都被打成了碎片，但有的物品却没有被打碎。然后我又清楚地思考着两者之间的不同，我猜想，凡是被全部淹没的东西都被打碎了，而没碎的，都是那些在潮水的后期阶段介入旋涡的物品，或者说，出于某种原因，它们进入旋涡后下降速度很慢，在涨潮变成落潮之前没有下滑到渊底。

"我忽然醒悟，这两种情况，物体都有可能借着潮流改变时旋涡反向旋转的力量重新转上水面，而不至于像一开始就卷入旋涡里的东西，或者迅速被淹没的物品那样遭受粉身碎骨的待遇。我还观察到三种重要的情况：第一，总体来讲，物体越大，下降越快；第二，同样大小的两件物体，一件球形的，一件其他形状的，球形的物体下降速度比其他形状的物体下降速度快；第三，两件同样大小的物体，一件是圆筒形的，一件是其他形状，圆筒形的物体比非圆筒形的物体淹没得慢。我死里逃生以后，就这些问题向当地的一位老校长讨教了很多次，我从他那学会了使用'圆筒形'和'球形'这两个名词。

"老校长跟我解释，我看到的现象是漂浮物形态对其浮力的影响。他告诉我为什么圆筒形物体在旋涡中不容易被吸走，为什么它比其他同样大小，但形状不同的物体更能抵抗旋涡的水流。我之所以能进行这样的观察和思考，是因为我注意到了一种惊人的现象。就是，我们每转一圈，都要超过一些大桶和桅杆之类的东西，而当我开始睁开眼看它们时，它们和我们处在同一水平上，而过了一会儿之后，它们会停留在我们的上方。与最开始相比，它们似乎没下降多少。

"我想明白之后就不再犹豫，拼命顶撞我抱着的水桶，把它从船尾上弄下来。我抱着它跳入水中，并朝哥哥打手势，指着水中那些靠近我们的大桶，尽力让他明白我现在想做的事情。我终于让他明白了我的意思，但是他好像还是不太确定我的判断是否有效。反正他使劲摇头，不肯松开手中的铁环跳入水中去抱住水里的大桶。我没办法强迫他，而且现在不能拖延，形势非常紧迫。我只能忍痛放弃了他，抱着那个被我从船尾上弄下来的大桶，跳入了海水中。我之所以现在能够亲口给你讲这个故事，就证明我当时对情况的判断是正确的，我确实死里逃生了。你已经看到了这次生死遭遇对我的情绪产生了多么大的影响，也能预料到我接下去要讲什么，但我要把这个故事讲完。

"我弃船后，大约一个小时，船降到了我下方很远的地方，它突然疾速旋转了几圈，带着我亲爱的哥哥，扎入了飞旋的泡沫中，再也没有出来。我抱着水桶，下降的速度很慢，从我弃船的地方到渊底，我刚降了一半的距离。

"这时候，大旋涡发生了重大的变化，漏斗形的峭壁开始变得和缓，旋涡的旋转速度也缓慢了，不再那么汹涌疾速，彩虹渐渐消失，旋涡底部也在慢慢上升。

"天空放晴了，风停了，月光在天上海上洒下一片洁白的光辉。我睁着眼睛，发现自己浮出了海面，看到了弗洛顿海岸，看到了莫斯克海峡旋涡上的一切。现在是平潮的时候，不过由于台风，海面依然波涛汹涌，好不喧嚣。我被海浪卷入了海峡，一会儿工夫又被冲进了渔民们停船的海岸。

"一条渔船将我从水中救起，我筋疲力尽，虽然危险消除了，但我对之前经历的生死考验说不出一句话。把我拉上船的是我的几个老朋友，过去的日子，他们天天和我在一起，现在，他们却几乎认不出我来了。我乌黑的头发都变得雪白，他们说我的表情也发生了很大的改变。我给他们讲了我的遭遇，但他们没有一个人相信我。

"我现在把这些经历都讲述给你听，也不指望你能比勒尔夫顿的渔民们更相信我讲述的是真实的经历。"

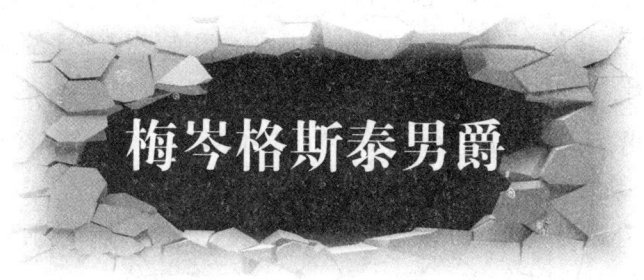

梅岑格斯泰男爵

梅岑格斯泰和伯里菲茨因两大杰出家族已经有几百年不共戴天的仇史，他们之间的宿怨据说源于一个遥远而模糊的预言："一个贵胄世族将如同骑士从马背跌落一样就此陨落，在梅岑格斯泰注定击败不可一世的伯里菲茨因之时。"

这些话本身也许并无意义，却引起了严重的后果。世间不少仇恨即是如此，起因不过是一件极细小的事情。同时，这地产相邻的两个家族均有一定的政府势力，免不了明争暗斗。伯里菲茨因家的人可以从自家城堡里望到梅岑格斯泰府的每扇窗户，梅岑格斯泰家族世袭的荣华富贵让家谱没那么久远、财产没那么丰厚的伯里菲茨因家的人大受刺激。

究竟是什么让一则无聊的预言成为两个家族互相仇视的起因？预言似乎暗示最终的胜利将属于梅岑格斯泰家族，而已经衰微的伯里菲茨因家族将更加衰败。试问伯里菲茨因家族的人又怎能不对梅岑格斯泰家族恨之入骨呢？

这里所要讲述的故事发生在威廉·伯里菲茨因伯爵老迈糊涂的时候。

尽管时光销蚀了部分仇恨，这位伯爵依然与梅岑格斯泰家族不共戴天。伯爵钟情于骑马打猎，年老体衰与精力不济也无法使他舍弃这项冒险的爱好，他的对头是梅岑格斯泰家族正当少年的弗里德利，人称梅氏男爵。

弗里德利的父母在英年时相继去世，当时，他还只有 18 岁。在都市里，18 岁算是稚嫩的年龄，但在远离都市文明的古老封地，即这段故事发生的地方，情况就不同了。

在这里，古老的钟摆每摆动一下，都显示出异乎寻常的意味。年轻的男爵在父亲政坛故旧的提携下，不久就接管了庞大的家产。自古以来，很少有匈牙利贵族能拥有这么多的财富。男爵的城堡不计其数，而梅岑格斯泰府的富丽堂皇更是能与宫殿媲美；男爵封地又非常辽阔，城堡外广袤的土地都是他的辖区。这位继承人在如此年轻的时候，就拥有了一切，但没有人想到该教他为人处世的道理。因此，仅三天时间，这位残暴的继承者就让所有拥护他的人感到失望：他行为放荡，无任何信义可言，对待下人更是暴虐无度。梅府那些可怜的奴仆们很快就明白了，在这样残暴的主人面前，只能唯命是从，否则就会遭到最残酷的惩罚。而当伯里菲茨因府的马厩失火，人们首先想到放火的人就是这位残暴的男爵。

其实这确实有点误会了男爵，因为伯家失火时，他正独自在梅府顶楼大房间里冥想。那房间里悬挂着已经褪色的壁毯，衬托得整个房间阴森恐怖，房内似乎游荡着祖先们的影子，他们曾经显赫一时，在房内则略显模糊，但他们仍不失庄严。

一块壁毯上织着教士与君王们，身着华贵长袍的教士们神圣而又冷漠，他们拒绝世俗国王的要求。另一块壁毯上则织着高高在上的梅氏祖先们，他们跨着战马将敌人踩在脚下，威风凛凛，让人心生敬畏。而其他的壁毯上则织着反映上流社会奢侈生活与优雅风度的图案，这一切都让整个房间显得虚幻。

当伯家马厩那边的嘈杂声传到男爵耳边时，他并没有在意。也许当时他正想到某个故事或是一些冒险行为，他像是受到某种感应般望着壁毯上织的一匹色泽亮丽的骏马。这匹马是伯家一位祖先的坐骑，它位于壁毯上的显著位置，背上的骑手已经被梅氏祖先刺死，而它则高大挺拔，静止不动。残忍的表情挂上男爵的脸，他已经无法使自己的眼睛从壁毯上挪开，在他心里有一个无比强烈的愿望，就是盯住那匹马。

他无法解释自己这种难以抑制的冲动，以至于分不清自己到底是处在现实世界还是在梦幻中。他就这样陷进去，痴迷地看着壁毯上的马，直到他迫使自己看向窗外。只是短暂地望了窗外一眼，男爵又重新盯着墙上的壁毯，这时令他惊悚的事情发生了：

墙上的骏马竟然动了！它原本弯着脖子靠在主人身上，似乎充满了无限同情，而此刻它却朝着男爵把脖子立了起来，还扬得很高。它用充满仇恨的赤色眼睛，看向男爵，甚至张开了嘴，露出了满口的牙。年轻的男爵被吓坏了，他惊慌失措地打开门。这时，只见一道红光闪过，他的影子投射在房间深处的壁毯上。男爵忍不住回头看那影子，却发现影子竟然落在壁毯上那位因杀死伯氏祖先而得意万分的梅氏祖先身上。

他踉踉跄跄地跨过门槛，一口气走出了梅府的大门，本来想在大门口透气定神，但是在门口台阶处有三个马夫正在吵吵嚷嚷地制伏一匹枣红色大马，这又把他吸引了过去。男爵愤怒地问道："这是谁家的马？你们在哪儿碰到的？"他在看到马的瞬间就发现，它和自己在壁毯上看到的那匹马是如此相似。

"我们不知道是谁的，"一个马夫答道，"到现在还没人认领。最初我们看到它从伯府跑出来，就把它送了回去，可伯府的人说这不是他们的马，怪事了。"

另一个马夫也在一旁插嘴："你看这里还刺着 W.V.B 呢，应该是威廉·冯·伯里菲茨因这个名字的缩写才对，伯府竟然没人知道有这匹马。"

"是挺奇怪的。"

年轻的男爵又陷入沉思中，开始自言自语："很对，这是匹怪马，我一定要这匹马！"

停顿一会儿男爵又开始说："只有我梅氏家族的弗里德利才能驯服这个伯府的恶魔。"

马夫在一旁插话道："老爷，这匹马不是伯府的，不然我们就把它送回去了。它是您的！"

"说得对！"男爵看着马夫们冷漠地回答。

正在这时，梅府的一个内室小听差慌慌张张地跑了过来，在主人耳边小声地报告说，他负责料理的顶楼最大房间丢失了一块壁毯，正是织了骏马的那幅。小听差虽然压低了声音说话，却还是被马夫们听到了。

年轻的男爵听完后，有一小段时间显得焦躁不安，但他很快就镇定下来，下令小听差立刻锁上那间房子，同时把钥匙交给他亲自保管。小听差立刻去做主人交代的事情，而马夫们也牵着那匹大马去了马厩。

一个仆人在此刻问男爵："您听说了威廉老伯爵的惨死吗？"

"没，"男爵把头迅速转向这个问话的仆人，说，"惨死？他死了？"

"的确是真的，我以您高贵的姓氏发誓。不过我觉得这是好事呢。"仆人谄媚地回答道。

男爵的脸上有了一丝微笑，继续问："他怎么死的？"

"他为了救一匹打猎用的爱马，竟被大火活活烧死了。"

"是吗？"男爵显得异常兴奋，突然大叫起来。

"真的。"仆人回答道。

"真可怕！"男爵恢复了平静，然后默默地走回梅府。

从那天起，年轻的男爵弗里德利·冯·梅岑格斯泰变得更加放荡不羁。他让所有人都失望，曾幻想嫁给他的淑女们也打消了这种念头。他和上流社会隔离开来，变得特立独行，除了自己的领地，任何地方都不去，他在社交界销声匿迹了。

现在，他的朋友只有一个，就是他获得的那匹与众不同的枣红色烈马。一直以来，上流社会大都会定期发出邀请，请男爵参加聚会或者一同打猎，但这些邀请一概被男爵傲慢地拒绝。而一再的回绝让所有同样傲慢的贵族无法忍受，他们慢慢地停止了对年轻男爵的邀请。伯氏伯爵的寡妇曾这样抱怨："大家希望男爵出来参与聚会的时候，他肯定在家。他不愿与同类交往，更喜欢跟马做伴，他会在众人盼他出现时去骑马。"

这些话无疑已经表达出伯爵夫人的怨恨，但又显得那么浅薄而没有任何意义。原先，仁慈的人们把年轻男爵的异常归结于他双亲早逝的巨大悲痛上。然而，男爵在短期内所表现出的残暴让人们忘记了对他的同情，不少人觉得，男爵的过分行为源于他特别自负，而另外的人则认为男爵应该得了抑郁症，有精神上的疾病，就连男爵的家庭医生也对此持肯定意见。

关于男爵，坊间还流传着许多不同的说法。男爵确实对新得的这匹马有着不同寻常的依恋，以至于在正常人眼中，这已经是一种让人觉得恐怖的行为。年轻的男爵会在任何一个时间，不管身体处于何种状态，都沉溺在驾驭骏马的快乐当中，他和这匹烈马已然合二为一了。

这一切都为随后发生的事增添了神秘的气氛。

男爵曾精确地测量出这匹马纵身一跃的距离，这种精确超出人的想象。男爵给所有的马都取了名字，偏偏这匹马他却没有取。它被单独养在远离其他马匹的马厩里，男爵包揽了喂马之类的所有杂活，从来不许任何人跨进这个特殊马厩的围栏。

令人惊讶的是，尽管是那三个马夫撞到了从伯府大火中逃出的这匹马并逮住了它，但任何一个马夫都不敢肯定自己曾用手触碰过这匹马。这匹暴烈的骏马此时还未表现出其特异功能，但已有些迹象迫使人们想象：每当这匹马狂蹬乱踢时，就会把围观的人群吓得目瞪口呆，年轻的男爵此刻会脸色苍白，想尽办法来躲避这畜生像是在四处寻找着什么的眼睛。

几乎所有仆人都肯定，男爵对这匹性情暴躁的骏马情有独钟。但一个地位卑贱的小听差并不这么认为，他觉得主人每次跃上马鞍时总会轻微哆嗦，而每次长时间驾马狂奔后，主人所流露出的胜利喜悦和自得的表情总会让他的整个脸部变形。不过，这个小听差身患残疾，又受人讨厌，因此没人在意他的看法。

一个暴风雨之夜，梅氏男爵从熟睡中醒来，他疯了似的冲出卧室，骑马直奔森林深处。男爵的表现一向如此，所以根本没人留意。几个小时之后，宫殿般的梅府忽然起了火，大火烧得围墙摇摇欲坠，滚滚浓烟形成稠密的烟雾。邻居们都心急火燎地盼着他回来。

人们发现梅府失火时，其火势就已经蔓延开来，根本无法扑灭。不知所措的邻居们站在梅府四周，却惊讶地看到那匹马驮着狼狈不堪的男爵顺着梅府正门老橡树的林荫长道狂奔而来。

这匹马此刻完全展示出它的凶猛暴躁，像极了传说中能够呼风唤雨的恶魔。男爵已完全无法控制这匹烈马，他的面部表情极其痛苦，身体拼命挣扎，却没有任何声音，而恐惧和紧张又迫使他紧咬自己的嘴唇。很快，烈马就冲进了梅府的院子，冲过梅府的大门和护院的深沟，踩上了快要坍塌的楼梯，带着年轻的男爵，纵身跃进了漫天的大火中。人们都还没回过神来，似乎马蹄声还在耳边回响，但是烈马和男爵已经消失不见。

狂风暴雨停止了，紧接着是一片静谧。四周升起一团白色的烟雾，像尸布包围住梅府，然后又渐渐远去，留下一团腾起的仿佛马的影像的烟云，静静萦绕在梅府上空。

故事发生在爱德华三世当政的骑士年代。10 月的一天夜里，午夜 12 点左右，河中停泊着一条名为"自由逍遥"号的商船，这是一条来往于斯洛斯和泰晤士之间的船。

船上的两名水手此刻正坐在伦敦圣安德鲁斯教区的一家酒馆里，这家酒馆的招牌是一幅"快乐水手"的画像。

那酒馆有着低矮的棚顶，酒馆里乌烟瘴气，当然这些特征都符合那个特定的年代。对于在里边喝酒的奇怪顾客来说，这些已经足够了。

在形形色色的人群中，这两位水手就算不是最显眼的，也是最有意思的一对。二人中看上去年龄稍大的那位，叫洛戈斯。他的个子很高，大概有 6.5 英尺，这个高度导致他总是耷拉着肩膀。然而，其他身体条件的平凡，使得他的身高并没有一丝优势。他是杆一样的高，也是杆一样的瘦，正如同伴所说的那样，喝醉时的他就是桅梢的短索，而清醒时亦能做第二斜桅。

但诸如此类的俏皮话没有触动他的任何一条笑神经。高高的颧骨，大鹰钩鼻，深陷的腮帮加上往下坠的下巴和巨大而凸出的浅色眼睛，算得上是一本正经的面孔，这一切使他看上去固执，但也带着一种对什么事都满不在乎的神情。

另一位水手看起来与洛戈斯截然相反，他叫修·托普仑，身高不会超过 4 英尺，那臃肿的身体架在粗短的弯腿上，神似海龟的脚掌垂在身体两侧，而他的手掌更是奇短。看不清颜色的小眼睛，满是肥肉的脸，厚厚的嘴唇因为他不断的舔动而更为突出，这样的面容使得他对他的同伴怀着困惑与惊讶的感情，当他偶然望见同伴的脸时，就像落日余晖撞上初升的太阳。

这一对令人过目难忘的同伴在那天晚上的前几个小时，已经在周围的酒馆里有了一些丰富的经历，再富有的人也会有囊中羞涩的一天，更别说他们了。此刻，这两位朋友就冒险来到了这家旅馆，于是故事就这样发生了。

洛戈斯、修·托普仑此时正并坐于酒馆的中心位置，他们的动作惊人地统一，都是在大橡木桌子上用双拳支着下巴。很快，他们几乎同时发现了一串散布着不祥之感的文字——"请不要用粉笔画线"。

这几个不祥的字眼，正是用他们否认的那种物质赫然写在大门上方的。这并不是说他们比普通人更具有辩字识文的才能，但在那个时代，辩字识文的玄妙也确实不亚于赋诗作文。那几个歪七扭八的字正如大浪中的船一样东倒西歪，在这两个水手看来，这似乎是暴风雨来临的前兆。于是，他们穿起紧身上衣，迅速向街上逃去。

尽管偏偏倒倒的托普仑两次误将壁炉当成大门，但他们毕竟在12点成功逃出了酒馆，闯进一条阴暗巷子，一路朝着圣安德鲁斯码头方向狂奔，身后"快乐水手"的老板娘仍然紧追不舍。

还有一点需要说明的就是，在本故事发生的时代，前后有很多年，整个英格兰都笼罩在可怕的黑死病的阴影下。首都的情形最为凄惨，人口锐减，一切都化为乌有，只剩下畏惧、恐怖和迷信在那些瘟疫最猖獗的地方，即泰晤士河的两岸地区。那里，病魔在肮脏幽暗的巷子中肆意蔓延。

国王下令将这些地区全部封闭，禁止任何人进入，违者一律斩首。但仍然有人不顾国王的禁令和那令人谈而生畏的瘟疫，翻越街头栅栏铤而走险，到那些早已没有家具的空房子里抢劫，他们在夜间将值点钱的物品，诸如铜、铁、铅等制品统统偷走。

很多来自不同地方的商人为了避免搬运的麻烦和危险，把各种各样的酒托管储存在这里，而每年冬天人们打开那些栅栏时，常常发现尽管有各种锁、栓和秘密地窖对这些酒加以保护，却仍然有大量的酒被偷走。但是，市民们早已被吓破了胆，他们很少怀疑是盗贼干的，认为整个封禁区被死亡的恐惧所笼罩，以至于盗贼也被吓坏了。

就在刚才所说的可怕栅栏前，修·托普仑和一起奔逃过来的惊慌失措的洛戈斯突然发现他们的前方没路可走了。追赶者紧跟其后，他们不得不马上做出选择。跨越那结构简单的木栅栏对这两个受过正规训练的水手来说是小菜一碟，在酒精的作用和逃跑的刺激下他俩已经进入了迷醉的疯狂状态，竟毫不犹豫地跨过了栅栏，闯进了禁区，他们哈哈大笑着踉踉跄跄地往前走，一阵阵恶臭迎面扑来，这时他们才感到惊讶。

说实话，如果是在清醒的状态下，他们恐怕早就被禁区里凄惨阴森的恐怖景象吓瘫了。

周围有点冷寂，空气朦胧迷幻；荒草已经没过了脚踝，铺路石横七竖八地躺在草丛里；房屋都倒塌了，堵住了街道；一种令人作呕的腐烂的恶臭充斥在禁区的空气里。苍白的月光透过迷蒙的极臭的空气照射着大地，可以模糊地看见在街道的角落里和空空如也的寓所里，横七竖八地躺着在行窃时被黑死病"抓获"后惨死的盗贼们的尸首。

然而，两位水手并没有因为这些而产生恐怖的联想，他们没有停止前进的脚步。勇敢的天性加上刚刚喝过的酒带给了他们巨大的勇气使得他们竭尽全力地昂首前行，面对死神张开的大嘴仍然执着前进。

前进！在那片凄凉肃杀的地方发出响亮笑声且坚韧不拔的洛戈斯蹒跚前进着，那笑声仿佛是印第安人在进行可怕战斗时的叫喊；前进！又矮又胖的托普仑拽着他那位行动敏捷的同伴的衣角跟跄前行，从肺部发出一种像牛吼一样的男低音，这洪亮的声音胜过了他伙伴凄厉的笑嚷声。

他们在瘟疫的大本营里每走一步或每趔趄一次，那街道就变得更加恶臭扑鼻、荒凉可怖、曲折幽深。周围的建筑很高大，破败的房顶上的巨大石块和木头落下来砸到地上发出的响声证明了这一点。

一堆堆的垃圾挡在街上，他俩在费劲穿过这些垃圾时手经常会不经意间摸到骨骼或者干尸。他俩跟跟跄跄地走到一幢高大恐怖的楼房前，洛戈斯兴奋地发出一声尖锐的叫喊，这时，楼房里突然传出一阵不知道是人还是魔鬼发出的尖利的回应声。可这两个醉鬼竟一点都不害怕，傻乎乎地撞开大门，叫骂着东倒西歪地闯进房子里。

这原来是一家卖棺材的店铺，酒桶破裂的声音不时从这家店的酒窖里传出来，说明那里储藏了大量的酒。一张桌子立在房子的中央，上面放着一个像是装着混合酒的大酒瓶，还放着各种各样的盛满美酒珍馐的瓶瓶罐罐。在桌子周围的棺材架上围坐着六个人，下面向你们详细地描述一下这六个人。

面对大门而坐的人的座椅比别人都稍高一点，仿佛是他们的头领。他长得很高很瘦，连洛戈斯也在惊奇之余自叹不如。他的脸发黄，脸上只有一个显著特征，就是他那高得异乎寻常的突起的额头，就好像一个肉帽子扣在头顶上一样，令人见了顿生恐惧之情；他上嘬的嘴巴也是一副吓人的模样；他的眼睛因为酒的缘故就像笼罩着渺茫的烟雾一般——这个屋里所有人都是这样的眼睛。他全身上下裹着一块黑色金丝绒裹尸布，插满头的黑色羽毛随着他的头的晃动而左右摆动；他的右手持一根人类大腿骨，正要点桌子周围的某位唱歌。

而一个看上去地位非常的女人背对着大门，与他面对而坐。她和那位首领身形一样高，但是非常胖，身子就像一个120加仑的大啤酒桶，看上去像是到了水肿病晚期。她胖乎乎的脸又圆又红，基本和那位首领一样，只是有一点比较特别，就是她的嘴。她的嘴就像是一道裂缝，从她的右耳一直伸到左耳，耳朵上的耳坠经常夹进这道裂口里。不过，她一般不张嘴，她的端庄典雅体现在她身穿的一套新洗过的有波浪形皱边的衣服上。实际上，敏锐的托普仑发现，桌边的那些人有一个相似之处——每个人的脸上都有一个引人注目的部位。

这个胖女人的右边则坐着一位娇小玲珑的年轻女士，她纤细的手指颤抖不已，青色的嘴唇没有一点血色，脸上一阵阵地泛着红斑，显然这娇弱可人的女人得了肺结核，但是她的脸上有一种孤傲的神气。她穿着一件用印度细麻布缝制的肥大美丽的寿衣，显得优美而轻盈。她嘴边挂着柔美的笑容，头发散到脖子周围，她那细长的长满粉刺的弯鼻子一直盖过了她的下嘴唇，这个鼻子时不时地被主人用舌头舔到左边或者右边，整个面部表情显得非常奇怪。

在那个身材水肿的女人的左边，坐着一位患痛风疾症的矮个老头。他的两个脸颊犹如两只装酒的大袋子垂放在两肩。他双臂交抱，缠着绷带的一条腿放在桌上，一副别人都应该尊重他的神情。他似乎为他的外貌而感到骄傲，他身穿一件颜色亮丽的宽大礼服，特别想引起别人的注意。应当说，这衣服的剪裁相当合身，一定花了他不少钱。

坐在这位老先生旁边与那位首领中间的，是一位"绅士"。他穿着白色长袜和棉布衬裤。他的身体一阵阵震颤，说实话，样子相当滑稽，这种震颤让托普仑产生了恐怖的感觉。他的下巴和手腕都用细细的棉布绷带紧紧地缠住了，这使得他不能随心所欲地给自己倒酒；在洛戈斯看来，这样有利于救治他那张因饮酒过量而臭气熏人的脸。他那双大耳朵不可控制地向两旁伸张，应着瓶塞被拔出时的响声一阵阵痉挛，并警觉地竖起来。

坐在这个人对面的第六位，也是我要描述的最后一位，他患了麻痹症。这个人看上去非常呆板，但他的穿着十分奇异。他穿的是一口崭新的漂亮的红木棺材。头顶着棺材顶端，整张脸显出一种难以形容的滑稽样子。这位为麻痹症所苦的人肯定会因他那身与众不同的服装而感到难堪。为了方便伸胳膊，棺材两侧各打了一个洞；但由于这身服装特殊的构造，他不能像其他人那样挺直腰板坐着；他斜靠棺材，巨大的眼珠向外严重突出，并一直朝上翻露出眼白。

桌上放着他们的酒杯，这些酒杯全部是用头盖骨做成的。桌子上方悬挂着一具尸骸，尸体的一条腿被一根绳子套住倒挂在天花板的一个环上，另一条腿没被绑起，而是与主体成直角垂下来，每当风吹进这间屋子时，尸骸的骨架就会哗哗作响，自由地随风飘摇旋转。一些放在这具尸骸头骨里的木炭正在燃烧，发出若隐若现的光，在这微光下也能看清室内全部的景象。为了防止光线泄露到大街上，这家棺材店屋内的四周堆放着棺材和其他殡仪用品，堆得很高，遮住了窗户。

两位水手看到这样一群衣着奇异、行为怪诞的人之后，并没有以应有的礼貌去对待这些怪人。靠在墙上的洛戈斯把下巴低到不能再低，尽管他的下巴本来就陷得很深；眼睛睁到不能再大，尽管他那双眼睛已经足够大。弯下腰的托普仑，鼻子与那张桌子在同一平面上，双手放在双膝上不停地搓来搓去，在这最不合时宜的时刻里，突然爆发出一阵持久的震耳欲聋的笑声。

然而，那位高个子首领和善地冲这两位水手笑了笑，似乎没有因为这两个闯入者的放肆无礼而愤怒。他走过去拎起两个水手，将他们放在了别人早已让出的位置上。

洛戈斯顺理成章地接受了这份款待，坐在座位上；而托普仑改不了他那爱与女人套近乎的习惯，将座位移到了患肺结核的女士身旁，还特别兴奋地为自己倒满了酒，一饮而尽。这时那位身穿棺材的绅士因为托普仑的鲁莽行为勃然大怒，那位首领用大腿骨敲了敲桌子，分散了大家的注意力，才避免了一场可怕的争端。首领致辞道：

"在这个愉快的时刻，我们应该——"

"等一下！"洛戈斯以非常严肃的口吻打断了首领的致辞，"请稍等一下，能不能先给我们讲讲你们究竟是些什么人，到底在这儿干什么，为什么都打扮得像魔鬼一样，为什么随心所欲地喝我好朋友的杜松子酒！"

这番冒昧得令人忍无可忍的言辞，使得坐在桌旁的六个人都暴跳如雷，并发出一阵魔鬼般的吼叫声，这恐怖的声音在水手们进屋前就领教过了。但那位首领很快平静下来，以非常严肃的语气对洛戈斯说：

"我们非常愿意满足不速之客所有合理的好奇心。你们必须知道，我才是这片土地的国王。'瘟疫之王一世'统治的王国永远不可分割。现在我告诉你们，这间屋子是我们的会议室，在这里所举行的一切活动都是圣洁而崇高的。"

"坐在我对面的这位就是尊贵的瘟疫王后，在座的这些王公贵族分别是大公瘟疫·伊夫洛施殿下，公爵瘟疫·伊洛修阁下，公爵瘟疫·坦莫阁下和女大公瘟疫·安娜殿下，他们都是具有王室血统的。"

"至于，"他继续道，"至于我们为什么坐在这里，这个问题属于我们王室的隐私，也关系到整个王室的利益，尽管这些事对外人来说毫无价值。

"也许你们认为你们有权知道，而我们也可以继续解释，我们今晚集会的目的是对这座美丽城市所有的葡萄酒、啤酒和其他各种酒进行深刻的调研和精密的分析，以确定这些味觉之宝复杂的酒精含量和难以界定的质量特征；我们此行的目的，不是为推行我们自己的计划，而是为了另一个世界那位统治着我们全体人的君主的真正福利。那位拥有广阔无边疆土的君王的名字叫作'死神'。"

这时托普仑大声纠正道："他的名字叫海神！"同时替身旁的那位女士倒了一头盖骨酒，也把自己面前的头盖骨倒满。

那位首领把目光转向了托普仑：

"你这个亵渎神灵的刁民！你这个侮辱神灵、十恶不赦的混蛋！我们已经说过，为了不侵犯你们这些下等人的权利，我们才屈尊回答了你们那些蛮横无理的问题。而你们却在我们的会议室里公然亵渎我们的神灵，为了我们王国的辉煌强盛，你们每人必须喝下一加仑黑带啤酒。只要你们能跪在地上一饮而尽，就可以立刻恢复自由。你们可以离开，继续走你们的路，也可以在这里继续观看我们的会议，都随你们的便。"

"绝对不可能！"洛戈斯答道，他已经开始有些尊敬这位瘟疫王一世的傲慢和权威，他靠在桌边上神态自若地说："尊敬的国王，这件事我绝对做不到，我的舱容量连您刚才提到的货物的四分之一也承载不了。在这之前我的船舱已经填进了一些压舱物，今晚又加载了好多种类的麦酒和烈酒，早就已经满载了。所以，作为我们尊贵的国王，您应该体谅一下我们的苦衷，不管怎样我都不能再喝下一口那种叫作'黑带啤酒'的令人呕吐的东西了。"

"闭嘴！"托普仑打断了洛戈斯的话，他并不是嫌他的同伴言语烦琐，而是他的拒绝让他吃惊，"闭嘴，蠢货！我说，洛戈斯，别再说废话了！我的船舱是空的，我可以替你再空出一点舱位承载你说的那份货物，但是我不想再引出什么争端来——"

"这个程序，"首领抢过话头说道，"这个程序是居于处罚和判决之间的，既不能改变也不能取消。你们必须一丝不苟地执行我们所提出的要求，不能再耽搁了。你们如果不照我们说的去做，那么你们的脖子和脚将会被捆在一起，然后扔进那个装有 52 加仑啤酒的大桶里被淹死！这就是我们对你们的判决和惩罚。"

"正确的判决！正义的判决！公正的判决！辉煌的判决！最合理、诚实、神圣的判决！"瘟疫家族的成员们异口同声地大喊道。瘟疫王高耸起他布满无数条皱纹的额头，患痛风病的小老头呼哧呼哧地喘着粗气，穿漂亮细麻布寿衣的女人用舌头把鼻子舔得左摇右晃，穿棉布衬裤的绅士竖起了耳朵，穿丧服的女人气喘吁吁像快要死了一样，穿黑衣服的先生纹丝不动地朝天花板翻着白眼。

"我呸！呸呸呸！"托普仑暗自笑着，不把这群怪物的叫喊放在心上，"呸！呸！呸！——呸！呸！呸！——呸！呸！呸！——听我说，对我这艘尚未载满的船来说，让我喝下两三加仑的黑带啤简直是小菜一碟——但让我为那个魔鬼干杯，要我在他这个白痴国王面前下跪，就是绝对不可能的事了。我知道他像我这个无赖一样在这世上也是一文不值的蠢货，他跟会演戏的蒂姆·赫尔利格尔利——"

还没等他说完，那六个王室成员一听到蒂姆·赫尔利格尔利这个名字就气得跳了起来。

"叛逆！叛逆！"六个人你一句我一句地咆哮起来。

托普仑正要为自己倒酒的时候，他的后裤腰被一只大手抓起，举得很高，直接被扔进了旁边那个装有 120 加仑啤酒的大桶。托普仑在大桶里扑腾了一会儿，最后消失在被他搅起的泡沫旋涡中。

然而高个子水手是勇敢的，他没有继续看他同伴的可怜样，而是一掌把瘟疫王捣进了屋子里的陷阱，砰的一声向下关上了活板门。然后大步走到房子中间，一把扯下悬在桌子上方的那副尸骸。

他此时有着旺盛的精力，顽强的斗志，在最后一点光即将消失的时候，他杀死了患麻风病的小老头。随后，他用尽全身的力气撞倒了装着啤酒和托普仑的大桶。

整个房子瞬间充满着泛滥的啤酒，屋子中央的桌子也被冲倒在地，四周的棺材架也被啤酒冲得乱七八糟，再也不能当座椅了。那个大大的酒瓶被扔进了壁炉里，两位女士歇斯底里地大叫着，也被扔到一边去了。

如洪水一样势不可当的啤酒把周围的一堆堆殡仪用品冲得七零八落，酒面上漂浮着各种各样的瓶子和酒壶。那个总是一阵阵震颤的恐怖家伙没过多久就被淹死了，还有那位浑身僵直的绅士也在棺材中被冲走了。

洛戈斯大功告成，于是一把拉起那位身着丧服的无辜的胖女人跑到大街上，朝"自在逍遥"号狂奔而去。

随着啤酒一同被冲出酒桶的修·托普仑一路上打了几个喷嚏，慢悠悠地跟在洛戈斯后面，而跟在他身后的却是正呼呼喘着粗气的女大公瘟疫·安娜殿下。

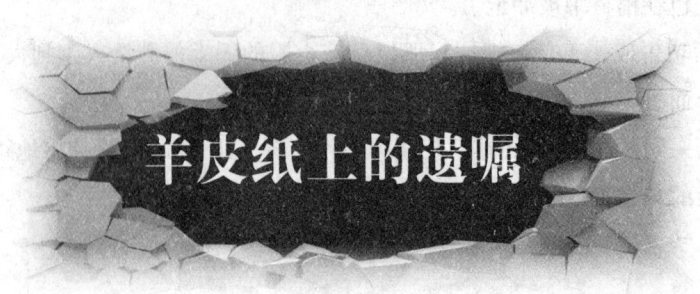

羊皮纸上的遗嘱

1849年4月12日傍晚，艾芒·德·拉法埃特因为他好朋友的一件私事，专程从法国巴黎飞到美国纽约。

到了纽约后，他没有第一时间联系他的好友——法国炮兵中尉德拉科先生，而是去了当地一间有名的酒吧"普拉特"。在热闹的酒吧里，烟雾缭绕，人挨着人，他走到吧台，坐了下来，礼貌地点了一杯雪莉酒。大概出于对陌生人的敏感，酒吧的侍者上下打量着艾芒。当他给艾芒递来了酒水时，试探地问他，是不是来自意大利。

艾芒笑着说："我倒是外地人，不过来自法国巴黎。"他原以为这样就能打发了侍者，不过那个有些刻薄的酒吧侍者，非缠着他，让他说出全名。"艾芒。"他平静地说了之后，吧台四周所有能听到的人都静了下来。他们要么一脸震惊，要么满脸困惑，要么充满敬畏地打量起艾芒。难道眼前这个长相普通的青年人，是那个在法国现代史上赫赫有名的德·拉法埃特侯爵的亲戚？艾芒面不改色地从怀里掏出一打文书证件，丢在吧台上。

所有的人，都好奇地围了过来，不过看着证书上的法文，不知所措地又散开了。这时候，角落里传来标准的法语，一个人从人群中走了出来，说自己也许能帮大家解答疑惑。那是一位皮肤黝黑个子矮小的老年人，蜷缩在一件破旧的军大衣里，手里还提着酒瓶，满嘴都是白兰地的味道。他目光浑浊，虽然步履蹒跚却举止优雅。艾芒本能地向他致意，那位陌生人也郑重地回礼。

那位陌生人自称为撒迪厄斯·珀里。珀里先生走到吧台，翻翻吧台上的文件，从中拿起一封用英文写的信。他举起来说道，这是美国驻巴黎大使给美国总统泰勒的亲笔介绍信。

那一霎，酒吧里静得仿佛连掉根针的声音都能听见。接着，对于陌生人的敌意瞬间变成了最热烈的欢迎。有人走过来，拍拍艾芒的背；有的人抓住他的手不放。之前满怀敌意的酒吧侍者更是满脸羞愧，他小心翼翼地阻挡着试图靠近艾芒和那些争抢着为艾芒买酒买下酒菜的人，唯恐一个不留神这位深受众人爱戴的艾芒先生被涌过来的人推倒，并告诉艾芒一定要喝个痛快。

不过那位身材矮小的珀里先生就没这么好运了，他一下子被涌来的人推倒在地。只见艾芒在人群中挥舞着手，试图让场面变得有序些，不过那些热情的人们毫不在意。最后还是某位留着红胡子的大个儿大吼了几声，人们才平静下来。

艾芒整理了一下被挤得有些杂乱的衣服，放好文件，清了清嗓子说道："我很感谢大家的热情款待，不过我这次有件要紧事要办，所以要付完账走人。如果有知情人愿意提供帮助，就请告诉我关于那位住在托马斯街23号的瑟文奈特夫人的事。我此次前来正是想和那位老夫人解决一桩不公正的事情。"

听了艾芒的话，有人告诉他，那位太太十分富有，却为人小气，跟这样的老太婆没什么公正可谈。艾芒听后，告诉大家：

瑟文奈特太太有一个女儿，名叫克劳黛，她与母亲的关系并不好。克劳黛在巴黎生活得十分困苦，而母亲瑟文奈特夫人却被一个叫作"纳希霍"的女人诱骗到纽约。克劳黛小姐同一位炮兵军官订婚了，现在他们两个急需用钱。他此行的目的就是希望劝说瑟文奈特夫人，让她不要对自己的女儿如此苛刻。

话还没说完，酒吧侍者连忙抓住艾芒的手，让他赶快去瑟文奈特夫人家。因为今天早上就有消息传来，说那个小气的法国老女人中风了，不知道还能活多长时间。

这消息简直就如惊雷一般。那个红胡子的高个客人大声喊道："还不赶快为拉法埃特侯爵的侄子让路！闪开，快闪开！"说完，他自己更是冲到了艾芒的前面，拉住他向门外走去。艾芒感动地回过头和众人道别，突然见到人群中有一张苍白的脸，就是之前帮忙的珀里先生。他又坐回了角落，擦着外衣上的烟渍。

艾芒的马车在道路上飞驰，直奔目的地。艾芒心里十分慌张，倘若瑟文奈特夫人一分钱也没留给她女儿就去世了，他哪里还有脸面见自己的好朋友。车子总算停在了托马斯街瑟文奈特夫人的府宅前，艾芒下了车，使劲拍打大门。

过了半晌，他听见门闩移动的声音，先是一只眼睛从门缝里打量了艾芒很久，接着门才打开。站在门口的正是艾芒口中的"纳希霍小姐"，她未到中年，有一种莫名的魅力。她只是面色阴沉地打量着艾芒，却不让他进去，她的理由十分简单明了：艾芒不是瑟文奈特夫人的亲戚。见没办法进去，艾芒连忙询问瑟文奈特夫人的情况。

值得庆幸的是，瑟文奈特夫人还活着，只是全身瘫痪了而已。艾芒又提到了瑟文奈特夫人的女儿克劳黛。纳希霍一下子就猜到了艾芒的目的，小声提醒他："倘若你不再喜欢克劳黛小姐而是喜欢我，可能会多分上几百万法郎或者更多。"艾芒则严肃认真地告诉纳希霍，克劳黛小姐已经同他的好友德拉克中尉订婚了，他此次前来完全是受人之托，无论是钱财还是克劳黛小姐他都没兴趣，更不会为了钱娶一个自己不爱的人。

两人争执之际，黑暗中出现一个拿着蜡烛的人，那人用颤抖的法语说，他听到争执才赶了出来。借着微弱的烛火，艾芒认出那是自己哥哥的朋友杜勒克律师。正是他写信通知艾芒的哥哥，说已经劝说瑟文奈特夫人改变态度，让艾芒赶快来办理具体事宜的。不过现在杜勒克先生十分后悔，因为就在昨天晚上，一份对在场每个人都意义非凡的文件消失了。

艾芒提出想见一见在死亡线上徘徊的瑟文奈特夫人，于是情绪低落的杜勒克领着他进了一个正方形的大房间。这个宽敞的房间里只放了一张类似中世纪的古董床，周围有四根床柱，还带着一个华丽的床顶，绿色的床帏将大床的三面紧密地遮掩着。透过床帏，艾芒能看见已经骨瘦如柴的瑟文奈特夫人。她有些僵硬地躺在床上，睡帽的带子紧紧地扣在下巴上。她干枯的嘴唇翕动着却没有声音，只有那双可怕的绿眼珠，正滴溜转着，看向来人。

杜勒克用英语轻声向一旁的美国医生哈丁询问老太太的情况，不过答案依然令人失望。这位耆耆的夫人还有几个小时能活，也可能更短。此时，艾芒才注意到壁炉那边堆着许多没点燃的煤块，壁炉旁边的椅子上坐着一位当地的警察。警察无所事事地用折叠刀剔牙，大概因为听不懂法语，他对来人也不是很关心。纳希霍女士沉默地在艾芒身边踱步，半睁半闭的眼睛像宝石一样发光，看不出她究竟是不安还是幸灾乐祸。

被眼前的情况搞得一头雾水的艾芒像百米冲刺一样跑出了府宅，回到了普拉特酒吧。他想把满脑子的疑惑告诉给酒吧里的朋友，特别是那位懂得法语的珀里先生。

此时已是深夜，街道都不见人影。酒吧里更是空荡荡的，只剩下那个红胡子大哥醉倒在桌子边。珀里先生依然坐在角落里，望着杯子发呆。艾芒坐在了珀里先生的对面，珀里有些不自在地起了身，能有艾芒的陪伴很是荣幸的。他叫了酒吧侍者，不过在把手伸进口袋后，面色窘然地顿住了。艾芒自然也不会让珀里付钱，急忙埋单，要了白兰地和杯子。

东西一送到，珀里就起身帮艾芒倒酒，又给自己倒了许多，一口喝了三分之一。之后他善解人意地看向艾芒，等待艾芒说话。已经累坏了的艾芒把前后两小时的经历叙述了一遍。

瑟文奈特夫人已经病了很久，但是直到今天凌晨她还能正常起床。当时她的情绪很好，而在前一天，她已经在律师的劝说下签署了一份遗嘱，把钱留给了女儿。当然这一切是避开纳希霍进行的。

律师杜勒克先生把遗嘱写在三张羊皮纸上，然后偷偷在托马斯街上找来两个神志清醒的人作见证，然后，瑟文奈特夫人在遗嘱上签了字。正当杜勒克准备收好文件时，瑟文奈特夫人惊叫了起来，她一把夺过那几张纸，说想要自己保留一个晚上。她说希望能够记住这遗嘱上的每个字，就算是睡觉她也会妥当地藏好的。

杜勒克先生担心地指了指窗外，夫人很快就意识到，他说的是纳希霍。夫人说道："没关系，没人能从锁着的窗子和有人守卫的房门闯进来。"她更是要求杜勒克先生当晚留宿在他家里，守在门外。当时已经凌晨一点多了，虽然杜勒克有些犹豫，不过他想想在巴黎的克劳黛小姐，想想与夫人之间的交情，就同意了。他在门外夫人指定的地方摆上了写字台，看着夫人慢慢上了床。关门前，还看见了夫人的侧脸，并在夫人右边的桌上点燃了一支蜡烛。

凌晨 5 点，屋子里传出一声像是聋哑人发出的嘶吼。听到这样的声音，杜勒克不由得一惊，他急忙冲进房间，看见瑟文奈特夫人僵硬地躺着，连临睡前点亮的烛火也即将要熄灭。杜勒克试着问她一些问题，她只能转动眼珠回答，而那份至关重要的遗嘱，已经离奇失踪了。

屋子里能看见的角落都没发现遗嘱。杜勒克先生大声询问夫人，就像是在对耳聋的人说话。可夫人的眼睛死死地盯着床上的玩具兔子，接着她的眼珠开始转动，杜勒克顺着目光看去，看到了门边墙上的晴雨表。在蜡烛熄灭前，夫人一共做了三次一模一样的动作。

杜勒克相信遗嘱一定没被人偷走，毕竟连一只苍蝇都无法钻进来；遗嘱也没被藏起来，因为能藏东西的角落都被搜了个遍，就连墙壁、天花板和家具都没放过。

在艾芒到达宅子之前，有 14 个人在房间里搜寻过瑟文奈特夫人的遗嘱，就连夫人紧紧盯着的兔子，也被割开翻了个遍。艾芒走进屋子，手足无措地看着晴雨表，拍了拍，检查有没有遗嘱的影子，又四处走了走，检查一切地方。橱架上放着几本满是尘埃的书，还有一张攥成一团的《太阳报》，除了这些，艾芒什么都没发现。

忽然，房间里传来律师杜勒克的声音："那女人一定知道！"他说的是纳希霍。"你快说，遗嘱放在哪里了？"纳希霍一脸无辜。杜勒克愤怒了，他索性直奔主题："说，是不是找不到新遗嘱，你就会继承全部财产？"纳希霍先是点头承认，然后又像是饱受冤屈一样，对天起誓，说自己绝对不知道新遗嘱在哪。她说，也许瑟文奈特夫人后悔自己作的决定，趁人不备烧了新遗嘱。

这时候，听不懂法语的警察，抱怨听不懂别人到底在说什么，脑袋里在想什么。"脑袋"这两个字给了艾芒很大的提示，他突然想起瑟文奈特夫人头上那顶宽大的睡帽，不由得用英语说了出来。那个警察顿时领悟，冲到床边，不过并没有找到遗嘱，反而可能因为动作太重，使夫人永远地闭上了双眼。纳希霍顿时大笑起来，艾芒则疯了一样地冲回酒吧。

开始时珀里先生听得十分认真，后来渐渐漫不经心地盯着手中的玻璃杯，不停地转动。他思考再三，问了艾芒两个问题。一个是玩具兔子在床上的准确位置，一个是遗嘱是写在羊皮纸的一面还是双面。虽然这两个问题有些古怪，但艾芒还是认真地回答了。兔子放在床脚，床横向的中点处；遗嘱只写了一面。

珀里先生好像证实了自己的想法，突然抬起头。他那张因为喝多而变红的脸正对着艾芒。虽然他的目光有些失了理智，但他说话却很有条理。珀里就像法官审判一样，称呼艾芒的全名，说自己能够帮忙找到失踪的遗嘱。在珀里先生看来，他们将简单的问题复杂化了，因而误入歧途。此时，珀里先生严肃起来，对艾芒说："我明天就要乘坐'帕纳萨斯'号去英国，之后再去法国。如果你不相信我的话，现在就可以离开。"

艾芒恳求珀里指点，珀里先生就开始讲述自己的推理。他认为，事情应该是这样的：

瑟文奈特夫人在午夜藏好了遗嘱，她不仅担心遗嘱会被纳希霍拿走，更害怕别人跟那个女人串通。夫人相信一旦自己中风死去，警察会立刻出现，很快就能发现纳希霍的伎俩；倘若她瘫痪了，也有其他人待在房间里，保护着遗嘱。夫人最后看的并不是玩具兔子，虽然大家都以为夫人盯着它。

床的三面都被帷幔遮盖，只有朝门那侧没有，夫人盯着放兔子的地方，然后转动眼珠，是想让人拉开床帏，而床帏后面是壁炉。

"壁炉！"艾芒兴奋得几乎叫出声来。

珀里先生依然缓慢地推理着：

房间的晴雨表，显示着"雨、冷"，意味着寒潮即将到来，可是偏偏4月的这一天外面不冷，而且屋子里闷热闷热的。如果将异常的天气和壁炉联系起来，就会发现关键。寒潮来的时候，要生火自然要先点燃煤，点燃煤不仅需要用到引火的木柴，更需要纸。

"纸！"艾芒又一次叫出声音。

"通常用来点火的过期报纸却在房间的小橱架上发现。"说到这里，珀里先生嘴角浮现出一丝不屑的笑容，他又喝了一大口白兰地，红着脸加快语速和音量说道："如果你现在能及时赶到，一定会发现被揉皱的遗嘱在壁炉边的煤和木头下面。无论是谁去看，只能发现一张脏兮兮的白纸，而有字迹的一面，恰巧就在下面。反常的天气，没有人去点火，就连纳希霍也不可能去做，而且警官待在那里，没有外人能随便碰这些东西。其实瑟文奈特夫人的意思，是提示和警告众人，千万不能点火，否则遗嘱就真的化为灰烬。"说到这里，珀里趴在桌子上，半梦半醒地保持沉默。这样的推理看起来十分简单，但却并非所有人都能想到。

时间紧迫，艾芒顾不得思考，也顾不得道别，就如离弦之箭般奔回府宅。他回去时，警官刚好从楼梯上走下来，说自己已经完成任务，看来遗嘱确实已经被死去的老人烧掉了。艾芒根本不相信这样的结论，他直奔老太太的卧室，瑟文奈特夫人的遗体还摆放在床上，没有人动过。屋子里的蜡烛快要熄灭了，地板上放着一把刀，就是警官用来剔牙的那一把。只有纳希霍一个人跪在壁炉前，划着火柴，要将火柴丢进壁炉里。

艾芒全身热血沸腾，一个箭步推开那个女人，将手伸向煤块，果然发现了那张皱皱巴巴脏兮兮的羊皮纸。他兴奋地大声呼喊杜勒克先生，不过他没留意到背后的纳希霍，拾起了弹簧刀，正向他刺去。

幸好杜勒克及时赶到，艾芒的伤口不是很深，杜勒克先生再次叫回警察。艾芒见没有自己什么事，便准备重返酒吧感谢帮了大忙的珀里，至少付他一些应得的报酬。不过到了酒吧，他却发现珀里原先坐着的桌子旁空无一人。他向态度殷勤的酒吧侍者询问，那侍者气呼呼地说："他们早就把那个流浪汉丢到街边的水沟里了，估计他要很久，才能站起来。

因为那个穷酒鬼，明明付不起钱，却点了一瓶最贵最好的白兰地。丢出去之前，他们还让他写了张欠条。"

艾芒气得青筋暴起，他解释道，那瓶白兰地是他要的，钱也会由他来付。这时候，酒吧侍者似乎想起，那个疯疯癫癫的酒鬼一直念叨着有个绅士会帮他付清债务。

一切真相大白，愤怒和解释都无济于事，此时艾芒只想找到帮了大忙的珀里先生，因为他说他明天一早会离开美国，不知道今晚他在哪里过夜。"那是我的好朋友珀里先生。"艾芒说道。听到这个名字，酒吧侍者不禁冷笑："你不会以为那是他的真名吧。当然，你也别指望他会把名字留在欠条上，不信你拿出来看看。"

艾芒马上从口袋里掏出那张纸，上面写着：我欠你一瓶最好的白兰地，价格45美分。果然没有写名字。

钟楼魔鬼

也许没有人知道，这世界上最好的地方是——或者曾经是——一个叫作沃顿沃提米提斯的德国小镇。它离所有的主要道路都很远，是个世外桃源，所以，可能没有读者去过那里。为了这些没去过的人，我深入地介绍一下它。如果我的介绍能够帮助那里的民众获得大众的同情，那我就更要这么做。

在这里，我将讲述最近发生在镇子上的那些不幸事件。如果你了解我，你就不会怀疑我，一旦我自愿挑起重担，想要说些什么，我就一定会尽最大的努力仔细调查，还会找一些权威人士复查，做到不偏不倚地还原事实。

根据我的调查，我确定这个小镇从开始到现在从未变过。这一点，纪念章、历史上遗留下的手稿和墓碑都能够作证。不过，关于这个小镇的建成时间，我只有一个含糊不清的答案。更糟糕的是，同一个问题的诸多答案总是互相矛盾，它们要么太尖锐，要么太过深远，甚至有些结论完全相反。我无法从这些答案中找出一个让我满意的，因为这些答案根本无法说服别人。或许那些酒囊饭袋说出来的事要好些，它们通常是这样的：

沃顿的意思是平息的雷声，沃提米提斯是闪电，它们合并在一起还有一个古老的含义，就是直面闪电。这倒是实话，在参议会大楼尖塔顶端的那些闪电划过的痕迹，似乎证明了这一点。不过我决定不在这样无关紧要的问题上浪费自己的时间，而是去一些参考书上查阅其他读者关注的问题。我甚至像莎士比亚研究专家一样，试图从那些珍贵的古籍、史料中找出细枝末节。

尽管这个镇子是什么时候建立的，以及为什么叫作沃顿沃提米提斯我无从得知，但有一点毫无疑问，即无论岁月怎样流逝，这镇子从来没有改变过模样，就连镇上年龄最大的人，也说不出一丁点它外貌上的变化。事实上，一切关于改建的提议在这里都是禁忌。

　　沃顿沃提米提斯坐落在一个圆形山谷中，四面环山。那个山谷的周长大约是 1/4 英里，不过从来没见镇子里的居民对山的另一边感兴趣。

　　关于这一点，居民们说，他们根本不相信山的另一边会有让他们感兴趣的事物。在山谷的边缘，背靠着山冈，立着约 60 栋房子，它们面向平原，距离平原中央大约有 60 码。山谷的边缘，被居民们修葺得很平坦，用扁扁的瓦片铺着。这里的每栋房子前面都有一个小花园，花园里都有环状的小径、一个计时器和 24 颗卷心菜。由于太过相像，没有人能够把这里的一栋房屋和另一栋区分开来。

　　这些房屋看起来有些老旧，形状样式都很古怪，不过要不是这样，也不会如此引人注意。它们都是用那种被烈火烧得中间红、两端黑的砖头砌成的，屋子的外墙看起来像是放大的围棋盘，甚至有些时髦。屋子两端各有一堵山墙，朝着正面，屋檐、门上的檐口还有房子的其他地方都大小一致，像是有特殊的规格。窗户的窗子不仅又窄又深，还装有很多窗户格子，透明整洁的玻璃好好地镶嵌其中。屋顶的瓦片很有特色，都是长耳瓦片。木工也颇具特色，所有的木匠活都是暗色调的，样式单一却经过精雕细琢。大概从很久以前，镇上的雕刻师就只雕刻两样东西，一个是计时器，一个是卷心菜，他们把这两样东西雕刻得活灵活现，构思精巧并颇具创造性。

　　这些小屋不仅外面相似，连内部构造也如出一辙，甚至家具的摆设也千篇一律，位置都没有变化。屋子的内部和外观相互映衬，方形瓷砖铺成的地板，黑木做的桌椅，有弯曲的细腿和像小狗一样的桌脚。高大的壁炉架，正面吊着计时器和卷心菜，最上面正中央还摆着一个真正的时钟，就是那种滴答滴答响，会报时的时钟。在时钟的两边，各放了一个花瓶，里面插着卷心菜。花瓶和钟的中间，还放着一个大肚子的瓷人像，瓷像的中间有个洞，能够清楚地看见手表的表盘。宽敞的壁炉里面，还装有弯曲的柴火架，火精灵经常在里面舞动着，火上架着一口大锅，正咕嘟咕嘟炖着腌制的卷心菜和猪肉，散发着香气，这时候屋子里的主妇总会目不转睛地看着瓷像。

　　眼下这间屋子里，照看大锅的是一位个子不高身材略胖的老妇人。她那双蓝汪汪的眼睛像是会说话一样，红润的面颊看上去气色好极了。她穿着橘黄色亚麻羊毛混纺的长裙，戴着糖块形状、紫黄色带子的帽子。衣服有些窄小，在大腿上面绷着。她有些粗的腿和脚踝被一双好看的绿色长袜遮着，粉红色的羽毛制鞋子很合脚。她的右手正握着长勺不断在锅里搅拌，左手腕戴着一块精致的德国表。她身边还立着一只温顺的肥猫，身上长着条纹，尾巴还拴着镀金的玩具弹簧表，不用说这一定是孩子的恶作剧。

　　花园里，三个男孩子正在喂猪。他们都有两英尺高，头上顶着三角形的帽子，身上穿着珍珠母大纽扣的大衣，里面是紫色长背心，下面穿着刚过膝的鹿皮短裤，脚上还踩着一双银质大带扣的重靴。别看他们年龄不大，但他们嘴上都叼着烟斗，右手还握着小小的表，很有派头。

他们喷一口烟，看看表，再喷一口烟，看看表。猪圈里，那只胖胖懒懒的猪拱食着掉下来的卷心菜叶子，还时不时踢着被孩子们系在尾巴上的镀金表。房门右手边的高背扶手椅上，坐着一个老人，看来是这家老头，他是位个子不高有些胖的绅士。他有圆溜溜的眼睛和肥嘟嘟的双下巴，衣着打扮和那几个孩子就像一个模子刻出来的，只不过他用的烟斗不是迷你型，表也放在口袋里。

比起手表，他似乎对一些别的什么更感兴趣，这一点，我一会儿会补充。他就这样坐在那里，跷着脚，脸上暗淡无光，却每时每刻都至少用一只眼睛看着平原中央的某个显著目标，那个目标就是镇上参议会大楼的尖塔。

说到这里，我不得不花些笔墨描述一下镇参议会的成员们。他们都是矮个子，一个个圆乎乎的，看上去有些奸猾。他们最主要的特征就是圆溜溜的大眼睛和肥嘟嘟的双下巴。与普通居民相比，他们的外套更长，鞋子上的带扣更大。在我逗留的时候，他们开了很多次特别会议。会议的内容冗长，简单来说就是三点："改变古老的传统是错误；除了这个镇子，其他地方的事物都无法忍受；镇子上的人要一辈子忠于时钟和卷心菜。"

参议会议事厅上面的塔楼里，存放着村民的骄傲——沃顿沃提米提斯镇的大钟，人们都很珍爱它。对于这里的居民来说，它比大本钟还要珍贵。坐在皮垫扶手椅上的老绅士一直望着的正是这座大钟。这个尖塔有七面，每一面正好对应着大钟的一面。无论你从哪个方向看来，都能轻松地看见大钟，尤其是它那巨大的白色面盘和沉重的黑色指针。

钟楼里，有一位专门负责照看大钟的看守人。这大概是镇子上最清闲简单的工作，因为沃顿沃提米提斯的大钟从来都没有出过问题。在这个镇子上，就算是假设它会有问题，也会被视作异端邪说。因为从历史记载的最古老时候，这座大钟就每天准确报时。

实际上，整个镇子所有的手表、怀表和时钟都一样，严苛地按照这个大钟的时间走着。就好像这个城镇是时间的王国，这大钟就是国王，每当大钟报时"12点正"，他的所有子民和追随者都相应开口。

就像这里的人都喜爱腌卷心菜一样，他们也都为自己的时钟感到骄傲。就像那些名誉会长之类挂名闲职受人尊敬一样，在沃顿沃提米提斯，最受人尊重的就是钟楼的看守者，他也是这镇上最显赫的人，就连镇子上的动物也对他心怀敬畏。他的大衣下摆也远比镇子上那些绅士长得多，就连他的烟斗、鞋带扣也比其他人大上许多；他的肚子和眼睛也不例外。不过他的下巴，可不仅仅是双层，而是三层。到这里为止，我已经描述了这个镇子的美好，它就像是一幅精美的画作，让人珍视。

在这里，智者流传着一句古老的谚语："翻山过来的没有好东西。"现在看来，这句话倒有些先见之明。

就在前天中午，11点55分的时候，有一个奇怪的东西出现在东边的山脊上。它引起了居民们的广泛关注，几乎每个正在注视大钟的人，都惊慌失措地看着眼前出现的怪东西。

又过了两分钟，那个鬼东西渐渐能看出本来的面貌了，那是个矮个子的外国年轻人。他飞速地冲下山来，每个人都看得清清楚楚。看装扮，他简直是这镇子上出现的最讲究的人了：贴身剪裁的黑色燕尾服外套，同样颜色的克什米尔羊毛料子的及膝短裤，黑裤袜，装饰着黑色绸带的软底平底鞋。他胳膊下一边夹着巨大的绸子三角帽，另一边是一个几乎是他的头五倍大的小提琴，左手还拿着个鼻烟壶，迈着古怪的步子轻盈地走下来，脸上还怡然自得。

他的长相不足以令人称奇，不过也十分有特色，豌豆大的眼睛、高挺的鹰钩鼻、一口洁白的牙齿，面色呈暗烟色。我以上帝之名起誓，我没有一丝夸大，这就是住在这里的居民们的亲眼所见。

实话说，虽然他满脸笑容，不过那也是一张让人看着不舒服的阴险邪恶的面孔，这些倒并没有引起人们的怀疑。最让人生气的是，这个魔鬼一样的男子，这儿跳一下西班牙舞，那儿跳一下旋转舞步，却从来没落到拍子上。

这时候，所有的善良镇民都没有完全张开眼睛，只差 30 秒就到正午了。那魔鬼蹦来蹦去，一会儿一个滑步，一会儿一个金鸡独立，就在一个原地旋转和一个和风舞步之后，他飞上了塔楼，像飞鸟一样轻盈。这可吓坏了正在抽烟的塔楼看守人，他还没反应过来，就被那个家伙揪住了鼻子。

那魔鬼又是摇又是拽，还死命把看守人的帽子往下压，紧接着又用那个小提琴使劲打看守人。空空的小提琴因为敲击发出的声响就像是有人在塔楼里打低音鼓一样。不过镇民此时没有工夫顾及他在做什么，因为还有 30 秒就到正午了。

钟就要敲响了，所有的人都盯着手里的表，等待着钟声。"一！"大钟鸣响，所有的老头，也响应着"一"，他们的手表也敲响了"一"，屋子里的妇人的表也响了"一"，孩子们的表也响了，就连小猫小狗，院子里的猪身上的表，也响了。"二、三……十、十一！"每一声，都呼应着传了很远。"十二！"12 点了，所有的老头都欢呼着举起他们手里的表，不过还没有停止。"十三！"大钟又敲了一下。

"魔鬼！上帝啊，魔鬼来了！"老头们都面色苍白，放下他们跷起的脚，丢开烟斗。"上帝啊，13 下，大钟响了 13 下！"所有的人都失去了理智，我几乎不知道用怎样的词汇才能描述接下来的混乱。"我的，我的肚子怎么了？"孩子们高声吼道，"这时候，我应该饿了。"所有的主妇们也都尖叫着丢掉勺子："我的，我的腌卷心菜怎么了？这时候它该煮烂了。"接踵而来的是："我的烟斗，我的烟斗怎么了？真是该死，这时间它该抽完了。"老头们怒火万丈地填满烟斗，坐回椅子，吞云吐雾。所有的卷心菜汤都成了红色，以时钟形态出现的每一样物件都像被恶魔附身一样，不停地敲打着 13 点。

山谷被烟雾笼罩，眼前的一切都扭曲可怕。猫和猪，都无法忍受系在他们尾巴上的钟，开始尖叫狂奔，到处乱跑乱撞。猫窜到人们脸上，从女人的裙子下穿过，到处一片混乱，稍有理智的人都难以想象。

最让人生气的是，那个不可救药的魔鬼正竭尽所能地折磨看守人。镇民不时地透过烟雾瞥见他，那魔鬼正骑在仰面朝天的看守人身上，吊着钟猛拉。我现在想到那刺耳的声音还觉得头痛，耳朵里嗡嗡作响。

他的膝盖上，摆放着那把身形硕大的小提琴，他在演奏，不停地刮擦着。那曲子仿佛是《弗兰那甘之朱蒂与芮弗迪之伯忒》，却又跑调又错拍，他那模样完全像是个傻子。

一切就这样发生了，原本美丽的镇子就这样变得凄惨混乱，连我也心怀厌恶地离开了。在此，我要代表这个镇子上的人，向那些热爱正确时间和好吃卷心菜的人求助，求求你们帮我们赶走那个魔鬼，赶跑那个在塔楼上作怪的混蛋，帮助沃顿沃提米提斯人恢复他们古老美好的秩序。

黎明之约

那是一个极其阴沉的夜晚，广场上空空荡荡，肃静一片，公爵府的灯火也在远方慢慢熄灭，我正乘船顺着大运河从毕亚契达回家。突然，一个女子歇斯底里的疯狂叫喊声，瞬间打破了黑夜的宁静。我吃了一惊，不由得猛地站了起来。小船随波而下，忽然间，公爵府的窗口和楼梯上出现了无数支火把，一时间整个公爵府灯火通明，将沉沉黑夜照成了朗朗白昼。

究竟发生了什么呢？原来在这幢高耸的建筑的一层楼的窗口处，有个孩子刚刚掉进了运河中，瞬间就被河水吞没了。

尽管附近只有我们这一条船，但早有无数壮汉跳入了水中，他们努力在水面上寻找那个刚刚落水的孩子，但结果都是徒劳，此时孩子应该早已坠入水底了。在公爵府的大门口，地面用黑色大理石铺成，就在这个离河水水面几级台阶之处，立着一个让人难以忘记的女人。她就是温杜尼侯爵年轻的妻子阿芙罗蒂提，也是刚刚落入水中的孩子的母亲。

此时孩子早已沉入了阴冷的水底，也许他正在痛苦地呼唤着母亲那温柔的爱抚，正试图用尽全部力量向她靠近。而她孤零零地站在那里，那双洁白的赤足在光洁的大理石地面上显得熠熠闪光。她那头为舞会精心装扮的头发，此刻早已松散不堪，但满缀着钻石的发卷仍显示出她刚离开舞会不久。

此刻她那对晶莹透亮的大眼睛并没有注视着这个吞没她希望的河流，反而目不转睛地瞧着截然相反的方向。

根据她的视线，我想她正在看着的是古老威尼斯共和国的监狱。我承认这是个有着辉煌魅力的建筑，但在自己的孩子也许将溺死在自己眼前之际，这位美丽的贵妇怎么还能有闲心去注视那冰冷的监狱呢？那边监狱的墙壁正张着大口对着她卧室的窗口，在它的阴影之中，在它静止的构造之中，在它青藤环绕的楣柱之上，究竟还有什么值得侯爵夫人在千百次观望后仍倍感兴趣呢？

在侯爵夫人身后，长长的台阶之上站着的是衣冠楚楚、状似门神的温杜尼侯爵本人。他一边不时对抢救工作指指点点，一边无聊地拨弄一下吉他。

此时我心中极为惊恐，以至于我在听到第一声尖叫时就站起的身子迟迟无法坐下去。我想在当时那群激动的人的眼中，我一定像个幽灵一样。河面上一切的努力都收效甚微，早先出力的人们也已经无奈地停止了搜索，看来孩子获救的希望很渺茫。

就在此时，那个暗沉的古共和国监狱里却走出一个被斗篷包裹着的人，他在岸边稍做打量后就一头扎进了运河。

不一会儿，他就抱着孩子爬上了岸，站在侯爵夫人身边，孩子仍然活着但呼吸微弱。他的斗篷因浸透了水而加重，于是他将斗篷扔在一边。这时早已惊呆的人们骤然发现他是一个风度翩翩的青年，而且在欧洲大陆的大半地区，几乎没有人不认识他。

青年并未开口，而侯爵夫人也只字未言！本来应该立刻接过孩子的她并没有伸手，而是其他人默默接过孩子走进了公爵府。夫人站在原处，美丽的嘴唇在不停颤抖，她的大眼睛中溢满了泪水。那个冰雕似的美人又活了过来！苍白的脸上升起一片红晕。她为什么脸红？对此我们不得而知。

除非因为刚刚救子心切，她慌张间衣裳不整，除此之外还有什么理由解释她的脸红和心脏的狂跳呢？还有什么能解释她在温杜尼侯爵一进府邸，就将那双颤抖的手意外地按在了那位陌生人手上，并解释她匆匆向他道别时那句低语。"就依你。"她说，"我可能被水声混淆了听力，"就依你——日出后一个钟头——我们相约——决不食言"！

骚乱平息，公爵府里的灯光也渐次熄灭了。这位独自站在大理石上的陌生人我早已认了出来。就在他想寻找一条小船时，我将船划向他，主动向他邀约，他欣然接受。此时他恢复了镇静，并热情地谈起了一位我们以前都认识的人。

在此我很乐意详细描述一下这位陌生人的容貌。他的身材不高，不过当他激动时，他的个子会稍微升高，他体格轻盈，甚至略显消瘦，不过危急关头，他也会表现出自己的神力，像海格力斯一样。他炯炯有神的大眼睛经常会随着情绪的波动而不断改变颜色，在我所见过的所有事物中，只有古罗马皇帝康茂德的雕像才能与他端庄典雅的容貌相比。

然而，他的脸没有特点，容易让人过目就忘，但是这种遗忘中带着点让人想要永不停歇地回忆的欲望。

这并非因为在激情迸发之时，他无法将精神投射到自己的脸上，而恰是因为每在激情消退后，他明镜般的面容上都留不下丝毫激情的痕迹。

那晚分手之时，他真诚地邀请我第二天一早再与他相见。于是，第二天我就应邀光临了他的宅邸。他的宅邸在丽都区大运河上，阴沉却极为壮观。

我曾从报刊上了解到这位朋友非常富有，但对其中报道的巨额数字却一直持有怀疑。此时当我环顾四周后，我相信了，我终于了解到一个能把房屋布置得如此辉煌的欧洲富翁是什么样的了。

　　室内灯火通明，从这房间的情况和我朋友的神情来看，我猜测他整晚都没睡。而我此刻身处的房间，豪华得让人眼花缭乱。举目望去，皆是名家名作，房间里艳丽的帷幔随着低沉的乐曲轻轻地舞动，香炉中散发出浓郁的香味，摇曳着蓝紫色的火焰。紫红色的玻璃装饰着房屋里的每扇窗户，初升的阳光从窗户中倾泻进来，在窗帘的映衬下或明或暗，煞是好看。

　　"哈哈哈！"主人大笑着示意我坐下，看出我的无所适从后说道："我知道你对我的住处、我的身份、我的绘画和我房间的布置、装修都感到吃惊，但是请原谅我，我的朋友，原谅我的无礼，你看来还很不习惯。不过，有的时候人笑也能笑死，但我想笑着死去一定是最辉煌的死法！你肯定记得一位杰出人士，托马斯·莫尔爵士，他就是在笑声中死去的。还有《荒诞集》中提及的很多人都是这样辉煌地死去的。"

　　他思绪沉重地继续说道："你知道吗，在城堡的西边，也就是古希腊斯巴达的遗址附近，有一个石座，石座上至今仍残存着几个清晰的字母：Λ Α Σ Μ，显然这是 ΤΑΣ Λ 的一部分。当时在斯巴达有供奉着上千尊神像的上千所神庙，为什么仅有'诸神大笑'的圣坛保留了下来？这确实让人奇怪！"随后他话锋一转说道：

　　"不过我绝没有嘲笑你的意思，全欧洲可能都再找不到一处像我这里这样精致的小房间了。这里绝不能仅用时髦来概括，不是吗？过去为了避免招致别人的闲言碎语，也为了不亵渎这里崇高的艺术氛围，我是从不在这儿接待客人的，而今天你是例外。往常在这儿只有我自己，连仆人都不能靠近，你也看到了，其他地方其实布置得都非常庸俗。"

　　我点了点头表示感激。"你看这儿，"他带着我参观他的房间，热情地介绍道，"你应该也看出来了，这里的很多画都是古董级的。不过，在这里，在这个房间里，它们也只能起到挂毯的作用而已。而且我这儿还保存了一些学术界完全不知道的作品，其中既有一些无名画家的杰作，也有一些声名显赫的大师级画家未完成的作品。"他突然问我："你觉得这幅《宝座中的圣母子》如何？"

　　"这是贾戈的真迹！你是怎么弄到它的？它可是被誉为天下第一画，与天下第一雕维纳斯像并称！"我激动地说。

　　他若有所思地说："维纳斯？那个小脑袋、金头发的维纳斯？"说到这儿，他的声音越来越低沉，低得几乎听不见。"就是那个左臂断肢和整条右臂都被修复了的那尊维纳斯像？但我以为，她的那条修复的右臂上有着太多矫饰的成分，不真诚。至于卡诺瓦那尊阿波罗像，也是个复制品！这是毋庸置疑的。当初我真是个笨蛋，竟然看不出阿波罗像中那种所谓的灵感！我真可怜啊，我忍不住要去喜欢那尊安蒂诺兀斯了。说出要雕塑家拿整块大理石去雕刻雕像的伟人不是苏格拉底吗？"

　　我觉得这几句诗倒是对我这位朋友很适用，关于他的精神气质我说不具体，但他的一些细微的小动作，或在诙谐的调侃中，或在刹那间的快乐中所表现出的一些思考的小习惯确实与常人大不相同。

然而，从他详述那些无关紧要之事所用的语调中，我也不可避免地听出了一丝紧张的痕迹，一种在任何时候都让我疑惑，甚至有时会让我有些许害怕的紧张和激动。他还常常话说到一半就停止，既像遗忘了前半句的内容，又像在仔细聆听，似乎在等待一位早已约好的客人，或在倾听只存在于他幻觉中的声音。

就在他一次又一次冥思苦想之际，我拿起了放在旁边土耳其矮凳上的那本《奥尔菲欧》随意翻看起来。我发现了一个用铅笔勾过的段落，这是第三幕的最末一段，也是整本剧目中最感人肺腑的高潮段落。虽说这一段可能有伤风败俗的嫌疑，但是男人读到它都会激动不已，而女人读到它都会叹气连连。

那页纸上布满了新近沾染的泪痕，旁边的空白页上则留有一首字迹潦草，用英文写的诗，乍看之下倒不怎么像我这位朋友之作，但仔细辨认却是他的真迹。其文如下：

你掌控着我的一切，我的爱，

我的梦里激荡着你的浪花。

爱是汪洋中的一个小岛，

岛上绿树成荫，

一湾清泉，一座神庙，一片鲜花，

寄托着我对你浓浓的爱意。

啊，花开花谢，星升星落，

一个未来的声音呼喊道：

"向前！前方真美好！"

但是在过去的海峡上，

却徘徊着我的灵魂，

因为，于我，

早已熄灭了生命之光，

雷击后的枯树不再逢春，

受伤后的雄鹰不再高飞，

这种语言响彻陆地和海面。

现在我的白天全是梦境，

而我夜间所有的梦，

都是你光洁的赤足，

在意大利的小河边，

在轻盈的节拍声中，

还有你那美丽的眼睛，

像火焰般熊熊燃烧着。

啊，我要诅咒，

诅咒那将你推离我身边的恶潮，

它将你推向功名和利禄，

推向那肮脏的枕衾和显赫的老人。

别了，美好的爱情和温暖的家园，

这里的柳树正为你伤心落泪！

　　我原先以为我的朋友不懂英语，但是这段用英语写成的文字推翻了这个观点。不过对此我并不惊讶，朋友的博学我早已深知，只是他不愿意暴露自己罢了。但这首诗确乎让我惊异了，因为它的成诗地点是"伦敦"。

　　我记得上次与他交谈时，当问到他以前可否见过温杜尼侯爵夫人时（她结婚前几年住在伦敦），如果我没记错，他回答的是他从未去过伦敦。但我不止一次地听到朋友们说他不仅生于英国，而且是在英国受的教育。

　　他掀开一道帷幕说："我还有一幅画想给你看。"展开的正是侯爵夫人的肖像！她的美任何画师都无法诠释，不过这张确实可以算是描绘她的画作中最好的一幅了。

　　昨晚那个站在公爵府台阶上的风姿绰约的身影，突然又出现在了我的面前，但这幅画中的她，笑容中隐藏着一种少见的、飘忽不定的忧郁。她的右臂弯到胸前，左手向下指着一个形状奇怪的瓶子，一只娇小的玉足和地面接触。她的身体包裹在空气中，隐约间漂浮着一对展开的翅膀。

　　"来吧！"他终于说道，走向一张金银交错的桌前，拿起盛有德国白葡萄酒的高脚杯说，"我们喝一杯吧！为那让这些烛光黯然失色的太阳干一杯吧！"他在同我干了这杯之后，自己又接连喝了好几杯。

　　"做梦，这是我全部的生活，"他又恢复了闲聊的口吻，"所以你看，我为自己布置了这么一间梦之屋，威尼斯再也没有比我这儿更好的建筑了，恢弘又大气，这里的一切都是按照我的要求来弄的。我想此刻我的灵魂像那个阿拉伯香炉一样是扭曲的，错乱的神经使我越来越适合去一个真正广阔的梦之国，而我此时也正一步步向它迈进。"说到这儿，他忽然噤声了，垂下头似乎在聆听一种我无法听见的声音。

　　最后他站直身子，高声吟诵道："等着我吧，我们在黄泉再会！"

　　接着他一下子扑倒在矮凳上，此时门上传来剧烈的撞击声，正当我要去开门之际，温杜尼公爵家的小侍童一头冲了进来，哭喊道："我的夫人！美丽的阿芙罗蒂提服毒身亡了！"我不知所措地冲到矮凳边，想把这个消息告诉我的朋友，但此时他已全身僵硬了，看着桌边破碎的高脚杯，我瞬间明白了一切。

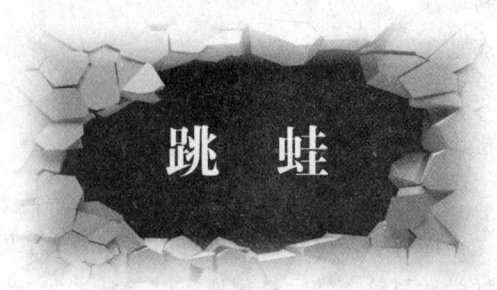

跳 蛙

　　这个世界上最喜欢听笑话的大概就是皇帝了，看起来皇帝的生活就是开开玩笑那么简单，那些受皇帝宠信的人必然能将笑话奇谈讲得生动而逼真。

　　那些最出名的笑话专家竟是御前七员大臣，他们每个都壮硕如牛、肥头大耳，他们是盖世无双的小丑。我只是疑惑，肥胖大个儿的人是生来就有好开玩笑的嗜好，还是因为开了玩笑才心宽体胖的呢？但可以肯定的是，如果一个长得骨瘦如柴的人是小丑，那可真是罕见了。

　　皇帝喜欢琢磨旁门左道，而且从来都不屑于附庸风雅。他往往对猥琐的笑话大加称赞，并乐在其中。他厌烦过于文雅的笑话，讨厌看伏尔泰的《查第戈》，却宁可读拉伯雷的《高康达》。

　　在发生这段故事的时间里，职业小丑依旧活跃在宫廷中。那些所谓的在欧洲大陆上称王称霸的"强国"中，弄臣依旧被豢养着。他们头顶叮当乱响的帽子，身着用鲜艳颜色拼成的衣服，在每次皇帝赏赐残茶剩饭时，他们都插科打诨地感谢皇恩浩荡。当然，我们这个故事里的国王，也养着弄臣。说实话，国王必须看一些愚蠢的事来让自己和御前七员大臣的聪明头脑休息一下，这也是国王劳逸结合的方法。

　　国王专宠的那个小丑不仅是个子不高的白痴，而且腿脚还不灵便，但是在国王的眼里，其身价就要比其他人高出许多。那时在宫廷中，矮子和傻子一样平常，很多帝王要是不取笑矮子，没个小丑陪着笑闹一场，就会觉得日子不好过。所以，宫廷里的时光过得要比其他地方漫长得多。

　　文章的开始就告诉过大家，小丑的形象几乎就被定义为猪头猪脑、蠢笨异常，所以当国王看见"跳蛙"（弄臣之名）一个人比三个小丑还强的时候，心里的得意就别提了。其实，"跳蛙"这个名字，在我看来，多半是出于他那不同寻常的走路方式。跳蛙走路的样子把国王看得兴高采烈，他走起路来边跳边扭，还引以为傲，因为就连国王那种肚子圆滚滚、头大如斗的样子都被满朝文武视为美男子。

不过话说回来，造物主为了弥补跳蛙畸形的双腿，便特地赐予他强壮的双臂，他能在一切树木绳索上表演绝活。不过，做这样的事情时他就不像青蛙了，倒是与松鼠、猴子一样。谁也不知道跳蛙的原籍具体在哪，只知道他出生在一个远离皇宫的不知名的荒凉之地。皇宫中还有一个和他差不多高的年轻姑娘，叫居里佩泰，她体态匀称，是个杰出的舞蹈家。当初，他们一同被一位御前常胜将军掳来，进贡给了皇上。

这两个同病相怜的小俘虏很快就熟悉了，不久就结拜成了兄妹。跳蛙要是不能为居里佩泰效劳，哪怕把戏耍得再好，也无人问津；居里佩泰虽然个子不高，却端庄大方，容貌秀丽，集三千宠爱于一身，而且不管何时何地，只要她做得到就会替跳蛙出头。

有一次，国王决定在一个盛大的国庆日举办一次化装舞会。每次这样的化装舞会都是跳蛙和居里佩泰两人一同奉旨准备，特别是善于准备舞会节目的跳蛙，总能巧妙地编排奇特角色，张罗适合的服装。如若没有他的帮忙，就好像什么也办不成一样。到了举办化装舞会的那一晚，在居里佩泰的监督下，富丽堂皇的金殿上早已被形形色色的装饰摆满，这使得化装舞会增色不少。

满朝文武都已经心急难耐，很多人在很久以前就想好了自己要扮演什么角色，可是国王和七位大臣还没想好，如果这不是国王他们成心开的玩笑，那我也不知道是为什么了。

时间很快过去，他们绞尽脑汁还是没有决定，最后不得不下旨召见居里佩泰和跳蛙来帮忙。这对小伙伴奉旨前来时，正巧看见国王在和七位御前大臣喝酒取乐，只是皇上面有愠色。跳蛙不爱喝酒，因为一喝酒就要发酒疯，这可不是一件舒服的事情，这一点国王是知道的。可国王就喜好恶作剧，拿人寻开心，便强迫跳蛙喝酒，这就是国王说的借酒"作乐"。

刚看见跳蛙和其伙伴进来，国王就直接说："跳蛙，快过来，为你的故友先干了这一杯。"跳蛙听后，忍不住叹了一口气，国王接着说道："小子，快把酒喝了，然后给我们想一下我们要扮演的角色，要与众不同的。"跳蛙依旧想插科打诨地叩谢圣恩，偏偏用脑过度，竟没了任何主意。巧的是这天正好是命苦的跳蛙的生日，在听到为"故友"干杯这道圣旨后，眼泪忍不住就掉了下来。他低下头，拿过酒杯，大滴大滴的泪珠掉进了酒杯里。伴随着皇帝的大笑声，跳蛙无奈地仰头喝掉了这杯酒。

国王说："你的眼睛比刚才亮多了，看这一杯酒的力量多神奇啊！"苦命的跳蛙一碰酒就醉，他现在的眼睛与其说是发亮还不如说是发光更恰当。酒力发作，跳蛙痴痴呆呆地朝着众人一一看了过去，群臣正兴高采烈地看着国王的"玩笑"起了效果。

"那现在开始说正事吧。"首相道。

"对，"国王道，"跳蛙，快给我们想角色，朕和七位大臣全都需要。哈！哈！哈！"

这根本就是一句玩笑话，七位大臣和国王一起笑了起来。跳蛙也跟着笑，只是笑得毫无气力。

"你到底能不能想出主意？"国王等得不耐烦了。

"奴才正在尽力地构思呢。"跳蛙已经醉得晕晕乎乎了，有些魂不守舍地回答道。

"尽力！"昏君吹胡子瞪眼地大吼一声，"你什么意思？哦，明白了，是因为心里不舒服还要继续喝酒啊！可以，把这杯喝了！"说着皇帝就亲自倒满一杯酒，赏赐给跳蛙。跳蛙傻傻地看着这杯酒不说话，只一个劲地喘气。

"怎么不喝！不喝你就去死吧！"昏君吼了一声。

跳蛙犹豫不决，气得皇帝脸色发青。居里佩泰的脸色一下变得惨白，轻移莲步到御座下跪地苦苦哀求皇帝放过跳蛙。国王睁大双眼看了居里佩泰很久，心里诧异她今天的大胆。其实皇帝也不知道该怎么做才好，不知道如何才能恰如其分地发泄怒火。最后，皇帝没说话而是用力推开了她，并将一满杯酒狠狠地泼在了姑娘的脸上。这命苦的姑娘大气都不敢出，只挣扎着起了身，顿时周遭一片寂静。这时却响起了一阵低沉的嘎嘎声，没完没了，仿佛从四面八方涌来。

"你做什么发出这样的怪声音？"国王对着跳蛙大怒。

看样子跳蛙已经清醒多了，他神色不变地看着皇帝，否认道："奴才？怎么可能是奴才呢？"

"陛下，这声音好像是从宫外传来的。"一位臣子奏道，"依照微臣推断，可能是鹦鹉在铁笼子上磨嘴所发出的声音。"

"爱卿所言在理，"国王听了这话，一下子安心许多，"不过我倒是觉得没准是这瘸子在磨牙呢！"跳蛙听了这话呵呵一笑，露出满口吓人的大钢牙。皇帝本就知道跳蛙是个十足的小丑，看他现在这样，倒也开心。跳蛙还答应国王要他喝多少就喝多少，于是国王马上不气了。跳蛙喝了一杯，却并不见醉态，反而越发精神，大谈化装舞会的策划。

"陛下，奴才有个想法，"跳蛙语气淡定，"刚才陛下将酒泼在那个奴婢脸上之后，鹦鹉发出了嘎嘎的怪声，这让奴才产生了绝妙的灵感。那是流行在奴才老家的一种玩法，经常出现在化装舞会中，不过那需要八个人。"

"现在我和七位大臣不是正好八个人吗！怎么玩，快点说！"国王心急道。

"奴才家乡管这叫'八只拴着铁链的猩猩'，而且妙就妙在如果办得好可以把女人吓死！"跳蛙回禀道。

"太好了！就这么决定了！"国王拍板道。

"那就全部交给奴才来办吧。不过一定要办得逼真才行，这样才能让别人恐惧，而且拴上了铁链才会让大家以为真的是逃出来的大猩猩呢。陛下，您试想一下，在一群锦衣华服的人中忽然出现了八只拴着铁链的猩猩，那样的效果可是太震撼了！"跳蛙说道。

"跳蛙，如果你办好了这件事，我会好好赏赐你的！"国王兴奋地说道。

外面的天色已经暗了，皇帝和大臣们按照跳蛙的计划开始各自准备。跳蛙将这君臣八人扮成猩猩自有目的，那方法看似简单，却灵验得很。

跳蛙先给君臣八人穿上贴身的带有弹力的布衣裤，浸透柏油，再把亚麻粘在柏油上，这样就形成了一层厚厚的类似猩猩毛的东西。做完这些跳蛙又取来一条很长的铁链，把皇帝和大臣一一拴好，围成一圈。为了营造最真实的效果，跳蛙又按照婆罗洲人捕捉黑猩猩的办法，将剩下的铁链当作两根直径，交成直角，横贯圆周。

化装舞会在一座宏伟的圆形大厅里举行，这座大厅专为夜宴所设计，阳光只能从大厅顶部的一扇窗子里射入。到了夜晚，这里依靠一座吊在屋顶的巨大烛灯来照明。

虽然大厅内的布置交由居里佩泰来完成，但一些细节问题则是按照跳蛙的意见来进行处理。居里佩泰按照跳蛙的意思撤下了吊灯，这是因为考虑到天气热会让烛泪落下来，这样一来难免会落到来宾的锦衣华服上。大厅的每个角落里都摆上了烛台代替吊灯照明，墙边还设置了一排五六十个女像石柱，每个女像右手各执一支火把，散发着馥郁香气。

八只大猩猩为了制造最完美的效果，乖乖地听跳蛙的话，耐心地守到半夜，午夜钟声刚停，就迫不及待地一起滚进了挤满宾客的大厅。原本是想冲进大厅的，奈何铁链碍手碍脚，在冲进去的过程中八人绊倒了彼此，所以全都跌了进去。看着来宾们乱成一团，皇帝心里暗自开心。

果然，很多人把他们当成了真正的猩猩，更是有很多女宾客被当场吓晕。如果不是国王一早就换掉了大厅里的全部武器，这时君臣八人估计早就血溅当场了。

混乱中，所有人都向出口逃去，可是出口早已被皇帝下令锁上了，钥匙则藏在国王身上。正当大殿里乱得一塌糊涂的时候，当初被拉到殿顶用来拉住吊灯的灯链缓缓地降了下来，链钩停在了离地面三尺的地方。国王和他的七个大臣跌跌撞撞地好不容易走到大厅中间，正巧在灯链的下方。

跳蛙一直悄悄地跟在他们身后，看到他们站住，就捏住绑在他们身上的铁链那贯穿圆周的交叉部分。只见铁钩光芒一闪，铁链挂在了铁钩上。正在这时，铁钩竟自动缓缓地升了上去，高得伸手够不着钩子了，八只猩猩被紧紧地拉在了一起，面面相觑。看见这峰回路转的一幕，来宾们才安心下来并渐渐把这件事看成一出滑稽剧。看着被吊起的八只猩猩，众人忍不住笑了起来。

"把他们交给奴才吧！"在一片喧嚣声中，清晰地传来了跳蛙的声音，"让奴才看看，说不定会认识他们，只要让我仔细看看，就能认出来是什么人。"说着跳蛙就艰难地挤到墙边，取了一支火把，重新回到大厅中心，利落地一跃，就跳到了国王的头上，灵活得像一只猴子。他又顺着灯链向上爬了几尺，拿着火把仔细打量这几只猩猩，一边打量一边嘟囔："小的很快就能看出他们是谁了。"

看到跳蛙这一系列动作，全大厅的人包括八只大猩猩都笑得肚子疼了。突然，小丑吹了声口哨，灯链忽然猛地升高了三十多英尺，八只垂死挣扎的猩猩被一同吊在了半空中，不着天不接地。跳蛙抓住灯链，依旧与八个人保持着一样的距离，旁若无人地拿火把照着他们的脸，仿佛想从他们脸上看出什么秘密一样。

大家的脸色随着灯链继续上升而渐渐发白，大厅里顿时一片寂静，就这样静静地过了几分钟，大厅里又忽然响起了一阵低沉的嘎嘎声，与当初国王泼酒在居里佩泰脸上时听到的声音一模一样。不过这可不是什么鹦鹉在铁笼子上磨嘴的声音，而确确实实是跳蛙的磨牙声。跳蛙咬碎一口钢牙，怒火满面，气得快要发疯了，他恶狠狠地盯着那八个人抬起的脸。

"哈！哈！哈！奴才现在可是真的看出这些是什么人了！"跳蛙终于开口狠声说道，一边说一边假装更加细致地打量起国王来，并把火把凑近皇帝，转眼皇帝身上那层亚麻就被火舌所吞噬。人们被吓傻了，他们愣愣地注视着八只猩猩被烈火焚烧，连尖叫的力气都没有。片刻后，大厅里才响起了尖叫声，可是为时已晚了。

随着火势越来越大，整个场面已经到了无法挽回的地步，跳蛙不得不顺着灯链往上爬了爬。下面的人又忽然间变得鸦雀无声，跳蛙趁机说："现在小的可真是彻底地看清楚这几个戴着假面具的人是什么身份了，其中有一个人是我们敬爱的皇帝陛下，另外七个当然就是御前大臣！皇帝陛下居然打了一个手无缚鸡之力的姑娘，七位大臣不仅不制止反而在一旁拍手叫好。至于我，只是一个小丑，一个叫作跳蛙的小丑，这是我人生中最后一出滑稽戏。"

八只猩猩身上粘着的亚麻和柏油都是易燃物，所以没等跳蛙的话说完，八只猩猩就已被烧成八团焦炭了，八具尸体面目全非，恶臭难闻，吊在灯链上晃来晃去。跳蛙将火把扔到了尸体上，从容不迫地从天窗逃离了宫殿，不见了踪影。

听说那时守在大殿顶上操作灯链的就是居里佩泰，她是跳蛙报仇雪恨的同谋，而且据说他们两个人最终一起回到了家乡，因为从那以后再也没人见过他们了。

泄密的心脏

　　神经紧张，非常，非常紧张，十二万分地紧张，过去是这样，现在还是这样。可你为什么偏偏说我疯了呢？这种病并没有使我的感觉失灵或迟钝，反而更敏锐了。尤其是听觉，分外灵敏，天堂、人世间的一切声音我全都能听见，来自地狱的声音也时刻在我的耳畔萦绕。你怎么能说我疯了呢？看我多么精神，多么镇静，我可以告诉你这一切。

　　我说不出这个念头最初是怎么钻进我的脑子里来的，但如今它确实让我白天黑夜都对它念念不忘。我并没有其他目的，也没有什么怨恨，我爱那老头，他从来没有得罪过我或者侮辱过我，我也不贪图他的金银财宝。我猜大概是因为他的那只眼睛吧！不错，正是因为那只眼睛！他长了一只鹰眼——浅蓝色的，蒙着层薄膜，只要我看一眼，血液都会凝固。因此，我心里慢慢打定主意，杀了这个老头，这样就可以永远都不再看见他的那只眼睛了。

　　现在问题就在这儿，你认为我疯了，认为疯子什么也不懂。可惜你当初没瞧见我，没瞧见这一切我策划得多么聪明，做得多细心，多有远见，多虚伪！我害死老头的前一个礼拜里对他特别地体贴。每天晚上，大约半夜光景，我把他的门锁一扭，打开——啊，是蹑手蹑脚地！我轻轻推开房门，直到能够伸进脑袋为止，然后从门缝里塞进一盏提灯——灯上遮得严严实实，无缝无隙，连一丝灯光都漏不出——再慢慢将头伸进去。

　　啊，你要是看见我是多么灵巧地探进头去，一定会大笑不停的！我拿着提灯，缓缓探进头去，生怕惊醒老头。花了个把钟头我才将整个脑袋探进门缝，恰好看见他躺在床上。哈！难道疯子能有这么聪明？我的头一伸进房里，就小心翼翼——啊，真是万分小心——地打开提灯上的活门，因为铰链吱呀响。我将活门掀开条缝，细细的一道灯光刚好射在老头儿的那只鹰眼上。

　　我这样一连做了整整七个夜晚，每天晚上都在半夜时分，可老头儿的那只眼一直闭着，我无法下手，因为招我生气的不是老头本人，而是他的那只"凶眼"。每当清晨，天刚破晓，我就大胆地走进他的卧房跟他谈话，亲热地喊他的名字，问他晚上睡得如何。所以你看，他要不是个深谋远虑的老头，绝不会疑心，每天晚上的 12 点钟，我会趁着他熟睡，探进头去偷看他。

到了第八天晚上，我比前几天还要谨小慎微地打开房门，手表上的分针走起来的速度都要比我的行动快得多。那天晚上之前我还没有真正认清自己的本事到底有多高强，头脑有多聪明。一想到我就在房外，一点儿一点儿地打开门，他却连做梦都没想到我这些秘密举动和阴谋诡计，我就按捺不住自己心头的那份得意。想到这儿，我禁不住笑出声来。他大概听到了，因为他仿佛大吃一惊，突然翻了个身。你可能以为我会退回去，才没有。他的房间里漆黑一片，没有一点光亮（因为害怕强盗，他总是把百叶窗关得严严实实的），所以我知道他看不见门缝，就照旧一点一点、一点一点推开门。

我刚探进头，正要动手掀开提灯上的活门，但当我的大拇指在铁皮扣上一滑时，老头像弹簧一样腾地坐起身，大声嚷道："谁在那里？"我站住不动，默不作声。整整一个钟头，我一直伫立在那儿，没有活动一下儿，可也没听到他躺下的声音。他一直坐在床上侧耳倾听，就像我每天晚上倾听墙里报死虫的叫声一样。我听到一声叹息，我知道这声叹息是因为害怕才发出的。这声叹息既不是呻吟，也不是悲叹，什么都不是！这是因为吓得魂飞魄散，心底里憋不住才发出的这么低低的一声，我很熟悉这个声音。

不知多少个晚上，都是在半夜时分，整个世界都在睡梦中，我的心底总是不由得发出这种深深的叹息声，伴着阴森森的回响，让我自己毛骨悚然。我刚才说过，我早就听惯了这种声音，我知道老头儿是怎么想的，虽然暗自好笑，可还是同情他。

我知道他刚听到微微一声响，在床上翻过身，就一直睁着眼躺着，心里愈来愈怕，拼命想当作是场虚惊，可总是办不到。他一直自言自语："不过是烟囱里的风声罢了，只是耗子穿过罢了。"或者说："只不过是蛐蛐叫了一声罢了。"对，他一定会这么东猜西想，聊以自慰，可他也知道这全是枉费心机。因为死神就要来临，正大模大样地走近他，一步步逼近，找上他这个冤鬼。正是那看不见面目的死神，惹得他心里凄凄凉凉。

我沉住气，等了好久，既然没听到他躺下，就决定将灯掀开一条小缝，极小极小的一道缝。我动手掀开灯上的活门——你可能想不出我有多鬼鬼祟祟——一点一点掀开，缝里终于射出蒙蒙一线光，像游丝照在鹰眼上。那只眼睁着呢，睁得很大，很大。我愈看愈生气，我看得一清二楚，整个眼睛一团暗蓝，蒙着层吓人的薄膜，吓得我心惊胆战。可是，老头的脸庞和身体却都看不见，因为鬼使神差似的，灯光就只射在那个鬼地方。

我早就跟你讲过，你把我看作疯子是错的，我只是感觉过分敏锐罢了。啊，刚才说过，我耳边传来一阵模模糊糊的低沉的声音，好像是蒙着棉花的手表发出的声音。我很熟悉这种声音，那是老头的心跳声，我愈听愈生气，就好比咚咚战鼓催动了士气。

我沉住气，依然不动，大气不敢出一口。我拿着提灯一动不动，让灯光尽量照在鹰眼上。

这时，吓人的扑通扑通的心跳声愈来愈厉害了。时间一秒秒过去，愈跳愈快，愈跳愈响。

老头一定是被吓到了极点！心跳声愈来愈响，一秒比一秒响！你听明白了没有？不是早跟你说过，我神经过敏，确实过敏。眼下正是深更半夜，古屋里一片死寂，听着这种怪声，可能会被吓死。可我依旧沉住气，纹丝不动地站了片刻。不料扑通扑通声竟愈来愈响，愈来愈响！我看，那颗心准是要炸开了。这时又不由提心吊胆地担心街坊会听到！老头的大限到啦！我哇地嚷了一声，打开灯上的活门，一个箭步进了房，他尖叫一声——只叫了那么一声。刹那间，我将他一把拖到地板上，推倒床压在他身上。

眼看一下子就能将他了断，我心里很高兴。谁知闷声闷气的心跳声竟不断响了半天，可我没有生气，隔着堵墙，这种声音倒听不见了。后来这声音终于不响了，老头死了。我搬开床，朝尸首打量了一番，是的，他咽气了。我伸手按在他心口上，搁了好久，一跳也不跳，他连口气也没有了，那只眼睛再也不会折磨人了。

如果你还当我是疯子，就先让我交代一下我是怎样藏匿死尸的，那么你就不会这么想了。夜晚来临，我悄无声息地赶紧行动了起来。

我先将尸首肢解开来，砍掉脑袋，割掉手脚，再撬起房里三块地板，将一切藏在两根间柱当中。重新放好木板，手法非常利落，非常巧妙，任何人的眼睛都看不出丝毫破绽，连他的眼睛也看不出。没什么要洗刷的，什么斑点都没有，没有丝毫血迹。我干得十分谨慎，没留下一点痕迹。

我把一切做好时已经 4 点钟了，天色还跟半夜一般黑呢。钟敲了 4 下，大门外猛然传来一阵敲门声。我十分平静地下楼去开门——现在有什么好怕的呢？门外进来三个人，他们彬彬有礼地自我介绍，说自己是警官。有个街坊在夜间听到一声尖叫，疑心出了人命案子，报告了警察局，这三位警官就奉命前来搜查屋子。

我满脸堆笑——有什么好怕的呢？我对这三位先生欢迎了一番，就说，我刚才在梦里失声叫了出来。我说，老头到乡下去了，我带着三位来客在屋里上上下下走了个遍，请他们搜查，仔细搜查。后来还领到老头的卧房里，指给他们看他的家私好好放着。我有恃无恐，热诚地端进几把椅子，请他们在这间房里歇腿。我扬扬得意，大胆地端了椅子在埋着冤鬼尸首的地方坐下。三位警官称心了，我这种举止不由得他们不信，我也就十二万分安心了。

他们坐着，闲聊家常，我是有问必答。但没多久，我只觉得脸色愈来愈白，巴不得他们快走，头好疼，还感到耳朵里嗡嗡地响。无奈他们照旧坐着，照旧聊天，嗡嗡声听得更清楚了，不断响着，越来越清楚。

我想摆脱这种感觉，嘴里谈得更畅，谁知嗡嗡声还是不断响着，而且变得毫不含糊。响着，响着，我终于明白原来不是耳朵里作怪。不用说，我这时脸色惨白，可嘴里谈得更欢，还扯高了嗓门。不料声音愈来愈大，怎么办呢？

这是不断传来的模模糊糊的低沉的声音，简直像蒙着棉花的手表声，我直喘粗气，可三位警官竟没听到。我谈得更快，谈得更急，谁知响声反而无休止地愈来愈大。我站起身，连鸡毛蒜皮的小事都尖声尖气地争辩，一边还舞手拍脚，谁知响声反而愈来愈大。他们干吗偏不走呢？我拖着沉重的脚步在房里踱来踱去，仿佛他们三人的看法把我惹火了，谁知响声反而愈来愈大。啊，天呐！怎么办呢？我唾沫乱溅，大肆咆哮，咒天骂地！我使劲摇动椅子，在地板上磨得嘎嘎作响，可是响声却压倒一切，而且持续不断，愈来愈大，愈来愈响，愈来愈响！

那三人竟然一直高高兴兴地聊着天，嘻嘻哈哈地笑着。难道他们没有听见？老天爷呵！不，不！听得见！疑心了！有数了！正在笑话我这样心惊胆战呢！我过去是这个看法，现在还是这个看法。什么都比这折磨强得多！什么都比这种奚落好受得多！这假惺惺的笑我再也受不了了！只觉得不喊就要死了！瞧，又来了！听！愈来愈响！愈来愈响！愈来愈响！愈来愈响！

"坏蛋！"我失声尖叫，"别再装蒜了！我招就是了！掀开木板！这儿，这儿！他那颗可恶的心在跳呢！"

辛格姆·鲍勃先生的文学生涯
——《呆头鹅》前编辑自述

　　我现在正一天天上年纪，既然我知道莎士比亚和艾蒙斯先生都已作古，那说不定哪天我也会撒手人寰。所以，我考虑是否应该从文坛退出，安享已经赢得的名声。但是，我热切地希望给子孙后代留下一份重要的遗赠，以此标志我从文坛宝座的退位；也许我能做的最好的一件事，就是写出一篇我早年文学生涯的自述。确实，长期以来，我的名字频频出现在公众面前，我现在不仅欣然承认这个名字到处都能自然而然地引起人们的兴趣，而且十分乐意满足它所激起的强烈的好奇心。其实，在扶摇直上时于身后留下几座指引他人成名的路碑，这不过是功成名遂者义不容辞的责任。因此，我计划在眼下这篇（我本想命名为《美国文学史备忘录》）文章里详细叙述我人生里举足轻重的却又孱弱无力、磕磕绊绊的最初几步，正是凭着这几步，我最终踏上了通向名望顶峰的康庄大道。

　　没有必要对一个人的先祖多作赘述。我父亲托马斯·鲍勃先生多年来一直处于他职业的巅峰，他是这座体面城市里的一名理发商。他的货栈是当地所有重要人物经常光顾的场所，去的最频繁的是一些编辑——他们令周围所有的人肃然起敬、崇拜有加。至于我自己，我把他们奉若神明，并如饥似渴地吸取他们丰富的聪明才智，这种聪明才智往往是在被命名为"抹肥皂泡"的那个过程中，从他们庄严的口里源源不断地流出。我的第一次明确的灵感肯定是在那个令人永远难忘的时刻产生的，当时，《牛虻》杂志那位才华横溢的编辑在上述那个重要过程的间歇，为我们一群悄悄围拢来的学徒高声朗诵了一首无与伦比的诗，诗的主题是歌颂"唯一正宗的鲍勃油"（这种生发油以其天才的发明者——我的父亲的名字命名），因为作品感情充沛，《牛虻》的编辑获得托马斯·鲍勃理发商业公司的极为慷慨的酬谢。我当即决定要做一个伟大的人，首先要成为一名伟大的诗人。那天晚上，我跪倒在我父亲脚下。

"父亲，"我说，"请饶恕我！但我有一个高于抹肥皂泡的灵魂。弃商从文是我坚定的意向。我要当一个编辑，我要当一名诗人，我要为'鲍勃油'写出赞歌。请原谅我，并帮助我成功吧！"

"我亲爱的辛格姆，"我父亲回答（我按照一位富亲戚的姓氏起了教名为辛格姆）。"我亲爱的辛格姆，"他揪住我的两只耳朵把我从地上拽起，说道，"辛格姆，我的孩子，你是个勇士，有一个灵魂方面完全像你的父亲。你还有一个硕大的脑袋，里边肯定装了不少智慧。这点我早就看出来了，所以本来打算把你培养成一名律师。经商这一行已经变得不太体面，而当个政治家又无利可图。总的来说，你的判断非常明智，做编辑这营生是份美差；如果你能同时成为诗人，就像大多数编辑都顺便当诗人一样，那你就可以一箭双雕。万事开头难，为了鼓励你入门，我将给你提供一间阁楼；还有钢笔、墨水和纸张，一本押韵词典，和一份《牛虻》杂志。我认为你不会再有其他要求了。"

"如果我还想多要，那我就是个忘恩负义的家伙。"我热情洋溢地回答，"您的慷慨浩大无边。我要使您成为一名天才的父亲，以此报答您的厚爱。"

我与那位最好的人的会谈就这样结束，而会谈刚一结束，我就怀着满腔的激情投入到了诗歌创作中。

在我最初的创作尝试中，我发现那首歌颂鲍勃生发油的诗篇不啻为一个障碍。它灿烂的光辉没有给我启发，反而使我眼花缭乱，而不是使我心中亮堂。想想那些诗行的优美，比比自己习作之丑陋，这自然使我感到灰心丧气；结果在很长一段时间里，我一直在做无谓的努力。最后，我灵机一动，想出了一个极富创造性的主意——天才的脑海里时常会涌现这种别具一格的念头。我的主意是这样，更准确地说这构思是这样被实施的：从位于本城偏僻一隅的一个旧书摊的垃圾堆中，我收集到几本无人知晓或被人遗忘的古老诗集。摊主以极低的价格卖给了我。其中一本声称是某个名叫但丁的人写的《地狱篇》的译本，我工工整整地从里面抄录了很长一段，讲的是一个养了一大帮小鬼的名叫乌格利诺的男人。另一本书的作者我已忘掉，该书有许多古老的诗句，我以同样的方式和同样的细心从中摘录了一大堆诗行，这堆诗行说的是"天使""感恩牧师""恶魔"和其他一些诸如此类的东西。第三本书好像是个盲人的作品，他可能是希腊人也可能是乔克托人——我不能绞尽脑汁把每个琐碎细节都回忆得一清二楚——我从这本书里节选了五十首以"阿喀琉斯的愤怒"和"脚踵炎"及其他事情为开头的诗歌。第四本书我记得又是一个盲人的作品，我从中精选了一两页关于"欢呼"和"圣光"的诗行——虽说盲人没有权利写光，但那些诗行仍然自有其精彩之处。[①]

我把这些诗行漂漂亮亮地抄录下来，在每一篇上都签上"奥博德多克"（一个响亮悦

---

① 指的是荷马、弥尔顿之类的诗人的作品。

耳的名字），然后把它们整整齐齐地分别装进信封，给四家重要杂志各寄一篇，同时附上了请尽快刊登并及时付酬的要求。然而，这个精密构思计划（如果成功，将会减少我今后生活中的很多麻烦）其结果却使我相信有那么些编辑并不轻易上当受骗。他们把慈悲的一击（就像他们在法国所说的那样）施加于我初生的希望（正如他们在超验城①里所言）。

情况是这样的，上述四家杂志分别在其"每月敬告投稿人"里给予"奥博德多克"先生致命的打击。《嗡嗡叫》杂志以下列方式把他狠狠训斥了一顿：

"奥博德多克"（不知何许人也）寄来一首冗长的诗篇，讲的是一个他称之为"乌格利诺"的疯子，他有一大堆孩子，他们都应该挨一顿鞭子，再罚饿一顿晚饭。这首诗非常单调乏味，即使不说它无聊透顶。"奥博德多克"（不知不知何许人也）完全缺乏想象力。而依敝刊之愚见，想象力不仅是诗之灵魂，还是诗之心脏。"奥博德多克"（不知不知不知何许人也）居然还厚颜无耻地要求我们将他这堆无聊的废话"尽快刊登，及时付酬"。对这类玩意儿，我们既不会予以刊登，也不会支付稿酬。毫无疑问，他可以轻而易举地为他所能炮制出的全部废话找到销路，那就是在《闹哄哄》《棒棒糖》或《呆头鹅》编辑部。

必须承认，这番话对"奥博德多克"来说是十分严厉的，但是，最不留情面的打击是把"诗歌"一词印成小号的大写字母。难道在这五个耀眼的字母中，没有包含无穷无尽的艰辛？

然而"奥博德多克"又在《闹哄哄》杂志上受到同样毫不留情的惩罚，该杂志说：

我们收到了一封非常奇怪而傲慢的来信，寄信人（不知不知何许人也）署名为"奥博德多克"，以此亵渎那位有此英名的伟大而杰出的罗马皇帝。在"奥博德多克"（不知不知不知何许人也）的来信中，我们还发现一大堆有关"天使和感恩牧师"的令人作呕、不知所云的乏味诗句——这样的胡言乱语，除了纳特·李或"奥博德多克"之流，连疯子也发不出这般号叫。而对于这种糟粕之糟粕，我们还被谦恭地请求"及时付酬"。不，先生——决不！我们不会为这种垃圾付稿费。去向《嗡嗡叫》《棒棒糖》或《呆头鹅》提出申请吧。这几家期刊无疑会接受您寄给他们的任何文学垃圾——并无疑会答应为其支付稿酬。

这对可怜的奥博德多克的确太辛辣了一点儿；但这次讽刺的主要分量加在了《嗡嗡叫》《棒棒糖》和《呆头鹅》的头上，它们被刻薄地称为"期刊"——而且印成斜体字——这一做法肯定伤透了他们的心。

《棒棒糖》在残酷性方面简直一点儿不亚于同行，它这样评论道：

---

① 暗指爱默生等超验论者集聚的波士顿。

某位自称名为"奥博德多克"（杰出先辈的英名经常被滥用于何等卑微的目的）的人士随信寄给我们五六十节打油诗，开头是这样的：

阿喀琉斯的愤怒，

对于希腊是充满不尽灾难的惨淡之春，

……

我们敬告这位"奥博德多克"（不知不知何许人也），本刊编辑部没有哪位编辑的助手不每天都写出更好的诗行。"奥博德多克"的来稿不合韵律。"奥博德多克"应该先学会数数。天晓得他怎么居然认为本刊（不是别的刊物而是本刊）会用他那些莫名其妙的胡言乱语来玷污我们的版面，这实在令人无法理解。不过，这堆荒谬绝伦的垃圾之作拿去投给《嗡嗡叫》《闹哄哄》和《呆头鹅》倒蛮合适——他们正在把《鹅妈妈的歌谣》作为新颖独创的抒情诗予以刊载。

"奥博德多克"（不知不知不知何许人也）甚至还狂妄地要求为他的胡言乱语支付稿酬。难道他不明白，他这种来稿即便倒给钱，本刊也不能刊用？

读着这些文字，我感到自己变得越来越渺小，当读到那位编辑挖苦地称我的诗为"打油诗"时，我觉得自己小得已不足两盎司。至于"奥博德多克"，我开始对那可怜的家伙产生了同情。但是，如果说可能的话，《呆头鹅》显得比《棒棒糖》更缺乏怜悯之心。正是《呆头鹅》写出了如下评论：

一位署名为"奥博德多克"的倒霉的末流诗人简直愚不可及，居然幻想我们会发表他寄来的一堆语无伦次、文理不通、无病呻吟的大杂烩并且支付稿酬，这堆大杂烩以下面这行最通俗易懂的字眼开始：

"福哉，圣光！上天的第一造物。"

我们说的是：最容易读懂。也许"奥博德多克"（不知不知不知何许人也）不吝赐教，愿意告诉我们"冰霰"怎么会是"圣光"。我们历来认为冰霰是结成冰块的雨。另外，不知他是否愿意让我们知道，冻雨怎么可能同时又是"圣光"（不知何物）又是"幼子"？（如果我们对英语略知一二的话）这后一个词的恰当用法是指出生六个星期左右的婴孩。不过，对这种荒谬之词加以评论本身就十分荒谬，尽管"奥博德多克"（不知不知何许人也）还厚颜无耻地以为我们不仅会"刊登"他这些愚昧无知的疯话，而且（绝对会）为此支付稿酬！

真是精彩——真是荒唐！——我们很想把他的热情澎湃的大作一字不改地刊登出来，以此惩罚这位年轻的拙劣文人的狂妄自大。

请"奥博德多克"（不知何许人也）今后把诸如此类的诗寄给《嗡嗡叫》《棒棒糖》或者是《闹哄哄》。它们会予以"发表"，它们每个月都"发表"这种废话。把废话寄给它们吧。我们不能遭受侮辱而无动于衷。

　　这对我是一场灭顶之灾。而对于《嗡嗡叫》《闹哄哄》和《棒棒糖》，我压根儿搞不懂它们怎么能幸免于难。"他们"被印成小得不能再小的七号字（这是尖锐的讽刺，暗示他们的卑微、他们的渺小），而"我们"则印成大号的大写字母，居高临下地俯视他们。哦，太刻薄了！这是痛苦之源，这是烦恼之因。我若是这些刊物中的任何一家，我一定会不遗余力地依法对《呆头鹅》起诉。根据"禁止虐待动物"的有关条例，这场官司也许能够打赢。至于奥博德多克（不知何许人也），我现在已经对这个家伙失去耐心，不再对他怀有同情。他自作自受，活该倒霉。

　　这次古为今用的实验结果首先使我确信，第一，"诚实是最佳策略"，其次，如果我创作不出超过但丁先生、那两位盲人及其他老前辈的作品，要写出比这些更糟糕的作品至少也不太容易。于是我鼓起勇气，决定无论付出多少努力与艰辛，都要坚持"完全别出心裁"（正如他们在杂志封面上所说）。我又一次把《牛虻》报编辑那首光辉灿烂的《鲍勃油赞歌》作为楷模放到了眼前，决定构思一首歌颂同一主题的颂诗，与原有的这首展开竞争。

　　写第一行时，我没有遇到什么实质性的困难。这行诗如下：

写一首"鲍勃油"的颂歌。

　　然而，当我仔细查遍所有与"诗"字押韵的单词之后，觉得这首诗不可能写得下去。在进退两难之际，我求助于我的父亲。经过几个小时的冥思苦想，父亲和我共同完成了这首诗：

写一首"鲍勃油"的颂歌，
　　这项工作很有意义。
（署名）假绅士

　　诚然，这首诗不算太长，但我已经懂得，正如他们在《爱丁堡评论》里所说，一篇文学作品的价值与其长短毫不相干。至于说季刊奢谈的什么"坚持不懈的努力"，看来不可能有多少道理。所以，我基本上满足于这篇处女作的成功，而现在唯一要考虑的问题就是对这篇处女作该如何处置。父亲建议我把它寄给《牛虻》杂志，但有两个原因阻止我这么做。我担心会引起那位编辑的嫉妒，而且我已经查明，他对创造性的投稿一般不付稿酬。

　　因此，经过一番适当的深思熟虑，我把诗稿寄给了更具权威性的《棒棒糖》杂志，然后就焦虑不安又无可奈何地等待结果。

就在杂志的下一期上，我得意而满足地看到我的诗被全文刊出，而且是作为开卷第一篇，并加上了用斜体字排在括号中的如下意义深远的编者按：

我们敬请读者注意下面这首值得称道的《鲍勃油的赞歌》。它的庄严肃穆，它的凄切哀婉，无须我们赘述——仔细研读，难免潸然泪下。至于那些对《牛虻》报编辑以此庄严主题写出的那首同名诗一直感到恶心的读者，将不难幸运地看出这两首诗之间的天壤之别。又按："假绅士"显然是个笔名，我们急不可耐地想探究有关这一笔名的奥秘。我们可否希望见见作者本人？

这一切似乎有失公允，但我承认，这远远超出了我的预料，请注意，我承认这是我们国家乃至全人类万世不易的耻辱。但是，我仍然毫不迟疑地前去拜访《棒棒糖》的那位编辑，并十分幸运地发现这位先生正巧在家。他招呼我时怀着一种深深的敬意，其间稍稍混有一点儿长辈对晚辈那种屈尊俯就的赞佩，这无疑是因为我乳臭未干的外貌所致。他请我落座后，立刻切入正题，谈起了我的诗。但是，谦逊的美德禁止我在此重复他慷慨赠予我的无数溢美之词。可螃蟹先生（此乃该编辑之大名）的溢美之词绝非那种不讲原则、令人作呕的吹捧。他直言不讳、入木三分地分析我的作品，毫不犹豫地指出几个小小的美中不足之处——这使他在我心目中的地位大大提高。当然，《牛虻》报也被纳入了这场讨论，而我希望自己永远也不要受到那种像螃蟹先生对那首不幸的同题诗所进行的细致的批评和严厉的斥责。我已经习惯于把《牛虻》杂志的那位编辑视为天才一般的人物，但是螃蟹先生很快便纠正了我的这种错误观念，他把苍蝇（这是螃蟹先生对那位同行冤家讽刺性的称呼）的其文其人都揭露出来曝光。他那只苍蝇是个很不正派的人物。他写过不少伤风败俗的东西。他是个穷酸文人，是个舞文弄墨的小丑。他是个流氓恶棍。他曾经写过一部令全国读者捧腹大笑的悲剧，还写过一部让天下百姓掩面而泣的喜剧。除此之外，他还不知羞耻地写过一篇针对他（螃蟹先生）个人的讽刺文章，极欠考虑地称他为"一头蠢驴"。螃蟹先生向我保证，任何时候我想发表自己对苍蝇先生的看法，《棒棒糖》杂志对我都不限篇幅。与此同时，由于我写了一首与之分庭抗礼的《鲍勃油的赞歌》，我肯定会遭到《苍蝇》杂志的攻击，他（螃蟹先生）愿意承担责任，密切关注我的个人利益。

螃蟹先生暂时中止了他的高谈阔论（对议论的后半部分，我觉得自己无法理解），我鼓起勇气转弯抹角地提出了稿费问题，我从来就被教导我的诗应得稿酬，因为《棒棒糖》杂志的封面上有一则声明，宣称它(《棒棒糖》杂志）"历来坚持来稿一经发表即从优付酬"——它为一首简短的小诗所付的价钱，常常超过《嗡嗡叫》《闹哄哄》和《呆头鹅》三家杂志全年稿费开支的总和。

我一提到"稿费"两个字，螃蟹先生先是眼睛一瞪，接着嘴巴一张，眼瞪嘴张都达到了一种惊人的程度，使他的外表看上去活像一只正激动得嘎嘎叫的老鸭子。他保持着这副模样，并不时地用他的双手紧紧按住前额，仿佛处于一种极度窘迫的境地，直到我把要说的话差不多说完。

我话音刚落，他就颓丧地坐回他的椅子，好像是当头挨了一棒，两条胳膊无力地耷拉在身边，但嘴巴仍然像鸭子叫时那样大张开着。我被他这番吓人的举动惊得说不出话来，就在这时，他突然一跃而起，向摇铃的绳索冲去，就在手碰到绳索的一刹那，他似乎改变了主意（我简直想象不出他到底要干什么），突然，他脸上显出了一种慈祥的微笑，然后他回到椅子边，平静地坐了下来。

"鲍勃先生，"他说（因为我在登门之前已经呈上了我的名片），"鲍勃先生，你是个年轻人，我敢说——非常年轻？"我表示赞同他的猜测，并补充说我还没有过完生命的第三个五年。

"啊！"他回答道，"很好！我知道那是多少，请别解释！至于稿费这个问题嘛，你所言极是。不过——呵——呵——这第一次投稿——第一次，我是说——杂志社一般是不付稿酬的——你明白吗，呃？实际上，我们在这种情况下通常是收费人。"（螃蟹先生在强调"收费人"一词时，笑得格外和蔼）"对大多数处女作，我们发表时都要收费，尤其是对诗歌。其次，鲍勃先生，本杂志的规矩是从不支付我们用法语说的现金——我相信你理解。我毫不怀疑你能够理解。在文章发表的一两个季度或一两年之后，我们不反对开出九个月后支付的期票；假若我们始终能安排得当，那我们肯定可以'破例'六个月付清。鲍勃先生，我真心希望你对我的这番话感到满意。"说到这里，螃蟹先生眼里闪动着泪花。

不管有多么无辜，给这样一位杰出而敏感的人物带来痛苦仍然使我感到痛心，于是我忙不迭地赔礼道歉，并表示我完全赞同他的看法，充分理解他微妙的处境，请他尽可放心。我简明扼要地表达了这个意思后，起身告辞。

紧随着这次谈话后的一天早上，"我一觉醒来发现自己已成了名人"。我的知名度凭当天各报的评价即可得到充分的估量。这些观点包含在对刊登我的诗作的那期《棒棒糖》杂志的评论之中，论据充足，结论确定，条理明晰——也许只有一个符号令人费解，那便是附在每篇文章之后的"9月 IS-IT"字样。

《猫头鹰》是一份具有远见卓识的报纸，以其文学评论的严谨周密而为人所知。《猫头鹰》如我所言，评论如下：

妙哉《棒棒糖》！这份脍炙人口的杂志的十月期真是空前精彩，傲视群雄。在其版面和纸张的精美程度上，在其钢板模具的数量和质量上，以及在其稿件的文学价值上，《棒棒糖》与其进展缓慢的对手相比，就犹如提坦神许珀里翁与农神萨特恩相比。不错，《嗡嗡叫》《闹哄哄》和《呆头鹅》在吹牛说大话方面占尽优势，但《棒棒糖》在其他所有方面都居领先地位！这家著名的刊物如何能够承担其显然十分庞大的开支，着实令我们困惑。诚然，它拥有十万发行量，订户在上个月里猛增四分之一。但另一方面，它所坚持支付的稿酬数额之巨也是令人难以想象。据悉巧驴先生那篇举世无双的《猪论》所获稿酬不低于三十七美分半。有螃蟹先生作为编辑，有假绅士和巧驴先生这样的作者列入其撰稿人名单，《棒棒糖》永远与"失败"二字无缘。快去订阅吧。9 月 IS-IT。

我必须承认，对《猫头鹰》这份受人尊敬的报纸发表的这篇格调高雅的评论感到十分满意。把我的名字——亦即我的笔名——置于巧驴先生的大名之前，这是一种恰当的我觉得自己当之无愧的赞美。

接着，我的注意力又被《癫蛤蟆》上发表的那些文字所吸引——这份报纸因其刚正不阿和卓尔不群而著称，并因从不曲意逢迎施舍者而闻名：

《棒棒糖》十月号把它所有同行甩在身后，在其装帧的考究和内容的丰富上，遥遥领先于它的对手。我们承认，《嗡嗡叫》《闹哄哄》和《呆头鹅》在自吹自擂方面仍遥遥领先，但《棒棒糖》在其他所有方面都独占鳌头。这家著名的杂志如何能够承担其显然十分庞大的开支，着实令我们困惑。诚然，它拥有二十万发行量，订户在最近两个星期里猛增三分之一。但从另一方面来看，它每月支付的稿酬金额也高得吓人。本报获悉，咕噜拇指先生因他最近的那首《泥潭挽歌》而收到的稿费不下五十美分。在本期的创造性撰稿人中间，我们注意到（除杰出的螃蟹先生外）假绅士、巧驴和咕噜拇指等人。然而，除了那篇编者按，我们认为本期最有价值的文章当数假内行创作的诗歌佳作《鲍勃油的赞歌》——但我们的读者切莫因为这首诗的标题，就认为这块无与伦比的瑰宝与某位其名不堪入耳的卑劣之徒就同一题目的胡言乱语有任何相似之处。目前的这首《鲍勃油的赞歌》激起了所有公众热切的好奇心，他们想知道是谁拥有假绅士这个显而易见的笔名。我们很高兴有能力满足这种好奇心。"假绅士"乃本城辛格姆·鲍勃先生所用之笔名——鲍勃先生乃著名的辛格姆先生之亲戚（前者之名以后者之姓命名之），并与本州大多数名门望族保持着来往。他的父亲托马斯·鲍勃先生是洁净城的一位富商。9 月 IS-IT。

这一慷慨的嘉奖使我深受感动，尤其想到它出自像《癫蛤蟆》这样一份众所公认、举世闻名的格调纯正的报纸。用"一派胡言"形容苍蝇的那首《鲍勃油的赞歌》，我认为一针见血、恰如其分。但用"佳作"和"瑰宝"来比喻我的诗作，在我看来则多少单薄了一点儿。我觉得它们尚缺乏力度。我认为它们还不够鲜明（就如我们用法语所说的那样）。

我刚读完《癫蛤蟆》报纸上的评论，一位朋友又把一份《鼹鼠》日报放到我的手里。该报因其对总体事态看法敏锐而享有盛名，并因其社论公开、坦诚、光明正大的风格而众望所归。《鼹鼠》这样评论《棒棒糖》：

我们刚刚收到十月号的《棒棒糖》，但必须说，在我们读过的任何刊物的任何一期上，都从未欣赏到如此精妙的杰作。本报所言经过深思熟虑。《嗡嗡叫》《闹哄哄》和《呆头鹅》得好好当心它们的声誉。当然，这几家刊物在自我吹嘘方面均先声夺人，但《棒棒糖》在其他所有方面都首屈一指！这家著名的杂志如何能够承担其显然十分庞大的开支，着实令我们困惑。诚然，它拥有三十万发行量，订户在上星期里猛增二分之一，但它每月支付的稿酬数额之巨也令人震惊。本报从权威渠道获悉，肥鸭先生最近发表的家庭中篇小说《洗碗布》所得稿酬至少达六十二美分半。

在这一期的撰稿人中，有螃蟹先生（著名编辑）、假绅士、咕噜拇指先生、肥鸭等人士；但是，除了编辑本人盖世无双的杰作，本报特推荐一位青年诗人创作的钻石般的佳作，这位青年诗人署名为"假绅士"——我们预言，"假绅士"这一笔名有朝一日将使"壮汉"的光芒黯然失色。我们获悉，"假绅士"本名叫辛格姆·鲍勃，他是本城富商托马斯·鲍勃先生的唯一继承人，也是德高望重的辛格姆先生的近亲。鲍勃先生这首令人赞佩的诗题为《鲍勃油的赞歌》，顺便提一下，这个标题不幸同于某位与一家小报有瓜葛的卑鄙流氓就同一主题所写的那堆胡话的标题？不过，这两者并无相互混淆之危险。9月 IS-IT。

《鼹鼠》这样一家英明的报纸的慷慨赞许，使我的内心渗透着喜悦。我唯一的异议是，"卑鄙流氓"的说法最好改为"讨厌而卑鄙的恶棍、无赖和流氓"。我认为这样听起来会更文雅。此外必须承认，"钻石一般夺目"这几个字简直不足以表达《鼹鼠》报所明显想表达的《鲍勃油之歌》的灿烂光辉。

就在我读到《猫头鹰》《癞蛤蟆》和《鼹鼠》的这些评论的当天下午，又碰巧看到一份《长脚蜘蛛》，这是一份以其深刻的领悟力而闻名的刊物。下面便是《长脚蜘蛛》的评论：

《棒棒糖》！！这本豪华杂志的十月号已奉献在公众眼前。该刊是否杰出已经得到一锤定音的解决，从今以后，《嗡嗡叫》《闹哄哄》或《呆头鹅》的任何欲与之一争高下的企图都将是荒唐可笑的。这几家杂志在自卖自夸方面也许略为居前，但《棒棒糖》在其他所有方面都独领风骚！这家著名的杂志如何能承受其显而易见的巨额开支，这已经超越了本刊的理解能力。诚然，它拥有整整五十万的发行量，订户在最近两天猛增百分之七十五，但它每个月支付的稿酬数额之巨简直令人难以置信。我们得知这样一个事实，小抄抄小姐最近发表的题为《约克镇的叫蝈蝈儿和邦克山的哑蝈蝈儿》的有关独立战争的珍贵故事，所获稿费不少于八十七美分。

本期最优秀的篇章当然还是由该刊编辑（著名的螃蟹先生）提供，但有不少上乘之作分别署名为假绅士、小抄抄小姐、巧驴、撒小谎夫人、咕噜拇指和略诽谤太太；肥鸭名列最后但并非最不重要。这个世界很可能由此而产生一群光彩夺目的文豪诗宗。

我们发现，署名"假绅士"的诗获得了广泛好评，而且我们不得不说，如果可能的话，它理应赢得更多的称赞。这篇富有雄辩性和艺术性的杰作的题目为《鲍勃油的赞歌》。我们的一两位读者也许还能隐隐约约而又无比厌恶地回忆起另一首同名诗，那是一个可鄙的穷文人、叫花子、杀人犯制造的垃圾，我们确信他在本城贫民窟附近的一家下流小报里充当打杂工。我们恳请那一两位读者，千万不要把这两件作品混为一谈。我们听说，《鲍勃油的颂歌》的作者辛格姆·鲍勃先生是一位天才的学者、真正的绅士，"假绅士"不过是笔名而已。9 月 IS-IT。

当我细读这段评论之结论性部分时，我几乎抑制不住胸口的愤慨。我清楚地看到了《长脚蜘蛛》在提到《牛虻》报那位蠢猪编辑时所表现出来的那种优柔寡断的态度，那种显而易见的克制——姑且不说是彬彬有礼，如我所言，我清楚地看到这种温文尔雅的措辞只能出自对那只苍蝇的偏袒——显然《长脚蜘蛛》的用意是通过嘲笑我而抬高苍蝇的声誉。确实，任何人只用半只眼睛就能看出，如果《长脚蜘蛛》的真正意图果真是它所希望表露的那样，那它（《长脚蜘蛛》）就会采用更直截了当、更辛辣尖刻、更切中肯綮的措辞。"穷文人""叫花子""杀人犯"以及"洗碗工"都是些故意挑选的称呼，它们是那么笼统含混、模棱两可，以至于用在那位写了全人类最拙劣诗篇的作者头上比不用还糟。我们都知道，"责骂中暗含赞许"是什么意思，而且，明眼人都能一眼看穿《长脚蜘蛛》的另一潜在意图——褒奖中暗含辱骂。

《长脚蜘蛛》爱怎么说那只苍蝇与我无关，它怎么说我却大有关系。在《猫头鹰》《癞蛤蟆》和《鼹鼠》诸报均以高尚的姿态对我的能力进行充分评价之后，像《长脚蜘蛛》这样只冷冰冰地说一句"天才的学者、真正的绅士"未免太过分。绅士倒是不假！我当即决定，要么得到《长脚蜘蛛》的书面道歉，要么与之决斗。

怀着这一目的，我开始四下寻找一个能为我给《长脚蜘蛛》送信的朋友，由于《棒棒糖》那位编辑曾明确表示要关心我的利益，所以我最后决定找他帮忙。

对于螃蟹先生在听我说明我的计划时所表露出来的十分奇特的表情和举止，我一直不能作出一个令我自己感到满意的解释。他又一次表演了抓铃绳、取棍棒的一整套动作，而且没有漏掉像鸭子一样张开大嘴。有一会儿我以为他真要嘎嘎地叫出声，但像上次一样，他这阵发作终于平静下来，他的举止言谈又恢复了常态。但他拒绝为我去送挑战书，而且实际上劝阻我不要进行决斗。不过，他十分坦率地承认，《长脚蜘蛛》确实犯了一个很不光彩的错误——尤其不应该称呼我为"绅士和学者"。

螃蟹先生对我的利益真正表现出了父亲般的关心，在这次谈话的末尾，他建议我应该用正当的手段挣一点儿钱，同时可偶尔替《棒棒糖》扮演托马斯·霍克的角色提高我的声誉。

我请求螃蟹先生告诉我，谁是托马斯·霍克，为什么希望我扮演他的角色。

一听这话，螃蟹先生又一次"瞪圆了眼睛"（正像我们用德语所说），但最后还是从极度惊愕中恢复过来。为了消除我的疑虑，他解释说他采用"托马斯·霍克"是为了避免汤米这一低级俗气的说法——但他真正想表示的意思是汤米·霍克——tomahawk，即北美印第安人用的一种战斧，而他所谓的"扮演战斧"，意思就是对那些可憎可恶的作家进行剥头皮、剜眼珠式的严厉批评，或叫他们彻底完蛋。

我向我的庇护人保证，如果这就是全部，那他完全可以把扮演战斧的任务交给我去完成。

于是螃蟹先生希望我在力所能及的范围内，以最凶猛的方式立刻干掉《牛虻》报的那位编辑。我当即就做到了这点，以一篇对原《鲍勃油的赞歌》的评论占据了《棒棒糖》的三十六个页码。我发现扮演"战斧"比写诗轻松容易得多，因为我完全照章行事，这样就很容易把事情干得完美无缺。我的具体做法是这样的：我（廉价）买来拍卖本《布鲁厄姆勋爵演讲集》《科贝特作品全集》《新俚语摘要》《谩骂艺术大全》《下流话入门》（对开本）和《刘易斯·G.克拉克言论集》。我用马梳把这些书全撕成碎片，把所有碎片放进一个细筛，仔细筛掉所有可能会被认为正派的言辞（数量微不足道），然后把剩下的粗话脏话通通装进一个硕大的铁皮胡椒罐，胡椒罐开有纵向孔，以便完整的句子不遭到实质性损害就能通过。这种混合物便随时可用。每当我响应召唤扮演"战斧"时，就把一只雄鹅蛋的蛋清涂抹在一张大纸上；接着像我前面撕书那样，把这张纸扯得粉碎——只是扯的时候更加小心，使每个单词都分离开来——然后我把这张纸的碎片丢进那些书的碎片里，拧紧罐盖，使劲摇一摇，使那些混合物贴在涂着蛋清的纸片上，并牢牢粘在上面。其效果真是赏心悦目，令人叹为观止。确实，我用这种简单的方法制造出来的评论文章是前所未有的，堪称盖世奇文。开始由于缺乏经验而不好意思，我心里还有点儿忐忑不安，因为我总觉得文章从整体上看显得有那么点儿自相矛盾，有那么点儿稀奇古怪（正如我们用法语所说）。所有的字词都不恰当（就像我们用古英语所言）。许多短语离谱错位，甚至有些措辞完全颠倒。每当这后一种情况发生，文章效果都无不多少受到损害。只有刘易斯·G.克拉克的那些段落例外，它们是如此坚强有力，不论怎样颠来倒去、扭曲错位都显得同样得其所哉，令人满意。

我对原《鲍勃油的赞歌》的批评文章发表之后，《牛虻》报的那位编辑命运如何很难确定，但最合理的推断是他在哭泣中死去。总之，他突然从地面上消失，从此再也没有人看到他的踪影。

由于这事做得干净利落，由于复仇之神泄了心头之恨，我顿时备受螃蟹先生的青睐。他把我当作知己，给了我《棒棒糖》杂志的战斧这一永久性位置，但由于眼下他没钱给我发工资，他允许我在他的指导下随意挣钱。

"我亲爱的辛格姆，"一天晚饭后，他对我说，"我尊重你的才能，爱你就像爱儿子。你将是我的继承人。我死的时候要把《棒棒糖》杂志遗赠给你。与此同时，我要把你塑造成一个人物——我一定——只要你时刻听从我的忠告。你要做的第一件事情就是摆脱那个讨厌的老畜生。"

"畜生?"我不解地问,"是猪吗?——谁是猪?——在哪儿?"

"你父亲。"他说。

"正是,"我回答,"猪。"

"你应该去发财致富,辛格姆,"螃蟹先生接着说道,"而你的那位老爹是套在你脖子的磨盘。我们必须立刻把他干掉。"(我一听这话就拔出了刀子)"我们必须把他干掉,"螃蟹先生继续说道,"干脆利落地,并且一劳永逸地。他不会有用——他不会。考虑慎重一点儿,你最好是踢他一顿,或者用棍子打他,或者照诸如此类的方式处置。"

我谦虚地提出,"如果我先狠狠地踢他,然后用棍子抽他一顿,最后再拧他的鼻子,你看行不行呢?"

螃蟹先生盯着我沉思了好几分钟,然后回答说:

"鲍勃先生,我认为你所说的方法很奏效,实际上总是很成功。这就是说,就过去的情况而论,理发师是很难摆脱的,而我基本上认为,在完成了你所提议的对托马斯·鲍勃的行动后,明智的做法是你再用双拳使他两眼一团黑,要做得非常小心并完全彻底,以免他今后再看见你出现在时髦的场合。做完了这件事,我实在看不出你还能做些什么。不过,把他丢在阴沟里来回滚上一两圈,然后再交给警察倒也不错。你可以在第二天上午的任何时候到拘留所去再把他痛骂一顿。"

螃蟹先生这番忠告证明了他本人对我的厚爱,这使我非常感动,而我没有辜负他的厚爱并从中受益。结果是我摆脱了那个讨厌的老家伙,开始感到了一点儿独立并稍稍像个绅士。然后在好几个星期里,囊中羞涩虽仍使我感到极不自在,但通过小心翼翼地使用我的双眼,仔细观察眼前的事物如何发展,我终于看出怎样促成那件事情。我说"事情",是因为他们对我说拉丁语里的 rem 就是事情。顺便提一句,有谁能告诉我 quocunque 是什么意思,modo 又是什么意思?

我的计划非常简单。我所做的一切就是廉价买下了《甲鱼》日报的十六分之一。这事一完成,我就往包里揣钱。诚然,其后还有一些琐细的安排,但它们并非我那个计划的组成部分。它们是一种当然的结果,一种效果。例如,我买了笔墨纸张,并使这些东西都忙得不亦乐乎。我就这样为杂志写了一篇文章,取名为《〈鲍勃油的赞歌〉作者新作:愚弄经》,寄给了《呆头鹅》。但是,这家杂志在其"每月敬告撰稿人"一栏中称我的文章为"一派胡言"。于是,我把文章标题改为《嘿——欺骗——欺骗》,署名为"辛格姆·鲍勃先生,颂歌体《鲍勃油的赞歌》的作者兼《甲鱼》日报编辑"。经过这番修改,我再次把稿子寄给了《呆头鹅》。在等待回音的同时,我每天在《甲鱼》的六个栏目里发表堪称富有哲理性和辨析性的文章,仔细分析《呆头鹅》杂志的文学价值,以及《呆头鹅》杂志编辑的人格情操。过了一星期，《呆头鹅》杂志发现，由于某种奇怪的差错，它"把某个无名鼠辈的无聊之作《嘿——欺骗——欺骗》同辛格姆·鲍勃先生、著名的《鲍勃油的赞歌》的作者就同一辉煌题目所写的佳作混为了一谈"。《呆头鹅》"对这一非常自然的意外事故深表遗憾"，并且保证将在该刊最近的一期发表名副其实的《嘿——欺骗——欺骗》。

事实是，我认为——我真的认为——我当时认为——我后来认为——我直到现在也没有理由不认为——《呆头鹅》确实犯了一个错误。我怀着世界上最善良的意愿，不知道有谁能像《呆头鹅》那样搞出那么多稀奇古怪的差错。从那天起，我对《呆头鹅》产生了好感，结果是我很快就深入地了解到了它的文学价值，并且没有放过任何一个适当的机会在《甲鱼》报上对其价值详加评述。后来发生的事只能被视为一种非常奇妙的巧合，一种令人去进行严肃思考的非凡绝伦的巧合，那就是在我本人和《呆头鹅》之间发生的不同观点的那种截然的转变——那种彻底的动荡（正如我们在法语里所说）——以及那种完全的颠倒（请允许我采用一个相当有力的乔克托语词汇），又在其后很短的时间里以非常相似的方式，相继发生在我和《闹哄哄》之间，以及我和《嗡嗡叫》之间。

就这样凭着天才的技巧，我终于通过"把钱揣进腰包"而完善了我的胜利，从而可以说是真正地并完全地开始了那辉煌灿烂且云谲波诡的事业，它最终使我功成名就，使我今天能和夏多布里昂一道宣称，"我已经创造了历史"。

我确实"创造了历史"。从我现在记述的那个光辉年代开始，我的每个举动——每篇作品——都是人类的财富。它们在全世界家喻户晓。所以我不必在此赘述我在扶摇直上的过程中是如何继承了《棒棒糖》杂志，是如何将这家刊物与《嗡嗡叫》合并，是如何买下了《闹哄哄》，并使三家期刊合为一家，最后怎样与剩下的最后一个竞争对手做成交易，从而把全国的文学都统一成了一家尽人皆知的精美豪华杂志，即《闹哄哄、棒棒糖、嗡嗡叫和呆头鹅》。

不错，我已经创造了历史。我已为世人所瞩目，我的名声已传至地球最偏远的角落。你展开任何一份普通报纸，都不可能不看到言及不朽的辛格姆·鲍勃先生的篇章，辛格姆·鲍勃先生说了什么什么，辛格姆·鲍勃先生写了什么什么，辛格姆·鲍勃先生做了什么什么。但是我谦卑随和，丝毫不敢狂傲。毕竟，这一切到底是什么？这种被人们坚持称为"天才"的不可名状的东西到底是什么？我同意布封的意见，同意霍格斯的说法——天才不过是勤奋而已！瞧瞧我吧！瞧我怎样劳作，怎样耕耘，怎样写作！天哪，难道我没写作？我不知道天底下有"悠闲"二字。白天我紧紧地粘在案头，夜晚我脸色苍白地面对孤灯。你们真的应该看看我——真的应该。我曾朝右倾；我曾朝左倾；我曾向前坐；我曾向后坐；我曾笔挺而坐；我曾垂头而坐（就像他们用克卡普族语所说），把头低低地俯向雪白的稿纸。因为所有的一切——我写。忍着饥饿和干渴——我写。听到喜讯和噩耗——我写。就着阳光和月色——我写。至于我写的是什么，无须说明。要紧的是风格，这才是关键。我从肥鸭笔下染上了这种文风，嘘！嘶！——我现在就在向你们展示它的一个样品。

生意人

条理是生意的灵魂。

——谚语

　　我是一个有条理的生意人。条理毕竟是不可取代的东西。不过，我从心底最瞧不起的就是那些对条理一窍不通却大言不惭地对之夸夸其谈的白痴，他们只是注重"条理"的表面含义，却亵渎了它真正的精神实质。这些家伙总是以他们称之为有条理的方法做一些杂乱无章的事。我认为这是一个绝对自相矛盾的做法。真正的条理并不适用于超出常规的事，而只是属于平凡而浅显的事务。有谁能把明确的概念赋予下列的说法呢："有条不紊的花花公子"或者"井然有序的空中楼阁"？

　　我对这个问题的看法之所以比你们清楚，那是因为我很小的时候发生过一件幸运的事。那天，我正在无理取闹并发出一些吵闹的声音，一位善良的爱尔兰保姆（我在遗嘱里一定不会忘记她）抓住我的两个脚后跟，并把我倒提起来，在空中甩了两三圈，让我这个"尖叫的小恶棍"眼前一片漆黑，接着她使我的头重重地撞在床柱上。我要说，这一撞决定了我的命运，撞出了我的幸运。我的头上顿时鼓起一个疙瘩，这个疙瘩后来变成了一个条理器官，人们总会在夏天看到它漂亮的风采。从那以后，我便对条理和秩序产生了浓厚的兴趣，终于使我成为一名像现在这样的一个出色的生意人。

　　如果说这世上有什么我可憎恶的，那便是天才。那些所谓的天才其实全部都是一些彻头彻尾的蠢材——越是伟大的天才，越是十足的蠢材——这个规律没有例外。就像你不能从一个犹太人身上骗取钱财，不能从松果里提炼出豆蔻一样，你根本不可能把一个天才培养成一个生意。那些天才总是心潮澎湃地突然改变主意，去从事某些异想天开的生意，或进行一些滑稽可笑的投机，完全违反"事物的条理性"。因此，如果想辨认出他们，仅看他们从事的职业即可。如果你看到一个人正在做进出口贸易，或从事加工制造业，或从事棉花烟草交易，或处理任何与此相似的业务；如果你看出某人是个布匹商或肥皂制造业主，或从事任何与此类同的差事；如果你察觉某人自封为律师或铁匠或医生，或任何诸如此类的角色——你就可以当即把他们视为天才，然后再根据比例运算法则，判定他是个蠢材。

现在从任何一个方面来看，我都不是一个天才，而是一个中规中矩的生意人。我的记账本和分类账会证明这一点。那些账本记得很清楚，尽管这是我自己说的。我有精确而准时的习性，因此时钟是欺骗不了我的。而且，我的生意总是和我同胞们的日常生活的步调相一致。在这一点上，我丝毫不觉得自己辜负了我那意志极为薄弱的父母，毫无疑问，若不是我的守护天使在关键时刻对我及时相救，我最终肯定会被他们培养成一名百分之百的天才。写传记，最重要的一点就是真实，而写自传更是容不得半点虚假，然而我并不奢望读者能够相信我下面将要阐述的事实，不管我的阐述是多么的郑重其事。

大概是在我十五岁的那一年，我那可怜的父亲把我带到了被他称为"做大堆生意的受人尊敬的五金代销商"的账房里！什么大堆生意，简直就是无稽之谈！然而我父亲这个愚蠢之举产生的后果就是，两三天后，我不得不被人送回了我的家，并且发着高烧，头痛欲裂，在头顶上围绕着我的条理器官的地方更是疼痛难忍。六个星期过去了，我的病一直无法确诊。医生们对我的病已经绝望从而放弃了对我的所有治疗。但是，虽然我经历了很多痛苦，可我还算是一个幸运的孩子。我终于逃出了那个做一大堆无聊事的地方！而这得归功于我头顶上的那个疙瘩，以及当初赋予我这颗救星的那个善良的爱尔兰女人。

相当一部分的男孩在十一二岁的时候就会离家出走，而我一直等到了十六岁。如果不是无意中听到了我的母亲说准备让我独自开一家杂货店，到那时我还不觉得我应该离开家呢。杂货店！——想想吧！我立马决定要离家出走，我要去做一门体面的生意，不再冒着最终被培养成一个天才的危险，不再去曲意逢迎那两位古怪老人的反复无常。我的这个计划在第一阶段的尝试中，进行得相当顺利，一直到我十八岁的时候，我就发现我在服装流动广告界做着一门涉及面广且收入不菲的生意。

我完全是凭着对已形成的我主要心理特征的条理化的执着，才会履行这门职业的繁重义务。我的行为和我的账目中都体现着一种一丝不苟的条理。对我来说，我绝对不是靠雇佣我那个裁缝发迹的，而靠的是条理。我每天上午九点约见那名裁缝，并领出当天的服装。十点钟的时候，我则出没于时尚人士中间，或出现在某个公共娱乐场所。我以精确的规律性转动我漂亮的身体，以便依次展示我身上服装的每一个部分，我那种规律性的转动使做这门生意的所有行家赞叹不已。中午时，我总会为我的雇主带来一名顾客。每当讲到这些，我都会感到无比的自豪，但眼中却涌现出泪花，因为这家裁缝店的老板是最忘恩负义的卑鄙之徒。我们因为一笔小小的账目而争吵并最终导致分道扬镳。而那笔账目不论从哪一点来看，都不会被真正了解这门生意的人认为是漫天要价。不过，在这一点上，我感到些许的欣慰，因为我能够让读者自己作出判断。

我的账单如下：

裁剪及请再来先生联合裁缝店

	支付流动广告人皮特·得利多	金额（美分）
7月10日	常规行走，带回顾客	25
7月11日	同上	25
7月12日	撒谎一个，二级；毁损黑布充墨绿布出售	25
7月13日	撒谎一个，一级，特别质量和规模	
	缩绒衬里布充绒面呢推荐	75
7月20日	购新式纸硬领或称胸衿，	
	以衬托灰色毛料外	2
8月15日	穿双衬短摆大衣	
	（温度计在阴凉处显示706度[①]）	25
8月16日	单腿站立3小时，以展示新式背带裤，	
	每条腿每小时12个半美分	37½
8月17日	常规行走，带回顾客（肥胖男子）	50
8月18日	同上（中等身材）	25
8月19日	同上（个头小并出价低）	6

$ 2.95½

这张账单上主要引起争议的是买那个新式纸硬领或称胸衿的两美分，这个价格是非常公道的。我以我的名誉担保，这绝对不是不合理的高价。那是我所见过的最匀称、最完美的胸衿，而且我有充分的理由相信它的衬托促成了三件彼得呢外套的销售。但是，那家裁缝店里的那位年长的合伙人只允许我出价一个美分，并擅作主张地为我显示怎样将一张大页书写纸折出四张同样大小的代用胸衿。但是不用说，我坚持的是我的原则。做生意就应该像做生意的样子，骗我这一美分，骗我这整整百分之五十，是没有任何规矩，没有任何条理而言的。我随即结束了与裁剪及请再来先生联合裁缝店的雇佣关系，独自投身于"眼中钉"这一行业——这是一种最有利可图、最值得尊敬、最不受束缚的普通职业。

我的诚实、条理和严格的经营习惯在这儿又一次发挥作用。我发现我的生意兴隆并很快成为了交易所中的名人。其实我一直是墨守成规地一步步慢慢发展，从不涉足那些华而不实的领域。如果不是因为我在处理该行业的一项常规业务时，发生了一点小小的意外，我肯定到现在还没有离开那种生意。每一个聪明人都知道，无论任何时候，一旦一位年迈而有钱的守财奴，或一个挥金如土的富家子，或一家濒临破产的公司动了要建一幢大厦的念头，那这

---

① 此指华氏温度。

天下就没有什么能打消他们的主意。这一事实正是"眼中钉"行业主要的经营项目。所以，每当上述那些人中间的某一个计划被开始酝酿时，我们这一行的人就马上会在拟议中的建楼地址中稳稳地占住一个合适的角落，或在相邻或相对的地方占一个最好的位置。接着我们就开始等待，等到大楼修到一半，我们就会雇请一位风格典雅的建筑师为我们在紧挨大厦的地方匆匆搭起一座虚有其表的建筑。它可以是一幢新英格兰农舍，可以是一间荷兰式塔房，可以是一个猪圈，也可以是任何有独创性的奇棚怪屋，管它像因纽特人的、克卡普人的还是霍屯督人的。当然，在所获利润仅为购地盖房成本总额百分之五百的情况下，我们是不可能拆掉那些建筑的。我们能吗？我向其他生意人请教这个问题。得到的回答是，如果认为所获得的利润低于百分之五百就拆掉，那简直是疯了。可当时就存在那么一家无耻的公司，请求我做那样的生意。当然，我没有接受他们不靠谱的报价，但是我觉得自己有责任在当天晚上用烟灰把他们的整栋大厦涂得一团漆黑。就因为这个，那些丧心病狂的恶棍把我送进了监狱。而当我出狱的时候，"眼中钉"行业的绅士们无法避免地与我断绝了业务往来。

后来我为生计所迫，不得不冒着风险去做"苦肉计"的生意，导致我弱不禁风的身体感受到了不适，但我还是满怀憧憬地投入到了这项工作，并且很快发现，当年那位善良的女人赋予我的条理性使我获益匪浅。如果我在遗嘱里把她遗忘，那我一定是一个忘恩负义的人。如我所言，通过做每笔生意我都严格遵守那种买卖规矩，记下那些脉络清晰的账本，我得以克服重重困难，最终在这一行当里体面地确立了自己的位置。事实上，不管什么行业，都很少有人能像我这样惬意地做生意。为了避免我在这里吹嘘，我从日记本中抄下了一两页，日记本是不会撒谎的：

1月1日——元旦。街头偶遇司那普，他步履踉跄。记住——他算一个。稍后又遇格拉夫，酩酊大醉。记住——他也够条件。两位绅士均记入分类账，并各自开立流水账户。

1月2日——在交易所看见司那普，上前狠踩其脚趾。他握紧拳头，把我击倒。很好！——我重新爬起。和代理人巴格在索赔上出现了分歧。我拟索赔10美元，而他说被击倒，只能索要5美元。记住，必须甩掉巴格——完全没有条理。

1月3日——在剧院寻找格拉夫，见他坐在第二排的侧包厢里，夹在一胖一瘦的两女士中间。用剧场望远镜观察那伙人，直到看见胖女士涨红了脸，对格拉夫说悄悄话。我走过去进入包厢，把鼻子凑到他伸手可及之处。他没扯鼻子——失败。撸鼻再试——仍未成功。于是坐下，冲瘦女士眨巴眼睛，终于心满意足地感到他抓住我的后颈把我提起，扔进正厅后排。颈关节错位，右腿严重撕裂。兴高采烈回到家，喝下香槟一瓶，在那位年轻人账上记下50美分欠款。巴格说索价合理。

2月15日——司那普先生一案了结：入日记账金额50美分，参见账目。

2月16日——格拉夫一案败诉，那个恶棍给了我5美元。支付诉讼费4.25美元。净利润参见账目——75美分。

就这样，在较短的时间内我就有了一笔不少于 1.25 美元的净收入，这还仅仅是司那普和格拉夫两笔生意。而且在此，我可以郑重地向读者保证，这些是从我的日记本里抄录下来的。

不过有一句谚语说得好，与健康相比，金钱如粪土。我觉得"苦肉计"的生意对我弱不禁风的身体实在是一种摧残，甚至我还发现我已经被打得变了形，以至于不知道该如何处理这件事。我的朋友在大街上遇见我，竟认不出我，于是我下定决心另谋出路。从而我把注意力转向了"溅泥浆"行业，而且一直做了好多年。

这个行业最大的缺点就是许多人都对它十分偏爱，因而竞争异常激烈。每一个没有聪明的头脑但在足以在流动广告界、"眼中钉"行业或在"苦肉计"的营生中获取成功的笨蛋，都想当然地以为能成为"溅泥浆"业的一把好手。可如果认为溅泥浆无须动脑筋那就大错特错了，尤其是那种认为溅泥浆用不着条理的见解更是荒唐至极。我做的虽然是小本买卖，但是我坚持使用我的条理性的习惯，使我的买卖进行得非常顺利。首先，我非常谨慎地选了一个街口，除了这个街口，我绝不会把扫帚伸到城里除此以外的任何地方。我还十分小心地在我的附近弄出一个漂亮的小坑，随时都可能将其派上用场。通过这两点，我得以成为一个在顾客中讲信誉的人。我要告诉你们，仅凭这个我的买卖就已经成功了一半。每个过往行人都会扔给我一个铜板，然后穿着干干净净的裤子通过我的街口。由于人们充分理解我们一行的经营特点，所以我从未遇到过欺诈的行为。如果我被人哄骗，我将不堪承受。我从未欺骗任何人，所以也没有任何人蓄意赖我的账。当然我无法阻止银行的欺诈行为，它们的暂停营业会给我的生意带来灾难性的不便。大家都知道，银行不是人，而是企业，企业既没有让你踢一脚的身体，也没有供你诅咒的灵魂。

就在我的买卖风生水起的时候，我不幸受到了诱惑，把生意扩展为"狗溅泥浆"业。这一行虽说与老本行大致类似，但无论如何都不那么受人尊重。当然，我选择的是一个最佳位置，位于市中心的黄金地带，而且我备了第一流的靴油和鞋刷。我的小狗庞培也长得肥头大耳，机灵狡猾，不易被骗。必须承认的是，它由于长时间从事这一行，早已驾轻就熟。我们的一般程序是：庞培自己先滚上一身稀泥，然后蹲在商店门口，直到发现一位穿着双锃亮皮靴的花花公子朝它走近。接着它跑上前去迎接他，用浑身的脏毛在那双长靴上磨蹭一两下。于是会引起那位花花公子破口大骂，四下张望寻找一名擦靴匠。而我就在那里，在他的眼前，带着第一流的靴油和鞋刷。只需要一分钟的买卖，转眼间六美分就到手。我们顺顺当当地做了一段时间的这种小买卖。事实上，我并不是贪婪的人，而庞培却是条喂不饱的狗。我答应给它三成红利，但它坚持要对半分成。这使我无法接受，最终的结果是我俩吵了一架，然后分道扬镳。

接下来，我又在街头演奏手摇风琴，而且可以说我干得相当不赖。这是一门非常简单而且一学就会的营生，根本不需要任何特殊的本领。你可以让你的手摇风琴只发出一种风鸣声，而要做到这一点，你只需把那玩意儿拆开，用榔头狠狠地敲上三下或者四下。这样做之后，乐器中发出的声音更容易有助于生意的成功，而且达到的效果让你难以想象。做完这些，你只需要背着风琴沿街行走，直到你看到路面上铺着鞣料废渣，看见门环上缠着鹿皮。这时你就可以停下来摇响你的风琴，装出你是想使它不再发声，可实际上是让它一直吱嘎个没完。没几分钟，就会有一扇窗户打开，有人会抛给你六个美分，并附上一句"让那玩意儿住声，赶快滚开"之类的话。我知道有些摇风琴的人真的得了那六美分就会乖乖"滚开"，但是我会觉得成本太高，不允许我在低于十美分进账的情况下就轻易"滚开"。

我在这一行里，做了不少买卖。可是我仍然不是很满意，所以最终我又放弃了那一行当。实际上，我一直是在一种不利的条件下做那一行，美国的街道太泥泞，具有民主作风的居民太霸道，再说到处都是那些爱恶作剧的孩子。

我停业赋闲了几个月，最后终于怀着极大的兴趣，成功地在"假邮政"事业中占有了一席之地。这门行业虽然轻松简单，但绝非无利可图。比如，清晨，我准备好我的假信件包。在每封信里面，我都得签上汤姆·多布森，或博比、汤普金斯等诸如此类的名字。然后把信分别折好封好，再盖上各种假邮戳——新奥尔良、孟加拉湾、植物学湾或任何远在天边的地方。最后，我便开始一天忙碌的送信工作。我一般会找一些大户人家接收包裹，那些人付费从不犹豫，尤其是双倍邮资更是痛快——人就是这样的糊涂。在他们还没来得及拆开包裹时，我早已不见踪影。干这一行的缺点是我走路走得太多并且太快，还要频繁地更换投递区域。此外，就是我受到良心的谴责。我不忍心听见无辜者被人辱骂，全城对汤姆·多布森和博比、汤普金斯的那种咒骂，听起来真令人不寒而栗。我怀着厌恶的心情结束了那门生意。

我做的第八种也是最后一种投机生意是"养猫"。我发现这是令人非常愉快并且又能赚到钱的生意，而且一点儿也不麻烦。众所周知，尽人皆知，这个国家已经是猫害成灾，以至于前不久有一份万人签名的除猫请愿书被送到国会，正赶上这最令人难忘的最后一次会议。下议员们在这个时候，信息异常灵通，已通过了许多明智而有益的法案，而《禁猫令》的通过更是锦上添花。在最初的《禁猫令》里，规定给提供每个猫头者以四美分的奖励，但经过参议院的修正，将"猫头"替换成了"猫尾"。这一修订显得十分妥当，并获得了众议院一致同意。

总统刚一签署那项法案，我就倾其全部资本购进雄猫和雌猫。开始，我只能喂它们价格低廉的老鼠，可人们执行起那项神圣的法令来是那么迅速，以至于我终于认为慷慨投入才是上策，于是我让那些猫尽情享受牡蛎和海龟。现在，它们的尾巴已经给我带来了不少的收入，因为我发现借助马卡沙发油，一年我可以促成三次生意。我还很欣慰地发现那些猫很快就适应了新变化，并且很愿意让我剪掉它们的尾巴。所以我认为自己是一个非常杰出的生意人，我正打算在哈得孙河畔廉价买下一幢别墅。

阿恩海姆乐园

修葺过的花园焕然一新，如同淑女一般。

她仿佛进入了安详的梦境一般。

对着遥远的高空她闭上了眼睛。

天堂顿时变成了蓝色的花园，

百花争艳，盛开在圆形的大花园里，

它们蓝色的叶片之上，

挂满了亮晶晶的花朵和晶莹的露珠，

仿佛蓝色的夜空幕布上缀满了灿灿星光。

——贾尔斯·弗莱彻

从出生到死亡，我的朋友埃利森都一路顺畅无比。在这里的顺畅并没有采用它所代表的世俗的那个意思，而是视它为幸福的近义词。我这里所讲的人天生的使命似乎是用来对杜尔哥、普赖斯、普里斯特利和孔多塞的学说进行预告的，他们的学说就是那个用个人的实例来证明历来被人们看作痴心妄想的至善论者的那个理想。那个信条有着很大的一种特征，那就是认为人的天性之中蕴含着对抗极乐至福的某种本质，但是在埃利森那短暂的一生之中，我发现这个信条已经被有力地反驳。在对他短暂的一生进行了一番匆忙的审视后，我得出了以下几条结论：人类之所以不幸是因为违背了几条人类原始法则；作为一个物种，我们拥有着理想的生存环境，即使这些环境尚未被完全开发；即使在今天这个黑暗和无序的时代，当所有的思想都对社会状态这个问题进行关注的时候，作为个体的人是有可能在一种极为偶然的超出寻常的机会下得到幸福的。

正是因为这样的见解极大地鼓舞了我的那位年轻的朋友，因此，需要特别注意的是，那种他生命中极具特色的其乐无穷大部分是被预先安排的。其实非常明显的一件事就是，如果不是因为埃利森先生凭借着其与生俱来的悟性可以很好地弥补欠缺的经验，他早就已经不出意外地被那个吞没了大量精英的漩涡所吞噬。不过，我写此篇文章的目的并不在于描写幸福。他认为幸福只需要四个方面，或者严格地说是四个条件。他认为首要条件是户外自由、纯自然的生活。用他的话来概括就是"用其他手段获得的健康难以名副其实"。

为此，他用猎手追逐狐狸之时的那种心满意足的心态和农民在土地上辛勤耕耘进行比较，并得出了这个阶层其实是比任何人都要幸福的这一结论。女人的爱作为第二个条件，第三个条件是淡泊名利。第四个条件就是设定目标并永无止境地去追求。而且他认为，在其他三个条件等同的情况下，可得到幸福之程度与这个目标之高尚度是成正比的。

命运似乎对埃利森有着令人难以置信的青睐和慷慨。他有着出众的相貌，气宇非凡。他有着极高的智商，以至于获取知识这件事对于他来说是很稀松平常的一件事。他是名门望族之后，他还拥有着一个美丽优雅而又对他忠贞不渝的女人。他的财产更是毋庸置疑，是很富裕的。但是关于他财产大部分所得，那可算是命运的一次最任性的恶作剧。这场恶作剧引起了社会的强烈反响，在这个社会之中，这种恶作剧还将彻底颠覆被捉弄者的精神性格。

事情大致是这样的：埃利森祖上有一位名叫西布赖特·埃利森的先生，在一个很偏远的省市去世了。他所积聚的财富堪比皇家，但是由于没有直接继承人，于是他在去世前突发奇想地要将这笔财富在他死后累积一个世纪。在经过深思熟虑，权衡比较了各种不同的投资方式之后，他决定把最后累积的全部财产遗赠给一百年后在世的埃利森家族血缘最亲的一名成员。有许多人企图通过法律来取消这笔独份遗赠，但由于追溯既往的原因，并未能得以实现；还有一届妒忌的政府发现了此事，通过了一项专门的法案，用以禁止所有类似的资产积累。但是尽管有这样的法案存在，也不能阻挡住埃利森对其祖先西布赖特遗产的继承，在他 21 岁生日的当天他接受了一笔价值 45 亿美元的遗产。

当人们得知他继承了一大笔财富之后，人们对这笔财富的处置方式进行了多种推测，当大家得知这笔财富的数额如此巨大并且是可以直接使用的时候，所有的猜测者都觉得为难了。

按照一般人的思维来说，人们会想象一位拥有着这样庞大的资产的人是可以随心所欲地处置他的财富的。可以推测的是，拥有着如此多的财富，他可以享受他所在的那个时代的一切荣华富贵，或者将政治玩弄于股掌之间，或争权夺势，或者让自己更加高贵，或者大量收集收藏品，或者对文教艺术等领域进行资助，或者以他的名字命名大批慈善团体。

人们对这笔财富的种种猜想实际上只占了这笔财富的非常有限的一部分。于是人们开始借助于计算，而计算的结果是令所有人大吃一惊。人们惊奇地发现即使按照百分之三的利润来进行计算的话，那笔遗产每年也能有着高达 1350 万美元的收入，按月来计算的话也就是每月有着112.5万美元的收入，按照天来结算的话，每天则有3.6986万美元的收入，折算成小时来说则是每小时1541美元，具体到分钟的话则每分钟26美元。

所以，如果猜测这笔钱的处置，按照常规思维的话还是有点难度的。人们已经开始不知道怎么猜测才算合理，有的人甚至开始设想埃利森先生也许会放弃他的一半财产将之分配给他的亲戚们。实际上，早在他继承遗产之前就把自己拥有的数量不菲的财产分别赠予了他的亲属。

关于这个让他的朋友们议论纷纷的问题，他早就已经下了决定，这并不令人感到惊讶。同样，他所作的决定的性质也不会让我大吃一惊。他有着毋庸置疑的仁慈博爱。可是在被称之为改善的任何可能性方面，就是人改善自身的一般状态的可能性（我不得不很惋惜地承认）他一向很少有什么想法。大致上说，不管是否恰当，他大部分凭借的是自我之本性。

他是个诗人，如果按照最广泛和最高贵的意义层面来说的话，他懂得什么才是诗情真正的特征，以及诗情所拥有的宏伟目标和至高无上的庄严与高贵。

他与生俱来的就对诗情有这样的感应：诗情最充分的满足（如果不是唯一正确的满足）在于创造出新的美的形式。他所有的伦理思辨中都带有某些唯物主义的特色，这也许受他早年所受教育的影响，或者是本身的天资所致。正是由于这种特色，他秉信这样的一个观点：诗情在创造别树一帜的纯粹的有形之美方面，即使不能发挥其全部功能，那也占据了很重要的地位。

正是如此，他才没能成为音乐家或者诗人——如果是我们所说的平常意义上的诗人。也许他没有成为音乐家或者诗人只是他淡泊名利的一种表现，毕竟他认为淡泊名利是人生获得幸福的基本条件之一。这样的事实还是会存在的，虽然按照常规一流的天才有着勃勃雄心，但是也会有伟大的天才能超然于物外。这样的事情也许是会发生的，即也许有许多比弥尔顿还要伟大的天才会满足于自己的孤芳自赏。我认为在这个世界上如果不是那些高贵的思想被愉快地加以运用，这个世界将永远不会看到一些非凡的艺术领域人才所创造出来的丰功伟绩。

埃利森虽然深深地迷恋着音乐与诗歌，但他并没有成为音乐家或者一位诗人。如果他不是在他现在的环境下成长生活的话，他也许有可能会成为一名画家的。虽然从本质上说，雕塑具有严格的诗意，但由于它的范围和结果太有局限性，因而他并没有太关注于此。

现在我已经把人们通常所理解的诗情的范畴向大家介绍过了。但埃利森一直认为有一个领域一直不明所以地被世人所忽略了，这个领域即使算不上是最宽阔的，但也是最富饶、最真实、最自然的。风景园林设计师和成为诗人之间没有必然的联系，可是在我朋友的眼里，风景园林的创造给了高尚的诗情很多的灵感。

实际上，这个领域十分美妙，它可以将对新奇的美的形式的想象力进行无限组合，可以将大地所能提供的一切美好事物组合成一个美的整体，大自然所能呈现出的花草树木的千姿百态与姹紫嫣红，使他对大自然在有形之美所能进行的有力直接的尝试有了深刻的认识。

而在这种尝试的逐步发展过程之中，从严格意义上说，实际上是大地上的观察者的眼睛不断适应的过程，他觉得自己应该要运用最好的手段，发挥出最大的优势，不仅要完成自己作为诗人的天命，更应该实现上帝赋予人类诗情的崇高目标。

"这种尝试对大地上观察者眼睛的适应"，埃利森先生用了不少的话语来解答他所选择的那种表达方式，之所以需要用很多话来解释，是因为这个问题对于我来说如同一个谜一样令我困惑不已，那个问题就是，天才画家创造出来的那种风景组合在现实的大自然之中实际上并不存在，在克洛德·洛兰画布上熠熠发光的那座理想中的乐园在现实之中是绝对不存在的。

即使最迷人的自然风光之中也会存在着一点或者许多不足之处的。高明的画家面对一些具有高难度的风景，在绘制过程中也会觉得有些难度，但是这些并不妨碍他们的最终成功。他们会对这些局部的不足之处进行改进。简而言之，在一名画家的眼中，只要是在这个星球上有生命存在的地方，是都会存在着作为风景画"构图"的不足之处的。

可是这是一件令人费解的事情。在其他方面，我们都被这样教育着：自然美才是最美的。我们不敢颠覆自然所创造出来的美感，没有人擅自去模仿郁金香的色彩，没有人去擅自更改幽谷百合的形态。在雕塑和肖像画方面，最好的只是临摹，那些有关对自然形态应该升华或者对其理想化的评论都是错误的。

在肖像画或者雕塑方面对人体美的组合只能接近原生态，也就是越接近活生生的人越好。以上的评论只能适用于风景画里；而能在这点上感觉到这个原则的正确性对于他来说是一种普遍性的率先而已，而他开始宣称这个原则适合所有的艺术领域。

我所说的之所以能感觉这个原则适用于这一点，那是因为这并不是一种矫揉造作或者痴心妄想。在他的艺术造诣方面，对于艺术家的感觉是给不出任何例证的，数学也同样给不出任何的例证。他明确地相信：对物体外观的这样或者那样的排列组合可以创造出真正的美，而且这种美是独一无二的。

不过，他的理论还没有达到成熟到可以表达出来的程度。要想让其达到可以表达的程度，还需要进行进一步的深入分析。不过与他志同道合者的呼唤所能唤起的本能的见解使他坚信不疑。

假设一幅"构图"存在缺陷，假设对它的结构布局进行一个修改，并且把这个修改提交给世界上的任何一名画家，他们都会认为这是有必要的。更有甚者，艺术界的每一位个体对这幅图的修改意见都会提出相同的修改意见的。

在此我重申一遍，升华有形的自然这种情况只发生在风景画布局之中，因此关于这一点他可以进行改进，关于此我还一直不能给予解答。在那个时候，对于这个问题我一直有此种想法：自然对大地表面的安排存在着一种原始意图，那就是关于人类对于美、崇高或诗情画意的完美感都已经有所安排，除非这种原始意图开始受地质变动的影响，形态和色调的搭配会有所变动，而艺术的灵魂与这种变动的纠正或消除息息相关。

这种观念的力度并不是很强烈，这是由于地质反常变动在许多目的中并不适合。埃利森曾指出，那些变动象征着死亡。他对此这样解释：人在世间的永生是最原始的意图。这样一来，我们就可以拥有与人类理性世界相符合的大地表面的原始布局，一种不是天然存在而是精心设计之后的格局。地质变动是人类在为后来构想的死亡状态所做的准备。

"现在，"埃利森说道，"我们所能认识的风景画的升华也许只能建立在非永生的或者人类的基础上。任何一个对于自然风景的小小改动也许都会在画面上产生一个瑕疵，假想一下，如果我们是在远处看这幅画的，从整体上看这幅画，或者离开了地球但不会脱离大气层来看这一点，我们很快就能发现，任何一个对于局部细节的改进都可能会对整体或远观效果产生影响。"

也许曾经存在过这样的一群人——现在的人已经发现不了他们的踪迹，就是在这群人看来，我们的混乱也许会显现出来秩序，我们的单调乏味也许能折射出一番诗情画意。一言以蔽之，由于他们具有比我们敏锐的观察力，由于他们在经历了死亡而得以升华的审美能力，就使这些人间天使被上帝赋予了装点大地宽阔风景园林的使命。

我的朋友将一位作家关于风景园林的一段论述加入了此次讨论过程中，这位作家对这一话题的议论一向被认为是十分精辟的：

"从严格意义上来说，风景园林艺术只有两种类型：自然型和人工型。前者关注乡村田野之美，采用适应周围景色的手法，绿植尽量与周围的山岗平原保持一致，大小比例与色调上的微妙关系常人一般发现不了，只有有经验的人经过研究才有所察觉，并将这些微妙关系变为现实。自然型园林的整体特征展现出了一种和谐有序，通常没有任何的瑕疵与任何的协调之处，并不着力于创造出任何特别的奇观异景。人工型园林艺术呈现多样化，以用于满足不同的鉴赏口味，也能呈现出不同的建筑风格，在这种园林设计中，你可以找到的凡尔赛宫庄严的林荫大道和幽僻之处，意大利式的露台也在这里也可以发现，有着本国哥特式或者英国伊丽莎白风格的混合型老式建筑在这里也可以找得到。

"虽然有人会对人工园林艺术持反对意见，但是并不妨碍这种纯艺术方面的混合为园林景观增添魔力。它因为富含的深刻寓意而令人心旷神怡。露台、老式栏杆这种搭配，很容易使人联想到昔日从台上款款而过的美丽身影。艺术最细微的展示也是对精心细致和人类情趣的一种证明。"

"从我已经说过的那些话，"埃利森说，"你不可能猜到我反对这里所说的重现乡村田野原始之美。原始之美绝不会美过可创造之美。当然，一切都取决于一个具有潜力的位置的选择。至于说到察觉大小比例和色调上的微妙关系并将其变为现实，这不过是一种用来掩饰思想之不精确的模糊说法。

"对于这种说法可以做多种解释，也可以认为没有任何意义，让人不知道怎样才好。如前面所说，自然型园林的特点在于和谐一致，没有任何瑕疵，并不致力于创造奇观异景，这个主张只是在满足于凡夫俗子的浅显的理解力，并不适合天才们的热切的梦想。

"这种认为去掉瑕疵就是一种美的看法与文学上能把艾迪生也能吹成神话的拙劣评论如出一辙。虽然，避免缺点而全部由优点所组成的事物可以唤起理解，从而可以被界定在标准之内，但是能够创造出更高的优点所能引起的影响更令人震撼。

"标准只适用于否定瑕疵的美，避开短处的长处。除了这些之外，经得住批评的艺术只能暗示。我们可以被教导去造一尊'加图'，但要告诉我们如何去构想一座帕提侬神庙或一座'地狱'那只能枉费心机。然而，后者一旦被构想出，奇迹便被创造；对理解力的包容便可遍及宇宙。那些因无能力创造而奚落创造的否定派的诡辩家，眼下正听见满堂喝彩。与他们故作正经的假理论对抗的原则目前尚处于萌芽状态，一旦它成熟，将会从美的直觉中获得赞美。"

"那个作者关于人工型的评述，"埃利森继续说道，"倒是还有几分道理的。园林景观因为增加了这种纯艺术的混合而显得更有几分魅力。这句话不假，还有就是关于人类情趣的那句话也是中肯的。这句话所能展现的原则毋庸置疑，不过除了原则之外，应该还能有点别的什么。或许应该有一个与原则一致的目标，这个目标常人用一般的手段是达不到的，而如果一旦达到的话，它所能给风景园林增添的魅力仅用'人类情趣'这几个字是不能概括的。

"一名才情与财富并存的诗人，就像刚才那位作者所说的具有情趣观念的诗人，充满广度与新奇的美一下子充满自己的构想之后，一下子能够传达那种可以产生巨大震撼力的冲突情感。

"这种结果产生的时候人们将会看到，它既能包含情趣或者构想所包含的种种优点，同时还可以免除世俗艺术的粗糙和浅薄之嫌。在荒郊旷野的险峻之处，在纯粹自然的荒蛮之地，创造者的艺术很显然地存在着的；这种艺术只是存在于思想的范畴内，不带有任何一丝感情色彩。

"现在让我们假想一下人为地将上帝的意志降低一步，并将和人类艺术意识相和谐或者一致的东西融入其中，由此形成的一种介于两者之间的媒介。比如我们可以这样进行想象：假想有这样的一片风景，它有着具有边界的广袤无垠，它拥有着和谐、壮观的美，它新奇无比，这些都让人联想到这是一种超乎了人类但与人类一样是一种高等生命的所拥有的文化。

"这样，人类的情趣被保存下来，这种合成的艺术创造出来一种与自然氛围并不完全相同的亚自然或次自然的氛围——既不是由上帝创造，也不是分裂于上帝的无限本质之中——仍然属于自然的范畴，是一种在人类与上帝之间自由翱翔的天使们所亲手创造出来的一种自然。"

正是他倾尽自己全部财富来实现这样的一个梦想，正是由于他对他的规划之亲自监督保证了户外自由运动，正是由于这些计划提供了一个追求不止的目标，正是由于这个目标的崇高精神，正是由于这种精神使他真正感觉到与世无争，正是这种清泉一直在满足但永远不可能止住那种支配他灵魂的激情和对美的渴求。最重要的是，正是由于一名女性而不是非女性的同情，她的美丽和爱使他的存在沉浸于乐园华美的气氛之中；正是由于这一切，埃利森想到了去寻求免于人类寻常的忧虑烦恼，并寻求到了真正的极乐至福，这种幸福远比闪烁在斯塔尔夫人那些令人销魂的白日梦里的幸福更充实、更积极。

我朋友所创造出来的奇迹，我无法向读者清晰地表达出来。我想做一番描述，但是觉得这是一件颇有难度的事情，于是陷入选择详说还是概述的两难境地之中。也许对这二者进行有效结合是最合适不过的办法。

埃利森先生首先将地点作为他的首要考虑。他从开始考虑这个问题的时候，脑海就被太平洋群岛所富含的多样化的自然状态所占据。事实上，他也做出了去南太平洋航行的决定，但是在经过了一夜的深思熟虑过后，他又放弃了这个念头。

他说："那样的一个地方，荒凉偏僻、与世隔绝，最适合那些愤世嫉俗的远离城市喧嚣的人，但我现在还不是雅典的泰门，还不至于愤世嫉俗。我想要的是一份宁静而不是抑郁孤独。我心目中的地方要满足我对宁静程度以及可持续时间的要求。而且常常能让我感受到我所需要的对我所做的事能表示富有诗意的同感。那就让我们寻找一个地方，这个地方离繁华的都市并不遥远，而且那个地方可以满足我实施计划的要求。"

为了能够寻找到这样的一个地方，埃利森花在旅行上的时间已经过去了多年，而我是被允许与他一直为伴的。在旅行中，遇到了无数个我认为最适合不过的地方，但都一一被他否定，他所否定的理由到最后都能够让我信服他的选择是正确的。最后我们来到了一块肥沃和美丽的地方，这个地方平整如台，它能提供的全景视野和西西里的埃特纳火山极为相似。而埃利森和我都认为，就视野内能看到的美丽如画的自然景观，那座著名的火山却是无法提供的。

埃利森陶醉于眼前的景观之中，大约过了一个小时之后，他满足地吸了一口气后说道："现在，据我所知，即使最挑剔的人，面对此时此景都会毫无疑问地选择这个地方，这幅全景的确很壮观，但就是因为它太过于壮观了，我才不会选择它。我所认识的建筑家全都存在一种癖好，那就是为了满足'视野'的要求，而选择将房子修在山顶上。显然这是个错误。对于壮观来说，尤其在广袤方面，给人的感觉总是先令人感到惊讶、激动，随后就会使人疲倦、压抑。最好的景观就是若隐若现，一成不变是景观中最糟糕的了。在一成不变的情景中，广袤就是一种最使人不快的壮观，而在广袤里让人心生厌恶的就是一望无垠。这种看法与隐居的情感和意识大相径庭，而我们想要寻找的'隐退山林'的感觉却正是这种意识和情感。登高望远，我们会生发出一种'众人皆醉我独醒'的感觉，沮丧的心情会像逃离灾难一样抗拒远景。"

我们一直寻寻觅觅，直到第四个年头快过去的时候，一个总算令埃利森还算满意的地方才得以找到。在此，我不必非说出这个地方到底在哪里。我朋友去世后，这个地方开始对游人开放了。但是这个地方现如今已经被披上了一层神秘的面纱，相比之下，闻名遐迩的枫特山庄此时已经显得并不是那么神秘了，但它们二者相差无几，阿恩海姆的神秘感此时还要排名靠前些。

水路是去阿恩海姆常用的交通方式。游客们在早晨开始动身，整个上午他们可以在平静而充满着乡土气息的两岸之间穿行。羊群在河岸上悠闲地吃着草，它们雪白的羊毛愈发地衬托出绵延不绝的草地青青。渐渐地，这种原本再普通不过的人工培植工作演化出了一种田园牧歌式的情调，这种情调慢慢地将一种幽僻的感觉揉进来，随后又添加进来一种荒野的意识。

黄昏渐渐降临，河道开始变得狭窄起来。两岸也开始变得越来越陡峭，岸上的树叶愈发繁茂浓密起来。河水开始清澈起来。溪流迂回婉转，加之光影的反射，使得双眼可见的范围最多不能超过三分之一英里。

小船仿佛被困在了一个魔圈之中，四周植被浓密，无法穿越；头顶是绿色的幕布，脚下没有地板，似乎只有来自水里的一条幽灵船与之相随，这只幽灵船船底朝天，与小船精确地形成对应，仿佛是为了支撑它而存在的。

河道此时变成了一个峡谷，姑且使用"峡谷"这个词，是因为我现在并不能找出一个更能将眼前的这种能够足够吸引人的注意力，可是并非最具特色的景观特征进行更好描述的词。峡谷现在只有两岸的高耸和平行对峙，其他特征荡然无存。

深谷两边的峭壁（下面流淌着清澈的河水）高达 100 英尺左右，有的能达到 150 英尺，两壁尽可能地相互靠拢着，展现出了一种夸张的倾斜度，并且挡住了一切目光，一缕缕羽毛状的苔藓从头顶上的缠缠绕绕的灌木丛间垂下，整个深谷沉浸在一种阴沉忧郁的氛围里。

水道蜿蜒曲折，现在似乎变得更加迂回，让人往往产生一种错觉，那就是在经历了一道道九曲回肠之后又回到了原点，以至于令航行者早就迷失了方向。而且他被一种不明所以的奇异感觉所包围着。自然的感觉依然存在，但是自然的特征已经被人工修饰过：在她的万千造化中，对称得那样鬼斧神工，均匀得那样荡气回肠，精当得仿佛是被某种仪器精确测量过之后的结果。没有任何的枯枝败叶，没有零落的卵石，也没有任何黄土的痕迹。透明清澈的河水一下一下地拍打着两岸的花岗石岸壁以及岸壁上的苔藓，苔藓有仿佛刀切过之后的形状，虽然有点炫目，但整体上还是悦目的。

在这条水道穿梭的时间里，幽暗在不断加深着，但是突然间的一个急转弯，小船仿佛从天上掉进了一个圆形的水湾之中，与峡谷的宽度做比较的话，这水湾还是很开阔的。直径大约有两百码左右，水湾有一个出口，小船就是通过这个出口进入水湾的，小山与峡谷峭壁一般高，但有着截然相反的外观，环绕四周。

山坡与水边形成了45度的倾斜度，从山顶到山脚全部长满了美丽的花朵，它们色彩艳丽，气味芬芳，没有一片绿叶存在。水湾虽然深奥，但是河水清澈，如果眼睛能自动地将倒映在水里的蓝天和满山遍野的花忽略掉的话，便可以见到海湾底的圆圆的雪花石。山坡上没有任何的树，就连灌木也是没有的。

华丽、温馨、斑斓、宁静、均匀、柔和、美妙、优雅、妖娆是给观者的印象，此外还有一种技艺高超的栽培奇迹。这种奇迹反应出一个新种族的勤劳实干、超凡脱俗、情趣风雅、思想高尚，同时也是对完美的一种追求。

当目光自刀切般的齐整的岸边转移，顺着五颜六色的山坡向上，直到视线里出现了在头顶若隐若现的朦胧巅峰的时候，观者很容易联想到一幅由金珠宝玉所雕琢而成的瀑布全景图，而且这幅图画中的瀑布正悄无声息地从天而降。

当观者从幽暗的峡谷突然转入水湾的时候，一轮斜阳的出现让他欣喜若狂之余又充满了惊讶之情，因为他原以为太阳早已经落到了地平线以下，而此时这轮斜阳正迎接着他，同时它也构成了一个终点，只有通过这个终点才可以穿越小山间到达另一个峡谷般的长廊。

现在，这位航行者已经自刚才那条载他航行久远的小船上下来，坐到了另一艘象牙色的独木船上。这个小船周身都被鲜红色的阿拉伯图案所装饰，形状如同一轮弯月，尖尖的船首和船尾在水面翘起着，静静地浮在水面上，犹如一只高贵优雅的天鹅。黑白相间的舱底上躺着一支轻巧的椴木桨，除此之外，舱内并没有发现任何的划手和侍者的影子。但是客人已经被告知不要沮丧，会有命运女神青睐于他的。—

那条大船开始逐渐消失，航行者被单独搁置在停驻在湖心一动不动的独木船上了。正当他开始思虑去往何方之时，忽然觉得脚下的仙舟慢慢动了起来。小船在无人驾驶的情况下自动地慢慢旋转起来，直到船首向着那轮斜阳的方向。随后它开始轻盈地漂行起来，速度开始逐渐加大，掀起的层层细浪不断涌向象牙色的船边，发出的声音宛如一首神曲。也许只能用"神曲"这个名称才可以为那位航行者所听到的一种柔和阴郁但却找不到发声源的声音作一个合理的解释。

小船平稳地在水上航行着，很快便到达了另一个狭长通道的岩石隘口，此时通道深处逐渐变得清晰起来。右岸群山连绵起伏，被密林所深深地覆盖。河岸入水的地方并没有像其他的河流那样布满碎石乱块，而是十分整洁。左岸的景色更加柔和一些，人工加工的痕迹也更明显一些。河岸从水边开始以一种平缓的坡度向上延伸着，形成了一片宽阔的草地，草地仿佛一块绿色的绒毯，青翠碧绿，草原宽度不一，从10码到300码不等；草地从水边直达一道50英尺高的墙，该墙蜿蜒曲折，毫无规则可言，却大致沿着河流的方向，直至消失在西边。

这道墙是一整块石岩，是由笔直地切削南岸原来崎岖不平的峭壁而构成的，但却丝毫看不出有人工建造的痕迹。轮廓分明的岩石有着一种年代久远的色泽，常青藤、红忍冬、野蔷薇和铁线莲爬满了壁侧和墙顶。参天大树间或拔地而起，成功的消除了墙顶和墙角线条之间的单调。他们或三三两两，或单株存在，不过无一例外地都紧挨着墙，所以有很多树的树枝（尤其是黑胡桃树的枝）探出了墙头沉浸在了水中。由枝叶所组成的一道密不透风的屏障完全遮盖住了墙后面深远之处的景象。

这些所能见到的情况都是在小船逐渐接近我所称之为通道隘口处时所看到的。随着小船靠得更近一些，隘口的形状便消失了，一个新的出口在左方出现了。在这个方向，那道蜿蜒曲折的墙依然可见，仍然顺着溪流的流向。在这个新的出口不能见到很远的地方，因为溪流和依附于它的石墙继续相随向左弯曲，直到一起被浓密的树丛所吞噬。

小船还是顺着河流不可逆转地滑进了迂回蜿蜒的河流之中，与小溪石墙相对的一边看上去与有着笔直通道和墙相对的一边极为相似。小山与大山之间不断轮回交换着，山上长满了各类植物，群山绵延数百里，遮挡住了视线。

轻舟以一种比刚才稍快的速度继续向前漂流着，在转过了几个弯之后，泛舟者发现他好像被一道巨门挡住了去路。这个门金碧辉煌，上面精心雕刻了回纹图案，门扇上将此时正在急速下坠的落日的余晖反射出来，其色彩灿烂，仿佛要把周围的整片森林投入到火海之中。这道门嵌在高墙之上，高墙下面正是那条小溪。

过了没多久，溪流的主体拐了一个弯度很大的弯然后流向了左边，石墙还是一如既往地顺着河流蜿蜒开去，一条水量可观的小溪从主干河流里分流出来，泛着细浪从那道门下穿过，消失在视野之中。

小船开始在较小的那条溪流上漂行，渐渐地靠近了大门，沉重的大门徐徐开启伴随着一阵悦耳的声音。小船滑过大门便开始加速，没多久小船便滑到了一片宽阔的圆形平原里，紫色的高山在平原四周紧密环绕着，一条波光粼粼的河流在山脚下静静地流淌着。就在此时，阿恩海姆乐园完完整整地出现在了眼前。

一种令人感觉心情愉悦的音乐在空中飘荡，一种让人感觉奇特的香气在四周弥漫，这里仿佛梦境一般多姿多彩：这里有着高高瘦瘦的东方树木，常青灌木丛覆盖在地面上，空中盘旋着金色和火红色的飞鸟，湖泊也有很多，而且水边都长满了百合花，草地上盛开着紫罗兰、郁金香、罂粟、晚香玉和风信子，姹紫嫣红的；银色的小溪纵横交错。就在这里的所有事物之间，一座座半哥特式半撒拉逊式的建筑拔地而起，它们的眺窗、尖顶和尖塔穿越云霄，在阳光的照耀下闪闪发光，好像由风精、仙女、天魔、地神共同创造的一片仙境。

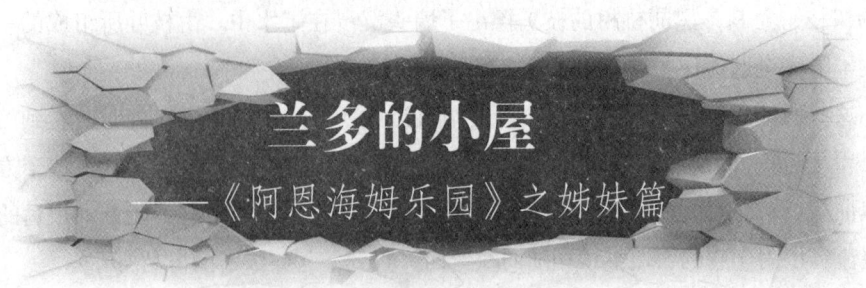

兰多的小屋

——《阿恩海姆乐园》之姊妹篇

去年夏天，我在纽约州进行徒步旅行。当我开始穿越其中的一两个临河县的时候，当时黄昏开始降临，我开始为自己正在走的那条路感到紧张。那一带地形令人捉摸不透，就在刚过去的一个小时之内，我感觉始终在一个个山谷之间的路上不断迂回，以至于对于 B 村的具体位置到底在哪，我也开始迷惑起来，而实际上我是要准备在那里过夜的。

准确地说，实际上整整一天太阳几乎并没有出现，可是天气却一直很暖和，甚至让人觉得有点不舒服。一层薄雾在空气中弥漫着，这种薄雾在晚秋小阳春的时候才会出现，毫无疑问这增加了我的茫然。

不过，当时的处境我并没有很在意，因为即使存在在太阳下山之前，我还是没有找到那个村子的情况，我还是有可能发现一座小小的荷兰式农舍的，或者是与之类似的小屋，虽然那一带人烟稀少（也许是由于风景秀丽但是土地并不肥沃的原因）。

不管怎样，用我的背囊当枕头，猎犬当我的警卫，在野外露宿一夜也是一份十分新奇的体验。所以我心情轻松，大步向前。我的猎犬庞托背着我的猎枪。当我开始考虑那些纵横交错的林间小径是否会通过大路时，其中一条最有希望的小道把我引向了一条准确无误的车道。这一点绝对不会搞错。

路面上有轻便马车碾压过后的痕迹。虽然说高高的灌木和繁茂的树丛在头顶相互缠绕，但是并没有影响树蓬下面的道路畅通，甚至可以算得上畅通无阻，即使一辆弗吉尼亚山区马车都能通得过。这条道路可以顺畅地穿过森林——如果可以将那一片树丛称之为森林的话。路面上有清晰可见的车轮的痕迹，除了这些之外，我丝毫感觉不到这条道路与其他道路的相似之处。

　　我所说的车轮的印记并不是结实地留在路面上的，而是仅仅还留有一些印记，就仿佛是坚实、湿润的路面上轻轻按压过的一样。路面看上去很像产自热那亚的绿色天鹅绒。造成这种效果的原因显然是由青草造成的，这种青草看上去很短，却很密集，也很平坦，色泽青润，除了在英格兰，别的地方恐怕很难见到。路面上没有任何的障碍物，甚至连一块碎石或者一根枯枝的影子都没有。原本在路上绊脚的石块也已经被小心翼翼地摆放在了道路两旁，就像是在半不经意、半刻意间摆起了两条精致优雅的路边。道路两旁的缝隙里长出了簇簇姹紫嫣红的野花，一片生机勃勃的景象。

　　不知道是什么造就了这番景象，但我可以肯定的是，这里面肯定有艺术的因素，因为一般来讲，天下的道路都是一件件的艺术作品，我也就不用再次感叹艺术在这条道路里所带来的精彩表现。

　　周围一切可以被料理的事物似乎都已经被料理过了，用一种自然的"神力"（正是在论述风景园林的书中所说的），并没有利用很多的人力和财力。被一种来自艺术性而不是价值的力量所驱使，我在一块被野花所簇拥的石头上坐了下来，怀着一种迷惑而又赞美的心情把那条道路凝望了足足有半个小时，我觉得这条道路只能出现在仙境里面。越凝望越产生一种强烈的意识：这眼前的一切肯定是有一位画家，对这里的任何布置都进行了严格的监督。这里之所以能拥有一片优雅整洁和美丽自然之感，得益于这位画家的无微不至的细心。这里的美丽自然正像一幅画，整幅画很少有笔直而又不间断的线条。不管从什么角度望去，相同的曲线效果或者色彩效果一般会出现两次，但仅此而已，不会再多。画面中每个部分都有着一种和谐之中的变化。这是一幅旷世杰作，即使最挑剔的批评家也挑不出这幅画的毛病。

　　我现在站起身来，沿着刚才跨上这条路向右边拐的方向继续前进。道路弯弯绕绕的，所以我视线可见范围只能是前方的两三步之遥。路面特征倒是保持一致，没什么实质上的变化。

　　走了没多久我便听见了阵阵水声，我继续往前走了一阵子，当我急促地转过了一个个突兀的拐弯的时候，突然发现我已经站在了一个拥有着一幢某种式样的房子的山坡顶部，而这座房子是坐落在一个山脚下的。由于山谷间雾气弥漫，看不清谷底的一切。夕阳西下，伴随着阵阵微风，谷间的迷雾化作了缕缕云彩，缭绕着飘离了山谷，当时我还在坡顶伫立。

　　谷底的景象以一种极慢的进展速度慢慢地呈现出来。东边闪出一片树影，粼粼水波开始出现在了西边，然后一个烟囱的顶部慢慢展现出来。这种情景让我有种恍惚之感，我误以为自己看到了"透视画"中的幻象，因为只有在那种画中才有这种类似的情景。

　　山谷中的雾霭彻底消散开的时候，太阳已经坠落到小山背后了。而就在此时，它仿佛突然向南跳了一个滑步，完全展现在眼前，一种略带紫色的光芒从山的西边的一个裂口迸发出来。于是乎，瞬间，整个山谷和山谷中的一切都开始变得明亮起来，让人尽收眼底。

当太阳开始落入上文中提到的那个位置，我第一眼的感觉很像小时候看的那些布景壮观的歌剧或通俗剧最后一幕留给我的印象。甚至连奇异的色彩也很类似，这是由于从裂口射进的落日余晖把一切都给染上了橙色和紫色，就连山谷中的青草的绿色也被一道雾帘所反射出去，映照在别的物体之上，那道雾帘在头顶上悬浮而不移动，仿佛深深眷恋着这样一幅美景。

此时我站在那个山坡之上，头顶上恰恰是那道雾帘，就在这样的一个位置上我开始俯瞰下面的小溪谷。溪谷全长大约不超过四百码，宽度从五十码跨越到一百五十码，最宽的地方也许有两百码左右。山谷的北端最狭窄，从那开始越往南越宽，但也不完全是这个样子，南端谷口最宽的地方有的不足八十码。有一些山坡围绕着山谷而起伏，他们几乎不能被称为山，除非从北面望去。

一座花岗岩峭壁突兀地矗立在那里，高约九十英尺，就像刚才我所说的，山谷北端是最狭窄的地方，宽度不会超过五十英尺，当游客从这里继续往南走的话，他会发现左右两边的坡岭在对比之下已经不是那么高了，也没有很陡的感觉，岩石的特征也并不明显了。

总之，南边地势稍微低一些而且也比较平缓，整个溪谷被高低不一的山岗峰峦所环抱，但是有两个地方是除外的。其中的一个地方我刚才已经描述过。它的位置在西北偏北的地方，如前文所述，落日将它的余晖就是通过花岗岩岭上的一个如同被刀斧所切割过一样的一个天然裂口处射进了椭圆形的谷底。目测那个裂口最宽的地方大约有十码左右。

它似乎一直往上延伸，如同一条天梯向着人迹罕至的大山与森林深处挺进着。溪谷的正南端有着另一个开口。南边的丘陵其实更像个斜坡，坡度十分平缓，呈东西方向延伸着，大约一百五十码左右。斜坡的正中间是一片凹地，与溪谷谷底在同一个水平线上。南边的景象更为柔和一些，不管是植物还是其他事物。

而在北边，在那座嶙峋险峻的山岩的顶峰，在离山岩仅有几步之遥的地方长有一棵棵高大粗壮的山核桃、黑胡桃和栗子树。其中里面还夹杂着几棵橡树。这些树有着粗壮的枝干，尤其是黑胡桃树的枝干，已经开始探出峭壁的边缘很多，在空中伸展着。从这个地方继续往南走，同类的树木还可以看得到，但是已经没有这么挺拔了。接下来会依次看到榆树、樟树和刺槐，这些树都很柔和；随之更柔和的菩提、紫荆、梓树和枫树会映入眼帘，最后是更文静优雅的多种树木。南边斜坡的整个表面都被覆盖上了野生灌木，其间有几棵银柳和白杨夹杂其中。在溪谷底部只生长着三棵树，看上去有点孤单（这里需要清楚的是，前文所说的树是生长在岩顶和山坡之上的）。

第一棵树是榆树，它树干纤细，树形优美，守护着山谷的南大门。第二棵树是山核桃树，要比榆树大一些，外观也要更美一些。虽然这两棵树都很优美，但它们的使命却是要守护西北方的那道偏门，因为它们在乱石堆中傲然耸出，并且以一种四十五度的倾斜向着夕阳照耀下的山谷延伸着躯干。

在这棵树偏东三十码的地方，有一棵可以称得上是整个山谷的骄傲的一棵树，在我看来它是我所见到的最壮观的树，能与它相媲美的树也许只有大丝柏树了。这棵树是三丫百合树，又名木兰鹅掌楸，属于木兰科的一个天然树种。在离地面大约三英尺的地方，它的三根树枝从母体开始分叉，然后向上逐渐微微分开，在最大的那根树枝开始没入叶簇的地方，它们之间间距不超过四英尺，那是在八十英尺高的地方。树的主体部分大约高一百二十英尺。

百合树树叶的美丽、繁茂、青翠是其他树叶所比不上的。拿眼前的这棵树来说，那些叶片宽度大约为八英寸，但是与绚丽烂漫的满树繁花相比，碧绿的叶片也开始逊色起来。请想象一下大团大团的美丽郁金香簇拥的样子！只有这样读者才能在我所描述的那幅画中身临其境。接下来的几棵树树干拥有着光洁的表面，颗粒状斑点在上面点缀着，看上去就像雄伟典雅的圆柱，最粗的一根直径达到了四英尺宽，距离地面有二十英尺的距离。另外的两棵树虽然比不上这颗百合树的凛凛威风，但也有着自己的典雅优美，它们的花与这棵百合树的花一起争奇斗艳，散发出迷人的香气，溢满了整个山谷。椭圆形的谷底上面长满了刚才我在路上所发现的那种青草，但是这里的要更加茂密、更加柔和青翠一些，看上去像极了一片绿色的织物。这里的美景简直难以想象。

前文已经说过了进入山谷有两个开口。从西北方的那一个有一条小溪流出来，它沿着那道裂缝自远方泛着细浪流过来，然后撞在了单独矗立着那棵山核桃树的乱石堆上。它在那里围绕着树转了一个圈，然后继续流向了东北方向，途中经过了那棵百合树，这棵百合树在它南岸大约二十英尺的地方，在此河流并没有改变方向而是一直流向了山谷东西两个边界的正中间位置。河流在此迂回了一阵子，然后转了一个九十度的急转弯，开始朝着南方徐徐前进，直到流入了一个椭圆形小湖，这个小湖波光粼粼，靠近山谷中更加低矮的南端。小湖最宽的地方大约有一百码左右。

湖水清澈透明，就连水晶也比不过它。湖底清晰可见铺满了雪白亮晶晶的小鹅卵石。前文所提及的那种青草铺满了湖畔两岸，湖岸并没有倾斜入水底，而是与水下的蓝天融为一体。这片蓝天仿佛一面镜子，将水面上的一切都倒映出来，所以出现了这样一种感觉，常常分辨不出哪里是湖岸的结束，哪里是湖岸的开始。水中的鱼很多，鳟鱼和其他种类的鱼看上去都要变成飞鱼了。

它们都给人一种飘浮在空中的感觉。一叶桦木制的小舟静静地在水面上横卧着，水面犹如一面明亮的镜子，将它的每一道木纹都精细地照映出来。在距离北岸不远的湖面上有一座小岛，小岛上一片繁花似锦、生机勃勃的景象，还有一座典雅温馨的小型建筑，这座建筑看上去是供飞禽们栖息的。连接小岛与湖岸的是一座十分轻巧而又非常原始的小桥。构成小桥的是一块独立的又宽又厚的鹅掌楸木板。木板长约四十英尺，以一个拱形横跨两岸，拱形起到了避免桥身摇晃的作用。小溪继续从小湖的南端流出来，小溪在山谷中弯弯曲曲地继续流淌了三十码之后，继续穿越了（已经描述过的）南坡中央地带的那块凹地，然后从一个一百英尺的悬崖上跌下，再沿着它迂回曲折的道路，向着哈得孙河悄然流去。

湖水很深，有的地方能达到三十英尺。但是溪流的深度却很少有超过三英尺的地方，能达到的宽度也只有八英尺左右。小溪的底部是和湖底相同的，若非要说一点美中不足的话，那就是有种过分整洁之感了。

谷底宽阔的绿色草坪上面随处点缀了美丽的灌木丛，比如绣球花、山荣树，或是香气四溢的山桃花，这些灌木丛的存在打破了山谷的单调。其中最多的要数天竺葵，它们色彩缤纷，争奇斗艳的，都被种植在花盆里面，而且花盆也都被小心翼翼地埋在了土里面，所以这些植物看上去就像在土壤中天然生成的一样。除了这些花木之外，山谷里还悠闲漫步着一些羊群，它们在天鹅绒般的草地上闲庭信步，还有三只温驯的鹿和一大群羽毛鲜艳的鸭子；守护着这些动物的是一只巨型的猛犬。

常春藤爬满了东西两边的峭壁——山谷周围的坡岭顶部看上去还是很陡峭的，只有一点裸露的岩石可以看得见。北边的巉岩也覆盖上了一层茂盛的葡萄藤，这些葡萄藤有的从巉岩脚下的土壤中长出，有的从突出的岩壁表面生长出。

构成这片小范围的领地的南方疆界的那条线条的低一些的坡顶上，有一道平整光滑的石壁，高度正好可以防止那几头鹿逃出山谷。这里看不到任何的栅栏或者篱笆，因为在这里人工屏障是不需要的。如果真有一只离群的羊要顺着溪流走出山谷的话，那它走不了多远就会发现在那道突出的山岩边缘没有了去路。我最初一走近山谷便发现吸引我的那道瀑布就穿越过了这条岩顶而飞流直下。总之，这个山谷的唯一的进出口就是那个岩石隘口处的一道大门，这个大门位于我所站立观望处的下方几步远的地方。

前文已经说过那条小溪蜿蜒曲折很不规则，它的两个大方向先是自西向东，然后由北向南。南溪就这样弯弯绕绕地绕了圈，在谷底形成了一个面积大约有十六英亩的一个半岛。这个半岛上有一幢建筑物，这个是一所房子，有着和瓦特克所见的那个地狱露台一样的建筑风格，这种建筑风格前所未有，它们的整体一致和谐给我留下了难以磨灭的印象——一种新颖得体的印象，就像是诗所能带给人的印象。因为除了刚才的那些词汇，我几乎不能给抽象的诗所带来的印象做一些更好的阐释，总之我无论怎样都不能说我能感觉到得仅仅是新奇而已。

实际上，这座小屋的天然质朴是在其他任何一座建筑上所看不到的。但是它的效果之神奇就在于能呈现出一片如诗如画的艺术布局。当我对这幢小屋驻足凝望的时候，禁不住想象它是由某位风景画大师妙手所得。

虽然我当初俯瞰山谷的那个角度几乎也是观看这座小屋的最佳位置，但还不是绝对的。山谷南端那道石壁上的一个位置是个最好的位置，我所对其进行的描述全是在这个位置上所观察到的。

小屋主体部分长约二十四英尺，宽为十六英尺，不会再多了。从屋脊到地面的高度也不过十八英尺左右。在小屋主体建筑西边有一个偏房，大小约为它的三分之一。偏房的正面在主体建筑的正面往后缩了大约有两码左右，屋顶与相邻的屋顶相比也是矮了一大截。小屋的第三个部分是垂直于正、偏两房，在主房后面正当中的位置。第三部分很小，与西端偏房相比要小上三分之一的面积。

两个较大的屋顶倾斜度很大，呈现出一种长长的凹面曲线，并且从屋顶陡然直下，伸出正面墙外有四英尺的距离，正好能构成两条外廊的顶部。伸出的屋顶无须支撑，但出于一种习惯，而且看上去似乎还是需要的，所以在拐角处设置了没有任何装饰的细细的柱子。北屋的屋顶其实是主体部分屋顶的延伸。而在主体部分与西屋之间的空当，一个高高细细的采用荷兰式硬砖砌成的方形烟囱静静地竖立着。构成烟囱的砖红黑相间，烟囱顶部还有一道狭窄的檐，是由一块突出的砖构成的。这座建筑突出部分有很多，山墙上面屋顶延伸出来一些，主体部分伸出约有四英尺，西面也伸出两英尺。

大门并没有开在主体部分中间的位置，而是选择了靠东一点的位置，与此同时，两扇窗户在靠近西边的位置。窗户不是落地窗，但是要比一般的窗户要更长更窄一些。它们和门一样也有单扇遮板，菱形的窗户格子，格子还很大。门的上半部分镶有玻璃，镶框也是菱形的格子，在夜间，因为活动遮板的作用，在外面就看不到建筑里的任何事物了。西偏房的门在山墙上开出，十分朴实无华，仅有一扇窗户向着南边开着。北屋没有门，仅有一扇窗户，朝向东方。

一段以对角线构成的楼梯（带有栏杆）打破了东面山墙的单一，楼梯在南端墙角位置开始向上延伸。在宽大的屋檐的遮盖下，这段楼梯一直通往阁楼，确切地说是屋顶室，因为那个屋子的采光依靠的是唯一一个向着北方的窗户，看上去这间屋子一直被用作贮藏室。

主楼和西屋的外廊没有铺设地板，如同通常的一样，但是门外和窗户外的草地上镶嵌了花岗石板，它们形状各异，又大又平，可以避免在任何天气下弄脏鞋袜。屋前还存在着花岗石板铺成的小路，在每块石板之间设有绿油油的草皮，如同天鹅绒一般。这些令人感觉优雅的小路通往不同的地方，有的通向了不远之处的一股清泉，有的通向了联通山谷之外的那条车道，有的还跨过小溪，通向坐落在北边的一两间附属棚屋，棚屋已经被几棵刺槐和梓树完全遮盖住了。

小屋不远处大约六步远的地方，树立着一棵奇形怪状的已经枯死多日的梨树。红艳艳的紫葳花缠满了枯树的整体，如果不仔细看的话很难辨清这到底是棵什么树。各式各样的鸟笼挂在了这棵树的不同的枯枝上。

鸟笼里装着不同品种的鸟类，它们或活蹦乱跳，或高声唱歌，或梳理羽毛，一只反舌鸟正在一个用柳条编成的顶部有环的圆形大鸟笼中欢快地跳跃着，另一只笼里装有一只黄莺，还有三四个美丽的鸟笼里传来了金丝雀的美妙歌声。

茉莉花和忍冬藤在外廊的细柱上缠缠绕绕，在正房与西屋连接处的角落里，一棵郁郁葱葱的葡萄藤正在生长着。它冲破一切藩篱，先是攀岩上西屋较矮的屋顶，接着又爬满了更高了正房的屋脊，然后沿着脊檩，向着左右两边展示着自己的卷须，然后一路沿着屋顶到达东山墙上，最后长长的枝干垂落下来，沿着那段楼梯蔓延开来。

整幢小屋，包括其偏房，都是用老式的荷兰盖房板所建成。这种盖房板很宽，四角不是圆形的。这种建筑材料的神奇之处就是可以让房子的底部看上去比顶部要宽，如同埃及的房屋一样。而眼前的这幢小屋，无数盆几乎环绕过墙根的鲜花使得那种与众不同的效果更加明显。盖房板无一例外全被涂成灰色，暗淡的灰色与碧绿的百合树的交相辉映，构成了一种画家极易想到的效果。

我刚才所描述过的石壁附近的位置，可以将那幢小屋一览无余。由于小屋突出的东南角，所以一眼就能够将它的两个正面和东面别致的山墙尽收眼底，同时还可以看到主楼后面伸出的北屋，遮盖住贮藏室的屋顶也是可以看到的。小屋附近横跨小溪的一座便桥的一半也可以看得到。

虽然我已经尽情领略了脚下的景色，但这并没有使我在坡顶上占用很长时间。我早已迷失了我所要去的那个村子的路，作为一名行路人，我是有着充分的理由去敲开眼前的那道门，并向主人打听一下道路的，于是我朝着那座小屋径直走去。

脚下的路在经过了谷口的那道门之后似乎就开始在一道天然壁架上横跨着了，壁架沿着东北边的壁面开始逐渐向下倾斜。我一直走到北边的巉岩脚下，遇上那座便桥并从上面通过，然后从小屋的东山墙绕到了正面。而在这个过程中，我没有发现任何周围有附属棚屋的迹象。

当我拐进墙角的时候，那只猛犬向我扑了过来，它没有吠叫也没有咬我，只是露出了一种猛虎般的目光和神情。我向它伸出手示好，我至今不清楚是否会有哪只狗对我这样的礼节毫无反应。它闭上嘴巴向我热情地摇着尾巴，而且还对我伸出了它的前爪，然后庞托成了它大献殷勤的对象。

我没有发现门铃的迹象，所以只好用手中的手杖轻轻叩击着这扇虚掩的门。一个身影应声朝着门口走来，是一位大约二十七八岁的年轻女人。她身材纤细苗条，当她以一种我无法确切形容的端庄步伐向我走近的时候，我内心不禁嘀咕着："矫揉造作的优雅是比不上优雅的自然美的，而这种优美的自然美，我想我在这里已经发现了。"

她带给我的第二个印象要更加鲜明，那就是她那种能够激发人热情的神态。也许我应该将其称呼为一种浪漫的神情，那种神情之强烈，尤其是那种神情自她的深奥的双眼闪现出的时候，让我产生了一种感觉，我认为不能有什么神情可以如此深深地渗入我的灵魂了。

我所不清楚的是，在她那双眼睛里闪烁出来的——偶尔也会在她的嘴唇上显露出来——神情，有一种力量深深地将我的注意力吸引在了这个女人身上，这种力量是绝对唯一的魅力，即使并不好明说出来。如果我的读者能充分理解"浪漫"在这里的真正含义——在我看来，"浪漫情调"与"女人气质"是两个意思相同的词。

毕竟，在男性视角里，女人味才是女人真正可爱的地方。安妮（当时我是听见有人在屋里这样呼唤她的，"安妮，亲爱的"）的眼睛呈现了一种与众不同的灰色，头发是淡淡的栗色，这些都是在我来得及对她进行观察时所能看到的。

她的邀请彬彬有礼，在她的带领下，我进入了小屋，首先经过了一个十分宽敞的门厅。在进入屋子是为了参观的目的下，我进屋子后便开始观察一切事物。首先映入眼帘的是右边的一扇窗户，样子和房子正面的窗户保持一致。在右边有一扇通往正厅的门，而在我对面的是一扇开着的门，使得我能看见一个小房间。小房间的面积和门厅不相上下，屋子里的摆设很像一间书房，有一扇朝向北面的凸窗很宽大。

进入客厅之后我见到了兰多先生，兰多是他的姓。他温文尔雅，待人热情诚恳。可是当时我的兴趣全被这幢迷人的住房所吸引了，主人的言谈举止并没有让我产生很大注意。

现在所能见到的北屋之前是一间卧室，它的门向着客厅开着。这扇门西边的位置有一扇窗户，向外打开着，对面是一条小溪。客厅靠近西端的地方有一个壁炉，还有一扇通向西屋的门，应该是间厨房。

客厅的风格极其简单明了。地板上铺有一块双面提花地毯（质地上乘），白底上有着绿色小圆形的图案做着点缀。窗帘是雪白的薄棉布，很宽大，折褶平整鲜明，全部都很立体，并且很正式地垂在地板上端。

贴在墙上的是精致无比的法国墙纸，底色是白色的，上面的花纹是一条条的淡绿色的Z字形凸起的线条。偌大的墙面上仅挂了三幅石版画，系朱利安用三种石墨笔绘制而成，画里呈现出的是典型的东方艳景——它们都是没有加画框直接被挂在墙上的。第二幅画的内容是一幕"狂欢节小景"，展现出了勃勃生机；第三幅画画的是一位希腊美女的头像，在之前，我没有见过这样一张美得无与伦比，但是表情却是那样令人无法看透的女人的脸庞。

屋子里还布置了一张圆桌、几把椅子、一把体积较大的摇椅及沙发等一些实用物品。这里的沙发从外形上来说更像一把长靠椅。构成椅架的材质是普通的枫木，但是已经被漆成了乳白色，并且雕刻上了绿色的细纹。椅座是用细藤编成的。椅子与圆桌看上去达到了和谐的匹配程度，可以看得出，这里的所有造型都出自构想了屋外庭园的那位设计师之思想，简直难以想象还有什么能比这里的一切更优美的了。

桌上放着几本书，一只大的方形的水晶瓶里装有不知名的新奇的香料，有一盏淳朴自然的磨砂玻璃星星形状的灯，上面还围着一个意大利灯罩，此外桌上还放有一大瓶鲜花，正在盛开着。几乎遮掩了壁炉的是一大瓶色彩鲜艳的天竺葵，房间里的每个角落里都设有一个三角形的花架，上面摆放着同样式样的花瓶，但是花瓶里面所装饰的花是不同的。炉架也由一两只稍微小一点的花瓶所装饰，窗外则盛开着大片的紫罗兰花。

这篇文章的目的旨在将我所亲眼所见的兰多先生的那座小屋尽可能详尽地描绘出来。至于他是出于什么原因建造的那幢小屋，又是怎样来进行布置的，以及兰多先生本人的一些情况，也许可以构成另一篇文章的主要内容。

眼　镜

　　"一见钟情"这个词在很久以前被人们认为是很可笑的，但是大多数人还是相信它是存在的，不管是感性的人还是理性的人，都一样提倡这种恋情的存在。事实上，随着道德魅力或叫作磁性审美的不断深入发展，已经证明了这样的一种可能性：就像电磁感应一样，人类发自心底的倾慕之情，其实是一种磁场效应。简言之，最辉煌、最持久的心之镣铐，都是在一瞬间被钉牢的。我下面要写出的这个故事，就是由一见钟情引起的。

　　我这个故事要求我应该写得细致一些。我就从我年轻的时候说起吧，那时我还是一个正值少壮的青年，还不到二十二周岁。我当时用的姓是辛普逊，一个非常普通而且相当平民化的姓。我说"当时用的"，因为只是最近才被人这样称呼——我于去年依法采用了这个姓氏，以便接受一位远亲阿道弗斯·辛普逊先生留给我的一大笔遗产，但我要继承的话，就必须改成他的姓。所以我被法律承认的姓是辛普逊，别人也是这么叫我的。但那只是姓不是名，我的名字叫拿破仑·波拿巴——更严格地说，这是我的首名和中间名。

　　对于我本来的父姓弗鲁瓦萨尔，我是非常自豪的。因为我认为我可能是《闻见录》之不朽作者让·弗鲁瓦萨尔之后裔。所以让我接受辛普逊这个姓多少有点儿勉强。说到姓氏，我很想顺便提一下我的一些直系前辈姓氏发音中一个惊人的巧合。我父亲姓弗鲁瓦萨尔，来自巴黎。十五岁就成为他妻子的我的母亲本姓克鲁瓦萨尔，是银行家克鲁瓦萨尔的大女儿。银行家的妻子嫁给他时也只有十六岁，她是维克托·瓦萨尔先生的大女儿。巧合的是，这位瓦萨尔先生刚巧娶了一个与他姓氏相似的穆瓦萨尔小姐。这位小姐结婚时也差不多还是个孩子，而同她一样，她母亲穆瓦萨尔夫人，出嫁时也只有十四岁。这样的早婚在法国并不罕见，反而很流行。然而，这些婚姻造成了穆瓦萨尔、瓦萨尔、克鲁瓦萨尔和弗鲁瓦萨尔这些姓氏混为一族，一脉相传。所以，把法定姓名改为辛普逊，为的是接受那笔有附加条件的遗产。我曾一度相当厌恶这个姓，实际上我还犹豫过，是否接受这笔毫无价值而且有令人讨厌的限制性条款的遗产。

名字的问题让我很烦恼，但是至于个人之天赋，我没有任何缺陷。恰恰相反，我认为自己健康完美，而且有一副百分之九十的人都会说漂亮的面孔。我有五英尺十一寸的身高，五官端正，头发乌黑而且自然卷曲，就连我的鼻子都堪称挺秀。唯一的缺点就是眼睛近视，但是我的眼睛又大又灰，就其外观而言，尚无人会怀疑它们有什么缺陷。不过，这近视本身一直使我很恼火，我采取了每一种补救措施，唯有戴眼镜这一法除外。我可不想我一表人才的脸被眼镜破坏了。我真不知道还有什么东西能如此损害一个年轻人的形象，即使到不了死气沉沉的程度，也会让人觉得死板得像个老学究。我坚持认为，眼镜对相貌的破坏已经到了无以复加的地步。还有一种单片眼镜有一种十足的华而不实且矫揉造作的意味。迄今为止，我哪一种眼镜都不用，依然能够应付自如。不过，这些纯粹的个人琐事在很大程度上其实并不重要。此外，我要满意地说，我的开朗健谈，富有青春活力，与我长久以来对女性的爱慕有关。

言归正传，我的故事发生在去年冬天的一个晚上，我和朋友特尔波特先生准备去看一场歌剧，歌剧的海报做得非常精彩，以至于剧场里相当拥挤。不过我们早已预定好了包厢，并按时到达了那里，只不过费了一些力气才挤开进包厢的路。

我只是陪我的朋友看歌剧，来凑个热闹，我并不像我的那位朋友那样痴迷于歌剧。整整两个小时，他可以目不转睛地盯着舞台看。而我在此期间，一直津津有味地盯着场内观众，逐个研究，并以此为乐——来看歌剧的人大多是本城的名流精英。就在我感到心满意足，准备转头去看台上的首席女演员时，一个美丽的身影深深吸引了我，那是我刚才漏掉的一个私人包厢。

那是个我见过的最优雅的身影，我永远也不会忘记，我愿意就这样凝视一千年。当时那张脸正面向舞台，她的包厢离我们的也很远，所以在好几分钟内我未能看见。但是她身体散发出的光辉，足以令我窒息。那身影真是绝妙非凡，再没有什么字眼可以用来形容其优雅匀称，甚至连我所用的"绝妙非凡"这个词也显得苍白无力。

我痴迷于女人身姿之美和女性优雅之魅力，更何况眼前就是那人格化、具体化的优雅，就是我最疯狂热烈的梦幻中的理想之美。那个包厢的结构允许我对那身影一览无余。她看上去不高也不矮，身材更是万里挑一，虽未绝对达到但也差不多接近端庄之极致。她无瑕的丰满和曲线美恰到好处。她的头发盘在后脑勺，挽成的发髻轮廓连古希腊美女普叙赫都会自叹不如。一顶漂亮的薄纱无檐帽与其说是遮住了头部，不如说是在展示头部，这使我想起了阿普列尤斯所形容的"清风织就"。那条右臂倚在包厢栏杆上，其精妙的匀称美使我的每一根神经都为之颤动。她衣着考究，外衣采用的是当时流行的款式，手臂上半部被宽松袖遮掩。宽松袖刚刚垂过肘部，其下露出的紧身衣袖质地轻薄，袖口镶着华丽的饰边，饰边优雅地遮住手背，只露出几根纤纤玉指，其中一根手指上闪烁着一颗让人一眼就能看出价值连城的钻戒。她微微露出的一截手腕，如莲藕般细腻光洁，再配上一只用羽毛珠宝装饰的手镯，简直浑然天成。这一切在顷刻间就明白无误地道出了其佩戴者之富有和过分讲究的审美情趣。

我当时的表情一定够得上呆若木鸡了，因为我凝视那个身影至少有半个小时了，我依然没有将眼睛移开。我当时的感情与我从前经历过的任何感情都截然不同，虽然我以前也见到过不少美丽的女孩子，她们不经意间也会有惊艳的瞬间呈现，可是即使这样，像我今天这样的感觉还从来没有过。现在我才知道一直被世人讲述或讴歌的"一见钟情"的所有力量和全部真谛。一种莫名其妙的东西，一种我现在不得不认为是心与心之间的磁性感应的东西，当时不仅把我的目光，而且把我全部的思维能力和感觉，都牢牢地钉在了眼前那个美妙的身影上。虽然此时我未曾仔细端详她的容颜，可是我确信我已经深深爱上了她，并且几近疯狂。我已经无法控制我澎湃的爱意，我心中的那种恋情是那么强烈，以至于我现在依然深信，即使她的长相平平，我的爱也丝毫不会减少。只有真正的爱情，只有一见钟情，才会如此与众不同，才会超越时空的限制，这样难得地出现。

上帝似乎很眷顾我，正当我想一睹心上人的芳容时，观众中突发的一阵骚动使她把头稍稍转向了我，这下我看见了那张脸的整个轮廓。那容貌之美甚至出乎我的预料，可她脸上的表情却让我感觉有一丝失望，让我刚刚炙热的感情，稍稍地冷静了一些——她眉宇间有一种说不出的严肃，就像圣母玛利亚般神圣不可侵犯。这多少让我感到有些失望。我说"失望"，但这绝不是一个恰当的字眼。我的感情在突然间变得更加理性，虽然是这样，但是我的内心依然有激情在燃烧，只是让它们变得能够控制而已。我马上领悟到让我的感情变得平静的原因，不仅仅是因为她表情的不可侵犯。我能感觉到她的表情中有某种我未能发现的奥秘，这虽又引起了我极大的兴趣，但同时又让我稍有些不安。实际上，我当时处于的那种心态可以使一名多情的青年男子采取任何毫无节制的行动。那女子若是孤身一人，我无疑会不顾一切地进入她的包厢同她搭话。可她并不是一个人来看歌剧，她的身边还有一位先生和一位非常漂亮的女士，那位女士看上去比她年轻几岁。

为了把自己介绍给那位女士，我想无论如何都应该设法更清楚地看清她的容貌。我想到了上千种方案，想散场后让我被正式引见给那位年龄稍长的女士。我真想换一个离她包厢更近的座位，但剧院座无虚席之现状排除了这种可能。我甚至想到了望远镜，但最近上流社会严格的法令，也对在那样一种情况下使用剧场望远镜作出了强制性的禁止，何况我也没有带望远镜。可是现在我管不了那么多了，我还没有到绝路上。我想到求助于我旁边的朋友。

"特尔波特，"我说，"我眼睛近视，看不清舞台，你有剧场望远镜吗，借我用一用。"

"望远镜？没有！我怎么会有那玩意儿呢？"他说完，不耐烦地把头重新转向舞台。

"可是，特尔波特，"我扳过他的头，让他看着我继续道，"请听我说，好吗？你看见那个包厢没有？那儿！不，旁边那个，难道你曾见过那样可爱的一个女人？"

"她漂亮极了。"他说。

"我真想知道她是谁！"

"什么？你居然不知道她是谁？她就是大名鼎鼎的来朗特夫人，她刚从巴黎来，她有过一场轰轰烈烈的婚姻，可惜丈夫不幸去世使她成为寡妇。她非常富有，是眼下全城谈论的话题。"

"你认识她？"

"是的。而且还很熟。"

"你能为我引见吗？"

"当然。你想什么时候？"

"明天，午后一点，我会到 B 旅馆来找你。"

"好吧。现在请你闭上嘴，如果你可以的话。"

我不得不接受了特尔波特这后一句忠告，因为他对我进一步的问题和建议都和没听见一样，而且那天晚上剩下的时间他都不再理我，整个心思都集中于台上的演出。

同时，我一直目不转睛地盯着来朗特夫人，而最后我终于幸运地看到了她那张脸的正面。那副面容真是楚楚动人，当然，我早已预料到了这一点，甚至在特尔波特告诉我之前。但仍有某种莫名其妙之处使我感到不安。我最后断定，我是被一种庄重、悲哀，或更准确地说，是被一种厌倦的神情深深打动，那种神情使那张脸少了几分青春的活力，但赋予它一种天使般的温柔和庄重，因此也自然而然地令我多情而浪漫的心更加神往。

我现在已经完全沉浸在享受中，由于我目不转睛地关注，这位女士的一举一动我都看得清清楚楚。我突然发现，她的脸上划过一丝惊讶：我被她发现了！即使这样，就算要兼顾礼貌，我也无法收回目光，因为我已经彻底迷失在她的美丽中了。她把目光转向舞台继续看演出，我只好欣赏她后脑线条清晰的轮廓。但她似乎对我也充满好奇，过了一会儿，想知道我是否还在偷看，她又慢慢地转过脸来，又一次面对我火热的目光。一瞬间，她的脸颊绯红，如秋水般的眼眸忙望向别处。我还以为她会像第一次一样，把脸侧过去，可是这次却出乎我的意料，她不仅没有回头，反而像我观察她一样观察起了我。不过与我不同的是，她从她的紧身衣中掏出了一副双片眼镜。她举起眼镜，对准方向，然后不慌不忙、专心致志地把我打量了足足有好几分钟。

尽管在她的凝视下，我浑身不自在，仿佛自己是一件商品，被挑剔的顾客挑着毛病。但我却没有丝毫的反感或者厌恶，尽管若是换一个女人，那样无礼的举动很可能引起反感或厌恶。她对我的打量进行得是那么安详宁静，那么漫不经心，那么泰然自若，总之是明白无误地显示出了一种最好的教养，而当时我心中只有赞美和惊讶的感情。

我还发现，她刚开始只观察了我很短时间，觉得没什么新鲜之后，正要收起眼镜，这时仿佛又涌起第二个念头，于是她再次举起眼镜，全神贯注地一连看了我好几分钟，我敢说至少也有五分钟。

在私下里盯着别人看是被认为极其不礼貌的，更何况是在人群密集的剧场里。我们怪异的行为，很快被观众发现了，大家指指点点，窃窃私语。这使我感到一阵心慌意乱，但并没有使我的目光离开来朗特夫人的脸。

满足了她的好奇心之后（如果真是那样的话），她放下了眼镜，平静地把她的注意力重新转向舞台；现在她的侧影又一次朝向我，我仍然像先前一样目不转睛地盯住她看，尽管我充分地意识到那样做显得相当无礼。这让我又有了新的发现，她依然在偷偷地观察着我，只是这次低调了一些而已。我的内心深处有说不出的愉悦感和满足感，因为偷偷观察我的是一位多么美丽的夫人啊。我无须赘述那样一位窈窕淑女的这种行为，对我易激动的心产生了什么样的影响。

就这样把我细看了大约十五分钟，我所恋的那个美人侧身去陪她那位先生说话，当她说话时，我依据着他俩的目光清楚地看出他们谈论的是我。

交谈结束后，来朗特夫人再次把头转向舞台，一时间似乎沉浸于台上的演出。她看了大概几分钟。然而她接下来的动作，再一次让我心潮激荡起来。她又一次拿起眼镜，像上次一样，不管观众的小声议论，以刚才那种既使我高兴又令我惶惑的不可思议的从容，从头到脚地再次对我细细打量。

她的这种行为使我信心倍增，人们都会觉得，过于迷恋某人自己会变得渺小，但这种感觉我现在一点也没有。心中充满的只有欢喜，因为她给我的关注太异乎寻常了。此刻，在我的眼里除了这位美丽的夫人再没有其他，我完全忘记了身边的一切。我等待着机会，当我认为观众已完全被歌剧吸引，我终于不失时机地迎住了来朗特夫人的眼光，而就在四目相交的瞬间，我非常轻微但明白无误地冲她点了点头。

她显然注意到了我的动作，因害怕被人看见，她顿时面红耳赤，随即避开了目光，接着又缓慢而谨慎地四下环顾，然后把身子侧向坐在她旁边那位先生。

这时，我也感到了我的动作有些冒昧，一时间不知道该怎么办，并且很担心我如此轻率的举动会被认为是流氓。更令我不解的是，一个恐怖的画面迅速在我的脑中闪过，居然是有几个人举枪向我射击。但马上我就如释重负，因为我看见那位女士并没有说话，而只是把一份演出海报递给了那位先生。不过紧随其后发生的事，也许能使读者对我心灵的极度惊讶和茫然迷惑形成某种模糊的概念，因为转眼间，当她再一次偷偷地左顾右盼之后，她允许她那双明亮的眼睛完全而持续地迎住了我的目光。然后微微一笑，露出两排珍珠般光洁的牙齿，并清清楚楚、明明白白、一点儿也不暧昧地朝我点了两下头。是的，我绝对没有看错，她居然还向我点了点头。我还以为，她再也不会转过头来看我了，可是，我却受到了如此大方的待遇。如果亲爱的读者你能亲身经历的话，你就会知道我当时惊愕的程度，我的不解与不知所措已经无以复加。

　　我当然没必要详述我当时那种喜出望外、心醉神迷和销魂荡魄。如果真有男人快活得发疯，那男人就是当时的我。我恋爱了。那是我的初恋，我是那样认为的。那是一种至高无上的爱，一种难以形容的爱。那是一见钟情，它被感知并得到了一见倾心的回报。

　　是的，回报。我怎么能对此有片刻的怀疑？对一位如此美丽、如此富有、如此有才艺、如此有教养，社会地位如此高贵，在各方面都像我所感觉的那样完全可尊可敬的女士的这番举动，对来朗特夫人的这番举动，我难道还可能做出什么别的解释？是的，她的动作实在地回应了我的爱，她也爱上了我，她也一定和我一样，经历了开始的纠结，最后选择了接受；经历了世俗的不认可，最后还是摆脱不了内心的激情！可这些美妙的想象和思绪此时被大幕的垂落打断。观众起身，随之就是通常的喧嚣。我匆匆离开特尔波特，竭尽全力想挤到来朗特夫人身边。由于人多，我未能如愿以偿，最后我放弃了追踪而踏上回家的路。我极力宽慰自己因未能摸到她的裙边而引起的失望，因为我想到让特尔波特把我介绍给她，正式引见，就在明天。

　　天总算亮了。黎明总是喜欢迟迟不来，尽管人们在热切地盼望——没有比这一夜更加难熬的了。可到午后一点之前的几小时就像蜗牛爬行，单调沉闷、漫漫无期。漫长的等待总有尽头。时钟终于响了。当其余音平息之时，我已经步入 B 旅馆找特尔波特。

　　"出去了。"特尔波特的仆人说。

　　"出去了？"我差点没趴到地上，赶忙问道，"请听我说，我的伙计，这种事完全不可能而且绝对不可能，特尔波特先生不会出去。他怎么会出去呢？"

　　"他真的出去了，我没有骗你。他乘马车去了，吃过早饭就走了，还留下话，说他一个星期内都不会在城里。"

　　我又失落又生气，心里没了主意，站在那儿一动不动。我很想说点什么，可舌头不听使唤。最后我绷着一张气得发青的脸转身离去，心中早把所有的特尔波特统统打入了厄瑞玻斯统辖的永恒的黑暗。很明显，我的这位朋友，一定是把我们的约定忘到九霄云外了，他只有在音乐方面的约会才会言而守信。于是我尽可能地平息了胸中的怒气，郁郁不乐地徘徊于街头，枉费心机地向我所碰到的每一位男友问起来朗特夫人。但是大家也都只是听说而已，很少有人与她有交往，因为几个星期前她才来到这个城市。我打听不到比此更多的信息内容了。看来，今天拜访她是不可能了。当我正灰心丧气地站在街边与三位朋友谈论那个撩拨我心扉的话题时，碰巧谈论的对象正从那条街经过。

　　"你看那是谁！"第一个朋友高声嚷。

　　"绝代美人，举世无双！"第二个朋友大声说。

　　"真是惊为天人啊！"第三个朋友赞叹道。

　　我随着他们的视线望过去，果然是我在剧场中见到的那位女神，她的旁边坐着一位年轻的女子，正是昨晚在包房里出现过的那位。

"她的女伴也显得超凡脱俗。"最先开口的那位朋友说。

"真令人吃惊，"第二个朋友说，"五年了，她还是那么漂亮，简直是有过之而无不及啊。我发誓，她看上去比五年前在巴黎时更美，依然是一个漂亮女人。你不这么认为，弗鲁瓦萨尔？我是说，辛普逊。"

"算个美人！"我说，"她也有美的潜质，可是与她的朋友相比，她就像金星旁边的一颗暗淡的星，就像安塔瑞斯旁边的一只萤火虫。"

"哈哈哈！当然，辛普逊，你可真善于发现，我是说独出心裁的发现。"说到这儿，我的那三位朋友与我分手，当时他们中的一位哼起了一首快活的法国小调，我只记下了其中两句：

尼农，尼农，尼农请下车——
下来吧，尼农·德·朗克洛！

接下来的事情，再一次把我内心的激情点燃，使我今天的不快一扫而光。那就是，当那辆马车驶过我的身边时，来朗特夫人竟赐给我一个所有可想象的微笑中最甜蜜的微笑。天哪，她不仅认出了我，还主动向我打了招呼。这只是一件小事，可是对我却意义重大，因为这意味着幸福。

至于被正式引见，我不得不暂时放弃了所有希望，耐心等待特尔波特认为他应该从乡下返回的那个时间。与此同时，我锲而不舍地频繁出入每一个体面的公共娱乐场所。最后，在第一次看见她的那家剧院，我终于欣喜若狂地再次看见了她，并再次与她交换了目光，不过，这已经是在第一次见到她的两星期之后。在这两星期当中，我每天都去特尔波特下榻的旅馆询问他的归期，而每天都被那千篇一律的回答惹得生一场气，他那位仆人就一句话"还没回来"。

就在见面后第二天的晚上，我内心的焦虑使我快要发疯了。前面我已经说过，来朗特夫人是巴黎人，这个念头一出现，就无时无刻不在折磨着我——这说明她很可能随时会回巴黎去，在特尔波特回来之前就离去，难道她不可能就此永远从我身边消失？这念头可怕得令人不堪承受。不能这样，我不能像一个女人那样优柔寡断，自己的幸福要把握在自己的手中。为了知道她住在哪里，我决定冒一次险，我选择了跟踪的手段，并顺利地得到了她家的地址。第二天一早我就给她寄去一封我精心写成的长信，在信中，我把积压在心头的话全都倒了出来。

我直言不讳，畅所欲言，总而言之我是慷慨陈词。我什么也没有掩饰，甚至包括我的缺点。我谈到了我和她初次相逢那种富于浪漫色彩的形式，我甚至谈到了我和她之间的眉来眼去。

我竟然还宣称我确信她爱我，而我把这种确信和我对她的倾慕之情，作为我这要不然就不可饶恕的冒昧之举的两个理由。至于第三个理由，我谈到了我对自己在有机会被正式介绍给她之前，她会离开这座城市的担心。我在这封最激情洋溢的信之末尾，坦率地告诉了她我的现状，我把从远亲那里继承遗产的事也告诉了她，并直截了当地向她求婚。

我每天都在焦急中等待回信，时间仿佛凝滞了一样，我觉得一个世纪都没有这么长，不过，终于等来了回信。

简直令人难以置信，但是事实就在眼前。我真的等到了回信——我所崇拜的美丽而富有的来朗特夫人的回信。还有比这更浪漫的事情吗？她不在乎世间的繁文缛节，只听从内心最真实的呼唤，率性为之，因为她的体内流淌着真正法国人的血液。我收到的不是她退给我的原信，也不是石沉大海般的沉默，而是她亲笔写的回信，我甚至能感受到她的纤纤玉指在纸上划过的温柔。信的内容如下：

辛普逊先生会原谅我不能像应该的那样，用他的国家优美的语言写好这封信。只是我最近才到达，还没有机会来学习。

我不知道该用什么样的表达方式，只好这样说，唉！——辛普逊先生猜测得真是太对了。我就不需要再多说什么了。唉！我是不是已经说得太多了。

欧仁妮·来朗特

看完这封来朗特夫人的亲笔回信，我都快高兴疯了，在信上吻了又吻，不知道该怎么表达我自己的狂喜。特尔波特还不想回来。天哪！要是他能稍稍想到他的离去给他的朋友带来的痛苦，难道极富同情心的他还不想立即飞回来拯救我？然而他还没回来。我去了信，他回了信。他被急事耽搁，但很快会回来。他在信中求我不要急躁，劝我控制住自己的激动，读点儿轻松读物，别喝比白葡萄酒更刺激的饮料，并且要求助于哲学的安慰。这个白痴！即便他本人不能回来，可他为什么不能动动脑子，在信中给我附寄一份引见信？我再次给他写信，恳求他马上寄一份引见信给我。等到的却是那位仆人的退信，后面还用铅笔留了言：

考虑到您是急性子，今天把信退回。我昨日已经离开S，目的地和归期不详，请谅解。

您忠实的　斯塔布斯

这主仆二人就好像是成心在气我，我在心里早已把那主仆二人一并献给了地狱之神；可生气发怒毫无作用，任何抱怨也都于事无补。

如此看来，不得不做些冲动的事了。我这种说干就干的天性，也确实帮过我不少的忙，现在我又需要它的帮助了。何况，我们两个人已经互相倾诉爱慕了。我只要在打破世俗的礼节时，不做出过激的行为就不会招致她的反感吧？此外，自从收到那封回信以来，我已经习惯于监视她的住处，并由此发现每天傍晚时分，她习惯在她住处窗户能俯瞰的一个花园广场散步，跟随她的只有一名穿仆人制服的黑人。就在那个公共的花园广场，在茂密而阴凉的小树林间，在仲夏黄昏的薄暮之中，我看准了我的机会，并上前与她搭话。

我为了骗过她的仆人，像老朋友那样向她问好，虽然心里有些发虚，但是我的演技还不错。来朗特夫人立即明白了我的用意，也像老朋友似的伸手向我问好。她没有被我吓到，一定与她正宗的法国血统有关。那名仆人立刻知趣地躲到了一边，我们终于可以面对面地交谈了，我们激动地交谈着，互相倾诉着爱慕之情。任时间匆匆流过，我们的谈话没有一点要结束的迹象。

由于来朗特夫人讲英语甚至比她写英语更糟，我们的交谈必然是用法语进行。用这门最适合谈情说爱的甜蜜语言，我任凭一腔火热的感情宣泄无遗，并以我所具有的全部口才，恳求她答应立即同我结婚。

对我的这种急切，她莞尔一笑，我急切地等着她回答。她显然对我这些天的行动一清二楚，她认为，我为了追求她而搞得尽人皆知，有点过于草率。一提到第一次在剧场的相遇，她就会因害羞而满脸通红。她一直在强调，我们刚刚认识就谈婚论嫁，有些不妥，毕竟婚姻是大事不能儿戏。她以一种天真可爱的神态谈起这一切，这使我伤心，使我信服，又使我入痴入迷。她甚至笑吟吟地责备我太急躁、太轻率。说到这，她轻叹一声，并提醒我根本就不了解她：对她的社会地位、亲戚朋友还有财产状况都不清楚。还说我对她的感情是一时冲动，是自己人为幻想出来的，是内心被激情迷惑的产物，是不真实的。她说话间，暮色越发深沉，我们周围变得越来越暗，然后随着她仙女般的小手轻轻一摁，她在一个美妙的瞬间，结束了她那番穷根究理。

我像真正热恋中的男人一样，把自己的心完全交给了她。我不断地倾诉着对她的迷恋，对她的执着，对她的忠贞不渝。最后，我以一种令人心悦诚服的说服力，详论了爱情之路上充满的种种危险——真正的爱之历程绝不会一帆风顺，因此无谓地延长这历程，其危险显而易见。

我最后的这番雄辩似乎终于软化了她的执拗。这下她变得温情脉脉，可她说我们的爱情之路上还有一个障碍，一个她确信我尚未加以适当考虑的障碍。这是一个非常微妙的问题，而让一个女人来说则更难启齿，她说她提出这点肯定会付出感情的代价，不过为了我，她可以做出任何牺牲。她所说的障碍是年龄问题——我们两个人的年龄可能相差悬殊。传统观念认为，妻子的年龄应该比丈夫的低才对：几岁，十几岁，甚至二十几岁，都可以被人接受。但是只要妻子的年龄超过丈夫，就会让人感觉别扭，因为年龄问题而没有走到一起的人，比比皆是。她已经知道我的年龄不超过二十二岁，而与此相反，我也许还不知道我的欧仁妮已远远地超过了这个年龄。

　　听完她的顾虑，我的心彻底被她征服了，在她面前，我只能顶礼膜拜。这种高贵的心灵，这种高尚的坦率，使我欣喜，令我陶醉，永远地为我戴上了爱情的枷锁。我几乎不能压抑心中的那阵狂喜。

　　"我最最可爱的欧仁妮，"我大声说，"你也相信这些世俗的观点吗？我是比你小上几岁，但这又能说明什么呢？世俗的陈规陋习是那么的愚蠢而荒唐。对那些像我们这样相爱的人来说，一年和一小时到底有什么不同？我现在是二十二岁，但是我马上就要二十三岁了啊，而你，我亲爱的欧仁妮，你肯定不超过——最多不超过——不超过——不超过——"

　　说到这儿，我稍稍有所停顿，希望来朗特夫人会接过我的话头，说出她的真实年龄。但一个法国女人对令人难堪的问题很少正面回答，通常是以略施小计来作为答案。此时的欧仁妮就似乎在她的怀中搜寻什么东西，不一会儿，她把一张微型画像掉在了草地上，我立即把画像拾起并递还给她。

　　"送给你吧！"她说，同时露出一个最令人销魂的微笑，"希望你好好珍惜它，为了画像中的人，请你好好保管它。对了，你感兴趣的事可以在背面找到答案。现在天有点黑了，你可以到明天再好好欣赏它。同时，今晚你将护送我回去。我的一些朋友要举行一个小型音乐会。我保证你能听到一些美妙的歌声。我们法国人不太像你们美国人这样拘泥于形式，我把你作为老朋友偷偷带去，不会有什么困难。"

　　于是，我成了护花使者，她挽住了我的胳膊，我陪着她回到她的住处。那座公寓相当不错，而我认为陈设也非常高雅。不过对最后一点，我几乎没有资格做出评判，因为我们进屋时天已完全黑下来，而美国的高级公寓在炎热的夏季，很少在一天中这最令人惬意的时刻点灯。虽说在我们进屋大约一小时之后，大客厅里点亮了一盏被遮暗的太阳灯，这使我能够看出那个房间布置得异常高雅甚至富丽堂皇，但有两间房子却一直处在朦胧的阴影中，大部分客人都聚集在这里。这明与暗的对比，显然是主人安排的，为的是让客人有更多的选择空间。这种安排在美国很流行，我们来自大洋彼岸的朋友们对此只能够入乡随俗。

　　这个夜晚令我如痴如醉，一生都回味不尽。这里的音乐好听极了，正如来朗特夫人所说的那样，她的朋友们极具音乐天赋，就连维也纳的专业音乐团体也比不过他们，他们的表演精彩绝伦。器乐演奏者不少，而且都是第一流的高手。歌唱者大多是女士，没有一位不唱得悦耳动听。最后，随着一声断然的对"来朗特夫人"的呼唤，她立即从我和她并排坐的那张躺椅上起身，毫不扭扭捏捏或假意推辞，由一两位先生和与她一道看歌剧的那位女士陪同，她走向大客厅里的那架钢琴。我倒真愿意陪她前去，但既然我是被悄悄地引进那套房子，我觉得我最好还是待在原处别惹人注意。就这样，我被剥夺了看她唱歌的快乐，尽管没被剥夺听的权利。

　　她的演唱强烈地震颤着我的内心，对其他客人也造成了很大的反响。我简直完全陶醉在她的歌声中，内心激动不已。我不知该如何恰当地对这种感觉进行描述。毫无疑问，它多少起因于我正在受其影响的爱情，但更多的是由于我对歌唱者情感之热烈的确信。她无论是唱咏叹调还是宣叙调，都用了一种比她本身的激情更热烈奔放的音调，这一点很难用艺术来解释。她唱《奥赛罗》时那种浪漫空灵的发音，以及她唱《凯普莱特和蒙太古》中"Sul mio sasso"这几个意大利字眼的声调，迄今还回旋在我的记忆中。她的音域可以从女低音 D 跨到女高音 D，正好是三个八度。她的嗓音可以传遍整个圣卡洛斯大剧院，但她并不单以声音高亢见长，而是使音调变得更加婉转——每一个或升或降的音阶，每一个终止式，或者每一个装饰音。在唱《梦游女》的终场曲时，她把下面的歌词唱出了一种出神入化的效果——

　　啊！此刻我感受到的欢欣，
　　是上帝赐予的福音。

　　她没有遵循贝吉利的原曲，在模仿玛丽博兰的同时，做了点小小的改变：她先是以中音的 G 调起，然后音调陡然升高，变成了高音的 G 调，两个八度的跨越就这样瞬间完成。

　　在这些奇迹般的演唱后，她离开钢琴，重新在我身边坐下，这时我用最富深情的字眼，向她表示了我对她演唱的喜欢。至于我的惊讶，我只字未提，尽管我实际上是惊讶万分。因为她与我谈话时所用的那种娇滴滴的声音，或准确地说是颤悠悠的声音，使我预料她在歌唱方面不会表现出任何惊人的才华。

　　接下来，没人打扰我们了，我们终于可以促膝长谈了。她仔细倾听我的每一句话，对我早年的生活经历尤其感兴趣。她的坦诚，尤其是在年龄的问题上，让我有了想把一切都告诉他的冲动。她聆听时的缕缕温柔，让我说下去的勇气倍增。我说出了一切，包括生活中一些无关大局的坏习惯，还有精神上的小毛病，甚至是生理上的缺陷。我还说到了我大学时代的有失检点，说到了我的放荡不羁，说到了我的纵酒狂欢，说到了我的欠账负债，还说到了我的风流轻佻。我甚至说到了曾使我受折磨的一次轻微的肺热咳，说到了我曾一度患过的慢性风湿，说到了我发过一次的遗传性痛风，最后，我终于把我近视眼的毛病也告诉了她，并坦白我一直以来都在掩饰这个缺陷，即使这让我生活很不方便。

　　"你的坦诚真让我感动，"来朗特夫人笑吟吟地说，"可是关于这最后一点，你大可以隐瞒，因为你要是不说，我认为当然就不会有人指责你这一错误的行为。顺便问一下，"她继续道，"你是否还记得，"这时，我甚至在那个房间的昏暗中也觉察到一团红晕清清楚楚地显现在她的脸上，"我亲爱的朋友，你是否还记得现在挂在我脖子上的这副小小的眼镜？"

　　她问话时，手指捻弄着那副曾在歌剧院里使我大为震惊的双片眼镜。

　　"怎么会不记得呢，简直是记忆犹新！"我一把抓住那双拿着眼镜的玉手，激动地说。

这副眼镜做工精细，乍一看不像眼镜，更像个工艺品。首先映入眼帘的，就是那些宝石的光辉，它们被镶嵌在镂空的镜架上，周遭饰以金线，即便是在昏暗朦胧之中，我也不可能看不出它非常贵重。

"好吧！我的朋友，"她突然热情地说，让我感到有些意外，"好吧，我的朋友，你热切地恳求我给你一个你乐于称为无价之宝的许诺。你请求我明天就与你结婚。若是我答应你的请求，请允许我补充，这也是答应我自己内心的恳求。那我是否有资格向你提出一个小小的、一个很小很小的请求作为回报？"

"当然可以！"我欣喜若狂的声音大得几乎引起一屋人的注意，而仅仅是因为那些人在场，才阻止了我冲动地跪倒在她的脚边。"什么条件？我亲爱的，我的欧仁妮，我的心上人！无论什么！但在你的请求提出之前，我已经答应它了。"

"那么，我的朋友，"她说，"我知道你对我的爱是真诚的，你坦诚地告诉我你有近视的毛病，可是你为什么却要向别人隐藏呢？——这个与其说是生理上的还不如说是道德上的缺点——请允许我向你保证，这个缺点与你高贵的天性是那么不相称，与你坦荡的胸怀是如此不和谐，如果容忍它继续下去，那它迟早会使你陷入某种非常难堪的困境。请你为了我，正视自己的缺陷好吗？你不戴眼镜，也不用其他物理方法矫正视力，是不敢正视缺陷的表现。因此，你也知道戴上眼镜的意义——嘘，别作声！你已经为我而答应戴上它了。你必须接受我手中这个小小的玩意儿，虽说这玩意儿对于视力很有帮助，但作为一件珍宝并不贵重。你看，就这样稍稍调整一下，或这样调整，它就既可作为双片眼镜架在鼻梁上，又可作为单片眼镜揣在背心口袋里。但是，我不希望它只出现在你的口袋里，希望它经常被戴在眼睛前。"

说实话，这个请求让我有点为难，可是我一点也没有犹豫，马上就答应了，毕竟这与我的要求比起来，显得那么微不足道。

"行！"我高声答应道，尽量鼓起我当时能鼓起的全部热情。"行！我非常乐意接受。为了您，我愿献出每一分感情。今晚我把这可爱的眼镜作为单片镜戴在我胸上，但等明天早晨曙光初露，待我能有幸把您称为妻子，我就将把它戴在——戴在我的鼻梁上，而且以后我将永远戴着它，以这种不那么风流、不那么时髦但肯定是你所希望的更有益的方式。"

接下来，我们谈了明天的安排，我未来的妻子告诉我，特尔波特已经回城了。我正好要见他，我需要他帮我完成我的计划，我们现在急需一辆马车，这样舞会到凌晨两点结束时，我们可以趁大家互道晚安时的混乱，离开这里。然后一路飞驰，赶到一位早已联系好的牧师门前，秘密地举行婚礼，留下特尔波特，然后我俩将去东部做一次短途旅行，把那个上流时髦社会丢在身后，让他们对这事随便议论去吧。

安排好这一切之后，我马上离开那个公寓去找特尔波特，但半路上我忍不住拐进了一家旅馆，为的是好好看看那幅微型画像，而我看画像时，借助了那副很有效力的眼镜。来朗特夫人美艳的脸庞映入眼帘。我从来没有见过这样完美的面容，她容貌清秀，俊目星眸，鼻子小巧玲珑，并微微上翘，呈现出别样的古代美，她的头发乌黑油亮，似瀑布奔流般变化多姿。"啊！"我欣喜若狂地自言自语，"真画得和我的心上人一模一样！"我翻转画像，发现背面写着这些字——"欧仁妮·来朗特，二十七岁零七个月"。

我到特尔波特公寓时，我的朋友正好在家，我马上开始告诉他我的好运。他大吃一惊，但还是送上了诚挚的祝福，并表示他将鼎力相助。计划进行得很顺利，舞会刚结束，也就是凌晨两点左右，我和来朗特夫人，确切地说是辛普逊夫人，就已经坐在了驶往城外的马车中了。我们朝着东北偏北的方向驶去。

特尔波特已经为我们作出了决定，因为我们将整夜兼程北上，所以我们应该把离城约二十英里的C庄园作为第一站，在那儿吃顿早饭并稍微休息一会儿，然后继续起程赶路。我们按照他的建议，只用了不到两个小时，就看到了一家客店，正是C庄园。我一边叫人预备早餐，一边把我敬慕的妻子扶下马车，并且马上要了早餐。同时，我俩被引进一间小厅坐下。

当时虽然说不上是白天，但也接近天亮，而当我神魂颠倒地凝视我身边那位天使之时，我才突然第一次想到，自从我知道来朗特夫人誉满天下的美貌以来，我这实际上还是头一次能在白天并在近处欣赏她的美貌。

"看够了没有，我的老朋友？"她把手放在我的手上说。我的思绪被打断了。"看够了吧，老朋友，既然你我已经海誓山盟，既然你已经用爱慕打动了我，那么请履行你许下的诺言吧。你答应过的那份小小的义务，你还记得吗？啊！让我想想！让我回忆一下！对啦，我轻而易举地就记起了你说的每一个字，你昨晚对欧仁妮许下的可贵的诺言。你听！你是这样说的：'行！我非常乐意接受！为了您，我愿献出每一分感情。今晚我把这可爱的眼镜作为单片镜戴在我胸上，但等明天早晨曙光初露，待我能有幸把您称为妻子，我就将把它戴在——戴在我的鼻梁上，而且以后我将永远戴着它，以这种不那么风流、不那么时髦但肯定是你所希望的更有益的方式。'这些是你的原话，我心爱的丈夫，这些话你没有忘记吧？"

"是这样，"我说，"你怎么记得这么清楚！我美丽的欧仁妮，我绝对无意逃避履行这番话中所包含的那个小小的诺言。你瞧！你看！刚好合适，相当合适，不是吗？"说着，我把折叠在一起的镜片打开，让它可以戴在我的鼻子上，并把它放了上去。就在我戴眼镜的时候，辛普逊夫人则整了整帽子，交叉起双臂，突然坐得端端正正，以一种多少有几分拘谨而古板的姿势，实际上，是以一种多少有损尊严的姿势。

"天哪！"我刚刚戴上眼镜，就忍不住大叫起来，"天哪！我的上帝！——怎么会这样，这副眼镜让我看到了什么！"我一把摘下它，用真丝手帕擦了又擦，调整了一下镜片又戴了回去。但是我看到的画面并没有改变，我刚才看到了什么，现在就看到了什么，而且，这次是千真万确的事实。我由刚才的惊讶，变成了惊恐，而且这种惊恐是那么深切，那么强烈，实际上，请允许我说是那么可怕。这究竟是怎么回事？我难道能相信自己的眼睛？我能吗？这正是问题。那难道是——难道是——难道是胭脂？而那些难道——难道——难道是欧仁妮·来朗特脸上的皱纹？哦，爱神啊！还有每一个男神女神大神小神！她——她——她——她的牙齿是怎么啦？我猛然把那副眼镜狠狠地摔到地上，一跃而起，站到屋子中央，双手叉腰、龇牙咧嘴、暴跳如雷地面对辛普逊夫人，与此同时，我一句话也说不出来，惊恐和盛怒使我不知所措。正如读者在前面了解到的那样，欧仁妮·来朗特夫人，也就是说辛普逊夫人，在英语方面的听说读写能力简直一塌糊涂。所以，她不到万不得已，是不会说英语的。但是我一连串的行为已经激怒了她，她不知所措，怒气冲昏了头脑，并试图用不擅长的英语表达疑惑。

"嘿，先生，"她以一种显而易见的惊讶神情把我打量了一阵后说，"嘿，先生！这下怎么办？出了什么事？你怎么会这样？你为什么表现得如此失态？你是后悔娶我了吗？你为什么这么快就不喜欢我了？"

"你这个卑鄙的女人！"我喘着粗气骂道，"你——你——你这个可恶的老巫婆！"

"巫婆？老？我毕竟还不算很老！我只不过八十二岁，一天也不多。"

"八十二岁！"我失声大叫，向后踉跄了几步，靠到了墙上——"那二十七岁零七个月是怎么回事？你这老不死的妖精，你现在八千二百岁都不止！"

"啊！真是那样！一点儿不错，但那张像是五十五年前画的。在我同我第二个丈夫来朗特先生结婚的时候，当时我请人画了那张像，送给我和我第一个丈夫穆瓦萨尔生的女儿。"

"穆瓦萨尔！"我重复道。

"是的，穆瓦萨尔，穆瓦萨尔。"她模仿着我其实并非最好的发音说，"那又怎么样？你对穆瓦萨尔知道些什么？"

"没什么，你这个老怪物！我对她完全一无所知，只是我有个祖先曾姓那个姓，很久以前。"

"那个姓！你为什么说姓那个姓？那是一个很体面的姓，瓦萨尔也一样，那也是一个很体面的姓。我的女儿，穆瓦萨尔小姐，她嫁给了一位瓦萨尔先生，而瓦萨尔是一个非常体面的姓。"

"穆瓦萨尔！还有瓦萨尔！"我惊问道，"你到底想说些什么？"

"我想说什么？我想说穆瓦萨尔和瓦萨尔；而就此来说，我还想说克鲁瓦萨尔和弗鲁瓦萨尔，如果我觉得这样说恰当的话。我女儿的女儿，瓦萨尔小姐，她嫁给了一位克鲁瓦萨尔先生，后来，我女儿的外孙女，克鲁瓦萨尔小姐，她嫁给了一位弗鲁瓦萨尔先生；而我认为你会说，那不是一个很体面的姓。"

"弗鲁瓦萨尔！"我问，身子一晃差点儿摔倒，"我一定是听错了，你刚才说的话和穆瓦萨尔、瓦萨尔、克鲁瓦萨尔和弗鲁瓦萨尔没关系吧？"

"恰恰相反。"她回答道，然后尽量把腿伸直，使后背能完全靠在椅子上，"我说的就是穆瓦萨尔、瓦萨尔、克鲁瓦萨尔和弗鲁瓦萨尔。但弗鲁瓦萨尔先生是一个你们所说的那种笨蛋，他像你一样是一头蠢驴，他离开美丽的法兰西来到了这个愚蠢的亚美利加，而当他来这儿的时候，他有一个非常笨、一个非常非常笨的儿子，我听说是这样，尽管我还未能有幸遇到他——不管是我还是我的同伴斯特凡妮·来朗特夫人都没遇到过他。他的名字是拿破仑·波拿巴·弗鲁瓦萨尔，而我认为，你一定会觉得这个名字不好听吧。"

辛普逊夫人要表达的意思似乎很浪费精力，她也越说越生气，在停止说话的瞬间，她的情绪终于失控了。她突然从椅子上蹦起来，像上满了弦似的，脱掉了里三层外三层的衣服。她像疯了一样，撒掉帽子，黑色的假发也被带了下来；她撸起秀发，挥舞着双手，攥着拳头，拧着眉瞪着眼，在我面前示威。接着她大吼一声，把帽子、假发狠狠地扔在地上，并歇斯底里地在上面跳起了一种西班牙舞。

与此同时，我惊得一下坐进了她空出来的那把椅子。"穆瓦萨尔和瓦萨尔！"当她跳出一个鸽子拍翅舞步时，我若有所思地重复道，"克鲁瓦萨尔和弗鲁瓦萨尔！"当她完成另一个舞步时，我若有所悟地喃喃道："穆瓦萨尔、瓦萨尔、克鲁瓦萨尔，还有拿破仑·波拿巴，弗鲁瓦萨尔！嘿，你这个不可理喻的恶魔，那就是我！那就是我！你听到了吗？那就是我！"我声嘶力竭地大叫着，"我！就是我！你说的拿破仑·波拿巴·弗鲁瓦萨尔就是我！我真不该同我的太外祖母结婚，我真希望我能永远昏头昏脑！"

欧仁妮·来朗特夫人，准辛普逊夫人，从前的穆瓦萨尔夫人，的的确确是我的太外祖母。她虽然现在有八十二岁的高龄，但是她年轻时非常漂亮，而且现在也依然保持着她少女时代端庄颀长的身材、头部清晰的轮廓、又大又亮的眼睛和典雅挺秀的鼻子。凭借着那些珍珠粉、胭脂、假发、假牙和假胸垫，以及巴黎做时髦女装的一流裁缝，她竟然在法国都市那些风韵犹存的美人堆里，体面地占有一席之地。在这一点上，她确实可以被认为与那位大名鼎鼎的尼农·德·朗克洛相差无几。

她腰缠万贯，却没有子嗣，当她的第二任丈夫撒手人寰时，他想到了远在美国的我。为了让我成为她的继承人，她前来美国，陪伴她的是她第二个丈夫的一名远亲——美貌绝伦的斯特凡妮·来朗特夫人。

我们第一次在剧场见面时，由于我对她的过多观察，她也注意到了我。她通过眼镜观察到我们间的相似之处，觉得我们可能出自同一个家族。因为她要找的继承人就在这个城市，这样的巧合让她很感兴趣。于是她向同伴打听我的情况。陪她的那位先生认识我，并告诉了她我是谁。这消息使她再次对我细细打量，而正是这次打量鼓起我的勇气，使我干出了已经讲过的那番荒唐事情。但她投桃报李地冲我点头是基于这样一种情况，她以为我已经偶然发现了她的身份。近视眼的毛病是这次误会的关键，由于我看不清她的脸，只能通过衣着来判断，造成我对她的年龄和魅力产生了错觉。我立即向特尔波特打听她是谁时，他当然以为我是在问那位年轻的美人，所以便实事求是地告诉我她是"大名鼎鼎的寡妇，来朗特夫人"。第二天上午，我太外祖母在街上遇见了特尔波特这个巴黎老相识，他们的谈话自然而然地转到了我身上。特尔波特就在那时解释了我的近视，因为我这个缺陷早已人人皆知，尽管对人人皆知这一事实我还完全被蒙在鼓里。我的太外祖母听后勃然大怒。以她纯洁善良的思想，她怎么也没想到，在剧场里我根本就没看出她的身份。我向她鞠躬时，是在调戏一位素不相识的老太太，真是太丢人了。为了惩罚我这一轻浮之举，她和特尔波特设下了一个圈套。特尔波特故意避开了我，以免为我正式引见。我在街上打听"美丽的寡妇来朗特夫人"，当然被人认为是在询问那位更年轻的夫人，所以我离开特尔波特下榻的旅馆后，与碰到的那三位先生的谈话并不难理解，他们在小调中唱到尼农·德·朗克洛也很容易解释。其实我还是有机会知道她的真实年龄的，虽然我白天不能和她接触，但在那场演唱会上，我们却是面对面地，我若是早点戴上我太外祖母的眼镜，真相也就大白了。当人们呼唤"来朗特夫人"演唱时，显然指的是更年轻的那位，也正是她起身去客厅演唱。为了进一步迷惑我，我的太外祖母同时也站了起来，陪她一道走向客厅里的钢琴。如果当时我决定陪她前去，那她一定会胸有成竹地建议我最好待在原处，可我自己的小心谨慎使这一点也成了没有必要。那令我赞叹不已的歌声，那使我对我情人的青春活力确信无疑的歌声，实际上是由斯特凡妮·来朗特夫人唱出的。至于为什么送我眼镜，有两点原因：一是使她的骗局看上去更真实；二是这也包含了我太外祖母的良苦用心。她用眼镜来讽刺我，希望我能迷途知返；并长篇大论地告诉我虚荣心的坏处，这些都比直接的说教要有用得多。我不说你也知道，我太外祖母所戴的那副眼镜早已被她换成了两块更适合我这个年龄的镜片，我戴上那副眼镜刚好合适。

　　那个牧师也是假的，他是特尔波特的好友，他见证了我的婚礼，但他是个假主教。他倒是一名出色的"马车夫"，在脱下教服而换上大衣之后，是他驾那辆载着"新婚夫妇"的马车出了城。当时特尔波特就坐在他身边。那两个恶棍就这样到了事情结束的现场，并通过客栈后厅一扇半开的窗户，津津有味且忍俊不禁地目睹了那场戏的收场。我认为，我将不得不与他俩决斗。

　　不过，值得欣慰的事，我总算没有娶我的太祖母为妻，可是我却成了另一位来朗特夫人的丈夫。这都是我太外祖母一手撮合的，她不仅做了我们之间的媒人，而且让我享有她遗产的唯一继承权，当然要等她去世后——不过那一天可能遥遥无期。总之，而永远与情书断了缘分，而永远与眼镜形影不离。

阿·戈·皮姆历险记

序

　　就在几个月前，在我经历了以下即将讲述的一连串惊险奇遇重返美国的时候，我和弗吉尼亚州里士满的几位先生因为一件偶然的事情有了来往，那几位先生表示对我所到之处、所经历之事产生了极大的兴趣，并且不断鼓励我，要我把那番经历写成书呈献给大家。可是我有足够的理由拒绝那样做，其中有的纯属个人原因，与任何人无关，而另外几个理由则不尽如此。使我不敢动笔的原因之一是我在航行的大部分时间里都因为心不在焉而没写日记，所以我担心仅凭记忆非但不能详细而连贯地写出事情本来的真实面目，反而会情不自禁并不可避免地对事实进行夸张，就像我们在讲述那些极大地唤起人们想象力的事件时通常所做的那样。另一个原因是我所要讲述的事件太过于离奇，以至于此事不可能得到证实，所以我仅仅希望我的家人和那些相信我的诚实的人能够相信我的这番经历。而对于一般的读者来说，他们很可能会把我所写的亲身经历当作一篇恬不知耻的精心布局的虚假的小说。不过，让我不能接受那几位先生的提议的最主要的原因是我怀疑我自己的写作能力。

　　在那些对我的讲述，尤其是南极海域的那部分最感兴趣的人当中，有一位《南方文学》的前编辑坡先生。坡先生比其他人更极力地敦促我立即把我所经历的事情全部写出来，并劝我相信广大读者的聪慧和知识量。他似乎非常有道理地坚持说，我若把书写得简单而毫无修饰，只会让读者更能坚信书中所写的是事实。

　　虽然他的这番鼓励增加了我的信心，但我还是没有下定决心。他在发现我对此事并不上心的时候，便提出他将为我代笔，他会根据我对他讲述的事实，用他的语言描述出我冒险经历的开始部分，并且将这部分以小说的形式发表在《南方文学》上。我对此表示赞同，但我还是提出了一个要求，就是要在故事中保留我的真实姓名。于是这部小说的两个部分就相继出现在《南方文学》1837 年的一月号和二月号上，而为了使其看上去更像小说，在该刊目录中署上了爱伦·坡先生的大名。

尽管在《南方文学》上发表的这一部分被坡先生在不更改或不歪曲事实的前提下，非常巧妙地蒙上了一层虚构小说的色彩，但是读者却没有把它当作虚构的小说来读，而是对里面的情节深信不疑，我由此也得出结论，我讲述的那些经历也许本身就足以证明其真实性，因此，我决定把我的冒险经历全部写出来并发表，因为我完全不用担心读者会产生一点怀疑。

因为有了这些陈述，读者一眼就能看出后文中有多少我可以声称是自己的作品，同时还可以了解到由坡先生执笔的开始部分也没有歪曲任何事实。即便对那些没有读过《南方文学》的读者，我也没必要指出坡先生写的部分在哪儿结束，我自己写的部分从何处开始，因为两种风格的差异非常明显。

阿·戈·皮姆
1838 年 7 月于纽约

第一章

我叫阿瑟·戈登·皮姆。我父亲是南塔基特镇上的一名体面的商人，主要经营海上用品。而我就出生在那个小镇上。我的外祖父是一名代理人，他做得非常出色，而且运气非常好，曾在原来被叫作埃德加顿新银行的股票生意中大赚过一笔。通过买卖股票和其他一些途径，他已经积蓄了相当大一笔钱。我深信在这个世界上他最喜欢的人就是我，在他死后，我有可能会继承他的大部分遗产。在我六岁的时候，他就送我上了里基茨先生的那所学校，那位老先生只有一条胳膊，行为举止十分怪异——凡到过新贝德福德市的人几乎没有人不知道他。我在他的学校一直待到十六岁，然后去了位于山上的 E. 罗纳德先生的专科学校。我在那儿与巴纳德先生的儿子成了好朋友。巴纳德先生通常受雇于劳埃德及弗雷登比赫联合公司，是一名船长。他在新贝德福德也是位无人不知的人物，而且我确信他在埃德加顿有许多亲戚。他的儿子比我大两岁，名字叫奥古斯特斯。他曾随他父亲驾驶的"约翰·唐纳辛"号去参加过一次捕鲸航行，所以我经常听他讲他在南太平洋的惊险奇遇。我经常跑去他家里，并且一待就是一整天，甚至还会在他家里过夜，通常我俩会睡在一张床上，而他肯定会给我讲提尼安岛上土著人的故事，还有他旅行中在其他地方的见闻。以至于我最后终于忍不住对他所讲述的一切产生了浓厚的兴趣，并慢慢地感觉到了一种想去海上航行的强烈欲望。我有一条大约价值七十五美元的叫"艾丽儿"号的帆船。它有半个舱面，有一条单桅船的全部装备。我现在已经记不起它的吨位，不过它载上十个人是没有问题的。于是我们开始驾着那条小船进行这世界上最疯狂的航行——至今回想起来，我仍觉得我还在世上真是不可思议。

我想先叙述一下那样得一次冒险，好让它作为下一个更长更重要的故事的引子。一天晚上，巴纳德先生家举行了一个聚会，而当聚会马上就要结束的时候，奥古斯特斯和我都已醉得一塌糊涂。在这种情况下，我同往常一样留宿在他家，睡在了他的床上。跟我预料的一样，他躺倒床上就开始沉睡，那时已经快凌晨一点钟了，而对他平时最爱跟我说的冒险经历一字未提。大约在我们躺下半个小时之后，我迷迷糊糊正要睡过去的时候，他突然从床上一跃而起，赌咒发誓地说，在有这么好的西南风的夜晚，即便是为了基督教世界的任何阿瑟·皮姆，他也没法入睡。我从来没感到过如此诧异，猜测不出他话中的含义，心想可能是他酒性发作，在说胡话。然而，他的语气开始平静下来，说他知道我以为他喝醉了，其实他比任何时候都更清醒。他还补充说，他仅仅是因为累了才在这么好的夜晚像条狗似的躺在床上，而他现在已决定下床穿衣，并要驾那条小船到海上去乐乐。我现在也描述不出我当时的想法，竟然在他刚说完话的时候，感到了一种无法用言语表达的愉悦和兴奋，那个疯狂的想法会让人抑制不住地亢奋的而且没有什么不合常理。当时的风几乎已达到疾风的强度，由于是在 10 月末，所以天气非常寒冷。然而，我心醉神迷地跳下床，对他说我绝对和他一样勇敢，我像条狗似的躺在床上也完全是因为太累，而且我非常愿意像南塔基特的任何奥古斯特斯·巴纳德一样去海上玩一玩，或者乐一乐。说完，我俩迅速将衣服穿好，急忙赶到了船边。船停泊在潘基公司木料场旁边那座已经腐朽的陈旧码头，船舷正猛烈地撞着一根根粗糙的圆木。奥古斯特斯跳进船舱开始往外戽水，因为水已淹了半个船舱。戽干水后，我俩满满地扯起了船艏的三角帆和主帆，并鲁莽轻率地开船出港。

就像我刚才所说的那样，从西南方刮来强劲的大风，夜晚晴朗而寒冷。奥古斯特斯把住舵，而我则站在舱面的桅杆旁边。船以极快的速度飞驶，自解缆绳离开码头后，我俩一直保持着沉默。这时，我问我的伙伴将要去什么地方，打算什么时候返航。他吹了好几分钟口哨，然后才粗声粗气地对我说："我要去海上，你如果害怕，可以一个人回去。"我掉头盯着他，尽管他表面上显得若无其事，可我一眼就看出他的内心正狂躁不安。凭借着月光我能很清楚地看见他——他的脸色苍白，双手一直不停地抖动，甚至连舵柄都把不住。我突然发觉事情不妙，情不自禁地紧张起来——当时我对驾船只是略知一二，每次出行依靠的都是朋友的航海技术。当我们正急速脱离陆地的庇护之时，风力突然大大加强，可碍于面子，我没有表露出我内心的恐慌，所以几乎有半个小时的时间我没有发出一声响声。最后我终于坚持不住了，便提醒奥古斯特斯最好现在就往回开。和刚才一样，差不多过了一分钟，他终于说道："现在就回去，时间够了，这就往回开。"我等待的正是这个回答，可他说话的那种语调让我心中充满了一种莫可名状的恐惧。我再次仔细地打量他。他的嘴唇完全发青，他的双腿直打哆嗦，仿佛他几乎已站立不住。"看在上帝的分上，奥古斯特斯，"我这下心惊胆战地失声喊道，"你这是怎么啦？出了什么事，你到底想干什么？""出事？"他结结巴巴地说，脸上显出极度的惊异，同时松开舵柄朝前一头倒在了舱底："出事！呃，没出事，回家。你——你——你难道没看出？"这下我全都明白了。我冲过去扶起他，他真的喝醉了，烂醉如泥。这个时候，他根本就站不起来，也说不了话，并且眼睛也看不见什么。他的两眼呆滞无光，而当我在极度绝望中松开他时，他就像一根木头重新滚进舱底的积水中。很明显，那天晚上他醉得比我想象中要严重得多，而他在床上的那番举动则是一种类似癫狂的状态，往往能使醉者模仿其神志清醒时的外部表现。但是晚风的寒冷发挥了它通常的作用。他的模仿意识被冷风吹散，而他在神志混乱中对自身危险处境的感知则无疑加速了这最后的结果。他这时几乎没有了意识，而且不可能在短时间内醒来。

我当时陷入了一种极度的恐惧之中，难以想象。刚才为我壮胆的几分酒意已经消失殆尽，留给我的是双重的惊骇和不知所措。我知道自己完全没有驾驭那条船的能力，也知道狂风巨浪正在把我们驱向毁灭。一场暴风雨显然正在我们身后集聚，我们既没有罗盘也没有给养，情况非常清楚，如果我们继续保持航向，那不等天亮我们就会驶进看不见陆地的深海。这些想法和其他一些同样可怕的念头，飞快地在我脑海中不断闪过，一时间我吓得全身瘫软，根本不可能采取任何措施。这时，我们的小船的三角帆和主帆都鼓得满满的，正以一种可怕的速度飞快地行驶，船头完全被涌起的浪花覆盖。让人奇怪的是，大风居然没有让它面临倾覆，我之前说过奥古斯特斯已经松开舵柄，而我则吓得不知所措，根本没想到此时应该去把住舵。还好船保持了原来的方向，我也稍微冷静了一些。风力在不断地加强。船艄每次从颠簸中翘起，后面的海浪就通过船艄突出部，我俩被浇得浑身湿透了。我的手脚都冻得发麻，几乎已经失去知觉。最后我终于鼓起勇气决心孤注一掷，于是我冲向主帆，忽然松开了帆索。不出所料，帆篷飞过船头，被水浸湿，猛然将桅杆拉断，掉进了水中。也正是因为此，我才幸免于立即葬身大海。现在我只凭三角帆顺风而行，汹涌的波涛仍不时打上船艄，但暂时已没有了马上倾覆的危险。我把住了舵轮，当我看出我们尚有一线生机，不由得大大松了口气。奥古斯特斯仍然躺在舱底，并且昏迷不醒。他躺的地方积水已快一英尺深了，我想方设法将他扶起，让他保持坐姿，用一根绳子缠在他的腰部，接着把绳端拉紧捆在了甲板上的一颗环端螺栓上，以免他被淹死。我在冷得发抖的情况下尽己所能弄好一切之后，就把自己托付给了上帝，希望我的不屈不挠能够承受即将发生的所有事情。

我刚做好这个决定，就突然听见一阵像从上千个魔鬼喉咙里发出的呐喊声并仿佛响彻四周的尖叫。我这一辈子也忘不了我在那一瞬间所体验到的无以复加的恐惧。我浑身僵硬，血液凝固，心脏完全停止了跳动，还来不及抬眼搜寻一下使我恐怖的缘由，就已经不省人事地一头栽倒在我朋友身上。

不知过了多久，我醒来的时候就发现自己在一艘巨大的捕鲸船"企鹅"号的舱内，我的身边站着几个陌生人，面如死灰的奥古斯特斯正忙着搓热我的双手。见我睁开眼睛，他高兴地长舒一口气，紧接着发出谢天谢地的呼喊，惹得那几个相貌粗鲁的人也禁不住大笑并热泪盈眶。我们之所以能够死里逃生，原来正是这艘捕鲸船撞翻了我们的小船，它当时为了避风而改变航向，利用它还敢扯起的大小帆迎着侧面风驶向南塔基特，因此它前进的方向几乎与我们的航向形成直角。有几位水手在前瞭望台上，当他们发现我们的小船时，为时已晚，相撞已不可避免，他们发出的警告声就是差点要了我命的尖叫。他们告诉我，当时大船压过小船时，他们只听到脆弱的小船被吸入大船底并顺着其龙骨擦过之时，从风的怒吼和大海的咆哮声中传来的一阵轻微的摩擦声，丝毫没有感觉到船下的阻碍物。他们以为我们的小船不过是一块顺水漂浮的没用的沉船碎片，船长（康涅狄格州新伦敦的 E.T.v. 布洛克船长）决意保持原航向前进，根本没有在意这个声音。幸运的是，有两位瞭望的水手发誓说他们看见小船上有个人把舵，并说还有救起他的可能。于是船上发生了一场争论，争论中，布洛克船长生气地说："我的船不能为这种毫无意义的情况而掉转船头。如果真有一个人被撞下水，那他也是活该，这不能怪任何人，他应该被淹死而且必死无疑。"这时大副亨德斯站出来干预此事，他像船上所有的水手一样，对布洛克这番既无情又卑鄙的话感到义愤填膺。看出大家都站在他这边，他便直率地告诉船长，即使一上岸就会被吊死也要违抗他的命令。说完他大步走过去，用肘把脸色苍白、一声不吭的布洛克推到一边，自己紧紧地抓住舵轮，并用坚定的声音下令转向。水手们迅速各就各位，大船很快就掉转了船艏。这时大概过了五分钟时间，就算刚才小船上有人，生还的希望也很渺小了。和读者看到的一样，我和奥古斯特斯幸运地被救了上来。我们两个人得以获救纯属偶然，而明智的人会把这种偶然归于上帝的庇佑。

当捕鲸船还在掉头时，那位大副以及两名水手已放下船上的小艇并跳入其中，我想这两名紧随其后的水手就是那两位发誓说看见我掌舵的水手。（当时月光依然皎洁）他们刚把小艇划离大船的背风面，大船就猛烈地颠簸着朝迎风面倾斜，亨德斯见状呼地一下从小艇座位上站起身，高声喊叫要他的水手们立即倒舵。他已经没有时间说别的，只是焦急地不断高喊："倒舵! 倒舵!"大船上的人尽快把舵倒回原来位置。尽管船上所有的人都在使出浑身的力气收帆停船，大船还是掉过了头，并且恢复了进航速度。当大船朝小艇冲过来时，大副不顾危险伸手抓住了主锚链。此时，又一次剧烈的倾斜导致大船右舷差不多都露出了水面，使得大副产生了明显的焦虑。他看见一个人的躯体以一种最奇特的方式贴在光滑闪亮的船底（"企鹅"号用铜板包底并加固），随着船的颠簸猛烈地撞击着龙骨。他们趁大船船身的一次次倾斜进行了好几次努力，最后冒着小艇沉没的危险终于把我从绝境中救出并送上了大船，那具躯体原来就是我。好像有颗船骨螺栓向外突出并穿透了铜板，我顺着船底滑过时正巧被它挂住，于是便以那种非常奇特的方式贴在了船底。螺栓头划破了我身上那件绿色粗呢夹克衫的领口，划破了我的后颈项，最后从我右耳下的两根肌腱之间划过。尽管我看上去与死人没什么区别，但是他们还是立刻把我放到了床上。船上没有医生，但是我得到了船长细致入微的照顾，我想，他是为了弥补刚才他的那番罪过吧。

尽管此时风力几乎已达到了飓风的程度，可亨德斯的小艇再一次划了出去。他刚划出去几分钟就碰上了我们那条小船的一些碎片，接着同他一块儿的一名水手宣称，他似乎能从呼啸的风声中清楚地听到呼救的声音。这一断言使那几位勇敢的水手不顾船长不停地发出信号让他们回来的命令，冒着随时被风浪掀翻的危险坚持搜寻了半个多小时。真的很难想象他们那只小艇居然没在惊涛骇浪中沉没。不过，那毕竟是一只专为捕鲸而建造的小艇，正如我后来一直认为的那样，它肯定是照威尔士海岸某些救生艇的样式，装有分隔充气箱。

在毫无结果地搜寻了半个多小时之后，小艇决定返回大船。可正当他们准备返航的时候，突然听到从小艇旁边急速漂过的一团黑乎乎的东西上传来一声微弱的呼叫。

他们跟随并追上了那团东西，原来那是"艾丽儿"号的整个舱面甲板。奥古斯特斯正在甲板附近的水中垂死挣扎。他们抓住他时，发现他被一根绳子拴在漂浮的甲板上。读者应该没有忘记，我曾为了让他保持坐姿以免被淹死，把一根绳子缠在他的腰部，并把绳子的一头固定在一颗螺栓上。现在看来，正是我那样做才保住了他的性命。"艾丽儿"号造得并不结实，下沉时船身自然裂成碎片；可以想象，涌进小舱的海水使舱面甲板脱离了船体，甲板（无疑和其他碎片一起）浮出水面，奥古斯特斯也随之漂浮，从而逃脱了可怕的死亡。

被救上"企鹅"号一个多小时之后，他才恢复了一点意识，能够开口讲述自己的情况，或者从水手口中了解到刚才到底发生了什么事。最后他终于完全清醒，详述了他在水中的感受。原来当他刚开始恢复意识之时，他发现自己在水面以下，正以难以想象的速度飞快旋转，一根绳子在脖子上紧紧地绕了好几圈。紧接着他突然感觉自己正在飞速上浮，头重重地撞上一个硬物，他再一次失去了意识。当他醒来的时候，他的意识更加清晰，不过这一切还是让他感到茫然。他明白肯定是出事了，尽管还能够呼吸，但是自己此刻正在水中。这时候甲板很可能是顺着风急速漂动，把仰面浮在水上的他拽在后边。当然，只要他能保持这一姿势，几乎就不会被淹死。过了几分钟，一个浪头直接把他抛上了甲板。他竭尽全力使身子贴在甲板上，并趁此机会不时大声呼救。正当他耗费掉全身的力气不得不松手重新跌入水中，完全放弃求救的时候，他被亨德斯先生发现了。在这番挣扎的过程中，他丝毫没想到什么"艾丽儿"号，也没有想到任何与他遭遇此种情境相关的事情。一种朦胧的恐怖和绝望之情占据了他的大脑。当他终于被救起之时，他脑子里几乎是一片空白。正如前文所说，几乎过了一小时，他才完全恢复意识。至于我自己，（他们在整整三个半小时内徒然地尝试了各种各样的方法之后）奥古斯特斯建议用法兰绒蘸上热油使劲儿擦我的身子，这才使我从一种近乎死亡的状态中苏醒过来。虽然我脖子上的伤口很难看，但是伤得并不严重，很快就痊愈了。

在遭遇了南塔基特海面那场少有的大风之后，大约在上午九点，"企鹅"号驶进了港口。奥古斯特斯和我设法在早餐前赶回了巴纳德先生家。幸亏聚会结束得晚，因此那天的早餐时间也稍稍推迟。因为前一晚的聚会大家都比较累，所以根本没有注意到我俩的疲惫不堪。当然，我俩的样子肯定也经不住细看。不过，学生在隐瞒方面往往会做得滴水不漏，而且我深信，当我们南塔基特的那帮朋友在镇上听一些水手讲他们在海上撞沉了一条船并有三四十个可怜家伙淹死的时候，他们中没有一个人会疑心那个可怕的故事与"艾丽儿"号或者与我和奥古斯特斯有什么联系。从那以后，我俩倒是经常会想起那件事，不过每每想起的时候总会浑身颤抖。在一次谈话中，奥古斯特斯坦率地向我承认，那晚在小船上的经历，是他一生中最恐怖、最无助的时刻，尤其是他发现自己不胜酒力并感到就要坚持不住时的那短短一瞬。

第二章

对于任何仅仅出于偏见而赞成或反对的事，我们均不可断然作出推论，即便所依据的是最简单明了的论据。可能有人会觉得，我刚才讲的那样一次惊心动魄、令人恐惧的经历会在一定程度上打消我对大海的向往，但实际情况正好相反，在我们不可思议地获救之后一个星期，反而更加剧了我对航海者冒险生活的渴望。短短的一星期长得足以抹去那次遇险留在我记忆中的阴影，并在我脑子里产生出令人欣喜激动的斑斓色彩，显现出一幅幅生动形象的画面。我与奥古斯特斯的谈话变得更加频繁，充满兴趣。他用一种独特的方式讲述他的那些航海故事（我现在怀疑他的故事有一大半是他想象捏造的），那种方式很符合我当时的心情，总能对我充满热情、富于幻想但多少有点儿忧郁的性格产生影响。让人差诧异的是，他越是把他那些痛苦绝望的时刻描述得恐怖，就越是激起我对水手生活的神往。我对那幅图画的光明一面少有同感，我总是梦见沉船、饥饿、死亡或被野蛮人俘虏，梦见在某个难以到达、无人知晓的大洋里，在某座阴沉而荒凉的岩岛上，在痛苦与忧伤中熬过一生。从那时起我就坚信，这样的梦幻，或者说梦想——它也只能是梦想——如同人世间的种种忧虑一样平普通不过了。当时只是认为它们在若隐若现地预示着我的将来，而我多少感到自己会去使它应验。奥古斯特斯完全理解我的这种心理状态。事实上，我们之间的亲密无间很可能已经使我俩的心灵产生了交感。

大约在"艾丽儿"号出事一年半之后，劳埃德及弗雷登比赫公司开始修理和装备"逆戟鲸"号双桅横帆船，目的是为了一次远航捕鲸。该船早已非常陈旧，无论怎样修理装备都很难适应远航。我简直弄不懂它怎么会优先于那家公司的其他好船而被选中，可情况就是如此。巴纳德先生被任命为该船船长，奥古斯特斯准备随父亲一道出海。在那艘船修理装备期间，他不断地向我指出这是一次千载难逢的机会，极力怂恿我趁此良机实现自己出海旅行的愿望。他发现我对他的话有点动了心，可那毕竟不是一件小事。虽然我父亲没有表明反对态度，但是我的母亲却表示了非常激烈的反对，更让我意外的是，我本来给予最大希望的外祖母也坚决反对，并诅咒说如果我再提出海的事，她就取消我的继承权。然而，即使遇到了种种阻挠，还是没有打消我的强烈欲望，反而更加坚定了我的信念。我下定决心，不管能不能得到别人的支持，我也要去远航。在把这一决定告诉了奥古斯特斯之后，我俩便开始构思一个切实可行的计划。与此同时，我在家人和亲戚面前都闭口不提航行的事，加之我表面上埋头于我的日常功课，所以他们都以为我已经打消了出海的念头。后来，我常常怀着不快和惊异的心情来审视我在这件事上的做法。我为了达到个人目的一直容忍着一种在我生命中很长一段时间内充斥着我一言一行的虚伪，仅仅是因为我胸中有一个熊熊燃烧的希望，我希望去实现那些我久久珍藏于心中的海上梦幻。

依据我的计划，我只能把一些事交给奥古斯特斯去处理，他每天的大部分时间都在"逆戟鲸"号上为他父亲照料大小舱内的各种事情。到了晚上，我俩肯定会聚在一起，共同商谈我们的计划。就这样过了差不多一个月，我们还未制订出任何有可能成功的方案，但有一天他终于告诉我，他已经做好了一切必要的安排。在新贝德福德，住着我一位姓罗斯的男性亲戚，我一直习惯于偶尔去他家住上两三个星期。"逆戟鲸"号定于6月中旬起航（1827年6月），我们商定在该船起航前的一两天内，我父亲必须像往常一样收到罗斯先生捎来的一张便条，邀请我去他家与罗伯特和埃米特（他的儿子）同住两个星期。奥古斯特斯自告奋勇地承担了写信和送信的任务。到时我会装作要去新贝德福德，事实上去和我的这位朋友会见，他将设法在"逆戟鲸"号上替我安排一个藏身之处。他向我保证，那个藏身之处会非常舒服，我可以在里面住上好些天，因为在那期间我不能在船上露面。他告诉我，等船开得够远，不可能送我回来的时候，我就可以正式地住进舒适的船舱；至于他的父亲，他只会为这个玩笑而大笑一阵。在海上会碰到许多驶回南塔基特的船，可以捎封信回家，向我父母说明情况。

终于到了6月中旬，一切都按计划安排好的进行。便条写好并且被送达。星期一的早晨，我离开家装作去乘驶往新贝德福德的邮船。事实上，我是去找奥古斯特斯了，他正在一条街的拐角处等我。按原计划我本来应该躲到天黑，然后再偷偷溜上那艘双桅船，但当时老天作美起了一场大雾，于是我们决定我立即上船藏起来。奥古斯特斯带路走向码头，我跟在他身后不远之处，身上裹着他带来的一件厚厚的水手斗篷，以防被人轻易地认出是我。可当我们转过第二个拐角，并经过爱德蒙先生那口井后，一个人突然站在了我跟前，直直地盯住我的面孔，这个人正是我的外祖父老彼德森先生。他看了我半天才开口道："哦，上帝，戈登！你身上披的是谁的脏斗篷？"当时我灵机一动，装出一副非常懊恼的样子，用相当粗鲁的语气答道："先生，我想你是认错人了吧，首先我根本不叫什么戈登，而且请你睁大眼睛仔细看看，别再把我的新大衣说成是脏斗篷！"看见老先生被训斥时那番古怪的举止，我拼命忍住了心中的狂笑。他一开始惊得往后倒退了两步，脸上被气得一阵青一阵红，然后又把眼镜凑到眼前，又放下，抢起他那把雨伞向我猛冲过来。可他冲了一半又骤然停步，仿佛突然想起了什么。最后，他转身顺着那条街蹒跚而去，一路上气得浑身发抖，嘴里喃喃自语："这个新眼镜真是没用，还以为那是戈登，浸过水的大炮就是废物。"

经过这次惊险遭遇，我俩更加谨慎地继续前行，最后终于平安抵达码头。"逆戟鲸"号甲板上只有一两个人在船头干活儿。我们知道巴纳德船长此时正在劳埃德及弗雷登比赫公司那边忙活，而且会在那里待到很晚，所以我们对他丝毫不担心。奥古斯特斯首先登上船的一侧，随之我也在没人察觉的情况下跟着他上了船。我俩迅速进入主舱，发现里边空无一人。舱内装修得非常舒适，这对一艘捕鲸船来说多少有点儿不寻常。那儿有四间十分漂亮的卧舱，均装有宽敞舒适的铺位。我还发现舱内有一个大火炉，主舱和卧舱的地板上都铺着一种价格昂贵的极厚的地毯。天花板足足有七英尺高。总而言之，一切都显得宽敞舒适，远远超出了我的预料。可是奥古斯特斯坚持说我必须马上藏起来，不允许我再参观，我被他领到了他自己的卧舱，那间舱与防水隔舱只有一墙之隔，位于船的右舷。进舱后，他立即关上门并将其闩上。我想，我从来没看见过那么漂亮的一个小房间。它大约有十英尺长，只有一个铺位，如我刚才所说的一样宽敞舒适。在紧靠隔舱的那个角落有一块四英尺见方的空间，那里安着一桌一椅，还有一排装满书的吊架，架上的书大多是关于航海和旅行的。舱内还有许多其他的小设备，其中有一个类似冰箱的食品柜，奥古斯特斯让我看了里边的一大堆好东西，既有吃的又有喝的。

他边跟我说着，边向刚才所说的那块空间俯下身去，用手指摁了一下角落里地毯边的某个位置，我看见那儿有一块约十六英寸见方的活动地板。随着他手指一压，活动地板靠墙的一边翘起一条缝，足以容他伸进手指。他就这样打开了那道暗门，我发现从那里可通往船后底舱。然后他将一根火柴划燃，点上了一支小蜡烛，并将蜡烛放进一盏遮暗的提灯，接着他举着灯钻进暗门，吩咐我紧紧跟在他后边。我跟着他下去以后，他又用钉在活板下的一颗钉子，将活板重新置于原来的位置——地毯当然也恢复了它本来的模样，从上面舱内是看不到有人动过的痕迹的。

烛光太暗，我十分吃力地摸索了一阵，才发现我穿行在一大堆乱七八糟的杂物之间。不过，我很快适应了这种阴暗，我能轻松地拉着我朋友的衣角跟着往前走。我们经过了很多弯曲的通道，最后我被他带到一只箱子跟前，这个箱子包有铁皮，就像用来装精美陶器的那种箱子。它差不多有四英尺高，足足有六英尺长，不过非常窄。箱顶上放着两只空油桶，油桶上面是一大堆一直堆到舱顶的草席。箱子的四周也尽可能地堆满了杂物，甚至也高高地堆到底舱顶板，船上的各种设备几乎无所不有，另外还有许多条板箱、备用船具、木桶和货包，以至于我们居然能找到通往这只箱子的路似乎都绝对令人吃惊。我到后来才知道，这是奥古斯特斯是精心安排的，把杂物通通都堆进这个底舱，这样才能为我提供一个安全的藏身之处。他安排这事只用了一个从来不下船的人帮忙。这时，我朋友向我示范那只箱子的一端可随意移动。他将其滑开让我看里面，这一看我感到非常的愉快。整个箱底铺着一床从舱铺上取来的垫褥，箱内几乎有那么小的一个空间内所能塞下的各种使人舒服的物品，同时又有供我安歇的足够大的地方，我不但可以躺着，还可以坐在里面。那堆物品中包括一些书籍，纸笔墨水，三条毯子，一大瓶淡水，一盒饼干，除此之外，还有三四根博洛尼亚红肠、一大块火腿、一只烤羊腿，以及五六瓶甜酒和烧酒。我迅速钻进这个属于我的小房间，我敢说，当时我那种满足的心情不亚于一位君王搬进他新建的宫殿。奥古斯特斯接着又教我关闭箱子的方法，然后把提灯凑近地板，让我看一根铺在地板上的细绳。他告诉我，这根绳子从我的藏身之处绕过杂物间所有不可避免的弯弯绕绕，一直延伸到他卧舱暗门下一颗钉在底舱甲板上的钉子处。如果发生什么意想不到的情况的话，我只要顺着这个绳子走，我自己也可以找到出路。交代完这些，他留下了那盏提灯和足够的蜡烛、火柴，便和我告辞了，还向我保证只要一有空闲，他一定会下来看我。那天是 6 月 17 日。

就这样我在底舱过了三天三夜，这期间我几乎没钻出过那只箱子，只有两次我站到与箱子开口那端相对的两只条板箱之间伸展胳膊腿儿。三天里，我没见过奥古斯特斯一眼，但这并没有引起我的不安，因为我知道这艘双桅船随时都会起航，而在开船前的忙碌中，他不容易找到机会下来看我。后来我终于听到了暗门打开又关上的声音，很快就听见他用微弱的声音喊我，问我情况怎么样，还需不需要其他的什么东西。我答道："我在这儿非常舒服，什么也不需要了，什么时候能开船呢？"他回答："半个小时内就要起航了，我就是来通知你的，省得你担心。起航之后，我可能又得三四天时间不能下来看你。现在上边都进行得很顺利。对了，一会儿我上去关好暗门以后，你一定要顺着这根绳子去钉着那颗钉子的地方，注意别弄出声响。你会在那儿发现我的怀表，它会帮你判断时间。我猜你肯定说不出你已经被藏了多久，只有三天，今天是 20 日。我本该回头把表给你送来，可我担心我离开太久会被人发现。"说完他就上去了。

在他离开后，大约过了一个小时，我明显地感觉到船起航了。心里不禁暗自高兴，一次真正的航行即将开始了。为此我感到十分满足，并决定尽可能安下心来，静候允许我露面的那个时刻，到时我将从这只箱子搬到虽不会更舒适却更宽敞的卧舱去住。我这下首先想到的是去取回那块表。提灯里的蜡烛在原处燃着，我顺着那根绳子在阴暗中摸索，在迂回曲折的通道间穿行，有时我发现在费力地绕过一长段距离之后，自己反倒比先前的位置靠后了一两英尺。不过，我终于看到了那颗钉子，并带着那块表安全地返回了我的藏身之处。这时，我翻看了一下箱子里的那几本为我准备的书，并挑出了一本关于刘易斯和克拉克横越北美大陆直抵哥伦比亚河口的那次探险的书。我饶有兴趣地读了一会儿书，感到困倦，便小心翼翼地灭了灯，很快就进入了酣睡状态。

当我睡醒的时候，我脑子里一片混乱，过了一段时间依然处于茫然之中。我慢慢地回想着刚才发生的一切，划燃一根火柴来看表，可是表已经停了，我根本确定不出我到底睡了多久。我手脚被压得发麻，不得不站到条板箱之间舒展一下四肢。饥肠辘辘使我想到了那块烤羊腿，睡觉之前我已经吃了一部分，觉得味道挺不错。当我发现羊肉已完全腐烂变质时，我真说不出有多惊讶！这一情况使我感到极其不安，联想到我醒来时脑子里那阵混乱，我开始认为我那一觉肯定是睡得太久。这说不定与舱底空气不流动有关，而污浊的空气到头来也许会产生更严重的后果。我头疼欲裂，呼吸也变得急促。总而言之，这种感觉让我非常压抑。可是我还是不敢贸然去打开那道门，或者是用其他的方法给自己找麻烦，于是我只能给表上紧发条，尽可能地让自己静下心来。

接下来的时间非常烦闷，不会有人来调节这种气氛，我忍不住开始责怪奥古斯特斯太粗心大意。我最大的不安是瓶子里大约只剩下半品脱淡水，烤羊腿坏了之后，我吃了那几根博洛尼亚红肠，此时正感到口干舌燥。我变得越来越心神不定，再也没有心思读书。而且我当时极想睡觉，可一想到沉睡又不寒而栗，唯恐舱内不流动的空气中会有什么有害气体，就像燃烧的木炭排放的那种致命烟雾。与此同时，船身的摇晃告诉我船已行驶在远海海面，而一阵像从远方传来的隐隐约约的嘶嘶声使我确信，海面上正刮着一场非同寻常的大风。我不明白为什么奥古斯特斯一直不来底舱。这么长时间过去了，我们肯定已走得够远，他早该允许我上去露面。难道他遇到了什么意外，可我难以想象什么样的意外能使他容忍让我在舱底关这么久，除非他突然死去或掉进了大海，而对这一点我不能去细想。有可能是我们遇上了顶头风，船还在南塔基特附近。然而我不得不排除这种想法，因为若是那样，船就必然会不住地掉头转向。可是从船身始终朝左舷倾斜来看，我确信它一直是利用稳定的右舷风在朝一个方向航行。而且，如果我们真的还在南塔基特岛附近转圈儿，那奥古斯特斯为何不来告诉我这一情况？一想到我所面临的困难和孤独沮丧的心境，我就有点发疯，我决定再忍耐二十四小时，如果到时我朋友还不来，我就要自己去掀开那块活动地板，争取能和我的朋友交谈一会儿，或至少可以呼吸几口新鲜空气，并从他的卧舱补充淡水。可是，正当我这样想的时候，尽管我努力让自己睁着眼睛，可还是不知不觉进入了一种沉睡状态，更确切地说是陷入了一种恍惚之中。我的梦境充满了最可怕的景象，各种灾难与恐怖相继降临。我忽而被一群青面獠牙的魔鬼用枕头捂得透不过气来；忽而一群巨蟒把我缠住，闪着凶光的眼睛直逼我的脸；忽而我跟前展现出最令人绝望、最使人生畏的无边无际的荒原；忽而在我的视野内高高竖起一根根一眼望不到头的灰蒙蒙、光秃秃的树干。这些树干的根隐藏在横无际涯的烂泥潭中，泥潭中凄迷的死水冥冥如墨，令人惊魂，而那些奇怪的枯树仿佛被赋予了人类的生命，它们不停地摇晃着骷髅般的枝丫，在极度的痛苦和绝望中用最凄厉的声音在呼唤那潭死水的怜悯。场景变换，我赤身裸体、孤零零地站在火热的撒哈拉大沙漠，脚下蹲伏着一头凶猛的非洲雄狮。突然，狮子睁大眼睛瞪着我，呼地一下站起身，张嘴露出一口利牙。接着从它的血盆大口中发出一声惊雷般的怒吼，我顿时吓得昏倒在地上。好长一段时间，我窒息在这样的恐惧中，终于我慢慢地清醒过来。醒来后，我发现，我的梦根本就不是梦，此时，我已经有了知觉，一头真正的巨兽正把它的前爪重重地踏在我胸上，它热乎乎的气息喷在我身边——黑暗中闪烁着他可怕的白牙。

虽然只要我当时能够挥下手或者喊一声就能够逃离魔爪，可是我一下也动弹不得，甚至不能哼出一声。不管那是头什么野兽，它就保持着那个姿势而没有打算马上把我撕碎。我则完全绝望，像死了一般地躺在它的身下。我感觉到自己的体力和智力都在迅速地消失——一句话，我因为极度的惊恐而正在死去。我头发晕，心发慌，眼发花，甚至连巨兽那双发亮的眼睛也变得暗淡。我鼓起最后的一点儿力气，终于微弱地呼唤了一声上帝，然后就等着死亡降临。我的声音似乎激起了那头野兽潜在的凶猛，它这下把整个身子压在了我身上。令我惊讶的是，随着一声长长的低声哀鸣，它开始热切地舔我的脸和手，充分地流露出它内心的无限喜悦和一腔柔情！我非常迷惑，甚至感到惊奇，我想起我那条名叫"虎子"的纽芬兰犬所独有的叫声，这是我所熟悉的它抚爱我的奇特方式。没错，是虎子，我顿时感到热血涌上脑门，一种绝处逢生的意识使我一阵眩晕。我焦急地从褥垫上直起身来，和我的这位朋友紧紧相拥，胸中的积郁终于在一场泪雨中得到了宣泄。

和上次醒来的时候感觉一样，我从褥垫上起身后意识仍然处于一种极度茫然和混乱的状态。好长一段时间内，我都没法把任何概念联系起来。慢慢地，我的思维能力开始恢复，我还回想起了当时情况的几个细节。可我对虎子的出现百思不得其解，进行了各种各样的猜测之后，我只能高兴而满意地认为它是来分担我的孤独，来给予我它的抚爱的。许多人都喜欢自己的狗，但我对虎子怀着一种非同寻常的爱，绝没有任何动物能比它更值得我这番深情。七年来，它一直是我形影不离的伙伴，并无数次证明了它具有我们用来评价这种动物的所有高贵品质。当它还是条小狗时，我在南塔基特镇上从一个小恶棍的毒手中把它救下，当时那家伙牵着套在它脖子上的绳子，正在把它往水里拽；大概过了三年，虎子长成大狗而且已经懂得向我回报恩情，从一名强盗的棍棒下挽救了我的性命。

此刻，我将表放到了耳边，发现它又停止了走动，但我对此并不感到惊讶。根据我当时那种特殊的感觉，我确信我又同上次一样睡了很久很久。我还是不能说清到底睡了多久。我只觉得浑身发烫，干渴难忍。我伸手去摸剩下的那点儿水，因为当时没有光亮，提灯里的那支小蜡烛早已燃尽，火柴一时又不在手边。可当我摸到水瓶，发现它空空如也——肯定是虎子经不住诱惑把水喝了，它还吃掉了剩下的烤羊腿，那根啃得精光的骨头就摆在箱子的开口处。那块臭肉我并不在乎，可一想到水，我的心就往下一沉。此刻的我虚弱到稍一动弹浑身就像发疟疾似的直打哆嗦的程度。仿佛祸不单行，此时船身也剧烈地前后颠簸，左右摇晃，箱顶上那两只油桶随时都可能掉下来，堵死我唯一的进出通道。同时，我还伴随着晕船的难受。这些情况让我下定决心，趁自己现在还能挣扎着行动，不管怎样我都得去那道活门，获得必要的援救。下定了决心，我又开始摸火柴和蜡烛。摸索一阵之后我找到了火柴，虽说我记得蜡烛的准确位置，但是我却没找到它，我暂时放弃了寻找，命令虎子乖乖躺下，然后就开始朝那扇活板门爬去。

我已经虚弱到必须用尽全力才能勉强朝前爬，而且我的四肢常常突然一软，使我整个身子坠下，脸贴着甲板，这时我只能在一种近乎失去知觉的状态下趴上几分钟。但我仍然挣扎着慢慢往前爬，生怕我会昏倒在杂物堆中那些狭窄弯曲、纵横交错的通道之间，如果那样的话，我将必死无疑。

最后，当我正竭尽全力朝前爬行之时，我的头重重地撞到了一只铁皮包边的条板箱的棱角上。本就虚弱的我被撞得眼冒金星，当我回过神来，绝望地发现原来船身的剧烈摇晃把那只条板箱抛到了通道之间，完全堵死了我的去路。我试图用尽全身的力量去挪动它，可是丝毫没有用，它被紧紧地卡在了堆放在两边的箱子和设备之中。所以，尽管我十分虚弱，我现在也只有两个选择，一个是放弃那根引路绳另外去寻找出路，一个是翻过眼前的障碍照原路前进。第一种选择很明显存在太多的困难和危险，只要想起来就浑身颤抖。在我当时那种虚弱和恍惚的情况下，另辟蹊径的结果只能是迷路，那我就会在舱底那座可憎的迷宫中悲惨地死去。于是我毫不犹豫地开始振作我剩下的全部精力，决定施行第二条选择尽我最大的努力翻过那只条板箱。

当我想好以后，挣扎着起身，才发现要翻过眼前的障碍比我想象的困难得多。狭窄的通道两边竖着两道由各种重物堆砌的高墙，我稍有疏忽就会使它们砸在我头上。即使这种情况不发生，它们仍有可能掉下来堵死我回头的路，就像眼前这只条板箱一样。又长又大的条板箱，上面根本没有我能扶着的东西以便支撑我攀越。我绞尽脑汁地想要抓住箱顶，想借着向上的拉力爬上去，但是最终都是白费功夫。即使我真的够得着箱顶，我也没有足够的力气翻上去了，没准还会使我狠狠地摔一跤。绝望中孤注一掷猛力推箱，我感觉到身边有一种震颤，急切地伸手去摸一块块箱板的边缘，结果发现很大的一块箱板早已松动。幸运的是，我随身带着一把刀子，经过一番努力，终于成功地撬掉了那块箱板。从撬开的缝隙里，我意外地发现，条板箱的另一头没有封顶，而被我撬开的一面是箱子的底部，接着我很容易地顺着那根引路绳爬到了那颗钉子面前。我十分紧张并且小心翼翼地直起身来，伸手轻轻推了一下那块活动的地板。它并没有因为我的推动而向上升，于是我又加大了一点儿力气，心里生怕此刻待在卧舱里的不是奥古斯特斯而是别人。令我惊讶的是，活门仍然没有挪动，我开始急了，因为我知道它先前无须用力就可以推开。我使劲儿往上推，它纹丝不动；我用力朝上顶，它仍安如磐石；我把愤怒、狂暴和绝望全发泄出来，可它对我的所有努力都不屑一顾。这个本来活动的地板现在却纹丝不动，很可能是这道暗门已经被发现了并且已经被狠狠地钉死，也可能是被压上了使它无法移动的重物。

我当时只感到一阵极度的恐惧和震惊。无论我想破脑袋也想不出把我那样活活封在舱底的理由。我的思路变得非常混乱，无法连贯，垂头丧气地在地板上坐下。任凭脑子里充满各种各样悲观的想象，其中渴死、饿死、闷死或者被过早地埋葬，似乎是我最容易面临的灾难。最后我的头脑多少清醒了一点儿，我站起身开始用手指去摸活门的缝隙。摸到缝隙后，我凑上前仔细观察，看它们是否能透下卧舱里的光亮，但什么光也看不见。于是我让刀刃穿过缝隙，直到碰到某种硬物，我发现那是铁；从其独特的波状起伏，我断定那是一堆锚链。此时我唯一能做的就是退回我原来藏身的那只箱子里，然后要么向这可悲的命运低头，任其摆布，要么是努力镇静下来，设法逃脱。我立即开始向回摸索，经过一番艰苦跋涉之后，我终于回到了藏身之处。当我精疲力竭地在褥垫上躺下，虎子伸直身子扑到了我的身边，似乎想用它的抚爱来安慰陷入困境的我，并激励我用坚韧不拔的精神去摆脱困境。

我突然注意到它此时的举动有点异乎寻常。它每次把我的脸和手舔上几分钟，然后突然收回舌头发出一声低低的哀鸣。每次我伸出手去摸它，总发现它四脚朝天仰面躺着。这番举动一再重复显得非常奇怪，而我对其原因百思不得其解。狗一直发出低低的哀鸣声，我断定它可能是哪里受了伤，于是我检查了一下它的四条腿，并没发现任何受伤的地方。既然没有受伤，那么可能就是饿了，我给了它一大块火腿，但是它吃完以后，又开始重复它刚才异乎寻常的举动。我想它可能是同我一样在忍受着干渴的折磨，并且十分肯定地认为这就是它发出哀鸣的真正原因。这时，我突然想到刚才我只检查了它的爪和腿，而它说不定是头部或身体其他部位受了伤。我仔细地摸了它的头部，没有发现任何伤口。可当我的手滑过它的背部之时，我感觉它背上有圈毛微微竖着。仔细一摸，我发现毛下有根细绳，顺着摸下去，我发现细绳在它身上绕了一圈。经过更仔细的摸索，我终于在虎子的左腋下摸到了一条感觉像信纸的小薄片。

第三章

我马上明白了，虎子是奥古斯特斯派来给我送信的，一定是出了什么事使他无法脱身下来解救我。我紧张地不停颤抖，又开始寻找火柴和蜡烛。我依稀记得在陷入昏睡之前，我曾小心翼翼地把它放在身边什么地方，实际上在我第二次去活板门之前，我还记得它们的准确位置。可现在，我怎么也想不起来究竟把它们放在了何处，结果心烦意乱地白白摸了足足一小时，当然，我内心的焦虑也达到了无以复加的程度。最后，当我在摸索中将头靠近箱子开口附近的压舱物时，我发现前舱那个方向有一点儿微光。我十分惊讶，并努力靠近微光的地方，因为我感觉它距离我很近。可是我刚一爬动那点儿微光就消失了，我不得不摸着箱边回到我原来的位置，这才重新看见微光。这下我非常谨慎地来回移动头部，最后发现从与刚才出发的方向相对的一条路线，我可以小心翼翼地将微光保持在我的视线内，同时又能慢慢地向它靠近。很快，在挤过了许多狭窄弯曲的通道之后，我终于到达了闪光处，发现微光是由我的火柴上的碎磷片发出的，而那些碎片则在一只倒下的空桶里。火柴怎么会在这儿？我正感到奇怪，我的手又碰到了两三块蜡烛的碎渣上，显然这是被咀嚼之后的结果。我知道了，我的蜡烛早已被那条狗给嚼过了，突然为没法读奥古斯特斯的便条而感到绝望。蜡烛残渣散落在桶里其他垃圾中，我绝无希望再利用它们，只好任其如此。碎磷片也只有一星半点，我尽可能小心地将其拾拢，然后带着它们经过又一番艰难爬行回到了箱子，这期间，虎子一直待在箱边。

我无法想象出接下来我该怎么做。底舱内没有一丝光亮，伸手不见五指。尽管我瞪大了眼睛，也根本没有办法看出那张白色的纸条上的字迹；当我把视网膜的外侧朝向它时，当我微微斜着眼看它之时，才觉得多少看出了一点儿轮廓。可想而知，当时我那个牢笼有多黑，如果那纸片真是我朋友送来的信，似乎这信也只能搅扰我本来就已经衰弱并有点儿错乱的神志，从而使我进一步陷入困境。我脑子里徒然闪现出一个又一个获取光亮的可笑方法，就像因吸食鸦片而陷入昏睡的人通常会为此目的而想出的法子。每一种办法都显得合乎情理又荒谬绝伦，仿佛理性与幻觉在交替闪烁。最后我突然想到了一个主意，这主意看上去十分合理，以至于我纳闷为何没有一开始就想到它。我拿来一本书，将纸条平摊在上面，然后将从废桶那拾回的火柴磷片轻轻地放在上边。接着，我用手掌在纸面上急速平稳地来回摩擦。纸片表面很快就发出光亮，而我敢肯定，要是纸片上真写有字的话，我会毫不费力地看得清清楚楚。但是让人失望的是，字条上一片空白，什么字也没有。我的心随着磷光的消失而变得彻底绝望。

前面我就已经说过很多次，很长时间我一直处于一种近乎痴呆的状态。虽然期间我也有清醒的时候，甚至有时还很活跃，可是那样的时刻非常短暂。无比清楚，这些天来我一直在呼吸着一艘捕鲸船封闭的底舱内污浊的空气，而且我的淡水十分有限，大部分时间我都在忍受着干渴的折磨。在最后的十多个小时内，我滴水未进，也没有睡觉。最令人口干舌燥的腌肉制品一直是我的主要食物，实际上自那烤羊腿变质后，除饼干之外，腌肉是我唯一的口粮；而饼干对我来说等于是废物，因为它们又干又硬，我焦渴发肿的咽喉难以把它们咽下。我当时正发着高烧，浑身都感到难受。也许正因为这样，磷光实验失败后，我竟在悲哀与沮丧中愣了好几小时，最后才突然想到，我刚才只看见了字条的一面。我难以描述当时我发现这一过失时的懊恼，当时只剩下了懊恼。如果我没有轻率而愚蠢地铸下一个大错，那过失本身也许并不算太严重，可当我看见字条一个字也没有，失望之余竟傻乎乎地把它撕碎，而且不知道把它扔到了何处。

还好有虎子的陪伴，它的灵性帮我摆脱了这最令人绝望的困境。在经过一番久久搜寻之后，我摸到了那张字条的一小块碎片，我把碎片凑到狗的鼻子跟前，力图让它明白它必须把其余的碎片找回。令我惊讶的是，它似乎一下就明白了我的意思（因为虽说纽芬兰犬以聪明伶俐而著称，可我从未对虎子进行过通常的训练），稍稍搜索了一会儿，它很快就找到另一块较大的碎片。把碎片送回后，它在我身边磨蹭了一阵，用鼻子蹭着我的手，好像在等我认可它的功劳。我轻轻拍了拍它的头，它马上就跑开了。过了好几分钟它才又回到我的身边，并为我带来一大块能够证明整张字条都已经找齐的碎片，原来我只把它撕成了三片。凭着还在闪烁的一两点微光，我很容易地就找到了剩下的一点儿磷片。我的困境已教会我千万要特别谨慎，于是我久久地思索应该如何采取行动。我认为，上次我没看到的那一面上很可能写有字，可问题是我没看过的究竟是哪一面？三片碎片拼接好以后，使我坚信如果字条有字的话，它们一定会出现在同一面，而且是按照本来所写的顺序，但这仍然不能向我提供解决上述问题的线索。我必须弄清这个问题，因为这一次尝试要是再失败，我已经没有磷片进行第三次尝试了。我像上次一样把字条平摊在一本书上，坐在箱子里又沉思了好一阵。最后我想到，字条写有字的一面也许该有凹凸感，用心触摸或许会感觉到。我决定试一试，开始摸当时朝上的一面，但什么也感觉不出。我把字条翻过来，重新在书上铺好。我再次让食指非常谨慎地从纸面上滑过，这时我发现，食指划过的地方出现了一道极其微弱但仍能觉察到的微光。我知道，这肯定是上次尝试时磷片留在纸上的残粉所致。那字条的另一面，或者说朝下的一面，就是写有字的一面。字条再次被我翻转过来，并且按照上次的方法接着尝试。磷片经过摩擦同上次一样发出了光亮，但这一次清晰地映亮了几行用红墨水写的大字。磷光虽然够亮，但转瞬即逝。由于当时的我因为看到了希望而显得过于激动，导致在那短短的一瞬间我只看到了三个句子，却没有看清全部的内容，只看清了最后的半句话，内容是："血——你的命全靠藏着别动。"

我确定，如果我看清了那字条的全部内容，如果我明白了我朋友的告诫，即使我从中得知我将面临一场重大的灾祸，我心中的感受也不会比那半句话引起的说不清、道不明的恐惧更加折磨人。而且，"血"，这个触目惊心的字，这个从来就充满了神秘、痛苦和恐怖的字，在当时是多么触目惊心。仅以一个模糊的单音节掉进那黑暗的牢笼，坠入我的心底，那效果是多么恐怖、多么沉重！

显而易见，奥古斯特斯让虎子给我带来的信息就是要我藏着别动，并且他有足够的理由。而我对他的理由也进行了各种各样的猜测，但终未能猜出一个满意的结果。在后一次去活板门回来之后，在虎子的异常举动引起我注意之前，我曾下定决心无论如何都得让上面的人听见我的声音，如果不能直接做到这一点，那我就要设法打穿底层甲板逃命。我基本上确信，到了最后紧急关头，我至少能做成这两件事当中的一件，正是这种确信给了我（我没有办法获得除此以外的）勇气，使我能忍受面临的险恶处境。可刚才读到后半句话断绝了我最后获救的希望，这下我才第一次感到真正是厄运临头。我绝望地再次扑倒在褥垫上，在一种近似昏迷的状态中躺了大约一天一夜，其间只是偶尔清醒片刻或想起一点儿什么。

这之后，我又一次坐了起来，并埋头思考我的险恶处境。没有水我几乎不可能再坚持二十四小时，当然更不可能坚持更长的时间。在被关闭后的前一段时间里，我大口大口地喝奥古斯特斯为我准备的甜酒，可它们只令我浑身发热，丝毫没有解渴的作用。现在连酒也只剩下大约四分之一品脱，而且是那种令我倒胃的烈酒。吃得只剩下一小块火腿的皮，那些饼干也被虎子吃得只剩下一点点碎渣。此刻，我头痛得越来越厉害，还伴着那种自我第一次昏睡以来就一直或多或少使我不安的谵妄。在过去的几小时内，虽说非常困难但我还能呼吸，可现在每呼吸一次都要引起胸腔痛苦地痉挛一下。令我焦虑的还有一个与上述情况截然不同的原因，实际上主要是这个可怕的原因让我努力从昏沉中清醒过来。这原因产生于那条狗的举动。

就在我最后一次尝试在字条上磨磷片时，我就注意到虎子的行为有所变化。当时它用鼻子碰我的手，并轻轻地发出了一声嗥叫，可由于我当时的激动，没有太在意它的变化。之后我就扑倒在垫子上，并很快昏睡过去。没过多久，我听到了一阵奇怪的声音，那声音就是从虎子的嘴里发出的，它呼哧呼哧地喘着粗气，眼睛在黑暗中冒出凶狠的光。我招呼它，它的回答是一声低沉的嗥叫，然后就不再出声。我很快重新陷入昏睡，后来又以同样的方式被它唤醒，如此反复了三四次，直到最后它的行为引起了我极大的惊恐，以至我终于完全清醒。此时它正趴在箱门口嗥叫，声音虽低但很可怕，而且它在磨牙，似乎抽搐得厉害。我突然意识到，它已经无法自控了。不管导致这种情况的发生是因为缺水还是因为这污浊的空气，一时我竟拿不准主意该怎么办。我不敢产生杀死它的想法，可是如果不那样做，我又处于非常危险的境地。我已能清楚地觉察出它盯着我的那双眼睛里有一种最可怕的敌意，我估计它随时随刻都有可能向我扑来。我终于不能再忍受那可怕的处境，决心无论如何都得钻出箱子，如果它阻拦，那我只好被迫把它处死。而要从箱子里出来我就必须跨过它的身体，而它似乎早已预见我接下来的动作——它已经站了起来，而且露出了一口在黑暗中也能看清的锋利的白牙。我把剩下的那点儿火腿皮和装有酒的那只酒瓶带在身边，同时带上了奥古斯特斯给我留下的一把很大的切肉刀，然后用斗篷尽可能地裹紧身子，便开始朝箱外移动。我仅仅动了一下，那只狗就一声嗥叫并直扑我的咽喉。它身体的全部重量撞上我的右肩，我猛然朝左边倒下，而那条疯狗则从我身上跃过。我摔下时双膝着地，脑袋埋进了毯子之中，而正是这条毯子使我在它第二次凶猛的攻击中未受伤害，当时我感觉到它的利牙使劲地撕咬裹着我脖子的毛毯，幸运的是，叠成几层的毯子未被咬穿。我仍在狗的身下，不一会儿就将完全由它摆布。绝望给了我力量，我挣扎着直起了身，奋力把它从我身上甩开，并随势拉起褥垫上的毯子朝它抛去，不待它从毯子下脱身，我已冲出箱门并反身把它关在了箱子里边。在这场激烈的搏斗中，我只能将仅有的一点儿火腿皮扔掉，这时我全部的能量供给来源只剩下瓶中的那点儿酒。一想到这，我突然像一个被宠坏的孩子遇到类似情况会做的那样任性，把瓶子举到嘴边，将酒一饮而尽，之后把瓶子狠狠地摔到地板上。

瓶子摔破的声音刚刚消失，我就听见一个急切但低沉的声音在呼唤我的名字，声音是从前舱那个方向传来的。这声呼唤是那么的出人意料，它在我心中激起的感情是那么强烈，以至于我张口要回答却发不出声音。我说话的能力竟在一时间全部丧失，这种恐惧让我害怕我的朋友会误认为我已经死去，从而不得不抛弃我转身离开。于是我站到箱门旁边那两只条板箱之间，张着嘴拼命想发出声音。但即便当时我说出一个字就能拯救一千个世界，我也没法说出那个字。此时，我能听见我前方杂物之间有一阵轻微的响动声。那声音正越来越模糊，越来越模糊。这一辈子我都不会忘记我当时的心情，他正在准备离开，我给予全部希望的朋友，他将要抛下我，他已经走了。他将让我留在这最可怕、最黑暗的地方悲惨地等待死亡的降临。而此时，只要我说出一个字，仅一个字我就可以得到解救，可我一点声音也发不出来！我敢说，我当时的感受比死亡本身还痛苦一万倍。我一阵恶心眩晕之后，身子一歪，撞到箱子的顶端而倒下。

当我倒下时，那柄切肉刀从我腰带上滑落，掉在甲板上发出一声钝响。我从不曾听见过那么美妙的音乐！怀着最焦急的心情，我留神倾听奥古斯特斯对这声钝响的反应——我知道这时候来这里唤起我名字的人除了他不会再有别人。底舱内一时间变得非常安静。最后我终于又听见他在呼唤阿瑟，他以一种压得很低并充满犹豫的声音连喊了几遍。重新燃起的希望使我一下子恢复了说话能力，我用最高的嗓门喊道："奥古斯特斯！哦，奥古斯特斯！……""嘘，看在上帝的分上，千万别这么大声！"他以激动得发抖的声音回答："我马上就过来，我只要穿过舱底就能到你的身边。"随后我听见他在杂物堆中爬了好久好久，那段时间对我来说漫长得就像过了一个世纪。

终于，他的一只手搭在我的肩上，与此同时，他把一瓶水凑到了我的嘴边。只有那些曾从坟墓中死里逃生的人，或那些曾在如同我那个可怕牢笼的险恶绝境中体验过干渴折磨的人，才能想象出痛饮这人世间最甜美的琼浆玉液时那种说不出的狂喜。等我喝下水，不再那么干渴的时候，奥古斯特斯从他的口袋里掏出三四个煮熟的冷土豆，我狼吞虎咽地把它们吃进了肚里。他还带来了一盏遮暗的提灯，令人愉快的灯光给予我的舒适感一点儿也不亚于水和土豆。他看出我焦急地等待他给出久久不来舱底的原因，于是他开始讲述我被关在舱底期间，船上所发生的事情。

第四章

和我预想的一样，他留下那只怀表大约一小时后，"逆戟鲸"号就起锚开船。那天是6月20日，应该记住那时我已在底舱里待了三天。在此期间，甲板上有那么多事要忙，有那么多的人来来去去，尤其是在主舱和卧舱那边，所以他不可能冒着被人发现的危险到底舱来看我。当开船之前他瞅准机会下来之时，我又向他保证说我好得不能再好，所以开船后的前两天，他并不怎么为我担心——不过，他仍然在寻找机会下来看我。当他找到能下来的机会时，已经到了开船后的第四天。在这几天中，他有好几次想把这次冒险行动告诉他的父亲，好让我马上上去，可是当时船离南塔基特还并不太远，而从巴纳德船长不经意流露出的只言片语来看，根本不能确定发现我在船上后会不会立即掉转船头。另外奥古斯特斯还告诉我，当他考虑这件事时，他丝毫没有想到我会出什么事，因为他认为如果我有什么需要的话一定会去敲活动地板的。因此，经过思考以后，他最后还是决定让我继续在下面再待一段时间，等到他找准机会再来看我。就这样，在他给我留下怀表的第四天，也就是我在舱底后的第七天，他才找到这样一个机会。他下来时既没有带水也没带补充食品，因为他起初只是想让我注意到他下来，然后再叫我从箱子去活动门下边，而他则回到卧舱把东西递给我。可他下来时发现我在呼呼大睡而且鼾声如雷。按他所说的时间来分析，我能断定那是我取表回来后的第一次昏睡，因此那一觉至少睡了三天三夜。后来，根据我自己的经验和他人的看法，使我昏睡的原因是陈年鱼油散发的臭气在封闭状态下有很强的催眠作用——直到现在只要我一想起当时我藏身的底舱那种封闭状态，一想起那艘双桅船曾长期用作捕鲸船时，便令我难以置信，我陷入昏睡三天三夜，居然还可以醒来。

奥古斯特斯开始叫我时声音很低，而且没有关上活动门，但我没有回答。于是他把活动门关好，用越来越大的声音多次叫我，可我继续打鼾。这时，他不知该怎么办。穿过杂物堆到我的箱子要花较长时间，而他久不露面会引起巴纳德船长的注意，船长需要他时时在身旁，帮他整理和抄写有关航行情况的记录。所以，他经过考虑决定暂时上去，待另有机会再下来看我。我的睡眠那样酣畅，使他很容易作出这样的决定，他不会想到我在舱底会遇到怎样的困境。他刚一作出决定就听见一阵杂沓的脚步声，声音显然是从主舱那边传来的。他尽快回到卧舱并关好活动地板，然后推开了他的舱门。就在他的脚迈出舱门之际，一把手枪在他眼前一晃，旋即一根木棍将他击倒在地。

一只有力量的手紧紧扼住他的咽喉，把他拖进主舱抛在了地板上。尽管如此，他依然能够看见身边发生了什么事。他的父亲手脚都被人捆住，正头朝下沿升降梯躺着，额上一道深深的伤口一直在流着血。他看上去已经奄奄一息，说不出话来。大副站在他跟前，一边狞笑着看他，一边不慌不忙地搜他的口袋，不一会儿就搜出了一个大皮夹子和一只航海表。七名船员（包括一名船上的黑人厨师）正在靠左舷的卧舱里搜武器，他们很快就用找到的步枪和子弹装备起来。除了奥古斯特斯和巴纳德船长之外，主舱里一共有九个人，全都是最残暴的凶汉。这伙暴徒把我朋友的手反绑起来，然后带着他一道上了甲板。他们径直走向水手舱，水手舱已被封锁。有两名反叛者守在主舱口，手里拿着斧子。大副发出一声大叫说："你们底下的人听见了没有，一个一个挨着给我滚上来，可是，记住了，谁也不许给我抱怨！"起初的时间里，没有人出来；最后，爬出来一个英国人，他本来就是一名新手，哭得很可怜，并且用最屈膝的态度哀求大副饶命。没想到他得到的唯一回答就是脑门上挨了一斧子，那个可怜的家伙连哼也没哼一声就倒在了甲板上。那个黑人厨师就像举一个小孩似的把他举起，不慌不忙地把他抛进了大海。底下的人们听到了斧子重劈和身体倒下的声音，无论再用威胁也好，再许诺他们什么话也好，再也不肯冒险上甲板，直到反叛者中有人提议用烟把他们熏出来。于是下面的人一齐往上冲，一时间似乎出现了夺回双桅船的可能。但反叛者们终于成功地关上了舱盖，结果冲上甲板的只有六名水手。这六个人一看自己如此寡不敌众，手里又没有任何武器，所以只短短抵抗了一阵，便被降服了。大副花言巧语地宽慰了他们几句，这无疑是想引诱下面的人投降，水手舱里能清楚地听见甲板上说话。结果证明，他的阴险狡猾不亚于他的凶狠残暴。水手舱里的所有人都表示愿意投降，他们便一个挨一个爬了上来，他们一上来，双手就被反绑了起来，与先冲上来的六个人抛在一堆。船上没参加反叛的船员一共是二十七名。

紧接着就发生了一场最为恐怖的屠杀。被捆得结结实实的水手一个接一个地被拖到舷梯口。早已站在那儿的黑人厨师在每个人头上猛劈一斧，然后由另一名反叛者将其推入大海。二十一名水手就这样丧生。当时奥古斯特斯已完全放弃了活命的希望，以为随时都会轮到自己葬身鱼腹。可是，就在这个时候，也许是那个暴徒有些疲倦了，也许是对于这样一种流血的工作厌烦了，他们停下手来，把我的朋友和另外四名水手扔在了甲板上，让其苟延残喘一段时间。大副叫人下舱取来朗姆酒，那帮凶手便开始坐下来喝酒，他们的痛饮狂欢一直持续到日落时分。这时，他们就尚未被处死的几个人的命运开始了争论，那几个人就躺在他们脚边几步远的地方，所以他们说的话，能够字字听得清清楚楚。

有几个反叛者似乎被酒力影响着心软了，因为有好几个声音主张放掉剩下的俘虏，条件是让他们也参加叛乱，参加分赃。但那个黑人厨师（这个人无论从哪一方面来说，都是一个地道的恶魔，而且他在那帮歹徒中说话和大副一样有分量，如果不是更有分量的话）绝不会答应这种提议，他好几次想站起身来去舷梯口继续他的屠杀。幸运的是，他已经喝得烂醉，很容易就被几名不那么凶残的反叛者制止了。这几名温和一点儿的反叛者中，有一个名叫德克·彼得士的索手。这个人是一名印第安妇女的儿子，是阿帕沙罗卡斯族，该族生活在靠近密苏里河源头的布莱克山区。我相信他父亲是一名皮货商，至少与刘易斯河上那些印第安人的贸易站做过交易。彼得士本人是我见过的相貌最凶恶的人之一。他个子很矮，不过四尺八寸高，但他的躯体像大力神赫拉克勒斯那么粗壮。尤其是他那双手又厚又宽，几乎已不像人类的手掌。他的胳膊和他的腿一样是弯曲的，弯曲的样子十分古怪，表面看去似乎没有一点柔韧性。他的头也同样畸形，尺寸很大，而且光秃秃的头顶还（像大多数黑人一样）有一道凹痕。为了掩盖他那并非因上了年纪而造成的秃顶，他通常都戴着一副看上去像用兽皮做成的假发——也许会是用西班牙狗皮或北美灰熊皮制的。在我们所叙述的这个故事发生的时候，他头上戴的就是一副熊皮假发，这使他本来就凶恶的相貌更显狰狞，更具有阿帕沙罗卡斯族的特征。他的嘴宽得两个嘴角几乎都挨着耳朵；嘴唇很薄，显得和他身体的其他部分一样缺乏天然的柔性，因此无论在什么感情影响下他的表情都始终不变。只要想到他那两排又长又突的牙齿在任何时候都绝不会被嘴唇覆盖，大概就能想象出他那种始终不变的表情。若是有人偶然打量他一眼，一定会以为他在咧嘴大笑——但看第二眼必定会让人打一个寒战。如果说那种表情是表示一种愉快的心情的话，那么这种愉快一定是魔鬼的愉快了。

南塔基特的水手渔民中流传着许多关于这个怪人的奇闻逸事。这些传闻都是足以证明他力大无比，说他一旦受了刺激，就会发出过人的力气，有些传闻甚至让人怀疑他是否神经正常。不过在发生叛乱的时候，"逆戟鲸"号船上的那些人对他更多的是嘲弄，而不是别的。我之所以这样专门把德克·彼得士介绍一番，一是因为他虽然相貌凶悍，但在保护奥古斯特斯生命的过程中起了主要作用；二是因为在后文中我将常常提到他。请允许我在此说明，读者在后文中将发现有些事件完全超越了人类经历的范畴，因而也远远超越了可信的界限，所以，以下我说的一切，我并不奢望所有的人都相信，但在我的叙述里，最重要的和那些认为最不可能的，只求时间一久，科学一进步，便可以得到可靠的解释或者证实。

这几个反叛者经过几度的犹豫不决和争吵，终于决定放掉剩下的全部俘虏，让他们乘船上最小的一条救生艇去顺水漂泊（但奥古斯特斯除外，彼得士以一种诙谐的态度坚持要把他留下来做秘书）。这时，大副下主舱去看巴纳德船长是否还活着，相信大家还没有忘记，那伙反叛者上甲板时把他留在了下边。很快两人双双上了甲板，船长面如死灰，但多少已从负伤后的昏迷中清醒过来。他用一种几乎听不清的声音对那帮人说话，恳求他们不要把他放在船上漂流，而应该让他恢复履行船长的职责，并许诺在他们选择的任何地方放他们上岸，绝不把他们送交法庭。可他这番话完全白说，其中的两名歹徒抓住他的胳膊，把他拖到船边，将他推进了小艇里。小艇在大副去主舱之时已被放入水中。躺在甲板上的四名水手在松绑之后被命令跳进小艇，他们没有任何反抗就服从了命令——尽管奥古斯特斯拼命挣扎并苦苦哀求，希望能允许他向父亲道一声永别，但他仍然被留在了他躺的地方。一小包饼干和一罐水被递下了小艇，但小艇既无桅杆、帆篷和桨，也没有罗盘。小艇在大船后面被拖曳了几分钟，反叛者又商量了一阵，最后拖绳终于被砍断。在这个时候，黑夜已经降临，天上既没有月亮又看不到一丝星光，虽然没有大风，却只看见一片茫茫大海，泛起可怕的波浪。小艇很快就看不见了，艇上不幸的漂泊者几乎没有生还的希望。不过，小艇被放漂的位置在北纬35度30分、西经61度20分，离百慕大群岛不算太远。所以，奥古斯特斯就尽力安慰自己，希望那只小艇或者会飘到岛上，或者会飘到离岛足够近，能足够遇到从岛上开出去的船只。

现在"逆戟鲸"号把所有的船帆全部扯起，继续它原来的航向，朝西南行驶。反叛者正一心想着一次海盗式的远征，从所能听到的只言片语判断，一条从佛得角群岛驶往波多黎各的船将在途中遭到他们的拦截。现在暴徒们不大注意奥古斯特斯，他被松了绑，并被允许在主舱升降口之前的甲板上走动。德克·彼得士对他比较和气，有一次还从那位黑人厨师的毒手中救了他。但他的处境仍然十分危险，因为那些人一直不断地喝酒，所以他们固然对他一直脾气很好，也不太注意，可这都不能信任过度。然而他告诉我，当时最令他痛苦不安的就是想到我的困境——而我实际上没有理由怀疑他真挚的友情。他曾不止一次地想把我藏在船上的秘密告诉那些反叛者，但终于还是忍住没有开口，这部分是因为他对亲眼目睹的暴行之记忆，部分是因为他怀着很快就能让我摆脱困境的希望。每刻都在观察，为此他一直在伺机行动。直到那只小艇被放漂后的第三天晚上，从东边吹来一阵狂风，所有人都被唤上甲板去收帆。在大家一阵纷乱之中，他偷偷溜进了升降梯，进了他自己的卧舱。可他伤心而惊恐地发现，他的卧舱已变成库房，里面堆满了食品和杂物，还有一根几米长的旧锚链。那根锚链原来堆在升降梯下，现在为了腾地方放一口箱子而被搬进了他的卧舱，并且正好压住了那块活动地板。要想搬开锚链而不被察觉简直不可能，于是他尽快回到甲板上。他刚一上去就被大副扼住了咽喉，大副追问他到舱里去干什么，说着就要把他从左舷抛进大海，这时，德克·彼得士的干预再次救了他的性命。奥古斯特斯这下被戴上了手铐（船上有好几副手铐），两只脚也被紧紧地捆在一起。然后，他被带到了下等舱，被抛到紧挨着前隔舱的一张下铺上，并被警告说绝对不许再踏上甲板，"直到这艘双桅船不再成为双桅船"。这是把他塞进下铺的那个黑人厨师的原话。这句话的真正意思指的是什么，实在很难说，不过，这件事证明最后我还是得到脱身的方法，我是怎样脱身的呢？接下来会详细叙述。

第五章

在厨师离开水手舱（前舱）后的几分钟里，奥古斯特斯陷入了绝望的境地，觉得不可能再有活着离开那个卧铺的希望。他于是下定了决心，只要再有人进来，无论他是谁，他一定要把我在下面的情况告诉那个人，宁愿让我在这些歹徒手里碰碰运气，也不能让我渴死饿死在下面。当时，我已在底舱关了整整十天，而我那罐水连喝四天也不够。当他正在考虑这个问题时，一个念头忽然钻进他的脑子，他想也许可以通过主底舱与我取得联系。要是在其他情况下，这样做将面临的困难和危险或许会阻止他进行尝试，可当时他无论如何都性命难保，因此也就不怕再失去什么，于是他集中心思考虑这件事情。

他首先要考虑的，便是那副手铐。最初，他想不出任何可以摆脱它的办法，并担心自己的计划第一步就行不通。经过一番琢磨，他发现只需缩紧拳头，两只手就可以不太费力地从铐环中滑出或滑进，这种手铐完全不适合用来束缚年轻人，他们较小的骨头使他们的手更容易挤压收缩。然后他又去把脚上的绳子解开，把绳子依然准备好，这样万一有人下来，他可以马上再把脚重新捆上。然后，他开始查看邻近他那个下铺的舱壁。那里的隔板是软质松木，而且只有一英寸厚，他看出费不了多大劲儿就能撬开。这时，前升降口传来一个人的声音，他刚来得及把右手伸进铐环（左手腕的并没有脱下来）并拉起绳子在脚踝上套了个滑扣，德克·彼得士就下舱来了，跟在他身后的虎子立即跳上卧铺并躺了下来。虎子是由奥古斯特斯带上船的，他知道我极其喜欢这条狗，所以把它带上船来，可以让我在航行中感到愉快。他把我安顿在舱底之后，就去到我家将虎子带出来，只是他到舱底给我送表的时候忘记和我说了。自船上发生叛乱后，奥古斯特斯就一直没再看见过虎子，他以为它已经死了，早被大副手下的某个暴徒扔到海里去了。后来才知道，它似乎是钻进了一条捕鲸小艇下边的一个洞，但那个洞窄得不容它转身，结果它被卡在了那里。彼得士发现并把它救出，怀着一种令我朋友感激不尽的好意，他现在把狗带进水手舱与我朋友做伴，同时留下了一些腌牛肉、煮土豆和一小罐水。然后他又回到甲板上去，临走的时候答应明天会再给他带一些吃的东西过来。待他走后，奥古斯特斯脱下手铐并解开脚上的绳子，然后掀开他铺上那床垫子的顶端，用他随身携带的刀子（当初那伙歹徒认为不值得去搜他的身）用力切削一块隔板，他把下刀处选在尽可能靠近铺面的位置，这样如果有人突然进舱，他可以很快将掀起的垫端放回原处，挡住已经被他削开的地方。幸而在这一天，就再也没有人来过，等到天一黑，他已经完全削断了那块隔板的一端。这里应该说明一下，自从叛乱之后，船员们就没有一人再住水手舱，他们全都搬到了主舱内，在那儿享受巴纳德船长留下来的好酒和精美食品，除了航行必要的操作外什么也不管。这种情形，对于奥古斯特斯和我来说不能不说是一种幸运，倘若不是这样，他就不可能找到我。实际上既然如此，他就充满着信心，进行他的计划。等他把第二块隔板削断时，天已经快要亮（第二个削口位于第一个削口之上一英尺处）了，这样便形成了一个他能轻易钻过的通往底层主甲板的洞。他从洞口来到底层甲板，并没费多大周折就到了底舱盖前，尽管到了那儿他必须爬过层层重叠的快顶到甲板的油桶，那些油桶和甲板之间剩下的空隙勉强够他爬过。到达底舱盖后，他发现虎子也钻了下来，并从两排油桶间挤到了他身边。当时要在天亮前到达我的藏身之处时间已不够，主要的困难还在于穿过底舱那些堆得又乱又挤的装载物。所以他决定先回去，等到第二天夜里再来。他既已打定这个主意，就把舱盖松开了，以便再下来时能尽可能节约时间。他刚把舱盖松开，虎子便急切地扑到虚开的一条缝前，用鼻子嗅了一阵，发出一声长长的哀鸣，同时用前爪使劲儿抓舱盖，仿佛急于把它移开。从它的这个行动上可以显而易见地看出，它已经发现了我在舱底。而奥古斯特斯认为，如果放它下来，它也许能够自己找到我。这时，他想到了给我送信，因为当务之急是告诉我别试图冲出底舱，至少在当时那种情况下还不能出去，而且他计划中的第二天与我会面也不能打包票。事后的经过，竟证明了他所起的这个念头，也真是万幸。因为，如果我没有接到那个纸条，我一定会不顾一切地想办法上去，可是，一上去肯定会惊动那些歹徒，最终的结果很可能是我们两个的性命都将不保。

决定写信之后，没有写字的工具成了面临的最大问题。他就把一根旧牙签做成笔——当然，这些都是暗中进行的，因为上下甲板之间漆黑一团——从一封信的背面裁下了足够的纸。那封信是最初伪造的罗斯先生来信，但因为笔迹模仿得不太像，奥古斯特斯重写了一封，同时非常幸运地把第一封顺手揣进了外衣口袋，没想到它这时正好派上了用场。这下就只差墨水了，而奥古斯特斯马上就找到了代用品。他用刀子在指尖轻轻一割，这时很多的血便从伤口里流了出来，流在周围，在黑暗中，在这种局势下，信居然写成了。信里只简单解释说船上发生了谋反的暴动，船长已经被流放了，又告诉我很快就会有救济物送来，但千万不可冒险惊动任何人。末尾一句是这样写的："我写此信蘸的是血——你的命全靠藏着别动。"字条拴在狗身上之后，狗被放进了底舱，而奥古斯特斯则尽快地回到了上面，并确信他离开期间没人进过水手舱。为了遮掩隔板上的洞口，他把刀子插在洞口上方，把床铺上原来放着的一件水手用的上装挂在刀柄上。然后，他重新戴上手铐，又将绳子捆在双脚上。

这些防范准备刚刚弄好，德克·彼得士就下舱来了，他喝得酩酊大醉，但兴致勃勃，并为我的朋友带来了他许诺过的当天的足够的饮食。这包括六个很大的爱尔兰烤土豆和一大罐水。他在舱铺旁边的一只箱子上坐了一阵，无拘无束地谈起那位大副和一些与"逆戟鲸"号有关的事情。他的行为非常诡秘，甚至可以说非常古怪。奥古斯特斯曾一度为他怪异的行为而感到惊恐。可是，最后，他又回到甲板上去了，嘴里还咕哝着说明天一定会给他这名囚徒带来一些好吃的晚饭来。在那天白天，有两个水手，都是船上专管捕鲸炮的水手也走下来过。旁边跟着那个厨师，三个人都差不多醉到了极点。他们和彼得士一样，谈起他们的计划时无所顾忌，毫不保留。从他们的谈话中可以听出，似乎反叛者内部对双桅船的最终航向存在着严重分歧，除了要袭击那艘他们随时都渴望碰见的从佛得角群岛驶来的船之外，他们在其他任何方面意见都不一致。据我的朋友从他们的谈话里判断，这次谋反，不完全是为了船上的物品，主要的动机，还是因为大副和巴纳德船长之间存在着不可调和的矛盾。现在叛乱者似乎主要分成了两帮———一帮听大副指挥，另一帮以厨师为首。前一伙人计划抢夺最先遇上的一条合适的船，并去西印度群岛的某座岛屿把它装备成海盗船。但包括彼得士在内的更强的另一伙人则一心要按照既定航线去南太平洋，到那儿后要么捕鲸，要么根据情况再做打算。彼得士曾多次去南太平洋地区，知道那里是怎样的一个新奇世界，有多么开心而且又如何可以逃脱一切约束，可以尽情地享受安全与自由，但他讲得更多的是舒适宜人的天气、多姿多彩的生活和妖娆妩媚的漂亮女人。他们虽然没有作出最终的决定，但是这个混血儿索手所描绘的蓝图正激起水手们炽热的幻想，所以他的企图最终很可能会被实现。

大约一个小时以后，这三个人结束了谈话并一起离去，这一天之内，从此再也没有人进过水手舱。奥古斯特斯安安静静地一直躺到傍晚。然后他起身松掉绳索手铐，开始为他的尝试做准备。他在一个舱铺上找到一只空酒瓶，并用彼得士留下的那罐水将其灌满，同时往口袋里塞了几个冷土豆。他还欣喜地发现了一盏提灯，灯里有一支小小的蜡烛。他可以随时把灯点亮，因为他身边有一盒磷片火柴。他等到天色十分黑了之后，把床铺上的被子，预先做了一些准备，弄成一个人蒙着头睡觉的样子，然后钻过了隔板上那个洞口。之后他转身把那件水手装重新挂在刀柄上，将洞口遮住——这一点很容易做到，因为他是做完之后才把取开的那块隔板嵌回原处。他现在已经来到了最下一层甲板上，和之前一样，爬到油箱顶上，顺着上层甲板和油桶之间的空隙爬向底舱盖。到了那里之后，他点燃了灯里的蜡烛，然后下到底舱，十分困难地在挤作一堆的杂物间摸索移动。没过多久，他就大吃一惊，因为底下那种臭味和密不通风的空气，使他难以忍受。他想着，我在这样令人窒息的空气里，关了这么久，一定不可能还活着了。他不断地叫着我的名字，可是没有得到我的回答，因此，他的恐惧和担心更被证实了。当时双桅船正颠簸得厉害，底舱里有很大的声响，所以不可能听见我微弱的声音，譬如我的呼吸声或鼾声。他打开提灯的暗罩，趁船身颠簸的每一次间歇尽可能高地把灯举起，希望我——如果还活着的话——能从灯光得知救星正在来临。但他仍未听见我发出任何声响，这时他对我的死亡已变得有几分肯定。虽然，他照旧尽量往前走，如果可能，还是想挣扎到那只箱子那里去，至少到那里确定一下他的揣想是不是真的。他怀着最可怜的焦急心情，往前推进了一段距离，到后来，他发现通道完全被堵死，按他原来设计的路线已寸步难行。这下他感到彻底绝望，竟然像一个孩子似的扑倒在杂物堆间呜呜地哭了起来。就在他哭泣之时，他听到了我摔破酒瓶的声音。这酒瓶摔得实在幸运，因为此事看上去微不足道，但对我来说却性命攸关。不过，我是很久以后才意识到这个事实。为自己的意志薄弱和优柔寡断而产生出的羞愧之心，使奥古斯特斯没有当即告诉我他后来在一次推心置腹的交谈中向我吐露的实情。原来当他发现再往前走会遇到很多障碍，使他无法克服时，就决定放弃一定要找到我的打算，想马上回到水手舱里去。我们对于他这一点若决心要做判罪，那首先得考虑一下他当时所面临的困境。夜晚正在飞快过去，而他不在前舱这一情况很可能被人发现。事实上，如果他未能在大亮前赶回舱铺，那他的行动肯定会暴露无遗。提灯里的蜡烛已快燃到烛窝，而摸黑返回底舱口将难上加难。同时还必须承认，他有各种充分的理由相信我已经死去，即便他走到我的箱子这里来，也丝毫没有什么用处。他一直在叫我，而我却一声也没有回应。我那时已经在舱底待了整整十一天了，仅仅依靠他最初为我准备的那罐水。何况，这点水，在我最初藏起来的时候，认为很快就会上去的，所以一点也没有节制。并且对于刚从前舱较为新鲜的空气中下来的他来说，底舱内的空气闻起来肯定就像毒气，远远比我刚下来时更令人难以忍受——因为我下舱之前的几个月里，底舱盖一直敞着。除了这些考虑之外，再想想我朋友不久前亲眼目睹的那场血腥而恐怖的屠杀，想想他的被囚、他的困苦、他的死里逃生，想想他当时仍然危在旦夕——想过所有那些有可能削弱一个人意志的情况以后，读者将自然而然地和我一样，很容易理解他中途想背叛友谊，想不忠于朋友，实在是出于忧患的感觉而不是对朋友有什么怀疑的。

奥古斯特斯清楚地听见了酒瓶摔破的声音，却不敢肯定声音是否发自底舱。然而这种怀疑已足够诱使他坚持到底。他爬上高高的杂货堆，身体几乎都挨着了底层甲板，然后他趁船身颠簸之间的间歇，用他最大的嗓门高声喊我的名字。当时他已顾不得会被水手们听见了。大家总算记得，那个时候，他的声音传到了我的耳边，但是我当时由于过分激动而回答不上来，这时，他确信自己的担忧已被充分证实，于是他滑下杂物堆，准备抓紧时间尽快返回前舱。他匆忙中碰翻了几只小箱子，正如读者会记得的那样，我听到了那阵响动。他已经往回爬了好长一段，这时刀子掉落的响声再次引起了他的迟疑。他马上转身，重新爬上货堆，像先前那样趁颠簸的间歇大声喊我的名字。这一次我终于答出了声。发现我还活着，他不由得欣喜若狂，于是鼓起勇气无论有多少困难和危险非把我找到不可。在奋力尝试了几次之后，他终于爬出了那座包围着他的迷宫，挤出了一条到达我身边的路，当他到达那只箱子的时候已经精疲力竭了。

第六章

以上这些重要的情形，都是我们在箱子旁边见面的时候，奥古斯特斯详细说给我听的。当时他担心被人发现不在前舱，而我则迫不及待地要离开我那个令人憎恶的囚禁之地，我们决定马上去隔板的那个洞口，我暂时将待在洞口附近，他则回到舱内探听虚实。我俩都不忍把虎子留在那只箱子里，然而不把它留下对我们是个难题。当时它似乎已经完全没有了声音，我们把耳朵紧紧贴在箱子上听，连它呼吸的声音也都听不见。我相信它已经死了，并决定把箱子门打开。打开之后，发现它挺直身子躺着，显然毫无知觉，但并没有死去。时间不容耽搁，可我不能不采取任何抢救措施就抛弃一条两次救过我生命的义犬。于是我们尽可能地拖着它一道走，虽然这非常困难而且得消耗我们大量体力。奥古斯特斯有时不得不抱着它越过障碍，因为我已经虚弱得完全抱不动它。最后我们终于到达了洞口，奥古斯特斯钻进舱后，虎子也被推了进去。我们感觉一切都很安全，就不由得向上帝表示虔诚的感谢，多谢他把我们从这巨大的险境中救了出来。我俩商定我暂时就留在洞口附近，这样我朋友能够轻易地把他的饮食中的一部分拿给我，我也可以在那里呼吸到相对来说比较新鲜的空气。

对于我讲述中谈到的"逆戟鲸"号舱内乱七八糟的情况，一些见过正规装载船货的读者也许会感到费解。在此我必须做出解释，这项最重要的工作之所以做成这样，完全是因为巴纳德船长极不体面的玩忽职守。他绝非一名谨慎而老练的水手，丝毫不具有他所从事的那种危险工作所必须具有的细心和经验。船货的装载绝不可以掉以轻心，即便以我自己有限的经验而论，许多灾难性的事故都是因为在这一点上的疏忽或无知。那些沿海航行的船只，在极度匆忙与喧闹之中载货卸货，都常常因为没有注意装存货物的方法，从而容易发生不幸的事故。装载之要点是绝不允许货物或压舱物有移位的可能，即便是在船颠簸得最厉害的时候。为此装载者务必特别当心，不仅要注意货物的装载，还要注意货物的种类以及是满载还是半载。大多数货物在装舱时都需要压紧，所以烟草或面粉通常都是被紧紧地压进船舱，以至于卸货时往往发现货桶全都被压扁，要过一段时间它们才能恢复原状。这种紧压主要是为了获得更多的空间，因为像面粉或烟草之类的货物只要是满载，绝不会有移位之虞，至少不会有令人担忧的危险。实际上有过这样的先例，即由于一种截然不同的装载法而酿成了最可悲的后果。比如说，装载了一舱棉花，在紧紧把它钉紧之后，于某些情形下，它的体积会膨胀起来，因此导致沉船，也是大家知道的常识。毫无疑问，若不是因为圆形货桶之间必然留下的空隙，烟草在其平常的发酵中也会造成同样的结果。

如果船里装的是部分货物，那么，危险就多半产生于移动了。所以，永远必须加以小心，防范造成这种不幸。凡是在海上亲身遇到过猛烈的狂风的，或者是经历过狂风之后，船突然剧烈颠簸的人，才能想象得出那种颠簸的巨大力量，以及那种力量对舱内松散货物的可怕作用。正是在这种时候，在船不是满载的时候，谨慎装舱之必要性更显突出。当顶风停船时（特别是船头小的帆船），船艏造型不当的船只经常会倾斜到横梁几乎垂直于水面的程度。按平均数计算，倾斜甚至十五分钟或二十分钟就发生一次，但如果货物装载得当，这种倾斜并不会造成任何严重的后果。可要是这一点未能严格做到，那全部货物在第一次倾斜时就会滚到船倾向水面的一侧，从而阻止船体恢复平衡，结果船肯定会在几秒内就进水并且沉没。可以这么说，在狂风里沉船的事故中，几乎有一半是因为船里货物移动的结果导致的。

无论是哪一种货物，如果只有一部分装在货舱里，在尽量把它们压紧以后，全体货物上面必须蒙上与舱等长的防移板，防移板上得竖起结实的支柱，支柱必须抓紧上方的船肋，这样才能把货物固定在原位。货物倘若是谷类，或任何类似的东西，还得另外采取一层防移措施。离港时装得满满的一舱谷物，到达目的地后会被发现尚不足舱容积的四分之三，可是这些货物如果由货物委托人一升一升地去量，却又比装上的时候多得多。这是由于谷物在航行中被摇紧，而航行中风浪越大，到港后舱内的谷物看上去就越少。如果谷物是散装在舱内，那最好是加上防移板和支柱，谷物在远航中最容易移位，以致酿成最令人痛心的灾难。要想防止以上这些情形，在开船以前，必须采取各种防范措施，尽可能将其摇紧。人们为此发明了许多行之有效的方法，其中值得一提的就是往谷物堆里打进楔子。即便是采取了这种措施，并加倍费心固定了防移板和支柱，有经验的水手在遇到强度大的风时心里还是不会完全踏实，尤其是只有半舱谷物的时候。然而我们海上航行的数以百计的船只，甚至从欧洲各港口开来的更多的船只，在日常航行中往往都只载有半船货物，甚至是半船最危险的货物，却从来不采取任何防范措施。令人惊叹的是，在这种情况下该发生的事故实际上都发生了。据我所知，就有这种因为漫不经心而造成悲惨结局的可悲实例，如乔尔·赖斯船长的"萤火虫"号于1825年装载玉米从弗吉尼亚州的里士满驶往葡萄牙的马德拉岛。赖斯船长在以往无数次航行中从未出过重大事故，尽管他对货物装载总是马马虎虎，顶多不过用普通的方法稍稍加以固定。他以前从来没有运过谷物，这一次他把玉米散装在舱内，而且只装了半舱多一点儿。他航行的前一半路上，所遇见的只是微风，可是等船驶近马德拉岛的时候，从东北偏北方向刮来了疾风，迫使他不得不顶风停船。他仅用缩了一半的前桅帆让纵帆迎着风，就使船像任何一条船所期望做到的那样停得稳稳当当，并且没进一滴水。到了夜里，狂风虽然稍稍平息了一些，但船却没有白天走得那样平稳了，不过依然平安无事。直到一次朝右舷的猛烈倾斜使船的横梁末端几乎触水。这时，舱内的玉米全部移向右侧，巨大的力量猛然把主舱盖冲开。船顿时像一个铅球沉到了海底。事故发生时，从马德拉岛驶出的一条小小的单桅船正巧在附近，它救起了"萤火虫"号上的一名船员（唯一的存活者），而那条单桅船却能顶着疾风顺利地前行，极度安全。何以会如此呢？还是因为操纵得当的原因。

如果"逆载鲸"号舱内那些乱七八糟挤作一堆的油桶和船具能被叫作货物的话，那这些货物装得真是乱七八糟。我已经讲过了底舱里物品堆放的情况。如我所述，底层甲板的油桶与上甲板之间有足够的地方供我容身；底舱口周围留有一块空间；杂物堆里也留有好大几块空处。而在被奥古斯特斯打穿的那块隔板附近，有一块足以放下一只油桶的空间，那里暂时成了我舒适的栖身之地。

等到我的朋友平安地回到他的铺位上，重新戴上手铐系好绳子，天色已经完全大亮。我俩的确是死里逃生，他刚把一切弄好，大副随同彼得士和厨师就下舱来了。他们谈论了一阵那条从佛得角群岛驶过来的船，似乎都急不可耐地盼它早点儿出现。最后厨师走到奥古斯特斯躺的下铺跟前，坐在了靠头一端的铺沿上。我从我所藏的地方，可以把他们上面的一切情形和所说的话，全都看得见和听得见，因为移开的那截隔板没有嵌回原位，我随时都以为那个黑鬼会向后靠上那件遮挡住洞口的水手装，如果那样一切都会被发现，而我俩的性命也肯定难保。然而我们真的很幸运，他虽然经常因为船的晃动而碰到那件水手装，但他的身体没有往上靠。那件上装的下摆被小心地固定在隔板上，所以它摇晃时也不会露出洞口。这段时间，虎子一直躺在舱铺靠脚的一端，我从它偶尔睁开眼睛并长长地吸口气而断定它多少已经恢复了一些。

几分钟后大副和厨师上甲板去了，德克·彼得士还留在舱内，待那两人一走，他马上在大副刚才坐过的位置上坐了下来。他开始十分和气地同奥古斯特斯谈话。这时我们能看出，他刚才当着那两人时的一副醉态八成是装出来的。他很自如地回答我的朋友提出的问题，他告诉我的朋友他的父亲在海上一定会被人救起，因为在流放他的那一天，在日落之前就看见五个船影，他还说了许多安慰我朋友的话，这使我感到又惊又喜。实际上我开始抱有希望，我认为通过彼得士的帮助，我们最终也许能夺回双桅船，而后来我一有机会就把这种想法告诉了奥古斯特斯。他认为此事有成功的可能性，但必须先小心翼翼地试探试探，因为那个混血儿的行为举止看上去反复无常、捉摸不定，实际上很难说他在任何时候都神志清醒。大约过了一个多小时，彼得士也上了甲板，中午时分再次下来，给奥古斯特斯送来了一大堆腌牛肉和香肠。当只剩下我们两人时，我进舱尽情地分享了那堆食品，然后没有返回洞内。那天再没有人来过水手舱，晚上我躺进奥古斯特斯那个舱铺，美美地一觉睡到差不多快要天亮。这时他听见甲板上有动静，唤醒了我，我赶紧躲回了我的藏身之处。等到天已经大亮了，我发现虎子已经完全恢复了原来的状态和力量，一点疯狂的征兆也不再有了，我给了它水，它就很急切地喝了一点。这一天里，它完全恢复了生气和食欲。毫无疑问，它在底舱的反常行为是因为空气所致，与疯病丝毫没有关系。我当时坚持把它从那只箱子里带上来，为此我感到说不出的高兴。这一天正是 6 月 30 日，也是"逆载鲸"

号离开南塔基特后的第十三天。

在 7 月 2 日这一天，大副又下舱来了，又和之前一样喝得醉醺醺的，但显得格外和气。他走到奥古斯特斯铺前，问如果把他释放他能否做到安分守己，能否保证不再去主舱那边。对此我朋友当然给予了肯定的回答，于是那条恶棍从口袋里掏出酒瓶让他喝了口朗姆酒，随之除去了他的手铐和绳子。然后他俩一道上了甲板，此后约三小时我都没见着奥古斯特斯。最后他走下来，带给我一个好消息，他已被允许在主桅以前的甲板上随意走动，并且被安排像往常一样睡在水手舱里。他还为我带回了一顿美餐和大量的水。双桅船仍然在那一带游弋，等待着从佛得角驶来的那条船。这时有一条船进入了视野，它被认为正是要拦截的目标。由于随后八天里发生的事并不重要，而且与我讲述的主要事件没有直接联系，可是我又不愿意把它们全部删除，所以我在这里把它们写成日记的形式进行叙述。

7 月 3 日。奥古斯特斯给我弄来三床毯子，我用这几张毯子设法在我藏身的地方弄成一个舒适的铺位。除了我的朋友以外，舱里一整天都没有人来过。虎子躺在舱铺上正挨着洞口的位置，睡得很死，仿佛还没有从它的昏迷中完全清醒似的。傍晚刮来一阵狂风，不待双桅船收帆就呼啸而至，差点儿使船倾覆。但狂风转瞬即逝，除了撕破前桅上帆外，没有造成其他损害。今天彼得士对奥古斯特斯非常和蔼，和他谈起他在太平洋的航行以及他所去过的诸岛。谈了很久很久，彼得士问他是否愿意跟着这些反叛者，到太平洋以及那些岛屿上。他还说厨师这边的人正在渐渐倾向大副的主张。对此奥古斯特斯认为，他最好还是回答说他非常乐意去太平洋冒险，此外他也没有更好的选择。

7 月 4 日。所看见的那条船原来是从利物浦驶出的一条小小的双桅船，因而被允许安然通过。奥古斯特斯大部分时间都在甲板上，以便打探信息，了解叛乱者的意向。那些叛乱者之间时而发生激烈的争吵，在一次争吵中，一名叫吉姆·邦纳的捕鲸炮手被扔到了船外。大副那伙人正占上风。吉姆·邦纳属于厨师这一边，德克·彼得士也是。

7 月 5 日。大约在天亮的时候，从四方吹来一阵劲风，到中午时风力加强变成了疾风，所以双桅船还能张起的就只有它的斜桁纵帆和前桅下帆。在收前桅上帆时，一个属于厨师这边的名叫西姆斯的普通水手跌进了海里，原因是他当时喝得烂醉——他被淹死了，没人试图救他。现在"逆戟鲸"号船上总共只剩下十三个人，详细说一下，有彼得士、西摩（厨师本人）、琼斯、格里利、哈特曼·罗杰斯和威廉·艾伦，他们属于厨师这伙；属于大副那帮的有大副本人（我没听说过他的名字）、阿布萨隆·希克斯、威尔逊、约翰·亨特和理查德·帕克。此外便是奥古斯特斯和我。

7 月 6 日。狂风吹了一天，发出尖锐的叫声，同时还夹杂着雨。双桅船舱内从船缝间漏进了不少水，一台水泵一直不停地运转，奥古斯特斯也被强迫去干活。黄昏时一艘大船从我们旁边驶过，直到驶出了一小段距离才被发现。这艘船被认为正是那伙反叛者等候多时的目标。大副向它高呼，但是回答的声音完全掩盖在狂风的怒吼中。夜里十一点，一个大浪打在船中部，撕裂了左舷一大块舷墙，并造成了其他一些轻微的损坏。到了后半夜，天气稍稍缓和了一点，到第二天太阳升起的时候，就只剩下一点小风了。

7月7日。这一天，整天都是沉重的波浪，"逆戟鲸"号由于轻载而摇晃得特别厉害，底舱内的许多东西都松动移位，因为从我藏身的地方能清楚地听到舱底的动静。晕船令我痛苦不堪。彼得士今天与奥古斯特斯进行了一次长谈，告诉他格里利和艾伦已投靠大副，决定追随他去当海盗。他一连问了奥古斯特斯好几个问题，当时奥古斯特斯没能领悟那些问题的确切含义。在这一晚某一个时候，船上忽然裂了一道口子，这是由于船太用力的缘故，水从船板间的缝隙中进入，一点补救的办法也没有。一张帆被堵到船头下面，控制了那里渗漏的势头，这对我们多少有几分帮助，使排水和漏水开始持平。

7月8日。日出之后，由东面吹来一阵阵微风，大副下令船朝东南方向行驶，按照他既定的海盗计划驶往西印度群岛的某座岛屿。无论是彼得士还是那个厨师都没表示异议，至少奥古斯特斯没听见任何人反对。拦截从佛得角驶来的那艘船的想法已被完全放弃。那道裂口也找到了一个方法克服，就是用一台水泵每小时抽水四十五分钟，这样漏水就很轻易地被控制住了。堵漏的那张帆从船头下面被拖上了甲板。白天与两条相遇的小纵帆船打过招呼。

7月9日。天气晴朗，所有人都在修理船板。彼得士又同奥古斯特斯进行了一次谈话，这次他比以往都更直截了当。他说他无论如何都不会赞同大副的计划，甚至暗示了他要从大副手中夺船的意图。他问我的朋友，若出现那种情况他是否能指望他的帮助，对此奥古斯特斯毫不犹豫地做了肯定的答复。于是彼得士说他要去试探一下他这边的那些人对此事的态度，说完便起身离去。这一天，其余的时间里，奥古斯特斯都没有得到机会和他再做一次私人的谈话。

第七章

7月10日。与一艘从里约热内卢驶往南塔基特的方帆双桅船打过招呼。海面上雾蒙蒙的，有一阵从东方吹来的风向不定的微风。哈特曼·罗杰斯在8号那天喝了一杯烈酒以后，就全身发生了痉挛，一直没好，今天他死了。此人属于厨师这一伙，彼得士对他非常信任。他对奥古斯特斯说，他认为是大副毒死了他，还说假如他自己不小心提防，这种事很快就会轮到他头上。现在他这一边只剩下他自己、琼斯和厨师西摩，可对方原来的五人一个没少。他已经对琼斯谈过了从大副手中夺权的计划，但由于琼斯对这个计划反应冷淡，他没敢再继续声张此事，或者说没敢向厨师提到此事。幸而事实上他很谨慎，因为当天下午厨师就来找他，坚持要投降，正式参加到大副那边去，而且说他已经下了决心。同时琼斯趁机与彼得士翻脸，暗示说他有可能把这个酝酿中的计划告诉大副。显而易见，时间已非常紧迫，彼得士表示倘若奥古斯特斯愿意帮他的忙，他将不顾一切危险进行夺船的尝试。我朋友当即向他保证，为此他甘冒任何风险，考虑到这是一个适当的机会，我朋友还说出了我在船上。一听到这个消息，与其说那个混血儿为之一惊，不如说是为之一喜，因为他对琼斯已没有丝毫信赖，实际上，他已经把那家伙看成大副的人。他俩来到底层甲板，奥古斯特斯把我唤出，彼得士和我随即就相互认识。我们商定应该一有机会就动手夺船，完全不把琼斯考虑在我们的计划之内。如若夺船成功，我们将把船驶往最近的港口，并把它交给有关当局。彼得士去太平洋的计划已因他那伙人的背叛而化为泡影——没有一班人马不可能进行那样的一次冒险，他现在所指望的要么是法庭因他精神错乱而宣告他无罪（他庄重地发誓，说他当初之所以帮助那帮反叛者，完全是因为他一时精神错乱所致），或者即使被判有罪，也可以通过奥古斯特斯和我的请求而获得赦免。正在这个时候，我们的商量被船上的一声叫喊打断，上面喊着"全体收帆"，于是彼得士和奥古斯特斯赶快跑到了甲板上去。

水手们和往常一样，喝得酩酊大醉，所以还没等帆全部好好地收起，一阵狂风已骤然而至，双桅船猛地一倾，横梁末端都差点儿触到水面。不过因为避开了风头，船在进了不少水后终于摆平。随后当甲板上一切刚刚弄妥，第二阵和第三阵狂风又相继袭来，但没有造成什么损害。从各种迹象看，一场气势汹汹的风暴马上就要从西北方向来临。做好了一切防备暴风袭击的准备，"逆戟鲸"号照例用被风面收缩到最小的前桅下帆顶风停船。随着天色渐晚，风越吹越猛，吹起一片令人恐惧的风浪，这个时候，彼得士随奥古斯特斯下到水手舱来了，我们又开始继续商量我们的计划。

我们一致认为如果要实行我们的计划，再也没有比目前更好的机会了，因为在这个时候发动，是任何人也不会预料到的。既然船已经稳稳当当地停住，那在天气好转之前没有必要升帆开船，如果我们夺船成功，到时候我们可以释放一两名水手，让他们协助我们驾船进港。我们所面临的主要困难是敌我力量悬殊。我们一共只有三个人，可他们的房间里有九个人。而且船上的所有武器全部在他们那里，我们只有两把小手枪，是彼得士早就藏在身上的，还有一把水手刀，是他永远带在裤腰带上的。还有就是从某些迹象来看，譬如说船上的斧子、撬棍之类的东西此时都不在它们平时放置的地方，我们开始担心大副已经有所怀疑，至少是对彼得士起了疑心，这样他很可能会伺机把彼得士除掉。所以，实际上我们决定非做不可的事又不能做得太快，这也是极其清楚明白的事，我们若是草率行事，是不会有太大把握获得胜算的。

彼得士建议由他先上甲板，假装与值班水手（艾伦）聊天，这样就可以看准机会神不知鬼不觉地把他推下海去；接着奥古斯特斯和我马上出舱，想办法在甲板上找到适当的家伙作为武器；然后我们便一齐冲向主舱，趁他们来不及反抗就封死舱口。我反对这个办法，因为大副那个人对于任何事情，只要是不会引起他的迷信观念的，都十分警惕，绝不可能这样容易地进入别人的圈套和陷阱。甲板上有人值班的事实就充分证明了他已经有所防范，因为在暴风中收帆停船时派人在甲板上值班是极不寻常的事，除非是在必须严格执行纪律

的船上。鉴于我的读者大多数（如果不是全部的话）都没有经历过海上航行，我最好还是讲一讲在那样一种情况下一条船的确切情形。停船，或者水手们所说的"封帆"，是一种适用于多种目的的手段，可以按不同的方式来实施。在正常天气条件下，停船的目的往往只是为了等候另一艘船，或是为了类似的目的。如果一只船正快速行驶而要它"下帆"的话，通常的做法是将部分帆篷转成逆帆，让风把它们吹得紧贴船桅，这样船就会慢慢停住。可是我们现在所谈的情形，是在一阵飓风中下帆。这是因为风在往前吹，吹得太猛烈，非但不能把船吹得顺利前行，还有把船吹倒的危险。有时风虽然很平和，可是海浪太不平静，船没有办法顶着浪涛前进，如果船在巨浪中顺风行驶，通常会因船艉大量进水而遭受严重损害，有时也会因船头扎水而出现险情。所以在这种情况下很少顺风行船，除非万不得已。如果船出现漏水情况，那即使在滔天巨浪中往往也要顺风行驶，因为此时若要顶风停船，裂缝会因船体变形而裂得更开，可顺风行驶时漏水情况就不会有那么严重。如果由于风力太猛，以至于用来保持船头顶风的那块帆篷被撕碎或者由于船体造型不当或其他原因，用上述手段停不稳船，就必须使船顺风而行。

船在飓风中下帆，是有许多不同的方式的，那得看船只的构造情形而定。有些船是只用前帆的，这种办法，我相信是最通常使用的。大型方帆船有用于此目的的专用帆，叫作防风支索帆。不过船艉三角帆偶尔也被单独使用，有时是三角帆和前桅下帆并用，或是用被风面收缩了一半的前桅下帆，用后帆顶风的情况也并非罕见。水手们经常发现用前桅上帆顶风比用其他各种帆都更奏效。"逆戟鲸"号顶风停船时，一般是用被风面收缩到最小的前桅下帆。

一只船在下帆的时候，一定要把船头向着风向，对准风向差不多的地方，叫风把帆篷吹满，同时也叫船艉放在顺水可以往前平顺溜下去的地位。也就是说，让风偏斜着吹过船去。做到这一点之后，船艉便与风向形成一个只有几度的锐角，而船艉向风的一面则会挡住波涛的冲击。在这种状态下，一条好船可以滴水不进地安然度过暴风期，而在此期间船上所有的人都无须再操什么心。此时舵轮往往被用绳子捆紧，但这样做其实毫无必要（除非舵轮松动发出噪声），因为当顶风停船时舵根本不起作用。实际上，最好是让舵轮松着而不是将其捆死，因为舵要是没有回旋余地，很容易被巨浪折断。只要顶风帆吃得住风，一条建造精良的船就可保持这种停船状态，躲过任何惊涛骇浪，仿佛它具有生命和理性。如果顶风帆被风撕碎（这通常只有真正的飓风才能发生这种情形），那么，危险马上就在眼前。船一下子就会离开风路的方向，随之而来的舷侧迎浪则将使船完全受风浪的摆布。在这种情形下，唯一的挽救就是尽快让船掉头顺风，任其顺风疾行直到能够扯起另一张帆篷。有些船在下帆的时候一个帆也不会张起，但是这种方法在海上是不大靠得住的。

现在还是让我们回过头来进入正题吧。每次在狂风中下帆的时候，大副并不在甲板上放任何守望的人，这次真是一个例外，那么，这次他放了一个人这个事实，以及斧子、撬棍不翼而飞的情况都使我们确信那伙人早有戒备，因此彼得士建议的突然袭击很可能不会奏效。可我们必须采取某种行动，而且是动手越早越好，毫无疑问，一旦那伙人怀疑上彼得士，那他们绝不会放过除掉他的机会，而这样一个机会在暴风袭来时肯定会被发现或者说被制造出来。

这时奥古斯特斯提出了他的建议，如果彼得士能设法找到借口搬掉他原来卧舱里那根压住活动地板的锚链，我们可以从底舱偷偷爬上去，不被他们发现，一下就可以把他们捉住。但是稍稍考虑一下，又觉得这只船前后摇晃得太猛烈，这样的尝试根本无法进行。

幸运的是，最后我终于想到了利用大副的迷信恐怖和良心负罪心理。读者应该记得，一个名叫哈特曼·罗杰斯的水手两天前喝过一杯烈酒后就浑身痉挛，并于这天上午死去。彼得士两天前就告诉我们，他认为那个人是被大副毒死的，他说他有理由相信这种想法确切无疑，但无论我们如何请求他都不肯向我们解释他的理由，这种固执的拒绝仅仅是他性情古怪的一种表现。但是，如此怀疑大副，无论他的理由是不是比我们所想到的理由更有见地，我们也很容易随着他的意见，照样也起了他那样的怀疑，于是，自然也就下定决心去行动了。

罗杰斯是于上午十一点左右在一阵剧烈的痉挛中死去的，死后仅几分钟，尸体就变成了一种我所看见过的最令人毛骨悚然的样子。其腹腔膨胀之大就像一个人淹死后又在水中浸泡了几个星期一样。那两只手的情形与腹腔一样，而那张脸皱缩成一堆，颜色白得犹如石膏，只是上面有两三块非常显眼的红斑，就像丹毒引起的那种。其中一块斜着延伸过面部，仿佛用一条红绸带蒙住了一只眼睛。尸体在中午抬出主舱打算抛进大海时就是这副可怕的模样，当时大副曾看了一眼（那是他第一次看见那个死尸），他对于自己的罪行并没有悔意，也并没有因为死尸的形状之可怕而感到恐怖，却吩咐水手将死尸仍旧抛在架床上，只准照例举行一个海葬仪式。他发完这些命令后，就走到下舱去了，似乎是不愿再看到这位受害者。当他的手下人正按照他的吩咐准备时，暴风气势汹汹地袭来，于是葬礼被暂时搁置。孤零零丢在甲板上的死尸被浪头冲到了左舷，卡入排水孔，我们商量计划的时候还在那里随船身的颠簸而摆动。

我们把计划制定好之后，立刻以最快的速度去准备实行。彼得士首先上了甲板，不出他所料，艾伦马上就跟他打招呼，这家伙值班的任务似乎就是为了监视水手舱。但这条恶棍的狗命很快就被悄悄地了结。彼得士假装漫不经心地朝他靠近，仿佛要上前与他搭话，突然扼住他的咽喉，没等他喊出一声就把他抛过了舷墙。然后他招呼我俩上了甲板。我们要做的第一件事就是找到什么东西作为武器，而做这件事我们不得不特别小心，因为船头每一次下颠时都有一阵巨浪冲过甲板，若不抓紧什么固定物，人在甲板上一刻也站不稳。而且我们必须动作迅速，因为显然船内正在大量进水，所以大副随时都有可能出舱来开动所有水泵。我们在四处搜寻了一阵，并没有找到帮助我们达到目的的东西，只有两根水泵手柄，于是我和奥古斯特斯一人拿了一根。我们把这种武器找到之后，就把死尸的衬衫脱下，把死尸抛下海去。然后彼得士和我立即走下甲板，奥古斯特斯留在甲板上放哨，他就站在刚才艾伦所站的地方，背朝着主舱升降口，以防万一大副的同伙走出来，可以认为那还是艾伦。

我一下去，就马上开始把自己化装成罗杰斯死时候的样子。我们从死尸上脱下来的那件衬衫帮了我们很大的忙。因为那件衬衫的样子和情形都很特别，很容易被那伙人一眼就认出——这是一件蓝底白条的弹力绣花女衬衫，死者曾一直把它穿在其他衣服外面。穿上这件衬衫后，我又照着尸体腹腔肿胀的那副可怕样子进行伪装。这只消把枕套、床单往衣服下面一塞就算完事。接着，我戴上两双白色羊毛手套，并往里塞了一些顺手抓到的破布片。然后彼得士为我画脸，先用白灰在脸上揉了一道，揉好了之后，他用刀子刺破一个手指，取了点血点在我脸上，装成脓包的样子，延伸过眼睛的那道红斑当然没被漏掉，叫人一看见就会为之大大震惊。

第八章

当我借着一盏应急提灯朦胧的灯光，从挂在舱内的一块碎镜片中看自己时，那副模样竟使我感到了一种不可名状的畏惧，回想起我所装扮的那个真人的可怕模样，我甚至禁不住浑身发抖，简直提不起勇气再接着扮演下去了，然而这可不能开玩笑，要做就必须下定决心去做不可，于是，彼得士和我终于上了甲板。

我们发现甲板上一切都平安无事，我们三人紧贴着舱墙，悄悄爬到了主舱升降口。舱门没被关严，而且采取了措施防止被人突然从外边将其关死——一根木棍被横在了升降梯的上方。通过枢轴处的缝隙，我们很容易就把舱内的情况看了个清清楚楚。情况证明，我们没有试图向他们发动突然袭击真是万幸，因为他们显然是处于戒备状态。舱里只有一个人在睡觉，而且就睡在升降梯旁，身边还放着一支步枪。其余的人都分坐在舱铺拖到地板的几块垫子。他们正热切地谈着话，虽然从那个空酒罐子和四下散放着的几个锡质酒杯上看来，他们是曾经痛饮过，但他们并没有像往常那样醉得厉害。所有的人都有刀，还有一两个人手里拿着枪，而一大堆步枪就放在他们伸手可及的舱铺上。

我们听了半天他们的谈话，才决定如何动手，因为当时我们还只是想到用罗杰斯死而复活的假象唬住他们，并趁机向他们发起攻击，但对如何攻击尚未做出任何决定。那伙人正在讨论他们的海盗计划，从我们所能听清的内容来看，他们将与一艘纵帆船上的水手联合行动，那艘纵帆船名叫"大黄蜂"号，如有可能他们将夺取该船，并准备利用该船进行一次大规模的掠夺，但我们都没听清该计划的具体细节。

其中有一个家伙提到了彼得士，大副用非常低的声音回答他，以至于我们无法听清他说的什么。之后，他又大声地补充了几句，说他不懂彼得士干吗对船长的儿子那么热心，而且他认为他们俩越早掉下船去越好。没人应答他的话，但我们很容易看出舱里的人都听懂了他那番话里的暗示，尤其琼斯更是心领神会。这时，我感到非常不安。当我看出奥古斯特斯和彼得士都拿不定主意如何下手时，我就更加慌乱起来。然而，我下定了决心，我要以最高的代价付出我的性命，代价越高越好，同时我也绝不容许我自己受制于任何慌张的感情。

狂风吹动索具和海浪冲刷甲板均发出巨大声响，我们只有在其间歇的片刻才能听见舱内的谈话。在这样的一次间歇中，我们清楚地听见大副叫他手下的一个人"到前边去命令那两个该死的笨蛋到主舱来"，他说这样就能用一只眼睛盯住他俩，因为他不希望有人在船上搞秘密活动。真是幸运，正在这个时候，船里动得极其猛烈，阻止了他的命令被立即执行。那个厨师刚从垫子上站起身来想去叫我们，这时一阵我认为会折断桅杆的猛烈倾斜突然把他抛向靠左舷的卧舱，他的头把卧舱门撞开，又造成一场极大的混乱。幸而，我们三人都没有被震得离开原位，于是我们就得到时间，赶快退到水手舱里去，趁着那个传达命令的人出现以前，拟订了行动方案。可传达命令的人实际上只把头伸出升降口而没有上甲板。从那个位置，他发现不了艾伦已失踪，所以他扯开嗓门向他重复大副的命令。彼得士装出艾伦的声音含含糊糊地应了两声，厨师丝毫没起疑心就缩了回去。

现在，我的两个伙伴就提起胆子来到船艉并下了主舱，彼得士随手按原来的方式关上了舱门。大副假装殷勤恳切的态度招待他们，他对奥古斯特斯说，由于他近来表现不错，可以和主舱的人住在一起，而且今后就是他们中的一员。说完，他就给他斟满了一杯朗姆酒让他喝下。这一切都是我亲眼所见，并亲耳所听见，因为等到彼得士把主舱门一关上，我就紧随我的朋友来到了门边，并占据了我先前的那个观察位置。我还随身带来了那两根水泵手柄，其中一根我稳妥地藏在了舱门旁边，以备需要的时候使用。

我尽可能地让自己镇定下来，为的是能看清里面所发生的一切，同时也尽力鼓起勇气，只等彼得士发出我们商定的信号，就跳进那伙反叛者当中。过了一会儿，彼得士设法将话题引到了叛乱时那场血腥的屠杀，并慢慢地诱使那伙人谈起了在水手中普遍流行的上千种迷信。我听不清他们说的都是什么，但是我可以从在场人们的面部表情中看出他们对谈话的反应。大副明显地露出了不安的神情，当有人提到罗杰斯那副可怕的死相时，我认为他差点儿昏死过去。这时，彼得士问他难道他不认为最好马上把那具尸体扔到海里去吗，它卡在排水孔摇来晃去的样子实在是太吓人了。那个人一听见这样的话，就已经喘不过气来了，慢慢地把头一转，向四周去望他的伙伴们，仿佛是在恳求哪一位上甲板去完成这项任务。但那伙人谁也没动，显然都害怕到了极点。彼得士就在这时向我发出了信号。我马上把舱口的门一推，一声也没出就往下走，走下去笔直地站在那伙人的中间。

我这种突然出现，若是考虑到当时的种种因素所产生的强烈效果也就不足为奇了。通常在同样的情况下，一个人突然见到眼前的幻象时脑子里都会对其真实性闪过一丝怀疑，心中总会怀有一线希望——无论那希望是多么微弱——那就是希望自己是在被人愚弄，希望眼前的幻影不是真正来自那个冥冥世界的幽灵。可以这么说，遇到这种场合的每个人心中都会对幻象抱有一丝怀疑，即便是在造成最恐怖之效果的最典型的实例中。吓得人丢魂丧魄的原因往往也是目睹幻象的人自己心中有鬼，唯恐幻象可能是真的，而并非因为对其真实性笃信不疑。我们马上可以看得出来，在这帮反叛者的心里，连一点怀疑的影子也没有，他们绝不怀疑这不是罗杰斯那可怕的尸体的复活，或者怀疑这至少不是的灵魂的影像。这只船，因为暴风的关系，孤立在海中，使他们更觉得有人假扮的可能性太小太受限制。而且如果是假扮，他们肯定自信一眼就能看穿。他们当时已在海上航行了二十四个昼夜，其间除了喊话之外未曾同任何船只有过接触。而且除了在甲板上值班的艾伦之外，船上的全体人员（至少是他们认为的全体人员）都在主舱内。而艾伦高大的身躯（他身高六英尺六英寸）他们再熟悉不过，因此他们脑子里绝不会有眼前的幻影会是艾伦的念头。除此之外，令人生畏的风暴之夜、彼得士提起的那些迷信话题、真正的尸体留在他们记忆中的可怕印象、我装扮死者之惟妙惟肖，加之他们看我时摇晃不定的提灯照在我身上忽明忽暗的效果，这一切都不容许他们有理由产生怀疑，所以这一次假扮所产生的效果，远远超出了我们的期望，也就不足为奇了。大副从他躺着的垫子上惊跳起来，接着连哼也没哼一声就倒在地板上死了，他的尸体像一截木头似的随着船身的猛一倾斜滚向了下风一侧。剩下的七个人中只有三个人开始还有那么点儿清醒。另外四人一时间吓得呆若木鸡，那种魂飞魄散的样子看上去真是又可怜又可笑。进行反抗的三个人是厨师西摩、约翰·亨特和理查德·帕克，但他们的反抗软弱无力而且犹豫不决。前两人转眼间就被彼得士一枪一个结果了性命，帕克则被我用带在手边的那根水泵手柄猛击头部而倒地。与此同时，奥古斯特斯抓起地板上的一支步枪，一枪打穿了另一名叛乱者（威尔逊）的胸膛。此时对方只剩下三人，但这时候他们已从愣怔中清醒过来，而且说不定已开始看出他们是受了愚弄，因为他们的反抗既坚决又凶狠，若不是彼得士臂力过人，他们当时也许会占据上风。这三个人是琼斯、格里利和阿布萨隆·希克斯。琼斯把奥古斯特斯扑倒在地板上，用水手刀在他的右臂上一连刺了几刀，这时，不迟不早，又来了一个朋友，这个朋友的帮忙，我们事先当然没有料到。这个朋友不是别人，正是那只大狗虎子。它发出低低的一声吼叫，一下就跳进舱房里来。它来得正巧，刚刚在奥古斯特斯危急存亡之际，于是它往琼斯身上一扑，立即将其击倒在地，动也不能动。然而我的朋友受伤以后，是什么忙也帮不上了，而我则因为那身伪装的妨碍而使不出劲儿。不过虎子咬住琼斯的咽喉不肯松开，这样，彼得士一人已足以对付剩下的两名歹徒，因为舱内空间狭窄施展不开手脚，加之船身剧烈地摇晃，他对付那两个家伙颇费了一番周折。幸好，地板上四处放了许多木凳，他顺手抓起了其中的一张。当格里利正举起一支步枪要向他开火之时，他用那张沉重的凳子砸出了他的脑浆。接着船身的一阵摇晃使他与希克斯撞个满怀，他趁势掐住了对方的脖子，他那双虎钳般有力的大手顿时就让那家伙一命归西。

如此，我们所用的时间，比我们预计的时间少很多，顷刻间，我们就发现自己已经是这条船的主人了。

我们的对手里唯一活着人就剩理查德·帕克了。我们应该还记得，此人在搏斗一开始就被我用水泵手柄击倒在地。现在他一动不动地躺在七零八落的卧舱门边，当彼得士用脚踢他时，他突然开口恳求饶命。他除了头顶被砸开一条小口子外，其他地方都没受伤，刚才只是被一下打昏过去。他现在站了起来，我们就把他的双手绑在了背后。那只狗还在冲着琼斯不停地咆哮，待我们上前一看，发现那家伙早已经断气，血从他喉部一道深深的伤口往外流淌，那道口子无疑是被虎子尖利的牙齿所咬出的。

现在大概是夜里一点钟，风还在狂叫着，这只船明显比以前摇晃得更加猛烈了，目前必须想出一个办法来，让它能够平稳一些。船每一次朝下风倾斜都有一阵浪头冲上甲板，在我们混战时甚至有水冲进主舱，因为我进舱时没有把舱门关上。整个左舷舷墙都被浪头撕裂并卷走，被卷走的还有舱面厨房和船艉的那艘小艇。主桅的松动和吱嘎声说明它几乎快折断了。为了让底舱后部有更多余地，该船主桅的桅座只嵌在两层甲板之间（此乃无知的造船者偶然犯下的一个不可饶恕的错误），现在主桅随时都有从桅座脱落的危险，但是目前最大的困难则是我们一侧船上的水已经有七英尺深了。

我们赶快把那些家伙的死尸丢在主舱，上甲板摇泵抽水——帕克当然被释放，以便帮助我们干活儿。我们尽可能地包扎好了奥古斯特斯受伤的胳膊，他也尽其所能地出力，但很微薄。不过，我们发现只要能尽量使一台水泵不停转动，我们基本上就能控制住水往上漫的势头。可惜我们只有四个人，所以这个活很艰辛，不过我们强打着精神干活，一边干着一边等待天明，想等天亮好把主桅砍掉以减轻船的自重。

我们就在这种情形之下熬过了一个夜晚，当天色终于破晓时，暴风既没有减弱，也没有任何减弱的迹象。这时，我们把舱内的尸体拖上甲板，一具具地抛入了水中。接下来我们要做的就是砍掉主桅。做好了必要的准备工作，彼得士在主舱内找到了斧头并动手砍桅杆，我们剩下的三人则分别站在桅索和帆索旁。趁着船身朝下风面的一次猛烈倾斜，上风一方的支索随着彼得士一声令下被同时砍断。这下整个主桅连帆带索一头扎进了海里，桅杆倒下时未触及船身，因而船体未遭受任何实质性损害。现在，船虽不似之前那样摇晃得厉害了，可是我们的处境依旧是非常危险，无论我们如何拼命，若不用双泵抽水，我们就没法控制漏水的势头。奥古斯特斯能给予我们的帮助的确微不足道。此时又雪上加霜，一个把船推向上风的巨大浪头使船偏离了风向几度，而不待船重新恢复位置，另一个浪头又猛然袭来，船顿时倾斜得连横梁末端都触到了水面。这下压舱物全部滚到了下风一侧（舱内物品碰来撞去已经有一段时间了），一刹那间，我们觉得再也没有什么办法可以挽救我们的船，不让它翻过去了。然而，突然间，我们的船有一点点恢复平衡。可是下舱的全部东西仍然压在左舷一侧，船身极度的倾斜使我们摇泵排水的工作已成为徒劳，实际上我们也不可能再干下去，连续不断的摇柄已使我们的双手完全磨破，非常可怕地淌着鲜血。

我们没有听从帕克的意见，开始去砍前桅。由于处境艰难，我们费了不少劲儿才将其砍断。前桅坠水时把船艏斜桅也一并拖走了，这时我们只剩下一个光秃秃的船身了。

到这个时候，我们的帆船变成了最大的长艇，无论再有多大的浪头打上来，也不会有什么损害。但好景不长，前桅落水时，用来顶风稳船的前桅下帆当然也随之而去，这下每一个浪头都无遮无拦地冲击船身。在整整五分钟内，一排接一排的巨浪不断地席卷整个甲板，那条小艇和右舷舷墙都被卷走，连起锚绞盘也被砸成了碎块。我们目前所处的地步实在是太悲惨了。

在正午的时候，似乎微微有一点狂风要消减的迹象，可是很快我们又大失所望，因为风力只减弱了几分钟，然后就加倍地呼啸肆虐。到下午四点光景，人已完全不可能迎风站立，而当夜幕笼罩我们的时候，我们已丝毫不抱有还能熬到天明的希望。

到半夜，我们已经陷在极深的水中，水已经漫到最下一层甲板。舵随之被冲走，把舵冲走的那排巨浪将双桅船的后半部分整个举出了水面，船轰然坠下的那种震荡通常只有搁浅时才会发生。我们本来都以为舵能坚持到最后，因为那柄舵异常结实，无论之前或之后我都不曾见过装备得像它那样坚固的船舵。沿船艉柱的内壁嵌绕着一圈圈粗实的铁环。一根粗铁棒从这些环中穿过，舵就这样固定在船艉柱上，并能随那根铁棒自由转动。海水的力量怎么能将它冲掉呢？只能这样解释：船艉柱内那些铁环被扭弯，结果一环环地被拉出了坚实的木柱。

这一打击对于我们来说太剧烈了，我们还没来得及在惊愕中透一口气，又是一个大浪头，打到我们的船上来，这个浪头之大，是我有生以来从没有见过的。浪头猛然冲过甲板，卷走了扶梯，涌进了舱口，整条船的每一个地方都灌满了水。

第九章

幸而就在天黑之前，我们四个都用绳子把自己牢牢地捆在了被砸碎的绞盘上，并尽可能地在甲板上保持平卧的姿势。也只因为大家加了这一点点防范，所以才能逃出这大浪头的灭顶之险。事实上，我们四人当时都或多或少地被砸在我们身上的那排巨浪给打蒙了，巨浪直到我们都快要支持不住时才从我们身上滚过。我一缓过气来就大声呼唤我的伙伴。开始只有奥古斯特斯一人回答，他说："我们没指望了，愿上帝可怜我们的灵魂。"过了一会儿另两位伙伴也喘过气来，这时他俩鼓励我们振作精神，说事实上还有生还的希望，由于舱内货物的性质，双桅船完全不可能沉没，而且大风有可能到早晨就过去。这些话为我注入了新的活力。说来也许显得奇怪，尽管一条装满空油桶的船显然不会下沉，可我当时心里乱得全然忽略了这一点，所以一度还以为迫在眉睫的危险就是沉没。重新燃起了活命的希望，于是就利用所有的机会，加固把我系于绞盘残体的绳子，而且我很快就发现伙伴也都在这么做。夜已经黑得不能再黑了，围着我们的尖锐的风声和各种混乱的情形，也用不着再加以描写了。我们船的甲板面已经和海水持平了，或者更确切地说，我们已经被一道隆起的水墙包围了，波涛每时每刻都在拍打我们。可以这么说，我们的头在三秒内只有一秒能露出水面。我们三个人虽然躺得很近，可是谁也看不见谁，就连我们躺着的随风飘荡的这只船的任何一部分，也一点也看不见。我们每隔一会儿，就彼此招呼一声，用这个方法来维持活下去的希望，同时又给予伙伴最需要的安慰和鼓励。奥古斯特斯的衰弱令我们都为他担忧——他右臂的伤势使他肯定不可能系紧绳子，我们担心他随时都会被海浪冲走，但我们又不能助他一臂之力。幸运的是，他当时的处境比我们三人都更安全，因为他的上半身正好趴在破绞盘部分残体之下，汹涌而来的海浪都被绞盘残体撞碎。如果像以前的样子，像上一阵把身子用绳索系住后，随便躺在一个暴露的位置的话，不等到早晨，他早已死掉，是丝毫无可避免的了。由于船体倾斜得很厉害，所以我们相对来说不那么容易被卷走。正如我前面所说，船向左舷倾斜，结果甲板有一半一直被淹在水中。所以从右舷冲来的波涛基本上被舷侧碰碎，只要我们尽可能平卧，冲到我们身上的只是些碎浪；而从左舷涌来的浪头则是那种对我们并无多大影响的所谓回浪，鉴于我们有绳子固定并低伏身体，它们没有足够的力量把我们冲走。

我们就在这种恐怖的局面下，一直躺在天亮。天亮之后，我们能够看清周围的一切了，这时展现在我们眼前的是一片令人恐惧的场面。此时双桅船就像一根木头，正在汹涌澎湃的大海中随波逐流；风力还在加强，已经变成了一场名副其实的飓风，看来我们已没有希望得到拯救。我们在几个钟头内，都沉默着，一声不吭，时时在担心，唯恐我们身上的绳索随时都会断掉，或者破碎的绞盘随时都会脱离船身，要么就是四面八方咆哮着涌来的巨浪会把船体压入太深的水下，不待它重新浮出水面就把我们淹死。然而，我们借着上帝的慈悲，居然从这样的风险中逃脱了，将近中午时分，开恩的太阳放出光来，我们心里得到了些许的安慰。不久之后，我们感到风力也在慢慢变弱，到这个时候，自昨晚后半夜就一直没吭过声的奥古斯特斯突然开口说话，他问躺得离他最近的彼得士，我们是否还有获救的可能性。由于一开始没听见回答，我们都以为那个混血儿已经被淹死在他躺的地方，但不久我们就高兴地听到他说话了，尽管声音非常微弱。他说绳子把他的腹部勒得太紧，他正在经历极大的痛苦，若不设法松开绳子，他肯定会死去，他已不可能再忍受那样的痛苦。这话又极大地引起了我们的忧愁，因为我们连去帮忙的可能性都没有，海水不停地往身上打来，无论怎样帮忙都是不可能的。我们只能鼓励他咬紧牙关坚持，说只要一有机会就帮他解开绳子。他回答说那也许太迟了，他说不定在我们能救他之前就会完蛋；说完他又呢喃了一阵，就没有声音了，此时，我们认为他已经死了。

等到黄昏来到，海浪已经几乎平息下去，每隔五分钟，也顶多只有一个浪头顺风打过船面去。风虽然吹得还是很急，但是已经大大减弱了。我已有几小时没听见伙伴们说话，这时我呼唤奥古斯特斯，他回答的声音很微弱，以至于我听不清他说些什么。接着我又喊彼得士和帕克，但他俩谁也没有回答。

在这一段时间后不久，我就陷入了一种半无知觉的状态中，在昏昏沉沉的过程中，许多美好的、令人愉快的画面浮现在脑海里。比如青葱苍翠的树木、起伏的金色麦田、一排排跳舞的姑娘、一队队骑马的士兵。我现在还记得当时闪过我脑际的那些画面基本上都在动。我的幻觉中没有诸如房子、山岭之类的静止物体，而是接连不断地闪现出风车、船只、巨鸟、气球、骑马的人、飞驰的车以及诸如此类运动着的事物。等到我从这个状态里醒过来的时候，太阳已经升得很高了，据我当时所能揣想的，大约已经升高了一个钟头了。有关当时我一切处境的往事，我想去回忆一下，都极其困难。一时间竟以为我还待在底舱，还待在那箱子附近，而帕克的身子就是虎子的躯体。

等到最后我完全恢复知觉后，才发现风已经削减成温和的微风了，大海也相对平静下来，波涛只是轻轻地拍打着船体。我的左臂已从捆绑中挣脱出来，肘部被绳子严重勒伤，而右臂则完全失去了知觉，手掌和手腕都肿得很厉害，这是由于肩下那条绳子勒得太紧的缘故。捆在腰间的另一根绳子也令我痛苦不堪，它已经被拉紧到难以忍受的程度。我向四周看我的伙伴们，发现彼得士还活着，只是他腹部那根绳子勒得实在太紧，看上去他几乎都快被勒成两截了；我看他时，他朝我微微点了点头，示意我看那根绳子。奥古斯特斯一点活着的征兆也没有了，没有丝毫还活着的迹象，他弯曲的身体躺在绞盘的另一边。帕克看见我在动便向我说话，问我是否有足够的力气帮他解开绳子；他说，如果我能打起精神并设法解开他身上的绳索，我们说不定还有一条生路，要不然我们都必死无疑。我告诉他说我肯定能提起勇气，一定尽我最大的力量解开束缚他的绳索。我就伸手到裤子口袋里去摸，摸到我那把刀子，试了几次之后终于打开了刀刃。然后我设法让右臂从捆绑中解脱出来，过了一会儿又割断了身上的所有绳索。当我试图移动时，我发现自己的双腿完全不听使唤，根本没法从甲板上站起；同时，我的右臂也不能活动。我把这个情形告诉了帕克，他劝我先安安静静地躺一会，用左手抓住绞盘，好有足够的时间让血液恢复循环。我按照他说的话去做，右手的麻木果然消失了，两条腿慢慢地能够活动；随之右臂也部分地恢复了功能。于是我没试图站起来，索性加倍小心地向帕克爬去，不久就把捆在他身上的那条绳子解开了。那绳子磨穿了他那条厚呢裤的腰带和两件衬衫，在他的腹部勒出了一条深深的口子，当我们解开绳子时，那道伤口流了不少血。不过，我们刚一抽掉绳子，他就能开口说话，仿佛马上得到了解救一般。他马上行动起来，甚至比彼得士和我都容易得多，这毫无疑问是因为他身上的血被放出来的缘故。

我们对奥古斯特斯能否恢复过来都不抱太大的希望，因为他显然已没有一点儿生气。可当我们走到近前一看，原来他是因为失血过多而晕过去了，我们给他包扎右臂伤口的绷带早已被海水冲走了，把他系于绞盘的那些绳子倒没有要他的命。松掉他身上的绳子后，我们把他抬离绞盘，放到了一个迎风干燥之处。我们让他的头稍稍低于身子，然后三人一起使劲揉搓他的四肢。半小时之后他活了过来，尽管直到第二天早晨他似乎才认出我们，或者说才有足够的力气开口说话。在我们都把绳子解下来的时候，天色已经十分黑了，而且天上又布满了阴云，因此我们又陷入极度的不安中，恐怕又要刮起大风。如果真的再起一场暴风，像我们如今这样虚弱，肯定什么办法也没有了，只能等死了。幸亏夜间天气还好，大海越来越平静，这给了我们最终获救的希望。仍有一阵微风从西北吹来，但天气一点儿也不冷。我们用绳子小心地把奥古斯特斯固定在上风面，以确保他不会因船体的摇晃而坠入水中，因为他仍然虚弱得不能自己保持平衡。我们三人则没有这种必要，我们拉着绞盘周围的断绳紧挨着坐了下来，开始商量如何逃出这可怕的绝境。我们把衣服脱下来，拧干衣服上的水，再穿上就觉得舒服很多，而且觉得非常暖和，更重要的是使我们精神了不少。我们帮着把奥古斯特斯的衣服也脱下拧干，让他也感受到同样的舒服。

现在，我们最大的痛苦就是又饥又渴了。我们在思索解决的方法，可一想，心便沉了下去，因为海浪的可怕，并不比渴死饿死的危险大。但我们仍然用可能很快被过路船只搭救的希望来安慰自己，并互相鼓励要坚韧不拔地承受可能发生的灾难。

14 日的早晨终于到来了，天气依然晴朗宜人，有一股稳定而柔和的风从西北方向吹来。此时海面已非常平静，而且不知是什么原因，双桅船已不再像先前那么倾斜，甲板基本上干透，我们能在上面自由移动。直到现在为止，我们已经有三天三夜以上没有饮食过，所以绝对需要想办法到船底下去取一些吃的上来——船身上灌满了水，做这种工作是没有什么希望的，也不能指望能够得到什么东西。我们从残存的舱口罩上拔下些钉子，再把钉子钉入两块木板，然后将木板合拢制成了一个类似爪锚的捞耙。最后我们用一根绳子系住这个捞耙，并将其抛下主舱来回拖曳，希望能侥幸捞出点儿什么可以充饥的东西，至少捞到件什么可以有助于我们获取食物的工具。我们这一早上，大部分时间都耗费在这种工作上，但是毫无结果，所能钓上来的只有床单，因为只有床单很容易被钉子钩住。说实话，我们的方法也实在太笨拙，不可能指望它会有更大的收获。

接着我们又在前舱捞了一阵，结果同样是徒劳无功，正要完全绝望之时，彼得士建议用绳子把他拴住，让他设法潜入主舱寻找食物。这一建议顿时令我们欢欣鼓舞，使我们心里重燃希望。他马上把身上的衣服全部脱掉，只留下一条裤子。他用一根结实的绳子系在他的腰间，再把绳子往上绕他的双肩结成保险扣以防滑脱。这项任务既艰巨又危险，我们不指望会找到多少食物，而且即便舱内有食物，潜水者下水后也必须右转弯向前游十一二英尺，穿过狭窄的通道进入卧舱，然后再返回，其间没有吸气的可能。

一切都准备好，彼得士顺着升降梯走到水没脖子之处。然后他一头扎入水中，右转弯向前猛游，试图到达卧舱。可是他这样一试，完全没有成功。他下去以后不到半分钟，我们就觉得绳子猛烈地弹动，这是我们事先约定好了的，绳子一弹动就表示急于让我们把他拉上来。于是我们马上把他拉出水面，但由于太不小心，结果使他重重地撞上了扶梯。他什么也没有带回，由于他发现必须花很大力气才能使自己不致上浮碰着甲板，他实际上在水下只游了很短一段距离。他出来以后，已经筋疲力尽，不得不休息了整整有十五分钟，这才又冒险下潜。

第二次冒险，结果比第一次还要糟糕。他在水里待了很久，并没有发出信号上来，我们大大吃了一惊，以为他发生了危险，于是不等他发出信号，我们就把绳子往上拉，结果发现他几乎已经奄奄一息。他说他在水下曾不断地猛拽绳子，可我们在上面毫无感觉。这很可能是因为绳子的某部分缠在了升降梯脚的扶栏上。这段扶栏实在太碍事，我们决定在进行第三次尝试之前尽可能将其除掉。然而，倘若不是足够大的力量，是没有办法把它移动的，于是我们三个人决定一同下水，下到还能站在梯子上的程度，集中力量把它一拉，居然就把它弄断了。

第三次尝试同前两次一样没有成功，情况非常明显，必须借助某种重物使潜水员能稳住自己的身体，他才能在舱内进行搜寻。我们向四周找了很久，也没有找到可以用来做这个重物的物件。不过，最后我们突然发现前锚链上有一环已松动，我们没费多大力气就把它拧了下来。彼得士将此物牢牢地固定在一只脚腕上，第四次潜下主舱，这一次他成功地到达了事务员卧舱的门前。他发现舱门锁着，而他未能进入就不得不返回，因为他最多只能在水下潜一分钟。我们的前景看来非常黯淡，想到我们所面临的重重困难，想到我们几乎已不可能死里逃生，奥古斯特斯和我都禁不住流下了眼泪。不过我们这种脆弱并没有持续多久。我们虔诚地跪下去，祈求上帝的帮忙，请求他在我们遭遇重重困难的时候能够伸手救救我们。然后，站起来，心里又燃起了新的希望，开始考虑还能做些什么来拯救自己。

第十章

此事之后漫长的岁月之中，我又曾遭遇过许多事件，都是极其惊人、意想不到的，可是，这次在打捞食品失败之后不久所遭受的那个意外，我认为比哪一次都更令人紧张，它先令人心里充满极度的狂喜，随之又令人感到无以复加的恐惧。当时我们半躺在靠近升降口的甲板上，正在讨论再次潜入卧舱的可能性，这时我抬眼看躺在我对面的奥古斯特斯，发现他的脸骤然间变得煞白，他的嘴唇以一种异乎寻常、莫名其妙的方式直打哆嗦。我大大吃了一惊，问他是怎么一回事，可是他一句也不回答。我以为他是忽然得了病，于是我注意看他的眼睛，这时我发现他的眼睛显然是直瞪瞪地盯住我身后的什么目标。我掉头一看，我永远也忘不了当时那种震撼和狂喜，因为我看见一艘大型双桅船正向我们驶来，离我们最多只有两英里。我就像胸口中了颗子弹似的猛然跳起，朝着那艘船把手伸出去，伸出手一动也不动地站了好久，连一个字音也发不出来。彼得士和帕克同样也欣喜若狂，尽管其表达方式各有不同。彼得士像个疯子似的在甲板上手舞足蹈，嘴里喊着最疯狂的胡话，其间还混杂着一声声狂笑和诅咒；帕克则突然涕泗滂沱，像个孩子似的大哭了好一阵。

我们远远望见的那只船，是一艘前桅装横帆、主桅配纵帆的大型双桅船，荷兰式造型，船身被漆成黑色，船头涂金描彩地装饰得很俗丽。看样子，就知道它是经历过许多粗暴天气的，我们揣想，它在使我们受到灾祸的这场暴风中，也一定是受了不少磨难的。因为它的前桅上帆已不翼而飞，右舷舷墙也被撕掉了一大块。正如我刚才所说，我们第一眼看见那艘船时，它在我们上风约两英里处，而且正在向我们驶近。当时风力非常柔和，可令我们吃惊的是，那艘船除了前桅下帆、主桅主帆和一张斜桅三角帆之外，其余的风帆都没有扯起——它的速度当然很慢，以至我们急得都快要发疯。我们大家也都注意到了它那把舵的很笨拙的样子，甚至使我们看着有一点恼火；它往旁边倾斜得很厉害，我们有一两次认为它是不会看见我们的，抑或看得见，发现这只船上没有人，就会掉转方向，不会再追这只船，另向别的方向走去的。每次看见它掉头，我们都用最大的声音又喊又嚷，于是它似乎又改变了主意，再次转舵向我们驶来。这种奇怪的突然掉头重复了两三次，我们最后只能认为那艘船的舵手一定是喝醉了。

最先我们看不见那只船的甲板上有人，等到它距离我们只有四分之一英里的时候，才看见上面有三个水手，从他们的衣服打扮上看，断定那是荷兰人。其中两个人躺在水手舱附近的一些旧帆布上，第三个人像是怀着极大的好奇心打量着我们。这个人又高又壮，皮肤黝黑。他以一种快活但极其古怪的方式向我们点头，并一直露出一口又白又亮的牙齿向我们微笑，看上去像在鼓励我们再耐心坚持一会儿。当那艘船驶得更近时，我们看见一顶红色的法兰绒帽子从他的头上掉进了水中；可他对此没有在意，仍然以那种古怪的方式继续向我们点头微笑。我把这些经历和情形叙述得太过琐碎，但你们必须知道，我所叙述的这些情形，都恰恰是我们看上去以为的情形。

那艘船慢慢靠近，行驶得比刚才平稳，我简直无法平静地讲述这件事。当时我们的心怦怦乱跳，我们用呐喊来倾吐满心的喜悦和对上帝的感恩之情——是上帝派来救星，那完美的、辉煌的、不期而至的救星已伸手可及。但突然间，从那只奇怪的船上飘来一股气味，弥漫在海洋之上，那是一股臭味，那种臭味是全世界都叫不出名字来的，也想象不出是怎样的一种味道，又恶毒，又极其令人窒息，又让人难以想象。我气喘吁吁地扭头看我的伙伴，只见他们一个个脸色苍白。可我们当时无暇去怀疑，去猜测——那艘船离我们已只有五十英尺，看样子是要从我们的船艉突出部擦过，这样它不用放小艇，我们就能登上它的甲板。我们赶紧向着船艉部冲去，这时，它又突然间大大往旁边一歪，于是错开它航行的路线，偏离了五六度远，后来当它超过我们的船尾有二十英尺的距离的时候，它甲板上的情形，就全部被我们看得一清二楚了。我今生仍无法忘记那副惊心动魄的惨状：包括几名妇女在内的二三十具尸体横七竖八地躺在船艉和舱面厨房之间，全都腐烂到了令人恶心的程度！我们清清楚楚地看见那艘死亡之船上没有一个活人，可我们仍然禁不住高声向那些死者求救！是的，在那个最痛苦的时刻，我们都声嘶力竭地苦苦哀求那些不会说话而且令人作呕的尸体，求它们掉转船头，求它们别抛下我们，求它们别让我们也变成它们那样，求它们接纳我们做伙伴！这种悲伤、苦痛和失望，使我们彻底发了疯。

在我们第一次发出恐怖的哀号的时候，有一种声音回答了我们。那声音出自这只船的船头附近，极像人类的喊叫声，就连最灵敏的耳朵都会为之一惊，都会误认为是。就在这个时候，那只船又突然偏舵，一时间把水手舱附近的前甲板送到了我们眼前，我们一眼就看到了声音的来源。我们看见那个粗壮高大的身躯仍旧俯在舷墙上，仍然在不住地点头。这时他背朝我们，所以看不见他的脸。他的双臂伸过栏杆，双手垂下掌心向外。他的双膝跪在一根粗绳上，粗绳紧紧地绷在斜桅桅座与锚架之间。他衬衫的背部被撕掉了一大块，赤裸的背上站着一只巨大的海鸥，那海鸥正贪婪地啄食人肉，它的长喙和利爪都深深地陷在肉中，白色的羽毛上溅满了血迹。等到那船继续向前移动，使前甲板离我们的视线更近的时候。我们看见那只鸟费了很多力气的样子，才能把染得紫红的长喙从肉里拔出来，它用眼睛望了我们一阵，仿佛受了惊一样，然后懒洋洋地从它所饱餐的尸首上起来，一直飞到我们这边的甲板上来，在空中盘旋了一阵，嘴里还叼着一块血肉模糊的像是肝一样的东西。那块可怕的肉最后掉在了彼得士的脚边。愿上帝宽恕我，就在那一刻，我脑子里第一次闪过了一个念头，一个我不愿提到的念头，我觉得自己朝那块血糊糊的东西移动了一步。这时我抬起头，奥古斯特斯的眼光正好与我紧张而急切的目光相遇，我猛然清醒过来。我急步向前，战栗着把那可怕的东西扔进了海里。

原来那具靠在绳子上的尸体被那只食肉巨鸟啄食时，自然很容易前后晃动，正是这种晃动使我起初以为那是个活人。等到那海鸥一飞起来，尸首上边的重量一除掉，它一晃动时侧向一边，这样就露出了他的整张脸。世界上再也没有什么能比这张脸更可怕了！两只眼睛已经不在了，围着嘴的肉也全都腐烂了，只剩下两排牙齿赤裸裸地露在外面。当初鼓动我们怀起希望的所谓的笑容，原来就是如此的啊！原来，就是——不过我还是不说为妙！我前边已经提过，那只船已经追过我们的船尾，正慢慢而又稳稳地向下风向走去。随着它和它可怕的乘员们的离去，我们获救的希望和欢乐也化为泡影。要不是突然的失望和惊人的发现使我们一时间呆若木鸡，它慢慢经过时，我们本来有可能设法登上它的甲板。当时我们能看、能感觉，却不能思考、不能行动，直到为时太晚。这件事使我们的智力减弱到什么程度，从下面的事实中就可以看出来：当那艘船远得只在水面上露出半个船身之时，我们中还有人认真地建议游泳去追它！

自那之后我曾努力打听过那艘船的下落，想弄清招致它毁灭的原因，结果终归徒然。正如我前文所说，它的造型和外观使我们认为它是一艘荷兰商船，船上那些人的装束也证实了这种判断。我们本来可以轻易地看到艉部的船名，实际上还可以观察到其他有助于我们弄清它来历的情况，但当时过分的激动使我们对这些都视而不见。有些尚未完全腐烂的尸体呈番红花的颜色，我们据此断定那船上的人均死于黄热病，或某种同样可怕的致命疾病。我不知道再怎样继续推测了，只是，假如真的是这样的话，那么他们死得一定突然得可怕，而且从那些尸体的位置来看，其死亡的方式完全不同于人类所熟悉的那些瘟疫引起的死法。实际上，也有可能是某种毒物偶然混入食品导致了那场灾难，或因为那些人误食了某种有毒的海中动物或有毒的海鸟——但这些推测都无助于揭示被包裹住的真相，而且毫无疑问，真相将永远是个谜，无论我们怎样去揣测也都是猜测而已。

第十一章

这一天，其余的时间，我们全都在一种恍惚的状态中度过，眼巴巴地看着那只船一点点远离我们，一直用眼睛盯着它，直到天黑再也看不见它了，这才稍稍恢复了一点知觉。这时饥渴又开始折磨我们，使我们忘记了其他所有的担心和忧虑。可在天亮之前，我们什么也做不成，只好把身体尽可能地固定在甲板上之后，力图休息一下。在这一方面，我的成功远远超过了我的期望，我睡了一觉直到第二天天亮，我那几位没有我这么幸运的朋友喊醒了我，和他们一同重新开始尝试从舱内打捞食物。

现在，一切寂静得像死一般，海水平滑如镜，平静到我从来没有见过，天气也是又温暖又爽快。昨天那只怪船已经看不见影子了。我们开始了我们的工作，又费了半天劲，从前锚链上又拧下一环。彼得士两只脚都套上重物之后，他又试图接近那道舱门，只要能及时到达那里，他就有可能把舱门弄开；他希望这次能成功，因为船体比任何时候都更平稳。

他果然很快就到了那个卧舱门口，这时他从脚腕上脱下一环锚链，用它使劲儿地砸门，但未能成功，舱门远比预料的更结实。他在水下待了这么久，已经十分疲惫，绝对必须叫我们中间的一人去替换他才行。帕克马上自告奋勇，去担任这个重要任务，可是他经过三次无效的努力之后，才发现他甚至都无法走到卧舱的门前。奥古斯特斯右臂的伤势使他下水也没用，因为即便他能到达舱门也无力把门弄开，因此拯救我们的重任就责无旁贷地落到了我的肩上。

彼得士把一环锚链忘在了过道中，我在投进水以后，觉得身体不够重，不能维持充分的平衡，以使身体稳定地落下去。于是我决定在第一次实验之后就不再进行尝试了，只想把忘在水中的那个锚链尽快找到，便离开此地。我在沿着地面过道摸索那个锚链的时候，触到了一件硬东西，我一把将其抓住，来不及弄清它到底是什么就返身浮出了水面。那硬东西原来是一只酒瓶，瓶里装满了红葡萄酒，我们当时的那股高兴劲儿是可想而知的。为这及时并令人欣慰的援助感谢过上帝之后，我们马上用我那把折刀撬开了瓶塞，每个人有节制地喝了一口。大家顿时感到了一种说不出的温暖和舒服，精神为之一振，身上也有了力量。然后，我们又小心翼翼地把瓶口塞上，然后用手帕把它吊起来，吊得牢牢的，以免把它打碎。

在这个幸运的发现以后，我稍微休息了一会，便又下水，这次我找到了那环锚链，并带着它立即返回甲板。我套上那环锚链后第三次潜入水下，这次尝试使我确信，在当时那种情况下，我无论如何都不可能弄开那道舱门，于是我只好绝望地返回。

到了这个时候，似乎已经没有一丝希望了。我也可以从我那几个伙伴的脸色上，看得出来，他们已经放弃了希望，决定等待死亡的到来了。酒精的作用显然使他们陷入了一种谵妄状态，而我得以幸免也许是因为喝过酒就入水浸泡的缘故。他们开始语无伦次地谈起与我们当时的处境毫不相干的事情。彼得士一再问我有关南塔基特的情况。我记得当时奥古斯特斯一本正经地凑到我跟前，要我借给他一把梳子，因为他的头发上沾满了鱼鳞，而他希望在上岸之前把它们梳掉。帕克看上去却不像他们那样昏乱，他督促我再次冒险下水，在主舱里摸一摸，没准手上可以再随便摸到一些什么东西带上来呢。我同意了他的话，下水去待了大约一分钟的样子，刚一摸，就摸了一个小皮箱上来，那是巴纳德船长的。我们立即把箱子打开，希望能侥幸发现什么可充饥或解渴的东西。然而箱子里只有一盒剃须刀片和两件亚麻衬衫。我再次潜入水中，但这次空手而归。我的头刚一露出水面，就听甲板上传来砰的一声，我爬上甲板一看，发现原来是我的伙伴趁我不在之际忘恩负义地喝干了瓶里剩下的酒，想赶在我出水之前把空瓶放回原处，结果却在慌忙中将其打碎。我责备他们这种没有良心的行为，奥古斯特斯突然大哭起来。其余两个人努力假装开玩笑，把这件事一笑了之。可是，我一生一世都不想再看见那样的笑容，那种扭鼻子歪嘴巴的嬉皮笑脸只令人感到恶心。事实上，酒一到他们空空的肠胃里面，酒力当时便发生了猛烈的效果。他们一个个都酩酊大醉。我好不容易才哄他们躺下来，他们很快就呼呼大睡，甲板上顿时鼾声如雷。我于是发现，事实上，船上等于只有我一个人了，我感到了极度的恐慌和绝望。我看不到任何生路，唯一等待我们的就是慢慢饿死，或者痛快一点儿在随时都可能刮起的第一阵大风中葬身鱼腹。在那种精疲力竭的状态下，我们绝无希望再逃过一场大风。

我现在感觉的那种饥肠辘辘实在令人难以忍受，我觉得只要能够让我缓和一下这种饥饿之感，无论什么东西我都能吃得下去。我用刀子从那个皮箱上割下一块来，拼命想把它吃下去，结果发现根本无法下咽，尽管我自以为把它嚼碎再吐掉也稍稍缓解了饥饿的痛苦。将近夜晚，我的同伴们，一个接着一个地醒来，每一个人的样子，都是虚弱可怕得难以形容，刚才还有一点酒力维持着，如今酒力已经消失殆尽，便一点力气都没有了。他们就像发疟疾似的浑身颤抖，哀叫着要水喝。他们的情况唤起了我心中最强烈的同情，同时也让我暗自庆幸先前发生的那件事使我免于遭受他们这番惨不忍睹的痛苦。但是我还是和他们的这种悲哀和这种极度的痛苦，产生着共鸣。因为非常清楚，除非有所好转，不然他们就没法帮我摆脱困境。我当时还没有彻底放弃从舱里找到点儿什么的念头，但若是他们中没人能够在我下水时帮忙拉住绳子的一头，这种尝试就不可能进行。帕克看上去似乎比其余那两个人清醒得多，我于是用我能力范围以内的一切方法，使他彻底清醒过来。我觉得若是把一个人投到海里去，一定能得到满意的效果，我就把绳子拴在他的身体上，然后把他拽到升降梯口，这期间他倒是非常顺从，一到门口，我就把他往下一推，推下去我又马上把他拽上来。我这种做法的结果，我认为是值得庆贺的，因为他看上去清醒了许多而且也有了精神。上甲板后，他理直气壮地问我干吗这样对他，待我说明原因，他向我表示感谢，并说经水一泡他感觉好多了，然后就合乎情理地谈到了我们的处境。于是，我们决定用同样的方法使奥古斯特斯和彼得士清醒。我俩立即动手，他们俩也因为经过凉水一激而觉得舒服了很多。这种通过突然浸水来醒酒的方法，是我从书中得到的启示，我看到一本关于医学的书，里面讲到病人若是受到狂郁病的痛苦，可以用冷水淋浴，能收到极好的效果。

待我确信伙伴们能抓牢绳子的另一端之后，我又潜进了主舱三四次，尽管此时天已黑透，而且从北方涌来的一阵不猛但连续不断的浪涛使船身多少有几分摇晃。在这几次尝试中，我成功地捞上来两把有鞘的刀、一只三加仑的空壶和一条毯子，却没捞到任何食物。我找到那些东西以后，又继续努力，一直努力到我完全没有力气为止，也再也没找到别的什么东西上来，在这一夜之间，帕克和彼得士摸黑轮流下舱打捞，但最后也都空手而归。最后，我们绝望地放弃了这种企图，认为即便累死也是没有用的。

这一夜的其余时间里，我们是在精神与身体难以想象的苦痛中度过的。16日的早晨终于到来了，我们向四周天海相接的地方，焦急热切地寻找救星，可是结果令人大失所望。海面依然平静，只是像昨晚一样有一阵从北边涌来的缓缓的波浪。除了那瓶红葡萄酒，我们已经整整六天没吃没喝，显而易见，若再弄不到吃的，我们肯定再也坚持不了多久。我以前从不曾见过，今后也不想再见到，人居然会像彼得士和奥古斯特斯那样消瘦。假定我在街上遇见他们，看见他们是像现在这样的容貌，我绝不会有丝毫的犹豫，一定会非常肯定地说我是不认识他们的。他们的容貌完全变了形状，所以我真不能相信，在这几天以前，和我天天在一起的真的还是他们。帕克虽说也很憔悴，而且衰弱到脑袋一直耷拉在胸前，可并没像那两人一样消瘦到形容枯槁的地步。他咬紧牙关忍受着痛苦，非但不自哀自怜，反而想方设法地激起我们的希望。至于我自己，尽管航行初期我情况很糟，而且体质孱弱，但我当时比他们少受了些罪，所以不像他们那样形销骨立，当他们神志错乱，像孩子似的痴笑傻笑、胡言乱语之时，我出人意料地保持着头脑清醒。然而，也有一阵一阵的，他们好像复活了似的，仿佛在突然间得到了灵感，意识到了自己在什么样的处境之中，便趁着一刹那的生命力一闪的功夫，跳起来，短短地说一阵他们前瞻的希望，而且，固然话里依然充满了绝望，可是说得很有理性。不过，我的伙伴们对自己的情况也许怀有和我一样的看法，而我自己说不定在不知不觉中倒像他们一样谵妄而痴愚——这是一件不可能说清楚的事。

将近中午时分，帕克宣布说，他从右舷那个位置，隐隐地看见陆地了。我用了很大的力气，经历了很大的困难，才把他拉住，没有叫他跳到水里去，原来他是想跳到水里去向他所看见的陆地奔去的。极目眺望帕克所说的方向，我看不到一线哪怕最朦胧的海岸——其实我心里非常清楚，当时的方位根本不允许我们抱有靠近任何一块陆地的奢望。我花了很长时间才使帕克相信是他看花了眼。这下他泪如泉涌，竟像一个孩子似的伤心地哭了两三个小时，等到哭得一点劲儿也没有了，这才倒下睡去。

这时，彼得士和奥古斯特斯徒然地进行了几次吞食皮箱碎片的努力。我劝他们把碎片慢慢嚼碎然后吐掉，可他们已虚弱得听不进我的劝说。我继续不时地嚼一会儿皮箱碎片，发现这样做多少能减轻饥饿感。我最大的痛苦就是干渴，要不是因为知道其他人在同样情况下喝海水造成的可怕后果，我连海水也早都喝了。

这一天，就在这种情况下消逝着。忽然间，我发现远远向东的方向有一个船影，正出现在我们左舷的船头。看样子那是一只大船，差不多迎着我们驶来，大约相距有十二或十五英里那么远。我的同伴们还没有一个人看见它，我暂时忍住了没告诉他们我的发现，唯恐大家又会再次失望。最后，当那船离得更近时，我终于看清了它正扬着轻风帆径直朝我们驶来。这下我再也忍不住了，立即把这一发现告诉我那几位患难伙伴。他们顿时一跃而起，再次陷入狂喜之中，一个个像白痴似的又哭又笑、又蹦又跳，还扯头发，忽而祈祷，忽而诅咒。我被他们的行为深深感染，同时，我也认为这一次得救是大有希望了，所以也禁不住加入，和他们一起也发起疯来，尽情宣泄自己的感恩之情和狂喜。我拍手、呐喊，在甲板上打滚，并做了其他一些类似动作，直到我猛然间发现——又一次绝望地发现——那艘船突然掉转船头用船尾对着我们，并朝一个与我最初看见它时几乎相反的方向驶去。

我费了很久的时间，才把我的同伴们说服，让他们相信我们的希望确实向相反的方向走去了。他们对于我所说的每一句话，所能回答的只是目光和手势，意思是绝对不能被我的这种错误的推测所欺骗的。奥古斯特斯的举动使我感受最深。无论我怎么说或者怎么做，他都一口咬定那艘船正飞快地驶向我们，并做好了登上那艘船的准备。一团海藻从我们的破船旁边漂过，他坚持认为那是大船上放下的小艇，并令人心碎地吵着嚷着要往上面跳，我费了好大劲儿才使他没那样跳进海里。

我们激动的心情稍微平静了一些之后，继续望着那只船，一直望到看不见它的影子了。天气逐渐朦胧起来，并吹起了一阵轻风。那艘船刚一不见踪影，帕克就突然转身朝向我，脸上有一种令我不寒而栗的表情。这时，我才注意到他显得非常冷静，不待他开口说话，我的心已告诉我他要说什么。他简单扼要地建议："我们中必须有一个人作出牺牲，才能使其他的人活下去。"

第十二章

在过去的一段时间里，我已经仔细想过了我们大限将至时可怕的情形，并暗自下定决心，宁可在任何情况下承受任何形式的死亡，也绝不采用那种手段求生。现在忍受着如此可怕的饥饿，却也并没有把我这个决定减轻分毫。帕克的提议，彼得士和奥古斯特斯都没听见，我于是把帕克拉到一旁，我心里暗暗祷告上帝，求上帝使他把这个可怕的念头打消，我劝告了他好久，并且是以一种十分低声下气的语气劝他的，我借用了他视为神圣的每个事物的名义，讲出了情急中想到的各种各样的道理，恳求他打消那个可怕的念头，哀求他别对另外两人说出他的想法。

他只静静听着我所说的话，一句也不反驳我的意见，我看他那样子，满以为有希望可以让他按照我的劝告做了。可等我话音一落，他马上说他非常清楚我讲的全都在理，采用这样的手段求生的确是人类所能想到的最可怕的抉择，但现在他已经坚持到了人类所能坚持到的最后时刻。一个人的死能够或者说也许能够使三个人活下去，那大家就不必同归于尽。他还补充，叫我不要再白费口舌，他的主意早已打定，不过因为看见了那只船所以才没有在更早的时候说出来。

于是我又求他，如果他不愿听我劝告，那至少可以把他的计划推迟一天，说不定在这一天中我们就会被某艘船搭救。我又开始反复地讲我所能想出的道理，我认为那些道理对他这种性格粗鲁的人可能会起作用。然而，他回答我说，他已经到了忍无可忍的境地了，如果再不吃东西的话，根本就活不了多长时间了。所以再等一天，他的建议就会为时已晚，至少对他来说已经太迟。

我发现他根本没有被我的低声下气的哀求打动，所以我决定换一种态度。我告诉他务必要注意在这场灾难中，我吃的苦头比他们三人都少，因此在当时的情况下，我的健康状况和体力都远远胜过他，或许也胜过彼得士或奥古斯特斯。一句话，如果有必要，我完全有条件凭武力行事。假若他试图以任何方式把他血腥的吃人计划告诉另外两个伙伴，那我将毫不犹豫地把他抛进大海。听完这话，他猛然一把扼住我的咽喉，同时抽出一把刀几次想刺进我的胸膛，只是他极度的衰弱使他未能得逞。我被他的残暴激起高度的愤怒，一推就把他推到船边，一心想要把他推到海里去。然而，彼得士过来，拉开了我俩，问我们为什么争吵，这才算是救了他一命。没等我想出办法阻止，帕克已把他的想法和盘托出。

他的这番话，所产生的后果，要比我想象的可怕得多。看起来，奥古斯特斯和彼得士似乎都早就怀有同样的念头，只不过他们尚未开口，帕克已率先宣布。他俩当即同意了帕克的计划，并主张立刻实施。我曾指望他俩至少有一人神志还足够清醒，能够和我站在一起，共同反对实施这种骇人听闻的计划；而只要有他俩之中任何一人的支持，我就不怕自己阻止不了这血腥计划的实施。既然事实令我大失所望，考虑我自身的安全就成了当务之急，如果再坚持下去，一定会招惹这几个完全丧失理智的家伙的，他们会以我反抗为借口，给我一个不公道的处置的。

于是我说我愿意服从他们的决议，只是请他们把计划推迟个把小时，等周围的雾气散开，看是否有可能看见刚才出现过的那艘船。我费了好一番口舌，他们才同意推迟一小时。而正如我所料（很快起了一阵风），雾气不到一小时就散开了。雾一散，没有看到任何船只，我们便开始准备抽签。

我非常不愿意叙述以下即将发生的一场残酷的情景，自那之后所发生的许多事件也未能从我的脑海中抹去那个场景的任何细节，对那幕悲剧的清楚记忆将使我余生的每分每秒都充满痛苦。请允许我尽可能简略地讲述本故事中的这个部分。当时我们能想到的决定生死的唯一办法就是机会均等的抽签。几根小碎木条充当命签，大家一致要我当持签人。我退到甲板的一端。在那幕可怕的悲剧上演的整个过程中，我感到最痛苦的时刻就是摆布那几根木签。但凡一个人，对自己的性命，都会尽力保存。至于对于自己的生死全然失掉欲望的，那种情形实在是太少。生命的保存力量越脆弱，对于生命保存的欲望便更加强烈。我这次担负的工作，和我以往所经受的暴风雨的危险以及逐渐临头的饥饿恐怖，性质都完全不一样，这一次事情的性质，是无声的、确定的、严峻的，这叫我想起以往若干次逃出了可怕的生死关头的种种情景，而这次是最可怕的一关，很少有希望逃脱——这种死法，是所有可怕的死亡中最可怕的一种。我一想到这里，以往一直支持我的精力，便像迎风的羽毛，立刻从我身上脱落下去，使我成了一个无依无靠、凄楚可怜的恐惧的俘虏。开始我甚至没有足够的力气分开和排布那几根小小的木条，我的手指完全不听使唤，我的双膝直打哆嗦互相碰撞，我的脑子里飞快地闪过上千种避免参加这场生死赌博的荒唐可笑的想法。我想过跪倒在我的伙伴跟前，求他们让我避免这种命运；或忽然扑向他们，杀死他们中的一个，使抽签没有必要再进行。总而言之，我想到种种办法，都是不想参加我手里正准备的这一件事。我为了做这种愚笨的幻想，耗费了很长时间，最后，帕克的声音，才把我换回到现实。他催我赶快别叫他们再那样等待得焦急可怕。虽然如此，我还是不能马上把木签弄好，而先去想尽了各种办法，想用微妙的方法，使我们同伙中的一个，抽到那根短的，因为我们事前约好，谁从我手里抽到最短的木签，谁就得为了保全大家牺牲自己的性命。若是谁要谴责我这种没心没肺的行为，那就先让他也来设身处地地试试。

最后我已经没法再拖延下去了，于是怀着一颗几乎快要蹦出胸膛的心，硬着头皮走向前甲板，伙伴们在那儿等着我。我伸出持签的手，彼得士见签就抽。他活了，至少他抽的签不是最短的一根，现在我又少了一分逃脱的可能。我鼓足浑身的劲儿把木签凑到奥古斯特斯跟前。他也抽得很干脆，而且他也抽到了活签。这下无论我是死是活，机会都只剩下了一半。此时，我不由得怒火中烧，我恨我这些可怜的同类伙伴，对帕克更是恨之入骨。但是这种感情并没有延续多久，最后，就打着痉挛似的寒战，眼睛一闭，把手中剩下的两根木签伸向帕克，他犹豫不决，不肯马上就抽，一直拖延了有整整五分钟，这提心吊胆的五分钟之内，我始终没有睁开眼睛。忽然间，我就觉得手里的木签，很快被他抽出去，现在算是有了定局了！可我还不知道自己是该死还是该活。没有人吭声，而我仍然不敢睁眼验证自己手中的那根签。最后彼得士抓住我持签的手，我硬着头皮睁开了眼睛，这时我一眼就从帕克的表情中看出我已经死里逃生，而他正是那个命定去死的人。我一口气透不过来，人事不省地倒在了甲板上。

等我从昏迷中醒过来，正赶上这一悲剧完成的阶段，正是那个首先建议死亡的人自己死亡的时候——他没有做任何抵抗，彼得士从他背后用力捅了一刀，随之他便倒在甲板上死去。我绝不能详述紧接着发生的情况。那种事也许可以想象，但语言绝不可能传达其真正的恐怖。只需这么说就够了：我们用那位牺牲者的鲜血和肉度过了四天，那四天永远可以纪念的日子，是当月的17、18、19和20日。

在19日的那一天，下了一场十五分钟或二十分钟的阵雨，我们设法用风暴后从舱里捞到的一张床单接了一些雨水，总共大约有半加仑多一点儿，即使这么少一点儿水也给了我们相当多的希望。

一到21日，我们便又一无所有了。天气依然保持着温暖晴和，偶尔有薄雾微风，风多半从北边和西边吹来。

22日，我们正彼此依靠着紧紧坐在一起，沮丧地沉思我们可悲可怜的处境时，我脑子里突然闪过一个念头，它顿时在我心中燃起了一团希望之火。我想起来，前桅被砍掉之后，站在上风锚链处的彼得士曾递给我一把斧子，并要我尽可能把它放在一个可靠的地方，后来我带着斧子下过水手舱一次，并把它放在了靠左舷的一个铺上，不久之后最大的那排巨浪就涌上甲板，弄得所有的船舱都灌满了水。我现在想到，只要找到那把斧子，我们就可以劈开那间锁着的卧舱上方的甲板，就可以很容易地将里面的食物拿出来。我迫不及待地将这个想法告诉了我的两个伙伴，他们发出一片微弱的欢呼声，大家一起奔向水手舱去。从这里下去要比从舱口下去困难得多。这里的舱口小很多，另外，我们还应该记得，主舱升降口的整个框架都已被海浪卷走，而只有三英尺见方的水手舱舱口则未损坏。我毫不犹豫地准备下潜，一根绳子像先前那样系在了我的腰间，我无所畏惧地脚朝下跳入水中，很快游向那个铺位，并在这第一次尝试中就找回了那把斧子。我们发着最狂烈与胜利的呼声，而且这么容易就把斧子找到，大家都觉得这是最后都能生还的预兆。

重新燃起的希望赋予我们活力，我们开始劈那块甲板，彼得士和我轮流挥斧，而奥古斯特斯受伤的胳臂使他没法帮助我们。由于我们非常衰弱，以至于不扶着东西几乎就站不住，所以，只能连续不息地工作一两分钟，因此，不久我们就意识到，要想完成这项工作，必须要花费许许多多漫长的时间才行，因为必须劈开一个大得足以自由进出那个卧舱的口子。但这个事实并没有使我们泄气，借着月光劈了整整一夜，我们终于在23日的黎明时分完成了这项工作。

这时，彼得士自告奋勇要潜入舱内。照先前那样准备好一切之后，他潜入了水中，并很快就捞上来一只小罐。我们喜出望外地发现，原来那是满满一罐醋汁肉卷。我们把这罐肉卷分而食之，一个个吃得狼吞虎咽。吃完之后，我们又让彼得士再次下水。这次简直令我们大喜过望，转眼间就捞上来一大块火腿和一瓶马德拉岛白葡萄酒。吸取了上次无节制饮酒造成恶果的教训，这一次我们每人都只啜了一小口。火腿由于被海水泡烂大部分都不能食用，只剩下一点点好肉，我们把这点好肉分成了三份。彼得士和奥古斯特斯经不住诱惑，眨眼工夫就把各自的那份吃光。我比他们小心，只吃了我那份中的一小部分，因为我担心随之就会感到干渴。到了这时候，我们就休息了一会儿，暂时停止工作，这一阵的工作实在是太辛苦了。

到中午时分，我们感觉身上有些力气了，也没有之前那么饿了，就又去试着往船上捞食物。彼得士和我轮番下水，一直干到日落时分，差不多每次下水都或多或少地有所收获。这期间我们总共幸运地捞到了另外四罐醋汁肉卷、另外一只火腿、一大瓶差不多有三加仑的上等马德拉岛白葡萄酒。更令我们高兴的是，还捞上来两只个头较小的加利帕戈龟。原来在"逆戟鲸"号即将离港之时，巴纳德船长曾从"玛丽·皮茨"号纵帆船上弄过来几只这种龟，当时那艘纵帆船刚从太平洋捕海豹远航归来。

在我这篇叙述的后一部分，我将时常有机会提到这种龟。我的大多数读者都会知道，这种龟主要生长在叫作加利帕戈的群岛上，而那些岛屿实际上是因此龟而得名，加利帕戈这个西班牙词语的意思就是淡水龟。由于这种龟的形状步态都很奇特，有时又被人称为象龟。这种龟通常个头极大，我亲眼见过一只，重一千五百到两千磅，虽然我不知道有没有航海人员见过有超过八千磅重的。它们的外貌很特别，甚至可以说是令人厌恶。它们走得很慢，行走时身体距地面大约一英尺。它们的脖子又细又长，常见的从十八英寸到两英尺不等，而我曾杀死过一只，其脖子从肩到头足足有三英尺十英寸长。它们的头与蛇头惊人地相似。这种龟在没有食物的情况下所能存活的时间令人几乎难以相信，已知的实例是曾有人把它们丢进一条船的底舱，让它们在那里没吃没喝地待了两年，两年后发现它们和当初一样肥，在各方面都和进舱时一样正常。这种奇怪的龟有一个与沙漠中的骆驼相同的特点，它们脖根下面的一个肉袋里总是装有水。有些例子证明，在剥夺它一年的一切营养之后，杀死了它，它那个肉袋里还依然存有整整三加仑极甜极新鲜的水。它们主要的食物是野生欧芹和旱芹，也吃马齿苋、海藻和霸王树，这后一种植物非常奇妙地能使它们长得很壮实——发现有这种龟的海边山坡上通常都大量生长着这种植物，而且它们本身也是营养丰富的食品。因此，毫无疑问的，成千成万在太平洋捕鲸或做别的工作的海员们的性命，也曾依靠它们而得以保住。

我们有幸从舱里捞出的那只龟个头不大，重约六十五磅或七十磅。它是只雌龟，长得又肥又壮，而且肉袋里蓄有一夸脱多清澈甘甜的淡水。这可真是一件宝贝，我们不谋而合地跪下去，对于上帝这么及时的恩赐，表示由衷的感谢。

我们把这个动物从那个小舱口中拿出来，倒是费了很大的周折，因为它挣扎得很厉害，它的力量也硕大无比。它差一点从彼得士手中逃脱，已经正要向水里溜走，幸亏奥古斯特斯用一根打有活结的绳子套住了它的脖子。我跳入水中帮着彼得士一起往上推，这样连推带拽才终于把它弄上了甲板。我们小心翼翼地把它肉袋中的水装入壶内——读者应该记得我先前曾从主舱内捞上来一只空壶。取完水后，我们敲掉一个带着塞子的瓶颈，这样便做成了一个容积只有半吉耳的杯子。我们于是每人喝了这么满满的一小杯，并且决定限制我们自己，在这点水没有用尽以前，每个人每天只能喝这么一点。

在前两三天里，天气一直是清爽愉快的，我们从舱房里所得到的床单之类和我们身上的衣服，都已经被彻底吹干了，因此那一夜（7月23日）我们过得比较舒适，先就着少量的葡萄酒饱餐了一顿醋汁肉卷和火腿，然后安安静静地睡了一觉。唯恐夜里起风时我们的给养会掉进海里，睡觉之前我们用绳子把那些东西尽可能牢靠地捆在残破的绞盘上。这只龟，我们希望尽量维持着它的生命，所以就把它翻过来仰面朝天，又小心翼翼地用绳子把它固定起来。

第十三章

7月24日。今天早晨，我们出奇地增加了精神，增加了力量。我们仍旧处在危险万状的局势中，我们距离陆地当然也还远得很，我们的食品呢，即便加以最大的小心来节省，至多也不过能维持两个星期，水比食物更为匮乏。纵然我们是在一条最可怜的失事船上任风吹浪打，随波逐流，但与我们刚刚幸运地熬过的那些最可怕的痛苦和危险相比，眼下的处境在我们看来不过是一种普普通通的不幸——严格地说，幸与不幸都是相对而言。

太阳一升起来，我们便继续努力，正想从那卧舱里再捞出一些食物来，这时，来了一场阵雨，夹带着闪电，我们于是转移了注意力，去用以前用过的那条床单接一点水。我们聚水的方法，只有把床单四角扯开，并把一环前锚链放在上面。这样雨水便流向当中，并透过床单滴进水壶。水壶差不多快要接满时，一阵从北边刮来的疾风使我们不得不住手，因为船身又开始剧烈摇晃，以至于我们无法在甲板上站稳。于是我们来到船头，照先前那样用绳子把身体固定于残存的绞盘，以等待风暴的来临。当时我们的心情比预料的更平静，或者说是怀着在那种情况下所能想象的最平静的心情。到了中午，风力加强，再等到夜里，便变成极劲的狂风，还带着可怕的浪头。然而，经验告诉我们如何把我们身上的绳子系得更紧，所以我们相当安全地度过了这样一个可怕的夜晚，虽然浑身上下彻底被时时刻刻冲上来的海水打透，而且随时都有被冲下船去的危险。幸亏天气十分暖和，因此海水浇在身上倒令人感到几分惬意。

7月25日。今天早上，狂风已经减弱为微风，波涛也不再那么汹涌，我们已经能不沾水地待在甲板上。然而我们非常伤心地发现，尽管我们曾小心翼翼地加以固定，可海浪仍然卷走了我们两罐醋汁肉卷和那整整一只火腿。我们决定暂时不杀那只龟，只分了一点儿醋汁肉卷作为早餐，另外每人分了一杯水，我们往水里兑了一半白葡萄酒，喝下后发现这种混合汁使我们神清气爽，没有导致上次他们偷喝红葡萄酒后那种令人痛苦的酩酊大醉。汹涌的海浪仍然不允许我们重新开始从那卧舱里打捞食物。白天有几件当时对我们无关紧要的东西从那个被劈开的洞口漂出，并立即被海浪卷走。我们现在发现这个船面比以前更向一边倾斜了，所以，如果我们不用绳子捆住自己，简直连一分钟也站不住。因为这个，我们过了一天又灰色又不舒服的日子。到了中午，太阳似乎和我们的头顶成了直线，这时，我们毫不怀疑，一定是持续不断的北风和西北风已经把我们吹到了赤道附近。傍晚看见了几条鲨鱼，其中最大的一条肆无忌惮地靠近使我们多少感到了惊恐。船身的一次突然倾斜使甲板一度完全入水，那条大鲨鱼竟趁机朝我们游来，搁浅在前舱口上扑腾了好一阵，尾巴重重地抽在彼得士身上。最后一排大浪把它抛回海中，这才叫我们大大松了一口气——假如天气温和的话，我们早就把它捉住了。

7月26日。今天早上，风势大大减弱，海水也不是很粗暴，我们于是决定继续努力下舱打捞食物。我们在苦干了一整天之后，发现再努力下去也不会在这间屋子里再找到什么了，原来夜里的巨浪打穿了那个卧舱的隔板，里面的东西全被卷到了底舱。可想而知，这一发现使我们心中充满了绝望。

7月27日。海面几乎已平静，天上有一阵微风，风依然来自北方和西方。下午时新晴的天空出现烈日，我们趁机晒干了衣服。下水浸泡了一会儿，觉得不再那么口渴，身上也舒服多了；只是，我们浸泡的时候，不得不大加小心，因为怕海里那些鲨鱼，因为一天之内，已看见有好几条鲨鱼在破船周围游弋。

7月28日。仍然是好天气。船现在倾斜得叫我们十分惊恐，我们真怕说不定哪阵海风吹来就把它吹得底朝天。我们于是尽最大的力量做好准备，以防万一。我们的龟、水壶和剩下的两罐醋汁肉卷都尽可能远一点儿地系在了上风面，捆在了船体外的主锚链下边。海面终日平静，天上只有微风或完全没有风。

7月29日。天气继续是昨天的样子。奥古斯特斯受伤的右臂开始出现坏疽的症状。他老是说他困得要死，渴得要命，但伤口并不感到剧痛。我们没有办法减轻他的痛苦，只能用一点儿肉卷罐里的醋汁替他擦擦伤口，而这样做似乎毫无益处。我们能力内的方法都用尽了，尽量安慰他，并且将应分给他的水加三倍给他喝。

7月30日。今天是热得异常的一天，一点风也没有。整整一上午，都有一条巨大的鲨鱼靠近船面，不肯离去。我们用一个活套的绳子去捕捉它，捉了许多次都没有成功。奥古斯特斯的情况急剧恶化，伤势的严重加之缺乏营养使他明显消瘦。他不断地祈求能早点儿结束痛苦，因为他除了死亡已别无他求。这天傍晚，我们吃掉了最后一点儿醋汁肉卷，而且发现壶中的水已发臭，不掺酒根本不能下咽。我们决定第二天早上把那只龟杀掉。

7月31日。我们由于船面倾斜得那么厉害，一夜都在极端焦急和疲倦中度过。今天开始杀那只龟，把它砍成碎块。它表面看来是很肥，然而里面的肉却不像我们所想象的那么多——全部的肉并不超过十磅。为了把一部分龟肉保存得尽可能长久，我们把肉切成碎片，装满了三个醋汁罐和那个小酒瓶（这些容器一直留着），随后从罐内往小酒瓶中倒进了一些醋汁。我们用这种方式贮存了约三磅龟肉，打算把其他肉吃完之后再动这一部分。我们决定把每人每天的食用量限制在四盎司，这样十磅肉将够我们吃十三天。黄昏时伴着雷电下了一场大雨，但由于时间太短，我们收集到的水大概只有半品脱：我俩一致同意把那些水全给奥古斯特斯喝了，他当时看上去已经奄奄一息。他就在我们接雨水的床单上喝的，我们把床单提着，提到他的身上，叫他照样躺着不动，把床单上的雨水灌进他的嘴里。我们现在没有东西可以装水了，除非牺牲那点酒，把酒罐子腾出来，或者把发霉的一罐子水倒掉。如果那场雨再多下一会儿，这两项措施都会被采用。

奥古斯特斯似乎并不因喝了那么多水而有所起色。他的右臂从肩到腕都完全发黑，而他的脚冷得像冰。我们随时都有可能看见他咽气。他消瘦的程度实在令人震惊，尽管他离开南塔基特时体重有一百二十七磅，可现在最多也不过四五十磅。他的双眼陷进去了，陷成了两个大洞，几乎叫人看不见了，他嘴边上的皮，松得耷拉下来，无论吃什么东西都不方便，甚至喝一口水都十分困难。

8月1日。仍然是风平浪静，烈日当空。口渴难耐，而壶中的水已完全腐臭并生满了虫。然而，我们还是掺酒将就着喝了一点儿——我们的干渴几乎没得到缓解。下海浸泡更能消暑解渴，可由于鲨鱼的存在，我们只能偶尔利用这种方法。此时，我们清楚地意识到奥古斯特斯的生命已无法挽救，他显然已处在弥留之际。我们无法减轻他临终的痛苦，那种痛苦看来好像十分强烈。他一连几小时没说一句话，中午十二点左右，他在一阵剧烈的抽搐中死去。他的死亡，叫我们的心里起了一片最灰色的恐惧。而且在我们的精神上，也造成了巨大的打击——我们在尸首旁边一动不动地坐了整整一天，除了耳语似的说了几句话以外，谁也没和谁说过一句话。一直发呆到天黑，我们这才提起勇气，去抬着死尸抛到海里去。尸首腐烂到无法形容的地步，以至于当腐尸滑过船边掉进水中时，围绕着它的闪闪磷光让我们清楚地看见了七八条大鲨鱼，而当那些鲨鱼争相撕咬尸体的时候，它们可怕的尖牙碰撞的声音也许一英里外都能听见。那声音吓得我俩蜷缩成一团。

8月2日。还是昨天那样又静又热的天气。黎明的时候，我们不但身体疲弱，而且精神状况也是沮丧得可怜。现在罐子里的水是绝对不能再喝了，因为它已变成黏糊糊的一团，里边还混有令人生厌的蠕虫。我们把臭水倒掉，用海水把壶洗净，然后从腌龟肉的那个瓶里往壶中倒了一点儿醋汁。这时我们口渴难忍，竟想用酒来解渴，结果似乎只是火上加油，酒精的刺激使我们兴奋狂躁。随后我们又试图用酒和海水的混合液来减轻干渴的痛苦，但这马上就让我们感到极度恶心，以至于我们再也不敢进行这种尝试。整个白天我们都在急不可耐地寻找下海浸泡的机会，但结果枉费心机。因为现在船面周围已经完全被鲨鱼包围了——毫无疑问，这都是昨天吞了我们那位可怜的伙伴的那些鲨鱼，还在时时刻刻等待再享受一次同样的盛宴。这种情形，使我们心里泛起了极苦痛的惋惜，泛起了最沉重最忧愁的恐怖。我们以往从浸泡中得到不可形容的纾解，而目前这种纾解的源泉，竟叫如此可怕的遭遇打断，简直让我们难以忍受。实际上，我们也没有完全摆脱这种直接的威胁，因为脚下稍稍一滑或身子稍稍一偏都可能马上使我们落入那些贪婪的鲨鱼口中，它们常常游到破船的背风面，然后径直向我们冲来。我们的高呼呐喊或挥拳舞臂似乎都吓不退它们。个头最大的一条甚至被彼得士用斧子狠狠劈伤之后，仍企图扑到我们身边。黄昏时分天上出现了一片云，但令我们悲哀的是它没有化成雨降下就从我们头顶上飘然而去。我们在这个时间内所经历的干渴的情形，是任何人都无法想象得出的。我们度过了一个不眠之夜，不仅是因为干渴，更是因为害怕这些随时都有可能吃掉我们的鲨鱼。

8月3日。一点获得解救的希望也没有，船身越来越倾斜，我们现在已根本无法在甲板上站稳。我们忙于系牢葡萄酒和龟肉，以便船体翻转时不致失去它们。用斧子从船艏舷侧支索扣板中抠出了两颗粗铁钉，并把它们钉在了上风面离水两英尺处的船壳上；这个地方离龙骨不太远，因为当时我们的横梁几乎已垂直于水面。我们把食品紧紧地系在这两根钉子上，这里比系在主锚链下边要安全得多。整整一天，忍受着最大的干渴之苦——因为鲨鱼的关系，不能去浸泡。那些鲨鱼连一分钟都不肯离开我们，我们根本不可能睡得着觉。

8月4日。在天亮以前不久，我们发觉船身在倾斜，于是立即起身以防船体翻转时被扔到海里。船体开始滚动还比较徐缓，我俩还能设法一点点地往上风面爬——我们已采取了预防措施，从我们钉来固定给养的两颗铁钉上垂下了两根绳子。但我们未能充分估计到船体翻转的势头，不一会儿滚动的速度就大大加快，不允许我俩的上攀与之保持同步；最后，还没弄清到底是怎么回事，我俩发现自己已被猛然抛进海里，落下去，挣扎着，沉到了几十米深的水下，而那个巨大的船骸，正好在我们头顶上方。

我一掉在水下，就不由自主把手里紧握的绳子松开了。我一见自己完全跑到船底下来了，并且自己的力量也差不多全部耗尽了，就只好听天由命，不再挣扎求生，等待着死亡来临。这种念头刚刚出现几秒钟，命运再次跟我开了个玩笑，因为我完全没想到船体会自然地往上风面反弹。船体向回滚动造成的上旋水流比卷我到船下的旋流力量更猛，一下就把我托出了水面。出水后我发现自己离破船大约有二十码之遥，这是据我当时的估计。破船已经船底朝天，还在猛烈地左右摇晃，它周围的海水也随之涌动，形成一个个巨大的旋涡。我看不见彼得士。离我有几尺远的地方，飘着一只油桶，还有船里抛出来的各种东西，也都在四下散浮着。

我知道我的周围都是鲨鱼，我当时最为恐惧的也是这个。为了尽自己的能力阻止鲨鱼进攻，我一边往船体那边游，一边用双手双脚在水里猛烈地乱拍乱荡，弄出一大堆白沫子来。刚才在船翻过来的时候，围着船的四周全是这些怪物。所以我在游泳前进的时候，一定会接触到几只鲨鱼的，所以我打出水沫来，方法虽然很简单，可是竟能把性命保全。这番挣扎完全耗尽了我的体力，要不是彼得士及时相助，我当时肯定不可能爬上船底。他的出现令我喜出望外（原来他已经从另一侧爬上了龙骨），他抛给我一条绳子，就是系在那两颗铁钉上的绳子中的一根。

好不容易逃过了这场灾难，我们马上又面临着另一个迫近的危险，可怕地死于饥渴。尽管我们慎之又慎地系好了我们的食物，可结果它们还是全部被卷走了。眼看再也没有丝毫可能获得食物，我俩顿时感到彻底绝望，竟像孩子似的放声大哭，而且谁也不想去安慰对方。这样的懦弱难以被人理解，而在那些从未有过类似经历的人眼中，这无疑更显得违反常情。大家必须记住我们处在这么长久地饥饿于中，这么长久地屈服于恐怖之下，聪明理智当然早已荡然无存了，所以，在那个时期，是不能把我们当作理性的生物看待的。在这以后又有许多危险，那些危险即使不比这时的大，至少也是相等的，可是在以后的险境中，我就以坚韧不拔的毅力面对了所有的不幸与灾难。而读者将会看到，彼得士显示的一种泰然达观几乎令人难以置信，就像他眼下孩子般的软弱无能令人不可思议一样——此乃精神状态之使然。

船的翻转，加上酒和龟肉的一起消失，实际上并没有使我们的处境比以前更悲惨，我们更可怜的，当然是那块一向用来接雨水的床单，和可以储存雨水的罐子全部丢失了。然而，我们发现这只船底上，从两侧二三英尺的地方一直到龙骨，这整个船体和龙骨本身，都厚厚地覆盖着个头很大的藤壶，而藤壶是一种味道鲜美且营养丰富的食物。所以在两个很重要的方面，吓了我们一大跳的翻船事故结果非但无害反而有利。首先它为我们提供了丰富的食物，只要节制食用，我们一个月也吃不完；其次它使我们待得更舒适，因为我们觉得现在远比待在倾斜的甲板上更轻松、更安全。

然而，目前得到饮水的困难，使这一变化带来的所有好处都黯然失色。我们把衬衫都脱下来，我们并不抱太多的希望，即便在最有利的情形，也不过只求能每次能得到四分之一品脱的水。这一整天里，没看见过一丝云，干渴的痛苦几乎令人难耐。夜里彼得士断断续续睡了大约有一小时，而极度的痛苦则令我彻夜未能合眼。

8月5日。今天，一阵微风吹过，我们穿过一大片海藻，幸运地从海藻中捉到十一只小螃蟹，这让我们吃到了一顿真正的美餐。蟹壳很软，我们也一并吞下，发现吃螃蟹远不像吃藤壶那样令人口渴。见海藻中没有鲨鱼的踪迹，我们还冒险下水，在海里浸泡了四五个小时，其间我们觉得干渴感明显减轻。我们大大饱餐一顿，这一夜的休息，可比以前舒服得多了，我们两个人都抓紧时间睡了一会儿。

8月6日。今天上天恩赐，突然下了一场很久的大雨，差不多从正午一直下到天黑以后。我们真是惋惜失掉的那个床单和酒罐，不然的话，虽说我们接雨水的工具不够，但是雨下了这么久，也有可能接满一个容器。实际上我们设法满足了我们的需要，我们先让衬衫淋透，然后再把那些甘露一滴滴地拧进嘴里。我们就在这番忙碌中度过了那一天。

8月7日。在天刚一亮时，我们两个人同时望见有一只船影往东开，这显然是向着我们的方向驶来的，我们愉快地发出微弱而长久的喊叫，来庆贺这个发现。我们开始尽自己的能力，做出种种求救的信号，比如向空中摇我们的衬衫，尽可能用我们身体仅存的虚弱的力量高高跃起，甚至用尽全身力气大声呼喊。那艘船继续朝我们驶近，我们觉得它只要保持航向，最终肯定就会近到能看见我们。在发现它大约一小时之后，我们已能看清它甲板上的人影。它是一艘船身长、船舷低、看上去很轻快的双桅纵帆船，前桅上端装有两张横帆，上面一张横帆上有一个黑色球形图案，看上去它的全体船员都在船上。这时我们开始恐慌起来，因为我们实在难以想象它居然有可能没注意到我们，我们生怕它会故意弃我们于海上，让我们听天由命。这种残酷无情的行为不管听起来多么令人难以置信，却一直在与我们当时处境相似的情况下屡屡发生，而犯下这种暴行的正是被认为属于人类的生物。不过，在我们的情形中，竟受到了上帝的恩宠，我们确实是误想了，因为，忽然之间，我们就看见远处航行过来的那只客船，甲板上突然起了一阵骚动，不久之后，就升起来一面英国国旗，而且转移了方向，迎着风一直向我们驶来。又等了半个钟头以后，我们已经到了他们的船舱里了。原来该船是从利物浦开出的"简·盖伊"号，盖伊船长正肩负着远航到南半球诸海和南太平洋地区捕猎海豹和进行贸易的双重任务。

第十四章

"简·盖伊"号是一艘一百八十吨的双桅纵帆船，前桅加有横帆，船形非常漂亮。它的船头异常尖突，在普通的天气下，是我所见过的跑得最快的帆船。然而，若是以一种远洋的海船来看它，它的性能却不是十分好，而它的排水量，就它目前所担任的任务来看，也是过大的。要做这种航行，应当换一个较大的船，而且排水量也必须是比较小的——譬如说一艘三百吨至三百五十吨的大船。它应该装有三桅，而且在其他方面的构造上也应不同于航行于南半球海域的一般船只。尤其必要的是它应该全副武装，譬如说它应该装备十到十二门发射十二磅炮弹的短程大炮、两三门远程大炮，船长等人还应配备铜管大口径短枪和防水弹药盒。它的锚和锚链都应该比从事其他任何交易的船只更结实，最重要的是，它的船员应该既多又能干——像我所形容的这一类的船，不能少于五十到六十个身体强健的水手。"简·盖伊"号除船长和大副外有三十五名船员，他们全都是顶呱呱的水手，但对一名熟知这种贸易的困难和危险的航海者来说，该船完全不像它本应做到的那样全副武装。

盖伊船长是一位态度举止极其文雅的绅士，在南部海洋的航行上，也有很多的经验。他这一生大部分的时间都是在南部海洋的航行中度过。然而，他缺乏魄力，因而也不具备在这种航行中必不可少的冒险精神。他所驾驶的这一只船，他是有股份的，并被授予全权，能自由航行于南半球诸海贩卖任何最容易到手的货物。他这次与往常一样装载着串珠、项链、镜子、火绒、斧子、锯子、锛子、刨子、凿子、弧口凿、手钻、锉刀、辐刨片、木锉、钉锤、铁钉、折刀、剪刀、剃刀、针、线、陶器器皿、印花布、小装饰品，以及其他诸如此类的货物。

这只船于 7 月 10 日从利物浦开出来，25 日那天在西经 20 度越过北回归线，29 日抵达佛得角群岛的萨尔岛，它在那儿装载了一些盐，并补充了一些航行必需品。在 8 月 3 日那一天，船离开佛得角朝西南方向航行，越过大西洋，一直驶向巴西的海岸，以便从西经 28 度和西经 30 度之间跨过赤道。这是从欧洲各港口驶向好望角，或者说经由好望角驶向东印度群岛的船只通常爱走的航线。走这条航线可以避开几内亚海岸常年涌动的忽而平静忽而激荡、令人捉摸不透的暗流，且是一条最迅捷的航线，因为越过赤道之后就绝不会缺乏驶往好望角所需的西风。盖伊船长过赤道后想停的第一站是科尔格兰岛，我简直不明白这是为什么。因此，在我们被救的时候，这艘纵帆船在圣罗克角之外西经 31 度，所以被发现时我们已经由北向南漂了大约至少二十五个纬度。

在"简·盖伊"号上，他们待我俩非常和气，凡是处在这样悲惨情景之下的人所需要的和气，我们全部感受到了。大约两周之后，这只船在温和的微风中和晴朗的天气下，依旧往东南开。彼得士和我，在两周以后，都从最近因为饥饿和可怕的遭遇造成的恶果中，完全恢复过来，我俩都开始觉得，记忆中的那些灾难和痛苦与其说是现实中真正发生过的事件，还不如说是一场我们有幸从中醒过来的噩梦。从那之后我就一直发现，这种部分遗忘通常是由精神状态之突变而造成，不管这种突变是从欢乐到痛苦，还是从痛苦到欢乐——遗忘的程度与这种变化的剧烈程度成正比。因此，从我本身来说，我想把我在那只沉船上所忍受的苦难，完全详细地叙述出来，是不可能的。我现在所能记得的，只是过去的事情，然而在事实发生的当时所能引起的一切感觉，在事后就全部遗忘了。我所知道的，只是在事实发生的当时，我只觉得人类的本性不可能承受比它们更令人痛苦的事了。

我们继续航行了几个星期，没有什么重要的事情发生，只是偶然间在中途碰到几只捕鲸船，更时常遇到的是一些黑色的或者说是真正的鲸鱼，大多数出现在南纬 25 度以南海域。在 9 月 16 日那一天，我们已经驶进了好望角，这只船第一次遇见了风暴——自从离开利物浦，还从来没有遇见一次风暴。在好望角附近，不过更多的是在其南面和东面（我们是从西面接近），航海者常常不得不与从北边气势汹汹压来的风暴搏斗。这些风暴总是会卷起惊涛骇浪，而它们最危险的一个特征就是风向突转，这种突变几乎在每一场最猛烈的暴风期间都肯定会发生一次。一场真正的飓风开始也许会从北方或东北方刮来，过一会儿人们又会觉得那个方向一丝风也没有，随之那飓风则可能会突然以几乎不可思议的力量从西南方呼啸而至。南方出现一个亮点是风向变化的前兆，因此船只能够采取适当的预防措施。

在这阵风在无尽的天上吹过来的时候，大约正是早晨六点钟，和往常一样，这风是从北边吹过来的。到了八点钟，风势更加强劲了，一个大浪头打到了我们的船上，这个浪头是我所见过的最大最可怕的一个。船上的一切，早已都弄得妥妥帖帖，但是船摇晃得厉害，马上把它作为海船的各种劣势显现了出来。每一次颠簸它的船头都扎入水中，好不容易从水中挣扎出来，马上又被另一排浪头盖住。天刚要破晓，我们一直留心观察的那个亮点出现在西南方，一小时之后，我们注意到船艄扯着的三角帆无精打采地垂下贴向斜桅。又过了两分钟，尽管我们早就做好顶风停船的一切准备，但船仍然像被施了魔法似的，一下子被掀得差点儿倾覆，滚滚激浪顿时扫过整个甲板。幸运的是，从西南方刮来的这场狂风原来只是一阵转瞬即逝的飑，我们终于有幸在未受损坏的情况下摆平了船身。这以后，又是一阵大大的逆浪，使我们在惊涛骇浪中颠簸了好几个钟头，可是，将近清晨，我们发觉船的情形差不多和暴风以前一样平安了。盖伊船长认为这一次居然能逃脱险境，简直就是一个奇迹。

10月13日，位于南纬46度53分、东经37度46分的爱德华王子岛已遥遥在望。两天之后，我们发现自己从波塞申岛附近驶过，不久又从南纬42度59分、东经48度驶过了克罗泽群岛。在18日那天，我们到达了南印度洋中的科尔格兰岛或称荒芜岛，并在圣诞港内抛锚停船。

这个岛，或者毋宁说是一个群岛，是从好望角往东南伸展出去的，距离好望角差不多有八百里远。这是在1772年被法国人科尔格兰男爵首次发现的，他当时认为非洲东南还有一个南大陆，这个岛便是那个南大陆的一部分，他于是把这一消息带回法国去，当时这个消息引起人们很大的轰动。法国政府次年便派男爵再次回到那里，好把他的发现做一个认真的研究。他再回去，才发现自己的论断是错误的。1777年，库克船长也偶然遇见了这群岛屿，并将其主岛命名为荒芜岛。这的确是一个名副其实的岛名，但在靠近岛岸之时，那位航海家说不定曾认为他的命名名不副实，因为该岛从每年9月到次年5月，大部分的山坡看上去都一片苍翠，充满生机。这番假象是由于一种岛上到处都是、类似虎耳草的低矮植物造成的，它们大团大团地长在一种支离破碎的苔藓上。如果我们不算港口附近的一种气味难闻的杂草以及一种形似开花白菜、味道又苦又酸的灌木，那岛上除了这种像虎耳草的植物，几乎就再没有其他植物的迹象。

这座主岛有很多山，虽然没有一座可以称得上是高山的，但山顶常年覆盖着厚厚的积雪。岛上有几处港口，其中圣诞港是最适宜的一个。这个港口，由弗朗索瓦角航行过去，在岛的东北岸上，是第一个先遇见的，因为它具有特殊的形状，所以很容易认出它。它探出去的那一块尖地，头端上是一壁高耸的巉岩，岩下的一个大洞形成了一道天然拱门。这道拱门位于南纬48度40分、东经69度6分。穿过这道拱门便可发现停船的好地方，这地方由几座小岛构成屏障，足以挡住从东面刮来的风。从这个地方继续往东，就来到了圣诞港尽头的沃斯帕湾。这是一个被陆地环抱的小小的内湾，船只可从水深四呎的入口进去，并在湾内找到水深三呎到十呎的硬泥底泊位。无论哪一只船，都可以随便停在此处，整整一年都不会有任何危险。西边，在沃斯帕湾尖端处，有一道小小的河流，流着清莹的河水，很容易到达。

在科尔格兰群岛还有一些带毛的海生动物，海象也有很多。鸟类的种类更是繁多，光企鹅就有好多，一共可以分为四大类。有一类名叫皇企鹅，是因为它的个头大而且羽毛华美而得名，这是最大一类的企鹅。这类企鹅上半身通常是灰色的，有的也有一点紫丁香的色调，下半身则是纯白的颜色；头和脚又黑又亮；其羽毛之华美主要在于两道金色的宽条纹，条纹从头顶延伸至胸部；它们的喙很长，颜色为粉红或鲜红。这种鸟大摇大摆地直立走路，行走时高昂着头，双翅垂下犹如两条胳膊，而当它们的尾巴伸出与腿形成直角之时，形态简直活像人类，偶然一瞥或在薄暮望去很容易上当受骗。我们在科尔格兰岛上看见的皇企鹅个头比家鹅还大。另外三种企鹅分别叫纨绔企鹅、傻瓜企鹅和白嘴企鹅。它们的个头要小得多，羽毛也不那么漂亮，其他方面与帝企鹅也有所不同。

这里除了企鹅以外，还有许多别的鸟类，其中可以提一提的有大贼鸥、蓝海燕、水凫、野鸭、埃格蒙特港鸡、鸬鹚、角鸽、海燕、燕鸥、海鸥、雪海燕、大海燕和信天翁。

大海燕和普通信天翁的个头一般大，喜欢肉食，大家常常称之为碎骨鸟或鱼鹰。它们一点也不怕人，所以很容易捉到，如果烹饪方法得当，会是一种美味佳肴。大海燕在飞翔中有时紧贴水面，张开的翅膀看上去一动不动，似乎一点儿也没用力。

信天翁是南部海洋鸟类中最大最凶猛的一种。它属于鸥类，永远是飞着捕食，永远不着陆地，除非是筑巢繁殖。这种鸟和企鹅之间存在着一种古怪的友谊。它们的巢全都是一种形式，这种形式是信天翁和企鹅一起协作共同完成的——四对企鹅在四周各搭一巢，中央留出的小方块，便是信天翁所搭的巢。航海者历来把这种联合营寨称为"贫民窟"。这种被称为贫民窟的窝巢经常被人诉诸笔墨，但由于我的读者也许并非全都读到过那些描写，我在后文中也将要谈到企鹅和信天翁，那我不妨在此简单地说说它们的筑巢和生活方式。

等到孵卵的季节一到，这些鸟便大量地聚集到一起，开始几天它们似乎是在商量迁徙的路线。最后它们开始行动，选定一块大小适中的平地。平地面积通常为三四英亩，位置尽量靠近海边，但又为浪潮所不及。这个地点的选择通常要考虑表面的平坦，尤其是石块要尽可能少。这件事弄妥当以后，鸟们便出于同一个意见，抱着相同的心思，开始非常精确地算出是该把营地建成正方形还是其他平行四边形，以最大限度地适应该地的实际情况，同时还算出刚好能轻松地容纳集合到一起的所有鸟的空间，一点多余的地方也不要——在这一点上，它们这样的决定似乎是为了防范将来有未参加筑巢的野鸟进来占居。这样选出来的地方，有一边必是和水边平行的，这一边敞开着，作为出入口。

划定了营地的疆域后，全体移民便开始清除疆土内的各种垃圾，把石头一块块地搬出，并用它们沿着不朝海的三条边垒起一道墙。在这道墙内，一条平坦而光滑的通道顺着墙根建成，通道宽六到八英尺，环绕整个营地，这是作为大家平日里散步用的地方。

接下来就要把这一整块地皮划成面积均等的小地方。这种分隔的完成是靠一条条平滑的小径，小径成直角相交贯穿整个营地。这些小径的每一个交叉点中央都筑起一个信天翁的窝巢，而在每一个小方块当中都建有一个企鹅的巢穴——如此，每对企鹅被四对信天翁包围着，而每一对信天翁，又被四对企鹅包围着。企鹅的巢是在地下挖的一个洞，很浅，浅到只能放下它的一个卵，使这个卵不至于滚出来。信天翁的巢却没有这样简单，因为先要堆起一个高一英尺、直径两英尺的小丘。小丘是用泥土、海藻和贝壳堆成的。它们的巢便筑在小丘顶上。

鸟们在孵卵期间是很谨慎的，它们一刻也不离开它们的巢，一直守到小鸟健壮到能够自己照顾自己。雄鸟到海上去寻觅食物的时候，雌鸟则在家留守，只有在雄鸟觅食归来之际，雌鸟才敢离窝。窝里的蛋绝不容暴露，当雌鸟离巢时，雄鸟会代之孵窝。这种谨小慎微之所以必要，是由于贫民窟里偷窃成风，窟内居民总是毫不迟疑地抓住每一个机会偷窃邻居巢里的蛋。

虽说也有一些群栖地里只住着企鹅，或只住着信天翁，但在大多数这样的群栖地都可发现其他种类的海鸟。那些海鸟享受该群栖地居民的所有特权，在它们所能找到的空地处星罗棋布地筑起窝巢，不过绝不妨碍那些大鸟的栖息。那种混居营寨从远处看去真是奇妙无穷。整个营寨上空被不计其数的信天翁遮暗（其中也夹杂着其他一些种类的小鸟），它们川流不息地翱翔于其上，或正飞往大海，或正从大海归来。与此同时，可以看见营地内大群的企鹅，它们有的在小径上来往穿梭，有的则以它们特有的军人气概沿着环绕营地的大道高视阔步。简而言之，无论我们怎样观察它们，总有一种情形是令人诧异的，就是这些鸟类都表现出一种深思熟虑的精神。

我们进入圣诞港的第二天上午，大副帕特森先生率众小艇出发去搜猎海豹（尽管季节稍早了一点儿），顺便让船长和他的一个年轻的侄子在岛西一个荒凉之处上了岸，他们要去该岛腹地办一件我弄不懂其性质的事情。盖伊船长随身带着一只瓶子，瓶里有一封用火漆封好的信，他上岸后便朝该岛腹地一座最高的山走去。他很可能是想在那个山顶上为他认为会尾随而来的某艘船留下那封信。他的身影刚一消失，我们（彼得士和我都在大副的小艇上）便开始沿着岛岸搜寻海豹。这一搜便搜了大约三个星期，我们不仅搜遍了科尔格兰岛的每一个洞穴，而且还寻遍了附近几座小岛的每一个角落。我们这番辛劳并没有什么了不起的收获。我们看见了许许多多带毛的海物，可是它们都非常胆怯，我们费了很大的力气，一共才捕到三百五十张皮。海象倒是多极了，特别沿着主岛的西岸，可是我们也只杀死二十头，而且还经历了极大的困难。我们在各小岛上还发现了许多带长毛的东西，可是并没有招惹它们。我们在11日回到大船上去，看见盖伊船长和他的侄子早已回来了，他们叙述岛内的情形，说那里很不好，说那是全世界最荒凉最可怕的一个不毛之地。他们在岛上住了两夜，原因是二副弄错了，没有从大船上放出一个小艇去接他们回来。

第十五章

在 12 日那一天，我们从圣诞港开船，顺着来时的路，向西开去，以左舷朝岸驶过了克罗泽群岛的马里恩岛。随后我们又经过了爱德华王子岛，然后我们稍稍偏北，在十五天内到达了位于南纬 37 度 8 分、西经 12 度 8 分的特里斯坦－达库尼亚群岛。

这些岛屿包括三个环形的小岛，现在虽是很著名的，当初第一次发现它的却是一个葡萄牙人，后来又有荷兰人在 1643 年去过，法国人在 1767 年去过。这三个小岛一起形成一个三角形，彼此距离约有十英里，中间都是很容易穿过的开口。所有三个岛上的地势都很高，特别是那个主岛——特里斯坦－达库尼亚岛。它是三岛中最大的一座，方圆十五英里，由于其山势巍峨，晴天从八九十英里外就可见。该岛北面的一部分兀然耸立，达一千多英尺。海拔这样高的一块台地向后延伸几乎至岛心，而从这块台地上又高高屹立起一座锥形火山，其状犹如特内里费岛之特德峰。此山山腰以下覆盖着高大茂密的树木，但山腰以上则为光秃秃的岩石，通常云山雾罩，一年大部分时间里都白雪皑皑。此岛周围绝无暗礁或其他危险水域，因为岛岸均陡然壁立，峭壁之下海水幽深。岛的西北方有一小湾，连着一片黑沙海滨，若遇南风，船只很容易在此停泊。这儿不难找到大量清澈的淡水，还有鳕鱼和其他鱼可用饵钩钓之。

以大小而论的第二个岛，是这一组里最西边的一个，叫作难及岛。它的准确位置是南纬 37 度 17 分、西经 12 度 24 分。此岛方圆有七八英里，其海岸无论从哪边看去都令人望而却步。岛的顶部非常平坦，可全岛土壤都很贫瘠，除了零星的矮小灌木什么也不生长。

最小的一个，也是最南边的一个是夜莺岛，它位于南纬 37 度 26 分、西经 12 度 12 分。在靠近它南端的海面上有一串高耸的岩礁，其东北方也可见几块相同的岩礁突兀于海上。此岛地面崎岖，一道深谷几乎把岛一分为二。

这三个小岛的海边上，各依季节，有很多海狮、海象和长毛短毛的海物，还有种类极多的海鸟。这附近也有许多鲸鱼。因为此处的各种动物以往都很容易捕到，所以这组小岛自从被发现以来，有很多人来过。荷兰人和法国人在很早就常常到这里来。1790 年，帕滕船长率"勤勉"号三桅船从费城驶达特里斯坦－达库尼亚群岛，为了采集海豹皮，他在该岛逗留了七个月之久（从 1790 年 8 月到 1791 年 4 月）。在这段时间里，他至少收集了五千张海豹皮，这说明当时他可以毫不费力地在三个星期内就装满一船海豹油。在他刚刚到达时，岛上除了几只野山羊，他没再发现任何四足动物，而如今该岛已充满由后来的航海者陆续引进的各种牲畜。

我相信，由科洪船长率领的美国双桅横帆船"贝奇"号停靠该群岛主岛休整就是在帕滕船长离去之后不久。科洪船长在岛上种植了洋葱、土豆、甘蓝和其他多种蔬菜，如今这些蔬菜已遍布全岛。

1811 年，海伍德船长曾驾"海神"号造访该群岛。他在那里发现了三个美国人，都是留在岛上鞣制海豹皮和炼制海豹油的。其中一名叫乔纳森·兰伯特的宣称自己是该地区的统治者。他在那里清理并种植了大约六十英亩土地，专门种植咖啡和甘蔗，这些都是由当时美国驻里约热内卢的公使提供。然而，他最后还是放弃了这个地方，不再居住。1817 年，这几个岛被英国政府占有，英国政府从好望角派了一队士兵过去，到那里把守。但是英国政府也没有在那里占据很久，英国政府退出以后，有两三个英国家庭就住在那里，完全从政府中独立。1824 年 3 月 25 日，杰弗里船长率"贝里克"号从伦敦驶往范迪门地时途经此岛。他们在岛上发现了一名英国人，此人名叫格拉斯，曾是英军的一名炮兵下士。他宣称自己是该群岛的最高长官，统辖着十三个男人和三名妇女。他自豪地介绍了该岛居民主要从事海豹皮的采集和象海豹油的炼制，他们用自己的产品从好望角换回所需之物——格拉斯拥有一艘小纵帆船。我们到达该岛时，这位最高长官依然在任，但他为数不多的臣民数量已有所增加，除夜莺岛上有一个人口为七人的小村外，特里斯坦岛的居民已达五十六名。我们毫不费力就购得了我们所需要的差不多每一样东西——猪、羊、牛、兔、鸡、鸭、鹅、鱼，以及大量品种繁多的蔬菜。由于我们在紧靠主岛十八㖊深的岸边抛锚，所以我们非常方便地就把所有东西全都搬上了船。盖伊船长还从格拉斯手中买下了五百张海豹皮和一些象海豹牙。我们在那里停留了一个星期，在这一个星期之内刮过来的风都是从北边和西边吹来的，天气有一点点阴霾，11 月 5 日那一天，我们开船南下，后又转向西行，目的是为了彻底寻找那一组一组被称为奥罗拉群岛的岛屿，因为世人对这些岛屿的存在一直众说纷纭，莫衷一是。

据说这些岛屿早在 1762 年就被"奥罗拉"号三桅船船长发现。1790 年，隶属西班牙皇家菲律宾公司的"公主"号三桅船的船长曼努埃尔·德奥维多宣称，他的船曾直接从该群岛之间驶过。1794 年，一只西班牙中型巡逻船，名叫"阿特利维达"，开到那里去，目的是想确定该群岛的确切位置，于是，在 1809 年，马德里皇家水文地理学会发表了一篇报告，其中关于那次探险的字句是这样的："中型巡逻船阿特利维达从 1 月 21 日到 27 日，在紧靠这些岛屿的附近，做了一切必要的观察，而且用经线仪测量了该群岛与马尔维纳斯群岛的索莱达港之间的经度差。该群岛共有三座岛屿，它们几乎是在同一条经线上，居中的一座岛海拔很低，另外两座在九里格外的海上即可望见。""阿特利维达"号的观测记录以下列数据提供了那三座岛屿各自的精确位置。最北边的一座位于南纬 52 度 37 分 24 秒、西经 47 度 43 分 15 秒，中间的一座位于南纬 53 度 2 分 40 秒、西经 47 度 55 分 15 秒，而最南边的一座则在南纬 53 度 15 分 22 秒、西经 47 度 57 分 15 秒。

1820 年 1 月 27 日，英国海军的詹姆斯·威德尔船长也曾率船从斯塔滕岛出发去寻找奥罗拉群岛。据他的报告说，他非常辛苦地搜寻了一阵，不但把阿特利维达船长所指的地点马上搜寻过，而且把指定地点的附近任何地方都搜寻了一遍，但连一点陆地的影子也没找到。这些矛盾的报告，引起另外的航海者们接着又去寻找这些岛屿。说来也怪，当一些人在那个群岛假定的位置搜遍海面每一英寸而不见其踪影时，另外为数不少的一些人则断然宣称他们看见了那个群岛，甚至还靠近了那些岛屿的岸边。眼下盖伊船长的意思是要竭尽全力去解决这个处于争议之中的如此古怪的问题。

我们在西南两个方向中间，继续着我们的航线，一路之上，经历各种不同的天气，直到当月 20 日，我们来到了曾经引起大家争论的地点，那正是南纬 53 度 15 分、西经 47 度 58 分，也就是说，和指定的位置中最南边的那个小岛的位置很接近。可是我们并没有看见陆地的影子，只好又接着向南纬 53 度开去，直到西经 50 度。这时，我们转舵北上直达南纬 52 度线，随之我们又转向东行，并利用早晚测得的双重地平纬度以及各大行星和月球的地平经度，使我们保持沿 52 度纬线航行。这样一直向东抵达穿过南乔治亚岛西海岸的那条经线，接着我们便顺那条经线南下，直到返回出发时的那条纬线。然后我们以对角线穿越被标出的那整片海域，航行时始终有人在桅顶瞭望，这样我们又反反复复、周密精到地搜索了三个星期，这期间天空格外晴朗，海面上没有任何雾霭。结果当然使我们完全确信，如果说那片海域真存在过任何岛屿，那它们今天已没有留下丝毫痕迹。后来到我回到家中，才发现我们这次的航线，在 1822 年美国帆船"亨利"号的约翰逊船长和美国帆船"华士波"号的莫瑞尔船长，早已经同样仔细地搜寻过一遍了，他们那两次的搜寻，结果和我们搜寻的一样，什么也没有发现。

第十六章

盖伊船长原来的意思，是要把奥罗拉群岛问题弄清楚以后，就穿过麦哲伦海峡沿巴塔哥尼亚西岸北上，但在特里斯坦——达库尼亚群岛获得的消息，使他决定继续南下，希望能发现据说位于南纬 60 度、西经 41 度 20 分的某几座小岛。他现在的意图是，万一没找到那几座小岛，那他将在季节允许的情况下向南极挺进。因此，我们于 12 月 12 日扬帆南下。19 日我们发现已到达格拉斯指示的那个位置，其后我们在那片海域巡游了整整三天，但没有见到他说的那些小岛。12 月 21 日，天气格外晴朗宜人，我们又开始向南行驶，决心沿着这一航向尽可能远地挺进。在我还没有叙述到这一段时间内的经过以前，我想先介绍一下以前尝试去南极探险的几件往事，让读者们有所参考，也许有些读者对于发现南极的经度，没有十分注意过。

我们所有的清楚记忆中，第一次去探南极的是库克船长。他在 1772 年开着"冒险"号往南行，陪他一同去冒险的有弗诺上尉。同年 12 月，他发现自己已到达南纬 58 度、东经 26 度 57 分。在这里，他遇上了一条狭窄的浮冰带，冰厚八至十英寸，向西北和东南方向延伸。大块大块的浮冰常常紧紧地挤在一起，船只通过非常困难。此时，根据所见到的大量海鸟和其他一些迹象，库克船长认为自己已接近陆地。他接着往南走，直走到南纬 64 度、东经

38 度 14 分的地方。一到这里，天气非常温和，海上吹着柔柔的微风，当时温度计显示的气温为华氏 36 度，五天之内，都是如此。1773 年 1 月，船穿过南冰洋圈，可是没能再往远处走，因为，一到了南纬 67 度 15 分时，他们发现前行的航道全都被一条巨大的冰带堵死，那条冰带一眼望不到头，顺着南方地平线横亘在他们面前。冰带由各种各样的冰体组成——有些大块的浮冰团绵延数英里，它们严严实实地挤成一堆，耸出海面达十八或二十英尺。当时季节时令已晚，没有希望绕过那些障碍，库克船长只好极不情愿地掉头北上。

在次年 11 月，他又到南冰洋去重新探险。他在南纬 59 度 40 分的地方，遇见一道往南去的强流。12 月，他的船只到了南纬 67 度 31 分、西经 142 度 54 分时的地方，遇见了些大冰岛，那里也有大量海鸟，其中最多的是信天翁、企鹅和海燕。不久之后，南边的云看上去便白得像雪，这说明已经到了冰地附近。在南纬 71 度 10 分、西经 106 度 54 分，这些航海者像上次一样受阻，一片延伸过整个南方地平线的巨大冰原横在了船头。冰原的北岸参差不齐，凹凸不平，严严实实，不可逾越。这道崎岖的边缘向南延伸了大约一英里。边缘之后的冰原表面在相当一段距离内看上去比较平坦，一直伸向远方绵亘不绝、重峦叠嶂的冰山山脉。库克船长认为这一片冰地一定可以通到南极，或者和另一个洲相连。J.N. 雷诺斯先生用他最大的坚忍和不屈不挠的精神，终于在那里登上了冰陆，这种探险，一部分的目的是想发现这一带是什么样子，他在谈到"冒险"号的努力时说："我们对于库克船长不能走过南纬 71 度 10 分线并不觉得惊讶，让我们诧异的是，他却能走到了西经 106 度 54 分那个地方。帕默半岛就在南纬 64 度的南设得兰群岛之南面，并向南向西延伸至任何航海者都未曾涉足的地方。库克船长正是在驶往该地时被冰原所阻，而我们认为这在那个方位点肯定会始终如此，尤其是在像 1 月初这样早的季节——如果被描述的那些冰山之一部分属于帕默半岛之主体或属于该陆地更偏南和偏西的某个部分，我们也不应该感到惊奇。"

1803 年，沙皇亚历山大一世派克鲁伊兹斯坦恩船长和利西奥斯基船长进行环球航行。他们在努力往南走的时候，只在西经 70 度 15 分处抵达了 59 度 58 分的纬线。他们在那儿遇上了向东的强洋流。那里的鲸鱼非常多，可是没有看见冰，在他们到达上述纬度时，正是 3 月。风从南边和西边刮来，带来许多浮冰，又有许多急流，把冰块都冲到了乔治亚北岸的地区，那是南乔治亚岛、东边的南桑威奇群岛和南奥克尼群岛以及西边的南设得兰群岛所包围的那个冰区。

1822 年，英国皇家海军的詹姆斯·威德尔船长率两艘小船南下，挺进到了比以往的航海家所到过的纬度更偏南的地方，而且这次航行没有遇到什么特别大的困难。威德尔船长说，虽然在到达南纬 72 度线之前他的船常常被冰围住，可到达该纬度后却不见一块冰，并且到达南纬 74 度 15 分时也没发现任何冰原，而只是看见过三座岛状冰山。相当奇怪的是，那里虽然看见有许多岛，和其他经常表示有陆地的现象，虽然坐在桅顶上往南看，看见设得兰群岛的南方有陌生的海岸向南延伸，但威德尔船长令那些认为南极地区存在陆地的人感到泄气。

1823 年 1 月 11 日，本杰明·莫雷尔船长率美国纵帆船"沃斯帕"号从凯尔盖朗岛起航南下，意在尽可能地朝最南方挺进。他于 2 月 1 日到达南纬 64 度 52 分、东经 118 度 27 分。下面这段话引自他当天的航行日志："风力很快加强到十一级，我们利用这个机会向西行驶。无论有多么相信越过南纬 64 度线后越往南行就越不必担心遇上冰，可我们的航向仍然只是稍稍偏南，直到越过南极圈抵达南纬 69 度 15 分。在这个纬度上便没有冰陆了，也很少看见有冰岛。"

他的 3 月 14 日的日记里，还有这样一段记录："海里现在完全没有冰了，所望见的也不过一打左右的冰岛。同时，空气和水的温度，都比我们在南纬 60 度和 62 度之间时至少高出 13 度。我们现在位于南纬 70 度 14 分，气温为华氏 37 度，水温则为 34 度。在这个位置，我发现地平经磁偏角为东 14° 27′……我已经在不同的经线上数次驶进南极圈，并始终发现，驶过南纬 65 度线后，越往南行气温、水温就越高，而磁偏角则以相同比例减小。而在这个纬度的北边，比如说在南纬 60 度到 65 度之间时，情形便不同了，我们在巨大的几乎数不清的冰岛之间要找到一条通道是极其困难的，那些冰岛有的方圆达一两英里，高出水面不下五百英尺。"

莫雷尔船长因为将要缺少油和淡水，又没有适当的工具，季节时令又已经太晚，也只好调转船头往北返航，不敢再尝试继续南下。他后来说，要不是这些考虑迫使他回头，他当时即便不能直抵南极本身，至少也可能航行到南纬 85 度线。我对莫雷尔船长关于这些问题的想法谈得稍微详细一点儿，以便读者能有机会看到我随后的经历在多大程度上能证实这些想法。

1831 年，受雇于伦敦捕鲸船主恩德比兄弟的布里斯科船长驾"活力"号双桅横帆船驶向南半球海域，单桅纵帆船"图拉"号伴它同行。2 月 28 日，他在南纬 66 度 30 分、东经 47 度 31 分远远地望见了陆地，并且"因白雪的衬托而清楚地看到了沿东南偏东方向绵亘的山脉之黑色峰峦"。他在这以后整整一个月当中，都停在那附近，但是因为天气很恶劣，几乎都是暴风雨，无法到达那边的海岸，最多也不会走近超过十里格。他觉得在这个季节时令里，是无法再往前继续发现了，于是只好掉头北上到范迪门地过冬。

1832 年初，他再次南下，并于 2 月 4 日在南纬 67 度 15 分、西经 69 度 29 分看见了东南方向有陆地。这很快就被发现是一座岛，靠近他第一次看见的那块陆地突出的一个岬角。当月 21 日，他成功地登上了该岛，并以英王威廉四世的名义宣布占领，用王后的名字将其命名为阿德莱德岛。这些详情由伦敦皇家地理学会公之于世，该学会得出的结论是："平行于南纬 66 度线到 67 度线之间，在东起东经 47 度 30 分、西至西经 69 度 29 分的范围内，有一片连绵不断的广袤的陆地"。雷诺斯先生在谈到这个结论时说："我们绝不认为此结论颠扑不破，布里斯科的发现也并不成为这种结论的根据。威德尔船长只是在这些范围以内，往南，到了南乔治亚、南桑威奇群岛，以及南奥克尼群岛和南设得兰群岛以东海面。"我个人亲身的经验，也足以最直截了当地证明该地理学会所作的结论是错误的。

以上便是人类向南半球高纬度挺进的主要尝试，所以，我们现在可以看清，在我们这位船长的航行以前，整个南极圈还有很大一部分从来没被人跨越过。我们的前方有一大片领域尚待发现，而我正是怀着最强烈的兴趣，听盖伊船长表示他要勇敢地向南挺进的决心。

第十七章

我们放弃寻找格拉斯所说的那几座小岛之后，就往南行，一直往南走了四天，连一点冰也没有遇见。在 26 日，正午的时分，我们到了南纬 63 度 23 分、西经 41 度 25 分。我们在这个时候，才看见几座大冰岛，和一大块浮冰，不过分布的范围并不算太广。风主要从东南或东北吹来，但都非常柔和。一旦刮来很少有的西风，那就必然伴随着一场雨飑。每天我们都或多或少遇上下雪。27 日，温度计显示的气温是华氏 35 度。

1828 年 1 月 1 日。今天，我们完全被冰包围住，我们的前景确实有那么一点不令人愉快。整整一下午，都刮着暴风，我们面对着这种自然的暴力，都担心遭遇不好的结果。将近晚间，暴风依然狂怒，前边一大块冰凌崩裂，这才使我们能够扯满风帆闯过较小的浮冰，驶进一片开阔水域。我们在接近那片水域时逐渐收帆，待完全摆脱冰区后，只用一块收缩了背风面的前桅横帆顶风把船停住。

1 月 2 日。今天的天气还算平和。中午我们到了南纬 69 度 10 分、西经 42 度 20 分，我们已经跨过了南极圈。往南望去，看见很少的冰，可是我们船后是一大片冰凌。今天我们装起一种探测装备，是用一只容积为二十加仑的大铁桶和一根长度为二百吗的绳子做成的，我们测出洋流流向北方，流速大约为每小时四分之一英里。此时，气温为华氏 33 度左右。我们发现该方位的地平经磁偏角为东 140° 28′ 。

1 月 5 日。我们依然向南前进，没有什么重大的阻碍。然而今天早晨，我们到了南纬 73 度 15 分、西经 42 度 10 分，一大片坚冰又挡住了我们的去路。我们看到南方海面非常开阔，毫不怀疑最终能够到达那片海域。我们顺着那片浮冰的边缘往东行驶，最后发现了一条大约一英里宽的通道。日落时分，我们终于经那条弯曲的通道穿过了浮冰。此时，我们到达的海面浮满了岛状冰山，我们像先前一样勇往直前。天气并不觉得非常冷，虽然常常下雪，并且一阵一阵地起着很猛烈的夹雹狂风。今天有极多的信天翁从船上飞过去，由东南往西北飞。

1 月 7 日。海面依然非常开阔，我们向南的航道通行无阻。朝西边望去，我们看到一些大得惊人的冰山，下午我们从一座冰山附近驶过，发现冰山山峰距水面至少有四百吗。它底边的周长大概有四分之三里格，几股涓涓细流从山腰的一些裂缝往下流淌。我们一连走了两天，都还看得见这座冰山，直到起了雾，这才看不见它。

1月10日。今天一大早，我们不幸有一个人失足落在海里。他是在纽约土生土长的美国人，名叫彼得·弗雷登堡，他是这只帆船上最有价值的水手之一。他在走向船头的时候，脚下一滑，就落在两块浮冰之间，再也没冒出水面。这一天的中午，我们正走到南纬78度30分、西经40度15分。此时天寒水冷，我们不断遭遇从北方和东方袭来的雹暴。我们朝东边望去又看见几座更大的冰山，整个东方地平线似乎都被重重叠叠、高高耸起的大浮冰堵塞。傍晚有一些浮木从船边漂过，并有大量海鸟飞过头顶，鸟群中有大海燕和信天翁，还有一种蓝色羽毛的大海鸟。这里的地平经磁偏角比我们越过南极圈时测得的更小。

1月12日。我们往南是否可以继续前进，看来又有一点可疑了。南极那个方向里，所能看见的，除了一片一望无尽的浮冰，其他什么也看不见，背衬着茫茫冰山。到14日为止，我们一直在向西航行，希望能够发现一条通道。

1月14日。这天上午，我们驶到了挡住我们去路的那片冰原西端，安全地绕过它之后，船进入了一片没有冰的开阔海面。探测两百噚深的水下，我们在这里发现水流是往南的，其速度约每小时半英里。那里的气温是华氏47度，水温为34度。我们于是从这里往南行，连一刹那的停留与阻隔也没有，一直走到16日，在中午的时候，到达南纬81度21分、西经42度。我们到这里，又探了一探水的深度，并发现一股仍然流向南方的暗流，其速度为每小时四分之三英里。地平经磁偏角变得更小，天气温暖宜人，气温高达华氏51度。这时海面上看不见一块冰。船上所有人都认为我们肯定能到达南极。

1月17日。这是多事的一天。无数的鸟从南方飞过我们的头顶上去，我们从甲板上射中了几只，其中有一只是像鹈鹕一类的，味道特别鲜美。大约中午时，桅顶瞭望员发现船的左前方有一块小浮冰，冰上似乎有一头大动物。由于天气晴朗，几乎风平浪静，所以盖伊船长下令派两艘小艇去弄清那是什么。德克·彼得士和我随大副上了那艘较大的艇。我们一走进那块浮冰，就看见原来占据在那上边的，全是冰洋白熊一族的巨大动物，可是比最大的冰洋白熊的个头还要大很多。我们因为是武装齐备的，所以就毫无顾忌地去捕捉它。我们秘密地连发了好几枪，大多数子弹都命中了它，看过去虽然是都打在了它的头部与身上了。然而，那个怪物似乎一点也不觉得有什么似的，从冰上一蹿，就跳到水里去，张着大口朝彼得士和我乘的那艘小艇游来。这意想不到的情况一时间令我们惊慌失措，结果谁也没准备好第二次射击。那头巨熊终于把它庞大的半个身躯压上了我们的舷沿，不待我们进行任何抵抗，它已一掌抓住了一名水手的腰部。

在这千钧一发之际，彼得士的果断和敏捷救了我们的命。他猛扑到那头巨兽背上，一刀捅进它的后颈，刀尖一直刺到脊髓。那家伙连挣扎也没挣扎一下就滚入水中，把彼得士也一并带下海去。彼得士很快就浮出水面，我们抛给他一条绳子，在游回小艇之前系住了那头死熊。然后我们得意扬扬地拖着战利品返回大船。上船一量，发现这头熊体长足足有十五英尺。它雪白的皮毛粗糙而卷曲，血红的眼睛比北极熊的还大，它的口鼻部也比北极熊更圆，颇似牛头狗那副嘴脸。它的肉很嫩，只是有股难闻的腥臭味，不过那些水手们还是吃得很香甜的样子，还一直说它非常好吃。

我们刚刚把我们的战利品弄到身旁，桅顶瞭望员就欣喜地喊道："右前方发现陆地！"于是船上所有的水手都各就各位，做好一切准备，同时忽然从北方和东方吹来一阵有利的顺风，我们在很短的时间内便触近了海岸。那原来是一座低矮的岩岛，方圆大概有五英里，岛上除了一种像霸王树的仙人掌，再也看不见任何植物。从北边靠近小岛，只见一道孤零零的岩壁伸入海中，酷似一堆棉花。绕过这道岩壁向西，我们发现一个小小的海湾，在湾内稳稳地把船停住。

我们并没有破费多少时间，就把这座小岛上任何一个地方都探寻了一遍，没有发现值得我们注意的东西，但有一个例外。我们在岛的南端，靠近海岸的地方，拾到了一根半截插入一堆乱石的木棍，它看上去像一种尖头划子的船头。木头上显然有某种雕刻过的痕迹，盖伊船长认为他能辨出那是一种龟的图案，但我看不出那些刻痕与龟有多少相似之处。除了这截船头外（如果这真是个船头的话），我们没发现岛上有任何人或动物栖息过的迹象。小岛周围的海面上偶尔可见一些小块浮冰，但数量很少。这座小岛的准确位置是南纬82度50分、西经42度20分。盖伊船长给这座小岛命名为贝内特岛，为了向那位与他共同拥有这艘纵帆船的人表示敬意。

我们现在已经比以前任何航海者都往南多进了八个纬度，可是面前的海水，依然一望无边。同时我们还发现，磁偏角始终随着我们的南进而减小；更令我们惊讶的是，气温和水温也逐渐升高。天气甚至可以说温暖宜人，有一股持续不断却非常柔和的风从罗盘指示的北方吹来。天空晴朗得异常，在南边天水交界处，一阵一阵地出现清清薄薄的一片蒸汽，然而每次都是在很短的时间内便消减了。

我们目前考虑到两个困难：一是船上燃料短缺，二是有好几名船员显示出坏血症的症状。这两种情况使盖伊船长想到了返航之必要，他开始不断地谈到这种想法。就我而言，由于我坚信我们顺着当时的航线很快就会到达某一块陆地，再由于当时的各种迹象都使我有充分理由相信，我们将到达的那块陆地不会像在北半球高纬度地区所发现的那样荒凉，所以我慷慨激昂地劝说船长坚持南进，至少也该保持方向再多走几天。我承认，由于自己极力想趁机弄清到底有没有南极大陆这个令人困惑的问题，所以我对船长心虚胆怯、不合时宜的提议表示了愤怒。

事实上，我觉得我忍不住要向他说的话，竟发生了效果，终于打动他，使他往前继续推进。可是，我这个劝告，虽然立刻就引出最不幸最残酷的事情，使我只有哀悼，可是，我依然觉得有几分欣慰，因为无论多么微不足道，我毕竟为开拓科学视野起了一点儿作用，让一个最激动人心的奥秘从此得到了科学界的关注。

第十八章

1月18日。今天早晨，我们接着往南行，天气依然和以前一样怡人。海水是完全平滑的，空气相当温和，风从东北吹来，水温为华氏53度。我们现在又准备好了探测工具，用了一条一百五十㖊的绳子，测出水流是向着南极的，速度是每小时一英里。无论是风还是水流，其倾向都是固定的向南。这引起了我们的推测，甚至，我看见船上的各角落里，引起了惊慌，而且我也清楚地看出这种趋势对盖伊船长也造成了不小的影响。但他这个人对嘲笑特别敏感，所以我最后用笑声成功地驱除了他心中的忧虑。磁偏角此时已变得很小。在当天的航程中，我们见到好几头巨大的白鲸，并有无数的信天翁，成群地飞过我们船只的头顶上去。我们同时又捞起了一株结满了山楂样红浆果的灌木，还有一具模样奇特的陆地动物的尸体。这种动物体长三英尺，身高却只有六英寸，四条腿非常短，脚上长有色泽鲜红、质如珊瑚的长长利爪。其毛直，光滑洁白；其尾尖，形似老鼠尾巴，长约一英尺半。其头像猫，但耳朵除外——它的耳朵就像狗耳朵一样垂下。其牙同其利爪一样也红得发亮。

1月19日。今天，到了南纬83度20分、西经43度5分，海水变成了异常的黑色。我们到了这里，又从桅顶看到了陆地。再仔仔细细一观察，发现那是一组很大的岛屿中的一座，海岸全是峭壁，内部看样子有很多的树木，这种情形，使我们感到莫大的愉快。由于拍岸浪太高，加之周围水面东一处西一处地涌起回浪，所以我们不敢贸然靠近。船上最大的两艘小艇此时被放下水，一队全副武装的船员（我和彼得士也包括在内）出发去往那似乎环绕着海岛的一圈暗礁中寻找通道。搜索了一阵之后，我们发现了一个入口。我们正要驶进，这时只见四只很大的木划子离岸向我们划来，划子上坐满了好像持有武器的人。我们等着他们靠拢，他们的速度很快，不一会儿就划到了能与我们相互喊话的距离内。这时，盖伊船长把一方白手巾系在一支桨上举起，那些陌生人顿时把划子停住，同时一齐扯开嗓子叽叽喳喳地叫嚷一些急切不明的话，偶尔还伴着阵阵呐喊。我们只能辨别出"阿纳木——木"和"剌马——剌马"几个字音来。他们一直这样说着喊着，持续了至少有半个小时，因此我们便得到一个很好的机会，趁着这个时间，能把他们的容貌看清楚。

那四只木划子大约都有五十英尺长，五英尺宽。木划子上一共有一百一十个野蛮人，他们的体格，和普通的欧洲人差不多，只是四肢和躯干比欧洲人肌肉更多，也更强壮。他们的皮肤是深黑色的，头发又厚又长，像牛羊的毛发似的。他们穿着一种不知是取自何种动物的黑色毛皮，毛皮多毛光滑，除了领口、袖口和脚踝，毛都翻在里面。他们的武器主要是木棍，用一种显然很重的黑木头做成。但也可看见他们中有人手持长矛，矛头是尖形燧石，此外他们还有一些投石器。四只木划子的底部都装满了鸡蛋大小的黑色石头。

他们那些叫人听不懂的喧嚣，很清楚地是在做煽动性的演说，等他们结束了这一段喧嚣之后，其中有一个似乎是他们领袖的人物，站在他所乘坐的木划子船头，向我们做手势，叫我们的小艇靠近他身边。我们假装不懂那是什么意思，觉得要是可能的话，还是在我们与他们之间，保持一定的距离为好，因为他们的人数在我们的四倍以上。那领袖看出了我们的心思，便命令另外三只划子留在原处，自己乘坐的那只向我们划来。他一靠近就纵身跳上了我们最大的那艘小艇，径自坐到了盖伊船长身边，同时用手指着纵帆船，嘴里不住地重复"阿纳木——木"和"剌马——剌马"。这时我们退向纵帆船，那四只划子隔着一小段距离紧随其后。

靠上大船舷侧时，那位酋长显得非常惊讶和高兴，他不住拍手掌、大腿和胸部，并发出刺耳的笑声。他身后的那帮家伙也同他一起乐，喧哗声一时间震耳欲聋。等这阵嘈杂终于平息，盖伊船长下令把小艇绞上大船，以作为一种必要的防范，然后他设法让那位领袖（后来我们不久就知道了他的名字叫"太聪明"）明白，我们一次只能允许他手下的二十个人上我们的大船。他听了这个安排，表示十分满意，向他的那几个木划子发出了号令，于是就有一只开了过来，其余三只都留在大约五十码开外。现在有二十个野蛮人上了我们的船，开始把船上的每一个地方都逛遍，在索具间攀缘匍匐，觉得像在自己家中那样随便而舒服，并且对每一样东西都发着疑问的态度在研究。

显而易见，他们以前从不曾见过任何白种人——实际上，白人的肤色似乎令他们畏缩。他们以为"简·盖伊"号是一种活着的动物，生怕他们的矛尖伤着了它，小心翼翼把矛尖向上竖起。"太聪明"酋长的一番举动使我们的船员觉得非常有趣。当时，我们的厨师正在厨房旁边劈柴，不小心把斧子砍在了甲板上，砍出了一道相当深的裂口。那位领袖马上冲过去，粗暴地把厨师推到一边，然后半像啼哭半像号叫地大吵大嚷，强烈地表达了他对纵帆船遭受的痛苦之深切同情。他用两只手去抚摸轻拍那道深深的裂口，还提过旁边一桶海水对它进行清洗。他愚昧到这种程度，真是我们所未预料到的，而我却不由得认为这有一部分是假装的。

这些参观者们在好奇心都尽量满足了之后，我们就让他们到船下边去。他们一到下边，惊愕的程度简直超过了限度。他们惊讶到了无以复加的地步，他们在舱内走动时几乎鸦雀无声，偶尔发出低声惊叹。我们的枪支引起了他们的种种猜测，因而他们被允许随意触摸，仔细观看。我迄今也不认为当时他们对枪的真实用途有丝毫概念，看到我们对枪支轻拿轻放，看到我们密切注视他们摆弄枪支时的一举一动，他们只认为那些东西是偶像。大炮使他们觉得更不可思议，他们走近大炮时都流露出敬畏的神情，不过我们没容他们细看。在主舱里，有两面大镜子，这也使他们惊讶到了顶点。"太聪明"第一个走到镜子面前，他已经走到主舱的中央，脸向着一面，背对着一面，这才看见了这两面镜子。在他抬起头来，一看见镜子里反射出自己的时候，那种神情，我真以为这个野蛮人差点儿变成了疯子；而当他转身退回，又从另一面镜子里看到自己时，我真担心他会被当场吓死。此后我们百般劝说，他也不肯再朝镜子看一眼，而是扑倒在地板上，用手紧紧地把脸捂住，直到我们把他拖上甲板，他才松开双手。

　　全体野蛮人，就这样照着二十个人一人一次的顺序，个个都到船上看了一遍，在大家轮流上来的时候，"太聪明"酋长则一直被允许待在船上。我们没发现他们有任何偷窃的意图，他们走后船上也没丢失任何东西。在整个参观期间，他们显得非常友好。不过，他们的某些举止令我们难以理解：譬如我们无法让他们靠近几样完全无害的东西——船帆、鸡蛋、翻开的书或一盆面粉，我们努力想探明他们是否有什么东西能与我们做交易，却发现很难让他们明白我们的意思。不过，令我们惊讶不已的是，我们终于了解到该群岛盛产加利帕戈巨龟，我们看见"太聪明"领袖的划子里就有一只。我们还看见一个野蛮人正在贪婪地生吃他手中的海参——考虑到在这样的高纬度地区，龟和海参的出现当然很异常，这使盖伊船长想对该地区进行一番彻底的调查，希望做成一笔有利可图的生意。至于我本人呢，我由于急于想知道这些小岛内的情况，更迫不及待地想直抵南极。目前天气十分晴爽，一点阴天的迹象也没有，可谁也说不好这样晴爽的天气会延续多久，而且我们既然已经到达南纬84度线，既然前方是一片没有冰冻的大海，既然迅猛的暗流和顺畅的风都朝向南方，那我实在没有耐心听到长时间逗留的提议，尤其是这种逗留超过了保证船员健康和补充燃料及新鲜食品的必要限度。我向船长建议，这些事大可以等我们回来的时候再办，那时候，假如被冰所阻碍，我们就不妨在这里过冬，作为休息地。我自己都不知道为了什么缘故，近来我似乎很能影响船长。所以他听了我的这个建议后，终于也采取了我的看法，最后，他决定，即便发现该地产海参，也只在那里休整一个星期，然后就尽快继续南行。因此我们做好了一切必要准备，并在"太聪明"酋长的引导下让"简·盖伊"号安全地驶过了那圈暗礁，在离岸约一英里处抛下了锚。抛锚处位于该岛南岸一个漂亮的海湾，四周有陆地环绕，水深十㖿，海底是黑沙。我们被告知该海湾的尽头有三股水质很好的清泉，而我们看见那附近林木葱郁。那四只木划子跟着我们进了海湾，不过与我们保持着一段礼仪上的距离。"太聪明"酋长一个人留在了我们的船上，等到我们抛下了锚，他就请我们上岸，到内地去参观他们的村落。盖伊船长接受了他的邀请，他们派了十个人留在了我们的船上，作为人质。我们也选了十二个人准备随酋长上岛。我们小心翼翼地带好武器，但又没表现出任何对他们的不信任。纵帆船上的大炮伸出了炮孔，防攀网从舷侧支出，此外还采取了其他适当的防卫措施。船长命令大副在我们离船期间不许任何人上船，如果十二小时后不见我们返回，就派那艘装有一门旋转小炮的快艇沿岛搜寻我们。

　　我们在岛内走的时候，所走的每一步都迫使我们确信，我们正置身于一个与迄今文明人到过的任何地区都截然不同的地方。我们在这里所看见的东西，没有一样是我们以前熟悉的。树木长得既不像热带、温带或北半球寒带的植物，也完全不同于我们已经到过的南半球那些纬度更低的地区的树木，甚至连岩石的质地、色泽和层理也都异乎寻常。那地方的小河流，形状说起来绝不会有人相信，和别的气候下的河流就极少有类似的地方，所以我们十分小心，连尝一口都有所顾虑，实际上，我们很难使自己相信河流中的水真是纯粹的氢氧化合物。当我们路过遇上的第一条小溪时，"太聪明"酋长和他的手下人停下来喝水。由于溪水性质奇特，我们以为是受了污染，所以都拒绝尝一尝；过了一些时候，我们终于明白，整个群岛的所有溪流看上去都是那样。我真不知该如何赋予这种液体一个清晰的概念，也无法三言两语地对它加以描述。这种水虽然和正常的水一样，一遇见斜坡也流得极快，可是，除了流成瀑布的情形之外，就从来没有一般水质那种清明透澈的样子。事实上，它固然也透明，只是宛如石灰水一样，其不同处只是外貌。初一看上去，特别是在斜坡不陡的地方看上去，其浓度很像普通水与阿拉伯树胶的混合液。但这只是它奇异特征的普通之处。它并非无色，也不具有任何一种始终如一的颜色；就视觉而言，它流动时呈现出深浅不同的紫色，宛若一块闪光的丝绸。这种浓淡变化的样子在我们心中引起的惊讶程度，不亚于"太聪明"酋长看见镜子时的那番惊恐。从溪中舀上一盆水，待其完全平静，我们看出那种流体由无数清晰的脉络组成，每一根脉络都具有一种清晰的色度；那些脉络互不交融；它们的凝聚力对自身粒子很强，对相邻的脉络则较弱。我们用小刀把那些脉络横着切开，水就马上把切口合起来，而且刀子刚一抽出，所有刀子切过的痕迹便立刻都消失了。然而，假使刀刃下去的地方恰巧是两个脉络之间的话，那么两个脉络因为彼此结合得原本就不坚固，所以可以绝对分开，不再连在一起。这种水的现象，在我后来命定要陷入的一大堆光怪陆离的景色中，只不过是一大串魔链中的第一环而已。

第十九章

我们差不多用了三个钟头，才到达村子里边，村子在向内部更进去三英里的地方，沿途全是破烂的乡野，中间有一条小道。我们在这条小道上走着的时候，"太聪明"酋长的队伍（原木划子上那一百一十个野蛮人）不断壮大，因为在好些转弯处都有或三三两两、或六七成群的小分队加入我们。看上去似乎出于偶然，但这种偶然太有规律，以至于我禁不住心生疑窦，并把我的担心告诉了盖伊船长。可当时要退回已经太晚，我们确信最好的安全保障就是对"太聪明"酋长的诚意表示出一种绝对的信任。因此，我们又接着往前走，用眼睛小心提防着那些野蛮人的行动，绝不让他们挤到我们中间来，把我们的人数分散。我们就这样穿过了一道峭壁山谷，终于到了野蛮人告诉我们的岛上唯一聚居村民的地方。我们远远一望见那些人，他们的头目便向他们高呼起来，而且连连重复地喊着："克罗克－克罗克！"我们猜想这可能是那个村落的村名，或者泛指村庄这个概念。

村民住所之凄凉令人难以想象。那些式样不同的栖身之处比人类所知的最不开化的种族所住的窝棚还不如。一些属于在该岛被叫作旺普斯或鞥普斯的重要人物的居所用一棵树和一张黑兽皮造就，树在离根四英尺处被砍去上部，一张硕大的兽皮罩在树桩上，兽皮形成褶皱垂到地面，主人便在兽皮下安身。另一些窝巢用上面留有枯叶的大树枝建成，这些树枝以四十五度角斜搭在土坡壁上，没有固定的形式，一般堆有五六英尺高。还有一些住所是在地上垂直挖出洞穴，洞口用同样的树枝遮盖，主人进洞时把树枝移开，进洞后又将其重新盖上。有少数窝巢搭建在树干的分权之处，窝巢以上的枝丫均被砍裂，以便它们能夺拉下来形成遮风蔽雨的屏障。绝大多数的住处，都是一些极小的窑洞，窑洞显然是挖在一种看上去像漂泥的黑色岩壁上，而村子的三面都被这种陡峭的黑色岩壁包围。这些窑洞，每一个门口都有一块小小的岩石，住在里面的人，出门的时候，都会用这块岩石小心翼翼地把门抵住，但是，那块石头，连洞口的三分之一都不到，所以我弄不明白他们这样做的用意是什么。

我们姑且称这个地方是一个村子吧，那么，这个村子坐落在一个相当深的一个山谷中，只能从南边进得去，其余三面都是我前面所提到的峭壁。一道喧嚣的河流——河水和我前面所描写的一样——穿过这山谷的中央。我们看见住宅的周围，有几种特别的动物，它们看上去早已被完全驯化。最大的一种动物体形和口鼻部方面都像一般的猪，但有一条毛茸茸的尾巴，四肢细得像羚羊腿。它行动起来非常笨拙和缓慢，我们一点儿也看不出它有跑的意图。我们还注意到几头形状与其相似的动物，但它们的身体要长得多，而且身上覆盖着一种黑色软毛。村里到处都奔跑着各种各样的家禽，它们似乎就是村民的主要食物。最叫我们惊讶的是，这些家禽之中，竟有黑色的信天翁，竟也完全被驯服得和家禽一样，只定期飞到海上去觅食，觅食之后，一定回到村子里来，把那里当作家，并且用附近的南海岸边作为孵卵的地方。在那儿，它们仍然和它们的朋友企鹅同住，但后者从来不跟着它们返回村里。其他家禽包括一种与我们的北美野鸭大同小异的鸭子，一种黑羽塘鹅，一种形似红头鹭却并非食肉类的大乌。那里鱼的品种似乎特别多。访问期间，我们看到了大量晒干的鲑鳟鱼、石斑鱼、蓝蜻鳅、鲭鱼、隆头鱼、鳐鱼、鳗鲡、银鲛、鲻鱼、鳎鱼、鹦嘴鱼、鳞鲍、舫鳞、海鳕、鲆鱼和其他不胜枚举的形形色色的鱼。我们又发现，这里的鱼大多数和南纬51度线上奥克兰勋爵群岛附近海域生长的鱼相似。加利帕戈龟的数量也特别多。可我们只看见很少的几种野生动物，它们的个头都不大，也没有一种为我们所熟悉。半途中遇到一两条极其巨大的蛇，拦住我们的道路，可是那些人对这些蛇并不怎么在意，因此我们断定这些蛇都是无毒的。

当我们随"太聪明"酋长和他的队伍走近村子时，村里拥出一大群人来迎接我们，他们高声呐喊着，我们能听清的只是那不绝于耳的"阿纳木——木"和"剌马——剌马"。我们万分惊奇地看到那些村民除了极少数外，全都赤身裸体，兽皮衣看来只有木划子上的那些人穿。全岛的武器似乎也全被后者所拥有，因为村民中简直看不见任何武器。人群中有许多妇女和儿童，那些女人绝不缺少人体美，她们身材修长，仪态端庄，具有一种文明社会里找不到的优雅自在的风韵。可她们的嘴唇和岛上的男人一样又厚又笨，甚至当她们发笑时也绝不会露出牙齿。她们的头发看上去比男人的更光洁。在这些裸体的村民中间，大概总有十一二个像"太聪明"的手下一样，穿着黑兽皮的衣服，武装着长矛和黑色的长棍。这几个人好像对村民有着极大的权势，大家对他们永远称呼为旺普斯，他们也是那些黑皮宫殿的居住者。"太聪明"酋长的宫殿坐落在村子中央，建得比其他住所更大更好。作为支柱的那棵树在离地约十二英尺处才被砍掉，剩下的部分顶端留有几根枝丫，使顶棚朝四周延伸，从而不至于垂下包着树干。那顶棚也是由用木针缝合在一起的四张很大的兽皮做成的，兽皮的四角也被木钉牢牢地钉在地上。地面上撒着许多枯树叶，就像铺着地毯似的。

他们摆出极其严肃的神情，领着我们进入到这间帐篷里，数不清的岛民簇拥在我们身后，直到把屋子都挤满为止。"太聪明"酋长在树叶上坐下，并示意我们学他的样子。我们坐了下来，不一会儿就感到极其不安，如果说不是如坐针毡的话。我们十二个人席地而坐，有四十个野蛮人挤得紧紧的，围坐在我们身边。如果真出什么乱子，我们将不可能使用武器，连站起身也许都来不及。不仅帐篷里挤得水泄不通，帐篷外也是黑压压的人群，说不定岛上的所有人都聚集到了这里，只是因为"太聪明"酋长不断地挥手呐喊，人们才没有挤进来把我们踩成肉酱。不过，有"太聪明"酋长坐在我们中间，这才是我们安全的保障，所以我们决定尽量守住他，和他坐得极近，万一我们起了冲突，马上就可以把他干掉，这是我们逃出窘境的唯一策略。

野蛮人的领袖经过了一番努力之后，终于使大家恢复了相当的安静，他于是对我们说了一大段话，这段话听起来很像是他在木划子上所说的一样，只是现在仿佛一直在尽力强调"阿纳木——木""剌马——剌马"，而且"阿纳木——木"这个词现在比"剌马——剌马"这个词出现得更加频繁。我们一声不吭地洗耳恭听，直到他终于结束了那番长篇大论。这时盖伊船长开始致答谢词，他向领袖表示了我们的友情万世不变和对其真诚美好的祝愿，最后他还送给领袖几串蓝珠和一柄折刀作为礼物。令我们惊讶不已的是，领袖对那些串珠嗤之以鼻，可折刀令他感到称心如意，他马上下令摆宴待客。菜肴由几名仆人用头顶着送进帐篷，是一堆还在蠕动的内脏，内脏取自一种我们叫不上名的动物，大概是刚进村时所看见的那种细腿猪。领袖见我们不知所措，便率先为我们做示范，他津津有味地把那种猪肠一截截地往肚里吞，直到我们因实在忍耐不住而明显表现出恶心反胃才使他停止了吞咽，这时他吃惊的程度只比他在船上看到镜子时稍逊几分。我们谢绝食用摆在面前的这些佳肴，尽力设法叫他们明白我们不饿，因为刚刚吃过一顿满意的早饭。

等到酋长吃完饭，我们用尽了方法向他发问，反复盘问了他许多的问题，目的是想能发现该区主要出产什么，并弄清所产之物是否能让我们有利可图。最后，他似乎懂得了我们的用意，就提议带我们到海边的某一处去看看，向我们保证那里有多得数不清的海参（说着指给我们看那种软体动物的一个标本）。我们很高兴能有机会早一点儿摆脱人们的重重包围，并表达了想去海边看看的急迫心愿。于是我们离开了帐篷，在全村人的陪同下，跟着领袖来到了离我们停船之处不远的该岛南端。我们在岸上等了大约有一小时，最后一些野蛮人把那四只木划子划到了我们跟前。待我们十二人上了一只划子，划子便沿着前面提到过的那圈暗礁和离岛更远的另一圈礁石划行。我们在礁丛间看到的海参真是不计其数，连我们当中最老的水手在纬度更低的那些以盛产海参而闻名的群岛上也未曾见到过这么多的海参。我们在礁丛间没有久留，一旦确信我们可以轻易地装满十二船海参之后，我们便被送回到纵帆船旁边。我们又得到"太聪明"酋长的许诺，在二十四小时以内，为我们送来他那些木划子所能装下的鲜鸭和加利帕戈龟。在这一次冒险的行程中，我们没有发觉那些土著人的行为有任何的可疑之处，除了那次我们前往村子里的时候，他们有规律的增加人数以外。

第二十章

野蛮人的领袖，本人和他的诺言一样忠实，不久就给我们送来了大量新鲜食物。我们发现送来的龟与我们所见过的最好的龟一样棒，而那些鲜鸭则超过了我们最好的野禽，其肉鲜嫩多汁，味美可口。除此之外，当我们让那些野蛮人明白我们的愿望之后，他们又送来了许多褐色芹菜和辣根草，另外还有满满一划子鲜鱼和一些干鱼。芹菜实在是叫大家满意的东西，而辣根草则证明对我们当中有坏血症症状的船员大有益处。在很短的时间里，我们的船上就不再有一个病号。我们还得到了许多其他的新鲜食品，其中值得一提的是一种软体动物，它看上去像贻贝，可吃起来是牡蛎的味道。送来的褐虾与龙虾数以千计，信天翁和其他禽类的黑壳蛋更是数不胜数。我们还收到了大量我前面提到过的那种猪的肉。船上的大多数人都觉得那种肉好吃，但我认为它有一股讨厌的鱼腥味。我们为了回报这些好东西，就送给土著人蓝珠子、铜指环、钉子、刀子、一块一块的红布，他们对于这些交换来的东西，表示十分满意和高兴。我们在海边这样交换物品，简直成了一个市场，交换的地点，正在船上的大炮的射程以内，交易的情形很不错，大家都保持着很好的信用，而且秩序也相当之好，而这些野蛮人在"克罗克-克罗克"村里的表现未曾让我们对此有所奢望。

这种情形，在一种很祥和的气氛中进行，其间土著人曾三三两两地频频登上纵帆船，我们的船员也经常成群结队地上岸，深入岛心腹地也未受到任何骚扰。土著人既然对我们的态度很友好，随时都情愿帮着我们去采集海参，而且我们的船也可以尽量地装满，于是盖伊船长就进一步和"太聪明"酋长谈判，想在岛边建一些加工房和库房，以作为他和他的部落尽可能多地采集海参的必要设施，而船长本人则准备利用好天气完成既定的南极航行。当向领袖提出此事时，他似乎非常乐意接受这个建议。于是一项双方都满意的协议很快达成。根据协议，在完成诸如划定地界、建起部分房屋和其他一些需要我们的全体船员共同完成的任务之后，纵帆船即可起航继续南行，只留三人在岛上监督计划的实施和指导那些土著人烘晒海参。至于报酬，那要等我们回来看他们努力的情形而定。待我们回来，他们加工好的每担海参将换到一定量的蓝珠项链、折叠小刀和红布，等等。

我想读者对于这种名贵海产品的加工方法都会感到一定的兴趣的，我们也只有趁这个机会把它叙述一下最合适。以下一段详尽的注释，是从一本南洋航行现代史中摘录的。

"正是产于印度洋诸海的那种软体动物在贸易中以法语谐称 bouche de me（来自海洋的美味）而闻名。如果我没完全弄错的话，著名动物学家居维叶认为它是腹足纲肺螺亚纲软体动物。这种软体动物在太平洋诸岛屿也被大量采集，尤其是为中国市场采集，它在中国售价很高，差不多和他们常常赞不绝口的燕窝一样贵，而燕窝实际上就是一种燕用从这种软体动物体内衔出的胶状物筑成的巢。这种软体动物无壳无腿，除了吸收和分泌这对器官外再没有其他明显的器官；但凭着伸缩灵活的触手，它们能像鳞翅目幼虫或蠕虫那样爬到浅水区域，这样在退潮的时候，它们就会被一种燕看见，燕之尖喙伸入它们软软的体内，衔出一种含胶的丝状物质，这种物质一经吹干，便可筑入燕坚固的巢壁。这是它的学名的由来。

"这种软体动物，是椭圆形的，大小不一，长度从三英寸到十八英寸不等，我还看见过几个不下两英尺长。它们差不多也可以说是圆的，有一边略微扁平，扁平的一面贴在海底，有一寸到八寸厚不等。每年在几个特殊季节，它们才上浅水来，也许目的是为了繁殖，因为我们往往在那个时候，看见它们是一对一对的。当阳光直射水面并使水温升高，正是它们接近海岸之时；它们经常进入过浅的水域，结果遇上退潮便被留在那里暴露在烈日之下。然而它们绝不带着幼体到浅水部分来，这是我们从来没有发现过的，却常见成熟的海参从深水中爬出。它们主要吃那类能造出珊瑚的植物形动物。

"海参通常是从三四英尺深的水下采集；然后人们把它们运上岸，用刀将其一端切开，切口以一英寸或稍长为宜，这视海参的大小而定。海参的内脏便从这个切口挤出，其形与深水小动物的内脏大同小异。弄好之后，把它清洗干净，再放入锅中煮到一定程度，而这个程度必须掌握好火候。然后把它们置于土中埋四小时，接着再稍稍煮一会儿，在此之后便让它们脱水，既可用火烘也可日晒。用日光晒干的最值钱，但晒干一担（133.33磅）海参耗费的时间和人力可烘干三十担海参。海参一旦按正确方法加工成干制品，便可在干燥之处存放两三年而不变质；不过每隔几个月就应开仓检查，比如说一年检查四次，看它们是否有受潮的可能。

"前面说过，中国人将海参视为极其珍贵的美味，认为它能强身健体、补血安神，而且能使因纵欲而变虚的身体得以恢复。第一等的海参在广州的售价极高，每担可卖九十美元；二等货每担售价七十五美元；三等货每担五十美元；四等每担三十美元；五等二十美元；六等十二美元；七等八美元；八等四美元；不过小批量货在马尼拉、新加坡和巴达维亚[①]往往盈利更丰。"

---

① 即今雅加达。——译者注

我们和土著人一经说好之后，便必须即刻准备平整地基和搭建房屋所必需的工具材料，运到岸上。靠近海湾东边，选了一块平坦的地面，那里的木头和水都很多，而且离出产海参的主要岩壁也不算太远。我们于是都很热心地开始工作，不久，为了完成我们的计划，我们很快就伐倒了足够多的树木，并去枝剥皮把它们分别做成了柱梁檩椽，这让那些野蛮人大大为之惊讶。又过了两三天房屋的框架已成形，这时我们深信剩下的活儿已完全可以交给留下的三个人去做。那三个人是约翰·卡森、艾尔弗雷德·哈里斯和彼得森（我想他们全是伦敦人），他们全都自愿留在岛上。

大约将近月底，我们把起航的一切准备都弄好。不过，我们本来约好，在临行前再到那村子里去一次，作为辞行，同时"太聪明"又过于坚持要我们履行这个诺言，以至于我们认为若拒绝访问将有把他惹怒的危险，这显然不是明智之举。我相信，当时我们谁也不怀疑那些野蛮人的诚意。他们的举止行为始终都显得礼仪周全，他们帮我们干活时既快活又敏捷，他们频频地无偿送给我们各种食物，而且在任何情况下他们都不曾偷过我们一件物品，尽管我们船上的货物在他们眼里具有很高的价值，这从他们收到我们回赠的礼物时所表现出来的那种欣喜若狂中即可看出。他们的女人在各方面都显得尤为谦和有礼。总而言之，假若我们当时对一个待我们如此友好的民族抱有丝毫的怀疑之心，那我们说不定才是人类中最值得怀疑的种族。不过，不久的时间，便足以证明他们这种外表的和善，原来是他们精心策划的要消灭我们的计划之组成部分。

我们上岸去辞别那个村子，是在2月1日。虽然如上边所说的，我们没有存着丝毫的怀疑，可是一切正当的戒备，并没有被忽略。帆船上留下六个人，他们奉命在我们离船期间一直待在甲板上，不许任何一个野蛮人以任何借口靠近。防攀网被拉起，大炮填装了双倍的榴霰弹，旋转小炮的滑膛霰弹也都上了膛。纵帆船锚链垂直着泊在离岸约一英里的海面，任何木划子想从任何一个方向接近它都会被发现，并立即暴露在它旋转小炮的火力之下。

除六人留在船上外，我们上岸的一共是三十二人。我们浑身上下全都武装起来，带着滑膛枪、手枪和单刀剑，此外每人都有一把长长的水手刀，此刀多少有点儿像现在我们西部和南部地区普遍使用的鲍伊猎刀。一上岸的时候，就有一百个穿黑兽皮的战士来迎接我们，为了陪我们一同进村。然而，使我们略为惊讶的，是发现他们这次完全没有带武器。当就此事问及"太聪明"酋长时，他只是回答说"兄弟相聚无须刀枪"。我们在很大程度上信了他的话，并随他们一道上路。

我们越过了前面讲过的小河，正进入一道山口，那个山口通过一串皂石山脉，便可以引到村子的地方。这道山口全是巨石，高低不平，当初我们第一次到那村子里去并爬过去的时候着实费了点事。这一道山谷，全长大概有一英里半或者两英里。它蜿蜒曲折地穿过山岭（显然在很久以前它曾是一条水流湍急的山涧），最多走上二十码就会有一个急转弯。我敢说整条山谷两边的山岭平均垂直高度有七十或八十英尺，而在某些地段山岭则高得惊

人，它们几乎完全遮住了日光，使谷底显得朦胧昏暗。谷底的宽度一般约有四十英尺，偶尔狭窄之处仅容五六个人并肩而行。简而言之，世上再没有比这个地方更适合做埋伏之用了，在我们一进去的时候，自然会小心照顾一下我们的武器。现在回想我们当时的愚蠢，最令人惊讶之处似乎就是我们居然敢那么彻底地受那些素不相识的野蛮人的控制，以致在进入山谷时竟让他们把我们夹在了中间。然而，我们竟糊里糊涂这样走着，太相信我们自己的力量了，也太相信酋长和他的手下人都赤手空拳，相信我们的火器有足够的威力（其威力当时还不为那些土著人所知）。他们中有五六个人走在队伍前面，仿佛是在为我们开路，他们忙着搬开路面上的大石头和垃圾，我们的人紧随其后。我们彼此靠得很近，只小心地避免被他们分散。我们后边便是那野蛮人的大队人马，他们保持着非常的秩序和礼貌。

彼得士和一个叫威尔逊·艾伦的船员还有我，我们三个人走在我们自己人队伍的右边，我们一边走一边观看悬在我们头顶的峭壁的奇特纹理。质地松软的岩壁上有一条裂缝吸引了我们的注意。那条裂缝的宽度可容一个人轻松地钻进，裂缝直着往山体内延伸了约二十英尺，然后便倾向左方。就我从谷底所能望见的深度来看，那条裂缝也许有六七十英尺。从裂缝中长出一两棵矮小的灌木，样子很像是一种榛子树，我觉得有点好奇，就去注意研究它，为了这个目的，我快步走向前去，冲进裂缝，一把揪下了五六个榛果，然后就匆匆后退。一转过身来，我发现彼得士和艾伦已跟着我进了裂缝。我请他们回去，因为裂缝中容不下两个人并肩通过，我还答应分给他们每人一两个榛果。于是他俩转身开始往外走。就在艾伦已接近出口之时，我突然感觉到一阵我从不曾经历过的震动——如果当时我还能意识到什么的话——那震动使我模模糊糊地感到坚实的大地突然裂开，宇宙分裂的时刻马上就到了。

第二十一章

我刚回过神来，恢复了知觉，就发现自己几乎窒息了，而且已经被埋在在极端的黑暗中间，四周全是松的土地，从四面八方继续向我的身上倒下来，简直要把我整个埋起来。惊讶于这可怕的发现，我拼命想爬起身，最后终于挣扎着站了起来。然后我一动不动地站着定了定神，竭力想弄清发生了什么事，我在什么地方。不一会儿，我听见一声低低的呻吟就响在耳边，接着又听见彼得士喘着粗气让我以上帝的名义帮帮他。我往前跟跄着走了一两步，就一下跌倒在我朋友的头和肩上。我这才发现，他已经被松土埋得一直到腰部了，就在那里拼死命想从中挣脱出来。我用尽平生的力量，把他四周的泥土扒开，最后终于把他弄出来了。待我们惊魂初定，稍稍能进行推理，我俩马上就一致断定，由于某种自然震动或因自身重力的缘故，我们冒险钻进的这条裂缝的岩壁突然坍塌形成了洞穴，这样我们已被活埋，将再也见不到天日。有很长一段时间，我俩都死心地把自己完全交给了痛苦与绝望，没有相似经历的人无论如何都想象不出那种痛苦和绝望是多么强烈。我坚决地相信，世上再也没有像我们这样遭遇的意外这样活活埋死，更能引起精神与肉体上至极的痛苦了。黑暗一片，包围着我们的被牺牲者，肺部受压迫的可怕的疼痛，潮湿泥土的刺鼻味道，更引起我们可怕的焦虑，觉得我们离希望的边缘实在是太远了。这一切都足以使内心的惊惧令人难以忍受和无法想象。

最后，彼得士提出我们应该尽力弄清灾难的程度，把幽禁我们的牢笼摸索一番；虽说几乎不可能，但他认为也许会找到逃命的出路。我急迫地抓住这一线希望，挣扎着站起身来，试图在松土中前进。我刚刚迈出一步就看到了一丝光线，这足以使我相信我们无论如何都不会马上被闷死。现在我们重新振作精神，互相鼓励着去做最大的努力，不要放弃希望。我们向着那光亮爬去，遇到一堆垃圾，爬过这堆垃圾，再往前进，就不再觉得那么困难了，肺部极端的压迫也感觉舒畅多了。忽然间，我们居然能朦朦胧胧地看见四周东西的一点影子了，并发现我们已接近岩缝直道的尽头，岩缝从那儿拐向左方。我们又奋力往前走了几步，到了拐弯的地方，这时我们喜出望外地发现一条长长的小裂缝向上延伸，缝壁的坡度大约为四十五度，但有些地方特别陡峭。我们当时看不见裂缝的出口，但射入裂缝的阳光使我们几乎确信在其顶端一定能发现通往地面的开阔通道，问题是我们如何能爬到顶端去。

我现在忽然想起来，我们原本是三个人从这山口进到这裂缝里来的，如今我们的伙伴艾伦还不知在何处，我们于是决定马上回转脚步找他去。冒着头顶上的土层继续塌陷的危险，我们搜寻了好一阵，最后彼得士大声对我说他摸到了艾伦的脚，但他的整个身子都被深深地埋在土中，不可能把他救出。我很快就发现彼得士说得一点儿不错，我们的那位伙伴已死去多时。于是，我们怀着悲伤的心情，离开他的尸首，由他去受命运的支配，摸索着又回到了那个拐角。

小裂缝的宽度仅容我们的身体钻过，在两次攀缘尝试均告失败之后，我俩再次陷入了绝望。我已经讲过，山谷穿过的那些山是由一种像皂石般的软性岩石构成的。我们现在试图攀登的裂缝四壁也是同样的岩质，由于潮湿，缝壁特别滑，即便在坡度最平缓之处我们也难以站稳，而在一些陡峭得近乎垂直的地方就更难攀登；实际上，我俩一度认为不可能从那儿爬上去。我们在绝望中鼓起勇气，用水手刀在软质岩壁上挖出立足点，冒着生命危险攀住那些从岩壁伸出的硬质板岩的边角，最后我们终于到达了一个天然平台。在平台上，抬头可以望见一小块蓝天，那里是一道树木繁茂的山沟。我们现在的心情可以稍稍舒畅一点了，就往身后边望下去，望望我们一路走来的这条路，以及这条路的四边，一看就知道不是原来有的，而是新近形成的，可见不论是地震还是什么原因，至少那边把我们埋起来的同时，这边也开辟了一条逃生的道路。由于那番攀登已使我们精疲力竭，实际上我俩当时已累得几乎站不稳身子，甚至不能连贯地说话，所以彼得士建议我们用枪声召唤我们的同伴来援救。当时手枪还别在我们腰间，但滑膛枪和单刃剑都早已遗失在裂口下面的松土中。后来的情况证明如果我们开枪，那么将会造成更不幸的后果。当时，我们忽然有点疑心这次地陷也许是个谋杀的诡计，所以不敢叫野蛮人知道我们在什么地方。

我们休息了大约一个小时的样子，开始慢慢地朝山沟尽头爬去，没爬出多远就听见一阵阵可怕的喊叫声。最后我们终于爬到了也许可以被称为地面的地方。我这样说是因为，从平台开始我们所爬过的路都在一个拱顶之下，拱顶由高悬的岩石和繁茂的枝叶构成。我们非常谨慎地偷偷爬近一个狭窄的豁口，从豁口望去，周围的情况尽收眼底，这一望顿时令我们恍然大悟，那场震动的可怕秘密立刻就被我们揭穿。

我们往外望的地点，离着皂石群山之最高峰不太远。我们当初三十二个人走进的山口，在我们左边五十尺以内。可是这条山道上，至少有一百码长的地方，完全被乱七八糟的泥土和石头所填满，这些泥土石头，全是人工倾覆的，大约有一百吨以上。至于如何把这么大体积的东西倾填进去，其方法一看就显而易见，因为这场血腥的谋杀留下了明显的痕迹。沿山谷东壁谷顶（我们现在正在西壁谷顶）可见好几根被打入土中的木棒。木棒所立之处的岩壁没有坍塌，但沿着整个已坍塌的峭壁表面可清楚地看到一排像爆破手打炮眼留下的痕迹，这表明那些地方也曾打入过那种木棒，木棒间隔不超过一码，总长度也许有三百英尺，均打在离谷顶边缘约十英尺处。残留在谷顶的木棒上还系有用葡萄藤编成的粗绳，很明显，这种粗绳曾系在每一根木棒上。我前边已经提过这种皂石山岩奇特的层理，刚才所叙述的我们从活埋的地方如何逃出来，所提到的那岩缝，更可以叫大家明白了那种岩层的性质。此岩几乎在任何自然震动下都会顺着其一层一层平行的纹理垂直裂开，人为造成的适当震动也足以造成同样的后果。那些野蛮人正是利用这种岩层达到了他们背信弃义的目的。毫无疑问，凭着那长长的一排木棒，野蛮人掀下了两三英尺厚的谷顶岩壁，他们当时只需按信号同时拉每一根粗绳（这些粗绳均系在木棒上端，并从峭壁边缘往后延伸），杠杆作用便能把整个谷顶表层掀下山谷。我们那些可怜的伙伴们，其命运如何，可以说是已经没有悬念，用不着再问了。只有我们两个人从毁灭一切的暴风雨中幸而逃脱出来，我们目前是这岛上仅有的两个白种人了。

第二十二章

如今看起来，我们两个人的处境，并不比自认为被永远埋葬时好多少。除了被野蛮人杀死或俘虏，我看不到眼前有任何其他生路。自然，我们原可以藏起来，在僻静的山间藏一段时间，必要时还可以退回我们刚刚爬出的那条岩缝，但那样我们要么死于饥饿和极地漫长的寒冬，要么在试图获取食物时最终被岛民发现。

我们四周的乡野里，似乎到处都聚集着野蛮人，我们一看便明白了，原来增加的成群结队的野蛮人，都是从南部各岛上乘着木划子而来的，他们的目的无疑是去协助夺取"简·盖伊"号。纵帆船此时仍静静地停泊在海湾内，船上的人显然并没有意识到危险正在临近。当时我们多想能与他们在一起！不管是和他们一同逃命，还是与他们肩并肩血战到底。可我们甚至连给他们发出警报的机会也没有，因为我们一旦弄出声响便会立即招来杀身之祸，而且发出的警告未必对他们有好处。开一枪也许可以提醒他们这里的事情不对了，可是，这种警告既无法叫他们懂得他们唯一的安全只有赶快逃出海港去，也不能叫他们懂得伙伴们全死了，不必再受任何信誉原则的束缚。他们即便听到枪声也不可能做更充分的准备，因为他们早已准备好，而且时刻准备着。所以开枪报信只会有百害而无一利，经过这番深思熟虑，我们终于忍住了没有开枪。

我们的第二个念头，便想怎样可以冲出去，回到船上。海上停着四只木划子，当然最好是能抢上一只，拼命向纵帆船逃。但是我们很快就清楚地意识到，这拼命的挣扎，绝对不可能成功。我前面就讲过，此时岛上的野蛮人简直触目皆是，他们正藏在灌木丛中和山的背后，以免被纵帆船上的人看见。尤其是由"太聪明"酋长亲自率领的全部黑皮武士就潜伏在我们附近，正好堵在我们去停木划子之处的必经之路上，显然是待某批援军一到，他就会向"简·盖伊"号发起进攻。再说停在海湾尽头的那四只木划子上也有野蛮人，诚然他们手中没拿武器，可毫无疑问武器就放在他们身边。因此，无论怎样不情愿，也只有被迫地依然藏在原处，偷偷地观看随即发生的那场血战。

大约半个小时以后，我们就看见有六七十个木划子或者是平面船，上边支着架柱，装满了野蛮人，绕道向泊船的南湾驶来。除了手中的短棒和船底的石块，他们看上去没带别的武器。紧接着，一支更庞大的船队又从相反的一个方向朝纵帆船靠近，船上的野蛮人也是同样的装备。与此同时，那四只木划子也挤满了从岸上灌木丛中跃出的土著人，并飞快地离岸加入进攻的行列。说时迟，那时快，一转眼的功夫，像是施了魔法似的，我们的纵帆船四周全被岛民团团围住，显然这些亡命徒要不顾一切地把船俘虏了。

这样看来，他们这样一围，成功是势在必得的。船上留下的那六个人无论如何坚决抵抗，即便是开炮，或者用尽别的方法来应战，也是寡不敌众的。我简直不能想象他们真的会抵抗，但这一点我完全错了。因为我很快就看见他们全力以赴，把右舷的舷侧炮瞄准了那些木划子，当时木划子已近得可以用手枪射击，那些平面船则在上风面差不多四分之一英里以外。由于某种不清楚的原因，很可能是因为我们那些可怜的朋友眼见形势险恶而过分紧张，右舷炮的轰击完全没有奏效——没有击中一只木划子，更没有一个野蛮人受伤，炮弹全都从他们头顶上飞过。唯一的效果就是突如其来的巨响和浓烟使他们受到了惊吓，他们一时间惊恐万状，以至于我差点儿以为他们会放弃进攻的企图并撤回岸上。如果我们的人继续用小武器射击，那些野蛮人说不定真的会放弃这次进攻，因为当时木划子离纵帆船近在咫尺，小武器的轰击会产生巨大的威力，至少也可以吓得木划子不敢继续靠近，这样他们就能够从容地用左舷大炮向那些平面船开火。可是我的伙伴们并没有那样做而是匆匆跑向了左舷，竟使得木划子上的家伙重新镇定起来，他们从惊恐中回过神来，互相看了看，结果发现并没有人受到伤害。

左舷大炮的轰击可谓大显神威，加倍的榴霰弹把七八只平面船炸成了碎片，有三四十个野蛮人当场丧命，至少有上百人受伤落水，其中大部分伤势严重。剩下的也全都吓得魂飞魄散，顿时掉转船头仓皇逃命，甚至不顾那些正在水中拼命挣扎、奄奄一息的同伙。然而这巨大的胜利来得太迟，已不能拯救我们那几位忠诚的伙伴。木划子上的家伙爬上纵帆船的已有一百五十人之多，其中大部分甚至在左舷大炮点火之前就已经攀上了锚链并越过了防攀网。此刻，它们的凶残和疯狂是没有任何方法可以抵制的了。我们那六个人被他们撞倒，用脚乱踏，然后，顷刻之间，就被撕成碎块。

看到这种情况，平面船上的野蛮人也不再害怕，并纷纷拥回来参加抢劫。五分钟之内，"简·盖伊"号完全被糟蹋得面目全非。甲板被砍得千疮百孔；索具、帆篷以及甲板上每一件可移动之物均不可思议地被全部捣毁；与此同时，凭着四只木划子前拽后推，加上数以千计的野蛮人跳进水中围住大船一起使劲儿，他们终于把纵帆船弄上了岸（锚链早已被解脱），并把它交给了"太聪明"酋长的人。这位酋长在这场交战过程中，一直站在那里，像一个足智多谋的将军一样，站在山中安全而又便于侦查的位置上。如今战斗取得了胜利，他非常满意，于是被请下山来，带着他那些武士来分享这些战利品。

"太聪明"酋长的下山使我们终于能走出藏身之地，到周围察看那座山的情况。我们在离岩缝口五十码之处发现了一股细细的泉水，消解了我们难以忍受的干渴。在离泉不远的地方，我们又发现了几丛前面提到过的那种形似榛子的灌木。我们尝了尝枝上的果实，觉得可食，其味道与普通的英国榛子差不多。我们马上摘了满满两帽子，将其送回岩缝口又返回再摘。我们正忙着在灌木丛中采摘榛果的时候，忽然听见树丛中还有莎莎的声音，我们大吃一惊，赶忙准备跑回刚才躲藏的地方时，突然看见一只像野鸡的黑色大鸟扑腾着缓慢地蹿到了灌木丛上方。我当时惊得不知所措，可镇静得多的彼得士纵身扑了过去，不待它逃走就一把抓住了它的脖子。它挣扎的力量和叫声都很大，我们很想把它放了，免得声音警醒了野蛮人，说不定这四周还有一些野蛮人在巡逻呢。最后我们用水手刀使它停止了挣扎，把它拖进山沟。我们为此感到庆幸，别看处在这种绝境，居然也能得到食物，而且足够我们吃一个星期了。

接着我们又出去四下搜寻，冒险顺着南坡往山下走了相当长一段距离，但再也没找到别的可食之物。看见一两队土著人正扛着从船上抢来的东西往村里走，我们真害怕，害怕他们经过那座山的时候，看见我们，所以赶紧拾了些干柴就返回了岩缝口。

我们第二步的想法就是如何使我们躲藏的地方尽量安全。心里抱着这个目的，就在前边我提到过的那个从里边可以望见蓝天的裂口处，堆满了矮树枝，只留出一个很小的开口，大小足以让我们望见海湾，但又没有被山下人发现的危险。做完这件事后，我们为藏身之处的安全感到庆幸，因为只要我们待在沟里不冒险到山坡表面，我们就绝不会暴露。在我们待的这条连着岩缝的沟里，我们没发现野蛮人来过的痕迹，但当我们想到这山沟的那条岩缝很可能仅仅是由于山体震动而刚刚形成的，很可能再没有别的途径与这道深沟相连，我们就不再那么欢欣鼓舞，因为我们担心也许压根儿就找不到下山的途径。我们决定，一有机会就把我们所在的山顶彻底勘察一番。与此同时，我们经常通过那个小开口往外望着土著人的举动。

他们已经把我们的整个纵帆船拆毁了，这时正准备放火焚船。不久，我们就看见一大股烟从船的主舱口冒出来，很快，一大团火焰从前舱窜出。索具、桅杆和残存的帆篷立即着火，大火很快就蔓延到整个甲板。可仍有许多野蛮人继续围在船边，用石块、斧子和炮弹敲打着船体上的螺钉和其他铜铁部件。当时除了一些带着战利品回村或回到附近岛屿的家伙之外，纵帆船周围的海滩上、划子上和平面船上至少还有数以万计的野蛮人。这下我们预见到他们将大祸临头，果然不出所料：最先，忽然感觉到有一股急快的震动——就连我们距离这么远，也都能很清楚地感觉得到，而且震得使我们有点发呆——不过，并没有看见将要爆炸的迹象。野蛮人们显然吓了一跳，工作和呼喊马上都停止了。他们刚要继续工作，忽然一大股浓烟从甲板上冒出来，活像一股又黑又浓的云雾。接着，好像从船头赫然窜起一根高达四分之一英里的熊熊火柱。火柱随即猛地向四方扩散，仿佛变魔术似的，天上顷刻间就飞满了木头金属的碎片和人体的残肢断臂。最后是那阵最猛烈的震动，震得连我们都站不稳，同时山岭间都回荡起那声惊天动地的巨响，残渣碎片像雨点似的溅落在我们周围。

那些野蛮人的惊慌乱踏，大大超出了我们的想象，他们现在可以算是完全吃了自己的恶果了。这一次爆炸，炸死大约一千人，还有至少同样多的家伙被炸得血肉模糊，缺胳膊少腿。整个海湾里都浮满了拼命挣扎或奄奄一息的恶棍，而岸上的情况更惨不忍睹。这场突如其来且完全彻底的惨败似乎吓得他们魂不附体，他们谁也没采取行动去救助自己的伙伴。最后，我们看到他们的行为发生了一种剧变。他们似乎同时从呆滞中清醒过来，进入了一种异常兴奋的状态，疯狂地围着海滩上的一块地方冲来冲去，脸上露出一种极特别的情绪，又是恐怖，又是疯狂愤怒，又是极端的好奇，一边跑着，一边扯着嗓子喊："特克力－力！特克力－力！"

忽然间，我们看见有一大群人跑开，跑进山里去，不久又从山里出来，取来许多木棒。他们把木棒扛到人群最密集的地方，人们纷纷闪开为他们让路，这下我们看到了令他们兴奋的那个物体。开始我们只看见地上有一团白花花的东西，却未能马上认出那是何物。最后我们终于看清，原来那是纵帆船于1月18日从海中捞起的那具红牙红爪的怪兽尸体。盖伊船长下过命令，叫把这种动物的尸体保留着，为的是把它制成标本带回英国。我记得就在我们到达这座岛屿之前，他曾对此事做过一些吩咐，随后怪兽就被搬进舱内，放在了一个贮藏柜里。刚才那场爆炸把怪兽抛上了海滩，但是这东西何以会引起土著人如此的注意，我们就不太理解了。尽管他们黑压压一片，离那具兽尸并不太远，但看上去谁也不愿意离它太近。那些搬来木棒的家伙不一会儿就把木棒打进土中，将那头怪兽团团围住，大家刚刚这样围好，所有的野蛮人就像潮水一般向内地涌去，一边跑一边高呼着："特克力－力！特克力－力！"

第二十三章

以后的六七天之内，我们一直躲在山上的那个藏身之处，只是偶尔小心翼翼地出来一次，也是为了取水和采摘榛果。我们在那个平台上搭起了一个棚子，棚内铺了一层干树叶，并支起了三块扁平的石头，既当火炉又当桌子。凭着摩擦一软一硬两块木头，我们很容易就生了一堆火。被我们捕获的那只鸟虽说嚼起来有点儿费劲，但味道挺不错。它不是一种海鸟，而是一种野鸡，羽毛灰黑相间，翅膀与身子相比显得很小。后来我们又看见三只同样的鸟，在山谷的附近飞着，显然是在寻找我们所捉到的那一只，只是它们一直没有降落，所以我们得不到去捉它们的机会。

在这只鸟没有吃完以前，我们的处境暂时并没有感到有什么痛苦。可是现如今全吃完了，所以我们必须要出去寻找食物了。榛果无法解决我们的极端饥饿，而且吃下去将我们的肠子绞得极疼，如果任性吃得过多，还会引起猛烈的头痛。我们已发现山下东边靠近海湾的地方有几只很大的龟，而且我们还看出，只要我们不被土著人发现，那几只龟也许很容易被我们捕获。我们决定设法下山。我们首先从南坡开始，因为它似乎最为平缓，但（正如我们曾根据山形所预料的那样）我们往下还没走上一百码，就被一条幽峡挡住了去路，这条幽峡是埋葬了我们那些伙伴的那条山谷的分支。我们沿着幽峡边缘绕行了约四分之一英里，可是又被一道深不见底的陡峭山谷阻住，就连顺着它的边缘走都不可能了，我们只好退回藏身的那一条山沟。

接着我们又向东边探路，东边也遇到相同的命运。我们冒着跌碎头颅的危险，往下爬了一个小时，发现所爬到的地方，不过是一个黑色花岗岩深谷，谷底有一层细细的粉末，深谷唯一的出口就是我们下去时所经过的那条崎岖通道。沿这条通道艰难地爬出深谷，我们又开始勘察山的北面。在这一面我们必须尽可能地小心，因为稍有疏忽，我们就会暴露在村里野蛮人的眼中。所以我们手膝着地慢慢爬行，甚至偶尔还伸直四肢趴在地上，抓住灌木枝，拖动身体前进。我们用这种十分小心的方法，才刚刚往下走了一点点路，立刻就面临了一道大裂缝，这条裂缝比我们已见过的几条更深，它直接通往那个大山谷。这样，我们的担心被充分证实，我们发现压根儿就没有下山的道路。这番勘察使我们精疲力竭，我们尽快地返回平台，倒在干树叶铺成的床上就睡着了，睡得又香甜又沉着，一睡便睡了几个钟头。

经过这次毫无结果的寻路，以后几天以内，我们完全把时间用在搜寻山顶上，把每一个角落都研究遍了，希望能探明蕴藏的实际资源。我们发现，除了那种对身体有害的榛果和一种气味难闻的辣根草外，山上再也找不到什么可食之物，而且辣根草只生长在十二三码见方的一小块土上，要不了多久就会被吃光。根据我的记忆，到 2 月 15 日那天，辣根草已一点儿不剩，那种坚果也所剩无几，所以我们的处境已糟得不能再糟。16 日那天，我们又绕着山顶搜寻，希望能找到一条逃生之路，但终归徒然。我们又下到当初活埋了我们的陷坑中一次，心里怀着一线希望，希望万一能从这里找到通到外边的出口。但是，最终我们依旧是失望，只从里面找到了一支滑膛枪，带了出来。

17 日，我们又出发去我们第一次寻路时到过的那个黑色花岗岩深谷，决心对其进行一次更为彻底的勘察。我们记得谷壁上有一道岩缝上次我们只钻了一半，这次虽不再存着找到出口的希望，但只要把所有裂缝都看一遍，也就死心了。

和上次一样，我们没费多大劲儿就到了谷底，这次我们能够从容地仔细观察。那看上去的确是一个可想象的最奇妙的地方，我们简直不敢相信它完全是大自然的造化。如果踏遍弯弯曲曲的谷底，这条深谷从东端到西头约有五百码长，若是从东向西拉一条直线，就大约的估计来说，总不超过四五十码。从山顶走下来，有一百尺高，初一下来的时候，四面的样子各不相像，而且没有相连的地方，一边峭壁表面是皂石岩，另一边则是表面有一些金属质地粒状物的泥灰岩。此处两壁间的平均宽度大概有六十英尺，但形状构造并无规律。越过这一界线继续往下，深谷陡然变得狭窄，两边峭壁也开始平行，尽管在一段距离内，峭壁之岩质和形状仍不相同。当进入离谷底五十英尺的范围内，便开始了一种完美的规则对称。此时两壁的岩质、色泽和走向都完全一致，岩质是一种乌黑发亮的花岗岩，间距保持着始终如一的二十码。这个深谷的准确形状可凭当时画的这幅平面图一目了然。幸亏我身上还带着一个笔记本和一支铅笔，这个笔记本，后来我经过无数冒险，也都尽力保存着，里面记录了许多经过，也幸好有这个本子，不然恐怕有好多事都从我的记忆中消失了。

此图（见图一）展示了那个深谷的大致轮廓，没有画四边的小凹洞，实际上那里有好几处凹进去的地方，每一凹进去的地方，对面一定有一块凸出的地方。深谷谷底覆盖着一层细得不能再细的粉末，有三四英寸厚，我们发现粉末下面是与峭壁相连的黑色花岗岩。读者也许会注意到，平面图右方底端有一截形似出口的支道，这就是我上边所提到的所谓裂缝，也就是我们第二次下来要仔细研究的目的地。现在我们用尽力量向着裂缝中推进，当时我们砍掉了堵在去路里的许多荆棘，并搬开了一大堆形如箭镞的棱角锋利的燧石，精神抖擞地钻进了狭窄的裂缝。虽有荆棘、燧石挡道，但裂缝远端的一线光亮激发了我们不屈不挠的勇气。我们终于往前挤了约三十英尺，并发现那裂缝原来是一个低矮且形状规则的拱洞，洞底与谷底一样也覆盖着一层细细的粉末。这时前边出现了一道强光，转过一个急弯，我们发现自己进入了另一条峭

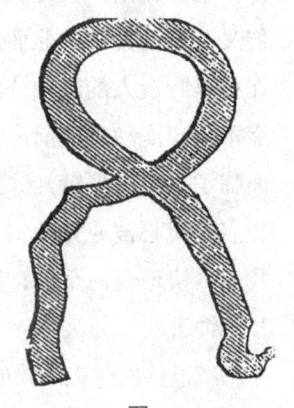

图一

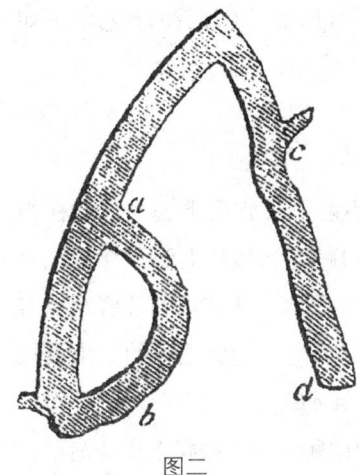

图二

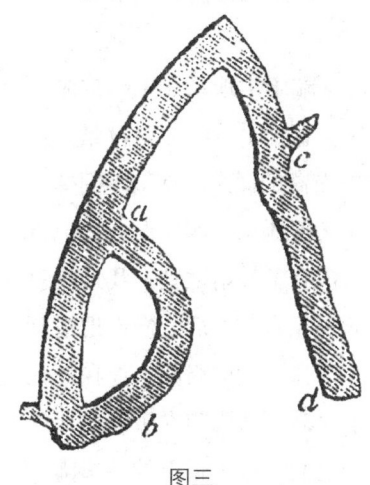

图三

壁高耸的深谷，除了纵向轮廓不同之外，此谷外观在各个方面都与我们刚离开的那一条完全一样。其大致轮廓如下（见图二）。

这一深谷的整个长度，从 a 处算起，沿着 b 绕下去，一直到 d 端，是五百五十码。我们在 c 点发现一条狭窄的裂缝，其形状如同我们从第一个深谷钻过来时经过的那个拱洞，洞内同样也堵满了荆棘和大量白色的箭镞形燧石。我们奋力挤过该洞，发现这个裂缝大约有四十英尺长，又通到第三个深谷去。这第三个深谷又和第一个一样，只是形状更偏长。其形如下（见图三）。

我们发现第三个深谷的总长度为三百二十码。在 a 点上有一个约六尺宽的开口，深入岩壁内有十五尺，到头处是一个泥灰石底，并像我们所揣测的，不再通到另一个深谷去了。我们正要从这条光线微弱的裂缝中退出，这时彼得士叫我看裂缝尽头泥灰岩壁表面上一组形状奇怪的凹痕。这组凹痕虽显粗糙，但若稍稍发挥一点儿想象力，那左边的凹痕也许可以想象成是有意凿成的一个人形，人形直立并向前伸着手臂。其余的凹痕也有点儿像一些字母符号，而彼得士无根据地认为它们的确就是所想象的文字图形。最后，我叫他去注意看看地上，在细粉末中间，我们一块一块地拾起几大块碎片，那虽然是因震动从山上脱落的，但是这些碎片的凸角正好与那些凹痕吻合，因此证明了它们的剥落纯属天然而非人为。图四便是那组凹痕的准确临摹。

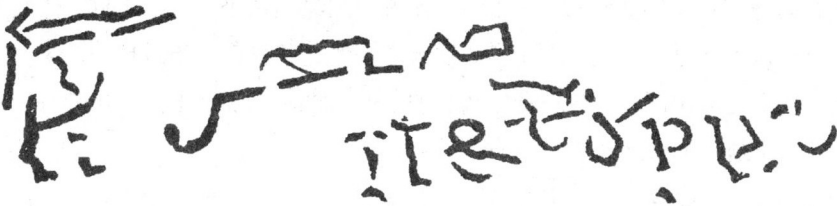

图四

在确信那些奇怪的洞穴不可能为我们提供逃生之路之后，我们垂头丧气地爬回到山顶。以下那二十四小时，所遭遇的事，没有什么值得可说的，只有一件，就是我们在研究第三个深谷东边的地面时，发现两个极深的三角形深坑，四边也是黑色花岗岩。我们认为不值得下那两个深坑，因为它们看上去不过是两口天然

图五

深井,下边不会有出路。两坑的周长均为二十码左右,它们的形状和同第三个深谷的相对位置如图五所示。

第二十四章

榛果吃下去给我们带来极大的疼痛,于是我们觉得决不能再靠它活下去了。就在当月的 20 日,我们决定拼出命,也要从小山的南坡下去。那边峭壁虽然从上到下都是笔直的,有的地方甚至是探拱出来的,可是它的表面是那种软质皂石岩(从坡顶到坡底至少有一百五十英尺)。经过久久的探察,我们发现一狭窄的壁架露在绝壁边缘之下约二十英尺处。凭着我们的手巾连成的一条绳子,彼得士在我的尽力帮助下跳到了壁架上。我下得比彼得士艰难,但也到了壁架。这下我们看出可以用我们从岩缝中爬出的方法爬下那道绝壁,就是说,用水手刀在皂石岩壁上挖出下山的台阶,但这样做所冒的危险简直难以想象。不过当时已经没有别的办法,只能这样尝试一下了。

我们立足的那个壁架上生长着一些灌木,我们把手巾绳的一端牢牢地系在了一株灌木上。绳子的另一端系在彼得士腰间之后,我把他慢慢放下悬崖,直到手巾绳完全拉紧。接着他开始在峭壁上凿洞(深达八九英寸),并把洞上方一英尺左右高的泥灰岩壁斜着削掉,以便他能用手枪柄在平面上垂直钉进一颗还算结实的木钉。我又把他拉高四尺左右,他再在上边凿一个同样的洞,钉入了一颗同样的钉子,这样手和脚都有了攀附之处。我这时就把手帕从灌木上解下来,把这一端抛给他,他把绳端系在上面一颗木钉上后,慢慢地滑到比他先前的位置还低约三英尺的地方,也就是手巾绳的长度容许他到达的极限。他在那儿又挖了一个洞,又钉了一颗钉。然后他自己拉着绳子往上爬了一截,把脚踏在了新挖成的洞里,手则攀住了上面一个洞里的木钉。现在必须解开拴在最上面那根木钉上的手巾绳,以便将其系在第二根木钉上。正在这个时候,他发现每个洞之间的距离太大了。不过,经过一两次危险而且不成功的实验以后,(因为他必须用左手抓住木钉,用右手解开手帕),他终于在离绳结六英寸处砍断了手巾绳。接着他把绳端系于第二颗木钉,然后降到了第三洞之下,这次他注意到了适当的距离。这种方法要是我自己,绝对想不出来,这都得归功于彼得士的天才和决断,凭着这种方法,加之偶尔借助于峭壁上的突出部分,我的伙伴终于成功并安全地下了那道绝壁。

我犹豫了许久,这才下了充分的决心,跟随着他下去。彼得士在下去之前,把衬衫脱掉,我就用他的衬衫加上自己的,制成了这番冒险所必不可少的绳子。我先把从岩缝中找回的那支滑膛枪丢下山崖,然后把亚麻布接成的绳子系在灌木枝上,接着便快手快脚地开始下山,我试图以迅速有力的动作来驱除恐惧。下最初四五级台阶时,这种方式还很奏效;可没过多久,我就发现自己老是忍不住去想身下的峭壁还有多高,承受我身体重量的木钉和泥灰岩是多么不牢靠,于是恐慌便油然而生。我越着急想别再想这些,我脑子里的念头就来得越活跃，也越清楚得可怕。最后，幻想到了生死关头——一般人到这种情景，都会产生这种幻想的——就是我们预感到要跌下去了，脑子里把跌下去的痛苦、昏眩，最后的挣扎，半晕过去，和最后头向下急速坠落的苦楚——都刻画出来了。当时我觉得这些幻觉都具有真实性，所有想象中的恐怖也全都实实在在。我感到自己的两个膝盖在猛烈地碰撞，我抓住木钉的手也在慢慢地但无疑地放松。我感到一阵耳鸣，心想："这声音就是我的丧钟！"我再也压抑不住朝下看的欲望——我不能也不愿把我的目光限制在峭壁表面，怀着一种半是恐惧、半是解脱的疯狂而模糊的感情，我终于低头朝脚下的深渊望去。我抓住木钉的手指顿时一阵痉挛，随之脑子里就朦朦胧胧地闪过逃生无望的念头，接着，我的整个心灵都充满了一种想坠落的欲望。那是一种憧憬、一种渴慕、一种无法控制的神往。我马上松开抓住木钉的手，从悬崖上半转过身子，贴着岩壁摇晃了片刻。这时，脑子里翻转昏眩，耳朵里发着尖音和幽震之音，下边仿佛站着一个朦胧的身影，于是我舒了口气，怀着一种急切的心情倒下，一头扑进了那个身影的怀抱。

我晕了过去，在我倒下时，彼得士把我托住了。他在峭壁下，站在那里早就看出我的情形了，他知道我马上就会出危险，就用尽他的方法鼓励我，叫我别怕，我当时心情紊乱，听不见他所说的是些什么。最后他飞快地爬上峭壁前来救我，并刚好把我抓住。要是当时我以全身重量往下一坠，那根亚麻布绳子肯定会被拉断，而我则不可避免地会坠下深渊。事实上，他设法减缓了我的下坠，结果让我安然无恙地悬在了空中，直到我苏醒过来。我从昏迷到苏醒大约经历了十五分钟，醒来时，我的恐慌已完全消失。我感觉到了一股新的活力，借助于我朋友的帮助，我终于也平安地到达山脚。

我们现在发觉，此处离我们朋友们全体殉难的山谷不太远，正在山崩的地点的南处。这地方荒凉得出奇，那景象令我想起旅行者所描述的巴比伦遗址的那种苍凉。且不说乱七八糟的堵在幽峡北端的残崖断壁，单是我们周围就到处耸立着形如荒冢古墓的土丘石堆。它们仿佛一些巨大建筑的废墟，尽管细观丝毫也看不出人工的痕迹。火山熔岩可谓满谷，还有大块大块奇形怪状的黑色花岗岩石，一些泥灰岩也错落其间，两种岩石的表面都有金属质地的颗粒。一眼望去，这一片荒野之上，丝毫没有一点草木的痕迹。又看见几只巨大无比的蝎子，和高纬度任何地方所见不到的各种各样的爬行动物。

我们最急迫的目的，既然是去寻找食物，就决定往海口走。从那里到海边不过半英里左右，所以想到那里去捉曾看见过的那几只龟。我们在高耸的巉岩荒丘之间朝前行进了几百码，当我们转过一个岩角之时，五个土著人突然从一个小洞穴里跃出，一棍子就把彼得士击倒在地。看见彼得士倒下，那五个家伙全都扑上去想把他捆住，这便给了我足够的时间恢复镇静。我还带着那支滑膛枪，但枪管已在我把枪扔下山崖的过程中严重损坏，于是我把它丢到一边，我更信赖我一直留心保管的两把手枪。我拔出枪冲向敌人，两枪接连开火。两个土著人应声倒下，一个正要用矛刺彼得士的家伙也停住矛头惊跳起来。我的伙伴一旦脱身,我们对付那几个家伙就不再有困难。他身上也有手枪,可是谨慎着不肯轻易使用,只尽量用他的力气,他的力量确实远远超过我所认识的人。他从倒在地上的土著人手中抢起一根棍子,把其余三个人的脑子打破。五个人全死了,只剩下我们两个成了这一片荒野的主人。

这一场战斗完结得太快了,我们连自己都不敢相信这是真实发生的,就站在那几个死尸面前呆呆地沉想。这时,忽然听见远远有喊叫的声音,这才惊醒过来。这分明是野蛮人听到枪声,都被惊动赶来了。我们不被发现的可能性已微乎其微。若要再攀上悬崖,那我们必须迎着传来呐喊声的方向跑;即使我们抢先到达山脚,我们也不可能在被他们看见之前就爬上山顶。我们当时的处境真是危在旦夕,正当我们在犹豫选择哪条路时,一个我以为已被手枪打死的土著人从地上一跃而起,撒腿就跑。不过,他没跑几步就被我们追上,我正要把他杀掉,这时彼得士建议说,若是强迫他陪我们一起逃,我们也许会从中得到好处。我们于是把他拉过来,示意给他,叫他明白,如果他要抵抗就杀了他。一会儿他就完全屈服了,就随我们穿过乱石,冲向海边。

到这时为止,除了偶尔瞥见海水,大海一直被起伏不平的山地遮住,而当整个大海完全展露在我们眼前之时,它离我们也许只有两百码之遥。我们一进入开阔的海滩就惊恐地发现,从村里拥来的土著人正成群结队地从四面八方向我们逼近,他们都气势汹汹,像野兽一样狂吼乱号。我们刚要回转脚步,想找一个坚硬地带退守进去,这时,我突然发现一大块蜿蜒到海边的岩石后边,露出两只木划子的船头。我们赶紧拼最快的速度跑过去,到了木划子那里,没见有人把守,上面除了放了三只加利帕戈巨龟和通常为六十名划手备下的桨之外,没有别的载物。我们马上占有了其中一只,强迫我们的俘虏上了划子之后,我们便使出全身力气一齐往海上划。

我们刚划出五十码远就基本上镇定下来,从而意识到我们犯了一个巨大的错误——竟然把另一只木划子留给了那些土著人。此时他们离水边已只有百码之遥,而且一个个快步如飞。现在已到了刻不容缓的紧要关头。我们要改正错误的希望充其量也只是一种侥幸,但我们没有别的选择——即便我们竭尽全力往回划也很难抢在土著人之前夺下那只木划子,但我们毕竟有一线成功的希望。如果我们成功,就有可能保全性命,可是如果不去试一下,那就等于等着他们必不可免的屠杀了。

那种木划子的船头和船尾的形状都是一样的,我们用不着把船掉头,只改变一下划桨的方向就够了。他们一看见我们掉转船桨,喊声便更加倍了,速度也加了倍,用想象不到的速度向前跑来。但我们使出全身力气拼命划桨,终于与冲在最前面的一个土著人同时赶到。这家伙为他的敏捷付出了沉重的代价,因为他刚一扑到水边就被彼得士一枪打穿了脑袋。当我们抓住那只木划子时,紧跟其后的一伙土著人离水边已只有二三十步。我们开始试图把那只木划子拖进土著人够不着的深水,但发现它因搁浅而纹丝不动。在这间不容发的紧要关头，彼得士抢起滑膛枪猛砸两下，成功地砸下了一截船头和一大块舷侧板。随后我们又赶快划离岸边。这个时候，有两个土著人，手已经把住我们的船了，没有办法，我们只好用刀子结果了他们，才算放手。现在我们满身轻松，就放开桨向海中摇去。此时大批土著人追到了海边，气急败坏地站在岸上发出惊天动地的号叫。从我亲眼目睹的每一件事来看，这些野蛮人的确是地球上最邪恶、最虚伪、最歹毒、最凶残、最像魔鬼的一个种族。毫无疑问，倘若我们陷在他们的手里，当然逃不出毒手。他们疯狂地还想追我们，就坐上那只破木划子来追我们，但是一看那只船就是无法用的，便又把狂怒淹没在一大串可怕的怪声音里，接着便都跑到山里去了。

我们暂时逃脱了眼前的危险，但情势仍然不容乐观。我们知道那些土著人拥有四只同样的划子，并不知道其中两只已在"简·盖伊"号爆炸时被炸成了碎片（到后来才从我们俘虏的口中得知的）。所以我们以为，一旦那些土著人绕到约三英里外的通常停船的那个海湾，他们又会很快地追上来。这一担心使我们拼命要尽可能地远离那座海岛。我们强迫那名俘虏和我们一道挥桨，木划子飞快地划过水面。半小时后，我们大约向南驶去了五六英里，突然发现一大片平面船或者木划子成对驶出了那个海湾，那显然是想来追我们的。他们一看见我们走远了，追不上了，很失望，马上又回去了。

第二十五章

现在我们漂流在无边而又荒凉的南极大洋之上，纬度已经到了南纬84度线以南，在苍茫的南极洋面上，在一条并不结实的木划子里，除了三只龟没有别的食物。极地漫长的冬天很快就到来了，我们必须认真考虑该去向何方。远远望见有六七座属于同一群岛的岛屿，岛与岛之间距五六里路，但这些岛我们都不敢冒险靠近。在乘"简·盖伊"号南下的航行中，我们已经把最危险的浮冰区通通留在了身后。不管这一点与世人普遍接受的关于南极地区的概念多么不同，但它是我们的亲身经历。所以，试图掉头北上是一种愚蠢的行为，尤其是在这么晚的季节。看来只有一条路还有希望通行。我们决定勇敢地向南划去，南方至少还有可能找到别的岛屿，而且很有可能遇上更温和的天气。

一直到现在，我们发现南冰洋和北冰洋一样，特别是没有猛烈的风暴和剧烈的海浪，只是我们的木划子虽然很大，但是再好也是脆薄的，经不起风吹浪打。于是我们就用船上可能有的有限工具，忙着尽量把它整理得更结实安全一些。木划子的主体部分不过是用一种树皮做成的——一种陌生的树的树皮。其肋材用的是一种坚韧的柳木，这种柳木做肋材倒正好适合。木划子长约五十英尺，宽四至六英尺，舷侧从头到尾都是四英尺半高，所以这种木划子与文明人所知的南半球海洋其他居民使用的船只在形状上截然不同。我们一点儿不相信这种木划子是由拥有它们的那些愚昧的岛民制造的。此后几天，一问我们的俘虏，才知道是另一岛屿上的土著人，无意中陷落这些野蛮人的手里，替他们制造的。我们所能使这只船安全些的办法，其实也很少。在船的两端附近，发现了几个宽裂口，我们设法撕了羊毛衫将其堵住。划子里有许多多余的长桨，我们以此为材料在船头做成一个框架，用以撞碎任何有可能打入划子内的浪头。我们还竖起两支桨作为桅杆，两桨相对而立，分别插在两边舷侧，这样就不必再用帆桁。然后，我们在桅杆上挂起了一块用衬衫拼成的帆。做帆稍稍费了点儿力，因为尽管我们那个俘虏甘愿为我们做其他任何事，可就是不肯帮我们做帆。他一看见亚麻布的样子，诧异得连举止都变得很特别，叫他摸一摸或者走近一些，他都不敢，我们强迫他，他便吓得浑身发抖，嘴里一直尖叫着"特克力－力！"

我们把木划子的安全工作做完以后，就立刻张帆向东南方驶去，为的是避开群岛最南端的岛屿。达到这一目的之后，我们便朝着正南方向前进。天气很好，从北边吹来一道微微的顺风，海水平滑如镜，而且天色一直不黑。连一点冰也没有看见，自从我们离开贝内特岛所在的纬度后，我就再也没见到过一块冰。事实上，这里的水温高得绝不允许冰的存在。在杀了最大的一只龟，从而获得丰富的食物和大量淡水之后，我们一连平安无事地航行了七八天。在这七八天里，着实向南走了不少路程，因为风不断地吹着我们，而且很强的一道海流，也正不断地向我们去的方向滚去。

3月1日。现在许多异常现象都表明我们正在进入一个新奇的地域。南方地 平线上始终绵亘着一长溜高高的淡灰色雾气，其顶端偶尔闪现出几条光带，光带忽而自东向西闪亮，忽而由西向东发光，接着又呈现出一个不变的顶端——简言之，所有北极光那些玄妙而奇特的变化，全都有。从我们这个地点看上去，雾团顶端与我们的视点形成一个大约二十五度的仰角。海的温度，似乎时时在增加，而且它的颜色很明显地时时发生变化。

3月2日。今天，经过数次地盘问我们的俘虏，才知道屠杀我们的那个海岛，居民和风俗有很多特殊的地方——提到这些，我现在怎么能用这些情况来缠住我的读者 呢？可是，我只能说我们知道的那一群岛一共有八座岛屿，八座岛屿都由一名共同的领袖统辖，领袖名叫特萨里蒙或普萨里蒙。他住在该群岛中最小的一座岛屿上。那些武士穿的黑色兽皮取自一种巨大的野兽，这种野兽只出没于那位领袖居所附近的一条山谷。这一群岛上的土著人，除了平面船以外不会造其他的船，他们所拥有的那四只木划子，都是在无意中从西南一个大岛上得到的。这个俘虏的名字叫努努，他不知道有贝内特岛。我们离开的那座岛名叫特萨拉尔。特萨里蒙和特萨拉尔这两个词的首音都带着一种拖长的咝咝声，我们发现这种声音不可能模仿，即便一再努力也难发出，它与我们在山顶上吃的那种黑毛野鸡的嘀叫声一模一样。

3月3日。现在海水的热度高得很，颜色上也有了变化，不像以前那样透明了，密度和色泽都变成了乳状。在我们最近处，海水都是平滑的，一点也没有足以置木划子于险境的风浪。可是我们往左右的不远处一望，才惊骇地看到，海面往往突然发生大范围的激荡。最后我们注意到，海面激荡之前，南方的雾霭区总会出现一阵强烈的闪光。

3月4日。由于从北方吹来的风明显减弱，我从衣袋里掏出一块白手巾打算加宽我们的风帆。当时努努就坐在我身旁，而当白色的亚麻手巾偶然闪现在他面前时，他突然一阵痉挛。接着他的痉挛停止，又疲乏，又发呆，然后又低声嘟哝着："特克力－力！特克力－力！"

3月5日。风已经完全停息，但在强大的洋流推动下，我们显然还在急速向南行驶。按当时的情形来看，实际上我们应该为正在发生的事感到惊恐才算合乎情理。但我们没有感到惊恐，尽管彼得士脸上不时露出一种我看不透的表情，却没表现出任何惊恐不安。看样子，南极的冬季正在来临了——只是并没有带来可怕的景象。我只觉得身心都麻木——感觉上有如梦境——仅此而已。

3月6日。现在灰蒙蒙的雾气从地平线上升高了许多，并且正在逐渐失去灰色。海水已变成热水，甚至有点儿烫手，它呈现的乳色也比任何时候都明显。今天海水的一次激荡就发生在离木划子很近的海面。激荡照旧伴随着雾团顶端一阵强烈的闪光，而且其底端与水面也瞬间分离。当雾团中的闪光消失，当大海的激荡渐渐平静，一种像是火山灰但肯定不是火山灰的细细的白粉洒落在木划子上和辽阔的海面上。努努这个时候趴在船底，无论怎样劝他，他也不肯起来。

3月7日。今天我们问努努，他的同胞究竟为了什么屠杀我们，他似乎怕得太厉害，怕得说不出合情理的答案来。他依然顽固地趴在船底，再问他为什么要屠杀我们，他就只做出愚蠢的姿势，比如，用食指支起上唇，把唇下的牙齿露出来，等等。他的牙是黑色的，在此之前我们还没看见过特萨拉尔岛上居民的牙齿。

3月8日。今天从木划子旁边漂过一头白兽，就是在特萨拉尔岛海滩上引起那些野蛮人骚动的那种。我本来打算把它捞上木划子，可当时我突然感到一阵倦怠，因而也就作罢。海水的热度持续增加，手伸进去可再也承受不住了。彼得士今天很少开口，我不知道他心里有什么痛苦。努努很平静，其他没有什么事可说。

3月9日。现在那种白色粉末不断地洒落在我们周围，而且是大量洒落。南方那团雾气也已经升得很高很高，并且开始呈现出更清晰的轮廓。我只能把它比作一道无边无际的瀑布，正从天上的某堵巨墙悄然滚落海中。这一道巨大的气幕，把整个南方的天边全都遮住。它没发出任何声音。

3月21日。我们头顶突然盘旋起一片惨闷的黑暗，可是，从海洋乳色的深处，却又浮现出一道耀眼的光辉，顺着船边往上射出，无声地滑动在木划子的舷侧。白色的粉末令我们几乎难以忍受，阵雨般的白粉落进水里便融化，却凝在我们身上、堆在木划子里。那道瀑布的顶端已完全隐入高空的黑暗中。我们显然正在以一种可怕的速度飞快地向它驶近。一阵一阵的，望见汽里边有许多宽大而暂时的裂口，裂口的里边，是若干移动不定、模糊不清的影子，裂口的外边吹来无声无息的狂风，风过之处，闪光的海面被撕裂。

3月22日。黑暗更增加，只有水的闪光从眼前那道白色水帘反射回来，才给我们一点光亮。现在无数苍白的巨鸟不断地从水帘那边飞出，当它们从我们眼前避开时，发出不绝于耳的啼鸣声"特克力－力"。趴在船底的努努闻声动弹了一下，当我们摸他时，发现他的灵魂已经离去。现在我冲进到这气体瀑布的怀抱中来了，那瀑布突然裂开一道口，来迎接我们。在我们进口的地方，忽然出现一个穿着裹尸布的人形，个子比人类中任何一个都高大得多。这个人的皮肤洁白如雪。

附 记

新闻媒体对于皮姆先生最近不幸猝死的详细情况早已公之于世。本故事尚未发表的最后几章正如公众所担心的一样，因为他的不幸猝死而不可挽回地丢失。因为就在上文正在排印的时候，最后几章还留在他的身边进行校订。不过，情况也许会证明并非像公众所担心的那样，如果找到那最后几章的文稿，一定会尽快地让公众看到。

此外，为了弥补现在的缺陷，已经尝试过很多的办法。根据作者在序言中的陈述，他提到过姓名的那位先生也许可以被认为有能力填补这个空白。但是很遗憾，那位先生提出了两个看起来合理的理由拒绝了这个请求：一是他认为很多细节不够精确，二是他对后一部分的真实性持怀疑态度。可望提供一些情况的彼得士还活着，现在居住在伊利诺伊州，但我们暂时没有办法与他取得联系。也许以后我们会找到他，相信他会愿意提供材料，让皮姆先生的这个故事能有一个结尾。

最令人遗憾的就是最后两三章（因为只有两三章了）真的丢失了，因为毫无疑问地，它们讲述了极点自身的情况，或者说至少讲到了那一部分的区域，而且还因为正准备前往南极海域的官方考察队很快就会去证实作者关于那一部分的区域的讲述的真实性的。

这番讲述中有一点值得去品评一下。如果这番品评，有助于让读者去相信现在发表的这篇历险记的话，那这篇附录的作者将感到非常的欣慰。我们要说的是在特萨拉尔岛上发现的那几个深谷，以及皮姆所画的全部图形。

皮姆先生并没有对那几个深谷的图形加以评述，而且他说在最东边那个深谷的尽头岩壁上发现的凹痕与想象中的字母符号很相似。得出这个结论当然他也有很明显的证据（在细粉末中间，我们一块一块地拾起几大块碎片，那虽然是因震动从山上脱落的，但是这些碎片的凸角正好与那些凹痕吻合），这样我们就认为作者非常严肃认真，读者也不会再有其他的想法。但是，由于和上边提供的全部图形有关的事实显得非常奇怪（尤其适合正文陈述联系在一起的时候），而且最主要的原因是这些事实并没有引起坡先生的注意，所以我们最后在此说上几句。

若严格按那些深谷本身的排列将图片按顺序逐一连接起来，再擦掉一些小小的枝节，或者说是拱洞（要注意的是，这些拱洞的性质与深谷完全不同，只是起到连接深谷的作用），这样便构成了古埃塞俄比亚语中的一个根词 人∩✶: （阴）——单词暗或黑的所有屈折变化之根。

彼得士认为图四中"左边或最北边"的凹痕，是人工凿就的，是有意凿成的一个人形。这样的看法似乎是正确的。读者能很清晰地看到这个图案，至于像不像人形，那就见仁见智了。但是彼得士的看法还是有一定证据的。凹痕上排显然是阿拉伯语根词 ⏜⏝⏜⏝（白）——单词亮和白的所有屈折变化之根。下一排凹痕不是那么清楚，符号多少有点儿支离破碎；但毫无疑问，它们完好时所形成的是一个完整的古埃及语字眼 Π&ΗΥΡΗС（南方之域）。读者应该注意到，彼得士关于最北边那组图案的看法在这里得到了证明，图中人的手臂伸向南方。

也许可以认为这些字母符号与叙述中一些讲的有些模糊的事情有关，尽管我们现在还看不出他们是否有关联。特萨拉尔岛的土著人在海滩上发现那具兽尸体时所发出的惊叫声和那个被俘的特萨拉尔岛民看见皮姆先生手中的白色亚麻布时所发出的惊恐之声以及从南方白雾急速飞出的巨鸟所发出的啼鸣声，全部都是"特克力-力"；特萨拉尔岛上没有东西是白色的，而后来向南航行中所见之物的颜色则正好相反。如果进行一次细腻的语言学研究，"特萨拉尔"这个岛名的奥秘一定可以被揭示出来，它或者与岛上那些深谷本身有着必然的联系，或者与那些如此神秘的古埃塞俄比亚语字符有着某种渊源。

"我业已将此铭记于群山之中，并将此镌刻在岩壁上。"